READER'S DIGEST
AUSWAHLBÜCHER

Die Kurzfassungen in diesem Buch erscheinen
mit Genehmigung der Autoren und Verleger

596 (208)
Printed in Germany
ISBN 3 87070 635 X

READER'S DIGEST AUSWAHLBÜCHER

Verlag Das Beste
Stuttgart · Zürich · Wien

INHALT

Seite 7

Christie Dickason
Der Tulpenkönig

Ganz Amsterdam schwelgt im Tulpenfieber, als der unerfahrene Engländer John Nightingale 1636 in der Stadt eintrifft. Er hat den Auftrag, durch Spekulationen mit Tulpenzwiebeln ein Vermögen zu machen. Falls ihm das gelingt, darf er hoffen, seinen Kopf aus der Schlinge des Londoner Henkers zu ziehen. Denn nur durch Geld kann er eine Bluttat sühnen und vom König einen Gnadenerlaß erwirken.

Seite 189

Jack Higgins
Das Geheimnis von U 180

Beim Tauchen vor der malerischen Karibikinsel St. John macht der Amerikaner Henry Baker eine unglaubliche Entdeckung: auf dem Felssims eines Riffes ruht das Wrack eines deutschen U-Boots, das eine brisante Fracht birgt. Sobald Gerüchte von Bakers Entdeckung durchsickern, finden sich auf St. John zwielichtige Gestalten ein, denen ein Menschenleben nur wenig bedeutet.

Seite 347

Justin Scott

Verhängnisvolle Freundschaft

Ruhe und ein gemütliches Zuhause – mehr wünscht sich Ben Abbott nicht, als er nach Turbulenzen in der Wall Street und einem anschließenden Gefängnisaufenthalt in sein malerisches Heimatstädtchen Newbury zurückkehrt. Im Immobiliengeschäft sucht er nun sein Glück, doch anstatt auf reiche Kundschaft zu stoßen, stolpert er über zwei Leichen.

Seite 493

O. A. Fredrickson/Ben East

Das Schweigen des Nordens

Wunderschön sind die endlosen Wälder und die stillen Seen im Norden Kanadas. Aber die herrliche Landschaft ist auch grausam: Kälte, Hunger und gefährliche Tiere machen dem einsamen Trapper das Leben zeitweise zur Hölle. Das erfährt auch die junge Olive, als sie mit ihrem Mann und ihrer neugeborenen Tochter in den Norden zieht.

DER TULPEN-KÖNIG

Eine Kurzfassung des Buches von

CHRISTIE DICKASON

Nach der Übersetzung von
Susanne Tschirner

John Nightingale hatte gehofft, nach einer unruhigen Jugend sein Leben als Verwalter auf dem idyllischen englischen Landgut Hawkridge House verbringen zu können. Doch dann erbt Johns Vetter Harry das Anwesen und bringt einen Mann mit nach Hawkridge House, der ein wohlgehütetes Geheimnis aus Johns Vergangenheit kennt und bereit ist, dieses Wissen rücksichtslos auszunutzen.

I

JOHNS ausgreifende Schritte knirschten auf dem kiesbedeckten Vorhof von Hawkridge House und schreckten die Gänse auf. Ein gelber Köter aus dem Stallhof trottete zielstrebig hinter ihm her. John hielt inne und starrte über die hohe Backsteinmauer des Vorhofs.

Vierzehn Männer und Frauen, Pächter und Arbeiter des Hawkridge-Guts beäugten John von der Seite, während sie jäteten und harkten. Was würden die Londoner wohl von einem Gentleman mit so sonnengebräunten Händen und Armen halten, der grobe, bis zum Ellbogen aufgekrempelte Leinenhemden und ein Lederwams trug, fragten sie sich. Johns schwarze Brauen, schön geschwungen wie die einer Frau, trafen über einer langen, schmalen, aber leicht gebogenen Nase zusammen. Die hellgrauen Augen verliehen ihm ein wölfisches Aussehen. Sein dunkelbraunes Haar war voll und der kräftige rostrote Lockenbart gepflegt. John war sechsundzwanzig Jahre alt.

Jenseits der Vorhofmauer raschelte es friedlich im jungen Blattwerk der Weißbuchenallee, die in einem Bogen von der Straße zum Herrenhaus hinunterführte. Hoch oben, nahe der Straße, schwang ein Pächter seine Sense durch hohes Gras.

John blickte zum Haus zurück und bemerkte, daß zwei der unkrautjätenden Frauen ihn noch immer beobachteten. Überall auf dem Gut begegnete ihm der gleiche Gesichtsausdruck – eine Mischung aus Neugier und Mitleid. Dieser Blick machte ihn seit jenem Tag verrückt, als die Nachricht vom Tod seines Onkels eingetroffen war.

„Einen guten Morgen, Sir!" Verbittert spürte er die Verlegenheit der Leute, wenn sie den Blick senkten und versuchten, den Tonfall respektvoller Freundlichkeit zu treffen.

Johns Onkel, Sir George Beester, war vor drei Monaten verschieden, fünf Jahre nachdem er von König Charles die Würde eines Baronets gekauft hatte und achtzehn Monate nachdem sein einziges Kind, James, an der Ruhr gestorben war. Die Nachricht von Sir Georges Tod erreichte Hawkridge House drei Wochen nach der Beisetzung zusammen mit einer zweiten Nachricht, wonach Johns Vetter Harry, der einzige Sohn von Sir Georges einzigem Bruder, zum Alleinerben bestimmt worden war. Unglücklicherweise entstammte John der weiblichen Linie.

Harry hatte alles geerbt, ganz wie es die Regel war, damit der Familienbesitz erhalten blieb: die Schaffarm in Somerset, das Londoner Stadthaus, die Geschäftsbeteiligungen, Rang und Titel eines Baronets sowie das Anwesen von Hawkridge. In zwei Tagen würde Harrys Kutsche durch die Tore rollen und nicht nur Harry, sondern auch seine Londoner Freunde, Londoner Diener, Londoner Schwiegereltern und seine reiche, frischgebackene Londoner Ehefrau in ihrer aller Leben entladen. In zwei Tagen würde der neue Herr eintreffen, um sein Erbe in Besitz zu nehmen. Er würde von John Rechenschaft über jeden ausgegebenen Penny fordern. Er würde darüber entscheiden, welche Arbeit getan und welche nicht getan werden sollte und wer sie zu erledigen hatte. Er konnte jeden, der ihm nicht paßte, vom Gut jagen.

Niemand hat mir in den vergangenen elf Jahren in meine Arbeit hereingeredet, dachte John. Nun muß ich die bittere Wahrheit hinnehmen, daß Harry mich aus meinem Bett werfen kann, wenn ihm der Sinn danach steht.

Tuddenham, der Gutsverwalter, winkte John vom höchsten Punkt der langen Auffahrt zu, die sich vom Kamm des Hügels zwischen den Buchen hindurchwand. Mit langen Schritten kam er den Hügel herunter, vollkommen kahl wie ein Stein und krumm nach einem Unfall mit einem Karren. John wartete mit verschränkten Armen.

„Die Löcher beim Torhaus sind jetzt aufgefüllt, Sir", teilte Tuddenham ihm mit.

„Laß zwei Männer weiter an der Straße arbeiten, bis wir die Kutschen quietschen hören", ordnete John an.

Tuddenham warf ihm einen durchdringenden Seitenblick zu. „Ihr werdet doch bleiben, Sir, nicht wahr?"

„Ich weiß nicht. Jetzt muß ich jedenfalls erst mal die Geschäftsbücher fertigmachen", erklärte John. Er tätschelte den gelben Hund und trat in den kühlen Schatten des großen Hauses.

Das Gutskontor auf der Vorderseite des Ostflügels diente John als Arbeitszimmer. Er schenkte den Rechnungen auf seinem Tisch keine Beachtung, sondern wandte sich den Bücherkisten zu. Doch seine Lehrmeister und Freunde, Plinius, Columella, Cato, Varro und Vergil, lagen in ihren Schatullen, ohne ihn zu locken. Er zog die Schubfächer seiner Sammlung auf, auf die er jede freie Minute verwendet hatte, und blickte auf Eidechsenknochen, seltene Samen, grüne und scharlachrote Schnäbel, drei versteinerte Fische, sechsundachtzig beschriftete Eier, Schalentiere und Mineralien. Vor ein paar Wochen noch hatten sie bedeutungsvoll für ihn geschimmert. Nun lagen sie stumpf in ihren Schubladen. Nicht einmal die Raritäten seines Wunderkabinetts vermochten heute sein Interesse zu wecken.

Traurig schloß er die Schubfächer und trat ans Fenster. Einst hatte er dies alles inventarisiert, beschriftet und akribisch in Kategorien eingeteilt. Schublade für Schublade. Nie hätte er erwartet, daß diese Leidenschaft ihn so plötzlich verlassen könnte.

Er stieß das Fenster auf und sog den scharfen Geruch von Rosmarin und Thymian ein, der vom leichten Zitrusduft frisch geschnittenen Buchsbaums gemildert wurde. Von seinem Schlafgemach über dem Arbeitszimmer aus konnte er die ganze labyrinthische Perfektion des Knotengartens überblicken, mit dessen Anlage er dem Anwesen zum erstenmal seinen Stempel aufgedrückt hatte, vor nunmehr elf Jahren.

Harry wird mehr vorfinden als ich, der ich mich damals als vierzehnjähriger Vogelfreier hier verkroch. Tadellose Ziegelmauern anstelle von verrottetem Flechtwerk, säuberlich aufgeschichtete Holzstapel und Gärten, in denen der Drang der Natur zur Unordnung gebändigt worden ist.

John ließ sich an seinem Schreibtisch nieder und blätterte in den Listen, die den Ablauf der vergangenen Wochen bestimmt hatten. Die schwarzen Linien durch jede erledigte Aufgabe waren wie ein Schlußstrich unter sein bisheriges Leben.

Selbst das chaotische häusliche Reich seiner Tante Margaret befand sich in leidlicher Ordnung. Federmatratzen waren über das Stroh in den Gästebetten gebreitet, und wann immer John an der Küche vorbeikam, wurden dort in einem neuerlichen Anfall von Panik noch mehr Fleischpasteten, Flechtkuchen und Preßkopfsülzen produziert. Sechzig geräucherte Schinken hingen neben achtundzwanzig Speckschwarten an den Haken.

John nahm die Rechnungen zur Hand. Zuunterst lag ein Brief seines Vetters, den er hervorzog. Mit Klecksen und Fehlern übersät und in einer Schuljungenhandschrift hingekritzelt, sah der Brief recht harmlos aus, genau wie Harry.

> Ich bitte Dich, lieber Cusin, mir einen triumpfalen Einzug zu bereiten, würdig eines neuen Zäsar (dein kleiner Fetter und einstiger Spielgevährte), der sich noch kaum in seiner neuen Glanzrolle zurechtfindet, sie aber RECHT SEHR geniehsst.
>
> Ich bringe meine neue Vrau mit und, leider, einen strengen Senahtor von Rom (ihren Onkel und Formund, sowie seine Vrau) Der mir liebend

gern meinen Lohrbehrkrantz entreissen möchte. Aber ich bringe auch einen liehben neuen Vreund mit, der bei unserer Frantzösischen Köhnigin in hoher Gunst steht und mit seinem Besuch einen gantz spetziellen Zweck ferbindet, wälcher mit Dir zu tun hat . . .

John las den letzten Satz ein zweites und ein drittes Mal. Ein kalter Klumpen setzte sich in seinem Magen fest. Gewiß war er mittlerweile in Whitehall in Vergessenheit geraten, und er schätzte seine eigene Bedeutung sicherlich zu hoch ein. Doch die Angst ließ ihn nicht los.

Er stand auf und verließ das Arbeitszimmer. Im holzgetäfelten Korridor roch es nach Käse und Apfelmost. John kam an der offenen Tür zu Tante Margarets Wirtschaftsraum vorbei, von wo aus sie den Zugang zur stets verschlossenen Vorratskammer bewachte. Das Zentrum des unordentlichen Spinnennetzes seiner Tante war leer. Tante Margaret war unverheiratet, ein zähes Kraut von einer Frau, die von ihrem Haar wie von einem Glorienschein umgeben wurde.

Hinter dem Wirtschaftsraum lag die Küche. John ging weiter durch die Spülküche und trat hinaus auf eine enge, mit Ziegeln gepflasterte Passage. Über eine Backsteinmauer am linken Ende der Passage drang Kläffen aus dem Hundezwinger der *basse-cour*, dem Geflügelhof, herüber. Geradewegs vor John lagen seine Gärten.

Zuerst kam der Kräutergarten, den er in jenem Winkel angelegt hatte, wo Kapelle und Herrenhaus aufeinandertrafen. John atmete den harzigen Geruch des Rosmarinstrauchs ein und betrachtete die Reihen junger Pflänzchen von Borretsch und Scharlachsalbei. Dann trat er durch einen Bogen in den Knotengarten.

Diesen quadratischen Flecken Erde hatte er wuchernden Brombeersträuchern und sich rasch vermehrenden Kaninchenkolonien abgetrotzt. Immer noch, wenn auch nicht gerade heute, bereitete ihm der Knotengarten großes Vergnügen. Mit Gamander verflochtener Buchsbaum bildete ein viereckiges Muster ineinandergreifender Quadrate. Innerhalb der Hecken wuchsen Thymian, Heiligenkraut, Erdbeersträucher und Aurikeln. Die Anlage wurde von einem Wegegeviert eingefaßt, das mit Ziegeln in Fischgrätmuster gepflastert war. Diese Wege wiederum säumte ein weiteres quadratisches Areal aus vier länglichen Beeten, in denen Johns zarte Lieblinge wuchsen, seine Studienobjekte und seine Rosen.

John stürmte weiter in den Neuen Garten. Er maß von einem Ende zum anderen beinahe hundert Schritt und war von einer Backsteinmauer umgeben. An diesem Morgen pflanzten zwei Gärtner im Frühbeet die Gurkenpflanzen in Furchen. Acht jätende Arbeiterinnen schoben sich in der Hocke durch Reihen gefiederter Möhren und junger Kohlpflänzchen. Vier weitere kümmerten sich unter den Augen von Cope, dem Obergärtner, um frisch gekeimte Bohnen und Salatsetzlinge.

Nur noch zwei Tage, und mein Paradies muß seine Pforten öffnen, dachte John, als Cope ihn begrüßte. „Die Gärten sind gut gepflegt, Cope“, lobte er. „Mein Vetter wird erfreut sein.“

„Und Ihr, Sir?“ Cope war etwa in Johns Alter und noch ganz neu in seiner verantwortungsvollen Stellung, nachdem sein Vater, der ihn angelernt hatte, im vergangenen Winter gestorben war.

„Selbst Adams Paradies war nicht schöner“, sagte John. Er trat die Flucht an, bevor er sich zu der Bemerkung hinreißen ließ, daß seine Meinung nun ohnehin nicht mehr zähle.

Die drei Fischweiher lagen in einer Reihe hinter dem Herrenhaus. An ihrem westlichen Ende wurden sie von dem braunen Fluß namens Shir gespeist, der träge durch sie hindurchfloß, am Wehr Kraft sammelte, ein wenig rascher auf den Mühlteich zuglitt und dann durch die Stromschnellen stürzte. John hatte oberhalb der Weiher einen kleinen Kanal abgezweigt, der durch den Keller des Hauses verlief, und so einen Lagerraum geschaffen, in dem Wein und Speisen selbst am heißesten Sommertag kühl blieben.

Er gelangte an den tiefsten Punkt der Weihertreppe, überquerte die Wehrbrücke und stieg den Hang des Hawk Ridge hinauf zu dem Obstgarten, den er geschaffen hatte.

Bienen surrten um die Körbe aus Lehm und Flechtwerk, die John aufgestellt hatte. Die Mispeln blühten bereits, die Knospen der Birnen und Äpfel waren noch geschlossen.

Hawkridge House war ein bescheidenes Herrenhaus aus blaßrotem Backstein mit H-förmigem Grundriß, einem schönen Steinportal mit Adlerköpfen und einer kleinen Kapelle an der nordöstlichen Ecke.

John blickte auf die einstöckigen Gebäude der *basse-cour*: Destille, Molkerei, Hundezwinger, Wäscherei, Schulraum und Vorratsschuppen umschlossen den gepflasterten Hof. Dahinter erhob sich die Nordfront des Hauses. Die Sonne glitzerte auf den bleiernen Dachplatten. John liebte das Haus, das er nun für einen anderen Mann vorbereitete.

Er ging weiter, über den Kamm des Hawk Ridge, dann abwärts durch die Haselbüsche und den steileren Hang mit den Buchen wieder hinauf.

Inmitten der Buchen stand der Baum der Herrin. Wie seine Schwestern hatte er jetzt, im Mai, einen grauen, von kupferfarbenen kleinen Klauen bedeckten Stamm. Die meergrünen Blättchen befreiten sich gerade aus ihren nadelspitzen Hüllen. Wie seine Schwestern war der Baum der Herrin vor vielleicht hundert Jahren gestutzt worden. Die Haupttriebe waren von einem Rodungsbauern herausgeschnitten worden, und sämtliche Seitentriebe waren daraufhin um leere Zentren herum in einer Kelchform nachgewachsen. Anders als seine Schwestern war der Baum der Herrin jedoch mehr als nur ein Baum. Einer seiner Äste war – seitwärts, in der Höhe von Johns Hüfte – in Form einer nackten Frau gewachsen.

Sie war knapp lebensgroß und lag, in voller Länge ausgestreckt, halb auf der Seite. Die Achseln gingen in zwei Brüste über, dann folgte ein gerundeter Bauch mit einem vollkommenen Nabel. Zwei üppige Hüften gingen sanft in zwei schlanke Schenkel über, die sich immer wieder in geschwungene, federnde Äste teilten. Die Herrin tat, als schliefe sie.

Soll ich segnen oder verfluchen? fragte sie John, wie sie alle Besucher fragte. Meine Wurzeln greifen tief unter deinen Füßen aus. Vergrabe deine geheimsten Wünsche zwischen meinen knorrigen Windungen.

In den vergangenen Jahren hatte John Phiolen ausgegraben, Silberstücke und Messerklingen.

Wenn Harry kommt, werde ich die nackte Frau für meine Sammlung zeichnen, dachte John. Eine Rarität.

Er grub die Hände in die lockere Humuserde. Sein Haupt sank gegen die graue Rinde. Herrin, hörst du mich? Ich beneide meinen Vetter nicht! Ich habe mehr gehabt als die meisten Männer. Ich bin dankbar.

Und doch war da noch jener andere geisterhafte Mann mit einem anderen Namen, dem John mit vierzehn Jahren zum letztenmal begegnet war. Ich weiß nicht, wer er heute sein könnte. Ich hielt mich für mutig. Doch ich habe Angst, Herrin. Oh, wie gern ich meine eigenen Ländereien wiederhaben möchte! Meinen eigenen Namen! Einen Grund zu leben!

Einst, raunte die Herrin des Baums, einst hattest du all das.

II

JOHN war als Kind von elfenbeinerner Schönheit gewesen. Zu einer Zeit, als ein Drittel aller Menschen von Pockennarben entstellt war, war seine Haut glatt. Im Alter von vier Jahren konnte er lesen und zeigte vielversprechende Ansätze in Latein, Griechisch und Hebräisch. Mit fünf konnte er sich anmutig bewegen, gut reiten und fechten und bei all den anderen männlichen Spielen mithalten.

Sein Großvater väterlicherseits, Howard Nightingale, war ein junger und ehrgeiziger Mann gewesen, als König Henry VIII. nach dem Bruch Englands mit der Römischen Kirche den katholischen Landbesitz konfiszierte. Obwohl er nur der Sohn eines Londoner Brauereibesitzers war, hatte dieser Großvater einen Gönner gefunden, der ihm drei Jahre Studium in Oxford finanzierte, wo er sich beachtliche juristische Kenntnisse erwarb. Zum Lohn für treue Dienste, die er einigen einflußreichen Tudormagnaten erwiesen hatte, erhielt Nightingale einen konfiszierten katholischen Grundbesitz, Tarleton Court nördlich von Hatfield. Kurz darauf kaufte er einen zweiten, ehemals katholischen Herrensitz, Farfields, und legte so den Grundstein für den Aufstieg seiner Familie. Johns Eltern gehörten zur mittleren Schicht von Landbesitzern, doch als er geboren wurde, hatten sie ein so großes Vermögen angesammelt, daß sie zwei weitere Anwesen erstehen konnten.

Sie ließen John die Erziehung eines Edelmanns zuteil werden, um ihn auf ein einflußreiches Leben am Hof zu Whitehall vorzubereiten. Sowohl seine eigene Veranlagung als auch die guten Absichten seiner Eltern bildeten die Grundlage für sein höfliches Benehmen und die glühende Anteilnahme am Schicksal anderer Menschen. Diese schloß nicht nur seine Eltern und seine Amme ein, sondern auch die Pächterfamilien auf den Gütern der Nightingales, seine zahlreichen Vettern, die jungen Stallburschen, mit denen er spielte, seine Pferde, Hunde, eine Henne mit gebrochenem Bein, ein Ferkel, dessen Ableben ihn dazu brachte, im Alter zwischen vier und sechs den Verzehr von Speck zu verweigern.

Im Jahre 1617, als John sieben Jahre alt wurde, kam der Zeitpunkt, da man ihn aus dem Haus geben mußte. Ein Londoner Edelmann mit entfernten Kontakten zum Hof erklärte sich bereit, John in seinen Haushalt aufzunehmen, um seinen Manieren den letzten Schliff zu geben. Master und Mistreß Nightingale begleiteten John von ihrem Hauptsitz in Tarleton Court nach London. Johns Vater hatte geschäftlich in London zu tun, Johns Mutter wollte die Gelegenheit nutzen, ihren Bruder zu besuchen, einen Wollhändler, der immer noch schlicht Mr. George Beester war.

In der Morgendämmerung brachen sie auf. Während ein Reiter London in gut einem Tag erreichen konnte, brauchte eine Kutsche auf der Schlammpiste, die sich Straße nannte, mindestens zwei. Eine unvermutet angeschwollene Furt kostete die Nightingales einen dreieinhalbstündigen Umweg über eine holprige Straße flußaufwärts bis zu einer Stelle, wo die Kutsche das seichte Wasser durchqueren konnte. Als die Sonne unterging, befanden sie sich mitten im tiefsten Eichenwald und noch mindestens zwei Wegstunden von dem Gasthof entfernt, in dem sie übernachten wollten. Der Lakai entzündete die Kutschenlampen. John fiel auf dem Schoß seiner Amme in Schlaf.

Aufgeregte Erwachsenenstimmen rissen ihn aus seinem Schlummer. Die Kutsche schaukelte heftig, die Laterne im Innern schwankte. Doch die Kutsche war zum Stehen gekommen.

„Sind wir da?" erkundigte sich Johns Vater. John setzte sich auf.

Draußen im Dunkeln stieß ein Mann einen Schrei aus, der jäh erstarb. Johns Vater warf sich gegen die Innenseite des Kutschenschlags.

„Richard! Was ist?" fragte Johns Mutter.

Sein Vater schien sie nicht zu hören. Im Licht der hin und her schaukelnden Laterne sah John, wie sich der Rücken seines Vaters unter dem Mantel verkrampfte. In die Dunkelheit draußen kam Bewegung, flackernde orangefarbene Lichter erschienen. John hörte es knistern und roch Rauch.

„O gnädiger Herr Jesus!" kreischte Johns Amme.

Sein Vater schrie auf und fiel über Johns Beine. Ein Feuerball zischte durch das Kutschenfenster. Gierige Funken setzten sich auf Kleider, Umhänge und Spitzen. Flammen züngelten über Röcke. Johns Mutter kreischte; ihr Haar hatte Feuer gefangen. Der Gestank brennender Seide und Wolle erfüllte die Kutsche.

Johns Mutter zerrte ihn unter dem Leichnam seines Vaters hervor und schleuderte ihn durch den brennenden Fensterrahmen hinaus. Er prallte auf den Boden und spürte, wie ihn jemand von der Kutsche wegzerrte und die Flammen in seinen Haaren und Kleidern erstickte. Dann kroch John zurück zu der brennenden Kutsche, zu seinen Eltern und seiner Amme, die in ihrem Innern gefangen waren. Seine Mutter war ein in Flammen gehüllter Schatten. Sie schrie und schrie. Jemand zog John fort in die Dunkelheit.

Unter der Kutsche hindurch sah er die Füße von Männern auf der anderen Seite und gegen die Tür verkantete Holzlatten, die den Schlag geschlossen hielten. Die vier Kutschpferde wieherten und bäumten sich in ihren Geschirren auf. Ein Mann stürmte durch den schwarzen Qualm, um die Pferde loszuschneiden. Andere – vom grellen Flammenschein erhellt – verkeilten auch die Tür auf der John abgewandten Seite der Kutsche mit Holzlatten.

„Mutter!" Sein Aufschrei verlor sich im Aufruhr der panischen Pferde, des Gebrülls und der Flammen.

Jemand zerrte an Johns Jacke. „Bitte, Master John!" flehte die Stimme. „Bevor sie uns entdecken ...!"

Die Kutsche brannte lichterloh. Die Schreie verstummten. In der plötzlichen Stille hörte man das brennende Holz laut knacken. Die Männer zogen sich von der Kutsche zurück. John folgte dem Lakai durchs Unterholz.

„Der Gerechtigkeit ist Genüge getan", krächzte eine rauhe Stimme aus der Gruppe neben dem brennenden Gefährt. „Tod diesen Dieben und Plünderern! Verflucht seien die Gerichte und der König!"

Der Kutscher der Nightingales lag tot auf dem Boden. Aus seiner durchgeschnittenen Kehle breitete sich eine schwarze Pfütze auf dem Boden aus.

Die Kutsche sackte zur Seite. Inmitten des Durcheinanders von Holzscheiten und Körpern zeichnete sich plötzlich ein Gesichtsprofil ab, hell erleuchtet vom flackernden Feuer. Augenbraue, Wangenknochen und Kinn von Edward Malise glühten in einem heißen Orange. Sein sichtbares Auge spiegelte eine gräßliche Freude wider. Der Mann lachte. Dann drehte er sich unvermittelt um und schien John direkt anzusehen.

„Lauft, Master John!" flüsterte der Lakai. Er schubste den Jungen tiefer in ein Dickicht und zog sein Messer.

„Dort sind noch zwei von ihnen!" rief die rauchige Stimme.

Drei der Männer bei der Kutsche zogen ihre Schwerter und kamen auf den Lakai zu.

„Lauft! Nach London. Zu Eurem Onkel!"

Monatelang, bis andere Aufregungen für neuen Klatsch sorgten, war es Gesprächsthema Nummer eins, wie ein angesengter und verwirrter Junge, in die aschebedeckten Fetzen einstiger Seidengewänder gekleidet, in eine Kate getaumelt war, sechs Meilen vom Schauplatz des Hinterhalts entfernt. Dort hatte er erklärt, er sei Master John Nightingale von Tarleton Court und verlange, zu seinem Onkel George Beester nach London gebracht zu werden, um ihm mitzuteilen, daß der Teufel seinen Vater und seine Mutter getötet habe. Sodann hatte er sich in einen großen, geschnitzten Lehnstuhl fallen lassen und war in einen tiefen Schlaf gesunken.

Erst anderthalb Tage, nachdem der verängstigte Bauer John seinem Onkel übergeben hatte, erwachte der Junge.

„Wie viele Männer waren es?" fragte ihn sein Onkel. „Wie waren sie gekleidet? Waren es Wegelagerer? Soldaten?" Der Junge schien die

Fragen nicht zu hören. „Hast du gehört, ob ein Name gerufen wurde? Oder Titel? Irgend etwas Französisches? Waren Edelleute darunter? Ich brauche Beweise!"

Der siebenjährige John wand sich und schüttelte den Kopf. Die Antworten, nach denen es seinen Onkel so sehr verlangte, brodelten hinter einem verschlossenen Tor in seinem Geist. Ließe er auch nur eine Erinnerung durchschlüpfen, würde der Rest hinterherdrängen. Er wäre nie wieder sicher vor ihnen.

Von nun an wechselte der verwaiste Erbe der Nightingale-Besitzungen ständig den Aufenthaltsort. Ein paar Monate auf seinem Gut Tarleton, Besuche in seinen anderen drei Häusern, ein paar Monate mit Onkel George in Hawkridge, ein Sommer auf einem anderen Anwesen seines Onkels, zwei Monate bei einer Tante in London.

Die nächsten sieben Jahre übte sich John im Vergessen. Seine Eltern hatten ihn verlassen, sie waren überfallen und auf schreckliche Weise getötet worden. Wie, wußte er nicht mehr genau. Er mußte ein neues Leben ohne die Eltern führen, auf den vier Besitzungen, die nun ihm gehörten, und bei Onkeln, Tanten, Vettern, Lehrern und Freunden.

Erst als er vierzehn war, war die Erinnerung in einem vom Kaminfeuer beleuchteten Zimmer eines Londoner Privathauses zurückgekehrt. Sein Onkel, George Beester, hatte John zu einer Direktoriumssitzung der Südjavanischen Kompanie mitgenommen. Beester begrüßte die Kollegen und stellte seinen wohlhabenden Neffen vor, der vielleicht eines Tages ihrem Kreis beitreten würde. Ein Dutzend Männer befanden sich in dem Zimmer.

Dann kamen noch zwei Nachzügler, neue Investoren: Francis und Edward Malise aus einer alten katholischen Familie, die König Henry überlebt hatte, indem sie in die Niederlande geflohen war. Da die Malises verstockte Papisten waren, hatte der König fast ihr gesamtes Vermögen und all ihre Ländereien an sich gerissen. Die Güter der Malises waren verkauft oder an verdiente Verfechter von Henrys zweckmäßigem Bruch mit der Römischen Kirche verteilt worden. Die Eltern waren im Ausland verstorben. Dann, unter dem katholischen König James, kehrten die beiden Malise-Söhne nach England zurück und gelangten nach und nach wieder zu Amt und Würden. Man sagte, die neue französische Königin, die James' Sohn Charles geheiratet hatte, ebne ihren Weg nach oben.

Kostspielige modische Wolken aus Spitze und Lockenhaar, die nicht zu ihren scharfgeschnittenen Gesichtern mit den Hakennasen und den dunklen, hungrigen Augen passen wollten, umschmeichelten die Malise-Brüder. Sie ähnelten sich wie ein Paar Jagdfalken.

Die Brüder entflammten einen ersten Funken von Furcht in Johns Innerem. Sie machten die Runde durch den Raum und ließen sich die Anwesenden vorstellen. Dann blieben sie vor dem Kamin stehen. Edward, der jüngere der Brüder, wandte sich Sir James Balkwell zu. Sir James Balkwell war Besitzer großer Teile von Buckinghamshire und örtlicher Richter. Er sagte etwas. Edward Malise zeigte beim Lachen seine Zähne.

Die Erinnerung loderte weißglühend auf. John sah, woran sich zu erinnern sein Onkel ihn vergeblich gebeten hatte. Er sah Edward Malise im orangefarbenen Schein der brennenden Kutsche lachen. John bahnte sich einen Weg durch den Raum. Seine Finger suchten nach Edward Malises lachendem Gesicht. Dann umschlang der ältere Bruder, Francis, John von hinten. Der Junge wand sich wild in den Armen des Mannes, entzog sich dem brutalen Griff und stieß den Kopf seines Gegners zur Seite, so fest er konnte. Francis Malise stolperte rückwärts und stürzte. John warf sich erneut auf Edward.

Francis Malises Füße tanzten noch zwei Rückwärtsschritte durch die Luft, dann krachte er Kopf voran auf den Steinboden.

John sah ihn nicht fallen. Er schrie und hieb nach den vier Männern, die versuchten, ihn von dem anderen Bruder loszureißen. Dann ließ die Stille im Zimmer seine Wut allmählich abklingen. Er blickte dorthin, wohin auch alle anderen schauten. Francis Malise lag auf den Steinplatten, die Arme von sich gestreckt, den Mund offen. Ein kleiner nasser Fleck breitete sich dunkel auf blaßblauen, aus Seide und Wolle gewirkten Beinkleidern aus.

„Francis!" kreischte Edward Malise und warf sich neben seinem Bruder zu Boden. „Holt einen Arzt!"

Henry Porter, Eigner von Küstenschiffen, hob Francis Malises Haupt an und besah sich den Hinterkopf. Ein anderer Mann kniete nieder, um sein Ohr auf Francis Malises Brust zu legen. „Zu spät."

Sir James Balkwell schickte nach einem Wachtmeister.

John starrte den Toten auf dem Boden an. Nur sein Zorn hatte das bewerkstelligt, ohne Messer oder Degen oder Keule. Nie hätte er sich träumen lassen, daß er solche Kraft besaß. Nun brüllten alle auf ihn ein.

Sein Onkel schob ihn durchs Zimmer, drückte ihn in einen Sessel. „Warum, John? Kannst du dich jetzt erinnern? War er der Mann? Warum hast du ihn angegriffen?"

„Ich bin sicher, daß er Francis nicht töten wollte", ließ sich eine Stimme vernehmen.

„Er wollte *mich* töten", sagte Edward Malise. „Ihr habt es alle gesehen!"

„Ihr habt meine Eltern umgebracht", stieß John hervor. „Ihr habt neben der Kutsche gestanden und gelacht!"

„Wann?" fragte Malise. „Was für eine Kutsche?"

„Eure Männer verkeilten die Türen, so daß sie nicht herauskonnten . . ., meine Mutter, mein Vater und die Amme!"

Malise holte tief Atem. „Könnte wohl ein anderer dieses verrückte Verhör fortführen? Diesem jungen Mann klarmachen, was er getan hat . . . Es sei denn, er ist besessen. Dann ist ihm nicht mehr zu helfen."

„Er ist nicht von irgendwelchen Dämonen besessen", versetzte George Beester, „sondern von Erinnerungen, die kein Kind haben sollte. Als mein Neffe sieben Jahre alt war, wurden meine Schwester, ihr Gemahl und die Amme des Jungen bei lebendigem Leib in ihrer Kutsche verbrannt. Der Junge war bei ihnen, überlebte jedoch. Obwohl ich viel Zeit und Geld darauf verwandte, konnte ich ihre Mörder nie entlarven. Zwar wußte ich, wer ihren Tod gewünscht haben könnte . . ., doch ich hatte keinen Beweis. Der Junge selbst erinnerte sich an nichts mehr, was in jener Nacht geschehen war – bis heute abend, als er Euch und Euren Bruder erblickte."

„Ich schwöre, daß ich unschuldig bin. Ich habe die Eltern dieses Jungen nicht umgebracht, obwohl einige von Euch wissen dürften, daß ich guten Grund hatte, sie zu hassen. Die Gebeine meiner Ahnen wurden durch diese Geier von Emporkömmlingen aus ihren Gräbern gezerrt. Oder habt Ihr die barbarischen Plünderungen König Henrys schon vergessen?"

„Eine Unmenschlichkeit rechtfertigt nicht die andere", erwiderte Sir James. „Und alte Geschichten von Besitzstreitigkeiten und Exil widerlegen die Beschuldigungen des Jungen auch nicht. Wo wart Ihr und Euer Bruder in jenem Sommer? Im August vor sieben Jahren?"

„Wir waren in den Niederlanden und kämpften in einer flämischen Einheit gegen die Spanier. Ich werde Beweise dafür vorlegen. Sobald das geschehen ist, erwarte ich Genugtuung von Euch."

„Der Junge muß vor Gericht gestellt werden", entschied Balkwell.

„Es war ein Unfall!" protestierte Beester. „Der Junge hat ihn angegriffen – und das mit gutem Grund –, aber er wollte ihn nicht töten!"

„Wir sind mehr als genug, um zu bezeugen, was sich abgespielt hat", erklärte Balkwell und wandte sich an Edward Malise. „Es tut mir leid, daß Ihr Euch in einem so tragischen Moment angeklagt fühlt. Doch der Junge hat gleichfalls eine Beschuldigung gegen Euch erhoben, und auch die müssen wir untersuchen."

Im Gefängnis war Johns wiedererlangte Erinnerung noch immer

scharf. Er lag auf seiner Pritsche, hörte, roch, sah und fühlte immer und immer wieder Rauch, schmorendes Fleisch, das Gewieher der Pferde und die Schreie seiner Mutter. Sein eigenes loderndes Haar. Malises Falkenschnabel. Den Lakaien seines Vaters, der ihn gerettet hatte und wahrscheinlich ums Leben gekommen war, als John durchs Dickicht davonkroch. Er durchsiebte seine Erinnerungen auf der Suche nach einem Detail, nach irgend etwas, das seinem Onkel als Beweis gegen die Malises dienen konnte.

Immer wieder fragte er sich: Warum hassen die Malises meine Familie so sehr? Waren die Nightingales wirklich Geier gewesen?

Nach drei Wochen im Gefängnis bekam John Angst. Er wußte, daß man ihn für schuldig befinden würde, denn er hatte Francis Malise getötet, im Zorn. Trotzdem war er froh, es getan zu haben.

Johns Onkel hatte ihm die Unterbringung in einem Raum inmitten der Schuldner des Fleet-Gefängnisses statt in einer unterirdischen Zelle erkauft. Man hatte keine Eile, den Jungen vor Gericht zu stellen. Sir James Balkwell war nicht der einzige, der glaubte, Johns Anklage könne auf Wahrheit beruhen, und als erfolgreicher, aus eigener Kraft aufgestiegener Geschäftsmann besaß Beester die Mittel, seine Verbindungen für die Sache seines Neffen arbeiten zu lassen. Doch seine Bemühungen reichten nicht aus, obwohl er auf zahlreiche geneigte Ohren traf.

Sechs Wochen nach Johns Verhaftung besuchte George Beester seinen Neffen im Gefängnis. „Man wird dich nächste Woche vor Gericht stellen. Die Mehrheit der Männer, die Zeugen von Francis Malises Tod waren, haben erklärt – wenn auch widerwillig –, daß du ihn absichtlich verletzt hast. Das Gesuch, die Angelegenheit als Unfall zu behandeln, wurde zurückgewiesen, und Edward Malise hat die Unterstützung der Katholischen Partei, die das Ohr der Königin besitzt, für seine Sache gewonnen.“ Beester ließ sich auf einem niedrigen Schemel nieder.

„Onkel, hatten die Malises irgendein Recht dazu?“

„Sie hatten kein Recht dazu. Aber das, was sie vorschützten, war ein *Grund*. Malises Großvater entschied sich für die falsche Seite, gegen König Henry, während dein Großvater sich für die richtige entschied. Die Malises haben alles versucht, um ihre Ländereien zurückzugewinnen. Dein Vater hatte vier Monate vor seinem Tod einen Prozeß gegen sie in letzter Instanz gewonnen.“

„Das Leben meiner Eltern für Ländereien?“

„Die Malises sind Mörder. Kein Gesetz gab ihnen das Recht, den Henker zu spielen.“

„Ich habe Francis Malise getötet."

„Aber mit größerem Recht. Und ich behaupte immer noch, daß es ein Unfall war. Aber die vorgesehene Strafe wird verhängt werden, und deshalb muß ich vorher handeln. Dich werden sie nicht auch noch bekommen." Beester stand auf. Er sagte dem Jungen nicht, daß alle vier Besitzungen der Nightingales von Vertretern der Krone konfisziert worden waren und in deren Händen verbleiben würden, solange der Prozeß in der Schwebe war. „Wenn die Malises schuldig sind, kann es möglicherweise irgendwann einmal bewiesen werden. Hier hast du einen Dolch. Halte ihn immer griffbereit."

John nickte.

„Malise oder ein hilfreicher Spießgeselle könnte versuchen, wieder einmal Gottvater zu spielen. Hier drinnen gibt es nicht genug Wachen. Sei auf der Hut!"

DIE SCHWERE, hölzerne Zellentür schwang knarrend über den Boden. John erwachte. Er lauschte. Jemand hatte die Tür seiner Zelle geöffnet. Er umfaßte den Griff des Dolchs.

„John? Ich bin's, deine Tante."

„Tante Jane?"

„Komm schnell! Dein Onkel wartet unten auf der Straße!"

John stand auf und stürzte durch die Dunkelheit auf die Gestalt zu.

„Schließ die Tür!" flüsterte sie.

Sie durchquerten einen schmalen Gang und gelangten an eine kleine Tür auf der gegenüberliegenden Seite. Johns Tante öffnete sie und betrat mit dem Jungen ein enges Treppenhaus. Die Stufen wanden sich um eine steinerne Spindel herum in einen dunklen Schacht hinab. John folgte seiner Tante die Stufen hinunter.

Ein Vestibül. Eine massive Tür, einen Spaltbreit offen. Ein Durchgang. Sie überquerten eine Brücke über den Wassergraben des Gefängnisses und schritten durch ein weiteres Tor. Dann eine Straße. Eine unbeleuchtete Kutsche – und Onkel George.

„Rein! Rein!"

In der Kutsche schlang John die Arme um seinen Onkel, nachdem der Schlag zugeknallt worden war. „Du bist noch nicht außer Gefahr", erklärte Beester. „Wir müssen dich noch heute nacht aus London hinausbringen."

„Wie hast du die Schlösser geöffnet?" fragte John. „Wo waren die Gefängniswärter?"

„Aaah", wehrte George Beester zufrieden ab. „Wir leben in einer nachlässigen Zeit." Er freute sich über seine kluge Voraussicht. Binnen vierundzwanzig Stunden nach Francis Malises Tod hatte er soviel Geld wie möglich aus den Besitzungen des Jungen gezogen, bevor die Mühlen der Sternkammer, des englischen Gerichtshofs, zu mahlen begannen. John hatte sich die Freiheit mit seinem eigenen Geld erkauft. „John, all deine Güter sind jetzt im Besitz der Sternkammer. Deine Flucht besiegelt, daß sie als Pfand an die Krone fallen. Deine augenblickliche Freiheit ist alles, was von deinem Erbe übrig ist."

„Das ist mehr als genug!" erklärte John leidenschaftlich. „Ich danke dir! Und dir auch, Tante!"

Sein Onkel brachte ihn von einem Dock in der Nähe der London Bridge mit einem Boot flußaufwärts. John kauerte im Bug. Er sah die schlafende Stadt vorübergleiten. Und weil John erst vierzehn war, betrachtete er das Ganze als ein unglaubliches, spannendes Abenteuer.

Sein Onkel schaffte John sicher nach Hawkridge House und reiste sofort wieder ab. Tante Margaret wohnte damals bereits seit fünfzehn Jahren auf dem Anwesen und hatte sich mit einem Leben als alte Jungfer abgefunden. Zuerst zeterte sie, daß es ihrer aller Ruin sei, falls man John hier entdecken und von neuem ergreifen würde. Dann aber legte sie Umschläge auf Johns Wunden und Hautausschläge, die er sich im Gefängnis zugezogen hatte. Sie tauchte ihn unter Wasser, um ihn von Flöhen und Läusen zu befreien, und verfolgte ihn mit Minze und Rosmarin, mit Knoblauch und Weidenrinde und mit der Panik unerwartet übernommener Verantwortung.

Eine Woche nach Johns Ankunft tauchten zwei Soldaten in Hawkridge House auf und führten höfliche Verhöre. Niemand hatte Beweise dafür, daß Beester für die Flucht seines Neffen verantwortlich war. John war im Dachgeschoß versteckt. Die Soldaten ritten noch am selben Tag wieder fort, gut verköstigt und ohne Arg.

John verbarg sich zwei weitere Wochen im Haus, im Dachstuhl der Kapelle oder in den Mansarden über der Langen Galerie, um den neugierigen Hausbediensteten aus dem Weg zu gehen, und dachte darüber nach, was es hieß, geächtet zu sein. Er machte sich mit der Tatsache vertraut, daß er jetzt kein Heim, kein Geld mehr hatte. Was Unterkunft, Verpflegung, Kleidung, Erziehung und Vergnügungen anbelangte, war er völlig auf die Großzügigkeit seines Onkels angewiesen.

Nach zwei Wochen kam John zu dem Ergebnis, daß er sich entscheiden müsse, ob er hier inmitten der Mäuse- und Fledermausskelette sterben oder in die Welt da unten zurückkehren wollte. Er stieg vom Dachstuhl hinunter und zeigte sich seiner Tante zum Trotz auf dem Gut – zur Zufriedenheit aller Arbeiter und Pächter, die über nichts anderes mehr gesprochen hatten, seit John eingetroffen war.

Einige wußten, daß John ein Neffe von Sir George war. Doch wenn ihr Herr aus der Ankunft des Jungen ein Geheimnis machen wollte, dann begnügten sie sich damit, an der Verschwörung teilzuhaben.

Der vierzehnjährige John schritt mit den langen Beinen eines Halbwüchsigen die überwucherten Felder ab. Er sah zusammengebrochene Mauern und Zäune, heruntergefallene Dachziegel, durchhängende Strohdächer und rissige Balken. Binnen einer Woche hatte er begonnen, die Dinge in Ordnung zu bringen.

Er fand heraus, daß man niemanden auf dem Gut darüber belehren mußte, daß er – nach seinen Vettern James und Harry – der dritte in der Erbfolge Sir Georges war, und das verlieh seinen Worten Gewicht. Dennoch begann er bescheiden, indem er Mauern ausflicken und Dachziegel ersetzen ließ. Zuerst wandte er sich brieflich an seinen Onkel. George Beester war es zufrieden, seinen Neffen nach Belieben walten zu lassen, solange es den Zustand des Guts verbesserte und nicht allzuviel kostete.

Der Beifall sowohl seines Onkels als auch der Mehrheit der Gutsangehörigen erstaunte John ein wenig. Doch seine Tante hatte alle Hände voll zu tun, die sechzehnköpfige Hausfamilie – Diener, Gäste, Pastor und sich selbst – zu verköstigen, die sich jeden Mittag und Abend im großen Speisesaal zu Tisch setzte. Beglückt überließ sie ihrem energiegeladenen Neffen die unlösbaren Probleme wie Schnecken, Spatzen, Würmer, Hagel, zuviel oder zuwenig Regen, Brand, Frost, Kaninchen, Diebe sowie die Auswahl der richtigen Kohlsaat. John entwarf Pläne, stellte lange Listen auf, schrieb Briefe in Latein – unterzeichnet mit „Graffham", dem neuen falschen Namen, den sein Onkel ersonnen hatte – nach London, Antwerpen und Amsterdam, um Rat und Schößlinge zu erbitten. Was er nicht wußte, suchte er sich aus seiner wachsenden Bibliothek griechischer und römischer Gelehrter heraus.

Sir George kam nur zweimal zu Besuch. Er war erfreut über die inoffizielle Verwaltertätigkeit seines Neffen, für welche die kleine Jahrespension reichte, die Beester dem Jungen ohnehin ausgesetzt hatte.

III

„ICH VERSTEHE nicht, wie Harry das von uns verlangen kann", jammerte Tante Margaret. „All diese zusätzlichen Knechte und Mägde und der Himmel weiß was sonst noch! Wir hätten vergangenen Herbst ein Dutzend Schweine mehr schlachten sollen!" Ihre Finger überprüften unablässig den Sitz und die Festigkeit irgendwelcher Gegenstände – ihren Gürtel, ihren Rock, ihre Schlüssel.

„Vergangenen Herbst war dein Bruder noch am Leben", versetzte John. „Niemand konnte das ahnen. Am wenigsten Harry." Er blickte durch das Fenster auf den Vorhof. Am nächsten Tag sollten Harry Beester und seine Londoner eintreffen. In Gedanken lauschte John dem Klang der Anrede „Sir Harry".

Tante Margaret schüttelte grimmig ihr silbriges Haupt. „In diesem winzigen Ofen können wir nicht genügend Pasteten für alle backen. Agatha Stookey hat einen hysterischen Anfall gekriegt. Sukie Tanner steht kurz davor, ihr Kind zu bekommen, und ist mir in der Küche keine Hilfe. Es gibt nicht genügend silberne Wasserkrüge für die Gästezimmer und . . ." Sie brach in Tränen aus. Bevor John ein paar tröstende Worte einfielen, stieß sie zum wahren Kern ihrer Panik vor. „Was soll ich nur tun, wenn unsere neue Herrin mich hinauswirft?" schluchzte sie. „George hat mir nichts hinterlassen . . . Glaubst du, er hat Harry gesagt, daß ich nirgendwo hingehen kann?"

John wußte, daß seine Tante kaum Eigentum besaß. Seit John volljährig geworden war, hatte er an seines Onkels Statt die verschiedenen Leibrenten ausbezahlt, einschließlich seiner eigenen, bescheidenen. Auch nach Sir Georges Tod hatte John die Gelder ausbezahlt, ohne eine juristische Klärung abzuwarten. Seine Tante, die nie geheiratet hatte, war eine zähe, drahtige kleine Person, die unter starker Belastung jedoch leicht die Fassung verlor. Sie konnte nirgendwo anders als hier auf dem Gut überleben, auf dem sie die vergangenen dreißig Jahre verbracht und ihren Unterhalt mehr als verdient hatte.

„Ich kann mir nicht vorstellen, daß Harry zulassen würde, daß die neue Herrin so etwas tut", beschwichtigte John.

„Harry ist ja so ein Trottel", klagte Tante Margaret. „Ist er schon immer gewesen. Jeder kann ihn beeinflussen. Sie könnte ihn sogar dazu bringen, auch dich rauszuwerfen! Wohin willst du dann? Mit dem Kainsmal auf deiner Stirn! Du bist nirgendwo sicher, höchstens im Ausland! Du bist schlimmer dran als ich."

„Hab Vertrauen zu Harry! Er mag ein Trottel sein, aber wenigstens ein gutherziger."

„Titel und Ehrgeiz haben schon viele Menschen verändert", murmelte Tante Margaret.

„Wir müssen eben darauf vertrauen, daß uns der gerechte Lohn zuteil wird. Harry mag sich ja zum Guten verändert haben. Er scheint eine vernünftige Ehe eingegangen zu sein."

„Du bist zu gut, John. Dir sollte Hawkridge House gehören. Harry hat sich jahrelang nicht blicken lassen. Er wird kurz vorbeischauen und dann wieder in sein geliebtes London eilen . . .“

„Dann machen wir weiter wie vorher.“ John setzte sich an seinen Schreibtisch.

„John!“ Durchs Fenster drang die Stimme Dr. Bowlers. Der alte Pastor stand auf dem kiesbedeckten Vorhof. „Kann ich kurz mit dir sprechen? Ich hab ein kleines Problem.“ Dr. Bowlers hohe, kahle Stirn glänzte in der Sonne, und er blickte noch besorgter drein als vor einer Predigt.

„Kommt nur herüber“, antwortete John.

Dr. Bowler hatte John einst unterrichtet, nun war er sein abendlicher Zechgenosse. Doch seit der Nachricht von Harrys Ankunft war Dr. Bowler mürrisch und wortkarg geworden. Er spielte nicht mehr auf der Viola, und man konnte seinen Weg durch Haus und Garten nicht länger anhand des frohen Summens von Hymnen und geselligen Liedchen verfolgen.

Der Pastor verstand mehr von Musik als von Religion. Johns Bitte an Dr. Bowler, ein Potpourri für Harrys Empfang auf dem Gut zusammenzustellen, hätte ihn eigentlich in Verzückung versetzen müssen. Statt dessen vergrub er sich in seinem kleinen Refugium hinter der Kapelle, wo er Stapel von Partituren durchblätterte. Er wählte Weisen aus, probte sie zweimal mit seinen musikalischen Zwangsverpflichteten und gab schließlich voller Verzweiflung auf.

„John!“ rief Dr. Bowler, als er sich durch die Tür des Arbeitszimmers schob. „Ich bin ja so froh, daß ich dich antreffe. Du weißt, wir haben geprobt, seit du's uns aufgetragen hast . . . Ein Requiem, John. Das werde ich dirigieren.“

„Blödsinn!“ fuhr John auf. „Wer ist denn gestorben?“

„Der Zusammenhalt“, erklärte Dr. Bowler. „Es ist ein Requiem für den Zusammenhalt. Ich fürchte mich, John. Glaubst du, daß Harry . . . Sir Harry . . . einen anderen Pastor ernennen wird? Ich weiß nicht, was ich ohne meinen Zehnten anfangen sollte.“

„Ich werde mein möglichstes tun, damit Harry keinen anderen Pastor ernennt“, versicherte ihm John. „Aber ich weiß ja nicht einmal, wie meine eigene Zukunft aussehen wird.“

„Ich muß zugeben, daß mich das Warten ganz schön aus dem Gleichgewicht bringt.“

„Wenn es eine Gerechtigkeit gibt, Dr. Bowler, dann werdet Ihr zu den Auserwählten gehören.“

Nachdem Dr. Bowler gegangen war, schritt John rastlos durchs

Zimmer. „Das Kainsmal“, hatte seine Tante ihn gemahnt. Wenn sie mich damals gehängt hätten, dachte er, hätte ich mich in der Nacht vor der Hinrichtung vermutlich so gefühlt wie jetzt.

Sollte der Sturm doch losbrechen! Donner, Blitze, Hagel – welche Zornesäußerungen auch immer der Himmel morgen herabschleudern mochte. Herr, setze nur diesem Warten ein Ende!

DIE NACHT auf den 24. Mai 1636 war eisig und naßkalt gewesen, aber nun schien wieder die Sonne. Noch immer war keine Bewegung auf der Straße auszumachen. John regte in seinem Panzer aus gestärkter und gepolsterter blaßblauer Seide unglücklich die Glieder. Harry hatte Wams und Beinkleider aus London geschickt, um sicherzustellen, daß John wie der Vetter eines aufsteigenden Baronets aussah. Zwei makellos weiße Stulpen aus Brüsseler Spitze fielen über die Krempen von Johns grünen Ziegenfellstiefeln. Zwei weitere verbargen halbwegs seine gebräunten Hände. Er sah eleganter aus, als er sich fühlte. Nun, da er sein lockiges dunkelbraunes Haar gestutzt und die rechte Seite seines adretten Barts so rasiert hatte, daß sie den unbehaarten Brandnarben der linken Barthälfte entsprach, wirkte er wie geboren für diese Kleidung.

Von dem Vorbau des kleinen Steinportals aus überwachte John die Akteure des triumphalen Maskenaufzugs, den Harry verlangt hatte. Unterhalb von ihm, auf dem Vorhof, saß Dr. Bowler in seinem besten schwarzen Rock auf einem Stuhl, die Viola an das Ohr gepreßt, und zupfte gereizt an einer Saite. Drei Gutsarbeiter, gewaschen, gekämmt und herausgeputzt, lehnten an den beiden Steinadlern, die das Portal flankierten, die Holzflöten unter die Arme geklemmt. Die Trommel des Küfers lag auf dem Kies.

Mistreß Margaret stürzte aus der Eingangstür auf den Vorbau heraus. Sie war wie für einen Hofball geschnürt, geschminkt und frisiert, doch ihr steifer, plissierter Musselinkragen saß schief, und überdies hatte sie einen ihrer Granatohrringe verloren. „Und?“

„Noch nichts“, antwortete John.

„Die Hammelkeule wird ganz trocken, wenn sie nicht bald kommen!“ Begleitet vom Rascheln roséfarbener Seide eilte sie wieder davon.

Ein Willkommensfestmahl war im großen Speisesaal gedeckt. Sir Henry Bedgebury, der örtliche Richter, und Sir Richard Balhatchet, der vor der Auflösung des Parlaments dort selbst die Grafschaft vertreten hatte, warteten in der Langen Galerie.

Sämtliche Gutsangehörige hatten sich zu beiden Seiten der Zufahrt unter den Buchen aufgereiht – die Pächter und ihre Familien, die Arbeiter, die Ältesten des Armenhauses. Die Männer standen oder saßen unbehaglich in ihrem Sonntagsstaat herum.

Bringe ich es fertig, ihn „Sir Harry“ zu nennen, ohne in Gelächter auszubrechen? fragte sich John. Ein armseliger kleiner Vetter, der in mein Leben trat, als ich vier war, und der in meiner Gunst immer die zweite Geige nach einem Wurf Jagdhunde spielte! Und wie wird seine reiche Londoner Frau sein? Weiß ich noch, wie man mit einer Dame spricht?

In sauberem Zustand hätte die mit Messing und Kupfer beschlagene Kutsche sicher gefunkelt, doch nach zweieinhalb Tagen auf der Straße von London nach Hawkridge House war sie von einer dicken Schmutzschicht bedeckt. Die Pferde waren bis zur Brust schlammbespritzt, die berittenen Knechte bis zu den Knien. Die Gutsangehörigen indes, nun endlich von der Last des Wartens befreit, spielten ihre Rollen unbeeindruckt. Die schlammverkrustete Kutsche rumpelte die Zufahrt entlang, durch Hochrufe und einen Hagel von Blumensträußchen hindurch. Die fünf Musikanten im Vorhof umklammerten ihre Instrumente mit feuchten Händen. Die Kutsche rollte durch das Vorhoftor auf den festgestampften Kiesboden und kam zum Stehen.

Dr. Bowler hob den Violenbogen mit einer Autorität, die er auf der Kanzel nie ausstrahlte. Der Küfer legte einen Trommelwirbel hin. Daraufhin stürzte sich der Pastor hektisch in eine Galliarde, einen lebhaften Springtanz, gefolgt von den Sopran-, Alt- und Baßflöten.

Sir Harrys gerötetes Gesicht tauchte im Kutschenfenster auf. Ein Hausdiener sprang herbei, um den Schlag aufzureißen, gleichzeitig mit Harrys eigenem Lakai. Das versammelte Personal brach in Jubelrufe aus. Ein Blumensträußchen traf den Diener. Weitere Hochrufe oben an der Zufahrt kündeten von der baldigen Ankunft einer zweiten Kutsche.

Als Sir Harry den Fuß auf den Boden setzte, wechselte Dr. Bowler zu einem Marsch über. Sir Harry, der neue Herr von Hawkridge House, war endlich angekommen, und er war prächtig anzuschauen.

Jeder Zoll ein Cäsar, dachte John. Harry war gewachsen, hatte lange Beine und breite Schultern. Kein armseliger kleiner Vetter mehr. Sein blondes Haar lockte sich bis zu seinen Ohrläppchen, sein waagerechter Schnurrbart glänzte von Pomade. Das Kinn war glatt rasiert. Ein Spitzenkragen bildete einen kleidsamen Kontrast zu seinem frischen, rechteckigen, hübschen Gesicht mit rosigen Lippen und blauen

Augen unter langen Wimpern. Die Nase war für einen Cäsar ein bißchen klein geraten, dafür aber gerade.

Breite Ledergamaschen klatschten beim Gehen auf seine Stiefel. Ein wahrer Garten aus Seidenstickerei wuchs auf seinem erbsengrünen Wams, das geschlitzte Ärmel mit Seidenfutter, dreifache Manschetten und so viel Spitze besaß, daß sich zahllose Brüsseler Großmütter die Finger blutig geklöppelt haben mußten. Jemanden wie Harry hatte man auf Hawkridge House noch nie gesehen. Die Dienerschaft brach in weitere Hochrufe aus.

John trat vor. „Mein liebster Vetter!" rief Harry.

„Willkommen!" John schluckte. „Willkommen, Sir Harry." Er verneigte sich.

„Danke, John", versetzte Harry. „Es ist gut, zu Hause zu sein." Sein Blick glitt nervös zur Seite. John fragte sich, ob er Furcht in Harrys Augen entdeckt hatte.

Harry holte tief Luft und umarmte John in einem Anfall seiner gewohnten ungestümen Begeisterung. „Kannst du's glauben, Vetter? *Sir* Harry, verdammich? Ich?"

Die plötzliche Erinnerung an die Herzlichkeit, die früher zwischen ihnen geherrscht hatte, wusch Johns Herz rein, und er klopfte seinem Vetter auf die Schulter. „Wer sonst, Vetter? Wer sonst? Jeder Zoll ein Eroberer!"

„Und du, John. Recht prächtig! Fast wie ein Höfling. Auf jeden Fall ganz anders als die rustikale Ausdrucksform deiner Briefe."

Sie lösten sich aus der Umarmung, und Sir Harry schritt weiter zu der in einen Hofknicks versinkenden Mistreß Margaret.

„Ihr seid groß geworden, Sir Harry", flüsterte sie nervös.

„Älter, klüger und wesentlich reicher, Mistreß Margaret." Harry grinste.

Eine Menschentraube aus Gutsarbeitern drängte sich um das Vorhoftor, um einen Blick auf den neuen Herrn zu werfen. Der Küfer ließ zum Finale einen Trommelwirbel erklingen, die Musik verebbte.

John stellte Sir Harry den Pastor vor, der einst ihrer beider Lehrer gewesen war.

„Dr. Bowler!" rief Harry. „Entzückt, Euch wiederzusehen!" Er schüttelte die Hand, die immer noch den Violenbogen hielt. Als John den Mund öffnete, um die Mägde und Knechte des Haushalts vorzustellen, bewegte sich etwas im Innern der Kutsche.

Ein mageres kleines Mädchen beugte sich heraus, das Gesicht blaß von Kreidepuder, einen roten Strich auf dem kleinen Mund. Ihr drahtiges rotgoldenes Haar ringelte sich um ihr Gesicht und wurde am

Hinterkopf von einem Knoten nach der neuesten Londoner Mode zusammengehalten. Unter der eleganten Frisur und einem Paar Ohrringen aus Perlen und Brillanten glühte ihr Hals purpurn bis zum Rand ihrer Pudermaske hinauf. Sie raffte ihre grünen Seidenröcke und sprang zu Boden, die Hand des Dieners verschmähend.

Für einen Augenblick sah John zwei zierliche Fesseln in gestrickten Seidenstrümpfen. Die Schleifen und Girlanden ihres Kleids hüpften in die Höhe, dann sanken ihre Röcke über zwei mäusegroße Pantöffelchen aus dunkelgrünem Ziegenleder. In der beklommenen Stille, die ihrem plötzlichen Auftritt folgte, blieb sie neben der Kutsche stehen und stierte zu Boden, die kleinen, geballten Fäuste vorn gegen die Röcke gepreßt.

John war überrascht und entsetzt zugleich. Er hatte Harrys frisch angetraute Gattin vollkommen vergessen.

Hastig streckte Harry die Hand aus. „Mistreß, kommt und begrüßt meinen Vetter John . . . Graffham . . ., der für mich hier alles so vortrefflich verwaltet hat, wie ich schon jetzt erkenne."

Gehorsam schleifte sie ihre Röcke über den Kies, um sich mit gesenktem Blick neben Harry zu stellen.

„Dies ist Mistreß Zeal . . ., Lady Beester . . ., meine Gemahlin."

„Willkommen, Mylady." John verbeugte sich und ergriff Lady Beesters unsicher ausgestreckte Hand. Sie war eiskalt. „Hawkridge House hat in den vergangenen Wochen keine Mühe gescheut, um sich in ein Heim zu verwandeln, das Eurer würdig ist."

Ihre Augenlider hoben sich kurz. John erblickte graugrüne, schreckerfüllte Augen. Er ließ die kalte Hand los. Sie ist nicht älter als zwölf, ging es ihm durch den Kopf. Viel zu jung, um schon ihr Nest zu wechseln. Das Mädchen tat ihm leid.

„Madam!" sagte Harry scharf. „Kommt und begrüßt Euer neues Hauspersonal! Mistreß Margaret Beester, meine Tante . . ."

Zeal stieß einen zittrigen Seufzer aus, hob ihren Rocksaum und begab sich zum Portalvorbau in den eisigen Hauch von Mistreß Margarets Lächeln.

„Wie war die Reise, Mylady?" erkundigte sich Mistreß Margaret. Ihr Blick war gnadenlos abschätzend.

Die neue Lady Beester holte tief Luft, blickte in etwa zwanzig Gesichter, die auf ihre Antwort warteten, und klappte den Mund wieder zu.

John wurde von der Ankunft einer zweiten, nicht minder schlammverkrusteten Kutsche im Vorhof abgelenkt. Sie hielt hinter der Harrys an, zwölf Gutsarbeiter und acht glotzende Jungen im Kielwasser.

„Sir Harry! Ist das Euer gestrenger römischer Senator?“ rief John.

„O Gott!“ stieß Harry bestürzt hervor. „Wo ist Dr. Bowler? Warum spielt die Musik nicht?“

Der Pastor eilte zu seinem Stuhl zurück und schnappte sich seine Viola. Die Flötenspieler stürzten sich auf ihre Instrumente, und Dr. Bowler intonierte erneut seine Galliarde.

„Ihr könnt nicht im Ernst von meiner Nichte erwarten, diese Reise mehr als einmal im Jahr zu unternehmen“, beschwerte sich Samuel Hazelton, ein magerer Sechzigjähriger in puritanischem Schwarz, und klopfte sich die Kleider ab. „Wir mußten Edward kurz hinter Windsor verlassen, weil seine Kutsche im Schlamm steckengeblieben war. Er nahm sich ein Pferd und ritt nach Eton, um dort bei einem Freund zu speisen, während seine Männer die Kutsche freigruben.“ Eine kantige, ebenfalls in schwarze Seide gekleidete Frau entstieg der Kutsche.

„Samuel Hazelton, der Onkel und ehemalige Vormund meiner Gemahlin“, stellte Harry vor. „Und seine Gattin, Mistreß Hazelton.“

Als Hazelton sich steif verneigte, machten seine Augen bereits eine Bestandsaufnahme von Haus und Leuten, um die Solidität der Investition zu prüfen, die er, Hazelton, getätigt hatte, indem er der Vermählung seiner Nichte mit Harry zugestimmt hatte.

„Mein Vetter, John Graffham.“ Harry schob John vor.

„Mr. Graffham! Ich habe mich schon sehr darauf gefreut, Euch kennenzulernen“, erklärte Hazelton und musterte John. Ein Piratengesicht, mit gezwungenermaßen sanften Manieren gepaart, dachte er. Ein Pirat, der vorgibt, ein Mönch zu sein. Nicht allzu eifrig darauf bedacht zu gefallen, so wie sein Vetter. „Euer Ruf als botanischer Fachmann verbreitet sich rasch“, fuhr er fort. „Ich selbst kenne mich im Reich der Flora nicht aus –“

„Ich fühle mich geschmeichelt, daß man so viel über mich spricht“, unterbrach ihn John. In Wahrheit war er entsetzt. „Doch ich bin nur ein einfacher Landmann.“

„Wir müssen uns später weiter unterhalten“, sagte Hazelton.

Zwei große, kotbedeckte Karren rumpelten, von Ochsen gezogen, in den Vorhof. Hinter dem Karren trottete Harrys Jagdpferd, das ein Stallknecht ritt.

„Wenn Ihr mich nun entschuldigen wollt“, erklärte John, „werde ich die Leute zu den Stallungen bringen.“

Harry führte seine neue Familie in sein neues Reich, begleitet von der vierten Wiederholung von Dr. Bowlers Marsch. Er brachte sieben Kammerdiener und zwei Pagen mit, Hazelton fünf Männer und einen

Pagen. Lady Beester und Mistreß Hazelton führten jeweils zwei Frauen mit sich. Dazu kamen noch vier Fuhrleute. Selbst ohne die Dienerschaft, die noch aus dem Schlammloch hinter Windsor erwartet wurde, waren es bereits vier mehr als erwartet.

„He! Noch eine Kutsche!" schrie einer der Pächterjungen von seinem Ausguck in der Weißbuchenallee. „Eine Kutsche!" Der Ruf setzte sich die Auffahrt entlang fort.

John war auf dem Rückweg ins Haus, nachdem er sich um die Gepäckkarren gekümmert und die acht fremden Kutschpferde versorgt hatte. „Lauf und hol Sir Harry!" befahl er einem Knecht. „Und Mistreß Margaret."

„Wo sind denn alle hin?" wollte Harry einen Moment später wissen. „Wo ist Dr. Bowler? Sind denn nicht einmal mehr die verfluchten Flöten da?"

Mistreß Margarets blasses Gesicht tauchte in der Tür auf. „Wenn Ihr wollt, daß Euren Gästen ein Abendessen serviert wird, müßt Ihr mich nun wirklich wieder an die Arbeit lassen", verkündete sie verzweifelt und verschwand.

„Macht es wirklich so viel aus, wenn du deinen lieben Freund empfängst, ohne ganze Armeen aufmarschieren zu lassen?" fragte John.

„Er ist ein Mann mit Einfluß, John. Derjenige, den ich hofieren muß. Derjenige, der bei der Königin Gehör findet. Derjenige, für den ich all diesen Aufwand wollte!"

John zählte fünf weitere Bedienstete, als die letzte Kutsche in den Vorhof rollte, vier weitere Kutsch- und zwei Reitpferde.

Ein Lakai sprang vom Kutschbock und riß den Schlag auf. Ein federgeschmückter Hut erschien, dann Schultern, die in einen roten Umhang gehüllt waren. Der Mann richtete sich auf und setzte die Füße auf die Erde.

„Ich hoffe, Sir Harry, daß Euer Keller und Eure Küche mich für diese entsetzliche Reise zu entschädigen vermögen." Edward Malise nahm den Hut ab und fuhr sich mit den Fingern durch sein dichtes, glattes schwarzes Haar. „Ich bin von Kopf bis Fuß mit blauen Flecken übersät und staubig."

„Es wird mir ein Vergnügen sein, Euch für die Strapazen der Reise zu entschädigen, Edward", erwiderte Harry. Verdutzt musterte er seinen Vetter. Was in aller Welt war mit ihm los? John rührte sich nicht und starrte den Neuankömmling an. Sein Atem ging schneller.

„Mein lieber Edward, dies ist der Vetter, über den wir gesprochen hatten. John Graffham . . . Master Edward Malise."

Ein Blick aus dunklen Augen glitt über John hinweg. „Freut mich", sagte Malise träge. „Unser Botaniker, nicht wahr? Wir werden uns sprechen, sobald ich mich ein wenig erholt habe."

John fuhr sich mit der Zunge über die spröden Lippen, vollführte eine knappe Verbeugung und brachte seine trockene Zunge dazu, Worte zu formen. Malise schien ihn nicht wiederzuerkennen, doch *er* würde Malise niemals vergessen.

„Mein lieber Edward", hob Harry an, „Speis und Trank stehen drinnen für Euch bereit." Er warf John einen vorwurfsvollen Blick zu. Von dieser Seite war keine Hilfe zu erwarten. Sein Vetter John mußte erst einmal gut aufgeschüttelt und abgebürstet werden, bevor man ihn in der besseren Gesellschaft vorzeigen konnte.

JOHN stand da wie jemand, dem man soeben einen Keulenhieb verpaßt hat. Harry hatte ihn an Malise verraten.

„Die Kutsche . . ., wohin, Sir?" fragte eine Londoner Stimme.

John runzelte verwirrt die Stirn. Malises Kutsche stand auf dem Vorhof. „Fahr sie durch dieses Tor hinaus!" ordnete John an. „Bei den Stallungen wird dir jemand helfen." Die schwere Kutsche holperte durch das Tor zum Stallhof.

„Da bist du ja!" Harry trat aus dem Portal. „Du mußt mir vor dem Abendessen meinen neuen Besitz zeigen. Wir haben noch Zeit für einen raschen Rundgang. Meine Gäste brauchen nicht zu merken, daß ich genauso wenig weiß wie sie."

John musterte ihn. Ich kann keine Schuld in diesen blauen Augen entdecken, dachte er, nur das Abbild meines jüngeren Vetters, den ich so oft vor den Folgen seiner eigenen Torheit bewahrt habe. Oder hat er mit den Namen der besten Schneider auch die Kunst der Verstellung gelernt? „Ich führe dich herum."

John ging voran. Sie verließen den Vorhof durch ein kleines Tor und traten in die Weißbuchenallee.

Harrys blaue Augen waren voll von Erinnerungen und Berechnungen. „Meine Felder? Man hat sie noch nicht verkauft?"

„Nein. Das nächstgelegene, hier hinter dem Mäuerchen, ist das römische. Vor ein paar Jahren hat man dort römische Münzen ausgegraben. Dahinter liegt das Königsfeld. Dann kommen unsere Feuchtwiesen. Hawkridge reicht jetzt vom Winching-Steilhügel bis zur Straße, dort entlang . . ."

Sie erreichten das Ende der Weißbuchenallee und betraten durch eine Lücke in der schulterhohen Eibenhecke eine ebene Grünfläche.

„Der Bowlingrasen."

„Bowling erfreut sich in London keiner großen Beliebtheit mehr", sagte Harry. „Ich werde diese Wiese für etwas anderes nutzen."

Wasser glitzerte durch eine andere Lücke in der Eibenhecke. Harry überquerte den Bowlingrasen mit langen Schritten. „Das ist schon besser!" rief er. „Aus diesen drei Weihern machen wir einen einzigen langen See, mit Statuen. Und Springbrunnen."

John ließ den Blick über die Weiher hinauf auf die sanfte Anhöhe des Hügelkamms schweifen, die sich über dem Blütenmeer des Obstgartens erhob. Diesmal muß ich Edward Malise töten, dachte er.

„Was ist denn das da?" fragte Harry und deutete auf die Ansammlung von Backsteingebäuden, die sich an der Rückfront des Hauses zusammendrängten.

„Das? Die Gebäude um die *basse-cour.*"

Harry schritt am Ufer des Weihers entlang, um die *basse-cour* und die Nordfassade von einem zentralen Punkt aus überblicken zu können. „O John! Das ist ja wundervoll. Wir reißen all diese alten Gebäude ab, legen einen neuen Zierrasen zwischen Haus und Fischweiher an . . ."

In den elf Jahren, seit Malise und ich uns das letztemal begegnet sind, dachte John, bin ich vom Jungen zum Mann gereift, von vierzehn zu fünfundzwanzig, und habe mir einen Bart wachsen lassen. Er war damals siebenundzwanzig. Vielleicht erkennt er mich wirklich nicht wieder!

Harry zerrte an Johns Ärmel und deutete auf das Haus. „Stell dir einen Portikus in der Mitte der Gebäudeflügel vor, an der Stelle jenes altmodischen Portalvorbaus."

„Kein Portikus, Harry", widersprach John scharf.

Harry zauderte. „Was ist los? Ach, ich weiß. Ich will offen zu dir sein. Ich will, daß du hierbleibst. Hast du geglaubt, ich würde nicht sehen, wieviel du tust . . ., getan hast? Ich brauche dich hier." Er lächelte schüchtern. „Mit meinen Ideen, deinem Organisationstalent und dem Geld meiner Frau werden wir mehr Spaß haben, als du dir vorstellen kannst!"

„Harry, für wen hält mich dein lieber Freund Malise?"

Harry schaute John verblüfft an. „Du bist mein Vetter, der mein Gut für mich führt."

„Und mein Name?"

„Ich verstehe nicht. Du heißt John Graffham."

John ging zum Rand des Weihers. Wenn Malise ihn nicht erkannt hatte, warum war er dann hier?

„Wie lange lebst du schon hier?" fragte Harry.

„Elf Jahre an einem Stück. Und davor längere Aufenthalte während meiner Kindheit."

„Ich bin sicher, daß es hier sehr schön ist. Aber ein Mann kann hier verkümmern."

„Schon möglich", pflichtete John ihm bei.

„In London . . . in der wirklichen Welt . . . Ich lebe in einer Welt, John, wo Macht und Einfluß weiter reichen als bis an die Grenzen eines einzelnen Anwesens. Du hast ja keine Vorstellung, wie wichtig da draußen das Auftreten, die äußere Erscheinung ist! Die Menschen glauben nun mal, daß die Dinge so sind, wie sie aussehen. Ich habe vor, wohlhabend und einflußreich zu werden, bevor ich sterbe."

„Hast du darum dieses kleine Mädchen geheiratet?"

Zwei runde hellrote Flecken erblühten auf Harrys Wangen. „Wünscht sich nicht jeder Mann eine reiche Frau? Tadele mich nicht dafür. Du solltest mich beglückwünschen. Auch deine eigene Zukunft hängt von ihrem Reichtum ab!"

John blickte ihn fragend an.

„Du weißt so gut wie ich", fuhr Harry fort, „daß unser Onkel einen Titel hinterließ, der erneuert werden muß, einige heruntergewirtschaftete Häuser, großen Landbesitz, aber fast nichts zum Leben! Und ich kann jetzt schon sehen, daß dieses Gut nicht mal genug abwirft, um einen fastenden Heiligen zu ernähren."

„Wir kommen zurecht. Wie alt ist deine Frau?"

„Vierzehn."

„Sie sieht jünger aus."

„Nicht zu jung zum Heiraten, nur zu jung, um mit ihr ins Bett zu gehen. Ich vergnüge mich anderweitig, während ich warte, bis sie alt genug ist. Die Ehe besteht nur auf dem Papier. Ich habe mir nur ihr Vermögen vertraglich gesichert, bevor es irgendein anderer Ehrgeizling tut. Ihr Onkel muß sich damit abfinden – und mit mir! Hazelton hatte seine eigenen Favoriten. Wie, denkst du wohl, hab ich sie denen vor der Nase weggeschnappt?"

John zuckte die Achseln.

„Sie hatte keine Angst vor mir! Ich hab sie umworben . . ., ihr Geschichten erzählt, Lieder vorgesungen und mich zum Esel gemacht. Ich hab ihr alles geschworen, was sie hören wollte, aber es war meine Freundlichkeit, die den Sieg davontrug. Ich hab ihr sogar versprochen, nicht auf meinen Bettrechten zu bestehen, bis sie bereit ist. Ich erkannte, daß sie vor den anderen Freiern Angst hatte . . ., und dann kam der große Bruder Harry! Nichts als Spielchen und Scherze."

„Ich hoffe, du hast die Absicht, auch weiterhin freundlich zu ihr zu sein."

„Ich schulde ihr diese Freundlichkeit. Ihr Geld und meine neuen Ländereien werden Harry Beester, den einfachen Gentleman, in Sir Harry Beester verwandeln, einen Mann von Ansehen! Du hältst mich immer noch für einen Idioten, nicht wahr?" unterstellte Harry seinem Vetter. „Du hast diesen Erwachsenenblick. Aber ich habe wirklich einige wissenswerte Dinge gelernt. Früher haben die Leute durch mich hindurchgesehen, John. Ich war nur ein lästiger Nebelschwaden zwischen ihnen und wichtigeren Dingen. Doch nachdem Vetter James an der Ruhr vertrocknet war und mich als Alleinerben von Onkel George zurückgelassen hatte, da sahen die Leute mich plötzlich. Und ich werde nicht zulassen, daß ich mich wieder in Nebel verwandle! Ich könnte es nicht ertragen! Dieses Anwesen ist meine neue Würde. Mit deiner Hilfe, dem Geld meiner Frau und den Veränderungen, die ich im Sinn habe, wird es mir Ruhm bescheren!"

Selbst als kleiner Junge hatte John der Ermahnungen seiner Mutter, auf Harry achtzugeben, nicht bedurft – so offensichtlich benötigte sein Vetter einen Aufpasser. Harry war ganz sicher kein Verräter, nur ein Dummkopf. John wappnete sich innerlich für das Festessen mit Edward Malise.

„JOHN!" zischte Tante Margaret. Sie winkte ihm aus der Tür der Speisekammer zu. John trat ein, und Tante Margaret zog die Tür hinter ihm zu. „Das ist der Bruder, nicht wahr? Dieser Mann, der als letzter gekommen ist?"

„Ja."

„Was willst du jetzt tun?"

„Essen."

„Wie kannst du nur Scherze darüber machen? Er wird dich abermals verhaften lassen. Du mußt fort! Wie konnte Harry ihn nur hierherbringen?"

„Tante!" John legte ihr die Hand auf den Arm. „Wahrscheinlich erkennt Malise mich nicht."

„Warum ist er dann hier?"

„Das muß ich herausfinden. Hör zu! Du hast mir schon einmal das Leben gerettet, damals vor elf Jahren, als die Soldaten nach mir suchten. Ich brauche dich jetzt. Du mußt mich noch einmal retten. Tu so, als wäre ich wirklich John Graffham, ein unwichtiger, unehelicher Neffe, der eines Tages vor deiner Tür stand! Du mußt das Blaue vom Himmel herunter lügen."

Mistreß Margaret stieß einen Seufzer aus. „Natürlich werde ich es versuchen. Aber John . . ."

„Unsere Gäste warten auf deine unvergleichlichen Fleischpasteten. Auf in die Schlacht! Lenk den Feind mit leckeren Häppchen ab! Stopf ihn voll, bis er in einen gesättigten Schlaf sinkt!" Er öffnete die Tür und schob seine Tante in Richtung Speisesaal.

Im Speisesaal im rückwärtigen Teil des Hauses blitzten die rautenförmigen Fensterscheiben in der Spätnachmittagssonne. Auf jede Fensterbank hatte John blauweiße Töpfe aus türkischer Keramik mit spät blühenden weißen Tulpen gestellt. Der lange, schwere Eichentisch in der Mitte des Raumes duftete süß nach Bienenwachs. Das Leinentischtuch war in der Sonne zu einem makellosen Weiß gebleicht worden. Die Teller und Becher aus Zinn schimmerten. Mistreß Margaret hatte sogar irgendwo silberne Löffel aufgetrieben.

Harry nahm Johns einstigen Platz in der Mitte der Tafel ein und beobachtete nervös seine Gäste. „Willkommen", sagte er und hob sein Glas. „Auf das erneuerte Hawkridge House."

Die Speisen waren, wenn auch schlicht, so doch reichlich und wohlschmeckend: glasierte Fleischpasteten, Lammbraten, Schinken, eine Platte mit am Spieß gerösteten Tauben und Waldschnepfen, ein dunkelbraunes, scharfes Kaninchenfrikassee. Außerdem gab es eine exzellente Hühnerbrühe, mit Ingwer und Rosenwasser gewürzt, und ein paar nicht allzu schlechte Flaschen Wein.

Harrys Gäste sprachen dem Mahl mit Appetit zu. Die drei Hausdiener und zwei Küchenmägde servierten, ohne Bratensoße zu verspritzen oder jemandem auf die Füße zu treten. Zeal saß, über ihren Teller gebeugt, schweigend neben John, Edward Malise gegenüber. Seit ihrer Ankunft hatte sie genau sieben Wörter gesprochen. Harry hatte mitgezählt. Zum erstenmal, seit er im Internat von Hackney ein Auge auf sie geworfen hatte, fragte er sich, ob Zeals Vermögen ihr hinderliches, linkisches Benehmen wettmachte.

Zeal war jedoch zufriedener, als sie aussah. Ihre Eltern waren an der Pest gestorben, als sie acht gewesen war, und seither hatte sie sich damit abgefunden, trotz ihres Vermögens als soziales Wesen übersehen zu werden. Oft schien es ihr einfacher, wenn nicht gar angenehmer, die Nichtbeachtung hinzunehmen, als um Aufmerksamkeit zu kämpfen.

„Noch ein Glas Wein, Mylady?" Der junge Diener starrte Zeal aus großen braunen Augen an.

Der meint ja mich, dachte sie erstaunt und nickte. Als sie an ihrem Glas nippte, beäugte sie Mistreß Margaret Beester, die unverheiratete

Tante ihres Gemahls, die ihm als Wirtschafterin zu dienen schien. Sie haßt mich, dachte Zeal. Sie wünscht, ich wäre hier nie aufgekreuzt. Auch daran war sie gewöhnt – von Basen, die man gezwungen hatte, das Bett mir ihr zu teilen, wenn sie unvermutet auftauchte, und von Mädchen, die in der Schule schon feste Bündnisse geschlossen hatten.

John saß zu Zeals Rechten. Er konnte vielleicht ein Freund werden, sofern er sich nicht als Harrys Rivale und Feind entpuppte. Er hatte sich bemüht, ihr einen herzlichen Empfang zu bereiten. Es tat ihr leid, daß sie keinen Ton herausgebracht und ihm nicht gesagt hatte, wie dankbar sie ihm für seine Freundlichkeit war. Sie warf einen flüchtigen Seitenblick auf sein Profil. Gut aussehend, aber nicht so schön wie Harry. Ein seltsamer, geheimnisvoller Mann, bis zum Zerreißen gespannt und genauso schweigsam wie sie selbst.

Was den schüchternen alten Pastor anging – er benahm sich noch verschreckter, als Zeal selbst es war. Ich glaube, ich kann mit dieser Belegschaft zurechtkommen, dachte sie. Vor allem, wenn die Hazeltons und Edward Malise wieder abgefahren sind.

Samuel Hazelton räusperte sich. „Eine köstlich frische Pastete. In London sind sie oft ganz zäh von zu langer Lagerung."

„Et un très bon vin", bemerkte Malise höflich.

Während Sir Richard Balhatchet, Harrys Nachbar, der sich so schnell wie möglich betrunken hatte, über die Frevelhaftigkeit der endlosen neuen Steuern des Königs schwadronierte, schätzte Samuel Hazelton die Kleidung der Diener, den Wein, die Delfter Platte auf dem Kaminsims und die türkischen Teppiche auf dem Holzfußboden ab.

John blickte zu Malise, der zwischen Mistreß Margaret und Mistreß Hazelton saß. Malise hatte eine glatte, gerundete Stirn und eine Nase, die dem gebogenen Schnabel eines Falken ähnelte. Ihre Blicke trafen sich. John hielt dem Blick stand, doch Malise schaute mit einem kaum merklichen Stirnrunzeln weg.

„Verzeiht, Sir Richard?" John hatte die Frage nicht gehört.

„Ich habe gesagt, ich wußte ja gar nicht, daß Ihr ein solcher Gelehrter und Kenner seid, Mr. Graffham!" brüllte Sir Richard. „Briefe in Latein an all diese flämischen und niederländischen Kerle, wie mir Hazelton erzählt. Wie seid Ihr nur so ein botanischer Gelehrter geworden?"

„Unter der wohlwollenden Zuchtrute unseres Dr. Bowler", erwiderte John. „Und ich studiere alles, was auf diesem Anwesen gedeiht."

„Ich bin nur ein schlichter Kaufmann, der sich für Erträge von Schiffsladungen und Bargeld interessiert", bemerkte Hazelton. „Aber dieses Gerede über Blütenblätter und Blütezeiten ist unter meinen Londoner Freunden in Mode gekommen.“

„Ich würde mich gern zurückziehen und mich von dieser entsetzlichen Reise erholen“, verkündete Mistreß Hazelton unvermittelt und schob ihren Teller beiseite.

„Und ich“, erklärte Hazelton, „würde gern ein wenig frische Luft schnappen. Sir Harry? Ein kleiner Spaziergang unter Gentlemen? Malise?“

„Ausgezeichnet!“ rief Harry. „John, du zeigst uns den Weg in die Gärten.“

„Verzeiht, daß ich mich auf mein Pferd schwinge“, empfahl sich Sir Richard. „Ich muß los. Die Pflicht.“ Er stemmte sich in die Höhe.

Die Gäste erhoben und verbeugten sich, die Damen zogen sich zurück.

„Ich stoße im Garten zu Euch“, sagte Harry, „sobald ich Sir Richard sicher auf den Heimweg gebracht habe. Bis dahin überlasse ich Euch der Obhut meines Vetters.“

John führte die Gruppe in den Knotengarten. An einer Mauer schimmerten die weißen Tulpen in der Abenddämmerung, die roten stanzten sanfte dunkle Löcher ins Abendlicht. Hazelton schritt neben John, Malise ging hinter ihnen. Sie umrundeten das Zentrum der Anlage.

„Edward“, sagte Hazelton, „sind Mr. Graffhams Tulpen nicht ausnehmend schön?“

„Ich habe sie in Leiden bestellt“, erläuterte John. „Inzwischen ist es möglich, Händler aus den Niederlanden schriftlich um ihre Zwiebeln anzugehen.“

„Seid Ihr schon einmal in den Niederlanden gewesen?“

John schüttelte den Kopf. „Aber ich möchte einmal dorthin. Ich habe gehört, daß sie dort Blumen auf den Feldern haben wie wir Gras auf den Wiesen.“

Hazelton lächelte. „Möglicherweise kann ich Euch behilflich sein.“ Sie schlenderten in den Neuen Garten. „Mr. Graffham“, fuhr Hazelton fort, „ich bin kein Mann komplizierter Worte. Bitte, setzt Euch!“ Er ließ sich auf einer Holzbank nieder. John nahm neben ihm Platz. Malise starrte auf einen Stachelbeerbusch. „Master Malise und ich sind wie die ägyptischen Plagen über Euren Vetter hereingebrochen, bevor er noch Zeit fand, in seinem neuen Bett zu schlafen, weil wir dringend mit Euch sprechen müssen. Ihr sollt für uns in die Niederlande fahren. Eure beiden Abhandlungen über den Obstanbau haben Euch einen achtbaren Ruf in jenem Kreis botanischer Enthusiasten verschafft, der von Tag zu Tag zu wachsen scheint. Sir George Tupper, ein Mitgesellschafter der Südjavanischen Handelskompanie, hat uns Euch empfohlen. Werdet Ihr uns helfen?"

„Uns?"

„Der Südjavanischen Handelskompanie – Mitglieder sind ich selbst, Master Malise, Sir George und einige andere, die Ihr vermutlich nicht kennt. Und natürlich Sir Harry."

„Es tut mir leid", unterbrach ihn John. „Ich kann Euch nicht helfen." Er erhob sich. „Ich bin nicht der Richtige für Euch."

Malise wandte den Kopf und begegnete Johns Blick. Schweigen lastete in der Abendluft.

„Mr. Graffham, sagt mir, was Euch so entschieden davon abhält, in die Niederlande zu reisen, bevor Ihr wißt, was wir von Euch wünschen."

„Es tut mir wirklich leid . . ."

„Da seid Ihr ja!" rief Harry ihnen vom Torbogen des Knotengartens aus zu, bevor Hazelton sich eine Erwiderung zurechtlegen konnte. „Sir Richard ist sicher auf dem Heimweg, und ich habe Pfeifen im Salon bereitlegen lassen!"

„Bitte entschuldigt mich", sagte John, verbeugte sich und schlüpfte durch ein kleines Tor in der Außenmauer.

Harry beobachtete Johns Verschwinden mit Verwunderung. „Was ist mit meinem Vetter los?"

„Er wollte sich unseren Vorschlag nicht einmal anhören!" Hazelton war zornig.

„Aber er muß! Er ist die perfekte Wahl!"

„Morgen früh kehre ich unverzüglich nach London zurück. Wenn Graffham uns nicht hilft, bleibt uns fast keine Zeit mehr, jemand anderen zu finden!"

„Ich bin sicher, daß ich ihn umstimmen kann", versicherte Harry.

„Ich glaube", sagte Malise, „*ich* sollte mit ihm reden."

IV

ALS ZEAL erwachte, reckte sie ihre schlanken Glieder und stützte sich auf die Ellbogen. Sie lag in einem großen Bett. Die gebauschten Bettvorhänge ließen die rautenförmigen Fensterscheiben undeutlich durchschimmern.

Sie seufzte glücklich. Mein eigenes Zimmer, dachte sie. So werde ich von nun an jeden Morgen aufwachen. Keine Ortswechsel mehr!

Endlich habe ich den Rest meines Lebens begonnen. Egal, ob dieses Anwesen nun gut oder schlecht ist, ich werde das Beste daraus machen.

Ihr frisch angetrauter Gemahl Harry lag im Zimmer nebenan in seinem eigenen Bett, wo Zeal ihn noch für einige Zeit zu belassen gedachte.

Jahrelang hatte sie sich bemüht, durch Artigkeit zu gefallen, hatte jedoch erkennen müssen, daß sie weder jemals artig genug sein noch es allen Leuten recht machen konnte. Sie war ihren Eltern eine pflichtbewußte und liebende Tochter gewesen, doch sie hatten Zeal – damals acht Jahre alt – verlassen. Daraufhin hatte sie versucht, den verschiedensten Verwandten zu gefallen, die sie aufnahmen. Mehrere Basen hatten sie damit aufgezogen, daß sie dünn, verhärmt und häßlich aussehe, wohingegen ihre Base Chloe, die Zeal für ziemlich schön hielt, neidisch auf Zeals rotgoldene Locken, blaue Augen und helle Haut war.

Was Mistreß Hazelton betraf... In den vier Jahren, seit Zeals Onkel Samuel Hazelton die Vormundschaft über sie gekauft hatte, hatte Zeal versucht zu übersehen, daß Mistreß Hazelton jedesmal die Lippen zusammenkniff, wenn sie sie ansah.

Ihr Onkel machte alles nur noch schlimmer, wenn er sie verteidigte. Er ließ seine Frau spüren, daß er Freude hatte an Zeals Wunsch, Latein zu lernen, und an ihren Fragen, die seine Geschäfte betrafen. Immerhin waren es auch ihre Geschäfte, denn zusammen mit der Vormundschaft hatte er sich den Nießbrauch ihres Vermögens erkauft. Vor zwei Jahren hatte ihr Onkel sie auf das Internat in Hackney geschickt.

Lady Beester. Was für ein Theater alle Welt um einen Titel machte. Was wirklich zählte, war die Tatsache, daß Sir Harry Beester *ihr* Harry war. Wie ein Wunder war er aufgetaucht und hatte sie von der kläffenden Meute befreit, die hinter ihrem bescheidenen Vermögen hergehechelt war. Großer, hübscher, freundlicher Harry. Ein wenig einfältig manchmal, aber nach sechseinhalb Jahren des Herumgeschubstwerdens maß Zeal Freundlichkeit allergrößte Bedeutung bei.

Außerdem war Harry unterhaltsam. Obwohl er schon zweiundzwanzig war, erschien er ihr manchmal genauso jung oder gar noch jünger als sie selbst. Streiche verschmähte er keineswegs. Er hatte nie seine Hand in ihr Mieder gesteckt, und er hatte erklärt, daß er gut verstehen könne, wie sehr der Gedanke sie ängstigte, ein Kind zu bekommen. Er hatte es nicht eilig mit einem Erben. Diese Dinge konnten warten, bis sie bereit sein würde. Einen feierlichen Eid hatte er ihr darauf geschworen. Harry sollte seinen Handel nicht bereuen. Sie würde die nützlichste Ehefrau werden, die ein Mann sich nur wünschen konnte. Sie wußte, daß sie als gesellschaftliche Zierde eine Enttäuschung für ihn war, doch sie würde ihn damit überraschen, wie gut sie Hawkridge House führte.

Sie schob die Steppdecke beiseite und rutschte über die Leinenlaken und die Bettkante zu Boden. Zitternd sah sie sich nach einem Hemd oder einem Gewand um. Die Zimmer auf der Nordseite des Hauses wurden bis in den Juni hinein morgens nicht warm. Nackt und barfüßig schlich sie zum Fenster hinüber und blickte hinaus.

Die Spuren von emsigen Melkerinnen, Wäscherinnen, Hunden, Knechten und Hühnern verliefen schon kreuz und quer über die *basse-cour.* Mistreß Margarets Stimme erscholl durch ein offenes Fenster.

Zeals Magen zog sich zusammen. All diese Leute erwarten von mir, daß ich ihnen sage, was sie tun sollen. Mistreß Margaret kennt das Haus und wird auf meine Fehler lauern.

Zeal klappte den Deckel der geschnitzten Eichentruhe hoch. Bis auf ein paar Leinenfetzen war sie leer. Bei den Hazeltons hatte ihre Zofe Rachel auf einem Rollbett in ihrem Zimmer geschlafen. Hier war sie allein. Sie ließ den Truhendeckel zuknallen, stieg wieder ins Bett und zog die Steppdecke bis zum Hals hinauf. Nein, ich werde nicht weinen, schwor sie sich.

Die Tür öffnete sich. „Wo wünscht Ihr Euer Frühstück einzunehmen, Madam?“

Zeal war über alle Maßen erfreut, Rachel zu sehen, eine fromme, mürrische junge Frau von sechsundzwanzig Jahren, die Mistreß Hazelton selbst ausgewählt hatte. Sie konnte Rachel bitten, das herbeizuschaffen, was sie selbst nicht zu finden vermochte.

„Ich werde hier speisen“, erklärte Zeal bestimmt. „Ich mag dieses Gemach. Wie gefällt es dir hier, Rachel?“

„Es ist nicht so schlimm, wie ich befürchtet hab, Madam.“

Kurz darauf, nunmehr in Leinenkittel, hochtaillierte Jacke, Strümpfe und Pantoffeln gekleidet, ließ Zeal sich mit Brot, Ale und Käse am Fenster nieder. Sie fühlte sich schon besser. Jedesmal, wenn sie in einen neuen Haushalt gekommen war, hatte sie die ersten ein, zwei Tage sterben wollen. Und immer hatte sie sich zusammengerissen und das Beste aus der Situation gemacht. Schließlich hatte sie sich durch monatelanges Lernen auf diese neue Aufgabe vorbereitet.

Rachel stellte eine kleine Truhe neben ihre Herrin. Während das Mädchen ein weites Tageskleid, Mieder, Unterröcke und Ärmel ausschüttelte, nahm Zeal ein Buch aus der Kiste, „Das Juwel der guten

Hausfrau". Eines Tages würde sie in allen hausfraulichen Belangen firm sein. Während sie das Brot aß und das Ale schlürfte, las sie.

Dann erhob sie sich entschlossen. Am besten fing sie gleich damit an, ihren Pflichten nachzukommen. „Rachel!" rief sie. „Bitte such mir ein anderes weites Gewand aus und ein älteres Mieder aus schwarzer Baumwolle mit einfachem Kragen. Und keine durchbrochene Spitze an den Ärmeln!"

Nachdem Zeal sich umgezogen hatte, ließ sie ihre Zofe auf den Knien inmitten eines Wustes aus Wolle, Steifleinen, Seide und Leder bei den Reisetruhen zurück.

Bevor eine halbe Stunde vergangen war, hatte Zeal sich besser vergnügt als je zuvor im Leben. Nichts war so schön wie die freudige Erregung, fremde Kisten, anderer Leute Schränke und geschlossene Türen zu öffnen. Zielstrebig durcheilte sie Harrys und ihre eigenen Gemächer und begab sich in den noch unerforschten Teil des Hauptflügels. Sie steckte die Nase in eine Reihe weiterer Zimmer, stöberte und spähte.

JOHN stand früh auf und zog die wollenen Arbeitshosen, das Leinenhemd und sein Lederwams an. Die seidenen Kniehosen und das gepolsterte Wams, die sein Leibbursche Arthur für ihn bereitgelegt hatte, beachtete er nicht. Er nahm rasch ein Frühstück auf seinem Zimmer ein.

Kommentarlos verstaute Arthur Johns Festtagskleider wieder in einer Truhe. Arthur war vierundzwanzig, blond und sommersprossig. Er war auf einem Gut bei Basingstoke geboren worden, von wo man ihn im Alter von zehn Jahren nach Hawkridge House geschickt hatte, wo er als Hausknecht dienen sollte. Damals hatten John und er zusammen gefischt, geschwatzt, gerungen und waren Schwimmen gegangen, sooft John das Gut seines Onkels besucht hatte.

Als John im Alter von vierzehn plötzlich für immer nach Hawkridge kam, war der damals zwölfjährige Arthur wie die meisten Gutsangehörigen, die John kannten, von dem geheimnisvollen Drama fasziniert gewesen, das sich an einem fernen Ort abgespielt, Johns Namen von Nightingale in Graffham verwandelt und ihn an diesen Flecken geführt hatte, der, wie man schließlich begriff, ein Versteck darstellte.

John begann, seine Freundschaft mit Arthur wiederaufzufrischen, mit ihm zu reden, seine Meinung einzuholen. Als John nach und nach die Leitung des Guts übernahm, bat er Arthur immer mehr um Hilfe. Das Verhältnis der beiden jungen Männer gedieh zu einer Art respektvoller Kameradschaft. Schließlich wurde Arthur offiziell vom Hausknecht zu Johns Leibburschen befördert. Er schenkte John Treue und Aufrichtigkeit.

John nahm seinen Ledergurt und den Dolch vom Haken an der Wand und ging in sein Arbeitszimmer hinunter, wo er ein dünnes Bündel Papiere, einen Beutel mit Münzen und seine Pistole zusammensuchte. Dann verschloß er alles in einem Schrank, der in die Wand eingelassen war, und verließ das Gutskontor.

Während er darauf wartete, Malises Absichten zu erfahren, stürzte er sich mit einem Elan, der sogar seine Untergebenen erschreckte, in eine Aufgabe nach der anderen. Als John auf dem Weg zu einem Vorratsschuppen die *basse-cour* überquerte, tauchte Lady Beesters blasses Gesichtchen am Fenster ihres Zimmers auf und verschwand wieder. Weitere Anzeichen von Harry oder seinen Gästen entdeckte John nicht.

Als kurz nach Mittag die Glocke des Brauhausturms zum Essen läutete, überlegte John, daß er kein zweites Mahl mit Edward Malise durchstehen würde, und holte sich Brot und kaltes Fleisch aus der Küche. Er schlenderte durch die Gärten zu den Feldern dahinter, oberhalb der Mühle, lehnte sich gegen die Mauer und aß viel zu schnell. Dann erklomm er den Hawk Ridge und suchte die Straße nach Reitern ab. Sie war leer.

Er machte sich in Richtung Taubenschlag auf, der in einem Haselnußgehölz oberhalb des höchstgelegenen Weihers stand, und erblickte einen von Malises Männern.

Der Mann folgte ihm.

Aha, dachte John. Ich soll ihm also nicht entwischen.

Als er wieder die *basse-cour* überquerte, beugte sich seine Tante aus einem der oberen Fenster des Hauses. „John! Warte! Ich muß mit dir sprechen."

John drehte sich halb um. Malises Mann drückte sich im Durchgang zwischen Küche und Garten herum.

Während seine Tante herunterkam, öffnete John das Tor zum Hundezwinger und hockte sich hin, um die schweren, gerundeten Flanken von Cassie, der trächtigen Hündin, zu tätscheln. Sie preßte den Kopf gegen seine Schulter.

„Hat Malise dich wiedererkannt?" Tante Margaret wartete Johns Antwort nicht ab. „Ich hoffe, dem ist nicht so. Harry kann ohne dich nicht auskommen. Er hat nichts dazugelernt, seit er fünf war." Ihre Miene schwankte zwischen Wut und Tränen. „Komm mit mir zum Taubenschlag!" Sie stürmte so zügig los, daß John seine Schritte verlängern mußte, um mitzuhalten. „Ich kann nicht mehr hierbleiben, John!" stieß sie plötzlich hervor. „Nicht mit dieser schnippischen kleinen Ziege als Herrin! Und ich weiß nicht, wo ich hinsoll!"

„Lady Beester?" fragte John perplex. „Dieses schweigsame kleine Mädchen? Was hat sie getan?"

„Sie hat die Schlüssel von mir verlangt!" erklärte Tante Margaret schrill. „Und in meinen Truhen und Schränken herumgewühlt."

„Aber das würde jede neue Hausherrin tun."

„Ich habe diesem Haus dreißig Jahre lang vorgestanden. Ich bin die wahre Herrin von Hawkridge House."

„Unser aller Leben hat sich verändert. Wir müssen uns damit abfinden . . ."

„Sie behauptet, wir hätten Motten!"

Beinahe hätte John gelacht. „Aber wir haben keine, oder?"

Seine Tante schwieg, während sie den Bowlingrasen überquerten und durch die Hecke hindurch zu dem Haselnußdickicht gelangten, das den Taubenschlag umgab.

„Natürlich haben wir Motten", gab Tante Margaret zu. „Jeder hat Motten! Es ist unmöglich, sie aus der Wäsche zu bekommen, ganz gleich, wieviel Lavendel und Wermut man zwischen die Laken stopft. Aber es sind *meine* Motten, Mäuse und Käfer. Ich bekämpfe sie seit sechsundzwanzig Jahren . . ., nicht sie!" Sie brach in Tränen aus.

John umarmte seine Tante. „Es tut mir leid. Du gehörst hierher. Das Mädchen ist jung und unerfahren. Hab ein wenig Geduld mit ihr!"

„Ich kann nicht", schluchzte Mistreß Margaret an der Brust ihres Neffen. „Ich fühle mich . . . so gedemütigt!" Sie löste sich von John und tupfte ihre Augen mit dem Handrücken ab.

„Du solltest mit Harry reden."

„Er wird auf ihrer Seite stehen und behaupten, daß sie jetzt die Herrin ist. John, bitte rede du mit ihr oder mit ihm!"

„Ich werd's versuchen", versprach John.

Während seine Tante wieder in Richtung Haus verschwand, pirschte John um das Haselnußgehölz und betrat den Bowlingrasen. Malises Mann wartete dort. John stürzte sich auf ihn. Der Mann schrie vor Überraschung gellend auf. „Sag deinem Herrn, er soll mich selbst fragen!" befahl John. „Ich warte im Knotengarten auf ihn."

Malise ließ John fast bis zum Sonnenuntergang warten. Die beiden Männer waren allein in dem kleinen, ummauerten Garten, und John hielt nach Malises Männern Ausschau. Er erspähte ein Flimmern von Blau direkt vor dem Tor, in Rufweite.

„Ihr habt ohne Zweifel bemerkt", begann Malise, „daß ich Euch gestern bei meiner Ankunft zunächst nicht wiedererkannt habe. Ihr wart noch bartlos, als Ihr meinen Bruder ermordet habt."

„Harry hat es Euch nicht erzählt?"

„Weiß er überhaupt Bescheid?" Malises Stimme klang erheitert. „Obwohl er nicht eben den schärfsten Verstand besitzt, hätte ich es mir nie träumen lassen, daß er ausgerechnet *diesen* Vetter mit einem solchen Fanfarenstoß auf die Bühne zerren würde."

John war glücklich, Harrys Unschuld bestätigt zu bekommen. „Die Narben in Eurem Bart haben mich Verdacht schöpfen lassen. Und die Art und Weise, wie Ihr Hazelton verärgert habt. Ich glaube, ich muß Sir Harry dankbar sein. Bis gestern wußte ich nicht einmal, ob Ihr noch in England weilt oder überhaupt noch unter den Lebenden. Ich hatte die Hoffnung fast schon aufgegeben, Euch noch einmal aufzustöbern."

„Und nun, da Ihr mich gefunden habt, was wollt Ihr von mir?"

Malise lächelte. „Was ich immer schon von Euch gewollt habe – Euer Leben für das meines Bruders."

„Da geht es uns ähnlich. Genau das will ich auch von Euch."

„Euer Leben?"

„Das Eure." Töte ihn jetzt, sagte sich John. Du könntest es hinter dich bringen, bevor seine Männer ihm zu Hilfe eilen. „Doch habe ich mich entschlossen, Euch nicht hier, auf dem Grund und Boden meines Vetters, zu töten."

Malise ließ ein gekünsteltes Lachen hören. „Euer gesunder Menschenverstand ist eingerostet. Ihr könnt keine Entschlüsse mehr fassen. *Ich* halte Euer Leben in meiner Hand. Ich könnte jene beiden Männer, die Ihr draußen am Tor erspäht habt, herbeirufen und Euch töten lassen. Doch ich ziehe das Vergnügen vor, dem Henker bei seiner Arbeit zuzusehen. Unglücklicherweise muß dieses Vergnügen noch ein Weilchen warten. Ich kam hierher, um Euch anzuwerben, ehe ich wußte, wer Ihr wart. Bevor Ihr am Strick baumelt, müßt Ihr noch etwas für mich erledigen. Einen Auftrag, den . . ."

„. . . den schon Hazelton mir gestern abend aufschwatzen wollte? Ihr wollt, daß ich für Euch arbeite", fiel ihm John ungläubig ins Wort, „während Ihr den Strick um meinen Hals ganz nach Lust und Laune enger zieht und lockert? Fahrt zur Hölle!" Er wandte sich ab und ging durch den Torbogen in den Obstgarten und von dort in den Stallhof.

Hinter sich vernahm er Malises Schritte. „Ich rate Euch, mir zuzuhören!" Malises Selbstbeherrschung zeigte die ersten Risse. „Ihr Brut eines Aasfressers . . . Ihr . . ."

John packte eine Heugabel mit beiden Händen.

„Zu Hilfe!" brüllte Malise.

Das Geräusch rennender Füße erklang auf dem Ziegelpflaster der Wege.

John konnte sich nicht zügeln. Die Zinken der Heugabel schwangen durch die Luft. In letzter Sekunde senkte er die Gabel vor Malises Brust und stieß sie in den Misthaufen. Als Malises Männer mit gezogenen Degen durch das Tor zum Stallhof stürzten, riß John die Heugabel erneut hoch und schleuderte Malise einen Batzen Dung und Stroh ins Gesicht. Dann rammte er die Zinken in den Boden.

Die Diener starrten John an. „Sir?" wandte sich einer von ihnen an Malise.

Malise schüttelte sich Mistbrocken aus den Falten seines Mantels und pflückte Strohhalme aus seinen Spitzenmanschetten. Seine Falkennase war schneeweiß, als er sich mit verkrampften Bewegungen abwandte.

John erkannte daran, welche Qualen Malise die Selbstbeherrschung bereitete. Nachdem die beiden Pferdeknechte ihrem Herrn aus dem Stallhof gefolgt waren, lehnte er die Heugabel an die Wand.

MALISE nahm das Abendessen auf seinem Zimmer ein.

„Nun?" wandte sich Hazelton an John, während die anderen ihre Plätze an dem langen Eichentisch einnahmen.

„Tut mir leid."

In stummem Zorn sah Hazelton weg.

„Hat Malise nicht mit dir gesprochen?" fragte Harry seinen Vetter.

„Hat er nicht Meldung erstattet?" gab John zurück.

„Ich habe ihn nicht gesehen, seit . . ." Harry hielt inne.

„. . . seit du und Master Hazelton ihn auf mich angesetzt habt", beendete John den Satz.

Hazelton setzte seinen Bierkrug geräuschvoll auf dem Tisch auf und erhob sich. „Ich habe einen zweiten kostbaren Tag verschwendet. Bitte entschuldigt mich, ich werde jetzt meine Vorbereitungen treffen, um morgen in aller Frühe nach London aufzubrechen." Er stolzierte aus dem Speisesaal.

Harry erhob sich genauso abrupt wie Hazelton. „Wärt Ihr alle so freundlich, meinen Vetter und mich zu entschuldigen? Wir haben dringende Geschäfte unter vier Augen zu besprechen."

Er zerrte John die Haupttreppe hinauf in die Abgeschiedenheit seiner Gemächer. „Was hast du Edward gesagt? Er hat doch mit dir geredet?"

„Was hat dich zu der Annahme verleitet, er könne mich eher überreden als Hazelton?" fragte John.

„Ich weiß nicht . . . Er sitzt im Direktorium der Kompanie. Ich dachte, er würde den ganzen Schlamassel besser verstehen als ich und könnte es dir richtig erklären."

„Was für ein Schlamassel?"

„Master Hazelton hat versucht, es dir vergangene Nacht zu erläutern, aber du wolltest ihm ja nicht zuhören."

„Jetzt höre ich zu." Als John die Tür geschlossen hatte, fragte er Harry: „Weißt du wirklich nicht, daß ich unsichtbar bleiben muß? Ich habe mich die vergangenen elf Jahre hier versteckt."

„Ich verstehe nicht."

„Als ich vierzehn war, habe ich Edward Malises Bruder getötet."

„Oh!" krächzte Harry. „Das ist unmöglich! Das kann nicht sein!"

„Es tut mir leid, daß ich zwischen dir und dem Ruhm stehe, aber es ist die Wahrheit."

„Und er weiß, wer du bist?"

„Ja. Bei seiner Ankunft wußte er's noch nicht, aber später erkannte er mich wieder."

Harry schüttelte langsam den Kopf. „O Vetter! Der Herr möge mir vergeben! Ich habe ihn hierhergebracht. Ich bin ein Esel! Nein . . ., ein Judas bin ich! Ich habe meinen Vetter verkauft . . . Aber ich schwöre dir, ich wußte es nicht . . . Vergib mir!"

„Mir sollte der Prozeß gemacht werden, doch Onkel George hat mich aus dem Gefängnis verschwinden lassen. In meinem Fall gingen die Meinungen über Recht und Unrecht auseinander. Die Verfolgung fiel nicht allzu eifrig aus."

„Wird Malise dich verraten? Wirst du . . . hängen?"

„Malise ist ganz versessen darauf, mir den Schemel unter den Füßen wegzutreten. Aber nun erzähl mir, was er will."

Harry sank in einen schweren eichenen Lehnstuhl. „Du mußt mir schwören, nichts zu sagen. Ein Gerücht könnte uns das Genick brechen. Die Kompanie steckt in entsetzlichen Schwierigkeiten."

„Die Kompanie?"

„Die Südjavanische Kompanie, die Hazelton gestern abend erwähnte. Ich habe Onkel Georges Geschäftsanteile geerbt. Wir haben ein königliches Privileg, zwischen London und etlichen ostindischen Inseln Handel zu treiben, natürlich nicht mit den Molukken. Die Britische Ostindische Kompanie und die Holländische tragen den Kampf um die wichtigsten Gewürzinseln unter sich aus. Aber da draußen liegt eine reiche Welt, John, und es gibt noch andere Inseln für Männer, die wagemutig genug sind, sie zu finden. Du solltest es einmal riechen, wenn unsere Schiffe beladen zurückkommen!

Mich hat man einst an Bord der *Maid von Boston* mitgenommen – das ist eins unserer drei Schiffe. Sie duftete nach Zimt und Gewürznelken!"

„Und die Schwierigkeiten, die ihr geheimhalten müßt?"

Harrys Gesicht verdüsterte sich. „Wir werden unser Privileg verlieren, und dann sind wir erledigt. Dieses Jahr haben die Holländer zwei unserer Schiffe versenkt, und wir brauchen Geld, bevor unser letztes – eben jene *Maid von Boston* – nach London zurückkehrt. Sie wird erst in drei oder vier Monaten erwartet, und wer weiß, ob sie sicher in den Heimathafen einlaufen wird?"

„Könnt ihr Aktionäre nicht die nötige Summe auftreiben?"

„Wir haben keine gemeinschaftlichen Kapitaleinlagen", erläuterte Harry. „Die Mitglieder investieren von Unternehmen zu Unternehmen. Wir sind nicht so gewaltig wie die Ostindische Kompanie und haben keine Gesellschafter vom Hof. Aus diesem Grund ist Edward auch so wichtig. Er würde uns neue Mitglieder zuführen. Wir müssen das wenige Geld, das wir aufbringen können, in ein Unternehmen investieren, das einen schnellen und sicheren Profit verspricht."

„Warum braucht ihr so dringend Geld?"

„Um das Privileg erneuern zu lassen!" seufzte Harry. „Der König kann es sich ohne Unterstützung des Parlaments nicht leisten, seine Armee an der schottischen Grenze zu unterhalten. Nun treibt er auf jede erdenkliche Weise Geld ein. Direkte Steuern, Drohungen, Verkauf von Titeln und Privilegien. Er hat uns nur fünf Wochen Zeit zum Zahlen gelassen, oder er wird unser Privileg widerrufen und es anderweitig verkaufen. Und dann sind wir am Ende! In London kann man ohne ein Privileg oder eine Lizenz mit nichts, aber auch gar nichts Handel treiben! Und das ausgerechnet jetzt, wo ich lerne, wie man sein Geld vermehren kann!"

„Das ist eine traurige Geschichte", meinte John, „aus einer Welt, die mir so fremd ist wie Ostindien."

„Wir wollen, daß du nach Amsterdam reist, um Blumen zu kaufen. Du weißt mehr über Blumen als jeder andere, den ich kenne."

„Blumen?" fragte John ungläubig.

„Tulpen. In den Niederlanden werden Tulpenzwiebeln zur Zeit mit Gold aufgewogen."

„Du willst, daß ich in aller Eile ein Vermögen für die Südjavanische Kompanie erwerbe, indem ich Tulpenzwiebeln kaufe? So gern ich dir helfen würde, ich kann nicht für Edward Malise arbeiten."

„Du würdest nicht so sehr für Malise arbeiten, sondern eher für mich . . . und für Lady Beester. Und für dich. Ganz zu schweigen von Tante Margaret."

„Wie das?" erkundigte sich John.

„Wenn du nicht als unser Agent nach Amsterdam gehst, werde ich dieses Gut veräußern müssen. Unser Onkel hat so gut wie kein Bargeld hinterlassen. Das Londoner Stadthaus muß ich behalten, und das Gut in Somerset produziert zumindest Wolle und verschafft mir Einkünfte. Dieser Flecken hier aber modert vor sich hin. Und ich habe Schulden."

„Wie hoch?"

„Na ja, ich mußte das Stadthaus herrichten lassen", murmelte Harry. „Ich muß in London angemessen auftreten . . ., die neue Kutsche, Polstermaterial, Livreen, zwei Pferde. Unsere Hochzeitsgewänder, Brillantohrringe zur Verlobung, Geschenke, als ich um Zeal geworben habe, und Präsente für Master und Mistreß Hazelton. Ich mußte Onkel Johns Titel bestätigen lassen, und das war auch nicht umsonst! Und außerdem brauche ich jetzt Diener . . . Ich kann mich nicht mehr an alles erinnern, aber ich habe es irgendwo aufgeschrieben. Ich brauche genügend Bargeld, um zu helfen, unsere Handelslizenz aufrechtzuerhalten, so daß ich darauf hoffen kann, mein Vermögen wiederzuerlangen. Und außerdem habe ich mir bereits Geld auf das Gut geliehen."

„Was ist mit dem Geld deiner Frau?"

„Investiert", erklärte Harry.

„In die beiden versenkten Schiffe?"

Harry nickte. „Und in die *Maid von Boston.* Ich rechne mit beträchtlichen Profiten, sobald sie wieder nach England kommt . . ., falls sie kommt. Aber dann ist es zu spät, um den König zufriedenzustellen."

„Wie könnt ihr es euch dann leisten, in Tulpen zu investieren?"

„Ich habe privat ein Darlehen auf die Fracht der *Maid von Boston* aufgenommen", gestand Harry.

„Verfügt Lady Beester noch über andere Rücklagen aus ihrer Mitgift?"

„Sie hat mir . . ., Hazelton . . ., die Erlaubnis gegeben, zu . . ., äh, investieren."

Eine reine Formalität, dachte John. Wie hätte sich dieses Kind auch gegen Gatten und Onkel durchsetzen sollen? „Weiß sie, wie es finanziell um euch steht?"

„Das geht sie nichts an!"

„Vielleicht ist sie ruiniert. Sie könnte der Meinung sein, daß sie das sehr wohl etwas angeht."

„Sie wird sich damit abfinden", erklärte Harry trotzig. „Sie ist nicht an Luxus gewöhnt. John, wir müssen die Situation retten. Wirst du uns helfen?"

„Laß mich allein, Harry! Ich muß nachdenken."

„Was darf ich Hazelton sagen?"

„Sag ihm, daß ich ihm zumindest Gehör schenken werde. Ich bin ein einfacher Landmann, kein Kaufherr. Ich möchte nicht das Werkzeug deines endgültigen Ruins sein."

„Es wird dir gelingen. Ich werde Hazelton sofort Bescheid geben."

HAZELTON wartete in dem schweren eichenen Lehnstuhl neben dem Kamin. Malise saß in einem kleineren, ledergepolsterten Sessel. Er wandte den Blick ab, als John Harrys Zimmer betrat. Harry hockte auf der Kante seines Bettes.

„Ihr habt Euch also doch noch entschlossen, uns die Ehre zu erweisen", bemerkte Hazelton spitz.

„Mein Vetter hat darauf bestanden", versetzte John knapp. Er nahm auf dem Stuhl, den man für ihn übriggelassen hatte, Platz. „Ich bitte Euch um Verzeihung, sollte ich Euch gestern abend beleidigt haben."

Hazelton nickte, halbwegs besänftigt. „Wir haben nur eine Nacht verloren." Er ließ seinen Blick fragend zu Malise wandern.

„Nur zu, Samuel, sprecht Ihr für uns alle", sagte Malise.

„Mr. Graffham", begann Hazelton. „Master Malise und ich stehen unter Zeitdruck. Wir sind im Namen des Direktoriums der mit einem königlichen Privileg versehenen Südjavanischen Kompanie hier, in der auch Euer Vetter Anteilseigner ist. Ich bin Schatzmeister der Gesellschaft. Wir transportieren Wolltuche, Seife und Eisenwaren mit unseren Kauffahrern zu jenen Ostindischen Inseln, die sich nicht in den Klauen der Britischen Ostindischen Kompanie befinden. Unsere Schiffe kehren mit Muskat, Gewürznelken, Kopra und Zimt beladen zurück, Frachtgut, das wir durch rechtmäßig lizenzierte Händler weiterverkaufen lassen. Nun braucht die Kompanie einen Agenten, der in Amsterdam für sie tätig wird, und zwar unverzüglich. Wie ich Euch gestern abend zu erklären versuchte, scheint Ihr der richtige Mann für uns zu sein."

„Ich habe keinerlei Erfahrung in geschäftlichen Dingen", gab John zu bedenken. „Und ich bin des Holländischen nicht mächtig."

„Die Londoner Handelsagenten verstehen nur etwas von Geld und Märkten", wehrte Hazelton ab. „Für dieses Unternehmen benötigen wir botanische Kenntnisse wie die Euren."

„Dafür braucht Ihr keinen Fachmann. Jeder Obergärtner kann

Euch sagen, was Ihr bestellen müßt. Eure Zwiebeln werden mit dem nächsten Schiff eintreffen."

„Der Tulpenkauf in den Niederlanden ist heutzutage keine simple Angelegenheit mehr."

„Könnt Ihr eine Tulpenzwiebel von einer Gemüsezwiebel unterscheiden?" fragte Malise unvermittelt.

„Mit größter Wahrscheinlichkeit, sofern weder Tulpen- noch Gemüsezwiebel zu einer seltenen und unbekannten Sorte gehören."

„Wie kann man überhaupt die eine von der anderen unterscheiden?"

„Im Trockenzustand überhaupt nicht. In frischem Zustand geben die Blätter durch Farbton und Textur gewisse Anhaltspunkte", erläuterte John. „Doch um sie einwandfrei identifizieren zu können, muß man die Blüte selbst sehen."

„Wollt Ihr damit sagen", hakte Hazelton erschrocken nach, „daß man nur kaufen kann, wenn die Dinger blühen?"

„Wenn Ihr zweifelsfrei wissen wollt, was Ihr kauft."

„Wenn sie nicht gerade blüht, könnt Ihr also eine Zwiebel, die tausend Pfund wert ist, nicht von einer anderen unterscheiden, die einen Penny wert ist?"

„Nicht mit absoluter Sicherheit", antwortete John.

Hazelton wandte sich an Malise. „Dieser Punkt ist unserem Agenten Timmons bei seiner Schaumschlägerei in bezug auf Zwiebeln offensichtlich entgangen."

„Die meisten Tulpensorten blühen jetzt aus", fuhr John fort. „Zumindest in Kürze. Ihr seid in diesem Jahr schon recht spät dran, falls Ihr sie noch im Blütezustand erleben wollt."

Hazelton, Malise und Sir Harry tauschten bestürzte Blicke.

„Du bist dir nicht sicher, einzelne trockene Zwiebeln zuordnen zu können?" fragte Harry.

„Ein mehr auf Tulpen spezialisierter Botaniker wäre vielleicht in der Lage dazu", meinte John. „Wie Master Parkes, der bei dem älteren Tradescent in die Lehre gegangen ist, oder Dr. Hutchins, der den berühmten Zwiebelgewächsgarten in Southwark angelegt hat."

Malise stieß einen Laut der Ungeduld aus. „Wir können niemals einen Master Parkes oder Dr. Hutchins mit unserem Auftrag beleidigen. Bei der momentanen Hysterie in Holland wetteifern Schornsteinfeger und Wäscherinnen mit Kaufherren und Landbesitzern darum, alles, was sie haben, auf die neueste Tulpensorte zu setzen. Die Regenten von Amsterdam und den anderen Provinzen versuchen zur Zeit, diesen Verrücktheiten durch Gesetze Einhalt zu gebieten.

Erfolglos. Kurz gesagt, kein achtbarer Agent kennt sich mit dieser Handelsware aus. Und kein achtbarer Gelehrter würde es wagen, sich auf diesem fragwürdigen Markt zum Narren zu machen. Ihr erfüllt Euren Zweck für uns, weil Ihr weder ein achtbarer Agent noch ein achtbarer Gelehrter seid."

„Ihr habt eine reizende Art, jemanden zu überzeugen", bemerkte Hazelton in schneidendem Ton.

„Es ist nichts Unehrenhaftes dabei . . .", setzte Harry an.

John brachte beide zum Schweigen. „Master Malise macht keine Mördergrube aus seinem Herzen. Ich nehme an seiner Offenheit keinen Anstoß. Besitzt die Südjavanische Kompanie eine Lizenz zum Handel mit Tulpen?"

„Nein, Mr. Graffham, wir besitzen keinen Freibrief für den Tulpenhandel in Holland", erwiderte Hazelton.

„Würde ich gesetzwidrig handeln?"

„Außerhalb der englischen Gesetze, aber nicht gegen sie. Der Tulpenhandel wird nicht von den Gilden kontrolliert. Jeder, selbst der Dümmste und Verderbteste, kann spekulieren, sofern er über genug Geld verfügt. Ihr werdet sowohl kaufen als auch verkaufen – im Ausland. Erledigt die Aufgabe richtig, und niemand in England wird je davon erfahren."

John lächelte. „Vertraut Ihr mir, oder seid Ihr bloß verzweifelt?"

Hazelton lächelte zurück. „Als ich gestern hier eintraf, war ich verzweifelt. Jetzt, nachdem wir uns begegnet sind und miteinander gesprochen haben, gehe ich das Risiko ein."

„In diesem Fall", beschied John, „weiß ich keinen Vorwand mehr, mich zu weigern."

Harry stieß einen Freudenschrei aus. Malise blickte auf seine Hände.

Ich bin ihm wieder entwischt, dachte John. Aus der Kutsche, aus dem Gefängnis, und jetzt erneut – fürs erste jedenfalls.

Hazelton nickte nur. „Ihr werdet morgen früh mit nach London kommen."

„Nein", widersprach John. „Ich brauche noch zwei weitere Tage in Hawkridge. Erteilt mir Eure Instruktionen hier." Malise würde ihm nie gestatten, noch einmal hierher zurückzukommen.

„Ich werde nach London reiten", erbot sich Malise und sprang auf. „Mr. Graffham braucht ein Schiff, das Geld und einen Wächter, der darauf aufpaßt. Jemand muß Vorsorge dafür treffen."

„Wartet! Ich muß eine letzte Frage stellen." Hazelton wandte sich an John. „Schwört Ihr mir als gottesfürchtiger Christ, daß Ihr keinen Grund habt zu wünschen, daß unser Unternehmen scheitern möge?"

„Ich schwöre", sagte John, ohne Malise anzuschauen, „daß ich nur für Euren Erfolg arbeiten werde."

Malise machte sich gleich am nächsten Morgen, von nur einem Diener begleitet, zu Pferd nach London auf.

John fegte über das Gut, inspizierte, riet und mahnte. Er verfaßte Listen und Anweisungen für Dr. Bowler, der sie dann jenen, die nicht lesen konnten – also praktisch allen –, vorlesen sollte. Er instruierte Harry mit mehr Eindringlichkeit als Taktgefühl über jährlich zu leistende Abgaben, Witwengelder, Renten, die notwendigen Reparaturen an den Armenhäusern des Dorfs und seine Rolle als inoffizielles Haupt des örtlichen Kirchenrats.

Am nächsten Morgen schickte er Arthur zu Lady Beester, um anzufragen, ob sie ihm nach dem Mittagessen eine Unterredung gewähren würde.

„Sie ist wie vom Erdboden verschluckt", berichtete Arthur. „Ihre Zofe Rachel ist deshalb schlechter Laune. Dieses kleine Mädchen sorgt für Unruhe, soviel ist sicher."

„Tatsächlich?" fragte John interessiert. „Sie scheint immer sehr artig zu sein, wenn ich zugegen bin. Nun ja, halte weiter nach ihr Ausschau, und laß dir von Rachel keine Angst einjagen."

„Rachel jagt mir keine Angst ein."

„Du magst sie, nicht wahr?"

Arthur zuckte die Schultern. „Ein neues Gesicht ist hier ein seltenes Vergnügen. Obwohl sie mehr betet, als ihr guttut."

„Dann ist sie ja entschieden nichts für dich, alter Junge", neckte John ihn gutmütig. „Ich bin im Stallhof, falls du mich suchst."

Nachdem John dort seine Arbeit erledigt hatte, verabschiedete er sich von seinen Gärten. Seiner Hände Werk lag wohlgeordnet um ihn herum: die grätenförmig hochgebundenen Bäume, die mit Gemüse bepflanzten Quadrate, die zu Girlanden geflochtenen Weinstöcke, die von Unkraut befreiten Gehwege und niedrigen Hecken aus Buchsbaum und Gamander. Ich muß in Amsterdam Erfolg haben! dachte er. Ich darf nicht zulassen, daß dieses Fleckchen Erde verkauft wird, auch wenn ich nie zurückkehren kann. Er öffnete das Tor zum Neuen Garten, überquerte die Wehrbrücke und stieg ein letztes Mal den Hang hinauf zum Obstgarten.

Blütenblätter regneten herab. Da war jemand in einem der Apfelbäume. Geräuschlos bewegte sich John durch das hohe, feuchte Gras. Sicher einer der Gutsbengel. Na, er würde ihn ein bißchen erschrecken! Er streckte die Hand aus, um den Knöchel zu packen.

Die bloßen Füße, die den Ast umschlangen, waren weiß, feingliedrig und sehr sauber. Die Rundung der Knöchel war glatt, die Schienbeine waren zart. Darüber verschwanden feste, milchweiße junge Beine in den Apfelblüten und im Schatten eines hochgerafften Unterrocks. John ließ die Hand sinken und starrte hinauf.

Ganz gewiß kein Junge. Eine Milchmagd? „He!" rief er hinauf. „Laß die Blüten dran! Sonst kriegen wir keine Früchte."

Ein Fuß rutschte ab. „O Gott!" rief eine Mädchenstimme. Eine Hand griff nach einem niedrigeren Ast, und ein Gesicht tauchte auf. „O nein!" Das Mädchen beugte sich herunter und starrte John mit offenem Mund an. Dann zerrte es hastig den Unterrock über ihre Beine.

Für einen Augenblick erkannte John das Mädchen nicht. Ohne den weißen Puder und die roten Lippen, mit denen sie zu den Mahlzeiten erschien, konnte John das Gesicht nicht recht einordnen. Aber keine Milchmagd trug solche Ohrgehänge oder hatte so saubere Füße.

„Oh, Ihr seid es", sagte sie.

„Mylady . . .", stammelte er.

„Wartet! Ich komme runter." Zeal begann herabzuklettern, ihre Siegesbeute, den Apfelblütenzweig, fest umklammernd.

John blieb nichts anderes übrig, als ihr seine Hand anzubieten. Sie ergriff sie anmutig und überwand die letzten paar Fuß mit einem Sprung.

„Es tut mir leid . . .", setzte er unbeholfen an.

„Ich habe gar nicht an die Äpfel gedacht", entschuldigte sie sich. „Ich werde eine Woche lang keinen Apfelmost trinken, um es wiedergutzumachen."

„Es sind Eure eigenen Äpfel", wehrte John ab, auf der Suche nach dem richtigen Tonfall, mit dem er der Kindfrau seines Vetters begegnen wollte, die da mit nackten Füßen, halb geöffnetem Mieder und im Unterrock vor ihm stand. Dies war nicht ganz die Situation, in der er das heikle Thema von Tante Margarets Gefühlen zur Sprache bringen wollte.

„Harrys Äpfel", berichtigte sie ihn.

Im Festtagsgewand und zugeschnürt hatte Zeal knochig und mager gewirkt. Ungeschnürt und im Unterkleid schien es, als dehne sie sich aus.

„Kleidet Ihr Euch eigentlich immer so?" fragte sie.

Er lachte. „Und Ihr?"

„Sooft ich kann."

„Mir geht's genauso", gab John zur Antwort. „Ein glücklicher Zufall, daß wir uns getroffen haben, Madam. Ich habe Euch gesucht, bin allerdings nicht auf die Idee gekommen, in den Bäumen nachzusehen."

„Auch ich wollte Euch gern vor Eurer Abreise noch einmal sprechen. Ich habe noch ein paar Fragen, was dieses Anwesen betrifft."

„Solltet Ihr Euch nicht erst ankleiden?"

„Aber natürlich, wenn es Euch beruhigt." Sie hob das Knäuel aus Seide, Musselin und Spitze mit gespieltem Abscheu hoch und schüttelte es.

John wandte ihr höflich den Rücken zu. „Ich dachte, alle jungen Mädchen lieben nichts so sehr wie schöne Gewänder und Juwelen", bemerkte er.

„Für die in der Schule trifft das zu", pflichtete sie ihm bei. „Aber ich hasse die Mode!"

John grinste. „Harry ist ein Mann, und er liebt die Mode."

„Ja, aber wenn ich ein Mann wäre, würde ich für mich selbst entscheiden, ob ich sie mögen würde oder nicht!"

Die nun einsetzende Stille wurde vom Rascheln der Röcke unterbrochen.

„Habt Ihr Euch Harry ausgesucht?" fragte er.

„Ja", antwortete sie. „Jetzt könnt Ihr Euch wieder umdrehen." Sie war den Umständen entsprechend gut mit ihren Kleidern zurechtgekommen. „Harry wurde mir nicht aufgezwungen, falls Ihr das vermutet habt. Ich habe ihn mir ausgesucht." Zeal ließ sich unter dem Apfelbaum nieder.

John setzte sich ihr gegenüber ins Gras. „Eurem Onkel schwebte ein anderer vor?"

„Ja." Sie schüttelte sich. „Über vierzig Jahre alt, mit schwarzen Zähnen. Zwei Frauen hatte er schon unter die Erde gebracht. Er hat mich überhaupt nicht gesehen, selbst wenn ich direkt vor seiner Nase saß. Er und mein Onkel hockten beisammen und schmiedeten Pläne, wie sie meine Mitgift nutzen würden, stundenlang."

„Wieso hat Hazelton dann zugelassen, daß Ihr Harry überhaupt begegnet seid?"

„Sie hatten mich ins Internat abgeschoben . . . Harry gehörte zur Hackney-Meute." Sie bemerkte Johns verständnislosen Blick. „Die Mitgiftjäger, die in den Schulen von Hackney und Islington herumhängen und die reichen Erbinnen auskundschaften. Harry schien der Beste von ihnen zu sein. Irgendwann hätte es mich ja doch erwischt. Also habe ich das Beste draus gemacht. Wenn ich schon unter der Knute eines Mannes leben muß, dann ist Harry wenigstens weitaus amüsanter als mein Onkel oder dessen alter Freund."

Und einfacher zu lenken, dachte John und grinste verstohlen.

„Und außerdem“, fügte Lady Beester hinzu, „gefällt mir dieses Fleckchen hier recht gut . . . Hawkridge House. Es ist so friedlich.“

John erwärmte sich mehr und mehr für dieses seltsame Kind. Er bedauerte, daß er sie nicht näher kennenlernen würde, und es tat ihm leid, daß er das Gespräch nun auf die Sorgen seiner Tante bringen mußte.

Er sah zu, wie Zeal eine Biene beobachtete, die um ihren Kopf herumsurrte. „Habt keine Angst“, beruhigte er sie. „Bleibt einfach sitzen. Bienen stechen nicht, es sei denn, sie fühlen sich bedroht.“

Die Biene landete auf Zeals nacktem Unterarm. Zeal senkte den Kopf, um den schwerfälligen, rundlichen Körper zu betrachten. „Sie hat winzige Häkchen an den Füßen“, sagte sie und begann zu zitieren – in Latein. „Ist doch die Natur so groß, daß sie sozusagen aus dem Schatten eines Tierchens etwas Unvergleichliches gemacht hat.“

„Ihr lest Latein?“

Sie nickte. „Mein Onkel hat es mir beigebracht. Ich habe alles von Plinius, Cato und Varro gelesen.“

„Wenn Ihr die an Eurer Seite habt, werdet Ihr mich nicht mehr viel fragen müssen. Ich lasse Euch die Schlüssel zu meinen Büchern da, wenn Ihr wollt.“

Die Biene schwang sich wieder in die Lüfte. „Ich danke Euch, daß ich die Bücher während Eurer Abwesenheit benutzen darf. Aber ich werde wohl trotzdem Eure Hilfe benötigen. Werdet Ihr mir helfen, wenn Ihr von dort zurückkommt, wo Ihr hingeht?“

„Ich werde alles tun, was in meiner Macht steht“, versprach John.

„Gut. Harry wird jede Hilfe brauchen, die wir ihm geben können. Wißt Ihr, daß hier oben ein Nest ist?“ fragte Zeal.

John schüttelte den Kopf.

Sie grinste triumphierend. „Dann laßt es mich Euch zeigen, Mr. Graffham. Und ich bin erst seit drei Tagen hier.“ Sie machte Anstalten, sich zu erheben.

Er bot ihr die Rechte und ergriff ihre kleine, kühle Hand. „Drei ausgefüllte Tage, wie ich hörte.“

Sie hielt inne. „Von wem?“

„Von meiner Tante.“

„Sie haßt mich“, stieß Zeal hervor. „Sie wünscht sich, ich wäre nie hierhergekommen.“ Sie richtete sich auf und entzog ihm ihre Hand.

„Meine Tante ist alt und daran gewöhnt, ungestört vor sich hin zu leben. Sie haßt nicht Euch als Person. Sie haßt es, weggewischt zu werden. Sie hat Angst und fragt sich, wo sie ein anderes sicheres Eckchen auftreiben könnte."

Zeal runzelte die Stirn. „Bin *ich* denn gefährlich?"

„Das fürchterlichste Ereignis in den vergangenen elf Jahren."

„O Gott!" stieß Zeal aus. „Ich fasse es nicht . . . Sie hat Angst vor *mir?"*

John lachte. „Arme Tante Margaret."

Zeals Antlitz glühte. „Aber sie ist *alt!"*

„Eben."

Zeal stand da und dachte nach. Sie nickte. „In Ordnung", erklärte sie. „Ich werde ihr gestehen, wie unwissend ich bin. Sie kann mir alles beibringen, was sie weiß. Dann sollte sie sich besser fühlen. Danke, daß Ihr es mir gesagt habt. Soll ich Euch nun das Nest zeigen?"

V

AN DECK des Londoner Segelschiffs balancierte John mit weit gespreizten Beinen die Dünung aus. Das rostfarbene Segel knallte und peitschte hoch über seinem Kopf. Nachdem sie anderthalb Tage lang ostwärts über den *Oceanus Germanicus*, die Nordsee, gesegelt waren, fuhr das Schiff nun um die Schneckenwindung der Zuidersee herum.

Direkt voraus, jedenfalls nach der Karte, die Simeon Timmons John gegeben hatte, an der Mündung der Amstel, lag eine der reichsten Städte Europas, reicher als London, Umschlagplatz des Ostsee- und Ostindienhandels, das Herz einer Allianz von niederländischen Provinzen, die England dazu zwang, sich mit letzter Kraft an den noch übriggebliebenen Teilstückchen der Ostindischen Inseln und der Karibik festzuklammern. Als John sich umwandte, sah er allerdings nichts als einen hellen grauen Dunstschleier.

Amsterdam, die Amsterdamer Börse, Cornelius Vrel, Justus Coymans – alle Wörter und Namen, die Hazelton ihm genannt hatte, waren für John bar jeder Bedeutung. Das bunte Leben von Hawkridge House war einer Zukunft aus grauem Dunst gewichen.

Hinter John lehnten drei bewaffnete Männer an der Reling, die in Diensten Sir George Tuppers standen, des Vorsitzenden des Direktoriums der Südjavanischen Kompanie. Unter Deck bewachten Arthur und drei weitere von Sir Georges Männern, alle mit geladenen Pistolen bewaffnet, eine Truhe, die mit genug Gold gefüllt war, um das Anwesen von Hawkridge einschließlich mehrerer Viehweiden zu kaufen.

Das Hauptquartier der Südjavanischen Kompanie befand sich in Tuppers Haus. Dort hatte John den Agenten Simeon Timmons getroffen, jenen Mann, der eine Tulpe nicht von einer Gemüsezwiebel unterscheiden konnte.

„Ihr habt nur zweieinhalb Wochen“, hatte Hazelton John gemahnt. „Vertraut niemandem! Cornelius Vrel war Timmons einmal behilflich, jetzt aber ist er unser geschäftlicher Rivale. Versucht, diesen Händler namens Coymans zu finden, ohne Vrel einzuschalten.“

Unversehens tauchte eine scharf umrissene Welt aus dem feuchten grauen Dunst vor ihnen auf. Schiffe dümpelten auf dem Wasser. Masten ragten gen Himmel. John hörte Rufe und Glockengeläut. Er roch Zimt und Teer. Der Segler glitt an dem hoch aufragenden Heck eines vor Anker liegenden Ostindienfahrers vorbei.

Sie nahmen ihren Lotsen von einem Schlepper an Bord.

„Wir fahren durch die Delphine in den Hafen!“ rief der Kapitän.

Die Delphine waren eine doppelte Palisade aus Holzpfählen, die sowohl die Mündung der Amstel als auch die Stadt schützte, die sich entlang beider Flußufer erstreckte. Die Pfähle bildeten eine doppelte Linie im Wasser. Hinter den Delphinen erblickte John nun die Stadt selbst – Reihen niedriger Dächer, die beiden hohen Türme der Alten und der Neuen Kirche auf den einander gegenüberliegenden Uferseiten der Amstel. Weitere Kirchtürme. Doch selbst hier blieb unklar, welches der beiden Elemente vorherrschte: das Land oder die See. Wo London Straßen hatte, hatte Amsterdam Wasser.

John blickte wieder auf die Karte. Amsterdam krümmte sich innerhalb paralleler Halbkreise aus Befestigungsmauern und Wallgräben in dichten Windungen. Der Fluß war der Pfeil durch das Herz der Stadt.

„Ich setze Euch auf der *Oude Zijde* des Hafens beim Sankt-Antonius-Tor an Land“, erklärte der Kapitän. „Dort könnt Ihr Euch ein kleineres Boot mieten, hinter dem *dam* die Amstel aufwärts bis vor die Pforten des Rathauses segeln und Euer Schiff vor Eurem Haus andocken.“

Kurz darauf stand John benommen auf dem glitschigen Kopfsteinpflaster einer fremden Hafenstraße, Kisten und Bündel zu seinen Füßen. Arthur hockte nervös auf der Geldtruhe.

Eine rauhe Sprache erfüllte die Luft. Mit Hilfe von Pantomime, ein bißchen Latein, einigen französischen Brocken und Silberstücken machte John einem Bootsführer schließlich seinen Wunsch nach einer Unterkunft und einer Transportmöglichkeit verständlich. Die Kisten und die Geldtruhe wurden in ein schmales Ruderboot gehievt, das am Fuß einer bis ins Wasser reichenden Treppe vertäut lag. John und Arthur kletterten hinterher.

Ihr Boot glitt nach links, fort vom zentralen Flußdamm. Sie fuhren unterhalb des Straßenniveaus dahin, zwischen tropfnassen Steinwänden. Dann bogen sie in einen anderen, engen Kanal ab, fuhren unter Brücken hindurch und in einen breiten, von Häusern gesäumten Kanal hinein. Schließlich stießen sie sanft gegen eine Wassertreppe.

Das Gästehaus war zwei Fenster breit und fünf Fenster hoch, von einem spitzen Giebel gekrönt. Direkt unter dem Dachfirst ragte über einer massiven Holztür eine Eisenstange hervor, an der statt einer Flagge ein doppeltgeführtes Seil und eine Rolle hingen.

John stieg die steilen Steinstufen vom Kanal hinauf auf die kopfsteingepflasterte Straße, dann eine noch steilere Treppenflucht von der Straße zum Eingang des Gebäudes.

Mevrouw Padtbrugge, die Hausherrin, erinnerte John an eine Pfingstrosenknospe, so rundlich und prall war sie in ihr schwarzes Seidenkleid gezwängt. Sie sprach kein Englisch, schien sich jedoch mit dem, was der Bootsführer ihr erzählte, zufriedenzugeben, denn sie schob John ins Haus und schloß die Tür.

John folgte ihr. An einem Seil, das in der Mitte des Treppenschachts hing, zog er sich eine enge hölzerne Wendeltreppe hinauf. Wie sollten sie die Geldtruhe je hier hinaufbekommen?

Auf seinem Zimmer angelangt, lugte John aus dem offenen Fenster hinunter auf den Kai. Mevrouw Padtbrugge holte das Tau vom Haken am Ende der Eisenstange, die als Zugbalken diente, ein und ließ das eine Ende des Seils zur Straße hinunter. Unten packten Arthur und ein Bediensteter des Gästehauses die Geldtruhe in ein Netz, das sie ans Seil hängten. Dann zogen die Männer am anderen Ende des Taus, und die Truhe erhob sich langsam in die Lüfte, wild umherschwingend, dem Fenster im fünften Stock entgegen. Die Wirtin angelte nach dem Netz und zog es mit Schwung ins Zimmer.

John war recht zufrieden mit dem Ort, an den Gestikulieren, Silbermünzen und eine Portion Glück sie gebracht hatten. Ein sicheres Standquartier. Sie befanden sich in der Spitze eines Turms, und Mevrouw Padtbrugge machte nicht den Eindruck, als würde sie Diebe oder anderes Gesindel in ihrem makellosen Reich dulden.

Er wurde ins Erdgeschoß gebeten, um im Licht der untergehenden Sonne in dem Vorderzimmer, das zur Straße hin lag, sein Abendessen einzunehmen. Zwei andere Logiergäste erschienen.

„Ein Engländer!“ rief der eine aus. „Willkommen in Amsterdam! Ich bin Hein Snijder, Buchbinder aus Zaandam.“ Der zweite Logiergast, Pieter Zwellen, sprach kein Englisch und roch nach Fisch. Snijder vertraute John mit gedämpfter Stimme an, daß die Hausherrin Witwe sei.

Sie nahmen an der langen Tafel Platz. Mevrouw Padtbrugge sprach das Tischgebet, dann bewirtete sie ihre Gäste mit Kalbsbrust, Hirschbraten im Teigmantel, Salat, Kohlrouladen, gedünstetem Spinat, eingelegten Heringen, verschiedenen Käsesorten, Brezeln, Brot, Äpfeln, Birnen, Nüssen und einem guten Rheinwein.

„Ich bin Botaniker", beantwortete John Snijders Fragen. „Ich bin nach Amsterdam gekommen, um die großen botanischen Gelehrten von Leiden und Amsterdam um Rat zu bitten und um ein paar Zwiebeln zu kaufen. Für den Garten des Guts, auf dem ich in England arbeite." Er bemerkte, daß die drei Anwesenden ihn nun als Obergärtner mit ein wenig Bildung einstuften. „Man sagte mir, ich solle mich hier in Amsterdam an einen Händler wenden", fuhr er fort. „Justus Coymans."

Der Buchbinder schüttelte ratlos den Kopf. „Was für Zwiebeln?"

„Tulpen."

„Aha." Der Fischhändler lächelte plötzlich. „Seid nur vorsichtig", ließ er durch Snijder ausrichten. „Mir persönlich gefällt gar nicht, was da vor sich geht. Zu viele Leute, die verrückte Risiken eingehen."

Die Witwe wandte sich an John. Er verstand das Wort *beurs*.

„Die Börse?"

„Sie sagt, wenn Coymans Händler ist, könnte man ihn möglicherweise in der Börse auf dem *dam* finden."

„*Tussen twaalf en twee.*" Die Witwe hielt alle zehn Finger und dann noch einmal zwei in die Höhe. Dann wieder zwei.

„Begebt Euch morgen mittag zwischen zwölf und zwei Uhr dorthin, und erkundigt Euch dort nach Eurem Mann!"

John zwängte sich zum zweitenmal die enge Spindel der Holztreppe zu seinem Zimmer hinauf. Schwer atmend erreichte er das Obergeschoß. Er übernahm Arthurs Pistole und schickte ihn zum Abendessen in die Küche des Hauses hinunter. Dann verriegelte er die Tür zur Treppe.

Nachdem Arthur zurückgekehrt war, zog John sein niedriges Bett vor die Tür. Er versuchte zu schlafen, doch das hohe, schmalbrüstige, ächzende Haus schien wie ein Schiff auf hoher See zu schwanken, wobei sein Bett sich im Ausguck befand.

„DIE BÖRSE?"

„*Beurs?*" Der Bootsführer schien ihn zu verstehen. John versuchte sich den Weg einzuprägen, während sie durch ein Labyrinth düsterer grüner Kanäle fuhren. Er hatte Arthur zurückgelassen, bei einem Imbiß aus Brot und Käse, die Pistole griffbereit neben sich.

Das Boot fuhr unter Brücken hindurch, wartete auf die Schleuseneinfahrt und befand sich plötzlich inmitten des Mastenwalds, den John aus der Entfernung gesehen und der sich zwischen den Dächerspitzen in der Mitte der Stadt emporgereckt hatte. Der Bootsführer legte bei einer Wassertreppe an. John erklomm die Stufen.

Ein riesiger Marktplatz dehnte sich am Ufer der Amstel aus. In der Nähe des Kaiendes stand ein Zollgebäude. Dahinter erhob sich ein öffentliches Gebäude, das vor Fahnen und Wachen nur so strotzte.

„Beurs!“ rief der Bootsführer John von unten zu. Er deutete nach vorn auf ein drittes Gebäude, das wie eine massive Brücke über der Amstel aufragte.

Die neue Amsterdamer Börse war 1608 errichtet worden. Von außen wirkte sie auf John wie eine befestigte Stadt. Lange, gerade Mauern, von flachen Pilastern unterteilt, umschlossen ein etwa feldgroßes Stück des kostbaren Amsterdamer Bodens.

Es war allerdings eine mauerbewehrte Stadt mit hochgezogener Brücke. Draußen vor dem verschlossenen Hauptportal, unter einem hohen Uhrturm, hatten sich Männer versammelt. Die Wohlhabenden trugen Seide, die weniger Wohlhabenden Baumwollflanell. Fast alle waren in Schwarz gekleidet. Leuchtende, zwiebelartige Kopfbedeckungen erhoben sich hier und da zwischen den dunklen Hüten und Federn – die Turbane der Mohren und Äthiopier in ihren farbenfrohen Gewändern. John entdeckte auch ein paar moskowitische Vollbärte und Pelzhüte. Zweihundert Leute oder mehr. Selbst wenn Coymans darunter war – wie sollte er ihn finden?

Die Menschenmasse verdichtete sich und strömte auf das Hauptportal der Börse zu. Die große Turmuhr setzte zum Mittagsläuten an, und der Platz entleerte sich in die große, mauerbewehrte Zitadelle. John folgte der Menge.

„U mag niet naar binnen.“

Es war nur zu deutlich, was der Mann gemeint hatte. Enttäuscht spähte John an dem Wachposten vorbei in den weiträumigen Arkadenhof der Börse. „Ich muß da hinein“, erklärte er auf englisch. „Ich suche einen Freund. Justus Coymans.“

Der Wächter bedauerte höflich, aber bestimmt.

„Er will Euch verständlich machen, daß man Mitglied sein muß, um dort hineinzudürfen“, vernahm John die Stimme eines alten Mannes. Er sprach Englisch, war jedoch kein Engländer. Sein Antlitz war gebräunt, die Haut zart und von feinen Runzeln durchzogen. Er hatte kleine, lebhafte schwarze Augen und eine messerscharfe Nase,

trug einen hochmodernen Biberpelzhut und einen akkurat gestutzten Spitzbart und Schnauzer.

„Ich hatte nicht bedacht, wie schwer es ist, eine fremde Sprache zu sprechen."

Der alte Mann lachte. „O ja, das ist es." Er legte John leicht die Hand auf den Ellbogen. Er war etwa einen halben Kopf kleiner als John. „Kommt! Ich werde den Dolmetscher für Euch spielen." Er führte John zurück zum Börseneingang und sprach rasch mit dem Wächter. „Ihr seid mein Gast", erklärte er John.

Der Wachmann nahm eine Handvoll Münzen entgegen. Dann schritten die beiden Männer durch einen Bogen in einen riesigen, von Säulen umstandenen Hof.

„So", sagte der alte Mann, „jetzt seid Ihr am Hof von Königin Geld. Und nun?"

John stand da wie gelähmt. Der Hof wimmelte nur so von Menschen. Die Männer schrien und schubsten, umarmten sich, klopften sich auf den Rücken, klatschten in die Hände. Sie schritten auf und ab, riefen sich Begrüßungsworte zu und beugten sich vor, um einem anderen etwas ins Ohr zu flüstern. Sie bildeten Paare und Gruppen, lösten sich wieder auf und fanden sich neu zusammen. Hier und da lauerte eine einsame, reglose Gestalt.

„Was wollt Ihr denn hier?" fragte der alte Mann.

„Ich hielt nach einem Mann Ausschau und glaubte törichterweise, ihn ausmachen zu können", erwiderte John. „Hier stehen ja gar keine Waren zum Verkauf."

„Ihr irrt Euch", versetzte der Alte. „Hier stehen alle Güter der Welt zum Verkauf – Salpeter, japanische Lackkunst und Mingporzellan, Malakkapfeffer, türkische Teppiche, eingelegter Ingwer, Diamanten, Perlen, Rubine . . ."

„Ich sehe nichts davon."

„Auf dem Papier, mein Freund. Der reinste Windhandel."

„Gibt es auch Tulpenzwiebeln?" erkundigte sich John.

„Tulpen werdet Ihr hier nicht finden. Sie haben ihre eigenen *collegia*, wo Ihr natürlich auch Mitglied sein müßt. Wir sollten wieder nach draußen gehen.– Senhor Francisco Gomez de Fernandez", stellte sich der alte Mann mit einer leichten Verbeugung vor. „Portugiese von Geburt." Das Haar unter Gomez' Hut schimmerte silbrigweiß, obwohl Kinnbart und Schnurrbart pechschwarz waren.

John zögerte nur eine Sekunde. „John Nightingale. Ich danke Euch, Sir, für die Freundlichkeit, die Ihr mir soeben erwiesen habt."

Gomez schüttelte abwehrend den Kopf. „Es ist ein Vergnügen,

wieder einmal Englisch zu sprechen. Ich habe London vor zehn Jahren verlassen . . . Ihr sagtet, daß Ihr jemanden sucht."

„Justus Coymans", antwortete John.

„Coymans", wiederholte Gomez mit seltsam ausdrucksloser Stimme. Er schlenderte von der Börse fort und am Wasser entlang. „Dort drinnen werdet Ihr ihn bestimmt nicht finden. Kommt, Ihr dürft mich auf ein Glas einladen!"

Teils amüsiert, teils auf der Hut ließ John zu, daß Gomez ihn ins Schlepptau nahm. Zumindest kannte Gomez Coymans, auch wenn er ihn nicht gerade zu schätzen schien. Sie betraten ein Gasthaus.

„Wein, Ale oder Milch?" fragte Gomez und winkte die Schankmagd heran. „Für mich Milch . . . Ihr seid also nach Amsterdam gekommen, um reich zu werden?"

„Ich bin leidenschaftlicher Botaniker", erwiderte John. „Ich will mein Wissen erweitern und ein paar Tulpenzwiebeln kaufen. Ich trachte nicht nach Reichtum."

Gomez schüttelte sein silbernes Haupt. „Ach, Senhor Nightingale, lügt mich nicht an. Ihr seid nicht gekommen, um Euch hübsche Blümchen anzusehen – bewaffnet mit Justus Coymans' Namen."

John gestand lächelnd seine Niederlage ein.

„Ich werde Euch heute abend zu Coymans' Haus bringen", bot Gomez an, „wenn Ihr es wünscht."

„Das wäre überaus freundlich", erwiderte John. „Verlangt Ihr . . .?" Er zögerte.

Gomez lächelte flüchtig. „Macht Euch keine Sorgen. Wenn es zu etwas führt, bezahlt mich Coymans. Ich würde Euch auch ohne Entgelt zu ihm bringen, aber Coymans traut niemandem, den er nicht bezahlt."

„HALT! Bleibt, wo Ihr seid!" Der Mann sprach Englisch.

John erstarrte zur Salzsäule. Der Mann saß da mit den Füßen auf dem Tisch, einen Arm um die Stuhllehne geschlungen, die Hand war nicht zu sehen. Im Zimmer war es heiß und der Raum hell erleuchtet vom Schein der Fackeln und Kerzen. Auf dem Tisch herrschte das Durcheinander eines gerade beendeten üppigen Gelages. Zerknüllte Servietten, verschütteter Wein, Obstschalen, Knochen. Der Geruch von Bier, Blumen und Tabakqualm. Sieben Männer starrten John an, in Hemdsärmeln, die Gürtel waren gelockert. John trat weiter ins Zimmer. Der Mann, der gesprochen hatte, hob die Hand, die, hinter der Stuhllehne versteckt, heruntergebaumelt hatte. In seiner gewaltigen Faust hielt er eine Pistole, die er auf John richtete. „Seid so nett, und tretet wieder genau dorthin zurück, wo Ihr eben gestanden habt!"

John merkte, daß Gomez ihn am Ärmel zupfte. Er trat zurück und sah sich den großen Mann mit dem roten Gesicht und der Pistole genauer an. Lohfarbenes Haar wuchs über seiner mächtigen Stirn. Seine Augen waren klein, mit Lachfältchen in den Winkeln, doch sie blickten kalt.

„So ist's brav." Der Mann schwang seine Füße auf den Boden und richtete die Pistole mit beiden Händen auf John, die Ellbogen vor sich auf den Tisch gestützt.

Zwei der anderen Männer hieben plötzlich mit der flachen Hand auf den Tisch. *„Een!"* brüllten sie. *„Twee! Drie! Vier!"*

„Ruhig", sagte Gomez leise.

„Vijf!"

„Wie lange noch, Saski?" fragte der Mann mit der Pistole auf holländisch.

Ein dünner Kerl, der hinter dem Tisch saß, knurrte ein paar Worte. Seine linke Hand fuhr mit raschen Strichen über ein Blatt Papier vor ihm.

„Zes!"

„Was, zum Teufel, soll das?" begehrte John auf. „Heißt Ihr so Fremde willkommen?"

„Klaar!" rief Saski, der Mann mit dem Papier.

„Eine Minute fünfundvierzig Sekunden", ließ sich eine tiefe Stimme vom Tafelende her vernehmen.

Der Mann mit der Pistole erhob sich. „Willkommen, Francisco, mitsamt Eurem Freund!" Er legte die Waffe hin und kam um den Tisch herum. Hinter ihm drängten sich die anderen Männer um Saski.

„Wie aus dem Leben!" rief einer aus. „Bis hin zu den hochgezogenen Augenbrauen. Ein echter Engländer!"

„Kommt herein", forderte Coymans John auf. „Euer Leben ist jetzt nicht mehr in Gefahr. Aber Ihr müßt einsehen, daß ich es nicht riskieren konnte, Saski zu stören. Kommt und seht Euch selbst, wie ein Fremder Euch sieht." Er beugte sich vor und entriß Saski das Blatt.

John war aufs Papier gebannt worden, mit leicht dahingeworfenen, schwungvollen Strichen. Das Gesicht zeigte einen alarmierten und verblüfften Ausdruck. Hochgezogene schwarze Augenbrauen. Gomez schattenhaft hinter ihm.

John lachte. „Ist Saski immer so aufrichtig?"

Der dünne Mann schob eine weitere Zeichnung über den Tisch.

Sie stellte Coymans dar, wie er die erste Zeichnung herüberreichte, das Haar zerzaust, ein gespieltes Flehen um Vergebung in den schnellen Strichen, die seine breiten Schultern und Arme wiedergaben. „Eine Minute dreizehn Sekunden", tönte die tiefe Stimme vom Tafelende.

„Vergeben?" fragte Coymans.

„Ich vergebe Euch den Schrecken, den Ihr mir eingejagt habt", antwortete John. „Eure Manieren bedürfen aber noch ein bißchen mehr der Entschuldigung."

„Ein Glas Bier?" bot Coymans an. „Francisco, was braucht es, um Euren jungen Freund zu versöhnen? Was kann ich für Euch tun?"

John und Gomez nahmen inmitten des Chaos Platz, in dem Bilder herumgereicht wurden, Wein und Bier eingeschenkt wurde, während Hausmägde Berge von Trockenobst und schwarzen und gelben Käse herbeischleppten.

„Ihr habt mir noch keine Antwort gegeben, junger Mann", setzte Coymans wieder an. „Was wollt Ihr?"

„Sein Name ist John Nightingale", erklärte Gomez.

„Also, womit kann ich dienen, Herr Engländer John Nightingale?"

„Ich will, daß Ihr mich sehr reich macht, Herr Holländer Coymans!"

„Ihr wollt reich werden?" fragte Coymans ruhig. „Selbst ohne Börse bin ich der richtige Mann dafür."

„Ich *muß* reich werden", bekräftigte John.

Coymans lehnte sich in seinem Sessel zurück. „Wieviel könnt Ihr investieren?"

„Genug."

„Na, na, Mr. Nightingale. Seid Ihr hier, um Schiffe oder Pasteten zu kaufen? Wenn ich Euch ein Vermögen verschaffen soll, muß ich wissen, ob ich Stroh oder Ostsee-Eiche zur Verfügung habe."

„Mit Stroh kennt Ihr Euch demnach nicht aus?"

„Vielleicht doch, sofern Ihr gewillt seid, all Euer Stroh aufs Spiel zu setzen."

„Ich kann überhaupt nichts aufs Spiel setzen. Wir können uns kein Risiko erlauben."

Coymans schnaubte. „Ihr wollt Reichtum ohne Risiko? So etwas gibt's nicht, mein Freund."

„Dann muß es mir eben als erstem gelingen."

„Seid Ihr ein gesetzestreuer Mann?"

John zögerte nicht. „Natürlich."

„Das ist schade", erwiderte Coymans. „Ich hatte schon geglaubt, einen Weg aus Eurem Dilemma gefunden zu haben." Er musterte John nachdenklich. „Macht nichts. Kommt mit nach oben in mein Empfangszimmer. Da können wir ungestört miteinander plaudern."

Kurz darauf befanden sie sich in einem holzgetäfelten Gemach mit dicht geschlossenen Läden. Abgesehen von einem schweren Eichentisch, einem Kabinettschränkchen mit Intarsien auf einem Gestell sowie zwei Stühlen war das Zimmer leer. Keine Hinweise auf den Besitzer. Keine Tulpen. Überhaupt keine Blumen.

John sah Gemälde in schweren vergoldeten Rahmen, mehr als hundert an der Zahl, doch anstatt die Wände zu zieren, standen sie hintereinandergestapelt auf dem Boden, die Rückseiten der Rahmenbretter dem Auge des Betrachters zugewandt. Aus einer ledergebundenen Mappe waren Zeichenblätter auf die Platte des Eichentischs geglitten.

„Wie reich ist reich?" fragte Coymans.

„Ich muß aus viertausend Pfund zwanzigtausend machen."

„In welcher Zeit?"

„Zwei Wochen."

„Ihr wollt Euer Geld binnen zweier Wochen verfünffachen, ohne auch nur ein einziges kleines Gesetz zu brechen? Das kostet Euch zwanzig Prozent", erklärte Coymans, „aber nur vom Profit. Hier in Amsterdam gibt es Halsabschneider, die versuchen würden, Euch eine Provision abzuknöpfen, die sich nach der Investitionssumme rechnet, ganz gleich, ob Ihr Gewinn oder Verlust erfahrt."

„Ihr verschafft mir meine Zwanzigtausend", versetzte John, „und könnt alles behalten, was darüber hinausgeht. Ich wollte Euch ersuchen, ein paar Tulpenzwiebeln zu kaufen und wieder zu verkaufen. Ihr seid doch Tulpenhändler?"

„Ich bin kein Tulpenzüchter wie Bols, Barent Cardoes oder Jan van Damme", erklärte Coymans. „Ich kaufe und verkaufe nur. Wann könnt Ihr mir Eure viertausend Pfund bringen?"

„Das Geld wird Euch zur Verfügung stehen, sobald eine Zahlung fällig ist."

Coymans nickte. „Gut pariert! Es gibt Leute in Amsterdam, die sich mit Eurem Geld aus dem Staub gemacht hätten, wärt Ihr so dumm gewesen, es ihnen auszuhändigen. Sucht mich morgen abend hier auf, dann werdet Ihr erfahren, wie es uns ergangen ist! Eßt mit mir zu Abend!"

„Ich würde morgen gern mitkommen", erklärte John fest. „Als Schüler, um zu lernen, wie man Gold züchtet. Meine Erfahrung beschränkt sich bislang leider auf die Schaf- und Kohlzucht."

„Gut. Wir treffen uns morgen vormittag kurz vor zwölf am *dam*, neben der Stadtwaage. Bringt genügend Bares mit, um Wein und Fleisch für mehrere Freunde zu bezahlen. Da Ihr darauf besteht, werde ich Euch lehren, wie man mit Wind handelt."

„Könnt Ihr mich nicht schon heute abend anlernen?"

Ein kalter Blick aus Coymans' kleinen Augen wanderte über Johns Gesicht. Dann stieß er eine Tür auf. „Mareike!" brüllte er ins Treppenhaus. „Mr. Nightingale dürstet nach Aufklärung. Bring ihm unser Musterbuch! Sofort!"

John hörte aus der Halle unten die schneidende Stimme einer jungen Frau, die sich offensichtlich nicht drängen ließ. Leichtfüßige Schritte kamen die knarrende Eichentreppe herauf. Die junge Frau, die das Zimmer betrat, war beinahe so groß wie John. Sie hielt eine große lederbezogene Kassette in den Armen. Sie war kräftig und blauäugig, ihr Gesicht wurde umrahmt von einem lockigen, leicht zerzausten Haarschopf wie dem von Coymans, nur daß dieser eher von einem hellen Goldton als lohfarben war.

„Meine Schwester Mareike", stellte Coymans vor. „Liebste, Mr. Nightingale ist Engländer, zudem ein neuer Kunde. Ich möchte, daß du seine Sinne benebelst und ihn zu Wachs in meinen Händen machst."

John verneigte sich. Die junge Frau lächelte, um Verständnis für ihren Bruder bittend, und legte die Kassette auf den Tisch.

John versuchte Mareike Coymans' Alter zu schätzen. Sie besaß die Selbstsicherheit und Würde einer älteren Frau, war jedoch nicht älter als zwanzig.

„Ich muß mal nachsehen, ob meine Gäste nicht die Teller klauen", ließ Coymans sich vernehmen. „Dichter und Künstler glauben, sie hätten ein Recht, sich von mir aushalten zu lassen. Bring ihn nach unten, Liebste, wenn du mit ihm fertig bist!"

John hörte, wie Coymans' schwere Schritte auf der Holztreppe hinunter ins Erdgeschoß knarrten. Mareike Coymans öffnete die Lederkassette und nahm ein großformatiges Aquarell heraus. „Das sind einige der Tulpenzwiebeln, mit denen mein Bruder handelt . . . *Der Prinz von Dänemark.*" Sie breitete das Bild vor John aus.

„Der Prinz?" Er hob fragend die Stimme. Zwar zeigten die Bilder Blumen, aber nicht so, wie er es erwartet hatte. Eine halbnackte Frau blickte ihn aus dem Gemälde heraus an. Mit der einen Hand bot sie dem Betrachter ihre rechte Brust dar. In der anderen hielt sie eine weiß- und burgunderfarbene Tulpe.

„Eine rosarote, gefiederte Abart", erklärte Mareike. „Steigt rapide im Wert. Ich glaube, Justus hat gestern fünf Stück für achttausend Gulden verkauft." Sie nahm ein weiteres Aquarell aus der Kassette. „Und nun eine weitere rosarote, aber geflammte Tulpe. *Diana.*" Tulpen nahmen die Stelle der Pfeile im Köcher der Göttin ein, die einen Bogen und nicht mehr als den Hauch eines Schleiers trug. „Ihr seht, *Diana* unterscheidet sich vom *Prinzen* lediglich dadurch, daß sie einen geringeren Weißanteil hat."

„Eine wirklich schöne Textur", bemerkte John.

„Als nächstes die *Gelbe Krone*", sagte Mareike. „Eine geflammte Papagei-Tulpe." Eine einzelne rotgoldene Blüte lag auf dem Bauch einer liegenden Schönheit. „Nicht so selten wie *Semper Augustus,* hat aber größere Aussichten, im Wert zu steigen."

John mußte schlucken, bevor er antworten konnte. „Sie sind alle höchst verführerisch, Mistreß, doch ich war schon ins Netz gegangen, bevor Ihr mir die Bilder gezeigt habt. Euer Bruder und ich hatten uns bereits geeinigt. Wozu all diese *parabola?*"

Mareike blickte ihn mit erstaunten blauen Augen an, in denen Spott lag. „Zum Spaß! Wozu sonst? Amüsiert Ihr Euch denn nicht?"

John schluckte erneut. Hätte sie ihm diese Bilder in Hawkridge House gezeigt, hätte er sie für eine Hure gehalten. Hier war er sich nicht sicher. Sie entstammte anscheinend, nach Haus und Kleidung zu urteilen, einer angesehenen Kaufmannsfamilie. Vielleicht waren die holländischen Frauen ja freizügiger . . .

„Ist Spaß in England etwa nicht erlaubt? Behält Euer König den ganzen Spaß für sich und seine französische Gemahlin?"

„Ein paar Brocken Spaß fallen hin und wieder auch für die unteren Schichten ab", gab John zurück. „Selbst unsere Pächter dürfen jeden zweiten Samstag lächeln und an sämtlichen Festtagen im Sommer schallend lachen."

„Vertragen es diese schallend lachenden Pächter besser als Ihr, gefoppt zu werden?"

Ich werde sie küssen, dachte John. Er las in ihren Augen, daß sie seinen Gedanken erraten hatte. Oder ich muß mich zurückziehen. Heute abend hat man mich schon zweimal zum Narren gehalten. Außerdem soll ihr Bruder für mich an der Börse spekulieren und mich nicht mit seinem Degen durchbohren. „Ich bin in die Niederlande gekommen, um mit Eurem Bruder Geschäfte abzuwickeln, Madam. Wie Ihr sehr wohl wißt, finde ich Euch überaus reizend. Doch Ihr gehört, bitte vergebt meine Unhöflichkeit, unglücklicherweise nicht zur Sache."

Mareike lächelte.

John marschierte am spiegelnden Band des Kanals entlang zum Haus der Witwe zurück. Warum will Coymans, daß ich zu Wachs in seinen Händen werde? Er warf einen verstohlenen Blick über die Schulter, um festzustellen, ob er verfolgt wurde. Sei gewarnt, du Hinterwäldler! Auch wenn das nur die hiesige Art von Humor ist und nichts bedeuten muß – du bist unter seltsame Kreaturen geraten, soviel steht fest!

Wieder spähte er prüfend hinter sich, doch das undurchdringliche Dunkel der engen Seitengäßchen hätte ein ganzes Bataillon von Coymans' Spionen verbergen können. Falls Coymans herausfand, wo er logierte, wären das leichtverdiente viertausend Pfund, ganz ohne Handeln. Ich muß Arthur und das Geld morgen früh woanders unterbringen. Aber wo?

Diese Schwester! Diese selbstgefällige kleine Hexe! Sie hatte nur gelächelt und ihn beim Abschied eingeladen, am kommenden Abend mit ihr zu speisen. Wenn du dem Bruder mißtraust, und das tust du, sagte sich John, dann mußt du die Schwester genausosehr fürchten.

Im Haus der Witwe angekommen, war John froh, in den Lauf von Arthurs Pistole zu blicken.

Selbst am nächsten Morgen fiel John kein Ort ein, an den er das Geld hätte bringen können. Mevrouw Padtbrugge schien ihm eine höchst unwahrscheinliche Komplizin für Diebe zu sein, und so überließ er Arthur einem weiteren langen, öden Wachtag.

Coymans wartete schon auf dem offenen Platz des *dam*. Die eine Seite wurde von der Börse begrenzt, die andere vom *Damrak,* dessen Wasser von Masten wimmelte. Zur Rechten erhob sich der hellgraue Turm der Neuen Kirche. Zwischen Kirche und *Damrak* stand die klobige, mit einem Portikus versehene Stadtwaage, wo der Reichtum Hollands gewogen und geprüft wurde.

Auf dem steinernen Kai lehnte Coymans an einem Poller, einen riesigen, breitkrempigen Hut mit zwei roten Federn auf dem Kopf. John und er folgten der Längsseite der Börse, weg vom Wasser, wanden sich durch mehrere enge Gassen, überquerten vier Grachten und einen Blumenmarkt. Dann blieb Coymans stehen. „Wir sind da. Das Herz des Welthandels. Die ‚Weiße Katze'."

John blinzelte aus der strahlenden Mittagssonne in den bräunlichen Schatten einer Schenke. Tabakschwaden kringelten sich. Gläser klirrten. Stimmen fluchten.

Coymans rauschte mit wehendem Umhang durch die Weiße Katze, Arme und Stimme zum Gruß erhoben. John schlüpfte hinter ihm her.

Coymans hielt sich nicht in dem großen Vorraum auf, sondern führte John zu einer schweren Tür neben dem riesigen Kamin an der Rückseite des Raums.

Das Zimmer dahinter war ebenso groß wie der Vorraum, hatte jedoch geschlossene Läden. Hier herrschte Nacht. Männer saßen Schulter an Schulter zusammengepfercht – hier gab es keine Frauen. Der Lärm, den sie veranstalteten, prallte von den dunklen Wänden zurück. Ihre Gesichter glühten orangerot im Licht Dutzender Kerzen. Als John hinter Coymans kurz in der Tür innehielt, setzte für Bruchteile von Sekunden atemlose Stille ein. Dann brach der ohrenbetäubende Lärm wieder los.

Coymans wurde belagert. „Was kauft Ihr heute, Justus? Die *Witwe?* Edel oder gewöhnlich?"

„Wartet ab und schaut zu", beschied Coymans ihnen, „und haltet Eure Gulden bereit!" Er packte John am Arm. „Eure Börse, mein Freund!"

„Was kaufe ich denn? Ihr habt mir doch noch gar nichts erklärt."

„Ihr kauft nichts außer dem Privileg, Euren Namen auf der Schiefertafel dort zu sehen. Als vollwertiges Mitglied des Kollegiums. Es ist der einzige Weg, um hier Geschäfte tätigen zu dürfen." Coymans hielt einen kleinen Mann in schwarzer Seide mit akkurat gestutztem Bart auf und verfiel wieder ins Holländische. „Ein neues Mitglied für Euch, Snoeck. Ein spendabler Engländer." Er zählte Gulden aus Johns Börse ab.

Der kleine Mann in Schwarz nickte John höflich zu und fragte Coymans auf holländisch: „Bürgt Ihr für ihn? Was für Sicherheiten haben wir?"

„Ich werde für ihn die Geschäfte abschließen", erklärte Coymans. „Er zahlt nur." Der Mann lachte.

Ich wünschte, ich würde diese gottverdammte Sprache beherrschen! dachte John. Man kommt sich vor wie ein Kind, über dessen Kopf hinweg die Erwachsenen kluge Bemerkungen machen.

Der kleine Mann schob sich zwischen Tischen und Stühlen hindurch zu einer sechs Fuß hohen Schiefertafel, die an der hinteren Wand des Zimmers befestigt war. Er schrieb Johns Namen darauf und stellte ihn den übrigen Anwesenden vor. Drei Jungen in Schürzen teilten Alekrüge aus. Man trank auf Johns Wohlergehen.

„Und nun?" fragte John.

„Nun macht Ihr Geschäfte."

Nicht eine einzige Tulpenzwiebel war zu sehen. „Wie?" fragte John.

„Das überlaßt mir.“ Coymans wandte sich ab und ging zu einem Grüppchen in einer Ecke neben dem Kamin.

„Zehn Gulden für Wein und Speisen bitte!“ ließ sich der kleine Mann in Schwarz höflich vernehmen.

„Ich habe doch schon gezahlt.“

„Das war für die Mitgliedschaft. Jetzt kommt das Weingeld.“

John gab es ihm. Ein gräßlicher Gedanke drängte sich ihm urplötzlich auf. Was, wenn Coymans schlicht ein Betrüger war? Er und seine Spießgesellen konnten John so lange prellen, wie er gutgläubig genug war, ihnen Bargeld auszuhändigen. Er beobachtete Coymans. Der Mann war hier bekannt. Wenn dieser Flecken wirklich eine Börse war, dann war Coymans auch ein Börsenmakler.

Coymans begrüßte mit Handschlag einen gewaltigen Mann in Gold und Blau, der fast genauso viel Platz einnahm wie er selbst. Drei andere Männer stürzten sich mit eifrigen Fragen auf die beiden.

„In Ordnung, laßt uns gehen!“ Unvermittelt tauchte Coymans wieder neben John auf. „Aber erst unterschreibt dies hier für den Notar oben. Die Geschäfte für diesen Tag sind erledigt. Ich habe *Schweizer* gekauft. Zweihundert Scheffel. Ihr speist doch heute abend mit uns? Kommt um sechs! Und nun entschuldigt mich bitte! Der *dam* liegt in dieser Richtung . . ., folgt einfach dem Kanal.“

„Wartet!“ John packte Coymans am Arm. *„Schweizer* ist die gewöhnlichste Gartensorte nach den einfarbig gelben und roten *Goudas!* Was ist mit Euren wertvollen *Dianas* und *Gelben Kronen* passiert, die so ein großes Wertsteigerungspotential haben, wie mir Eure Schwester gestern abend versicherte? Warum habt Ihr mein Geld für die billigste Sorte zum Fenster hinausgeworfen?“

Coymans seufzte. „Es kommt nicht auf die Sorte an, die wir kaufen. Es muß uns darum gehen, was von dem Zeitpunkt, da wir kaufen, bis zu dem Zeitpunkt, da wir verkaufen, mit ihrem Preis geschieht. *Schweizer* können genausogut wie Papagei-Tulpen im Wert steigen.“

„Wieviel habt Ihr bezahlt?“

„Rechnet Euch die Gesamtsumme selbst aus. Dreißig Pfund pro Scheffel, zahlbar in fünf Tagen.“

„Das ist mehr, als ich vergangenen Herbst bezahlt habe.“

„Selbstverständlich. Das ist ja der springende Punkt.“ Coymans lachte. „Wartet den morgigen Tag ab, dann werdet Ihr begreifen. Versucht, die köstliche Spannung zu genießen. Vergeßt, was Ihr für wertvoll gehalten habt, mein gelehrter Freund! Ihr zieht diese Sache mit mir nur aus zweierlei Gründen durch – Gulden und Vergnügen. Ohne das eine ist das andere nicht viel wert. Wir sehen uns um sechs Uhr.“

John nickte. Er schaute den breiten Schultern und wippenden roten Federn nach, bis sie um die Ecke eines schmalen Sträßchens verschwanden. Gulden und Vergnügen. Dem Mann ging es um Spaß und Geld.

VI

JOHN stieg die Steinstufen des hohen Aufgangs hinauf, der die Vordertür von Coymans' Haus über die Flutlinie hob. Die Tür stand offen. Von der hinteren Wand der geräumigen Eingangshalle starrte ihn das lebensgroße Porträt eines Mannes an, der Justus Coymans ähnelte. Wahrscheinlich war es sein Vater. John vernahm die zarten, gedämpften Klänge eines Spinetts. Als er das Haus betrat, verstummte die Musik.

Mareike lehnte in einem Türrahmen, der Deckel des Spinetts in dem holzgetäfelten Gemach hinter ihr stand offen. Sie begrüßte John herzlich. „Tretet ein in mein Musikzimmer", forderte sie ihn auf. „Ich werde Euch noch ein wenig für mich behalten, so daß wir miteinander plaudern können. Ich nutze gern die Gelegenheit, mein Englisch zu üben."

John fielen die Kostbarkeiten im Zimmer auf – Gemälde, Porzellan, türkische Teppiche, venezianische Spiegel, ein schöner Globus.

„Bitte setzt Euch." An dem mit einem türkischen Teppich bedeckten Tisch bot sie ihm einen Stuhl an. „Mein Bruder hat noch Geschäftliches zu bereden."

Sie nahm unter einem großen Gemälde Platz. Darauf schüttelte eine nackte blonde Pomona, die altrömische Göttin der reifenden Früchte und der Obstbäume, eine Kaskade von Äpfeln, Kirschen, Orangen, Pflaumen, Weintrauben und Pfirsichen in die Arme eines Schäfers. Die etwas überlebensgroße Göttin trug lediglich eine Halskette, Perlenohrringe sowie den Hauch eines Gazeschleiers. Sowohl ihr Haar als auch ihr Antlitz waren das von Mareike.

„Gefällt es Euch?" Ihre Augen funkelten.

„Eine ausgesuchte Arbeit", erwiderte John.

„Seid Ihr schockiert?" fragte sie.

„Welche Antwort würde Euch denn mehr erheitern?"

Sie preßte die Lippen zusammen.

Ich habe ihr den Spaß verdorben, dachte John. Man erwartet von mir, daß ich erröte und stammele.

„Laßt uns meinen Bruder aufsuchen! Gestern abend, als Ihr ein wenig Wein getrunken hattet, wart Ihr charmanter."

Sie spielen beide mit mir, ging es John beim abendlichen Gelage durch den Kopf. Das sollte mir Warnung genug sein, mich jetzt davonzumachen, solange sie mir das Fell noch nicht über die Ohren gezogen haben.

Er blickte über den Tisch mit den Essensresten, durch Dunstschwaden aus Tabak- und Holzqualm. „Speisen immer so viele Gäste an Eurer Tafel?“ wandte er sich an Coymans, der ihm zur Linken am Kopfende thronte. John gegenüber saß Saski, dessen linke Hand über das Papier flog.

„Manchmal sind es sogar noch mehr. Ich liebe es, Körner auszustreuen, die die Hühnerschar dann aufpickt.“ Coymans' Augen waren vom Trinken gerötet. „Manche halten mich meiner Freigebigkeit wegen für einen Narren. Aber das ist mir nur recht. Ihr dürft nie einen zu gerissenen Eindruck machen, Engländer. Ich weiß nichts über Euch, aber ich kenne Euch bereits besser, als gut für Euch ist.“

Noch eine Warnung, dachte John.

Nach dem Essen wurden Karten und Würfel hervorgeholt. Mareike stützte sich auf Johns Schulter, während er spielte. Er verlor eine Handvoll *stuivers.*

„Kommt“, flüsterte sie ihm ins Ohr. „Ich möchte noch einmal mit Euch reden.“

John schob seinen Stuhl zurück. Mareike ergriff einen Kerzenhalter und führte John ins Musikzimmer, in dem es nach dem lärmenden Chaos im Speisesaal sehr still war.

„Warum erzürnt es Euch so, daß ich um Euch werbe?“ begann Mareike.

„Es sind die Gründe für Euer Werben, Madam.“

„Was Ihr für die Gründe haltet.“

„Und was sind Eure Gründe?“

„Spürt Ihr es wirklich nicht?“

Hilflos hob er die Hände in einer Geste des sich Ergebens.

„Warum nimmst du dir dann nicht, was du kriegen kannst?“ fragte sie. „Selbst deine englischen Dichter sagen das!“

John streichelte ihre flaumige Pfirsichhaut. Er küßte das Mandelpaar ihrer geschlossenen Lider, dann die hohe Stirn und dann, ganz zärtlich, den weichen Mund. Unter seinen Lippen spürte er ihr Lächeln. Ihre Arme schlossen sich enger um seinen Hals. Er war glücklich und entsetzt zugleich.

„Ich muß gehen“, flüsterte er.

„Nein! Geh nicht!“ Sie zog ihn an sich. „Dann wird mir so kalt! Bleib bei mir!“

AM NÄCHSTEN Morgen traf John sich mit Coymans, der an demselben Poller am Ufer des *Damrak* lehnte wie am Vortag. „Heute gehen wir in den ‚Unterrock'", erklärte Coymans. Er ließ sich nicht anmerken, ob er wußte, daß John Mareikes Bett erst kurz vor Morgengrauen verlassen hatte.

Sie schlugen die entgegengesetzte Richtung zu dem Weg ein, den sie am Vortag genommen hatten, durch eine enge, von schmalen Giebelfassaden gesäumte Straße.

Der Unterrock war größer als die Weiße Katze, der öffentliche Vorraum weniger verraucht. Hier trugen mehr Männer schwarze Seide und feine Wollstoffe.

„Justus!" Ein rotwangiger Mann von etwa dreißig Jahren sprang von einem der Tische auf. Sein mittelbraunes Haar, Umhang und Kragen waren von einfachem Schnitt. Seine leinenen Hemdsärmel wurden ohne Spitzenmanschetten von einem schlichten Bund am Handgelenk zusammengehalten.

„Dirck Koopman. Er hat mehr Ehrgeiz als Verstand", sagte Coymans mit gesenkter Stimme zu John. „Mijnheer Koopman!" rief er dem anderen entgegen.

Die drei Männer begaben sich nach draußen auf die von Bäumen gesäumte Straße. Koopman sprach leise und eindringlich.

„Koopman möchte Eure *Schweizer* kaufen", übersetzte Coymans für John. „Schlagt das Angebot aus."

„Wieviel bietet er? Wir wollen die unseligen Dinger doch loswerden!"

„Schlagt es aus! Seit gestern steigen die *Schweizer* im Preis. Koopman plant, den Markt aufzukaufen, um dann den Preis heraufzusetzen, ohne daß ein Konkurrent ihn unterbieten kann."

„Ausgezeichnet. Verkauft ihm die verdammten Dinger!"

Coymans schüttelte den Kopf. Es folgte eine intensive Unterhaltung auf holländisch. „Er bietet Euch ein Reuegeld von zehn Gulden pro Scheffel für das Risiko, Geschäfte außerhalb des Kollegiums zu tätigen", berichtete er. „Wir machen Fortschritte."

Erneut lauschte John dem unverständlichen Wortschwall. Hektische rote Flecken glühten auf Koopmans Wangen. Coymans schien Vorschläge zu unterbreiten, und schließlich nickte Koopman.

„Er legt noch einmal fünfzehn Gulden pro Scheffel drauf", verkündete Coymans. „Wir sind fast am Ziel."

Plötzlich nickten sowohl Koopman als auch Coymans.

„Geschafft!" jubelte Coymans. „Umgerechnet in Eure Währung zahlt er neununddreißig Pfund pro Scheffel, einschließlich des Reuegelds für das Risiko für die ersten zweihundert Scheffel."

John stockte der Atem. Im Jahr zuvor hatte er drei Pfund pro Scheffel für die *Schweizer* gezahlt, die er auf Hawkridge gepflanzt hatte. Coymans hatte Johns zweihundert Scheffel am Vortag für nur je dreißig Pfund gekauft.

„Und obendrein", fuhr Coymans fort, „hat er sich einverstanden erklärt, zehn Pfund mehr pro Scheffel zu zahlen, damit der Preis steigen kann – für Eure restlichen zweihundert Scheffel."

„Ich habe doch gar keine ...", setzte John an. Wie konnte er verkaufen, was er nicht besaß? Aber er schluckte nur.

„Wir werden uns in zwei Stunden abermals mit Koopman treffen, um die Papiere aufzusetzen und notariell beglaubigen zu lassen. Und um das Geld zu kassieren. In Anbetracht der Bewegung auf dem Markt hat Koopman sich bereit erklärt, den Kaufpreis für die vierhundert Scheffel unverzüglich zu begleichen. Außerdem verzichtet er darauf, sein Diskontrecht für die verzögerte Lieferung der restlichen zweihundert Scheffel geltend zu machen. Ihr habt also zehn Tage ohne Zinsen. Akzeptiert das Angebot!"

John akzeptierte. Koopman streckte die Hand aus. John schlug ein. Als sie sich umschauten, näherte sich Koopman bereits einem Händler auf dem anderen Grachtenufer.

„Koopman ist ein Amateur", stellte Coymans fest. „Man darf nie versuchen, einen Markt aufzukaufen, der so groß ist wie dieser. *Schweizer!*" Er schnaubte verächtlich.

„Und nun", erwiderte John, „erklärt mir bitte, was Ihr soeben mit meinem Geld angestellt habt."

„Kümmert Euch das, solange Ihr Euren Profit einstreicht?"

„Wir teilen uns den Profit. Ich würde auch gerne den Spaß mit Euch teilen."

„Ich habe selbst *Schweizer* gekauft, gestern und vorgestern, in großen Mengen. Und der eine oder andere meiner Freunde hat es mir gleichgetan, um den Preis hochzutreiben. Und Ihr habt der Preisentwicklung gestern einen weiteren Schubs versetzt. Man braucht nur ein paar wenige Käufer und viele Gerüchte. Der Ansturm auf *Schweizer* ist losgebrochen – wie Koopman bemerkt hat."

„Und diese zusätzlichen zweihundert Scheffel", fuhr John fort, „die ich mich zu liefern verpflichtet habe, jedoch gar nicht besitze ...?"

„Ihr besitzt sie noch nicht", stimmte Coymans ihm zu. „Ihr werdet mit dem Kauf der Zwiebeln noch warten. Sie werden Euch wesentlich weniger kosten, als Koopman heute bezahlt. Noch mehr Profit."

„Ist das legal?"

„Warum denn nicht? Woher hättet Ihr wissen sollen, daß ich in ein oder zwei Tagen meinen Bestand wieder auf den Markt werfe, zu einem geringeren als dem Tagespreis? Dann werden die Kurse zu fallen beginnen. Ich werde meine gesamten *Schweizer* los sein, bevor die Preise auf den Stand sinken, zu dem ich ursprünglich gekauft habe. Ihr seid nur zufällig im rechten Augenblick eingetroffen, um *Schweizer* zu kaufen. Natürlich", fuhr Coymans fort, „auch wenn alles ziemlich legal ist, sollten nicht zu viele Leute davon erfahren. Mein Gold ist genauso viel wert wie mein Ruf."

John lachte. „Was Euren Ruf angeht, habt Ihr von mir nichts zu befürchten." Doch seine Begeisterung für sein neues Leben hatte sich abgekühlt. Er schwieg einen Augenblick. „Es muß schneller vonstatten gehen. Heute ist bereits mein dritter Tag hier, und ich habe erst etwa elftausend Pfund Gewinn gemacht."

„Schneller und ohne Risiko? Ihr verlangt zuviel. Wenn Ihr meine ehrliche Meinung hören wollt, wie Eure Chancen stehen – soviel Geld in so kurzer Zeit –, nun, sie stehen schlecht. Ich würde mein Geld nicht auf Euren Erfolg setzen. Wollt Ihr aufgeben?"

Wenn John scheiterte, war Hawkridge House verloren. Man würde Zeal Beester, Tante Margaret, Dr. Bowler und die anderen vertreiben. Andererseits – wenn er gar nichts tat, war das Gut auch verloren. Wenn er es versuchte, bestünde wenigstens die Hoffnung auf Erfolg.

„Ich habe keine Wahl."

„Ihr werdet tun, was ich sage? Ohne Vorhaltungen und Widerworte?"

„Keinesfalls", entgegnete John. „Wenn mehr auf dem Spiel steht, werde ich auch mehr fragen und mehr Widerworte geben, falls ich nicht einverstanden sein sollte mit dem, was ich begreife. Ist das klar?"

Coymans' Augen blickten ihn jetzt eiskalt an. „Klar. Doch ich muß Euch darauf hinweisen, daß nicht Ihr allein das Risiko tragt. Wenn die Sache schiefgeht, könnt Ihr zurück nach England, ich aber muß hier leben. Ich werde nicht zulassen, daß ein Fehler von Euch auch mich zu Fall bringt. Es wäre besser, Ihr würdet mir einfach Euer Geld überlassen und Euch aus allem heraushalten."

„Nein! Weist mich ein. Wenn Ihr schwört, ehrlich zu mir zu sein, setze ich Geld und Ehre leichten Herzens aufs Spiel."

Coymans' Augen wurden nicht wärmer. „Also gut. Meine Ehre gegen die Eure."

„ICH SCHLAGE vor", sagte Coymans am nächsten Morgen, „Ihr legt Euer gesamtes Geld in ein oder zwei Zwiebeln einer einzigen seltenen Sorte an, einer, deren Preis schnell steigt und weiter zu steigen verspricht. Wartet, bis Höchstkurse erzielt werden. Ihr brecht so keine Gesetze und könnt vielleicht dennoch Eure Zwanzigtausend erreichen."

„Das ganze Geld auf nur eine oder zwei Tulpenzwiebeln setzen? Und wenn der Preis nicht rechtzeitig hoch genug steigt? Was ist, wenn er fällt?"

„Dieses Risiko, mein Freund, habt Ihr einzugehen beschlossen."

„Also gut", stimmte John zu.

„Ich bin im Unterrock, um ein bißchen die Ohren zu spitzen", ließ Coymans ihn wissen. „Morgen werden wir das Geschäft tätigen."

„Zu lange!" erklärte John. „Ich habe nur noch zehn Tage."

„Wenn Ihr mir diesen einen Tag nicht zugesteht, bin ich nicht länger für Euch tätig."

John starrte ihn wütend an. „Dann nehmt Euch den heutigen Tag. Aber ich komme mit. Wie wollt Ihr wissen, daß die Zwiebeln, die Ihr bekommt, von der Sorte sind, für die Ihr bezahlt?"

„Das weiß ich nicht", räumte Coymans ein. „In dieser Jahreszeit muß ich dem Verkäufer vertrauen, so wie mein Käufer mir vertrauen muß. Allerdings bin ich dafür bekannt, Betrüger nicht besonders freundlich zu behandeln."

„Was könnte bewirken, daß die Preise sinken? Abgesehen von der Möglichkeit, daß jemand uns unterbietet?"

„Ein Kontrollgesetz", erwiderte Coymans, „wie das, welches die Regenten im Moment diskutieren. Oder eine allgemeine Panik unter den Käufern, die sämtliche Preise ins Bodenlose fallen läßt. Oder das Auftauchen einer neuen Tulpenzwiebel, die eine ganz ähnliche Blüte hat. Oder ganz einfach Pech."

Sie befanden sich im Hinterraum des Unterrocks.

„Die *Witwe* kommt zur Versteigerung. Sie hat sich gestern für sieben Gulden pro As verkauft. Ein As sind ungefähr zwei Gran*."

„Für eine Tulpe?" John war wie vom Donner gerührt. „Unmöglich! Verrückt!"

„Nicht nur für die Zwiebel selbst, auch für das Recht, sie weiterverkaufen zu dürfen. Ihr müßt aufhören, an Blumen zu denken. Denkt an Gold, an Porzellan oder eine Schiffsladung Eiche. Die *Witwe* ist eine Chance für Euch!"

„Wie sieht die *Witwe* aus?" fragte John.

„Wie soll ich das wissen? Und was hätte das schon zu bedeuten?"

„Findet heraus, wie sie aussieht!"

---

* Ein Gran entspricht etwa 0,06 Gramm.

Coymans wirbelte davon, hinein in das Meer gestikulierender Männer. John beobachtete, wie er sich einem Mann nach dem anderen näherte und wie ein Kopf nach dem anderen verblüfft geschüttelt wurde. Endlich fand Coymans den Richtigen. Er kam zurück. „Rote Basis, goldene Flammen, fein gefiedert."

„Dann ist sie nichts für mich", erklärte John. „Ich weigere mich, der *Witwe* den Hof zu machen."

„Wem dann?" fragte Coymans. Sein Blick taxierte John jedoch mit neuem Interesse.

„Stellt mich vor", sagte John. „Ich werd's Euch nach der Begegnung wissen lassen."

„FRAGT!" befahl John erneut, diesmal im „Weißen Wams". „Welche Färbung hat *Prunelle?*"

Coymans tat wie geheißen. „Weiß mit burgunderfarbenen Streifen. Gefiedert."

„Einfache Streifen sind nicht selten, sogar bei diesen Farben", stellte John fest. „Aber es wäre zu überlegen."

„Nein", widersprach Coymans. „Mir ist ein Gerücht zu Ohren gekommen, daß ein Züchter namens Bols im September Brutzwiebeln zum Verkauf anbieten wird. Schon das Gerücht würde ausreichen, unseren Preis zu drücken."

„Also gut", sagte John, „vergeßt *Prunelle.*"

In der „Kleinen Henne" holte Coymans ohne Johns Aufforderung Informationen ein. „Hier sind zwei im Angebot. *Royal Agate*, geflammt. Burgunder auf Weiß. Zwei Gulden pro As gestern. Heute um fünfundzwanzig Prozent gestiegen, bis jetzt. Und der *König von Kandy*. Nur sehr wenige Exemplare auf dem Markt, aber er ist noch nicht ganz so vielversprechend wie die *Witwe* oder *Royal Agate*. Dunkelrote Flammen auf weißer Basis, mit Grün schattiert."

„Mit Grün schattiert?" Nie zuvor hatte John eine solche Tulpe gesehen. „Wer verkauft sie?"

Coymans deutete auf jemanden.

„Macht mich mit ihm bekannt!" verlangte John.

„Ihr könnt nur über mich kaufen", erinnerte ihn der Händler. „Der alte Bols spekuliert nicht gern. Er wird sich keiner anderen Händler bedienen. Altmodischer Züchter . . ., hat noch nicht begriffen, was wirklich vor sich geht." Er grinste. „Das da drüben ist der Schwiegersohn des Züchters", erklärte Coymans dann.

Schon wieder Bols. „Verkauft er im Augenblick noch andere Tulpen?" fragte John. Coymans übersetzte.

„Noch nicht." Der Händler zwinkerte ihm zu. „Tretet in zwei Monaten nochmals an mich heran."

„Woran arbeitet er?" erkundigte sich John.

Wieder zwinkerte der Händler. „Könnt Ihr Euch den *König von Kandy* mit einer tieferen äthiopischen Nuance im Teint vorstellen?"

John schluckte. Er konnte. Er konnte den *König von Kandy* und seinen äthiopischen Vetter sehen, wie sie, in Reih und Glied gepflanzt, das lange Beet des Knotengartens in eine kostbare Stickerei verwandeln würden.

Coymans zog John beiseite. „Zieht Ihr den *König* in Betracht?" fragte er ruhig.

„Es handelt sich um eine überaus seltene Kombination", gab John zur Antwort. „Wir müssen wissen, wie viele Bols noch in der Wiege hat. Kann ich ihn besuchen? Ich könnte ihn bei dieser Gelegenheit nach Brutzwiebeln fragen."

„Einfach so?"

„Warum nicht?"

„Ja, warum eigentlich nicht?" Coymans zog mit einer ironischen Geste den Hut vor John. „Vielleicht wird ja das eine Unschuldslamm das andere erkennen."

„UND ALL jene ..." Bols wies mit beiden Armen weit über ein Feld, auf dem eine Schar gebückter, in der Erde wühlender Jungen vergilbende Blätter aus der Erde zupfte und in Körbe warf. Das Feld erstreckte sich in allen Himmelsrichtungen bis zu einem fernen Horizont, nur unterbrochen von den schmalen Furchen der Kanäle. „All jene stammen von einer einzigen Mutterzwiebel der *Minerva* vor sieben Jahren", erklärte Bols mit ehrfürchtigem Besitzerstolz. „Ich wünschte, Ihr hättet sie blühen sehen. Aber wenn Ihr nichts gegen einen kleinen Fußmarsch einzuwenden habt – ich besitze ein Feld mit spätblühenden Tulpen, die noch in Blüte stehen. Möchtet Ihr es sehen?"

„Gern!" antwortete John, als Coymans für ihn übersetzt hatte.

Bols ging mit John an seiner Seite über einen schlammigen Pfad voran. Coymans folgte ihnen dicht auf den Fersen.

Bols' kahler Schädel war so braun und glänzend wie seine Zwiebeln. Seine achtzig Jahre zeigten sich nur an den runzligen Händen und an seinem fast zahnlosen Mund. Vor fünfundfünfzig Jahren hatte er seine Stelle als Gärtnergehilfe auf einem Gut aufgegeben, um Blumen für den Verkauf auf den Märkten von Amsterdam und Leiden zu züchten. Jetzt waren seine aufgekrempelten Hemdsärmel aus Seide, und seine Holzpantinen schonten feine Lederschuhe.

Er führte seine Besucher durch den Hof und wieder hinaus in die flache Weite mit dem fernen Horizont. „Da!“ rief er. „Einfarbige Züchtungen.“

Die Nachmittagssonne schlüpfte gerade durch einen Schlitz in der grauen Wolkenbank und tauchte das Tulpenfeld in einen strahlenden Lichtstreifen. Zwei Morgen Schwemmland erglühten in einem satten, durchscheinenden Gelb. Sonnenlicht und Blütenblätter schimmerten in der leichten Brise.

„Ihr seid ein junger Mann. Ihr könnt ein solches Feld besitzen, bevor Ihr einen Krückstock braucht“, bemerkte Bols. Coymans übersetzte. „Sie werden sich für Euch vervielfachen. Ihr müßt nichts weiter tun, als die Besten auszuwählen und ihre Ableger oder Samen zu nähren. Vergangenes Jahr hat mir diese Parzelle mehr als ein Dutzend neue Hybriden beschert. Einige davon mögen durchaus wertvoll sein.“ Bols deutete auf ein anderes Feld mit blaugrünen Blättern. „Die dort wurden vor vier Jahren als Samen gesät. In nur drei Jahren werden sie blühen.“

„Noch mehr von Euren Schätzen wie *Prunelle* oder der *König von Kandy?*“ fragte John.

„Nein, nein! Nicht hier draußen! Kommt mit zu den Schuppen. Ich zeig sie Euch. Hein!“ Er rief nach seinem Gehilfen, der eilfertig auftauchte, und gemeinsam betraten sie eine der Scheunen.

„Das ist mein Liebling – eine gute Mutterpflanze.“ Zärtlich entfernte Bols die Torferde um eine Zwiebel, die in einem Topf wuchs, um John den Kranz von tränenförmigen Ablegern rund um die Basis zu zeigen. „Die hier sind soweit, daß man sie abbrechen und zum Weiterwachsen eintopfen kann.“

„Eine *Prunelle?*“ fragte John.

„*Prunelle* ist da drüben“, sagte Bols und deutete mit einem Kopfnicken in Richtung eines anderen Schuppens. „Dies hier ist der *König von Kandy*. Eine Idee meines Schwiegersohns, der Name. Eine Huldigung an unsere Diplomatie in Ostindien.“

„Wie viele Zwiebeln habt Ihr denn davon?“ erkundigte sich John.

„Drei. Diese und zwei weitere Zuchtzwiebeln. Und achtzehn Brutzwiebeln, nicht wahr, Hein? Und die anderen vier, die zu verkaufen mein Schwiegersohn Jan mich überredet hat. Ich möchte noch erleben, wie ein ganzes Feld mit Seiner Majestät blüht.“

„Wie lange wird's denn noch dauern?“ schaltete sich Coymans ein.

„Acht Jahre, nicht länger.“

„Warum verkauft Ihr dann in diesem Sommer vier Zwiebeln?“ fragte John. „Ihr kämt schneller zu Eurem Feld, wenn Ihr sie alle zur Zucht behieltet.“

„Mein Schwiegersohn hat mich dazu überredet", erwiderte Bols. „Meine Tochter erwartet ihr fünftes Kind. Jan, mein Schwiegersohn, bat mich, vier Zwiebeln als Erbteil für das Kind verkaufen zu dürfen. Was soll ich tun? Schließlich ist es mein Enkel."

„Ich kann mir kein schöneres Vermächtnis vorstellen", pflichtete John ihm bei.

Bols riß eine der Brutzwiebeln ab. „Hier", sagte er. „Nehmt sie mit meinen besten Empfehlungen! Pflanzt ein königliches Geschlecht in England!" Er legte den kleinen, saftigen Zahn in Johns Handfläche. Plötzlich übermannten John Schuldgefühle. Er war zum Spionieren hergekommen und verdiente diese Großzügigkeit nicht.

„Schickt mir einfach eine Zwiebel zurück, wenn Ihr eine neue Farbkreuzung erhaltet. Ich hoffe auf mehr Grün."

„Abgemacht!“ John warf Coymans einen flüchtigen Blick zu. „Das ist mein ganz privater Schatz.“

Coymans überlegte kurz. „Versteckt sie! Je weniger Exemplare man vermutet, desto besser für uns. Nehmt das Ding mit zu Euch nach Hause.“

„Kommt im Frühjahr wieder, junger Mann“, lud Bols John ein. „Dann werden wir Euch Dinge zeigen, die Euch vor Ehrfurcht auf die Knie sinken lassen. Nicht wahr, Hein? Und ich hätte nichts gegen ein Säckchen englischer Kreide, wenn es Euch keine Mühe bereitet.“

Mit dem Versprechen, an die Kreide zu denken, stieg John in Coymans' kleinen Grachtenkahn, an der Brust den kleinen *König von Kandy,* sicher in einem Taschentuch verpackt, und im Kopf die Informationen, derentwegen Coymans und er gekommen waren.

„Ihr müßt seinem Schwiegersohn alle vier Zwiebeln abkaufen", belehrte Coymans ihn leise. „Dann ist keine Zwiebel mehr übrig, die unseren Preis ins Wanken bringen könnte!"

Sie fanden Bols' Schwiegersohn am nächsten Tag in der Kleinen Henne. Coymans nahm ihn beiseite. Jan wollte dreitausend Pfund für jeden seiner vier *Könige*.

„Handelt ihn runter!" verlangte John. „Das kann ich nicht bezahlen."

„Ich hab's versucht." Coymans' Gesicht war bereits zornesrot. „Er kennt den Wert seiner Ware so gut wie ich. Er will sie versteigern lassen und behauptet, der *König* stände schon auf der Liste für morgen."

Der Schwiegersohn hob die Brauen und gab Laute des Bedauerns von sich. John sah ihm nach, wie er sich seinen Weg durch die Menge bahnte. Er erschrak, als Coymans plötzlich hinter dem Händler herstürmte, ihn am Arm packte und dorthin zurückzerrte, wo sie zuvor gestanden hatten. Dann redete er schnell und leise auf ihn ein.

John beobachtete, wie Bols' Schwiegersohn von gekränkter Würde zu vorsichtigem Interesse umschwenkte, bis schließlich ein gefährliches Funkeln in seine Augen trat.

„Er zieht drei von den *Königen* von der morgigen Auktion zurück", teilte Coymans John mit, „weil sie jetzt uns gehören, für dreitausend Pfund das Stück. Ich habe den Fehlbetrag ausgeglichen. Er wird morgen nur einen *König* zum Verkauf anbieten."

Hinter diesem Handel steckte noch mehr, da war sich John sicher, doch Coymans würde nicht mit der Sprache herausrücken.

„WAS FÜR Neuigkeiten gibt's vom *König von Kandy?*" erkundigte sich John am nächsten Abend mit trockenem Mund.

Coymans wirkte verhalten. John hörte Vorsicht und List aus seiner Stimme heraus. „Er hat heute die *Witwe* überflügelt. Hat seinen Preis auf der Versteigerung verdoppelt, dann hat der Käufer weiterverkauft. Und *seinen* Kaufpreis verdoppelt."

John saß da, Mareikes Arm um seinen Hals. „Wann bieten wir unsere drei zum Verkauf an?"

Coymans zwinkerte. „Ich habe heute mit zwei Liebhabern gesprochen und jeden der beiden wissen lassen, daß der andere interessiert sei."

Als noch acht Tage blieben, verkaufte der Mann, der als letzter die einzelne Zwiebel des *Königs von Kandy* erworben hatte, sie mit einem Gewinn von fünfzig Prozent.

„Nicht schlecht, aber nicht genug", erklärte Coymans. „Wir warten."

Am nächsten Tag trafen sich die Regenten zu einer Sitzung. Das Gerücht ging um, man werde sich mit weitreichenden Gesetzen für den Tulpenhandel befassen.

„Sie werden alle Abschlüsse von Ende April an für null und nichtig erklären“, behauptete ein Mann im Weißen Wams.

Der *König von Kandy* ruhte sich an diesem Tag aus und auch am folgenden.

„Das gefällt mir nicht“, murrte Coymans. An diesem Abend fehlte er beim Essen.

Wir werden es nicht schaffen, fürchtete John. Beinahe eine Verzehnfachung unseres Ausgangskapitals. Das ist unmöglich. Selbst ohne ein neues Kontrollgesetz.

Mareike entführte John tagsüber in dem kleinen Segelboot ihres Bruders auf die Kanäle, die das Land durchzogen. Sie ließ den Bootsführer daheim und segelte das Schiff eigenhändig. Sie glitten die schnurgeraden Abzugsgräben entlang, bis sich der Horizont in eine endlose Fläche grauer, kabbeliger See verwandelte. Auf der Deichkrone aßen sie Schinken und kalte Fleischpasteten.

Als noch sechs Tage blieben, bevor John nach England zurückkehren mußte, wechselte die einzelne Tulpenzwiebel wieder ihren Besitzer.

John rechnete nach. Zum Tageskurs würden seine Zwiebeln etwas mehr als die Hälfte dessen einbringen, was er brauchte. „Was meint Ihr, Coymans? Ist es noch möglich, das Spiel zu gewinnen?“

„Die Regenten debattieren immer noch das Für und Wider“, entgegnete Coymans. „Das im vergangenen Jahr verabschiedete Gesetz wurde nicht von allen eingehalten. Möglicherweise haben wir nichts zu befürchten. Auf jeden Fall müßt Ihr heute mit mir kommen. Ich brauche Euch, um einigen potentiellen Käufern zu erklären, warum es so unwahrscheinlich ist, daß plötzlich eine dem *König* ähnliche neue Züchtung auf den Markt kommt.“

Gegen Mittag fand John sich im Unterrock wieder, wo er durch Schwaden von Tabakqualm hindurch zu einem Kreis aufmerksamer Gesichter sprach und die Chancen für bestimmte Farbsprünge bei Tulpen erläuterte.

„Und jetzt bringen wir unsere drei *Könige* zur Versteigerung“, erklärte Coymans. „In einer öffentlichen Auktion.“

„Siebentausend Gulden pro Zwiebel“, erscholl das erste Gebot.

„Siebentausendundzehn.“ Der Bieter hatte sich in dem Kreis aufmerksamer Gesichter befunden, die Johns Ausführungen gelauscht hatten.

„Einer meiner reichen Tulpenliebhaber“, murmelte Coymans.

„Achttausend."

Gütiger Gott, dachte John. Für eine Blume.

„Achttausendfünfhundert."

„Wir schaffen's noch", wisperte Coymans.

„Achttausendsechshundert."

Im Hinterraum des Unterrocks herrschte nun völlige Stille.

„Und sieben fünfzig", bot ein anderer als Coymans' reicher Tulpennarr.

„Bietet jemand neuntausend?" rief der Auktionator.

Die Stille vertiefte sich. Der Tulpennarr hatte die Arme um seinen Oberkörper geschlungen und wiegte sich zwischen den Qualen der Unentschlossenheit und der Begierde hin und her.

„Das genügt!" flüsterte John. Der Preis war bereits über die Grenzen der Vernunft hochgeschnellt. Panik ergriff ihn. „Es macht nichts, wenn es nicht ganz reicht. Wir werden noch etwas anderes unternehmen. Nehmt das Gebot an!!"

Coymans beachtete ihn nicht. „Zieht die Zwiebeln zurück", riet er.

John hörte seine eigene Stimme „Nein!" rufen.

„Der Besitzer möchte nicht zurückziehen!" rief der Mann, der das letzte Gebot gemacht hatte. „Der Verkauf ist gültig. Die *Könige* gehören mir! Für achttausendsiebenhundertundfünfzig!"

Der reiche Tulpenliebhaber wiegte sich immer noch hin und her, als leide er Höllenqualen.

„Haltet den Mund!" zischte Coymans John zu. „Vergeßt nicht, daß mein Geld Euren Kauf erst ermöglicht hat! Ihr werdet mich nicht mit in den Ruin reißen!" Er wandte sich wieder dem Auktionator zu. „Zieht die Zwiebeln zurück!"

Der Auktionator blickte fragend auf John.

„Er will wissen, ob Ihr zustimmt, die Zwiebeln zurückzuziehen", stieß Coymans mit gepreßter Stimme hervor.

Eiswasser floß durch Johns Adern. Wenn er nun sein Geld herausnahm, war er fast am Ziel. Es mußte einen anderen Weg geben, den Fehlbetrag auszugleichen. Er schluckte. „Und wenn ein Gesetz verabschiedet wird, bevor wir es ein zweites Mal versuchen können?" fragte er Coymans.

„Zieht sie zurück!" zischte Coymans durch die Zähne. „Oder ich bringe Euch um, das schwöre ich!"

Coymans ist es todernst mit seiner Drohung, dachte John. Zweifellos gibt es da noch etwas, das er mir nicht erzählt hat. Er nickte dem Auktionator zu. „Zieht die Zwiebeln zurück."

Immer noch wutentbrannt wirbelte Coymans neben Johns beherrschten Schritten die Gracht entlang. „Ihr Idiot! Ich hätte nie zulassen dürfen, daß Ihr mitkommt."

„Erklärt es mir", verlangte John kurz und bündig. „Für Euch mag ja Geld auf dem Spiel stehen, aber ich trage die Verantwortung für mehr Leben als mein eigenes. Was für ein Spiel spielt Ihr wirklich?"

Sechs zornige Schritte lang schwieg Coymans. „Der Mann, der achttausendsiebenhundertfünfzig Gulden geboten hat, hätte nicht zahlen können", erklärte er dann schroff. „Ein Söldner, gerade erst aus Spanien zurück. Er besitzt keine zehn *stuiver.* Er bot mit, weil ich es ihm aufgetragen habe."

John blieb stehen. „Ihr habt gesagt, es würde ehrlich zugehen! Ich habe das Risiko nur unter dieser Bedingung akzeptiert! Wenn ich Euch recht verstehe, hat Euer Söldner den Preis für meine Tulpenzwiebeln hochgetrieben. Nicht genug damit, daß Ihr ein Betrüger seid, Ihr habt auch mich zu einem gemacht!"

„Wenn wir die Zwiebeln zu dem überhöhten Auktionspreis verkauft hätten, könntet Ihr recht haben. Aber wir haben sie ja zurückgezogen."

„Wozu dann das alles?"

Coymans fand allmählich sein Gleichgewicht wieder. „Habt Ihr meinen reichen Freund denn nicht gesehen? Er konnte sich kaum noch zügeln, als er meinte, die Zwiebeln verloren zu haben. Nun wird er eine zweite Chance bekommen und außerdem eine kleine Verschnaufpause, um sich an die heute gebotenen Preise zu gewöhnen. Und wenn er uns anbietet, aus eigenem freien Willen neuntausend Gulden pro Zwiebel zu zahlen, kann man sicherlich weder mir noch Euch einen Vorwurf machen."

„Warum sollte er morgen kaufen, wenn er sich heute geweigert hat?"

„Er wird übermorgen kaufen. Morgen wird er jene einzelne Zwiebel kaufen, deren Entwicklung wir verfolgt haben. Dann wird sein Verlangen, alle vier zu besitzen, unwiderstehlich sein."

„Wieso sollte er die einzelne Zwiebel erwerben?"

„Da er heute abend erfahren wird, daß Ihr Eure drei zurückgezogen habt, weil Ihr vorhabt, die einzelne zu kaufen. Um alle bekannten *Könige* zu besitzen und um dann den Preis für alle vier auf zwanzigtausend Gulden pro Zwiebel zu steigern. Als guter Holländer wird er den Gedanken nicht ertragen, daß ein Engländer den Markt für ein solches Spitzenerzeugnis niederländischer Gartenkunst beherrscht."

Der darauffolgende Tag war unerträglich. John blieb am Morgen in der Pension der Witwe Padtbrugge, um Arthur ein paar freie Stunden zu verschaffen. Coymans machte sich auf, um die Habgier seines reichen Tulpennarren weiter anzustacheln. Kurz vor Sonnenuntergang begab sich John zum Zechgelage in Coymans' Haus.

Sie waren an diesem Abend nur zu elft. Mareike und John, Justus Coymans und sein Sekretär, Saski, ein Kapitän, zwei Schauspieler, ein Gewürzhändler und zwei Musiker.

„Spiegel hat angebissen", berichtete Coymans. „Er hat die einzelne Zwiebel gekauft, für neuntausend Gulden. Wir treffen ihn morgen abend, um für unsere drei Zwiebeln das Geschäft abzuwickeln. Ein Privatgeschäft zu unseren Bedingungen. Ich werde einen Notar mitbringen, um einen späteren Sinneswandel zu vereiteln. Wir werden auf der Stelle den Vertrag unterschreiben."

John kehrte sehr spät ins Haus der Witwe zurück, wo ihn ein Bote von Coymans um sechs Uhr am nächsten Morgen aus dem Schlaf riß.

„Kommt sofort zu Coymans!" bestellte ihm der Bote.

„Hat Spiegel einen Rückzieher gemacht?" fragte John, noch außer Atem. Er schleuderte seinen Umhang auf die Bank unter dem Porträt von Coymans' Vater. Sein Kopf schmerzte vom Wein der vergangenen Nacht.

Coymans geleitete ihn die Holztreppe hinauf in seinen privaten Empfangssalon im ersten Stock. „Schlimmer!" stieß er hervor. „Der alte Bols wird jene Zuchtzwiebel verkaufen, die er uns gezeigt hat. Dieser Satansbraten von Schwiegersohn muß ihn dazu überredet haben, die Hausse auszunutzen, die wir erzielt haben."

„Ist das nicht Bols' gutes Recht?" wandte John sachlich ein. „Was schadet uns das schon?"

„Was uns das schadet? Begreift Ihr denn nicht, was das für den Preis aller Zwiebeln bedeutet? Wir verkaufen nicht mehr drei von den einzigen vieren auf der ganzen Welt, sondern drei von sieben oder wer weiß wie vielen! Die bloße Vorstellung und die Gerüchte sind es, die zählen. Bestenfalls wird unser Freund Spiegel unsere drei Zwiebeln heute abend nicht kaufen. Nicht zu dem von uns geforderten Preis. Er wird abwarten und versuchen, mit Bols zu feilschen. Bols muß uns nur ein klein wenig unterbieten, und wir sind erledigt. Ich muß Bols dazu bringen, noch zu warten. Nur ein paar Tage."

„Von morgen an bleiben mir noch drei Tage."

„Ich weiß, wie viele Tage Euch noch bleiben!" herrschte Coymans John an.

Am Nachmittag stieß Coymans auf John, der ruhelos die Kieswege in dem kleinen Garten hinter dem Haus auf und ab schritt.

Coymans war wütend und enttäuscht. „Spiegel will sich morgen abend mit uns allen treffen, mit Bols, Euch und mir. Ein Kampf von Angesicht zu Angesicht. Der Preis kann nur fallen."

„Was habt Ihr ihm geantwortet?"

„Daß wir ihn heute abend wissen lassen, ob wir einverstanden sind."

Am nächsten Abend warteten Spiegel, Coymans, John und ein Notar namens Waard in einem Winkel des „Goldenen Hähnchens". Spiegel wirkte nervös. Coymans war ruhiger geworden. Sie unterhielten sich über Politik und Klatsch, nur nicht über Tulpenzwiebeln.

Bols kam nicht. Die vier Männer wurden inmitten des Lärms immer stiller. Coymans bestellte eine weitere Runde. Eine Stunde. Immer noch keine Spur von Bols.

„Mijnheer Bols kommt nicht", stellte Spiegel fest.

Coymans nickte. „Sollen wir ohne ihn beginnen? Wir haben ihm mehr als genug Zeit gegeben, falls er ernsthaft erwägen sollte, an Euch zu verkaufen."

Spiegel zündete seine Pfeife erneut an. „Ich schlage vor, daß wir uns morgen abend wieder treffen. Es sieht dem alten Bols gar nicht ähnlich, ohne triftigen Grund eine Verabredung nicht einzuhalten."

„Morgen abend könnte ich schon einen anderen Käufer gefunden haben", gab Coymans zu bedenken.

„Nicht im Freiverkehr, das gelingt Euch nicht", versetzte Spiegel. „Nicht zu dem Preis. Nicht, solange niemand weiß, was Bols vorhat. Ich gehe das Risiko ein." In seinem Lächeln lag ein Anflug von Gehässigkeit.

Die Anstrengung, die hinter der Fassade von Coymans' Lächeln sichtbar wurde, war furchterregend. „Natürlich, mein Freund. Ich muß mich Eurem Wunsch fügen."

Nur noch zwei Tage! dachte John. Ich schaffe es nicht. Tante Margaret, es tut mir so leid! Und Dr. Bowler und die kleine Zeal . . . Wie wird Malise reagieren? fragte er sich plötzlich. Wird die Freude über mein Versagen größer sein als der Schmerz in seiner Börse? Welche öffentliche Bestrafung wird er für mich fordern? Ich hätte Hawkridge House in der ersten Nacht verlassen sollen, nachdem Harry und Malise eingetroffen waren.

„Also dann, morgen abend", verabschiedete sich Spiegel. „Hier. Ich werde Bols eine Nachricht übermitteln, um sicherzustellen, daß er auch kommt."

Nachdem sie das Goldene Hähnchen verlassen hatten, vergrub Coymans sich tief in seine Gedanken.

„Wir müssen die Zwiebeln morgen noch einmal zur Auktion bringen“, erklärte John. „Und den Preis nehmen, den wir bekommen können.“

„Wir treffen die Entscheidung morgen früh. Geht heim und schlaft, wenn Ihr könnt. Seid um acht am *Damrak*. Gute Nacht.“ Coymans wandte sich schroff ab und verschwand in einer Gasse.

John erblickte Coymans am nächsten Morgen auf der anderen Seite des *Damrak* durch eine Palisade von Masten hindurch, in ein angeregtes Gespräch vertieft. Als Coymans zu John herüberkam, sprühte er nur so von Energie. „Ein Wunder ist geschehen, mein Freund. Ein Wunder!“

„Was ist passiert?“

Coymans' Gesichtsausdruck wurde ernst. „Ein getrübtes Wunder, hätte ich wohl sagen sollen. Gestern am frühen Morgen hat es Bols erwischt, in seinem Schuppen. Man munkelt, sein Herz habe versagt. Wahrscheinlich zuviel Aufregung.“

„Bols ist tot?“ John spürte, wie ihm das Herz stockte.

„Gestern morgen. Darum ist er nicht gekommen.“

„Das nennt Ihr ein Wunder?“ Johns Stimme war kalt. „Ich kann über Eure Freude nur staunen.“

„Reden wir offen.“ Coymans blickte John fest in die Augen. „Ich bedauere den Tod eines Mitmenschen. Aber er hat die ihm zugemessene Zeit gelebt, länger als andere. Er starb mit der Aussicht auf enormen Reichtum. Ich bedauere seinen Tod, gewiß, aber deshalb werde ich nicht unter die Heuchler gehen und behaupten, daß sein Tod *nicht* die glücklichste Wendung sei, welche die Vorsehung uns in den Schoß hätte legen können. Ruin und Scheitern sind abgewendet.“

„Weil Bols tot ist, wird Spiegel jetzt Euren Preis bezahlen? Was ist mit seinem Schwiegersohn? Warum sollte er den Verkauf nicht weiterführen?“

„Das“, stellte Coymans fest, „ist der springende Punkt unseres Wunders. Bols hatte sich in seinen Schuppen begeben, um seine *Könige* für die Reise nach Amsterdam vorzubereiten. Aber er hat dieses Vorhaben nicht mehr ausgeführt. Es hat den Anschein, daß nun, da Bols tot ist, Unsicherheit darüber herrscht, welche Zwiebeln der *König* und welche andere Sorten sind.“

„Und um sicherzugehen, müssen seine Erben das nächste Frühjahr abwarten, um die Blüten zu sehen.“

„Das ist der Kernpunkt, mein Freund. Was uns betrifft, so könnten die Zwiebeln des alten Mannes genausogut gar nicht existieren!“

„Dann treffen wir uns also heute abend wieder mit Spiegel?“

„Spiegel kann zum Teufel gehen. Heute nachmittag bringen wir die *Könige* noch einmal zur Versteigerung."

An der Tür zum Hinterraum des Unterrocks wurden sie von einer Menschenmenge umlagert. Hände zerrten an ihren Jackenärmeln. „Drei!" rief Coymans. Er streckte drei Finger in die Höhe. „Drei *Könige!* Wer möchte Herr von drei *Königen* sein? Auf der ganzen Erde weiß man nur von vieren!"

Der Auktionator rief zur Ordnung. „Drei *Könige von Kandy"*, verkündete er. „Es kann geboten werden. Wer eröffnet mit neuntausend?"

Die Rufe im Hinterraum des Unterrocks waren das Gekreische von Wahnsinnigen, der Lärm in einem Tollhaus. Dann, als immer mehr Stimmen beim Bieten verstummten, setzte Stille ein. Spiegel hatte mitgeboten. Er wirkte hilflos und erschrocken.

Der zweite Hauptbieter war der Mann, der sich während der letzten Versteigerung in stummer Qual hin und her gewiegt hatte, Coymans' anderer reicher Tulpenliebhaber. Jetzt hatte er sich entschieden. Seine Stimme brüllte Spiegels Gebote nieder.

Eine dritte Stimme ließ sich vernehmen, schrill vor Erregung. Dann Spiegel. Und wieder der andere Tulpennarr. Der Auktionator sah den Mann mit der schrillen Stimme an. Der schüttelte den Kopf.

Spiegel rief etwas. Der andere zerfetzte Spiegels Angebot. Die Stimmen der beiden Bieter wurden leiser und leiser. Das Schweigen im Raum lastete immer schwerer auf ihnen.

John zitterte und bohrte sich die Fingernägel in die Handflächen.

Der Auktionator stellte eine Frage und sagte dann etwas mit ungläubiger Stimme.

„Vierzigtausend!" flüsterte Coymans. „Vierzigtausend Gulden für jede Zwiebel!"

Für einen Moment hielt das Schweigen noch an. Dann explodierte die Menge. Man klopfte John auf den Rücken und klatschte ihm auf die Handflächen. Hoch über den Köpfen der Menge entdeckte er Coymans, mit puterrotem Gesicht, und aus seinen kleinen, kalten blauen Augen leuchtete tiefe Befriedigung. Coymans führte John und den Käufer nach oben in ein kleines Privatgemach, zusammen mit dem Notar, um die Papiere unverzüglich zu unterschreiben. John sollte das Geld am nächsten Tag entgegennehmen und Coymans die Tulpenzwiebeln am Tag darauf übergeben.

Ich muß mir sofort eine Schiffspassage zurück nach England besorgen, dachte John. Auf der Stelle abfahren, sobald ich mein Geld in Händen halte.

„Euer Hirn und mein Mumm, alter Freund!" raunte Coymans John mit gesenkter Stimme zu, als sie die Treppe wieder hinunterstiegen. „Wir sollten wieder einmal zusammenarbeiten! Kommt mit Eurer Provision zurück, sobald Ihr Euer Gold in England abgeliefert habt! Und um Euch die Rückkehr schmackhafter zu machen, habe ich mich entschlossen, nur meine ursprüngliche Provision von fünfundzwanzig Prozent auf den Gewinn zu nehmen. So bleibt Euch ein Rest, den Ihr beim nächstenmal investieren könnt, mit mir als Makler. Ich könnte Euch beinah so sehr mögen, wie's meine Schwester bereits tut."

Und ich muß mich so schnell wie möglich von dir befreien, dachte John. Unser Glück, über das du so frohlockst, rührt nur daher, daß ein alter Mann zur rechten Zeit gestorben ist.

JOHNS Gesicht fühlte sich heiß an; ihm war schwindlig. Er bemühte sich, die Hochstimmung zu heucheln, die man von ihm erwartete. Er lächelte über die Terrasse hinweg seinem Gastgeber in der „Geißblattlaube" zu, konnte aber keinen glücklichen Überschwang empfinden. Abgesehen von Bols' Tod belastete ihn das Problem, all dieses Geld zu besitzen. Coymans und halb Amsterdam wußten, wieviel er hatte. Coymans mochte sehr wohl auch andere Freunde haben, Freunde, die schnell zu Messern griffen, die einem Engländer Gewichte an die Füße banden und ihn im Meer ertränkten.

Sie hatten sich alle nach draußen begeben, um nach dem Festmahl Obst und Zuckerwerk im Garten einzunehmen. Die Gäste saßen auf Bänken auf der kleinen, fähnchengeschmückten Terrasse. Mareike reichte einen Korb mit Früchten herum, bevor sie sich selbst einen Apfel schälte.

Ich brauche ein Schiff, dachte John, und jemand, dem ich trauen kann. Leider nicht Mareike, die einzige Frau, der Coymans vertraute. Gomez? Vielleicht.

„Wo kann ich Gomez finden?" wandte er sich an Coymans.

Argwohn flackerte in Coymans' vom Wein geröteten Augen auf.

„Ich schulde ihm noch handfesten Dank dafür, daß er uns miteinander bekannt gemacht hat." John hob sein Glas.

Coymans prostete ihm zu. „Nun ja, gut, der alte Mann wird's gebrauchen können. Seine besten Tage sind vorbei. Er wohnt in der Warmoesstraat, über dem Bäckerladen."

In diesem Moment stand Saski auf und reichte John eine Skizze, die Mareike beim Schälen des Apfels zeigte. Mit einer abwehrenden Geste bedeutete Saski ihm, daß er das Porträt behalten könne. John hob erneut sein Glas und bedankte sich.

Zwei Männer verschwanden im Haus und kehrten mit Geige und Flöte zurück.

„Eine Gigue! Eine Gigue!" rief eine der Frauen.

„Tanz mit mir!" rief Mareike John zu.

Er erhob sich, umfaßte ihre Taille und drehte sich auf der Stelle. Verschwommen nahm er andere herumwirbelnde Röcke und Füße wahr. Der Garten drehte sich um ihn.

„Geh nicht!" flehte Mareike mit wilder Stimme. „Bitte, geh nicht!"

„Ich muß morgen zurück nach England. Ich weiß nicht, wie ich es fertigbringen soll, dich zu verlassen, aber ich muß es tun."

„Ich weiß." Mareike seufzte. „Aber du mußt zurückkommen, wenn du deine Geschäfte erledigt hast. Ich befehl es dir. Justus wird dich reich machen und ich dich glücklich."

Er küßte sie. Ich könnte zurückkommen, dachte er. Falls Malise seine Drohung ernst meint, wäre Amsterdam ein Ort, an dem ich Zuflucht finden könnte. Vielleicht irre ich mich, was ihren Bruder angeht. Ich könnte zurückkommen und das Ganze noch einmal tun.

JOHN blieb jäh stehen und lehnte sich an das Geländer des Kanals. Sein Herz hüpfte. Er wurde an diesem Morgen verfolgt. Der Mann hinter ihm blieb stehen. Er hatte eine quadratische Stirn, Augen wie schwarze Johannisbeeren, die tief in den aufgedunsenen Teig seiner Nase und Wangen eingesunken waren, und einen ungestutzten graumelierten Seemannsbart. Er trug einen form- und federlosen schwarzen Filzhut und Kniehosen über sackartigen grauen Strickstrümpfen. Ein unauffälliger Mann am Rande einer Menschenmenge. Ein harmlos wirkender Zeitgenosse, nur daß John ihm nunmehr ein wenig zu oft begegnet war. Er erinnerte sich an die Stirn, eine erstaunlich große Fläche nackter Haut zwischen Hut und Seemannsbart.

Natürlich bin ich verfolgt worden, dachte John. Ich hätte schwerlich noch besser sichtbar sein können, so wie ich mit Coymans umhergezogen bin. Ganz Amsterdam muß wissen, daß ich das Geld habe.

Er machte sich zielstrebig auf den Weg in Richtung Warmoesstraat. Der Bäcker wies ihn eine schmale Stiege hinauf. Die leiterähnlichen Stufen endeten auf einem winzigen Flur vor einer schweren Holztür. John klopfte. „Senhor Gomez? Hier ist John Nightingale."

John lauschte: Stille, dann langsame Schritte auf einem Holzboden und schließlich das schabende Geräusch von Riegeln, die zurückgeschoben wurden.

Gomez trug einen Hausmantel aus Brokat. „Was ist los?" fragte er. „Na, kommt erst einmal!" Er zerrte John ins Zimmer.

„Es tut mir leid, Euch zu stören ...", setzte John an. Dann blickte er sich in dem Raum um, den er soeben betreten hatte.

Gomez beobachtete John. „Überrascht?"

„Nach der Bäckerei und dieser Stiege ... Verzeiht mir, ja, ich bin überrascht."

Unter dem Hausmantel trug Gomez ein Hemd aus weißem Leinen, feiner als alles, was John jemals zu Gesicht gekommen war. „Das hier war der Mehlspeicher, bis der Bäckermeister das Haus nebenan erwarb und nun statt dessen den ebenerdigen Raum dort benutzt."

„Heute ist es aber ein ganz anders gearteter Speicher", erwiderte John ehrfürchtig. Verwundert starrte er auf die dichtgestapelten Gemälde, die Berge aus maurischen Teppichen, die Silberkandelaber, die Bücher. Obwohl nur spärlich möbliert, war der riesige Raum doch voll.

„Es bringt nichts ein, die Welt wissen zu lassen, was man hat", erklärte Gomez. „Die Unsichtbaren leben am längsten."

„Aus diesem Grunde habe ich Euch aufgesucht. Ich bin zu sichtbar geworden."

„Ich wußte, daß etwas nicht stimmte, als ich Eure Stimme vor meiner Tür hörte", antwortete Gomez. „Also setzt Euch und erzählt es mir." Er führte John zu zwei mit Elfenbein eingelegten Stühlen an einem kleinen Tisch. John legte sein Problem dar.

„Wer hätte gedacht, daß Tulpen so gefährlich sein können", versetzte Gomez. „Armer Bols. Ich hab davon gehört." Er stand auf. „Wartet hier. Ich bin bald wieder zurück. Lest etwas, während ich fort bin." Er wies auf einen Stapel hoch aufgetürmter Bücher, tauschte dann den Hausmantel gegen einen Seidenumhang und ging davon.

Nach einiger Zeit vernahm John ein Klopfen. Er entriegelte die Tür und sah sich Gomez gegenüber.

„Ihr könnt heute segeln, kurz nach Einbruch der Dämmerung, vom Sankt-Antonius-Tor aus. Findet Ihr allein dorthin? Ich werde beim Segelschiff auf Euch warten. Haltet nach der *Sneek* Ausschau."

„Ich danke Euch", sagte John.

„Man muß im voraus zahlen. Und in der Zwischenzeit haben wir noch eine Menge zu tun. Sobald Ihr wieder in Eurem Quartier seid, schickt Euren Diener mit drei festen Geldsäcken zu mir." Er bückte sich vor einer mit Kupfernägeln beschlagenen, lederbezogenen Kiste. „Ich muß mich als würdiges Mitglied ausstaffieren."

„Mitglied wovon?"

Gomez erhob sich mit einem Rasierkästchen und einem Pelzhut in den Händen. „Von dem überaus kleinen, erlesenen Klub von Männern, denen man trauen kann."

Kurz nach dem Mittagsmahl öffnete John einem Mitglied von Gomez' Klub der Vertrauenswürdigen die Tür zu seinem Gemach im Obergeschoß von Witwe Padtbrugges Gästehaus. Ein entfernter angeheirateter Verwandter, hatte Gomez verlauten lassen.

John trat zur Seite, um den Mann hereinzulassen. Dann schob er den Riegel wieder vor die Tür. „Arthur!" befahl er.

Sein Leibbursche, der bereits von seinem Botengang zu Gomez zurückgekehrt war, kniete sich neben das Bett, schlitzte die Matratze auf, zerrte klimpernde Münzsäckchen hervor und entleerte sie auf Johns Bett. John schloß die Truhe auf und hob den Deckel.

Der Besucher starrte in die Truhe und stemmte einen Goldbarren hoch. Er prüfte ihn, gab ihn an John weiter und bat um Feder, Papier und Tinte. „Werdet Ihr einen Brief unterzeichnen, der besagt, daß Ihr den Marranen, Gomez, als Euren rechtmäßigen Agenten bevollmächtigt?"

„Mit Vergnügen." John unterschrieb wie verlangt. Gomez, Portugiese, ein Marrane – was immer das sein mochte. Sein Besucher begann das Geld zu zählen.

Am Nachmittag lieferte ein Fuhrmann vier schwere Holzkisten von Gomez an. Nachdem sie mit Hilfe der Seilwinde in Johns Zimmer gehievt worden waren, schickte John Arthur auf einen kleinen Spaziergang entlang der Gracht. Als Arthur zurückkam, erzählte er, ein Mann mit vier fehlenden Vorderzähnen und einem Stock verkaufe Eier auf der anderen Kanalseite. „Und mit seinem Gehstock könnte er selbst einen angreifenden Bullen aufhalten", berichtete er. „Der Mann ist nicht älter als dreißig."

Ein Weilchen später löste die „Stirn" den „Eierverkäufer" ab. Doch keiner von beiden ließ sich blicken, als die vier schweren Kisten und die Truhe bei Einbruch der Dämmerung mit Hilfe der Seilwinde aus dem fünften Stock auf einen Karren hinuntergelassen wurden.

Das gefällt mir nicht, dachte John. Ich hatte erwartet, zumindest einen von ihnen zu Gesicht zu bekommen. Ich habe meine Feinde gern im Auge.

Die Witwe küßte John zum Abschied auf beide Wangen und winkte ihm nach, als der Karren über das Steinpflaster davonrumpelte. Geräuschvoll holperte das Gefährt an der fahlen Steinfassade der Neuen Kirche vorbei in Richtung Hafen, dann über eine Brücke über den *Damrak,* auf die *Oude Zijde* hinüber. Unbehelligt ratterten sie über einen leeren Marktplatz.

Als sie nach links in die Warmoesstraat einbogen, hielt der Karren an. Der Fuhrmann erklärte etwas auf holländisch. Die Gasse vor ihnen war zu eng, wie es schien.

John deutete die Warmoesstraat entlang zurück auf einen breiteren Weg durch die Hafenanlagen. Der Fuhrmann schüttelte den Kopf und wuchtete eine der Kisten von seinem Gefährt herunter.

John fluchte vor sich hin und blickte sich um. Eine ruhige Straße. Zwei Gestalten waren ein ganzes Stück weiter unten auszumachen. Er stieg vom Karren und wuchtete eine zweite Kiste zu Boden. Arthur tat es ihm gleich.

Arthur kann die Pistole nicht festhalten, wenn er Kisten ablädt, dachte John plötzlich. Doch schon schlug er mit der Stirn auf den Karrenboden. Sein Schädel dröhnte und schmerzte. John wälzte sich herum, bis er auf dem Boden saß, mit dem Rücken an ein Hinterrad gelehnt. Man hat mich niedergeschlagen, durchfuhr es ihn.

Er zwang sich, ein Auge zu öffnen, und erblickte ein dunkles Bein, einen schweren Stiefel und eine Degenscheide. „Arthur?" flüsterte er.

Stiefel und Degenscheide verschwanden. Stimmen redeten in jener Sprache, die John nun fast zu verstehen glaubte. Leise und schnell. Der Stiefel tauchte mitsamt seinem Pendant wieder am hinteren Ende des Karrens auf. Die Angreifer luden die letzte Kiste und die Truhe ab. Sehr hoch über sich sah John Hüte und Umhänge. Er versuchte gerade, sich aufzurichten, als ihn jemand hart in die Seite trat. John fiel hin, lag nach Luft schnappend da und quälte sich dann auf die Knie. Er kroch zwei Schritte weit und zog sich am Vorderrad hoch. Dann vernahm er einen zornigen Fluch. „Arthur?"

Ein schattenhafter Umriß stemmte sich neben ihm hoch. „Ich bringe diese vermaledeiten Kerle um", murmelte Arthur.

„Tut mir leid, Arthur. Ich hatte nicht gedacht, daß sie die Kisten an Ort und Stelle öffnen würden. Ich glaube, sie sind zu dritt." Er stieß sich vom Karren ab und ging mit Arthur auf die Gasse zu, wo sich die Hüte über die Kisten beugten und an deren Ende das Schiff nach England wartete.

Die Schatten waren zu undurchdringlich, als daß sie die Männer hätten erkennen können. Langsam schlichen sich John und Arthur näher heran. Ein paar rechteckige Umrisse. Keine Hüte. Die Kisten waren geöffnet.

„Ich glaube, sie sind weg", mutmaßte Arthur.

Schritt für Schritt pirschten sie sich zum Ende der Gasse vor. Sie war leer.

Die *Sneek* lag etwa hundert Fuß zu ihrer Rechten an einer Wassertreppe vertäut. Gomez wartete oben an den Stufen, zusammen mit dem Kapitän des Segelschiffs und zwei Seeleuten. „Was ist passiert?" rief er. „Eure Stirn blutet ja!"

„Halb so wild." John winkte ab. „Wir hatten Grund, mißtrauisch zu sein, und Arthurs Schlepperei heute nachmittag hat sich gelohnt. Ich weiß nicht, wer die Männer sind, aber für Literatur haben sie nichts übrig. Eure Bücher befinden sich dort hinten in der Gasse."

„Und hier ist Euer Vermögen", sagte Gomez und händigte John einen kleinen, schmalen Lederbeutel aus.

John nahm das Beutelchen und öffnete es. Ein winziges, zusammengefaltetes Pergamentstück steckte darin. „Das ist alles?" fragte er skeptisch. Er versuchte, den lateinischen Inhalt des Schriftstücks zu entziffern, das an einen gewissen Jacov Fernandez gerichtet war.

„Das ist alles. Wir haben Euren Hort fein säuberlich ausgeräumt, sobald Ihr und die Spürhunde das Haus der Witwe verlassen hattet. Keine Menschenseele ist uns gefolgt. Der Köder hat funktioniert. Das ist Euer Wechsel. Wir Kaufherren können nicht stets schwere Geldtruhen durch die Lande schleppen, also treffen wir Abmachungen. Hört mir zu." Gomez führte John ein Stück fort von den anderen Männern. „Wäre Euer Geld anstelle meiner Bücher in jenen Kisten gewesen und wäre es gestohlen worden, würdet Ihr jetzt keinen Penny mehr besitzen. Ihr müßt Euch jedoch im klaren sein, daß Ihr ebenso mittellos seid, wenn Euch dieses Pergament gestohlen wird. Mein Vetter Jacov wird das Geld nur gegen Vorlage dieses Dokuments auszahlen. Nicht nur an Euch, sondern an jeden, der dieses Dokument in Händen hält. Dieser Fetzen getrockneter Schafshaut ist bares Geld. Hütet es gut!"

„Ich bin Euch sehr dankbar." John versteckte das Beutelchen unter seinem Hemd, direkt am Leib, und ergriff die Hand des alten Mannes.

„Ich sehe Euch wieder, wenn Ihr zurückkommt", verabschiedete sich Gomez. Dann reichte er John einen zweiten Brief, der ebenfalls an seinen Vetter gerichtet war, und für diesen einen großen Käse. „Und nun begebt Euch auf Euer Schiff, bevor unsere List entdeckt wird und Eure Freunde es noch einmal versuchen. Richtet Vetter Jacov meine Empfehlungen aus."

Anderthalb Tage später, kurz nach Einbruch der Morgendämmerung, als die *Sneek* in die weite Themsemündung einlief, hatte John einen Entschluß gefaßt. „Arthur."

„Sir?" Sein Diener rutschte von der Reling des Schiffs herunter.

John reichte ihm eine schwere Börse.

„Wofür ist das?" In diesem Augenblick nahm Arthur seinem Herrn die Belohnung beinah übel. Bezahlt zu werden ließ den Glanz jener spannungsgeladenen, gemeinsam durchlebten Momente auf dem Karren verblassen.

„Sorg damit für deine Zukunft. Über meine eigene weiß ich noch nichts."

„Meint Ihr, falls Mr. Gomez Euch übers Ohr gehauen hat?"

John schüttelte den Kopf. „Ich muß darauf vertrauen, daß Gomez mich nicht betrogen hat. Nein, es geht darum, daß du deine Zukunft möglicherweise nicht an meiner Seite verbringen wirst."

Arthurs sommersprossiges Gesicht wurde aschfahl. „Ihr entlaßt mich? Was hab ich verbrochen? An Eurer Seite hab ich gekämpft!"

„Dich entlassen? Nein, natürlich nicht . . . Arthur, ich kehre vielleicht nicht nach Hawkridge House zurück. Dich aber möchte ich in die Lage versetzen, daß du zurückgehen kannst."

„Macht keine Scherze, Sir!" John *war* Hawkridge House – Sir Harry hin, Sir Harry her.

„Vielleicht habe ich keine Gelegenheit mehr, es dir zu sagen . . ." John schluckte. „Es kann sein, daß in London bereits Soldaten auf mich warten. Eine alte Geschichte aus der Zeit, bevor ich nach Hawkridge House kam. Meine Vergangenheit hat mich eingeholt."

„Was für eine Geschichte, Sir?"

„Mord."

Arthur biß sich auf die Unterlippe. „Er hatte es gewiß verdient", erklärte er mit fester Stimme. „Daran hab ich gar keine Zweifel."

„Ich auch nicht. Aber heute bin ich mir nicht mehr so sicher, ob ich das Recht hatte, mich zu seinem Henker aufzuschwingen."

„Wie alt wart Ihr?"

„Vierzehn."

„Mit Verlaub, Sir – warum seid Ihr dann überhaupt zurückgekommen?"

John klopfte sich auf die Brust, dorthin, wo Gomez' Beutelchen hing. „Ich muß diese Leben ihren Besitzern zurückbringen."

Wie John war auch Arthur schnell von Begriff. „Laßt mich diese Leben für Euch zurückbringen, wohin auch immer. Ihr geht irgendwo in Southwark an Land, versteckt Euch und schickt mir später Nachricht, wo ich Euch finden kann."

„Danke", erwiderte John. Der Vorschlag war vernünftig, und John konnte Arthur blind vertrauen. „Danke, aber ich kann nicht. Wenn Gomez mich hintergangen hat, muß ich zur Stelle sein."

Das verstand Arthur. Er gab John die Börse zurück. „Dann riskiere ich es – mit Euch. Und das hier werdet Ihr nötiger haben als ich."

„Behalte das Geld. Ich weiß nicht, wann ich dir den nächsten Lohn zahlen kann.“

„Genug der Worte“, versetzte Arthur. Er würde es bedauern, Rachel nicht wiederzusehen, falls es soweit kommen sollte. Doch Strohsäcke auszuklopfen und Feuer zu machen waren fade Aufgaben für einen Mann, der geholfen hatte, fremdländische Mörder abzuwehren. Wie aufregend wäre es, der Knappe eines geächteten Abenteurers zu sein!

St. Katherine's Stairs. Hinter den Trockenfeldern der Abtei von St. Mary's Grace erhoben sich grüne Hügel. Traitor's Gate und der Tower. Dann waren sie in der Stadt.

John und Arthur gingen am Customs Wharf an Land, bezahlten einen Mann dafür, auf ihre Habseligkeiten aufzupassen, nahmen eine Fährjolle zu den Old Swan Stairs oberhalb der London Bridge und begaben sich zur Thames Street. Als sie zu Hazeltons großem Stadthaus auf dem St. Laurence Hill gelangten, zauderte John ein wenig. Dies war das erste Gebäude, in dem Malise lauern konnte.

Hazelton hatte die vergangenen fünf Nächte nicht geschlafen. Sein gefurchtes Gesicht war aschfahl. Als John ins Empfangszimmer im ersten Stock gebeten wurde, saß Hazelton in einem schweren Sessel am Feuer, eine Decke um die Beine gewickelt. Er erhob sich nicht.

„Setzt Euch, Sir. Angenehme Reise gehabt? Wann seid Ihr angekommen?“

John nahm Platz, und Hazelton bot ihm einen Krug Ale an. Dann erkundigte er sich, ob die Überfahrt ruhig gewesen sei, und begann darüber zu klagen, daß er durch einen unerklärlichen Schmerz in seinen Beinen völlig entkräftet sei.

John erkannte, daß der Mann eine Heidenangst hatte. „Es ist erledigt, Sir“, sagte er. „Vierzigtausend Pfund!“

„Vierzigtausend? Wer bewacht es? Wo ist es?“

„Hier.“ John zog Gomez' Beutelchen hervor und erhob sich, um Hazelton den Wechsel zu überreichen.

Der Schuldschein zitterte in Hazeltons Hand. „Wer ist dieser Jacov Fernandez?“

„Ein Diamantenhändler in der Lombard Street.“

„Kann man ihm vertrauen?“

„Ich vertraue seinem Vetter in Amsterdam.“

Hazelton strich das Pergamentstück auf seinen Knien glatt. „Vierzigtausend“, wiederholte er ausdruckslos. Er blickte zu John auf. „Habt Ihr das Geld jemals in Euren Händen gehalten? Oder stand es immer nur auf dem Papier?“

„Es hing mir am Hals wie ein Mühlstein.“

Hazelton erhob sich mühsam. „James!“ rief er durch die Tür des Salons. „Meinen Umhang. Und benachrichtige Sir George Tupper. Er soll sich mit uns treffen. Am . . .“

„Brunnen in der Fenchurch Street“, beendete John den Satz.

Jacov Fernandez wohnte über der düsteren Höhle seines Diamantengeschäfts, hinter schweren Türen, Schlössern, Riegeln, Gittern und Fensterläden.

Sir George, Hazelton, John und eine kleine Schar von Bediensteten warteten vor der Tür, bis das Klicken, Rasseln und Ächzen der Schlösser, Riegel und Ketten endlich verstummte. Schließlich lugte ein Diener durch die halb geöffnete Tür auf die Straße.

John händigte ihm den Brief aus, den Gomez an seinen Vetter gerichtet hatte. Der Diener schloß die Tür wieder. Erneut lauschten sie den Klick- und Rassellauten. Kurz darauf kehrte der Diener zurück, ließ eine verkürzte Version der Schlösser- und Kettensymphonie erklingen und bat die Besucher herein.

Fernandez begrüßte sie in einem schweren Seidengewand und einer enganliegenden, altmodischen Kappe. Er war ein wenig jünger und rundlicher als sein Vetter Gomez. „Wer von Euch hat diesen Brief gebracht? Wie geht es meinem Vetter?“

„Er erfreut sich guter Gesundheit“, antwortete John, „und schickt Euch einen holländischen Käse. Hier ist er.“

Fernandez lachte. „Ich danke Euch für die Mühe.“

„Und er schickt Euch dies hier“, meldete sich Hazelton mit heiserer Stimme zu Wort. „Könnt Ihr ihn einlösen?“

Er reichte Fernandez den Wechsel. Der Diamantenhändler legte den Käse hin und las. „Selbstverständlich“, gab er zur Antwort. „Laßt mir etwas Zeit, das Geld für Euch zu besorgen.“ Er gab Hazelton den Wechsel wieder.

Zurück auf der Straße, sagte Tupper: „Ich werde Erkundigungen einziehen . . .“

„Werdet Ihr uns heute abend wieder begleiten?“ fragte Hazelton.

„Natürlich“, erwiderte John. „Gibt es etwas Neues von meinem Vetter?“

„Nein“, meinte Hazelton. „Er hat sich nicht mehr in London blicken lassen, seit Ihr nach Amsterdam aufgebrochen seid. Mr. Malise ist ebenfalls verschwunden. Man hat mir erzählt, er habe sich wieder ins Ausland begeben.“

Sir George verabschiedete sich und vereinbarte mit Hazelton und John, sich um halb fünf am Nachmittag wieder am Brunnen zu treffen, mit zwei Bewaffneten und einer Kutsche.

„Wollt Ihr mir beim Frühstück Gesellschaft leisten?" fragte Hazelton.

John nahm die Einladung an und folgte dem sich mühsam in den ersten Stock quälenden Hazelton in den Salon.

„Erzählt!" befahl Hazelton, als sie ungestört waren. „Was steht zwischen Euch und Malise? Eure Beziehung zu ihm hat Auswirkungen auf unser beider Zukunft."

„Meine Verschwiegenheit schützt meine Zukunft. Es geht um meinen Kopf."

„Falls Fernandez zu seinem Wort steht", drängte Hazelton, „dann könnte es sein, daß die Kompanie Euch erneut einzusetzen wünscht. Doch ohne mehr zu wissen würde ich das nicht riskieren."

„Solltet Ihr die Möglichkeit haben, mir einen neuen Auftrag zu geben, werde ich Euch nicht im ungewissen lassen."

Hazelton war verärgert, doch es gab nichts, was er noch hätte sagen können.

Wenige Minuten nach halb fünf lauschten die drei Männer wieder dem Gesang von Fernandez' Schlössern. Der Diamantenhändler war nun vollständig in Schwarz gewandet und erwartete sie.

Fernandez' Gehilfe stapelte Münzen, Barren und Teller vor ihnen auf. Der Himmel über London war schon fast dunkel, als endlich alles gezählt, gewogen, geprüft und in Kisten verstaut worden war. Die Kisten wurden unter Bewachung in Sir Georges Kutsche verladen.

Sir George, Hazelton und John schwiegen nervös während der zweistündigen Fahrt zu Sir Georges Haus an der Themse kurz vor der Stadtgrenze. Sir George verschloß das Geld sicher im Kontor der Südjavanischen Kompanie.

Schließlich standen die drei Männer vor dem Kaminfeuer in Sir Georges privatem Empfangszimmer.

„Dem Herrn sei Dank!" stieß Hazelton plötzlich inbrünstig hervor.

„Wohlgetan, Sir! Wohlgetan!" Tupper versetzte John einen anerkennenden Klaps auf den Arm. „Trinkt! Ich muß mich betrinken, oder ich platze!"

„Wahrscheinlich möchte unser junger Freund erst einmal seine Provision erhalten", sagte Hazelton.

„Gewiß. Gewiß." Tupper schloß seinen Wandschrank ein zweites Mal auf und nahm drei Lederbeutel heraus. „Die habt Ihr Euch verdient. Es ist auch eine Prämie für den Überschuß dabei, den Ihr erzielt habt. Ich nehme an, Ihr werdet Euch nun auf den Weg nach Hawkridge machen, um Sir Harry die gute Neuigkeit zu überbringen?"

John nahm die Beutel von Tupper entgegen. Malise ist im Ausland, dachte er. Ich könnte zurückgehen. Ganz kurz. Ich darf die Gärten wiedersehen. Die Menschen. Die Tiere. Aber kann ich es ertragen, alles ein zweites Mal zu verlassen?

Es war ihm gleich. Die Freude war unbändig. Er würde gehen, ob er es ertragen konnte oder nicht. Er wandte sich an Bols' Geist: Ich werde Euren kleinen *König* heimbringen, um seine Dynastie zu gründen.

VII

„JOHN! Ich hätte ja so gern Musik gehabt!" rief Dr. Bowler. „Ich wollte dich musikalisch nach Hawkridge House zurückholen, aber Sir Harry . . . Nun, es war nicht möglich."

Dr. Bowler hatte draußen am Vorhoftor gewartet, nahe dem höchsten Punkt der Buchenallee. John stieg vom Pferd und umarmte seinen alten Lehrer inmitten hochspringender Hunde und jubelnder Kinder. Die Glocke im Brauhausturm läutete seine Ankunft ein.

„Eure Begrüßung ist mir Musik genug", versetzte John.

Die Hündin Cassie kam die Zufahrt heraufgestürmt und legte die Vorderpfoten auf Johns Schultern. Er lachte und umarmte sie.

„Papa sagt, Cassies Kleines kann bei mir und meinem Bruder schlafen!" Der Junge, dessen Vater einen der Welpen bekommen hatte, bemühte sich gestikulierend, Johns Aufmerksamkeit zu erregen.

John nickte ihm zum Einverständnis zu. Dann schritt er die Zufahrt bis zum Vorhoftor hinunter. Ein Junge führte stolz Johns Pferd am Zügel. Arthur folgte, immer noch beritten, während seine Augen vergeblich nach einer Person Ausschau hielten.

„John!" erklang die aufgeregte Stimme Tante Margarets vom Vorhoftor. „O John! Du bist wieder da!" Sie hob ihre Röcke und lief die Zufahrt hinauf.

„John . . .", sagte Dr. Bowler, „noch ein Wort, bevor du völlig in Beschlag genommen wirst. Hast du es geschafft? Wozu du ausgezogen bist? Du weißt schon, das Geld . . . Harry hat da eine Bemerkung fallenlassen . . . Das Anwesen stehe auf dem Spiel . . ."

„Ja, mein lieber Doktor, ich habe es geschafft. Alles ist gut." Wie schön es war, dies jemandem zu erzählen, die guten Neuigkeiten mit jenen Menschen zu teilen, die davon profitierten!

„Ah", seufzte Dr. Bowler zufrieden. „Wir waren schrecklich in Sorge . . . Harry hatte eine so entsetzliche Laune."

„Ich erzähl Euch später mehr . . . Tante Margaret!" Mistreß Margaret ließ ihre Röcke los und schlang die Arme um John. „Meine liebe Tante! Ich hoffe, das sind Freudentränen . . ."

Die kleine Prozession schritt durch das Tor. „Harry ist auf der Jagd", erklärte Tante Margaret. „Ist heute morgen ausgeritten, bevor der Bursche vom Bedgebury-Gut mit der Nachricht über die Felder rannte, daß du gesichtet worden seist."

„Er hat's geschafft!" teilte Dr. Bowler ihr mit. „Alles wird gut."

„Ich wünschte, irgend jemand würde mir erklären, was überhaupt vor sich geht", beklagte sich Mistreß Margaret. „Aber gute Neuigkeiten sind gute Neuigkeiten. Wo Ihre Ladyschaft sich aufhält, weiß ich auch nicht. Wie lange reitest du schon durch die Gegend, ohne zu essen? Agatha! Agatha!"

John blieb auf der obersten Stufe des Eingangsvorbaus stehen. „Wer ist sonst noch hier?"

„Nur die Familie."

Also war er für den Augenblick noch sicher. Keine Bewaffneten, kein Büttel. Edward Malise war im Ausland. John konnte kurz Atem schöpfen.

„ICH HÄTTE Hazelton die Wechsel gern eigenhändig überreicht", meinte Harry. „Aber gut gemacht, Vetter, trotzdem." Seine Jagdstiefel hinterließen eine Schmutzspur auf dem Teppich. „Ich werde sofort morgen früh nach London aufbrechen, zu Pferd. In der Kompanie sind jetzt wichtige Dinge zu erledigen. Zuerst aber müssen wir uns natürlich überlegen, wie wir deinen Triumph feiern."

Heißhungrig biß John in das Brot und den Käse, die seine Tante in den Kleinen Salon gebracht hatte. „Warum erheben wir beide nicht im stillen unsere Gläser auf die Zukunft von Hawkridge House? Mit Sir Harry Beester am Ruder?"

Harry nickte erleichtert. „Weiß Malise, daß du wieder hier bist?"

„Hazelton sagte, er befinde sich im Ausland. Vorerst bin ich in Sicherheit. Später – ich weiß es nicht. Ich werde meinen Namen noch einmal wechseln müssen. Vielleicht für eine Schiffsreise nach Amerika anheuern. Oder mir weit weg von London ein kleines Stück Land suchen."

„Vetter John!" Eine glückliche Mädchenstimme unterbrach ihn.

„Lady Beester!" John erhob sich hastig und machte eine Verbeugung, wobei er immer noch das Brot in der Hand hielt.

Zeal zögerte. Sie wußte nicht recht, ob sie John umarmen sollte. Ihr Gesicht strahlte vor Freude. Sie trug ein ehemals schönes Gewand, an dem sie irgendwann die Ärmel entfernt und den Überrock um die

Taille hochgebunden hatte. Getrocknete Grashalme hatten sich in den Spitzen ihrer Unterärmel verfangen, die sie halb hochgekrempelt hatte. Der Saum ihres brokatenen Unterrocks hatte einen Schmutzrand, und ihre bloßen Unterarme waren undamenhaft gebräunt. „Ich war im Obstgarten, als ich die Glocke hörte." Zeal ging auf John zu und ergriff seine freie Linke mit beiden Händen. „Wir sind ja so froh, daß Ihr zurück seid, nicht wahr, Harry? Ich habe Fleischpasteten für Euch in der Küche!"

„Wieviel es auch sein mögen – ich kann sie alle vertragen", versetzte John. „Ich habe mich sechs Wochen lang von ausländischem Fraß ernährt. Nur her damit, meine Dame!"

„Ich hole die Fleischpasteten auf der Stelle", erklärte Zeal energisch.

Als die Tür sich hinter ihr geschlossen hatte, fragte John: „Wie kommen sie und Tante Margaret miteinander aus?"

„Ich würde sie am liebsten beide in die Verbannung schicken", entgegnete Harry grimmig. „Frau, Kinder und Tiere! Welcher vernünftige Mann gibt sich schon freiwillig damit ab!"

John sank spät in sein Bett, benommen von zuviel Bier zur Feier des Tages und von unerwarteten Zuneigungsbekundungen. Es war schön, vermißt zu werden. Für eine Nacht würde er so tun, als wäre er heimgekommen, um zu bleiben.

Aber er fand keinen Schlaf. Das Leben hier auf Hawkridge House hatte einfach weiter seinen Lauf genommen. Man hatte auf Johns Rückkehr gewartet. Niemand hier konnte erkennen, wie nahe dieses Leben seinem Ende war – nicht nur für John.

Harry hatte finster dreingeblickt und gesagt, John könne gewiß einen neuen Kirchenvorsteher für denjenigen finden, der vergangene Woche so ungelegen verstorben war. Tante Margaret hatte seine Hilfe für den Husten ihres Terriers in Anspruch genommen. Zeal hatte ihn mit sich gezerrt, um ihm einen neuen Bienenkorb im Obstgarten zu zeigen. Man hatte Cassies Welpen vor John zur Schau gestellt. Er hatte das reparaturbedürftige Kirchdach sowie das gebrochene Bein eines Arbeiters inspiziert, den man zur Erntezeit bitter benötigen würde.

Ich muß ihnen die ganze Wahrheit sagen, wenn ich wieder fortgehe, dachte John. Schließlich übermannte ihn ein erlösender Schlaf.

Der nächste Morgen stand ganz im Zeichen von Harrys Aufbruch nach London. Satteltaschen mußten mit so viel Kleidung vollgestopft werden, daß sie bis zur Ankunft des Gepäckkarrens ausreichte. Harry mußte einen der Hausdiener instruieren, was ihm in Truhen und Schrankkoffern nachgeschickt werden sollte. Sein Messeretui mußte auf Hochglanz poliert und seine Handschuhe parfümiert werden. Die Reisenden benötigten Brot, kaltes Fleisch und Ale als Wegzehrung. Es wurde Mittag, bevor Harry, Pferdeknecht und Leibdiener die Buchenallee hinauftrabten und im grünen Meer des sommerlichen Blattwerks verschwanden. John spürte, wie das ganze Gut einen Seufzer der Erleichterung ausstieß.

Nachdem sich die allgemeine Freude gelegt hatte, prasselten warmherzige Begrüßungen und ungelöste Probleme auf John nieder. Zeal fragte ihm Löcher in den Bauch und verfolgte ihn ebenso erbarmungslos wie Cassie und der gelbe Köter. Er gab ihr auf alles eine Antwort, gerührt von ihrer Wißbegierde.

John konnte nun verstehen, warum die junge Lady Beester seine Tante das Fürchten lehrte: Das Mädchen hatte deutlich erkennbar die Zügel von Hawkridge in die gebräunten Hände genommen.

Sie beratschlagten, wo der Winterkohl gepflanzt werden sollte, und überlegten gemeinsam mit Tuddenham und Cope, wie man die Setzlinge feucht halten konnte, falls die Dürreperiode anhielt. Bei ihrer Ankunft war Zeal ein Splitter gewesen, den man in das Geschehen getrieben hatte. Nun betrat sie die Räume wie ein Paukenschlag und stürmte über den Rasen wie ein Wirbelwind.

„Mir scheint, daß Ihr Euch entschlossen habt, hier zu leben“, sagte John unvermittelt.

Sie lachte. „Das Fleckchen hier ist wunderschön. Ich werde für immer hierbleiben.“

Wenn ich auch sonst nichts in Amsterdam bewerkstelligt habe, dachte John, so habe ich doch Hawkridge House gerettet, damit sie es lieben kann.

„Was habt Ihr wirklich in Amsterdam getan?“ fragte Zeal plötzlich.

„Ich bin den neuen Alchimisten begegnet. Ich hatte mit Männern zu tun, die lebendige Materie in Gold verwandeln.“ John grub in seiner Hosentasche und holte einen in Tuch eingeschlagenen Gegenstand hervor. Er wickelte den Sprößling des *Königs von Kandy* aus und hielt ihr den perlfarbenen Reißzahn auf der Handfläche hin.

„Was ist das?“

„Der Samen eines Goldbaums. Dieses winzige Ding wird innerhalb von drei Jahren zu einer wundervollen Schönheit heranwachsen . . ., falls es die Nackt- und Weinbergschnecken überlebt. Es handelt sich um eine kleine Tulpe.“

„Dieses winzige Zähnchen?“

„Eine Tulpe, schöner als alles, was Ihr je erblickt habt: weiß und purpur, sagte man mir, mit einem ganz hellen Grün schattiert und gefranst wie ein Handschuh. Blütenblätter, die knackig und zart zugleich sind. Man möchte nur dasitzen und sie stundenlang ehrfürchtig bestaunen. Unser Cope wird die nächsten drei Jahre Sankt Georg spielen und den Zahn grimmig gegen all die schleimigen Drachen verteidigen. Kommt, wir wollen ihn zu Bett bringen.“

Sie gingen zu dem Schuppen, der sich an die Nordseite des Neuen Gartens lehnte. Während Cope zögernd herumstand und immer noch ein ungutes Gefühl hatte, wenn John die Arbeit selbst tat, bereitete dieser einen Topf vor, den er in den Schatten einer der Mauern des Knotengartens stellen wollte.

„Darf ich mich um ihn kümmern?“ fragte Zeal.

„Um diesen komischen kleinen Zahn?“ neckte John sie. „Drei Jahre lang?“

„Ich habe noch nie etwas so lange beim Wachsen beobachtet.“

Armes Kind, dachte John. „Auch keinen kleinen Hund, kein Kätzchen?“

Sie schüttelte den Kopf.

„Dann ernenne ich Euch hiermit offiziell zum Kämmerer des *Königs von Kandy* . . ., sobald Seine Majestät volljährig geworden ist. Bis dahin werdet Ihr seine Amme sein.“ Er kniete sich hin und steckte die Brutzwiebel in den Humus des Blumentopfs.

Zeal hockte sich neben ihn und starrte in den Topf, als erwarte sie, einen blaugrünen Trieb vor ihren Augen emporsprießen zu sehen.

John sah von der Seite die Biegung ihres schlanken weißen Halses und die gelöste Locke rotblonden, drahtigen Haars. Die zarte Linie ihrer Wirbelsäule bog sich unter dem enganliegenden Rückenteil ihres Mieders hinab in die Geheimnisse ihrer Röcke. „Haben wir noch einen Wurf Kätzchen in der Scheune?“ fragte er Cope. „Lady Beester möchte uns vielleicht den einen oder anderen Mäusefänger großziehen, während sie auf ihren König wartet.“

„O ja!“ Zeal sprang auf. „Bitte! Was muß ich tun? Brauchen sie Milch? Wißt Ihr, ich habe tatsächlich vor zwei Nächten eine Maus in meinem Zimmer gesehen . . .“

John ließ Zeal mit Cope in der Scheune zurück. Sie saß im Heu und versuchte, vier Kätzchen auf ihren Schoß zu locken. John durchschritt den Neuen Garten, überquerte die Wehrbrücke und stieg durch den Obstgarten zum Kamm des Hawk Ridge hinauf. Dort oben holte er tief Luft und ließ seine Gedanken zu den flachen, weiten grauen Horizonten Hollands schweifen, zu dem Salz- und Fischgeruch der See, zu Muskatnuß, Zimt und Nelken, die den Hafen von Amsterdam mit ihrem Aroma erfüllten, zu Mareikes Moschus und

Rosenwasser. Er streckte sich der Länge nach im gelb werdenden Gras aus und blickte zum Himmel.

Ich bin zurück. Erfolgreich. Wohlbehalten. Im Moment sind meine eigenen Gedanken meine schlimmsten Feinde.

In dieser Nacht holte John Saskis Skizze von Mareike hervor, die sie beim Apfelschälen zeigte. Da war der Doppelbogen ihrer vollen Lippen, die Biegung ihres Halses, die zerbrechliche Zartheit ihrer Nasenflügel und ihres Mundes.

Was wäre geschehen, wenn Malise nicht Mitglied in der Südjavanischen Kompanie gewesen wäre, ihn nie aufgespürt hätte, wenn John Mareike hierher hätte bringen können? Sie verdiente etwas Besseres als ihres Bruders Halbwelt. Doch so, wie die Dinge lagen, würde Malise nicht für immer im Ausland bleiben.

Da John nicht einschlafen konnte, durchquerte er das Zimmer, um auf den Vorhof hinauszuschauen. Er sah, wie ein Hund auf den Hauseingang zutrottete. Und dann entdeckte er den Schatten auf den Stufen zum Portal.

Der Mastiff hätte getobt, wäre der Schatten am Eingang ein Fremder gewesen. Trotzdem konnte es nicht schaden, selbst einmal nachzusehen.

John warf sich ein leinenes Hemd über, zog eine Kniehose an, schlüpfte barfuß in ein Paar Hausschuhe und stieg über die kleine Treppe im Ostflügel in den Arbeits- und Küchentrakt hinab. Er trat geräuschlos durch den Torbogen in den Vorhof. Dann verriet der Kies seine Anwesenheit.

„Wer ist da?" Die Stimme einer jungen Frau, überrascht, aber nicht ängstlich.

„Mylady", sagte John, genauso überrascht. „Ich finde Euch ständig an Orten, wo ich Euch nicht vermute."

„Mir gefällt es hier." Zeal klang, als glaubte sie sich verteidigen zu müssen. „Ich komme oft nachts hierher."

„Was hält Harry davon?"

„Er weiß es nicht."

„Ich verstehe", meinte John.

„Wie dem auch sei, er ist ja in London."

Sie saß auf der obersten Stufe, auf einer Höhe mit den Köpfen der beiden Adler, die Arme um ihre Knie geschlungen. „Werdet Ihr jetzt mit mir schimpfen?" fragte sie.

„Sollte ich das?"

Sie dachte einen Augenblick nach. „Tut mir leid. Manchmal habe ich den Eindruck, daß alle Welt auf mich schimpft."

„Wer ist denn alle Welt?“ John blieb vor Zeal stehen und erkannte den dunklen Schatten eines Kätzchens, das sich in ihrem Nachthemd zusammengerollt hatte.

„Harry. Und Mistreß Margaret. Sie schimpft am schlimmsten, wenn ich recht habe. John, ich habe mich wirklich bemüht, nett zu ihr zu sein, aber ich bin so froh, daß Ihr wieder da seid! Obwohl ich mich augenblicklich unbehaglich in Eurer Gegenwart fühle.“

„Wäre es besser, wenn ich mich hinsetzen würde?“

„Vielleicht.“

Kaum hatte er sich niedergelassen, bereute er es. Nur der dünne Stoff seines Hemds und ihres Nachtgewands trennte sie. John schlang die Arme um die angewinkelten Knie und verschanzte sich hinter diesem Schutzwall. „Ist es jetzt besser?“ fragte er.

„Schlimmer!“ Ihre Stimme klang verzweifelt. „Ich spüre, daß wir beide auf etwas warten.“ Sie wandte ihm ihr Gesicht zu. „Nur weiß ich nicht, auf was.“

John wußte es. Er lehnte sich an ihren warmen Arm. Sie hob ihm ihr Gesicht entgegen und hielt den Atem an. Eine Pause trat ein. John stöhnte und drehte sich schroff zur Seite. Er tastete nach ihrer Hand, fand sie und küßte sie. „O Gott, Zeal. Bitte, verzeih mir! Ich möchte dich nicht unglücklich machen.“

Zeal entzog ihm ihre Hand.

„Ich kann nicht glauben, daß Ihr wirklich einen Beschützer gegen Harry und meine Tante braucht“, sagte er. „Aber ich werde tun, was ich kann, solange ich noch hier bin.“

„Danke“, erwiderte sie mit dünnem Stimmchen.

„Der Tau fällt. Wir sollten ins Haus zurückgehen.“

„Das denke ich auch“, gab sie zur Antwort – und blieb sitzen.

„Soll ich Euch zurückbegleiten?“

Sie stand auf und drückte das Kätzchen mit einer Hand an ihre Brust. Mit der anderen strich sie ihr Nachthemd glatt. „Ich wünschte, Ihr hättet mich vorhin geküßt.“

„Ihr tätet besser daran, mit Harry zu üben“, riet John mit heiserer Stimme. Je eher er vom Gut verschwand, desto besser. Es war nicht nötig, auf Malise zu warten, bis der ihm einen Schubs gab. Er ließ Zeal stumm am Fuß der großen Treppe stehen und ging in den Garten. Ich bin eine Gefahr für sie und mich selbst. Und für Harry.

John war so erleichtert wie Zeal unglücklich, als am folgenden Nachmittag ein berittener Bote eintraf. John sollte in einer Woche im Londoner Stadthaus von Sir George Tupper, Direktor und Gesellschafter der Südjavanischen Kompanie, zum Abendessen erscheinen.

„ICH WUSSTE nicht, daß du hier bist!" rief Harry. „Was machst du hier? Warum bist du nicht in Hawkridge House?"

„Sir George hat mich eingeladen", gab John seinem Vetter zur Antwort.

„Wo wohnst du?"

„Hier."

„In diesem Haus? Hat Sir George . . .?" Harry fing sich allmählich. „Welche Ehre für unsere Familie."

„Dein Vetter vom Land wird sein Bestes tun, dir keine Schande zu machen", versetzte John. Armer Harry. Hauptsächlich seines Vetters wegen hatte er sein Haar gebändigt, seinen Bart gestutzt und sich in ein Gewand aus meergrüner Seide mit rosarotem Seidenfutter gezwängt.

„Oh, du siehst sehr gut aus, John, mach dir keine Sorgen. Aber du solltest Handschuhe tragen. Deine Hände sind viel zu braun für einen Londoner Gentleman."

Die Stimmen von Sir Georges Gästen umgaben sie wie das Plätschern eines Flusses. In der abendlichen Dunkelheit war der Garten, in dem sie standen, von Fackeln taghell erleuchtet.

Kein richtiger Garten, dachte John. Mehr ein Lusthof. Zuviel Stein.

Die Ecken der Wege und französischen Rabatten waren mit sternförmigen Steinplatten und goldenen, mit ebenfalls vergoldeten Holzfischen gesprenkelten Netzen markiert. Käfige mit Finken und Lerchen hingen an Stangen. Halb verdeckt hinter einer heruntergelassenen Bühnenleinwand stand ein Karren, der einen riesigen Käfig trug. Hinter dessen Gitterstäben warteten drei Frauen, nur bekleidet mit Perlschnüren und Phönixfedern.

„Die Schausteller", erklärte Harry. „Es ist heutzutage in London nichts Besonderes, daß Frauen in Privathäusern auftreten. Aber nur ganz besondere Frauen. Die Musik, die später erklingen wird, würde Dr. Bowler vor Neid erblassen lassen. Richtige Musik von Notenblättern . . ., nicht diese frommen Kirchenliedchen und bäuerlichen Schrammelweisen!"

Die größte Viola leitete eine Pavane ein, in die der Rest des Quartetts einfiel.

„Und jetzt wird getanzt!" freute sich Harry. „Bitte entschuldige mich." Er stürzte davon.

John zog sich in den Schatten einer Eibenhecke zurück, von wo aus er nachdenklich die Bemühungen seines Vetters verfolgte, eine Partnerin für die Pavane zu ergattern. Sir George führte eine der adeligen Najaden zum Tanz.

„Schöner Fremder mit den finster gerunzelten schwarzen Brauen, wollt Ihr mit mir tanzen?"

Überrascht wandte John sich um. Die Frau trug ein antikes Kostüm. Er verneigte sich. „John Graffham, Madam."

„Und ich bin Allegoria." Eine kühle Hand glitt in die seine. „Warum habt Ihr Euch nicht schon früher in London blicken lassen?"

Über ihre Schulter hinweg erblickte John Edward Malise. Und in derselben Sekunde sah Malise ihn. Der nächste Dreivierteltakt trug sie aneinander vorbei und außer Sicht.

„Gebt acht!" beschwerte sich Allegoria. „Ich trage Sandalen!"

„Verzeiht, Madam", erwiderte John mit trockenem Mund. „Ich bin aus dem Takt gekommen."

Als er und Allegoria sich am Ende der Terrasse drehten, war Malise verschwunden. Narr! Du hättest dich sofort bei deiner Ankunft in London nach ihm erkundigen sollen, rügte John sich selbst. Sobald der Tanz zu Ende war, würde er sich bei Sir George entschuldigen und verschwinden. Malise war bestimmt seine Männer holen gegangen.

Als die Pavane beendet war, wurde Allegoria von einem hochgewachsenen Mann in Blaßblau und Gold entführt.

Harry tauchte wieder auf. Er tupfte sich die Wangen mit einem spitzenumsäumten Taschentuch.

„Sir Harry Beester! Mr. Graffham. Willkommen, Ihr zwei", begrüßte Sir George die Vettern. „Sir Harry, meine Gattin brennt darauf zu erfahren, wie Eure junge Frau sich in das Landleben schickt. Würdet Ihr wohl so freundlich sein, sie nicht länger auf die Folter zu spannen?"

Harry schwankte zwischen der Empfindung, sich durch Lady Tuppers Interesse geschmeichelt zu fühlen, und dem starken Verdacht, daß man sich ihn auf elegante Weise vom Hals schaffte. Während er sich in Richtung Lady Tupper zurückzog, schaute er sich zweimal nach seinem Vetter um, der immer noch an Sir Georges Seite stand.

„Hinein!" befahl Sir George und schob John ins Haus. „Fort aus diesem Getöse . . . Es gibt da jemanden, der Euch kennenlernen möchte. Er ist heute abend sogar eigens zu diesem Zweck gekommen. Danke, daß Ihr Euch auf eine so knappe Nachricht hin von Hampshire herbemüht habt. Aber ich glaube, was mein Gast und ich zu sagen haben, dürfte Euch interessieren."

Von entgegengesetzten Ecken der Terrasse aus beobachteten Harry und Edward Malise, wie John das Fest verließ, Sir Georges Arm um die Schultern.

Der Fremde, der in Sir Georges Empfangszimmer Platz genommen hatte, hielt John seine langgliedrige, elegante Hand entgegen. „Mallender", stellte er sich vor. „Ihr müßt Mr. Graffham sein. Bitte, setzt Euch. Und Ihr auch, Sir George."

Ein Diener schenkte drei Gläser Rotwein ein und zog sich zurück.

„Ihr habt in den Niederlanden gute Arbeit geleistet, wie ich höre", wandte sich Lord Mallender an John. „Wir möchten, daß Ihr Euch noch einmal dorthin begebt."

Ungläubig blickte John von Tupper zu Lord Mallender. Er rechnete immer noch halbwegs damit, verhaftet zu werden. „Weshalb, Mylord?"

Lord Mallender nippte wortlos an seinem Weinglas.

„Ihr habt Hazelton gegenüber verlauten lassen, daß die Tulpenpreise bei Eurer Abreise immer noch im Steigen begriffen waren", erklärte Sir George. „Nach meiner Erfahrung entwickeln sich diese Dinge nach einem bestimmten Muster. Die Hysterie nimmt zu, es kommt zu einer Börsenkrise. Die Preise fallen. Die beste Zeit für Investitionen ist die Phase, kurz bevor die Krise einsetzt. Und das ist jetzt der Fall."

„Ihr seid möglicherweise schon zu spät dran", wandte John ein. „Als ich Holland verließ, versuchten die Regenten bereits, den Markt durch eine strengere Gesetzgebung in den Griff zu bekommen. Manche beachten die Gesetze, manche nicht. Es gibt kein erkennbares Muster, auf das man bauen könnte. Täglich kursieren neue Gerüchte."

„Geht nach Amsterdam und findet heraus, wohin das Stimmungsbarometer der Spekulanten ausschlägt", erklärte Tupper.

„Sprecht Ihr im Namen der Kompanie, Sir?" fragte John. „Diesmal besteht doch keine absolute Notlage, oder?"

„Die Armee des Königs im Norden braucht weiterhin Verpflegung", erwiderte Lord Mallender. „Und England braucht immer noch mehr Schiffe."

John starrte ins Feuer. Schon wieder des Königs Armee. Wie komme ich dazu, mir solche Vorschläge anzuhören?

„Ich bin befugt, vierzigtausend Pfund zu investieren", eröffnete Lord Mallender.

„Das ist eine schreckliche Bürde für einen schlichten Landmann."

Lord Mallender quittierte Johns Bescheidenheit mit einer ungeduldigen Handbewegung. „Sir George ist recht offen zu mir gewesen, was die einstigen Probleme der Südjavanischen Kompanie betrifft. Ihr habt eine heikle Aufgabe auf beeindruckende Weise bewältigt."

„Darf ich mir Bedenkzeit ausbedingen, Sir? Ich hätte gern ein bißchen Zeit, um die Angelegenheiten auf dem Landsitz meines Vetters zu regeln."

„Eine Woche." Lord Mallender erhob sich abrupt. John und Sir George sprangen auf. „Sir George, Ihr werdet ein zweites Treffen in die Wege leiten, sobald Mr. Graffham die Schweine und Schafe seines Vetters versorgt hat."

„Bleibt noch einen Moment", forderte Sir George John auf, als Lord Mallender gegangen war. „Ich kann mir vorstellen, daß Euch der Kopf schwirrt, aber ich möchte Euch noch mehr auftragen."

„Jetzt kann mich nichts mehr überraschen."

„Ihr könnt verlangen, was Ihr wollt."

„Worauf wollt Ihr hinaus, Sir?"

„Ihr könntet Euch ein eigenes Anwesen kaufen, statt Sir Harrys Vermögen zu vergrößern. Warum solltet Ihr auf einen Platz in der Südjavanischen Kompanie verzichten?"

Lange Zeit saß John schweigend da. „Ist mein Vetter darüber informiert, was Ihr mir antragt?"

„Er war dabei, als wir beratschlagten, ob wir erneut investieren sollten. Wenn die Zeit gekommen ist, wird er seine rechtmäßige Stimme haben, Euch zu wählen."

„Und Malise? Ist er Teilhaber bei diesem Geschäft?"

Sir George schüttelte den Kopf. „Er hielt sich im Ausland auf, als wir es planten. Wie Ihr wißt, investieren die Gesellschafter von Unternehmen zu Unternehmen. Ich glaube nicht, daß Hazelton Malise erlaubt hätte, sich an diesem zu beteiligen."

„Ich versprach ihm eine Beichte, bevor ich weitere Aufträge für die Kompanie übernehmen würde. Danach ändert Ihr womöglich beide Eure Meinung."

„Dann werdet Ihr morgen Eure Beichte vor Hazelton ablegen."

„Ich hatte gehofft, auf der Stelle nach Hawkridge reiten zu können . . ."

„Heute abend? Seid kein Narr! Immer schön eins nach dem anderen. Ihr bleibt hier. Morgen werden wir erst mit Samuel frühstücken, und anschließend werdet Ihr Eure Beichte ablegen. Dann schicke ich Euch auf einem meiner Schiffe den Fluß hinauf. Und nun kommt wieder nach draußen."

John lehnte an der steinernen Balustrade über der Themse, im entlegensten Winkel der Terrasse, und versuchte sein seelisches Gleichgewicht wiederzuerlangen.

Bitte um einen Platz in der Südjavanischen Kompanie. Geld, um dir deinen eigenen Landsitz kaufen zu können. Eine Begnadigung für

Francis Malises Tod, erteilt von einem dankbaren König. Warum nicht? Und wenn ich nach Amsterdam zurückkehre, überlegte John, kann ich Mareike wiedersehen.

Ein Schatten lehnte sich neben ihm an die Balustrade. „Nun, da Ihr die Kastanien für die Kompanie aus dem Feuer geholt habt, verlange ich, was Ihr mir schuldet", ließ sich Malise vernehmen.

John wandte sich zum Gehen.

„Ein Büttel wartet vor dem Tor. Es wäre überaus gütig von Euch, wenn Ihr Euch nach draußen verfügen wolltet, statt Euren Gastgeber dadurch in Verlegenheit zu bringen, daß Ihr Euch inmitten seiner Gäste arretieren laßt."

Malise stand ganz nahe bei ihm. Johns Hand glitt zu seinem Dolch.

„Hinter Euch steht ein Bewaffneter. Wie ich Euch schon einmal sagte, ziehe ich es vor, Euch hängen zu sehen. Aber falls ich dazu gezwungen wäre, könnte ich mein Vergnügen beschleunigen. Gehen wir."

„Laßt mich Sir George eine gute Nacht wünschen", forderte John.

Malise zögerte.

„Da drüben ist er." John drehte sich zu dem Mann hinter ihm um. „Mit Eurer Erlaubnis . . ." Er glitt durch die Menge auf Sir George zu, Malises Mann dicht auf den Fersen. „Sir George, ich bin gekommen, um Lebewohl zu sagen. Master Malise bestürmt mich heftig, heute nacht eine andere Unterkunft zu nehmen."

Tupper sah John erst verblüfft, dann verärgert an. „Einen Augenblick, meine Herren. Nicht so hastig. Entschuldigt mich, meine Lieben . . ." Er löste sich aus einem Knäuel von Gästen in bunten Seidengewändern.

„Sir George", erklärte Malise, „laßt uns hineingehen. Ich erkläre es Euch am besten unter vier Augen." Zum zweitenmal an diesem Abend fand sich John in Sir Georges Empfangszimmer wieder. „Ich werde diesen Mann wegen Mordes verhaften lassen", erklärte Malise.

„Tatsächlich? Wer ist denn ermordet worden? Einer meiner Gäste? Das will ich doch nicht hoffen."

„John Nightingale, die vergangenen Jahre unter dem Namen John Graffham bekannt, hat meinen Bruder Francis getötet, in den Amtsräumen der Südjavanischen Kompanie. Mindestens zwei Eurer heutigen Gäste waren Zeugen des Mordes."

„Ich entsinne mich, jetzt, da Ihr es erwähnt. Obwohl ich damals nicht dabei war. Wie viele Jahre ist das her?"

„Elf", gab John resigniert zur Antwort. „Das wäre meine Beichte vor Hazelton gewesen."

Tupper nickte. „Dann seid Ihr also jener Neffe des alten Beester, der mit all den Katholiken und Schuldnern und was sonst noch ins Ausland geflohen sein soll. Der Junge, der alle diese Anschuldigungen vorgebracht hat ..." Tupper schaute Malise an. „Ich erinnere mich auch noch zufällig, daß Sir James Balkwell ihm glaubte."

„Seine Anschuldigungen waren verrückt ..., völlig haltlos", ereiferte sich Malise.

„Jedes einzelne Wort ist wahr", entgegnete John grimmig.

„Eine höhere Gewalt als meine bescheidene Person muß in dieser Angelegenheit entscheiden", sagte Tupper. „Geh und hol Lord Mallender!" befahl er Malises Mann. „Sofort!"

„Es gibt nicht den geringsten Anhaltspunkt dafür, daß mein Bruder und ich uns in der Nähe der Kutsche aufhielten, als sie verbrannte!" Malise konnte sich kaum beherrschen, selbst vor Lord Mallender nicht. „Zu dem Zeitpunkt, zu dem wir nach Nightingales haltloser Behauptung seine Eltern ermordet haben sollen, waren wir nicht einmal in England. Die flämischen Soldlisten werden das beweisen. Zwanzig ehrenwerte Männer haben gesehen, wie er meinen Bruder getötet hat!"

Lord Mallender musterte John. „Ein ungelöster Fall. Eindeutige Schuld auf der einen Seite, ein möglicher Grund für einen Gnadenerlaß auf der anderen. Oder war es am Ende doch ein Unglücksfall?" Er wandte sich an Malise. „Könnt Ihr Euch in Geduld üben?"

„Mylord, ich habe mich elf Jahre lang in Geduld geübt! Aber ich werde mich bemühen, mich weiterhin zu gedulden, solange Ihr mir versprecht, daß es irgendwann zu einem Prozeß kommen wird."

„Werdet nicht anmaßend, Sir!" Lord Mallenders Stimme war eisig.

Wieder wurde John Zeuge, wie sich Malise unter den Qualen der Selbstbeherrschung verkrampfte. „Ich werde mich Eurem Entschluß beugen, Mylord."

„Ausgezeichnet. Und glaubt bitte nicht, daß es Euch etwas einbringen würde, Euren Fall in der Zwischenzeit einer höheren Autorität vorzutragen - auf französisch."

„Das würde ich mir nie erlauben."

„Ausgezeichnet", wiederholte Lord Mallender. „Guten Abend, Sir. Und nun zu unserem Galgenvogel", fuhr er an John gewandt fort, nachdem Malise und dessen Begleiter das Gemach verlassen hatten. „Seid Ihr schuldig?"

„Ja, Mylord."

Lord Mallender seufzte. „Ich kann es nicht durchgehen lassen, daß

Ihr das Gesetz in die eigenen Hände genommen habt. Und wir wären schön dumm, würden wir Euch mit vierzigtausend Pfund aus dem Kronschatz ins Ausland schicken. Einen Mann, der möglicherweise nichts sehnlicher wünscht, als unterzutauchen und ein neues Leben zu beginnen."

„Und ich wäre schön dumm, würde ich diese Chance nicht ergreifen", gab John zu bedenken. „Welchen Weg weist Ihr uns also, Mylord?"

„Den Weg zu einer Berufung vor der höchsten aller Gewalten, Seiner Majestät König Charles."

„Ihr werdet Euch für eine Begnadigung verwenden?" erkundigte sich Sir George.

„Wie sonst könnten wir Mr. Nightingale ohne Bedenken erneut nach Amsterdam schicken? Ihr werdet Euren Gnadenerlaß bekommen, Nightingale – vorausgesetzt, ich kann den König tatsächlich überzeugen –, wenn Ihr mit dem auf wundersame Weise vermehrten Geld zurückkehrt."

„Selbstverständlich, Mylord", stieß John aus zugeschnürter Kehle hervor. Er verbeugte sich, als Lord Mallender das Zimmer verließ. Ich könnte wieder Anspruch auf Tarleton Court erheben, dessen Herr ich mein halbes Leben lang gewesen bin, freute sich John im stillen.

Sir George unterbrach Johns Gedanken. „Ich werde Hazelton morgen früh Eure Beichte übermitteln. Ihr müßt London auf der Stelle verlassen. Ich werde Euch bis Windsor zwei bewaffnete Knechte mit auf den Weg geben für den Fall, daß Malises Ungeduld sich als stärker erweist als sein gesunder Menschenverstand. Und ich möchte, daß einer meiner Leute Euch nach Amsterdam begleitet. Ein Mann als Rückendeckung ist nicht genug."

„Weiß Malise, daß ich gehe?"

„Höchstwahrscheinlich noch nicht. Aber er wird es rasch herausfinden."

„WAS MACHST du denn da?" Harry stand in der Tür zu Johns Gastzimmer im Haus von Sir George. „Du hast den Gesang verpaßt."

„Ich packe, um nach Hawkridge zu fahren", erwiderte John. „Für eine Woche. Dann reise ich wieder nach Amsterdam."

„Sir George hat dich also gefragt. Vielleicht sollte ich mitkommen", sinnierte Harry.

„Wie du willst. Aber wirst du all deine Londoner Wunder nicht vermissen?"

Wenn John ihn angefleht hätte, mit nach Hawkridge House zu

kommen, hätte Harry irgendwelche Entschuldigungen vorgebracht und wäre in London geblieben. Doch nun gelangte er zu der Einsicht, daß es lebensnotwendig für ihn sei, John zu begleiten.

Um zwei Uhr am selben Morgen verließen sie London themseaufwärts auf einem von Sir Georges Schiffen. Die Pferde hatten sie an Bord. Abgesehen von Arthur und Harrys beiden Männern begleiteten zwei Waffenknechte von Sir George die Vettern bis Windsor.

John teilte Zeal zwei Tage später im Knotengarten mit, daß er erneut nach Amsterdam reisen würde.

Zeal erbleichte. „Zurück zu Euren Alchimisten?“ flüsterte sie. „O John, nehmt Euch vor ihren Zaubertricks in acht!“

„Ich habe nichts zu befürchten.“

In dieser Nacht wurde John von Schreien geweckt. Schwach und dünn, doch sie hörten nicht auf. Mit einem Ruck zerrte er die Bettvorhänge zurück. Da schrie eine Frau!

John schwang sich aus dem Bett, stieß das nächste Fenster auf und lauschte. Die Schreie kamen nicht von draußen, sondern aus dem Innern des Hauses. John streifte seinen Morgenmantel über, sprang über Arthur hinweg, der auf einem Rollbett im angrenzenden Ankleideraum lag, und stürmte auf die obere Treppengalerie. Arthur war aufgewacht und folgte John mit gezücktem Dolch auf den Treppenabsatz. Ein ängstliches Gesicht tauchte in der Eingangshalle am Fuß der Treppe auf. Mistreß Margaret war bereits da, zusammen mit Pris, ihrem Mädchen. „John!“ rief Tante Margaret. „Harry bringt sie um!“

In Zeals Vorzimmer stand Rachel, in Tränen aufgelöst. „Er will die Tür nicht aufmachen!“ jammerte sie. „Was tut er nur?“

Die Tür zu Zeals Schlafgemach war von innen verriegelt. John hämmerte mit den Fäusten dagegen. Die Schreie verstummten.

„Verschwinde!“ brüllte Harrys Stimme im Inneren des Zimmers.

„Mylady?“ rief John. „Ist alles in Ordnung?“

Stille.

„Geh wieder zu Bett!“ erklang Harrys Stimme. „Das hier geht dich nichts an, verflucht noch mal!“

„Geht fort.“ Nach Harrys Gebrüll klang Zeals Stimme sehr leise. „Bitte!“

John drehte sich um. „Ein Ehestreit, wie's aussieht“, stellte er mit ruhiger Stimme fest. „Zurück ins Bett!“

Rachel ließ sich wieder auf ihrem Feldbett nieder und starrte noch immer verängstigt auf die verriegelte Tür. Arthur entschuldigte sich mit Gemurmel und Verbeugungen.

„Geh wieder ins Bett, Pris!“ befahl Tante Margaret ihrem Mädchen. „Wie wär's mit einem Krug Ale, John?“

„Nein danke“, lehnte John geistesabwesend ab. Zeal hatte nicht zum Spaß so geschrien.

„Ich hab dir ja gesagt, daß sie von so etwas nichts weiß“, erklärte Tante Margaret, die von „so etwas“ noch weniger wußte. „Armes Ding.“

Als John am Morgen zum Frühstück – Ale und Brot – erschien, nachdem er die Stallungen inspiziert hatte, war weder von Harry noch von Lady Beester etwas zu sehen.

„Beide haben heute morgen auf ihren Zimmern gefrühstückt“, erklärte Tante Margaret. „Jeder für sich.“

John ging in sein Arbeitszimmer, wo er versuchte, in seinen Büchern zu lesen. Wenig später überquerte Harry den Vorhof in Richtung Stallungen, in Reitkleidung, gesenkten Haupts und schnellen Schritts, erteilte einem Pferdeknecht die Anweisung, seinen braunen Wallach zu satteln, und verschwand um die Ecke des Ostflügels.

Kurz vor dem Mittagsläuten steckte Tante Margaret ihren Kopf durch die Tür des Arbeitszimmers. „Rachel kann Ihre Ladyschaft nirgends finden“, sagte sie. „Sie ist nicht zufällig hier bei dir gewesen?“

John verneinte kopfschüttelnd. Er wünschte, Zeal wäre dagewesen. Sie ist bestimmt im Obstgarten, dachte er und erhob sich.

Er spähte in das dichte, üppige Blattwerk und zu den grünen, noch unreifen Äpfeln hinauf und rief Zeals Namen. Doch sie hockte nirgendwo im Geäst. John stieg auf den Hügelkamm und suchte das Haselnußbaumdickicht ab. Allmählich machte er sich Sorgen. Er stapfte den Buchensteilhang zum Baum der Herrin hinauf. Dann lief er den kürzesten Weg bergab und durch den Küchengarten zu den Ställen, suchte Zeals kleine Gestalt auf den Wegen zwischen Salatköpfen und Zwiebeln. Keine der Unkrautjäterinnen hatte Zeal an diesem Morgen gesehen.

Zeals Stute mampfte friedlich in ihrer Box. Weder die Pferdeknechte noch die Stalljungen hatten Lady Beester zu Gesicht bekommen. John eilte zur *basse-cour*, um nachzusehen, ob Zeal Cassie und ihren Welpen im Hundezwinger einen Besuch abstattete. Doch sie war nirgends zu erblicken.

Mittlerweile in Angst und Schrecken versetzt, begab sich John zur anderen Seite der Weiher und folgte dem Tal des Shir hinab bis zur Mühle. Als er über den Trampelpfad, der dem Verlauf des Mühlkanals folgte, wieder zum Herrenhaus hinaufging, blickte er zu den hurtigen grünen Wasserwirbeln am Ufer hinunter.

Beinahe wäre er an ihr vorbeigelaufen. Sie saß mit dem Rücken zum Pfad, die Arme fest um die Röcke geschlungen, die sich um ihre angezogenen Beine bauschten. Das Kinn zwischen den Knien vergraben, starrte sie auf die Holzpfähle, die John in die Erde hatte treiben lassen, um die abbröckelnde Böschung abzustützen. John hockte sich neben ihr nieder. Zeal schloß die Augen. Ihr Gesicht und ihre Augen waren rot und geschwollen.

„Seid unbesorgt, Mr. Graffham", sagte sie nach langem Schweigen mit belegter Stimme. „Mir geht's bald wieder besser." Sie wandte den Kopf zur Seite. „Seht mich nicht an, bitte, sonst fühle ich mich noch elender! Ich werde mich umbringen. Dann kann Harry sich eine andere Frau suchen, und alles wird gut. Nein, ich bring mich doch nicht um", änderte sie plötzlich ihre Meinung. „Ich werde ewig leben und mich auf diese Weise an Harry rächen! Er hat sein Versprechen gebrochen! Bitte, geht jetzt. Ich muß über so vieles nachdenken."

„Ich möchte Euch hier nicht allein lassen."

„Ich verspreche, daß ich mich nicht umbringen werde", erklärte sie. „Und ich breche meine Versprechen nicht."

„Versprecht Ihr mir, zum Abendgottesdienst zu kommen?"

Sie schloß die Augen und nickte. „Versprochen."

Als John über den Pfad am Ufer der Weiher zum Haus zurückging, zitterten ihm die Beine.

Harry schoß ihm einen feindseligen Blick aus rotgeränderten Augen zu, als sie in der Halle aneinander vorbeigingen. Er roch nach Pferd und Ale. Den ganzen Tag hatte er sich auf dem Gut nicht blicken lassen. „Na, hat sie sich an deiner Schulter ausgeheult?" fragte er. „Ich habe nichts getan, was nicht mein gutes Recht wäre!"

„Du hast ihr Gewalt angetan!"

„Ich bin ihr Ehemann!"

„Ich dachte, du hättest ihr versprochen, sie nicht zu bedrängen, bis sie bereit sei", hakte John nach.

„Ich werde sie durchprügeln!" rief Harry zornig. „So wie vergangene Nacht lasse ich mich nie mehr demütigen! Das ganze Gut hat hinter vorgehaltener Hand gekichert. Ich werde sie lehren, daß ich der Herr im Hause bin! Wenn sie heute nacht wieder schreien sollte, dann sag den Leuten, warum sie's tut!"

John packte Harry an den Rockschößen. „Rühr sie nicht noch einmal an!" Er hob Harry in die Höhe und schleuderte ihn gegen die Wand.

Harry taumelte und fand das Gleichgewicht wieder. Sekundenlang starrten sie einander an.

„Es tut mir leid, Vetter“, sagte John ruhig. „Ich wollte dich nicht verletzen. Ich dulde es nur einfach nicht, daß du diesem Kind noch mehr weh tust.“

„Soll ich dir den wahren Grund dafür nennen, warum ich gestern nacht zu meinem Eheweib ins Bett gestiegen bin? Ich mußte mich vor dir schützen! Eine Ehe, die nur auf dem Papier besteht, ist auch nur ein Fetzen Papier, wie du sehr wohl weißt. Glaubst du, ich hätte nicht gemerkt, wie du dir die Gunst meiner Gemahlin erschlichen hast? Glaubst du, ich könnte mir nicht vorstellen, wie gelegen ihr Vermögen einem Mann käme, der nichts besitzt? Einem Mann wie dir ... Dann könntest du England verlassen und wieder jemand werden. Du könntest dir irgendwo, wo du kein entflohener Verbrecher bist, ein neues Leben aufbauen. Es wäre so einfach ... Ein paar juristische Formalitäten. Und dann lebe wohl, Gemahl Harry. Und Gott zum Gruße, Gemahl John!“

John starrte seinen Vetter an. „Leb wohl, Harry. Ich verlasse Hawkridge House sofort, nicht erst in fünf Tagen, und ich werde nicht aus Amsterdam zurückkehren. Und keine Sorge – ich hinterlasse dir alles in einwandfreiem Zustand.“

„Du gehst für immer?“

„Ja. Ich will nie wieder in Versuchung kommen, dich zu töten.“

Arthur war über die Neuigkeit, daß sie am nächsten Morgen nach London aufbrechen würden, weniger erfreut, als John erwartet hatte. „Es ist Rachel“, erklärte er. „Sie denkt, ich ginge ihr aus dem Weg.“

„Und? Tust du das?“

„Ganz im Gegenteil. Aber es braucht seine Zeit.“

„Geh zu Rachel“, trug John ihm auf. „Sag ihr, sie soll ihre Herrin bitten, mir in der Halle ein Gespräch zu gewähren.“

Wenig später betrat Zeal die Halle.

„Zeal, ich muß Euch etwas sagen, das mir nicht leichtfällt. Kommt Ihr mit in mein Arbeitszimmer, damit wir reden können?“

Sie folgte John zum Gutskontor am Ende des Ostflügels und blieb im Zimmer stehen.

John öffnete seine Kabinettschränke und zog eine Schublade nach der anderen auf, damit Zeal sehen konnte, was darin lag. Eier, Muscheln, Vogelschnäbel, ein versteinerter Fisch. Aus seinen Büchertruhen holte er Folianten hervor – Plinius, Cato und Columella – und breitete sie vor Zeal auf dem Tisch aus. „Hier seht Ihr soviel von der großen weiten Welt, wie in die bescheidenen Grenzen von Hawkridge hineinpaßt. Ich gebe alles an Euch weiter.“

„Was ist das für eine Sache, die Ihr mir so ungern mitteilt?“

„Ich muß morgen fort.“

„Warum? Ist es wegen der Szene, die ich vergangene Nacht gemacht habe? Bitte! Ich will nicht, daß Ihr meinetwegen fortmüßt!“

Er schüttelte den Kopf. „Ihr tragt nicht die geringste Schuld daran. Ich muß mich nur früher, als ich dachte, auf meine Reise nach Amsterdam vorbereiten . . ., mich zuvor mit einigen Herren in London treffen . . . Aber das ist nicht allein der Grund. Eine Tat, die ich mit vierzehn beging, hat mich eingeholt und fordert Vergeltung. Schon als ich zum erstenmal nach Amsterdam fuhr, wollte ich nie mehr hierher zurückkommen. Diese Rückkehr war ein Geschenk. Jetzt habe ich die Gelegenheit, meine Vergangenheit in Ordnung zu bringen. Falls es mir gelingt, muß ich ein neues, eigenes Leben beginnen, nicht ein Leben als Harrys Vetter. Ich hätte es nicht ertragen, Euch zu verlassen, ohne Euch die Wahrheit gesagt zu haben.“

„Möchtet Ihr Hawkridge verlassen?“

„Ich möchte das nicht verlassen, was es mir die vergangenen elf Jahre über bedeutet hat . . .“

„Doch jetzt ist es Harrys Hawkridge geworden.“

„Auch Euch möchte ich nicht verlassen, zumal noch so viel zu tun ist und Ihr noch so viel zu lernen habt.“

„Aber Ihr müßt fortgehen.“

„Ich bringe es nur deshalb über mich, weil ich das Gut in Euren Händen lasse“, gestand John. „Ich habe Hawkridge mehr als alles andere geliebt, und Ihr könnt es verstehen. Ich wollte Euch heute abend bitten, das Gut an meiner Statt zu lieben und zu hüten. Nehmt meinen Platz ein.“

„Glaubt Ihr, ich kann das?“ Sie wandte sich ab. Ein langes Schweigen folgte. Dann vernahm John ein schwaches Piepsen.

„Ist alles in Ordnung?“ fragte er, ging um den Tisch und umarmte sie sanft. Sie legte den Kopf an seine Brust. Es war schön, Zeal in den Armen zu halten.

„Ich danke Euch“, sagte sie. „Für die Bücher und all diese *mirabilia* . . . Ich werde sie sämtlich studieren.“

„Macht Euch Notizen“, riet er ihr. „Führt ein Tagebuch, was Ihr auf dem Gut macht und wann. Ihr werdet sehen, daß es von einem Jahr zum anderen hilfreich ist. Die Aufzeichnungen der vergangenen elf Jahre liegen in der Truhe dort.“

„Meint Ihr wirklich, ich könnte es schaffen?“ wollte sie wissen.

„Zeal Beester kann alles schaffen, was sie sich vornimmt.“

„Darf sie Euch einen Abschiedskuß geben?“

„Sie darf alles."

Sie lehnte sich an ihn und hielt ihm ihr Gesicht hin. Er küßte sie so behutsam, wie er einen Setzling oder ein frisch geschlüpftes Küken in die Hand genommen hätte. Ihr Mund war warm und weich. Er sog den Duft ihrer Haut ein.

Sie trat zurück. „Werdet Ihr mich wissen lassen, wo Ihr Euer neues Leben beginnt, falls es Euch gelingt, Eure Vergangenheit in Ordnung zu bringen?" fragte sie.

„Natürlich. Vielleicht werde ich sogar Euer Nachbar."

„Und was ist, wenn ich Euch brieflich eine Frage über das Gut stellen muß? Kann ich Euch nach Amsterdam schreiben?"

Die Idee gefiel ihm, denn sie ließ ihren Abschied weniger endgültig erscheinen. Er suchte auf dem Tisch nach einem Stück Papier und seinem Federkiel und schrieb Justus Coymans' Namen sowie seine Adresse auf. Als er Zeal den Zettel überreichte, sagte sie: „Jetzt werdet Ihr Euch nicht einfach in Luft auflösen."

VIII

„Mareike!" brüllte Coymans ins Treppenhaus hinauf. „Dein Engländer ist zurück!" Er wandte sich zu dem Mädchen um, das John hereingelassen hatte. „Geh und sag's ihr."

Das Mädchen raffte seine Röcke und flitzte die ächzende Holztreppe hinauf, um seine Herrin zu holen.

Coymans schlang einen Arm um Johns Schultern und bugsierte ihn hinüber ins Musikzimmer. „Hab ich nicht gleich gesagt, daß Ihr zurückkehrt?" fragte er. „Und ich wette, Ihr seid reicher als beim erstenmal." Der scharfe Blick aus kalten Augen glitt an Johns Gestalt hinunter und wieder hinauf. „Auf jeden Fall besser gekleidet. Setzt Euch, mein englischer Freund. Setzt Euch!" Er selbst blieb stehen und musterte John, die Hände in die Hüften gestemmt. „Ihr seid wegen Tulpen und wegen meiner Schwester zurückgekommen, nicht wahr?"

„Ihr habt recht."

„Tja, Ihr habt Euch eine aufregende Zeit ausgesucht!"

„Inwiefern?"

Coymans wanderte ruhelos durchs Zimmer. „Der Markt führt Hochwasser. Ein Nichtschwimmer könnte ertrinken."

„Außer natürlich, er hätte Euch, der ihn auffischt und über Wasser hält", erwiderte John.

„Diese lästigen Regenten sind entschlossen, mit Gesetzen gegen die menschliche Fähigkeit vorzugehen, sich zum Narren zu machen." Coymans schnaubte verächtlich.

„Kann man denn noch Geschäfte machen?"

„‚Man' kann alles, was ‚man' will", erklärte Coymans. „Gesetze hin, Gesetze her, ‚man' muß nur gleichgesinnte Kollegen finden."

„Die ebenfalls willens sind, das Gesetz zu brechen?"

„Das potentielle Gesetz", berichtigte ihn Coymans. „Die meisten dieser sogenannten Gesetze verziehen sich wie Morgennebel. Selbst die Gesetzgeber wissen von heute auf morgen nicht mehr, was sie eigentlich getan haben. Alles, was sie damit erreicht haben, ist, Unruhe und damit Instabilität in den Markt zu bringen. Weil die Regenten sich zutrauen, in einer Angelegenheit zu intervenieren, die sie nicht richtig durchschauen, werden mehr und mehr Anleger nervös und unzuverlässig. Vor zwei Tagen zum Beispiel hat sich Spiegel geweigert, Terminwaren zu bezahlen, die er kurz nach Eurer Abfahrt gekauft hatte. Der Handel war ganz legal *in collegio* getätigt, Abwicklungsdatum und Preis vereinbart, von vorn bis hinten notariell beglaubigt worden. Dann aber fiel der Kurs jener bestimmten Tulpenzwiebel unter den Preis, den Spiegel sich zu zahlen verpflichtet hatte. Er schuldete dem Verkäufer mehr, als er durch einen Weiterverkauf hätte erlösen können. Also hat er sich auf eins dieser Phantomgesetze berufen, und der Händler ist jetzt der Dumme! Er blecht für einen Prozeß, und wir anderen müssen für seine Schwäche zahlen. Und nun sagt mir, welche Wunder Ihr diesmal von mir erwartet!"

John vernahm das Rauschen von Seidenröcken und Mareikes freudigen Aufschrei: „John!"

Er setzte zu einer Verbeugung an, doch Mareike warf sich ihm an die Brust und küßte ihn. „Ich bin ja so glücklich, daß du wieder da bist! Was für eine Überraschung!"

Über Mareikes Schulter fing John Coymans' Blick auf. Coymans schaute weg. John führte ihre Hand an die Lippen und küßte sie.

„Bleib zum Abendessen. Justus, hast du schon darauf bestanden, daß John zum Abendessen bleibt?"

Mit starken Gewissensbissen Zeal gegenüber ließ John sich kopfüber in die dunklen, verlockenden Wasser fallen.

„WIR MÜSSEN unsere Strategie ändern, um mit der Zeit zu gehen", begann Coymans, als er sich mit John nach dem Mahl in das kleine Empfangszimmer im ersten Stock zurückgezogen hatte.

John nahm die weiße Tonpfeife entgegen, die Coymans für ihn angezündet hatte. „Wie schlimm ist es? Kann man nach wie vor auf die übliche Weise Geschäfte machen – kaufen, beten und verkaufen?"

„Der Markt ist immer noch voll von Tulpenliebhabern, die glauben, daß sie weiterhin mit Gewinn verkaufen können."

„Aber?"

„Die Wahrheit ist", erklärte Coymans, „daß ich für meine Person just in diesem Augenblick Risiken vermeiden möchte. Mein Geld liegt fest, und nicht jeder Händler nimmt Gemälde als gleichwertiges Zahlungsmittel an."

„Und was sagt Euer Geruchssinn?"

„Ich soll das Fell des Bären verscherbeln, bevor ich den Bären gefangen habe."

John erstarrte. „Haben wir das nicht zuvor getan und verkauft, was wir gar nicht besaßen? Das mache ich nicht noch einmal."

„Ich auch nicht", pflichtete Coymans ihm gelassen bei, „jedenfalls nicht so, wie wir es vor einem Monat gemacht haben. Denn es ist zwar halbwegs legal, funktioniert aber kein zweitesmal. Dieses Mal müssen wir ein echtes Bärenfell haben, mit dem wir den Investoren vor der Nase herumwedeln können."

„Und wie kommen wir an dieses Bärenfell, wenn wir unser Kapital nicht riskieren, um es zu kaufen?"

„Wir leihen es uns", erwiderte Coymans triumphierend. „Überdenkt es. Für heute genug der Geschäfte. Wir reden morgen wieder darüber."

Morgen werde ich Gomez aufsuchen, dachte John. Mal sehen, was ich bei ihm über Coymans' Geschäftsgebaren in den vergangenen Wochen erfahren kann. Und ich werde mich nach anderen Händlern erkundigen.

„MEIN Vetter ist ein Idiot", erklärte Gomez, während er das in Musselin eingeschlagene Käserad hochhob. „Euch dies hier den ganzen langen Weg mitschleppen zu lassen, hierher, ins Land des Käses! Setzt Euch! Erzählt mir, wie er aussieht. Er ist dreizehn Jahre jünger als ich, müßt Ihr wissen."

John ließ sich auf einen Stuhl sinken. „Er schien sich bester Gesundheit zu erfreuen, und er sah keinen Tag jünger aus als Ihr, Sir."

„Aaah", seufzte Gomez in gespielter Verzückung. Er legte den Käse auf einen Haufen Seidentücher, die auf einem Bücherstapel lagen. „Waren Eure Auftraggeber zufrieden mit Vetter Jacov?"

„Zutiefst erleichtert."

Gomez brachte eine Flasche Ale und einen venezianischen Pokal.

„Und Ihr wohl nicht minder." Er schenkte ein und drückte John das Glas in die Hand. „Seid Ihr nach Amsterdam zurückgekommen, nur um mir Vetter Jacovs Käse zu bringen? Oder hat Euch die Spekulationslust gepackt?"

„Eher die Not."

Während Gomez nach seiner Dickmilch sowie nach Brot und Käse für seinen Gast suchte, legte John ihm dar, was auf dem Spiel stand.

Gomez nickte. „Jacov hat mir geschrieben, wie schlimm es mittlerweile um die Staatsfinanzen steht. Der Krieg mit Spanien hat Englands Mittel erschöpft, und der Frieden zahlt sich nicht aus. Ihr seid ein bedeutender Mann, mein Freund, wenn man Euch Gelder der Krone anvertraut."

„Dann ist auch Euer Vetter ein bedeutender Mann, denn meine Auftraggeber haben ihm einen Großteil des Geldes anvertraut." John holte fünf Wechsel aus einem Brustbeutel hervor, die Jacov auf fünf verschiedene holländische Namen ausgestellt hatte. „Den größten Teil des Geldes, um genau zu sein."

Gomez las die Wechsel. „Gut. Gut. Perez ist ein ehrlicher Mann. Die anderen auch. Keine Probleme in dieser Hinsicht." Er gab John die Wechsel zurück.

„Wenn das Geld sicher ist, würde ich es gern so lange wie möglich bei diesen Leuten lassen", meinte John. „Und ich möchte auch die schwere, laut klirrende Fracht, die ich wieder unter Bewachung im höchsten Zimmer von Witwe Padtbrugges Haus verstaut habe, in etwas Leichteres, Leiseres umwandeln."

Gomez grinste. „Was wollt Ihr diesmal verwandeln lassen? Teller? Kerzenleuchter? Ziselierte Rüstungen?"

„Bargeld. Fünfzehntausend Pfund, die nicht mehr rechtzeitig in jene fadenscheinigen Papierfetzen umgewandelt werden konnten."

„Dann muß es auf die Bank von Amsterdam. Ihre Kellergewölbe sind widerstandsfähiger als die Wendeltreppe der Witwe. Ihr hinterlegt das Geld dort, und nur Ihr könnt es herausholen. Es sei denn, Ihr übertragt es einem anderen Einleger."

„Wird die Bank von Amsterdam englisches Geld annehmen, das sich vermehren soll, um Soldaten und Gewehre zu kaufen?"

„Nein, aber sie wird einem ehrlichen Marranenkaufmann keine Fragen stellen. Sie bewahrt bereits Geld von mir auf."

„Das Geld wird auf Euren Namen deponiert?" In John regte sich Mißtrauen.

Gomez breitete seine dünnen, brokatumhüllten Arme in einer

Geste aus, die besagte, vertrau mir oder laß es bleiben. Du hast die Wahl.

John holte tief Luft und nickte. „Einverstanden. Gegen eine bescheidene Provision."

„Wie Ihr wünscht. Wer kann es sich schon leisten, eine Provision auszuschlagen? Investiert Ihr diesmal auch eigene Mittel?"

John trug den Plan vor, den er sich seit seiner Abreise von Hawkridge House zurechtgelegt hatte. „Ich möchte meine Provision vom letztenmal für die Frau meines Vetters anlegen, um ihre Mitgift ersetzen zu helfen, die mein Vetter beliehen und investiert hat. Solange er über ihr Geld und ihr persönliches Vermögen verfügt, hat sie keinerlei Schutz . . ."

„Und was bleibt Euch, wenn Ihr vorhabt, all Euer Geld zu verschenken?"

„Die Chance, ein früheres Leben zurückzugewinnen."

„Aaah", machte Gomez. „Habt Ihr Coymans schon getroffen?"

John nickte. „Steckt er in Schwierigkeiten?"

„Er ist nicht mehr so großspurig wie noch vor einem Monat, wie?" stichelte Gomez mit kaum verhohlener Befriedigung. „Er ist mit einem Außenstand geschlagen, den er nicht eintreiben kann. Sein letzter großer Käufer will nicht zahlen. Es geht um eine sehr große Anzahl von Tulpenzwiebeln. Er hat einen lächerlich hohen Papierpreis für Zwiebeln herausgeschlagen, die er noch gar nicht gekauft hatte. Fünf Tage später verpflichtete er sich selbst zum Kauf, alles fein säuberlich notariell beglaubigt – und dann ließ ihn sein Käufer, Spiegel, wissen, daß er so viele Zwiebeln zu einem so lächerlich hohen Preis nicht zu kaufen gedenke."

„Spiegel weigert sich, Coymans zu bezahlen?" fragte John ungläubig. „Dann ist es also Coymans selbst, der den Prozeß angestrengt hat?"

Gomez zuckte die Achseln. „Was blieb ihm anderes übrig? Er muß für all diese Zwiebeln geradestehen, auch wenn Spiegel sie nicht mehr will. Er hat als Händler einen Ruf zu verlieren."

„Es tut mir leid, das hören zu müssen."

„Mir tut es nicht im mindesten leid", meinte Gomez. „Es bestärkt meinen Glauben an die göttliche Vergeltung."

„Ihr habt mich mißverstanden", stellte John richtig. „Es tut mir leid, weil Coymans mich angelogen hat. Ich hielt seine Abgefeimtheit für konsequent. Wie sehr muß ich ihn fürchten?"

Gomez überlegte gewissenhaft. „Sehr, vermute ich, aber ich weiß es nicht genau. Möchtet Ihr lieber einen Teufel, den Ihr kennt, als einen, den Ihr nicht kennt?"

„Wegen dieser anderen Teufel habe ich Euch aufgesucht“, gestand John. „Ebenso wie wegen Vetter Jacovs Käse.“

Gomez seufzte. „Ihr mögt Euren vertrauten Teufel nicht mehr?“

„Ich fühle mich unbehaglich in seiner Nähe. Ist Coymans der einzige Händler?“

„Justus ist vielleicht der resoluteste. Er versteht sich darauf, zum Schluß als Sieger dazustehen. Aus diesem Grund habe ich Euch damals als erstes zu ihm geführt.“

Nachdenklich kletterte John hinter Gomez die Stiege hinunter und verließ den Bäckerladen. Gomez würde gegen Mittag mit einer Eskorte und einem Karren zum Haus der Witwe kommen, um den klirrenden Hort zu übernehmen. John machte sich auf die Suche nach Saski. Gomez hatte ihn über einiges aufgeklärt, doch John mußte noch weitere Männer finden, die ihm die Wahrheit sagten.

Er trat aus einer Gasse heraus, die von der Warmoesstraat abzweigte, und überquerte die breite Wasserstraße des *Damrak*. Eine Bogenbrücke führte ihn auf Höhe der Takelage an einer Gruppe ankernder Schiffe vorbei. Er überquerte zwei weitere große Kanäle, bog kurz vor der Stadtmauer nach links ab und traf eine Magd an, die den Eingang des hohen Backsteinhauses mit graugrünen Fensterläden fegte, drei Häuser hinter der Ecke der Gracht, wie Gomez gesagt hatte. John blieb zögernd stehen.

„Saski?“

Die Magd bat John höflich ins Haus. Dann trottete sie die gewundene Holztreppe hinab, um den Künstler zu holen.

Die Eingangshalle war wesentlich bescheidener als die von Coymans, mit einem Fliesenboden anstelle von Marmor, doch die Wände waren sogar noch dichter mit Gemälden bedeckt. Porträts von Soldaten, Marktfrauen, einem Zwerg. Ein paar konventionellere Gemälde im Stil der Zeit.

John ging weiter zu einem Figurenbild, einer allegorischen Genremalerei, welche die Sünden der Schwelgerei und des Überflusses veranschaulichte. Die zentrale Männerfigur schenkte Wein in das bereits überquellende Glas des Nachbarn. Krüge und Gläser waren umgekippt, ihr Inhalt verschüttet. Dreizehn Zecher rekelten sich auf ihrer Bank oder waren in trunkenem Schlaf vornübergesunken. Im Schatten lauerte der Knochenmann mit seiner Sense.

John sah ein zweites Mal hin. Der Mann mit dem überfließenden Weinglas sah Justus Coymans ausgesprochen ähnlich. Neben ihm lehnte sich Edward Malise zurück, das Kinn zu einer Schankmagd emporgereckt.

Johns Herz begann wild zu klopfen. Bei Coymans war keine Verwechslung möglich – das widerspenstige Haar, die geschwungenen Schnurrbartenden, die schneeweißen Zähne, die kalten Augen.

„Francis und ich waren in den Niederlanden . . .“, hatte Malise die bedeutenden Männer im Zimmer wissen lassen, während John auf einem Stuhl gehockt hatte und die Leiche des Mannes anstarrte, den er gerade getötet hatte.

John hörte die bedauernde Stimme der Magd, die ein Stück unterhalb von ihm auf dem tiefsten Treppenabsatz stand. Sie schüttelte den Kopf, doch John schwang sich die Treppe hinunter.

„Neen! Neen!“ Die Magd versuchte, ihm den Weg zu verwehren.

Als John sich an ihr vorbei in das Atelier drängte, wandte Saski sich verärgert von der Leinwand neben einer großen Lagerhaustür zur Gracht hinaus um. „Ich arbeite“, tat er John auf englisch kund. „Kommt später wieder.“

„Dachte ich's mir doch, daß Ihr Englisch sprecht, so ausgezeichnet, wie Ihr an Coymans' Tafel alles zu verstehen schient“, begann John die Unterhaltung.

„Ich spreche ein bißchen Englisch.“ Saski zuckte die Achseln. „Aber schlecht. Ich arbeite gerade. Weshalb seid Ihr gekommen?“

„Um Euch einen Bleistift aus englischem Graphit im Austausch für Eure Skizzen zu bringen“, gab John zur Antwort.

Saski legte resigniert den Pinsel nieder. „Ihr seid zu freundlich. Aber das war nicht nötig. Was darf ich Euch anbieten?“

„Bitte, kommt mit mir“, versetzte John. Er machte kehrt und stieg wieder die Treppe hinauf. Saski zog die Augenbrauen hoch, folgte ihm aber. „Habt Ihr das gemalt?“ fragte John, indem er auf die Parodie des letzten Abendmahls wies.

Saski nickte.

„Und wer ist dieser Mann?“

Der Künstler starrte auf das Profil, das wie Edward Malise aussah. Er zuckte die Schultern. „Ich male sehr viele Männer.“

„Habt Ihr ihn zuvor schon einmal skizziert?“

„Das muß ich wohl. Ich mache Entwürfe, bevor ich in Öl male.“

„Dürfte ich diese Entwürfe sehen?“

Die beiden Männer taxierten einander. Etwa gleiches Alter und gleiche Größe. John hatte breitere Schultern, war sonnengebräunt, dunkler und rauher, trotz seiner feinen Stadtgewänder. Saski, in rostfarbene Wolle und mit Farbe beschmiertes Leder gekleidet, hatte milchweiße Haut und einen zarten Knochenbau, sein Haar war von fahlem Gelb.

„Ihr könnt einen Blick darauf werfen, wenn Ihr sie findet", erwiderte Saski. Er führte John wieder die Treppe hinunter in sein Atelier.

Die lässige Schnelligkeit, mit der Saski die Welt um sich herum skizzierte, hatte einen falschen Eindruck erweckt. In Wahrheit nahm er seine Arbeit wesentlich ernster, als John erwartet hatte. Das Atelier erinnerte ihn an Gomez' Höhle. Auch Saski verbarg seine Schätze vor den neugierigen Blicken der Öffentlichkeit. Gemälde lehnten an jeder senkrechten Fläche, zwölf Stück tief gestaffelt. Sie waren entlang der einen Seite des Ateliers in offene Holzgestelle gezwängt oder hingen Rahmen an Rahmen an den Wänden.

Stapel von Zeichnungen, losen Papieren und Mappen bedeckten jede ebene Fläche. Tische, Stühle und Fußboden verschwanden unter Bergen von Holzkohleskizzen, Grisaillemalerei und mit Gips grundierten Holztafeln. Hier und da standen Steinguttöpfe, die von Pinseln, Rührstöcken, Linealen und Zirkeln überquollen. Gefäße mit zu Puder zerstoßenen Pigmenten, eine Schüssel mit Eierschalen, Bleistifte, Messer, Ätznadeln, Kännchen mit Terpentin, Klebstoff, Lumpen.

„Nur zu", forderte Saski John mit einer weit ausholenden Geste auf. „Ihr dürft suchen." Er schob John eine Mappe zu und holte eine zweite aus einem Gestell. „Ich bin bei der Arbeit. Entschuldigt mich bitte." Er kehrte zu der riesigen Leinwand zurück.

John sah die Zeichnungen durch. Namenlose Männer, Gesichter, an die er sich von seinem ersten Aufenthalt her entsann. Mehrere Skizzen eines jungen Mannes, der ihm bekannt vorkam. Doch niemand, der wie Malise aussah.

Ein Blatt war eine Studie zweier Männerköpfe, dann kam eine von dreien. Das Blatt darunter zeigte Gesichter, die in einem Dreieck angeordnet waren. Zwei Männer wandten sich von zwei Seiten Mareike zu, einer Mareike, nicht älter als zwölf oder dreizehn, sich ihrer selbst indes schon sehr bewußt und amüsiert. Der Mann zu ihrer Linken besaß dasselbe Falkenprofil wie der Unbekannte, der sich auf dem Gemälde in der Eingangshalle der Schankmaid zuwandte. John sah rasch den Rest des Bilderstapels durch, fand aber keine Skizze mehr von dem Mann, der wie Malise aussah. Er begab sich eigenständig auf die Jagd. Binnen einer weiteren Viertelstunde sah er vor sich, wonach er gesucht hatte. Er starrte auf Edward Malise, der mit Mareike Karten spielte – einer Mareike, wie sie heute aussah, Edward Malise in Voll- und Dreiviertelprofilstudien und Edward Malise, der sich vorbeugte, um sich von Justus Coymans Feuer für seine Pfeife geben zu lassen. Es gab keinen Zweifel, um wen es sich handelte. Malise mit der jungen Mareike und mit der von heute. Malise und Coymans kannten sich seit mindestens sechs, sieben Jahren, vielleicht schon länger. Für ein paar Sekunden versuchte John sich einzureden, daß damit nichts bewiesen sei. Coymans legte Wert darauf, alle Welt zu kennen.

„Kann ich das kaufen?" Er zeigte Saski die Skizze von Malise und Coymans, die zusammen Pfeife rauchten. Der Beweis, dachte John. Obgleich ich noch nicht weiß, wofür. Doch ich weiß, daß die Freundschaft zwischen diesen beiden Männern für mich gefährlich ist.

Saski lugte ihm über die Schulter. „Ich schenke es Euch. Bringt mir noch mehr von diesen englischen Graphitstiften, wenn Ihr könnt. Nehmt so viele Zeichnungen, wie Ihr mögt."

John erkannte jetzt, was Saski zur Zeit malte. „Eine verblüffende Ähnlichkeit", sagte er. Ein lebensgroßes Porträt von Justus Coymans nahm auf der Leinwand Gestalt an. Erstaunlich naturgetreue Partien von Pelz, Seide und grauen Perlen am Rocksaum sprangen dem Betrachter ins Auge. Eine türkische Tulpenvase hielt die Skelette von Blumen, die noch entstehen würden.

„Welche Tulpen werdet Ihr ihm malen?" fragte John.

„Den *König von Kandy* natürlich. Seinen größten Triumph."

„Ich werde Euch jetzt verlassen", erklärte John. „Meinen Dank hierfür . . ." Er hob die Zeichnungen von Malise und Coymans hoch. „Und für Eure Zeit." Dann stellte er die Frage, die er nicht länger unterdrücken konnte. „Wann habt Ihr diesen Mann zum letztenmal gezeichnet?"

„Vor fünf Tagen. In Coymans' Haus."

Ich kann heute abend nicht mit Coymans und Mareike speisen, durchfuhr es John. Er kannte sich. Er würde versuchen, seine Zunge im Zaum zu halten, um dann plötzlich mit einer Herausforderung herauszuplatzen, die ihnen beiden die Wahrheit offenbaren würde.

Er machte sich auf den Weg durch die Straßen von Amsterdam. Früher oder später würde er sich den Coymans stellen müssen. In der Zwischenzeit jedoch mußte er sich wieder zum Haus der Witwe begeben, um Gomez mit seinem Karren zu treffen. Und den Notar.

DAS ZÄHLEN war erledigt. Das Geld aus dem englischen Thronschatz rollte fort in einen warmen, nebligen holländischen Nachmittag, während Arthur und Sir Georges Mann obendrauf thronten.

John starrte ihnen hinterher. Noch immer nagte die Schlange des Mißtrauens an seinen Eingeweiden. Wenn er Gomez wäre, hätte er dann nicht auch den Retter in der Not gespielt, solange die Einsätze noch nicht sonderlich hoch waren? So jedenfalls mußte ein Mann wie Gomez, der in einer Schatzhöhle lebte, die Situation eingeschätzt haben. Hätte er sich nicht ins Vertrauen schleichen und voller Berechnung warten können?

Er mußte aus diesem Haus hinaus und frische Luft schnappen. Er schritt über das Kopfsteinpflaster, lehnte sich an ein Brückengeländer und haderte mit sich selbst. Er schwor sich, Amsterdam noch in dieser Nacht unerkannt zu verlassen. Dann gelobte er, Coymans so lange durchzuschütteln, bis dieser alles über Edward Malises Besuch in seinem Haus ausgespuckt hatte. Später, als der graue Himmel dunkler wurde, begab John sich wieder in sein Quartier.

AM NÄCHSTEN Tag traf er sich früh mit Coymans an der Waage in der Nähe der Börse.

„Mit wieviel handle ich diesmal?“erkundigte sich Coymans.

„Mit zwanzigtausend Pfund.“ Im letzten Augenblick halbierte Johns Zunge die Gesamtsumme.

Dennoch pfiff Coymans durch die Zähne. „Und Ihr wollt Euch diesmal nicht argwöhnisch an meine Rockschöße heften?“

„Die Erfahrung hat mich gelehrt, Euch zu vertrauen.“

„Lehnt Ihr es immer noch ab, ein Bärenfell zu leihen?“

John nickte. „Nur Geschäfte gegen Bargeld. Ich möchte auch an der regulären Börse spekulieren . . ., aber das interessiert Euch sicher nicht, oder?“

„Nicht im mindesten“, versetzte Coymans. „Warum sollte ich mich mit zwei oder drei Prozent zufriedengeben, wenn Flora fünfzig oder hundert bringt? Ich nehme an, Ihr verfügt tatsächlich über diese zwanzigtausend? Und wie bald darf ich einen Geschäftsabschluß anvisieren?“

„In fünf Tagen, auf die übliche Art“, antwortete John.

Coymans versetzte John einen Klaps. „Dann legt Euer zukünftiges Glück in meine Hände. Ich hoffe nur, daß ich Euch trauen kann!“ Er blickte John nach, bis der rostbraune Lockenkopf des Engländers zwischen den Gemüsekörben und Lastenträgerhüten des riesigen Marktplatzes verschwunden war.

An diesem Abend teilte Coymans John mit, er habe zehntausend Pfund in Gulden in ein Termingeschäft mit drei verschiedenen Arten von Tulpenzwiebeln gesteckt, alles seltene Sorten. „Außerdem habe ich selbst investiert. Ihr habt mir beim letztenmal Glück gebracht. Ich zähle erneut auf Euch!"

„Wie lange wird es dauern, bis wir verkaufen können?" fragte John. Ihm gefiel die Vorstellung nicht, in Coymans' persönlichen Erfolg oder Mißerfolg hineingezogen zu werden.

„Eine Woche für *Lilith*, ungefähr eine Woche für den *Schäfer von Texel* und mindestens zwei Wochen für *Prunelle.*"

„*Prunelle?*"

Coymans lachte auf. „Ihr hattet recht, beim letztenmal die Hände von dieser Zwiebel zu lassen. Ihr Preis bewegte sich nicht schnell genug. Doch nach Eurer Abreise gewann sie an Beliebtheit und legt immer noch zu."

Am folgenden Morgen suchte John abermals Gomez auf. „Ich würde doch gern einen Eurer anderen Teufel kennenlernen."

Gomez wirkte bestürzt. „Weiß Coymans Bescheid?"

„Nein. Ich schließe auch über ihn Geschäfte ab. Doch ich habe mehr anzulegen, als er weiß."

„Seid auf der Hut."

„Das bin ich. Aber ich fiebere danach, ein bißchen von dem auszuprobieren, was ich gelernt habe."

„Ich bin froh, daß Ihr Euch dazu entschlossen habt, das Risiko zu streuen."

„Würdet Ihr mir dabei helfen, es noch weiter zu streuen? Für mich an der Börse handeln? Mit meiner Provision vom letztenmal."

Gomez' zerfurchtes Antlitz nahm einen Ausdruck schuldbewußten Vergnügens an. „Das Geld, das für die Gattin Eures Vetters bestimmt ist? Ihr habt es noch nicht in Tulpen angelegt?"

„Nein. Ich weiß selbst nicht, warum. Werdet Ihr es tun?"

„Natürlich, wenn Ihr es wünscht. Selbstverständlich nur für die Gattin Eures Vetters. Erwartet aber keine Wunder der Coymansschen Art."

„Ich bin imstande, meine Wünsche zu mäßigen. Vertraut mir."

Gomez gab sich mit einem wehmütigen Lachen geschlagen. „Dann werde ich wohl im Namen der Gattin Eures Vetters meine Fähigkeiten solch weltbewegenden Dingen wie dänischem Stockfisch zuwenden. Wollt Ihr immer noch meinen Teufel kennenlernen?"

John nickte.

„Dann kommt zum Abendessen", erklärte Gomez.

HARRY vermutete ganz richtig, daß die beste Strafe für seine Frau darin bestand, sie zurück nach London zu bringen. Es war Sommer, und niemand von Bedeutung würde sich dort aufhalten. Alle weilten noch auf den Landsitzen. Harry indes war der festen Überzeugung, verrückt zu werden, falls er noch ein weiteres Gespräch darüber würde anhören müssen, wie dringend das Land Regen brauchte.

„In dieser Jahreszeit gibt es auf dem Gut zuviel zu tun!" protestierte Zeal. „Die Saat wird gerade reif, und weil das Wetter so trocken ist . . . Jetzt, da John fort ist, braucht Ihr jemanden, der Eure Interessen wahrnimmt."

„Wie könnt Ihr Euch anmaßen zu glauben, Ihr wärt in der Lage, sie wahrzunehmen? Von Eurem Geld abgesehen, seid Ihr völlig nutzlos! Ihr kommt mit nach London, ob es Euch paßt oder nicht. Tragt Euren Bediensteten auf, sie sollen für übermorgen alles zur Abreise bereitmachen. Ich bin sicher, meine Tante wird nur allzu froh darüber sein. Alle auf dem Gut werden endlich von Eurer Einmischung befreit sein! Und Ihr braucht nicht zu befürchten", fügte Harry hinzu, „daß ich Euch noch einmal anrühren werde. Ihr könnt auf mich warten, Madam – für lange, lange Zeit!" Bei seinem Abgang aus dem Gemach war er die Erhabenheit in Person.

Mistreß Margaret sah ihrem Neffen verwirrt und peinlich berührt nach, dann blickte sie verstohlen zu Zeal hinüber.

Zeal saß ruhig da und starrte gedankenverloren ihrem Gemahl hinterher. Sie war wieder sie selbst. Harrys letzte Drohung hatte eine Bürde von ihr genommen, die Tag und Nacht schwer auf ihr gelastet hatte, während sie darauf wartete, daß Harry seine ehelichen Rechte ein weiteres Mal einforderte.

„Dem Himmel sei Dank, daß Ihr hier seid, um nach dem Rechten zu sehen", wandte sie sich schließlich an Mistreß Margaret.

„Ich werde mein Bestes tun", stieß Mistreß Margaret mit heiserer Stimme hervor. „Aber was für einen ungünstigen Zeitpunkt Sir Harry sich ausgesucht hat, Euch zu entführen . . . Wir sind ohnehin schon knapp an Arbeitskräften! Ich weiß nicht, wie er das von uns verlangen kann."

Auf dem Weg in ihr Schlafgemach dachte Zeal über ihre zukünftige Vorgehensweise nach. Sanftmütig würde sie sich in die Abreise nach London fügen. Sie würde Gehorsam heucheln und Harry mit ihren Bemühungen, sich anzupassen, in Angst und Schrecken versetzen. Mit ihrer Unzulänglichkeit würde sie ihn zur Verzweiflung treiben, so daß er schon bald die Idee begrüßen würde, sie nach Hawkridge zurückzuschicken. Mit ein bißchen Glück konnte sie vor Erntebeginn wieder hiersein.

In jener Nacht schrieb sie bei Kerzenlicht zwischen den Bettvorhängen einen Brief.

Lieber Vetter John,
Harry möchte früher nach London fahren, als ich dachte, und so bin ich gezwungen, Hawkridge House zu verlassen. Bitte, vergebt mir. Ich werde alles so geordnet zurücklassen, wie ich es vermag . . .

Sie verlor sich in einer Aufzählung faszinierender Einzelheiten: die gerade flügge gewordenen Tauben, der erste Honig, die Goldparmänen im Obstgarten, die mittlerweile die Größe ihrer Faust erreicht hatten. Zum Schluß fügte sie hinzu:

Ich begehe zweifellos eine Indiskretion, möchte Euch aber bitten, Arthur auszurichten, daß Rachel ihn sehr vermißt und sich nach seiner Rückkehr verzehrt . . .

Sie dachte lange nach, um dann mit „Eure Euch sehr liebende Base Zeal Beester" zu unterschreiben. Sie würde den Brief in London aufgeben.

VIER Tage später verkaufte Coymans die *Lilith*-Optionen mit zweihundert Prozent Gewinn. John leitete alles für eine Liquidation in fünf Tagen in die Wege. Der klimpernde Hort hatte sich erneut anzuhäufen begonnen.

„*Prunelle* klettert noch immer", erklärte Coymans an dem Nachmittag, an dem sie ihre Schulden beglichen. „Nehmt Euren Gewinn, um noch mehr von ihr zu kaufen!"

„Ich werde mich morgen früh entscheiden, vor Eröffnung des Handels." John begab sich schnurstracks zu Gomez.

„In den nächsten zehn Tagen ist nicht mit neuen Gesetzen zu rechnen", teilte Gomez ihm mit.

„Macht weiter", beschied John Coymans am nächsten Tag, als sie sich im Unterrock trafen. Noch am gleichen Tag trug er Gomez' Teufel – einem gewissen Maurits Kramer – auf, sofort *Prunelle* zu erwerben, bevor die Nachricht von Coymans' Kauf die Kurse hochschnellen ließe.

Bei Börsenschluß an jenem Tag hatte der Doppelkauf zweier geheimnisvoller Anleger den Preis für *Prunelle* um weitere fünfundsiebzig Prozent anziehen lassen.

„Wer ist der andere Käufer?" jubelte Coymans. „Ich muß mit ihm reden. Vielleicht ist er dumm genug, den Versuch zu wagen, den Markt aufzukaufen. Ich schraube ihm den Preis höher und höher!"

Auf Coymans' Rat erwarb John auch noch weitere Zwiebeln des *Schäfers von Texel,* der sich recht gut aufführte. Zwei Tage später verkaufte John den *Schäfer von Texel* an ein Konsortium von Handwerkern zur Liquidation am folgenden Tag – in Naturalien.

Stunden später starrte er bestürzt auf den Kram, den die Handwerker karrenweise auf der Straße vor Witwe Padtbrugges Haus abgeladen hatten: Zimmermannswerkzeuge, ein Sattel, drei Faß Wein, vier Faß Achtguldenbier, tausend Pfund Käse, ein Bett samt Draperien und acht Schweine auf einem Karren.

„Was soll ich mit dem ganzen Zeug?" In Hawkridge hätte sich John gefreut, doch die Witwe würde Schweine in ihrem gepflegten Hinterhof wohl nur höchst ungern sehen. Und während Lord Mallender Bier, Wein und Käse noch hinnähme, würde er mit einem Baldachinbett nur wenig anzufangen wissen.

Eine kleine Menschenmenge lief zusammen.

„Haben die Leute das Geld nicht?" erkundigte sich John bei Coymans.

„Würden sie ihre Betten und Werkzeuge versetzen, wenn sie's hätten? Ich werde das alles für Euch verkaufen, wenn Ihr wollt", erbot sich Coymans und versicherte der Witwe, daß vor Ablauf des Tages alles verschwunden sein werde.

In den nächsten beiden Tagen tauschte Gomez das Geld, das Coymans durch den Verkauf von Bett, Schweinen, Käse und dem übrigen erzielt hatte, in weitere Wechsel um, die John zusammen mit den anderen in seiner Matratze im Giebelzimmer von Witwe Padtbrugges Haus verbarg. Und Kramer informierte ihn, daß der Kurs des *Schäfers von Texel* zu fallen begonnen hatte, kaum daß John seine Zwiebeln abgestoßen hatte.

Johns Provision steckte in Termingeschäften an der Börse. Ein Schiff der „Verenigde Oostindische Compagnie", kurz VOC genannt, wurde demnächst zurückerwartet, und John besaß Aktien im Wert von tausend Pfund für seine Indigo- und Salpeterfracht. Ein Viertel vom Wert des Hawkridge-Guts.

ZEAL betrachtete sich als eine Art Kriegsgefangene. Nicht Harrys Gefangene, nur eine Gefangene in London. Umschlossen von einer Mauer aus guten Beispielen, die sie nachäffen sollte.

Sie schritt ihren Empfangssalon im ersten Stock der Länge nach auf und ab. Es war zu dunkel zum Lesen oder Sticken, selbst bei Kerzenlicht.

Harry war wieder einmal ohne sie ausgegangen und hatte ihr untersagt, allein das Haus zu verlassen, es sei denn, um mit einem Gefolge von Mägden und Zofen Einkäufe zu tätigen. Zeal zog es gar nicht dahin, wohin Harry gegangen war, wo immer das auch sein mochte. Das Abendessen in Edward Malises Haus vorhin war schlimm genug gewesen.

Wäre sie älter oder erfahrener gewesen, hätte sie vielleicht bemerkt, daß Harry sie bestrafen mußte, weil sie ihn tagtäglich durch ihre bloße Gegenwart daran erinnerte, daß er ein schlechterer Mensch war, als er es sich selbst einzugestehen bereit war. Das machte ihn wütend.

Zeal unterbrach ihr ruheloses Umherwandern und fragte sich, ob sie denn jetzt gar nichts tun konnte, nicht wenigstens eine kleine, unbedeutende Handlung, um Leben in dieses düstere Gemach zu bringen. Sie ging zum Fenster hinüber. In London, wo sie nur einen winzigen Garten und wenige Bedienstete hatte und die meisten Speisen für gewöhnlich schon fertig zubereitet gekauft wurden, fehlten ihr all jene kleinen Hausarbeiten, die ihr die Zeit in Hawkridge vertrieben hatten.

Zeal ließ sich ihren Umhang bringen. Sie wollte in den Garten hinter dem Haus hinuntergehen, wie armselig er auch sein mochte. Er wurde von den Außengebäuden vollständig eingeschlossen.

„Soll ich mit Euch kommen, Madam?“ fragte Rachel.

Zeal blickte ihre Zofe an, die ihr ans Herz gewachsen war. Sie füllte jetzt leere Nachmittage damit aus, Rachel das Lesen zu lehren. Doch Rachel war gebürtige Londonerin und entzückt, sich wieder auf vertrautem Terrain zu bewegen. Sie sprudelte förmlich über vor Klatsch über alte Freunde und Familienangehörige, die Zeal fremd waren.

„Nein, danke“, lehnte Zeal ab. Sie rannte die Treppen hinunter, denn sie hatte es eilig zu entkommen.

Die Nacht roch nach feuchtem Kohlerauch. Der Himmel war wolkenverhangen. Zeal stützte die Hände auf die Lehne der Steinbank in der Heckennische. Warum antwortete John nicht auf ihren Brief? Er mußte ihn doch mittlerweile bekommen haben. In Gedanken verfolgte sie noch einmal den Weg des Briefs. Von ihrer Hand in Rachels, von Rachels in die eines Dieners, der ihn zum Hafen brachte, wo er einen nach Amsterdam segelnden Kapitän fand. Dort würde ein holländischer Gassenjunge diensteifrig ein Silberstück einstreichen und den Brief an Justus Coymans, Breestraat, *Oude Zijde*, Amsterdam, ausliefern.

Polternde Männerstimmen drangen aus dem Innern von Harrys Stadthaus. Zeal sah, wie ein Licht hinter den Fenstern im Obergeschoß aufleuchtete. Zu ihrem Entsetzen bewegte sich das Licht die Treppe herunter auf die Gartentür zu.

„Das ist alles, danke“, sagte Harry mit lauter Stimme. Zeal hörte unruhiges Rascheln vom Ende des Gartens her.

Die Stimme eines anderen Mannes fragte etwas, doch so leise, daß sie den Wortlaut nicht verstehen konnte.

„Oh, sie wird mit ihrem Püppchen im Bett liegen", spottete Harry.

Zeal zog sich durch eine Lücke in der Eibenhecke in eine schmale Seitenstraße zurück.

Die Schritte näherten sich. „Ich war nie der Meinung, daß diese Herumfahrerei in Kutschen den Namen Unterhaltung verdient." Der andere Mann war Edward Malise.

Harry seufzte zustimmend. „Aber es muß sein, nicht wahr?"

„Genau wie diese Aufgabe, bei der ich Eure Hilfe benötige", pflichtete Malise ihm bei. „Kann ich auf Euch zählen? Ich möchte ja nur, daß mein Fall vor Gericht gehört wird. Ich will nichts Böses, nur Gerechtigkeit."

Harry stieß ein beklommenes Lachen aus. „Ihr seid ein hartnäckiger Feind."

„Muß ich denn sein Feind sein, nur weil ich der Meinung bin, daß ein Mann für sein Verbrechen vor Gericht gestellt werden sollte?"

„Wißt Ihr, er hat auch mich zu töten versucht", warf Harry ein. „Zwei Tage nach Sir Georges Fest."

„Das ist ja unglaublich. Und Ihr habt ihn ungeschoren davonkommen lassen?"

„Ich, äh, habe ihn vom Gut gejagt."

„Als freien Mann nach Amsterdam! Wärt Ihr bereit, vor einem Gericht zu beschwören, was Ihr mir gerade anvertraut habt?"

„Ihr dürft mich nicht dazu auffordern, treulos gegen meine eigene Familie zu werden", wehrte Harry ab. „Ich stehe . . ., wir alle stehen in Johns Schuld . . ."

„Es ist nicht treulos, sich um das Seelenheil seines Vetters zu sorgen. Eines Tages wird er sterben, und dann lastet ein ungesühntes Verbrechen auf seiner Seele."

„Schwört Ihr, daß Ihr ihm nichts Böses wollt?"

„Ich schwöre es. Ich will ihn lediglich verhaften und nach England zurückbringen lassen, um ihn daran zu hindern, sich vom Lauf der Gerechtigkeit freizukaufen. Ein vertrauenswürdiger Freund in Amsterdam wird dafür sorgen, daß er das Geld da läßt, wo es hingehört. Euer Vetter hat bereits versucht, meinen Freund in seine Machenschaften hineinzuziehen. Ich glaube, daß Justus dankbar für die Gelegenheit sein wird, seinem Namen Ehre zu machen. Danach werde ich Euren Vetter wohlbehalten zur Aburteilung heimbringen."

„Und was genau muß ich tun?"

„Ich bitte Euch nur darum, vor Gericht nicht die Unwahrheit zu sagen, wenn Ihr gefragt werdet, ob er versucht hat, Euch zu töten. Und daß Ihr Euren Vetter nicht besser macht, als er ist, aus einem falsch verstandenen Gefühl von Loyalität gegenüber der Familie. Des Mannes eigene Familie will, daß der Gerechtigkeit Genüge getan wird ... Euer Einfluß wächst, Sir Harry. Ich habe noch immer mit Vorurteilen zu kämpfen, besonders bei den Bekannten Eures Vetters in der Südjavanischen Kompanie. Werdet Ihr mir helfen, Sir Harry?"

„So gut ich kann. Wann brecht Ihr nach Amsterdam auf?"

„Übermorgen, wenn ich einen Büttel und ein paar Bewaffnete als Begleitschutz aufgetrieben habe. Ich danke Euch, Sir Harry."

Er will John hängen sehen! dachte Zeal. John ist in schrecklicher Gefahr. Was mag er verbrochen haben?

Malise hatte es nun eilig fortzukommen. Die beiden Männer begaben sich wieder ins Haus.

Noch während Harry Malise verabschiedete, stürmte Zeal durch den Garten ins Haus, die Stufen hinauf, in ihr Zimmer und verriegelte die Tür. Fürs erste war sie in Sicherheit und konnte nachdenken.

Edward Malise haßt John. Und Harry steht auf seiner Seite. Als Rachel Zeal half, sich für die Nacht zu entkleiden, dachte sie über Harrys Verrat nach. Er muß glauben, daß John etwas Gräßliches getan hat. Zeal schüttelte ihre halb gelöste Mähne krausen rotgoldenen Drahthaars. Alle Locken fielen nun frei herab. Rachel streckte die Hände aus, um die Nadeln aufzufangen.

„Danke, Rachel. Bitte, laß mich jetzt allein. Ich muß nachdenken."

Die Kissen, die Bettdecke, die Vorhänge schienen Zeal zu ersticken. Harry kann ich nicht fragen, was John getan hat, dachte sie. Was soll ich tun? Ich muß John eine Warnung zukommen lassen! Durch wen? Welchem von Harrys Männern kann ich trauen? Und wie soll ich ihn entlohnen?

Sie lag hellwach in der Dunkelheit. Malise brauchte nicht nach Amsterdam zu fahren, wenn er John lediglich verhaften lassen wollte. Er müßte nur warten, bis John zurückkehrte.

Ich muß einen zweiten Brief schreiben! dachte Zeal. Doch ein Brief wäre zu lange unterwegs. Sie würde einen Boten schicken.

Plötzlich fuhr sie hoch. Malises Freund, der John das Geld abnehmen würde, hieß Justus. Sie hatte ihren Brief für John an die Adresse eines Justus Coymans gesandt. Würde ihr Bote die Nachricht direkt in die Höhle des Löwen bringen?

Sie stieg aus dem Bett und ging zur Tür. „Rachel", hauchte sie in die Finsternis des Vorzimmers. „Rachel, wach auf! Ich muß mit dir reden!"

COYMANS fand einen Käufer für *Prunelle* in einem geheimen Handel. „Noch einmal verdoppelt!" jubelte er. „Noch einmal verdoppelt! Aber ich habe immer noch nicht herausgefunden, wer dieser andere Anleger war. Ich mußte ihn nicht einmal unter Druck setzen, um unser Geld zu verdoppeln."

John gab seine Unterschrift in einem Zustand benommener Ungläubigkeit. Das Geld des Königs hatte sich mehr als verdoppelt, das Geld der Kompanie gleichfalls. Das dicke Bündel von Wechseln im Wert von siebzigtausend Pfund war bereits tief in den Matratzen im Dachgeschoß von Witwe Padtbrugges Haus versteckt. Gomez hatte weitere zwanzigtausend Pfund für John bei der Bank von Amsterdam eingelegt. Eine kleine Truhe umschloß Teller, Kerzenleuchter und Münzen. Nach Abschluß aller Geschäfte würde John über zweihundertfünfzigtausend Pfund verfügen. Nur seine eigene Beteiligung an dem Ostindienfahrer war noch in Gefahr.

Als John an jenem Abend an Maurits Kramers Tür klopfte, aß Kramer gerade mit seiner Frau Suppe. Mevrouw Kramer bestand darauf, daß John Platz nahm und eine Schale Erbsensuppe mit Schinken aß. Dann entschuldigte sie sich.

„Verkauft *Prunelle*", trug John Kramer auf. „Sobald der Handel morgen früh eröffnet wird."

„Aber der Kurs steigt immer noch, Mijnheer Nightingale. Die Gerüchte um diesen ominösen anderen Warenbestand sind verstummt."

„Verkauft!" John gefielen die Anklänge an den Fall Bols nicht.

„Schon gut! Ihr fahrt auch so gut genug. Habt Ihr schon gehört, daß das Unglück dem Tulpenhandel treu bleibt?" fragte Kramer. „Noch ein Todesfall, vor zwei Tagen. Ein Mann namens Spiegel. Ist ein Verlust für uns alle, ein Mann mit einer solchen Besitzgier."

John überlief es eiskalt.

DAS SCHNARCHEN von Arthur und Sir Georges Bedienstetem im Ohr, konnte John keinen Schlaf finden.

„Gut genug", hatte Kramer gesagt. Gut genug für eine Begnadigung. Er konnte in allen Ehren nach England zurückkehren. Es war unglaublich, daß er ein zweites Mal erfolgreich gewesen sein sollte. Er wollte plötzlich fort aus Amsterdam, zurück nach England. Er wollte nichts mehr mit einer Welt zu tun haben, in der man ihm versicherte, daß eine Tulpe keine Blume sei, sondern ein Stockfisch oder ein Klafter baltischen Kiefernholzes. Er mußte fort von Spiegels Tod und dem, was dieser Tod bedeuten mochte.

Er würde Gomez bitten, auf der Stelle seine persönlichen Anteile an der Indigo- und Salpeterfracht zu verkaufen, die das VOC-Schiff transportierte. Dann würde er heimfahren, Anspruch auf Begnadigung erheben und sein früheres Leben zurückfordern. Er würde sich von Zeal fernhalten und auf einem Schiff in die Karibik oder nach Amerika anheuern. Er würde neue Pflanzen entdecken oder nach Silber schürfen. Wenn er sich keinen Besitz in England leisten könnte, würde er sich eben einen in den neu entdeckten Ländern aufbauen.

GOMEZ' stechende schwarze Augen wichen Johns Blick aus.

„Was ist los?" fragte John.

„Es gibt da ein Gerücht", erklärte Gomez. „Das VOC-Schiff hat die Kanaren noch nicht erreicht, obwohl es schon vergangene Woche im dortigen Hafen erwartet wurde. Es kursieren Gerüchte, daß es versenkt worden sei. Von den Engländern. Die Aktien der Kauffahrt sind im Augenblick fast keinen *stuiver* wert. Und sie werden nicht eher wieder etwas wert sein, bis das Schiff erneut gesichtet ist."

Tausend Pfund so gut wie verloren. Desgleichen der Gewinn, den sie möglicherweise abgeworfen hätten, wären sie anders angelegt worden.

„Tut mir leid", sagte Gomez. „Aber das ist nun mal das Risiko, das man eingeht. Trotzdem tut es mir aufrichtig leid, wenn auch nur für die Gattin Eures Vetters."

„Kann ich noch irgend etwas retten, wenn ich jetzt verkaufe?"

„Hundert Pfund. Ich würde abwarten. Schließlich ist es nur ein Gerücht. Da die Aktien nur so wenig kosten, würdet Ihr nicht viel verlieren, falls sich das Gerücht bewahrheiten sollte. Und wenn es sich als falsch erweist . . .! Werdet Ihr noch mehr Anteile an der Kauffahrt erwerben?"

Das würde bedeuten, länger in Amsterdam zu bleiben. Aber es könnte auch bedeuten, am Ende das Geld für Zeal doch noch zurückzuerlangen. „Kauft Anteile, falls Ihr es für richtig erachtet! Werft meine letzten fünfhundert Pfund dem Rest hinterher. Das Geld für meine Heimfahrt werde ich mir dann leihen."

In dieser Nacht begann Mareike damit, John Holländisch beizubringen. Aber er war nur mit halbem Herzen bei der Sache.

Zwei Tage später nahm John die Gewinne aus Kramers *Prunelle*-Verkauf entgegen. Diesmal verspürte er keine Freude, nur die finstere Bürde einer bösen Vorahnung.

Gomez kaufte weitere Aktien der VOC-Kauffahrt. „Es haben noch andere gekauft", erklärte er. „Bewahrt Stillschweigen, aber der Kurs hat wieder ein wenig angezogen."

Trotz Mareike sehnte John sich danach, Amsterdam den Rücken zu kehren. Er hatte genug getan. Ich werde zurückfahren, entschied er, Schiff hin, Schiff her. Er bat Gomez, das Geld aus der Bank von Amsterdam abzuziehen und die Umwandlung in Wechsel für den Rücktransport nach England in die Wege zu leiten.

Wieder wurde John verfolgt. Er hörte jemanden hinter sich, kaum daß er den Bäckerladen verlassen hatte. Schnell schlüpfte er in eine Gasse und wartete. Niemand folgte ihm. Wieder zurück in dem strahlenden Licht, das vom Grachtenwasser reflektiert wurde, musterte er die Gesichter in seiner Umgebung. Keine Spur von seinen alten Freunden „Stirn" und „Eierverkäufer".

Morgen würde er Arthur auftragen, ihm in einiger Entfernung zu folgen.

ZEAL und Rachel lösten gemeinsam die Frage der Geldbeschaffung, um John eine Warnung zukommen zu lassen.

„Für ein neues Gewand", bat Zeal ihren Mann freundlich. „Und natürlich eins für Rachel."

Harry forschte mißtrauisch im demütig gesenkten Antlitz seiner Gattin.

„Und einen Pelzmuff für den Herbst."

„Bestell alles auf Rechnung. Ich bezahle später."

„O bitte, Harry! Ich muß lernen, mit Geld umzugehen. Laß es mich versuchen."

„Soll ich mitkommen?"

„Laß mich ausprobieren, was du mir beigebracht hast."

Ich werde sie beobachten lassen, dachte Harry.

„Siebenundzwanzig Pfund von Harry", stellte Zeal später triumphierend fest. „Und vier Pfund, die ich noch vom Haushaltsgeld übrig habe."

„Und mein Lohn", rechnete Rachel dazu.

„Mehr als dreißig Pfund. Wieviel wird der Bote deiner Meinung nach für die Unterkunft brauchen?"

„Es ist ja nur für eine oder zwei Übernachtungen."

„Ich wünschte, Arthur wäre hier", sagte Zeal. „Ich hätte keinerlei Bedenken, ihn mit dem ganzen Geld ins Ausland zu schicken." Sie wagte nicht, ihre Botschaft einem von Harrys Knechten anzuvertrauen. Sie hätte mehrere Männer vom Gut beauftragen können, hatte aber keine Zeit, sie kommen zu lassen. Malise würde am nächsten Tag nach Amsterdam in See stechen. Zeal ließ sich in Harrys Kutsche eine Stunde lang die Fleet Street auf und ab fahren. Der Knecht, der Zeal in Harrys Auftrag folgte, konnte nur von einem ereignislosen Tag berichten.

Zeal begab sich voller Verzweiflung zu Bett und lag fast die ganze Nacht wach.

„Laßt Colin gehen, Madam!" wisperte Rachel. „Ich bin sicher, man kann ihm vertrauen."

„Vielleicht ist das die einzige Möglichkeit."

Bei Sonnenaufgang rüttelte Zeal Rachel wach. „Malise ist losgesegelt", sagte sie. „Könnte Colin eine Überfahrt für uns arrangieren?" Wenn ihr Brief die Reise machen konnte, dann konnte sie das auch.

Zur Essenszeit gab Rachel ihrer Herrin Nachricht, daß alles vorbereitet sei. Bei Sonnenuntergang tauchte Colin am Stalltor auf und bat darum, seine Base zweiten Grades, Rachel, aufsuchen zu dürfen, um ihr einige Rettiche von einer erfundenen Tante zu bringen. Außerdem ließ er ihr die Nachricht zukommen, daß sie sich, falls sie diese Nacht abfahren wollten, kurz nach Mitternacht, bevor die Gezeiten wechselten, zu den Stufen des Zollhauses begeben und dort nach dem Segelschiff *Persephone* Ausschau halten müßten.

Das Schicksal war auf ihrer Seite. Harry dinierte auswärts.

Kurz nach dem Abendessen ertappte Mistreß Pollen, die Frau von Harrys Londoner Verwalter, Rachel in der Vorratskammer.

„Diebstahl, Madam", empörte sich Mistreß Pollen vor Zeal. „Es tut mir leid, Euch Schlimmes über Eure eigene Kammerzofe berichten zu müssen."

„Mistreß Pollen", erklärte Zeal, „ich muß Euch ersuchen, eine böse Tat zu vergeben, die einem guten Zweck zuliebe begangen wurde. Ich möchte Euch in eine Verschwörung aus Nächstenliebe einweihen, um das Leben eines braven Mannes zu retten."

Binnen einer Stunde hatte Mistreß Pollen einen Beutel mit kaltem Fleisch, Pasteten, Ale und Obst vorbereitet. Darüber hinaus stiftete sie neun weitere Pfund für die Rettungsmission. Mistreß Pollen fand sich außerdem bereit, die Entdeckung der Flucht durch Sir Harry so lange wie möglich hinauszuzögern. Sie war Harry nicht sonderlich zugetan.

„Hier entlang", flüsterte Rachel. „Ich kenne den Weg zum Anlegeplatz am Zollhaus." Hinter ihnen drehte die Haushälterin den Schlüssel im Schloß. Colin wartete auf der Straße und nahm die Reisetruhe der Damen. Zeal und Rachel trugen je ein Bündel bei sich.

Nur eine ganz normale Reise, dachte Zeal. Sie dankte dem Herrn, daß sie John gefragt hatte, wo sie ihn finden konnte, selbst wenn es in der Höhle des Löwen sein sollte.

IX

WITWE PADTBRUGGE stieg die Wendeltreppe herunter, als John ihr Haus betrat. Sie deutete nach oben. John verstand das Wort *Mannen*. Mehrere Männer. Er folgte ihr hinauf.

Die Tür zu seinem Quartier war von innen verriegelt. Witwe Padtbrugge rief irgend etwas die Wendeltreppe hinunter, worauf ein Diener mit Zimmermannswerkzeug erschien und die Türangeln aufstemmte. Ein Augenblick lähmenden Schweigens folgte. Dann kreischte die Witwe auf. Ein Mann lag tot auf dem Holzfußboden der Kammer. Sir Georges Mann war die Kehle durchgeschnitten worden. Dem Herrn sei Dank, daß es nicht Arthur ist! dachte John. Arthur war bei ihm gewesen und stand nun nach Luft schnappend hinter ihm.

Dann sah John, daß die Läden des auf die Straße gehenden Fensters gespalten waren und schief in den Angeln hingen. Das Seil baumelte lose von seinem Zugbalken auf die Straße hinunter. Die Geldtruhe war fort, und man hatte die Matratze verrückt.

John kniete nieder und tastete mit der Hand die Matratze ab. Nichts. Er stellte die Matratze hochkant und suchte wie wild den Boden ab. Der Beutel mit den Wechseln war ebenfalls fort.

Arthur schleuderte sein eigenes Bettzeug und seine Kleider beiseite und durchsuchte alles. Die beiden Männer konnten die Wahrheit nicht fassen. Schließlich erhoben sie sich und blickten einander entsetzt an. Johns Beine zitterten. Sein Herz pochte.

Das ganze Geld verloren. Klingende Münze und Wechsel. Und all das, was Gomez ihm aus der Bank gebracht hatte, als John sich entschlossen hatte, Amsterdam zu verlassen. Nicht nur die Gewinne, auch der ursprüngliche Einsatz. Alles weg. Das Geld der Kompanie und das Geld des Königs, genug, um eine Armee aufzustellen oder zwanzig Herrensitze zu kaufen.

John war wie gelähmt. Er versuchte darüber nachzudenken, was geschehen sein mochte. Wer war es gewesen? Einer der beiden Männer, die ihm auf der Straße gefolgt waren? Einer von den Dutzenden von Leuten, die seine Geschäfte verfolgt hatten und wußten, wieviel er besitzen mußte? Coymans?

Mevrouw Padtbrugge packte den Toten bei den Beinen, um ihn in Richtung Tür zu schleifen.

„Wartet!" rief John. Er wandte sich an Arthur. „Geh und hol Coymans. Sag ihm, ich bräuchte dringend einen Dolmetscher."

„Seid Ihr sicher . . .?"

„Ich weiß, Mann!" entgegnete John. „Ich habe ihn auch im Verdacht. Bring ihn her, und wir beide beobachten jede seiner Regungen. Ich muß Gewißheit über ihn erlangen, oder ich werde verrückt. Geh!" Er wandte sich an die Witwe. „Wartet", wiederholte er gestikulierend. „Ich habe nach jemand geschickt."

Die Witwe weinte still vor sich hin, während sie warteten. John nahm seine Suche wieder auf. Er kehrte jede Jackentasche und jede Stulpe nach außen, schüttelte jedes Taschentuch und jeden Stiefel aus. Er versuchte, das Undenkbare in seine Gedanken zu lassen. Dies hier war der Ruin, die vollständige Katastrophe, tödlich.

Nach einer Ewigkeit vernahm John Schritte auf der Treppe.

Coymans holte Atem. „Fehlt irgend etwas?"

John nickte barsch. Er konnte an Coymans' Tonfall nichts Verräterisches entdecken. „Wir müssen einen der Wachmänner des Polizeihauptmanns kommen lassen", forderte er.

„Sie müssen über die Dächer gekommen sein", stellte Coymans fest und beugte sich aus dem Fenster.

Mevrouw Padtbrugge und Coymans fingen nun ein hastiges Gespräch an, worauf die Witwe verschwand. Sie kam mit einer dicken Überdecke und ein paar Lumpen zurück, die sie und Coymans um den Toten wickelten.

„Wir müssen einen der Wachleute des Polizeihauptmanns kommen lassen", wiederholte John.

„Ihr könnt machen, was Ihr wollt, wenn Ihr ihn nur auf die Straße schafft, raus aus ihrem Haus", sagte Coymans. „Denn Mevrouw Padtbrugge möchte nicht, daß bekannt wird, daß hier ein Mord geschehen ist. Die Schöffen werden sie mit einer Geldstrafe belegen. Man wird sie verdächtigen, Raufbolde in ihrem Haus zu beherbergen, und dann ist sie ruiniert. Laßt mich diesen Schlamassel in Ordnung bringen! Ich werde nichts von Bedeutung vertuschen. Ich werde den Mord an einem englischen Dienstmann melden. Ihr habt ihn beschäftigt – also werdet Ihr genau darlegen müssen, wer er war und was er hier zu schaffen hatte. Seid so aufrichtig, wie Ihr wollt. Die Witwe möchte sich lediglich die Schande ersparen, daß man den Toten hier findet."

Was Coymans sagte, war vernünftig, aber es gefiel John nicht.

„Ich werde die Mühlen der Justiz jetzt in Gang setzen." Coymans legte seine Hände auf Johns Schultern. „Begebt Euch zu meinem Haus. Erzählt Mareike, was geschehen ist und daß Ihr für ein paar Nächte einen Platz zum Schlafen braucht. Ich werde in ein oder zwei

Stunden zu Euch stoßen. Dann werden wir entscheiden, was wir als nächstes tun. Geht!“

Arthurs Blick besagte, daß er nicht mehr als John aus Coymans’ Stimme und Verhalten herausgelesen hatte. Wie betäubt half John Arthur, die paar Kleidungsstücke und persönlichen Gegenstände zusammenzupacken, die sich noch in dem Zimmer befanden.

Mareike legte ein angemessenes, aber nicht übertriebenes Entsetzen an den Tag. Nach ein paar raschen Fragen ließ sie ein Gemach für John herrichten. Für Arthur besorgte sie eine Schlafgelegenheit bei ihren Dienern. Dann schlug sie John ein Abendessen unter vier Augen vor und ließ ihn allein. Sie machte keinerlei Anstalten zu tröstenden Liebkosungen.

Nachdem man Arthur in die Küche geführt hatte, ließ John sich auf einer Truhe nieder und starrte auf den grün und weiß gefliesten Boden. Keine Begnadigung für dich, mein Junge. Statt dessen sofortige Hinrichtung. Doch die größte Angst hatte er vor der Demütigung, gescheitert zu sein und Sir George und Lord Mallender den Verlust melden zu müssen. Er bedeckte sein Gesicht mit den Händen.

Er war ein Gefangener seiner Sprache. Wäre er kein Ausländer, hätte er Coymans niemals erlaubt, an seiner Statt mit den Schöffen zu verhandeln.

Entschlossen richtete er sich auf. Ausländer oder nicht, er würde Coymans diese Angelegenheit nicht überlassen. Er würde sich erneut zum Haus der Witwe begeben. Noch bevor er die erste Brücke überquerte, wußte er, daß ihm abermals jemand folgte. Blinde Wut fegte den Nebel aus seinen Gedanken.

Er spielte ein bißchen Katz und Maus mit seinem Verfolger, blieb stehen, um sich einen Apfel zu kaufen. Ein großer, flacher Hut und ein Umhang. Zu klein für die „Stirn“. Vielleicht der „Eierverkäufer“.

Ohne Vorwarnung wirbelte John herum. Der Mann machte kehrt und floh durch ein winziges Gäßchen. John jagte hinterher. Er stürzte hinaus auf einen Marktplatz und stand keuchend da, starrte zornig auf dreihundert identische Hüte. Die Hälfte aller Männer, die er sah, trugen ähnliche Umhänge.

Er traf Coymans auf der Brücke beim Haus der Witwe.

„Alles erledigt“, teilte Coymans ihm mit. „So, daß es selbst Euer empfindsames Gewissen zufriedenstellen dürfte. Die Nachbarn der Witwe werden nichts erfahren, solange die Dienerschaft den Mund hält. Morgen will der Schöffe Eure Zeugenaussage aufnehmen.“

„Danke“, sagte John und ging neben Coymans her. „Besteht irgendeine Möglichkeit, die Übeltäter zu fassen?“

„Wenn ich ehrlich bin, keine besonders große."

Schweigsam setzten sie ihren Weg zu Coymans' Haus fort. „Wie schlimm sind Eure Verluste?" fragte Coymans.

„Sehr schlimm. Alles weg."

„Oh, oh, oh", murmelte Coymans versonnen. „Aber es gibt da noch ein letztes Mittel, das Ihr morgen anwenden könntet, wenn Ihr möchtet. Das geliehene Bärenfell, mein Freund. Man braucht überhaupt kein Geld, um sich ein Bärenfell zu leihen. Vielleicht könnt Ihr auf diese Weise wenigstens Euren ursprünglichen Einsatz zurückgewinnen."

„Das hört sich wie ein Zaubertrick an."

„Genau das ist es! Ein Wunder für die Uneingeweihten. Ganz einfach, wenn man erst einmal begriffen hat, wie man es macht."

„Ich nehme an, daß Ihr mit Bärenfell Tulpenzwiebeln meint?"

„Mein Musterschüler!" rief Coymans. „Ihr wißt, daß man sich bei der üblichen Art des Handels Waren leihen kann, um ein Geschäft abzuschließen? Ihr zahlt lediglich einen gewissen Zinssatz für die Zwiebeln. Und wenn Ihr die geliehenen Zwiebeln verkauft habt, kauft Ihr Eurerseits Zwiebeln zum Tageskurs, wie hoch der auch sein mag, und gebt diese dem Händler oder Züchter zurück, von dem Ihr Euch anfangs Zwiebeln geborgt hattet."

„Mit anderen Worten", sagte John, „man versucht, eine Sorte auszumachen, die im Wert fällt. Verspekuliert man sich aber, und die Sorte steigt im Wert, muß man am Ende einen höheren Preis für die Zwiebeln zahlen, als man selbst zu erzielen in der Lage war."

„Kluger Junge! Ihr borgt Euch . . . sagen wir tausend *Hyperion* zu einem Wert von hundert Gulden pro As. Dann übt Ihr Euch in Verzicht statt in Habgier – das ist doch Euer Stil, nicht wahr? Großzügig, wie Ihr seid, bietet Ihr Eure Zwiebeln für neunzig Gulden pro As zum Verkauf an."

„Und finde reißenden Absatz, weil ich den Tagespreis unterbiete."

Coymans nickte. „Daraufhin bietet Ihr noch ein paar für achtzig Gulden an, dann für siebzig und so weiter. Eure Selbstlosigkeit wird flugs belohnt. Gerüchte über den Kursverfall überschwemmen den Markt. Geldgierige Männer stoßen ihre Bestände ab, um die Verluste in Grenzen zu halten. Ihr kauft tausend Zwiebeln von irgendeinem jener Anleger, die verzweifelt ihre Bestände verhökern, und gebt seine Ware dem Händler zurück, von dem Ihr sie Euch ursprünglich geliehen hattet."

„Einen Warenbestand, der erheblich an Wert verloren hat."

„Plus Zinsen." Coymans grinste.

„Ich glaube nicht, daß ich mir ein Bärenfell ausleihen möchte."

„Aber wenn Ihr zurück in die Heimat reist und gesteht, daß Ihr das Kapital aus dem Kronschatz verspielt habt ...? Entweder bekommt Ihr es mit dem Schatzamt oder der Britisch-Ostindischen Kompanie zu tun, und keine der beiden Institutionen ist für ihre Nächstenliebe berühmt. Ihr könntet alles zurückgewinnen. Wo ist dabei etwas Ungesetzliches? Welche vermeintliche Missetat lastet Euch schwerer auf der Seele als die Aussicht, mit leeren Händen zu Euren englischen Auftraggebern zurückkehren zu müssen?"

„Kennt Ihr einen Engländer namens Edward Malise?" fragte John unvermittelt.

„Ja", entgegnete Coymans ohne Zögern. „Wie kommt Ihr darauf, mitten in dem Gespräch über unser beider Ruin? Ja, ich kenne diesen Mann. Er und seine Familie kamen als katholische Flüchtlinge in die Niederlande."

„Und Mareike?"

Coymans starrte ihn an. Dann brach er in Gelächter aus. „Aha! Jetzt verstehe ich! Mareike liebt Euch. Spielt es eine Rolle, wen sie vorher geliebt haben könnte?"

„Hat sie Malise geliebt?" Johns Stimme war rauh.

„Meine Schwester lebt ihr Leben."

„Wann war Malise zum letztenmal hier?"

Coymans legte die Stirn in Falten. „Genau kann ich das nicht mehr sagen ... Vergangenen Sommer? Im Sommer, ja, genau." Sein Blick war fest, aber nicht zu fest.

Saski behauptete, Malise vor fünf Tagen bei Coymans gesehen zu haben. Einer von beiden log.

„Weigert Ihr Euch aus Eifersucht, bei mir einzusteigen?" fragte Coymans.

„Nein. Ich habe keinen triftigen Grund. Ich kann es einfach nicht tun."

„Die Entscheidung liegt bei Euch."

John erkannte mit einemmal, daß kein einziges Wort ihres Gesprächs ehrlich geklungen hatte. Er mußte dieses Haus verlassen und mit Saski reden. John überschlug rasch im Kopf sein geschrumpftes Vermögen: zwei Wechsel über je fünfhundert Pfund, eingerollt in das Leinenfutter seiner beiden Stiefel, wo sie unversehrt geblieben waren – ein Tropfen im Ozean seiner Schulden. Eine zur Hälfte mit Gulden gefüllte Börse und was immer Gomez ihm im Gegenzug für das Phantom der VOC-Kauffahrt leihen könnte. Ich könnte genausogut nach England zurücksegeln, solange ich die Rückfahrt noch bezahlen kann, dachte John. Es hinter mich bringen. Wieder durchflutete ihn kalte Furcht. Vielleicht überläßt Gomez mir ein Eckchen in seinem Zimmer, wo ich ein, zwei Tage schlafen und mir über einige Dinge klarwerden kann.

Als er sich schließlich entschuldigte und auf sein Zimmer ging, wartete Mareike in seinem Bett.

„Ich muß zurück nach England", eröffnete er ihr.

„Du hättest England nie verlassen, wärst du dort mit deinem Leben zufrieden gewesen. Bleib hier bei mir, bitte. Ich kann dir alles geben, was dir gefehlt hat."

„Kennst du einen Engländer namens Edward Malise?"

Mareike wurde ganz still. John spürte, wie sie sich verkrampfte. „Was ist das? Ein Verhör durch einen eifersüchtigen Verehrer?"

„Es ist mehr als Eifersucht."

„Weist du mich deshalb zurück?" Jäh richtete sie sich auf.

„Nein." Er stockte. „Nicht nur."

„Du hast abgelehnt, nicht wahr?" fragte sie.

„Ja."

Plötzlich stieß Mareike einen Schrei aus und stürzte sich auf John. In wildem Zorn wirbelte sie die Bettdecken durcheinander. „Raus hier!" schrie sie. „Raus! Sofort! Geh!" John bekam einen ihrer Arme zu fassen, mit dem sie wild in der Luft herumfuchtelte. „Ich sage Justus, er soll dich umbringen!" Sie entwand sich seinem Griff, warf sich mit dem Gesicht in die Kissen und schluchzte.

Mareikes Zofe klopfte an der Tür, Coymans tauchte auf.

„Was habt Ihr ihr angetan?"

John starrte auf Coymans' gezückten Degen. „Ich habe ihr gesagt, daß ich fortmuß! Mehr nicht!"

„Hat er dir weh getan?" fragte Coymans seine Schwester.

Sie schluchzte. „Mach, daß er bleibt, Justus! Was hast du ihm gesagt, daß er weggehen will? Was hast du getan?"

„Bring ihr einen Schlaftrunk!" befahl Coymans der Zofe. Als das Mädchen in den Korridor stürmte, wandte Coymans sich John zu. „Undankbarer Verräter! Mich und meine Schwester zu hintergehen! Ihr habt wohl gedacht, ich hätte nicht gewußt, daß Ihr mich betrogen habt? Ihr und dieser alte Jude! Das könnte ich Euch sogar noch verzeihen, aber nicht, daß Ihr mich für so dumm haltet, es nicht zu merken!"

„Und habt Ihr mich für so dumm gehalten, daß ich nicht merke, einen Mörder als Partner zu haben?"

Coymans erstarrte. „Wo zum Teufel habt Ihr diese fixe Idee her? Wen soll ich denn ermordet haben?"

John tastete sich um das Bett herum zu seinem Umhang und dem Dolch. „Gibt es mehrere Möglichkeiten?"

„Warum sagt Ihr das?"

„Nur so aus Spaß", versetzte John.

Die Zofe kam mit dem Schlaftrunk für Mareike zurück.

„Bring sie in ihr Bett!" schnauzte Coymans die Zofe an.

„Ich hasse dich!" stieß Mareike hervor. Ihre Stimme drang noch durch den Flur, während sie in ihr eigenes Gemach ging. „Ich hasse dich!"

„Ich gebe Euch fünf Minuten, Euren Diener zu wecken und Eure Sachen zu packen", sagte Coymans. „Wenn Ihr dann noch hier seid, töte ich Euch."

Kurze Zeit später standen John und Arthur mitten im Durcheinander ihrer Habseligkeiten auf der nassen Straße.

„Tja", sagte Arthur. „Kein Zimmer frei im Gasthof. Wo sollen wir hin, Sir?"

John bückte sich und lud sich ihre Sachen auf. „Warmoesstraat. Es sei denn, ich hätte mich auch in Gomez getäuscht." Coymans hatte er jedoch richtig eingeschätzt. Warum hatte er nicht auf seine innere Stimme gehört? Er konnte nicht sagen, wen Coymans ermordet hatte, aber ein Mörder war er mit Sicherheit. Habe ich Bols gemeint, als ich ihn beschuldigte?

Frühmorgendlicher Nieselregen setzte ein, als sie losgingen. Zweimal blieb John stehen, um zu horchen.

„Was ist, Sir?" fragte Arthur.

„Ich bilde mir ein, daß uns jemand folgt."

Plötzlich spürte John ein Zerren am Rückenteil seines Wamses, hörte das Reißen von Stoff. Er wirbelte herum. Sein Hut wurde ihm vom Kopf gestoßen. Eine Messerschneide schimmerte stumpf vor dem trüben Glanz des dunklen Grachtenwassers.

John rief nach Arthur und hieb auf den Angreifer ein. Es gelang ihm, dem Mann die Klinge aus der Hand zu schlagen, die daraufhin klirrend über die Steine schlitterte und in den Kanal plumpste. Sie rangen miteinander. Arthur stemmte und zerrte, konnte den Mann jedoch nicht von John abbringen. Der Mann rammte seinen Kopf mit Wucht nach hinten und traf Arthurs Gesicht.

Arthur stöhnte auf und taumelte zur Seite. John stieß den Angreifer auf die Straße.

Der Mund des Mannes war zu einer Grimasse ungezügelter Wut verzerrt. Ein junges Gesicht. Nicht die „Stirn" oder der „Eierverkäufer". Aber es kam John bekannt vor.

John hieb dem jungen Mann die Faust direkt unterhalb des Rippenbogens in den Bauch. Der Junge schnappte nach Luft und krümmte sich vor Schmerzen. Schwankend kam er wieder auf die Beine. Er stürzte sich nochmals auf John und schrie krächzend seine Wut heraus. John verstand Bols' Namen, Coymans' und seinen eigenen.

„Wir müssen ihn zu Gomez bringen." Wenn es stimmte, was John zu begreifen begann, würde er einen wohlgesinnten Dolmetscher brauchen. „Nimm meinen Dolch, Arthur. Laß fürs erste alles stehen und liegen. Es ist sowieso nichts von Wert dabei."

Er hielt dem Jungen mit der einen Hand den Mund zu und drehte ihm mit der anderen den Arm auf den Rücken. „Vorwärts!"

Arthur warf Steinchen gegen die Fensterläden des Hauses des alten Mannes. „Gomez!" brüllte John. „Wacht auf! Gomez!"

Endlich wurde ein Laden geöffnet, und ein kleiner Kopf mit einer weißen Mütze lugte auf die Straße hinunter.

„Gomez! Um Gottes willen, laßt uns ein!" beschwor ihn John.

„Wer ist bei Euch?"

„Nur mein Diener und ein verrücktes Kind, das ich befragen muß."

Gomez gab keine Antwort. Die Läden des Hauses gegenüber der Bäckerei schwangen auf. Eine Frau schrie Gomez zornig an.

„Ich bin verzweifelt, Senhor!" rief John. „Ich werde hier stehenbleiben und so lange brüllen, bis Ihr uns einlaßt!"

Gomez zog den Kopf zurück. Fünf weitere Fenster und zwei Türen wurden geöffnet, bevor der alte Mann die Tür des Bäckerladens aufgeschlossen und sie hereingelassen hatte.

Er zündete die letzte Kerze in einem bereits strahlenden achtarmigen Leuchter an und stellte ihn auf das Spinett. „Setzt ihn da hin."

John drückte den Jungen auf eine an die Wand gelehnte Bank. „Es ist Hein, der Gehilfe des alten Bols!" rief er.

Arthur wusch sich seine blutige Nase und ging dann auf die Straße, um ihre Habe einzusammeln.

„Warum hat er versucht, mich umzubringen? Findet es heraus, Senhor."

Gomez schenkte drei Gläser Branntwein ein und reichte John und dem Jungen je eins. Dann stellte er Hein eine Frage.

Der Junge umklammerte sein Glas und plapperte verzweifelt drauflos. Gomez hörte mit gespannter Aufmerksamkeit zu. Schließlich hatte der Junge sich die Last von der Seele geredet. Gomez nippte an seinem Branntwein.

„Was hat er gesagt?"

Gomez hüstelte. „Um es zusammenzufassen: Ihr hättet alles zerstört, was Bols geschaffen hat . . . Ihr und Coymans. Er behauptet, daß Ihr Schläger gedungen hättet, um Bols' Pflanzschule einen Besuch abzustatten . . . Ihr hättet sämtliche Zwiebeln vernichtet."

John starrte ihn entsetzt an. „Bols' Zwiebeln?"

„Ja!" schrie Hein.

„Um den Preis Eurer eigenen zu steigern", fügte Gomez hinzu. „Man kennt das doch. Jemand stiehlt oder vernichtet die Ware eines Konkurrenten, um den Kurs für sein eigenes Angebot in die Höhe zu treiben."

Wütend richtete John sich auf. „Ihr glaubt, ich hätte das getan? Ihr solltet mich inzwischen besser kennen!"

Gomez starrte zu Boden. „Ich weiß noch nicht, wo Ihr die Grenze zieht."

John wandte sich direkt an den jungen Mann. „Ich habe Bols nicht angelogen. Ich teile die Liebe deines einstigen Herrn zu seinen Kindern, und ich habe jene Brutzwiebel des *Königs von Kandy* bereits in die Obhut einer gewissenhaften Amme gegeben."

„Er glaubt, daß Ihr die Herrin Geld mehr liebt als die Göttin Flora", übersetzte Gomez.

„Ich habe die Zwiebeln nicht vernichtet! Ich glaube nicht, daß ich das über mich bringen könnte, nicht einmal um den Lohn, ein früheres Leben zu retten."

„Hein sagt, jemand habe alle Zwiebeln zu Brei zerstampft, vor vier Tagen. Ihr und Coymans hättet das beste Motiv gehabt, da Ihr Eure eigenen *Prunelle*-Zwiebeln an den Mann bringen wolltet."

„Ich würde mir die Pflanzschule gern ansehen", erklärte John. „Wenn Hein schwört, daß er nicht noch einmal versuchen wird, mich zu erstechen. Würdet Ihr mitkommen, Senhor? Als Dolmetscher?"

DER BODEN des Schuppens war mit Fetzen brauner, papierener Haut, gelblichem Brei und Tonscherben übersät. Zerdrückte Körbe umschlossen Klumpen einer verrottenden, breiigen Masse. Die an den Wänden entlanglaufenden Bänke waren von allmählich eintrocknendem Saft verklebt. Der Tisch, dessen Platte man als Presse benutzt hatte, war umgekippt. Die Schritte der Männer rührten einen entsetzlichen Gestank auf.

„So viele!" sagte John betroffen. „Ich wußte gar nicht, daß Bols so viele *Prunelle* hatte."

„Hatte er auch nicht", erklärte Gomez ihm nach kurzer Rücksprache mit Hein. „Nur die vier Mutterpflanzen, die Ihr gesehen habt. Aber Bols beschriftete all seine neuen und seltenen Züchtungen mit Chiffren. Wer dies getan hat, konnte *Prunelle* nicht von den anderen Zwiebeln unterscheiden und hat sie deshalb alle zermalmt."

Hein führte sie über den Scheunenhof. Im zweiten Schuppen stank es ebenfalls nach dem modernden Brei, der den Boden bedeckte.

„Die anderen beiden Schuppen sehen genauso aus", ließ Hein John durch Gomez ausrichten. „Die gewöhnlicheren Sorten hatten Aufschriften, die man problemlos lesen konnte, aber das hat die Täter nicht gekümmert. Alles ist zerstört."

„Ist auf den Feldern noch etwas stehengeblieben?"

„Ein paar spät blühende *Serotinas,* sagte Hein. Und Bols habe ein Dutzend Töpfe mit verschiedenen Sorten in seinem Quartier unter seinem Bett gehabt, um sie im Dunkeln zu halten."

Bols' Enkel würden nie ihr Tulpenfeld in voller Blüte sehen.

„Selbst wenn Ihr unschuldig seid", erklärte Gomez, „ist Hein doch immer noch davon überzeugt, daß Coymans die Täter geschickt hat."

„Hat er irgendeinen Beweis, daß Coymans dahintersteckt?"

„Er sagt, er brauche keine Beweise . . . Genausowenig, wie er Beweise dafür brauche, daß Coymans Bols ermordet habe."

„Sagt Hein, daß auch ich Coymans für den Mörder seines Herrn halte."

Gomez übersetzte.

„Ich habe Bols weder getötet", versicherte John, „noch habe ich ihn töten lassen, noch habe ich davon gewußt, daß er ermordet wurde. Das kann ich nicht beweisen. Aber ich kann Euch über meine eigenen Verluste berichten. Und über meinen Bruch mit Coymans. Ich fühlte bereits, daß Coymans Bols getötet hatte, noch bevor ich soweit ging, Coymans zu verdächtigen. Nun verdächtige ich ihn und will seine Schuld beweisen."

„Glaubt Ihr, Ihr könntet Beweise finden?"

„Ich glaube, ich weiß, wo ich suchen muß."

Gomez übersetzte Hein das Gesagte. „Vielleicht könnt Ihr, während Ihr nach dem Beweis für die Ermordung Bols' sucht, Eure Augen auch bezüglich eines anderen Todesfalls offenhalten, der kürzlich eingetreten ist und überaus gelegen kam. Mijnheer Spiegel."

„Spiegel. Also hat Coymans seinen Prozeß verloren?"

Gomez nickte. „Aufgrund einer in einem neuen Gesetz verankerten Bestimmung, welche die nach einem festgelegten Datum erfolgten Vertragsabschlüsse für null und nichtig erklärt. Spiegel stützte sich auf diese Bestimmung, um sich davor zu drücken, Coymans auszuzahlen. Ich hoffe doch, Ihr habt Justus nicht auch so schwer gekränkt, denn das scheint mir eine ziemlich gefährliche Sache zu sein."

John erzählte ihm in knappen Worten von seiner Vertreibung aus dem Coymansschen Hause.

„Und die halbe Warmoesstraat weiß, daß Ihr direkt zu mir gekommen seid", bemerkte Gomez. „Großartig!"

„Es tut mir leid", entschuldigte John sich betroffen. „Ich hätte daran denken sollen, in welche Gefahr ich Euch bringe."

Gomez schüttelte höflich den Kopf. „Na, na. Macht Euch darüber keine Sorgen. Aber wir sollten versuchen, diesen Beweis so schnell wie möglich zu finden. Sollte Coymans der Meinung sein, daß Eure Mordanklage durch Beweise gestützt ist, wird er nicht lange fackeln."

ICH WERDE diesen hochnäsigen kleinen Maler schon zum Reden bringen, dachte John, und wenn ich seine Tür eintreten muß!

Jemand hatte John die Arbeit abgenommen. Als er vor Saskis Haus eintraf, entfernten ein Zimmermann und sein Lehrling gerade Nägel aus den zerschmetterten Überresten der schweren graugrünen Eingangstür.

John rannte die Stufen zum Eingang hinauf. Niemand gebot ihm Einhalt. Die Halle war jeglicher Gemälde beraubt. Dann erblickte John den Stoß zerborstener Rahmen auf dem Fliesenfußboden.

Ein oder zwei der kleineren Porträts hatten überlebt, der Rest aber war zerschlitzt, die Rahmen zerbrochen. John ließ den Blick über das Zerstörungswerk schweifen, suchte nach der Parodie des letzten Abendmahls mit Coymans und Malise im Zentrum der Tafel.

„Hat er etwas übersehen und Euch als seinen Botenjungen noch einmal vorbeigeschickt?"

John zuckte zusammen und drehte sich zu der Treppe herum, die ins Atelier hinunterführte. Saski hatte beide Handgelenke zwischen Treppengeländer und Endpfosten aufgestützt, um die Pistole zu stabilisieren.

„Ihr habt Glück, daß ich so gute Nerven habe", ließ Saski verlauten. „Ich hätte ja auch feuern können, ohne noch mal genauer hinzusehen. Ich hätte Euch sogar treffen können."

„Coymans hat mich nicht geschickt", sagte John.

Saski stieß ein höhnisches Lachen aus. „Nach all den Nächten, in denen ich Euch zusammen skizziert habe? Macht mir doch nichts vor!"

„Nach diesen eingehenden Beobachtungen sollte Euch nicht entgangen sein, daß ich wirklich nichts weiß!"

Saski seufzte unsicher. „Kommt nach unten", forderte er John auf. „Seht, was er getan hat."

Die Luft war erfüllt vom beißenden Gestank von Terpentinharz, Ölen, Klebstoff und Qualm. Jemand hatte die Leinwände, Zeichenmappen, Farben, Pinsel, Steintöpfe, Holzkohlestückchen und Kreiden durcheinandergeworfen. Zeichnungen waren zerrissen, zusammengeknüllt oder mit Farbe bekleckst. Man hatte ein kleines Feuer entzündet, das soeben in einem Stapel aus Mappen erstickte. Gemälde hingen in Fetzen in zertrümmerten Rahmen. Stiefel hatten in Ocker, Grün und Schwarz ihre Abdrücke auf Skizzen von Gesichtern hinterlassen.

Saskis Blick durchbohrte John. „Was habt Ihr ihm erzählt?"

„Nichts, was dies hier hätte verursachen können, das schwöre ich. Wie kommt Ihr darauf, daß ich der Urheber dieses Zerstörungswerks bin?"

„Justus wollte gewisse Zeichnungen . . . Skizzen. Ich hörte ihn danach fragen."

„Wo wart Ihr denn?" fragte John.

Saski zitterte. „Ich hab mich versteckt, das könnt Ihr glauben."

„Welche Zeichnungen wollte er haben?"

„Das solltet Ihr besser wissen!" stieß der Maler hervor. „Er ist offenbar der Ansicht, daß Ihr meinen Bildern gefährliche Dinge entnommen habt."

„Ich fragte ihn, ob er den Mann kenne, den ich bei meinem letzten Besuch hier auf Euren Bildern entdeckte, den Engländer, Malise. Mehr nicht."

„Ihr habt mein Leben zerstört", warf Saski ihm vor. „Ich werde keinen zweiten Mäzen wie Coymans finden. Der für sein Geld keine geschönten Darstellungen und Lügen verlangt, sondern den Künstler die Wahrheit zeigen läßt."

„Ganz offensichtlich hat er bestimmte Wahrheiten denn doch nicht vertragen."

„Er konnte die Wahrheit sehr wohl ertragen! Er hatte nur Angst davor, was Ihr damit anstellen würdet. ‚Was hast du dem Engländer gezeigt?' fragte er mich an jenem Abend, als Ihr mich in seinem Haus gesehen habt . . ., nachdem Ihr Euch entfernt hattet. ‚Was hast du ihm gezeigt? Saski, du hast uns alle ruiniert!'"

„Saski", sagte John, „Coymans weiß, daß einige der Wahrheiten, deren Zeuge Ihr geworden seid, verschwiegen werden müssen. Und Ihr wißt es auch."

Saski schauderte vor Entsetzen. „Es ist nicht an mir, ein Urteil zu fällen. Ich zeichne nur. Ich möchte nur malen dürfen, was ich sehe! Die reichen Kaufherren und Ratspensionäre aber wollen gemalte Lügen. Coymans war anders. Doch nun hat selbst er mir nahegelegt, meine Augen zu verschließen!"

„Was dürft Ihr denn nicht mehr sehen? Zeigt mir, was Ihr nicht mehr sehen dürft!"

Saski lachte. „Glaubt Ihr wirklich, das würde ich wagen, da schon die bloße Tatsache, daß ich Euch Skizzen von irgendeinem Engländer gezeigt habe, dies hier nach sich gezogen hat?" Er machte eine Handbewegung über das Chaos hinweg.

„Zeigt mir, was Ihr nicht sehen dürft, und wir können ihn erledigen", forderte John beharrlich.

Saski neigte den Kopf. „Er war wie ein älterer Bruder zu mir."

„Ich glaube, Ihr liebt die Schwester und haßt den Bruder."

Saski erhob sich und führte John nach oben in die geflieste Eingangshalle. Die Skizzen befanden sich unter einer losen Fußbodenfliese. Saski reichte John die erste Studie, in lockeren, hastigen Strichen hingeworfen. Sie zeigte Coymans und die „Stirn". Coymans, der Anweisungen erteilte, „Stirn", der durchtriebene Bosheit ausstrahlte. Eine schwere Börse lag in Coymans' Hand.

Die zweite Zeichnung war detaillierter, als hätte Saski sie in der Ruhe seines Ateliers angefertigt. Ein alter Mann, allein im Kerzenlicht arbeitend, blickte entsetzt zu einem Eindringling auf. Seine Augen gaben zu verstehen, daß er den Tod an seiner Tür erkannt hatte. Der Tod streckte die beinerne Hand in einer fragenden Geste vor. „Darf ich eintreten?" Sein Gesicht jedoch war nicht ganz skelettiert; es war das Gesicht der „Stirn".

„Bols!" keuchte John. „Wißt Ihr das? Oder ist es nur Eure Vorstellungskraft?"

„Ich zeichne keine Unwahrheiten." Saski betrachtete eine dritte Zeichnung. „Diese hier hätte ich nicht verstecken müssen, aber sie gehört zu den anderen." Er gab sie John.

John und Coymans, die den Verkauf des *Königs von Kandy* feierten. Da war er, jubelte über seinen Gewinn, der sich auf die Ermordung eines alten Mannes gründete.

„Die Skizzen allein werden Coymans nicht überführen."

Saski zeigte ein dünnes Lächeln. „O nein! Ihr werdet mich zu keinem weiteren Zeugnis als diesem hier verleiten."

„Was ist mit Spiegel?"

„Ich bin Künstler, kein Held. Bitte nehmt diese Skizzen und geht!"

„DIE ZEICHNUNGEN allein werden nicht zu Coymans' Verurteilung führen", bestätigte Gomez. „Aber sie werden die Verhaftung des alten Oly, den Ihr ‚Stirn' nennt, bewirken. Er ist dem Geld treu, nicht dem Mann. Er wird reden, auch wenn Saski verschlossen wie eine Auster bleibt. Die Skizzen werden bewirken, daß Coymans seine Anziehungskraft als Arbeitgeber einbüßt. Selbst wenn er einer Verurteilung entgeht, wird er doch seinen Ruf verlieren. Wie beim Spekulieren ist ein Gerücht so gut wie die Wahrheit."

„Saskis Leben hängt davon ab, wie diese Zeichnungen verwendet werden."

„Ebenso wie das Eure", ergänzte Gomez. „Und das meine. Verdecktes Vorgehen also, verstehe."

Am folgenden Nachmittag jedoch wurde in der Gasse zwischen Sankt-Antonius-Tor und Warmoesstraat ein Überfall auf John und Arthur verübt. Arthur erlangte auf dem Boden des Bäckerladens das Bewußtsein wieder, wohin irgend jemand ihn geschleift hatte, nachdem dieser den Diener jenes englischen Herrn erkannt hatte, der neulich die Straße durch sein Geschrei zwei Stunden vor Tagesanbruch in Aufruhr versetzt hatte.

„Wo ist dein Herr?" fragte Gomez Arthur.

Gomez und der Bäcker stürzten los, um die Gasse noch einmal abzusuchen. Ohne Ergebnis. John war wie vom Erdboden verschluckt.

JOHN saß in seichtem Wasser in fast völliger Dunkelheit, gegen etwas Hartes, Nasses gelehnt. Kaltes Wasser reichte ihm bis übers Handgelenk. Gesäß und Rücken waren eiskalt. Er tastete nach seiner Waffe, doch der Dolch war verschwunden.

Entsetzen durchdrang den schmerzhaften Nebel in seinem Kopf. Das Bewußtsein kehrte zurück. Er taumelte auf die Füße. Als er wieder halbwegs klar denken konnte, versuchte er festzustellen, wo er war.

Er befand sich in einer feuchten, steinernen Zelle, die drei Fuß breit und vier Fuß lang war. Man hatte ihn gegen die Rückwand gelehnt. Die Decke war eine Handbreit über seinem Kopf. Eine Öffnung von sieben Zoll im Quadrat war in eine dreieinhalb Zoll starke Tür eingelassen und mit Eisenstäben vergittert. Die Wände waren glitschig, und es war dunkel, so daß John seine Füße kaum sah. Umhang und Wams hatte man ihm ausgezogen. Die massive Tür schloß ihn wie in einen Sarkophag ein.

Coymans war schneller gewesen als Gomez. Saski hatte ihn hintergangen. Mareike hatte seine Bestrafung verlangt. Wer immer Sir Georges Mann die Kehle durchgeschnitten hatte – er hatte beschlossen, auch John aus dem Weg zu räumen.

Warum lebe ich überhaupt noch? Warum haben sie mich nicht einfach umgebracht und in den Fluß geworfen? fragte er sich und gab sich gleich selbst die Antwort: weil ich hier gut verborgen bin. Nie wird meine Leiche aufgedunsen an die Oberfläche treiben, um meine Mörder anzuklagen.

John tastete die Tür ab. Kein Griff. Weder ein Schlüsselloch noch ein Riegel oder ein Scharnier. Nichts als dickes, nasses, von Flechten und Schwämmen bewachsenes Holz. Die Eisenstäbe steckten in einem stabilen Rahmen. John rüttelte mit aller Kraft an den Gitterstäben. Er drückte den Rücken gegen die hintere Wand, hob das Bein und trat gegen die Tür. Sie knarrte nicht einmal.

Die Dicke der Tür beschränkte sein Sichtfeld. Durch die vergitterte Öffnung sah er einen Streifen Wasser, wohl einen Kanal. Rechts davon befand sich eine steinerne Kaimauer. Unterhalb der Tür erspähte er einen schmalen Anlegesteg mit einer kniehohen Brüstung. Dahinter schwappte das Wasser langsam auf ihn zu und sammelte sich als strömungsloses, totes Wasser am Fuß des Anlegestegs. Zur Linken der Zelle, weiter draußen auf dem Kanal, glättete sich die Strömung und verschwand in krausen Wirbeln flußabwärts.

Diese Zelle befindet sich in der Kaimauer, folgerte John.

Das zerborstene Heck eines halb gesunkenen Skiffwracks ragte aus dem toten Wasser. Die gefiederten Kronen einer weit entfernten Reihe spindeldürrer Bäume erhoben sich zu seiner Rechten über die Kaimauer. Die Baumreihe schien an einer Straße zu stehen. Über der zweiten Kaimauer, die sich jenseits des Kanals erstreckte, breitete sich der graue Abendhimmel aus.

John rief um Hilfe. Niemand antwortete.

Er kehrte dem kleinen, von Gitterstäben gestreiften Lichtquadrat den Rücken zu und ließ die Hände über die feuchte Oberfläche aller vier Wände gleiten, ertastete jedoch nichts als massiven Stein. Die einzige Besonderheit bestand in einer Reihe kleiner, rechteckiger Löcher, die am Fuß jeder Wand in den Stein gebohrt waren wie winzige Abflüsse.

Auch Ärmel und Rückenteil seines Hemdes waren mittlerweile durchgeweicht und kalt. Das vier Zoll hohe Wasser auf dem Zellenboden war durch seine Schuhsohlen gedrungen.

Noch einmal rief er um Hilfe. Er würde sich seine Kräfte einteilen und in wohlüberlegten Abständen rufen.

Draußen verdunkelte sich der Himmel. Die Baumwipfel waren zu schattenhaften Umrissen verschwommen. Du kannst hier bis zum Morgen überleben, sagte er sich. Dann wird Gomez wissen, daß etwas nicht in Ordnung ist, und sich auf die Suche nach dir machen. Oder ein Bauer oder Bootsmann wird zufällig vorbeikommen.

Über seinem Kopf hörte John scharrende Geräusche. „Ist da jemand?" Jähe Hoffnung kämpfte mit ebenso jähem Schrecken.

Das Scharren verstummte.

„Holt mich hier raus! Helft mir!"

„Warum sollte ich?" ließ sich eine wohlbekannte Stimme auf englisch vernehmen. „Schließlich habe ich Euch hier reingesteckt! Es ist ein Vergnügen, Euch flehen zu hören."

Malise! Ich bin so gut wie tot, dachte John.

„Noch einmal, und ich sage es nur ungern", fuhr Malise fort, „brauche ich etwas von Euch."

„Ihr hättet mir jederzeit das Leben nehmen können, als Ihr mich hierhergebracht habt."

„Das kommt noch. Alles zu seiner Zeit." Malises Schritte näherten sich der Tür. Er lugte ins Innere der Zelle. „Euer Vetter wäre mit dieser Art der Unterbringung nicht einverstanden. Nur gut, daß er nie davon erfahren wird. Sir Harry ist über die Verbindung zu Euch höchst unglücklich, müßt Ihr wissen. Ich war angenehm überrascht, wie bereitwillig er mir zustimmte, daß es längst überfällig sei, Euch vor den Richter zu bringen."

„Ihr lügt!"

„Was glaubt Ihr denn, woher ich wußte, wo Ihr Euch befindet?"

John biß sich auf die Zunge.

„Oder war es vielleicht Mareike?" mutmaßte Malise. „Ich bin ihr jederzeit zu Diensten." Er schob sein Gesicht ganz nah an die winzige Türöffnung. „Ich glaube, wir sollten uns sputen, bevor Eure Hände zu klamm sind zum Schreiben." Er schob eine Papierrolle durch die Gitterstäbe. „Seid so gut und unterzeichnet das für mich."

John ignorierte die Rolle. „Hier drin ist es zu dunkel zum Lesen. Ihr solltet es besser wissen, als einen Mann zu bitten, seine Unterschrift unter ein Dokument zu setzen, das er nicht gesehen hat oder das ihm nicht vorgelesen wurde."

„Es handelt sich um das Eingeständnis eines Mordes."

„Ihr habt es doch nicht nötig, meine Schuld zu beweisen. Schließlich habt Ihr angesehene Männer als Zeugen."

„Oh, dies ist kein Geständnis für den Mord an meinem Bruder. Dieses Dokument bescheinigt, daß Ihr Bols getötet habt."

„Aber ich habe Bols nicht getötet."

„Ihr seid ein Mörder. Spielt es eine Rolle, für welchen Mord Ihr hängt? Mir ist es gleich. Ihr habt Euch der Bestrafung für einen Mord entzogen, den Ihr begangen habt. Ihr werdet für einen Mord hängen, den Ihr nicht begangen habt. Ich halte das für eine recht elegante Lösung. Außerdem könnte es sein, daß ich es einfacher haben werde, mich gegen die Anklage eines Mannes zu verteidigen, der bereits zwei Morde begangen hat."

„Wie kommt Ihr darauf, daß ich so etwas unterschreibe und mich dadurch selbst ans Messer liefere? Ihr seid verrückt."

„Ihr werdet den Grund erfahren", versprach Malise. „Ich komme wieder."

Als der Nebel die Geräusche von Malises Schritten verschluckt hatte, preßte John sich wieder gegen die kleine Öffnung. Also doch nicht Coymans. Jedenfalls nicht direkt. Malise weiß von dem Gnadengesuch. Ich werde ihm nicht noch einmal entkommen.

Von neuem warf er einen Blick auf die Strömung zu seiner Linken. Das Wasser floß in die falsche Richtung. Flußaufwärts. John verlagerte sein Gewicht und spürte plötzlich einen Widerstand am Knöchel, den er zuvor nicht bemerkt hatte.

Vor Schreck standen ihm die Haare zu Berge. Das Wasser auf dem Zellenboden war gestiegen. Ihm war mit einem Schlag klar, daß er sich an einem Kanal auf der dem Meer zugewandten Seite der letzten Schleuse befand – und daß die Flut stieg. Das also war es, was Malises Ansicht nach seine Meinung ändern würde.

Wie hoch stieg die Flut? Wie lange dauerte es, bis das Wasser seinen höchsten Stand erreicht hatte? John verfluchte seine Unwissenheit. Die Holländer hatten jederzeit ein Auge auf Neptun. Doch obgleich John wochenlang in ihrem Land gelebt hatte, hatte er sich nie nach so grundlegenden Dingen erkundigt.

Verstopfe die Löcher. Aber es sind zu viele. Er hatte nur sein Hemd und seine Kniehosen. „Helft mir!" brüllte er durch die Gitterstäbe. Das Wasser stieg weiter. Es reichte ihm schon fast bis zu den Knien.

„Wie hoch wird das Wasser Eurer Meinung nach steigen?" Malise war zurück. „Man sagte mir, daß der Wasserpegel je nach Windstärke und Mondphase von Tag zu Tag variiert. Manchmal steigt das Wasser bis zur Decke, manchmal bleibt es ein wenig darunter."

„Ich dachte immer, Ihr zöget Feuer vor", gab John zurück.

„Ihr habt die Wahl", sagte Malise. „Wollt Ihr unterschreiben oder lieber hierbleiben und wie eine Ratte ersaufen? Ich glaube, ich würde lieber hängen. Und Ihr habt ja immer noch die Aussicht auf Richtblock und Schwert."

„Wenn ich unterschreibe, was bietet Ihr mir im Gegenzug?"

„Einen ehrenvollen Tod."

„Das ist ein armseliger Handel. Warum tut Ihr mir das an?"

„Weil ich Euch hängen sehen will", antwortete Malise geduldig. „Und um einem alten Freund aus der Patsche zu helfen, für den Ihr mit der Zeit ein Ärgernis geworden seid."

„Das hört sich schon plausibler an", meinte John.

„Werdet Ihr unterschreiben?"

„Nein", sagte John.

„Ihr habt noch eine Stunde bis zum Höchststand der Flut. Ich verlasse Euch jetzt, damit Ihr in aller Ruhe darüber nachdenken könnt, wie es ist, ganz langsam zu ersaufen. Ich werde noch ein letztesmal zurückkommen, bevor ich mich wieder in die Stadt begebe."

John versuchte sich diese Stunde vorzustellen, während das Wasser ihm bis zur Brust stieg. Er hatte in der abendlichen Kälte zu zittern begonnen. „Gebt mir das Geständnis", forderte er.

Malise schob das Papier durch die Stäbe. „Ich habe einen Ölstift mitgebracht." Seine Stimme bebte.

John zerrte ihm das Papierstück aus der Hand und rollte es auseinander.

„Irgendwo am unteren Ende der Seite." Malise reichte ihm den Ölstift durch die Gitterstäbe.

Doch John zerriß das Dokument und warf eine Handvoll Schnipsel durch die Stäbe.

„Das war's dann also", stellte Malise mit Verzweiflung in der Stimme fest.

„Richtig. Bitte geht jetzt."

„Es überrascht mich, daß Justus Euch tot sehen wollte", fügte Malise hinzu. „Ich finde, Ihr seid Euch sehr ähnlich – beide stammt Ihr aus einer Familie höflicher Wegelagerer und kultivierter Straßenräuber, und beide bereichert Ihr Euch mit Freuden am Unglück anderer. Eure Familie hat die meine zerstört. Sie hat sich unsere Ländereien und unsere Stellung angeeignet. Francis und ich haben drei Leben genommen. Euer Vater und Großvater jedoch haben den Fortbestand der gesamten Familie Malise vernichtet, und die Gerichte haben ihnen den Rücken gestärkt. Wenn König Henry sich schon dazu entschließen mußte, uns unsere Ländereien zu nehmen und sie einem Federfuchser zu geben, dessen Kratzfüße ein wenig tiefer ausfielen als die der anderen, warum mußte dann auch noch Gott selbst es so fügen, daß dieser Federfuchser ein Gentleman wurde, während wir, die wir seit zweihundert Jahren auf unseren Besitzungen geherrscht hatten, zu nichts wurden. Ohne Ländereien, ohne Stellung, ohne Stimme."

„Ohne Tarleton Court?" fragte John.

„Weil er ohne Tarleton Court nicht leben konnte, starb mein Vater im Ausland, unter Fremden, die in einer Sprache redeten, die er nicht verstand. Er starb an nassen Füßen und gebrochenem Herzen. Meine Mutter folgte ihm schon bald. Meine Eltern gegen Eure, Nightingale. Und die Ländereien hat keiner von uns. Alles in allem schuldet Ihr mir noch etwas."

MALISE war schon eine Zeitlang verschwunden. Die Kälte war zu einem stechenden Schmerz geworden, der John bis in die Knochen drang. Das Wasser hatte sein Schlüsselbein erreicht und stieg langsam zur oberen Kante der Gitteröffnung. Dann war John die Frischluftzufuhr abgeschnitten.

Ruhig. Atme langsam. Der Kälteschmerz war fort. Sein Körper war taub. John schwebte im Wasser, den Kopf zurückgelegt, während seine Stiefelspitzen über den Boden schleiften. Die Decke war so nah, daß sie Johns Atem reflektierte. Die Luft wurde dick wie Sirup.

Johns Stiefelspitzen stießen auf den Boden. Er war langsam in die Tiefe gesunken und stand schließlich auf dem Boden der Zelle. Er spürte, wie seine Hacken hart gegen den Steinboden stießen. Er öffnete die Augen weit in der Finsternis und erkannte das Rechteck aus schwachem Licht. Noch immer war es nur ein schmaler Schlitz, doch es wurde größer.

Er preßte die Stirn gegen die obere Kante der Öffnung und atmete die reine Luft ein. Vor Erleichterung begann er zu weinen. Die Flut hatte ihren Höhepunkt überschritten. Das Wasser fiel.

„MR. COYMANS' Haus?" Zeal erkundigte sich wiederholt nach dem Weg. „Breestraat?" Die Leute hatten ihr den Weg gewiesen.

Die erfolgreiche Überfahrt hatte Zeal mit einer siegesgewissen Kraft erfüllt, die im Durcheinander der Hafenanlagen nur vorübergehend erschüttert worden war. Dann hatte sie zwei hilfsbereite, englischsprechende Herren auf der Straße getroffen, und Rachel war es gelungen, zwei Jungen aufzutreiben, die ihre Habseligkeiten tragen halfen.

Zeal blickte an der Vorderfront von Justus Coymans' Grachtenhaus empor. Sie raffte ihre Röcke und stieg die Stufen zur Eingangstür hinauf. „Bitte, klopf an", forderte sie Rachel auf. „Ich möchte Mr. Nightingale sprechen", erklärte sie mit fester Stimme der jungen Frau, die die Haustür halb öffnete.

Die junge Frau gab eine Antwort, die Zeal nicht verstand, und machte Anstalten, die Tür wieder zu schließen.

„Mr. Nightingale!" wiederholte Zeal etwas lauter. „Der Engländer, Mistreß. Er sagte mir, er wohne im Haus von Justus Coymans."

Eine andere Frauenstimme ließ sich im Innern des Hauses vernehmen. Die Frau an der Tür antwortete und wich dann zurück.

Eine zweite junge Frau trat aus einer Zimmertür in die schwarzweiß geflieste Eingangshalle. Sie trug ein gelbes Gewand und den größten und feinsten Spitzenkragen, den Zeal jemals gesehen hatte. Ein Perlenkollier lag um ihren langen weißen Hals. An der längsten Perlenreihe baumelte, kurz unterhalb des tiefen Miederausschnitts, ein schweres Medaillon aus Gold und kleinen Perlen. Eine zweite Kette schlang sich um ihr Handgelenk. Weitere Perlen hingen von ihren Ohrläppchen herab, unter gelösten Locken feinen blonden Haars.

„Ich bin Justus Coymans' Schwester", stellte sich die zweite junge Frau in etwas fremdländisch klingendem Englisch vor. „Weshalb wünscht Ihr John zu sprechen?"

Zeal starrte sie bestürzt an.

„Aber kommt doch bitte herein", fuhr die junge Frau freundlich, aber mit unverblümter Neugier fort. „Kommt und setzt Euch. Schöpft erst einmal Atem, bevor Ihr mir erzählt, was Ihr wünscht." Sie sagte etwas auf holländisch zu der Dienstmagd, die Rachel daraufhin in den hinteren Teil des Hauses führte.

„Ist er da?" erkundigte sich Zeal ungeduldig, nachdem sich die Tür hinter ihr geschlossen hatte.

„Nein, er ist nicht hier", erwiderte die junge Frau. Sie geleitete Zeal in das Musikzimmer.

„Aber Ihr kennt ihn?"

„O ja. Würdet Ihr mir sagen, wer Ihr seid?"

Zeal schluckte und holte Luft. „Die Gemahlin seines Vetters. Lady Beester."

„Ah." Die junge Frau lehnte sich ein wenig entspannter in ihren Sessel zurück. „Johns Vetter Harry?"

Zeal nickte. „Von Hawkridge House. In Hampshire. In England." Dann brach sie in Tränen aus. „Ich weiß gar nicht, warum ich weine", sagte sie wütend. Sie zerrte ein Taschentuch aus ihrem Ärmel und wischte sich energisch die Augen.

„Hättet Ihr gern etwas Ale?“ fragte Mareike besorgt. „Was darf ich Euch holen lassen?“

„Mir geht es gut!“ schluchzte Zeal. „Es ist John, der in Gefahr ist!“

DER HIMMEL hatte sich aufgehellt. Vielleicht klarte es auf. Das Wasser stand immer noch hoch um Johns Beine, doch er war zu erschöpft, um die Höhe genau zu messen. Außerdem war ihm eisig kalt.

„Helft mir!“ schrie er. Die Kälte hatte sich in Schmerz zurückverwandelt. Seine Hände zitterten so stark, daß er sich nicht mehr an den Gitterstäben festhalten konnte. Da die Beine ihn nicht länger tragen wollten, setzte er sich auf den Boden und versank fast bis zur Brust im Wasser. Die Kleider klebten ihm wie eine zweite Haut am Körper.

Das Wasser fiel, aber es würde von neuem steigen. Wie viele Stunden noch?

Bald war der Boden beinah trocken, doch John zitterten und schmerzten die Glieder. Ihm war, als hörte er wieder das Scharren über seinem Kopf. „Hallo, ist da jemand?“

„Keine Angst“, erklang Malises Stimme. „Ich bin’s nur. Ich werde bis zum Ende bei Euch bleiben. Die nächste Flut wird höher als die letzte sein.“

Bald hatte das Wasser wieder Johns Knie erreicht. John lehnte sich an die Tür und schloß die Augen.

Da durchdrang ein Schrei die Stille.

John öffnete die Augen. Ein Mann überschlug sich langsam hinter dem Quadrat aus grauem Licht, prallte vom schmalen Anlegesteg ab und krachte in das Heck des halb versunkenen Skiffs.

„Laßt mich! Laßt mich!“ vernahm John die Stimme einer Frau.

Über seinem Kopf war wieder dieses Kratzen zu vernehmen, und von der Kaimauer zu seiner Rechten hörte er ein Scharren und das Geräusch herabfallender Körper. Jemand kam den Anlegesteg entlang.

„O Gott, mach auf!“ flehte eine zweite Frauenstimme. „Bitte, mach auf!“

Jetzt ertönte eine Männerstimme. „Bitte hört auf, gegen die Tür zu drücken, Sir!“ rief Arthur. „Wir können den Riegel nicht entfernen, wenn Ihr Euch dagegen lehnt!“

John taumelte gegen die hintere Wand. Kaltes Wasser umspülte ihn bereits wieder bis zur Brust. Die Stimmen wurden undeutlich.

„Es ist das Wasser!“ hörte er Arthurs Stimme. „Das verdammte Wasser drückt von innen dagegen! Jetzt beweg dich doch, beweg dich!“

Die Tür öffnete sich. Das Wasser aus dem Innern der Zelle ergoß sich nach draußen auf den Anlegesteg, doch Zeal drängte mit weit größerer Kraft in die Zelle herein. John spürte ihre Hände. Er klammerte sich an ihr fest. Sie war warm. Arme zerrten ihn fort.

„JOHN! O John!" Zeal hielt ihn fest umschlungen, als könnte sie so sein Zittern unterdrücken. „Armer, armer John!" flüsterte sie leise.

„Er atmet", stellte Arthur erleichtert fest. John warf den Kopf an Zeals Brust hin und her. „Ruhig, Sir", sagte Arthur. „Wir geben uns Mühe, Euch wieder warm zu bekommen."

Nach einer Weile schlug John die Augen auf. Zeals Antlitz schwebte über ihm. Er lag auf dem Boden, den Kopf in Zeals Schoß. Sie streichelte seine Hand. „Er ist aufgewacht!" rief sie.

John blickte auf, schaute ihr in die graublauen Augen. Sie schienen sehr weit weg zu sein, und doch wärmte ihre Taille seine Wange.

Der Boden unter ihm schwankte heftig. John wandte den Kopf und erblickte Mareike, die mit einem Ruder in der Hand balancierte, während ein Bootsmann ihr ins Segelboot half.

„Wie geht es Euch, Sir?" fragte Arthur.

John blickte erstaunt um sich. Er war ausgezogen und in trockene Umhänge gewickelt worden, die man auf dem Boden von Coymans' kleinem Segelboot ausgebreitet hatte, um es ihm bequem zu machen. Arthur und Zeal hockten neben ihm. Hinter den beiden sah er Rachel. Mareike saß nun auf einer Bank und musterte sie alle in grüblerischem Schweigen.

Das Boot schaukelte erneut, als der Kahnführer das rostrote Segel setzte. Es flatterte kurz, ehe der Wind es blähte. Die Ufer glitten schnell vorüber.

John ließ den Kopf zurücksinken. „Ich glaube, ich wußte, daß du kommen würdest", flüsterte er Zeal zu.

„Schlaf jetzt." Sie führte seine Hand an ihre Lippen. John hörte die Autorität in ihrer Stimme und gehorchte.

X

COYMANS' Haus war leer. Ihre Schritte hallten auf dem Marmorfußboden der Eingangshalle wider. Die Wände der Halle waren aller Gemälde entblößt.

Mareike führte John, Zeal und Arthur ins Musikzimmer. John trug mittlerweile Arthurs beste Kniehose. Im Zimmer blieb er stehen und schaute sich um. Keine Teppiche mehr auf den Tischen, von denen die meisten ohnehin verschwunden waren. Das Spinett war noch da, außerdem durcheinandergewirbelte Notenblätter und Mareikes Stuhl. Nur der Kern von Mareikes Leben war in all der Leere zurückgeblieben. Ein einsames Hausmädchen schien die einzige noch anwesende Dienstbotin zu sein.

„Wo ist dein Bruder?" fragte John.

„Er ist fort", antwortete Mareike.

„Wohin?"

„Oh, ich würde es dir nicht erzählen, selbst wenn ich es wüßte. Dein Freund Gomez hat die Schöffen hergeschleppt. Sie waren so erzürnt darüber, Justus nicht anzutreffen, daß sie alles mitgenommen haben. Ich konnte sie überreden, mir das Spinett zu lassen . . . und mein Bett."

„Du meinst, er kommt nicht wieder?"

„Dafür hast du doch gesorgt, nicht wahr? Du und dein Gomez. Justus hat immer gesagt, daß du ihn zugrunde richten würdest."

„Er ist geflohen?"

Mareike nickte.

„Trotz allem sieht es so aus, als verdankte ich dir mein Leben."

„Nicht ganz", erwiderte Mareike. „Die kleine Gemahlin deines Vetters hat mich dazu getrieben."

„Doch der wahre Dank gebührt ihr", schaltete Zeal sich ein. Auf dem Kahn hatte sie den Entschluß gefaßt, jeden Verdacht zu ignorieren, den sie Mareike Coymans gegenüber hegte. „Sie hat das Boot besorgt, und sie wußte auch, wo wir dich finden konnten."

„Mr. Malise war so überrascht, zwei feine Damen mit Picknickkörben auf sich zusegeln zu sehen, daß er nichts Böses ahnte, bis Lady Beester ihn niederschlug", berichtete Arthur.

„Wo ist Malise jetzt?"

Mareike zuckte die Achseln. „Wir haben ihn da gelassen, wo er hingefallen war, auf dem verrottenden Kahn. Seine Männer warteten nicht weit entfernt in einem Boot. Vielleicht haben sie ihn vor dem Ertrinken bewahrt."

„Du hast ihn laufenlassen?"

„Was hätte ich denn deiner Meinung nach tun sollen?" Mareike wurde zornig. „Wo Justus sich aus dem Staub gemacht hat? Edward hat dich ja am Ende doch nicht getötet. Ich muß für mich retten, was noch zu retten ist. Geh zurück nach England, und ficht deine Schlachten dort aus! Bitte mich nicht, noch mehr für dich zu tun!"

Zeal hörte John und Mareike zu. Nach so vielen Unmöglichkeiten, die in keinem ihrer Bücher zu finden waren – angefangen bei der Reise von London. Sie hatte Mareike in Amsterdam gefunden und Arthur auf der Straße vor Coymans' Haus getroffen, wo er seit Johns Verschwinden Wache gehalten hatte. Dann hatte sie John aufgespürt, Malise mit dem Ruder eins übergezogen, John aus diesem nassen Steinsarg herausgezerrt . . . Sie war eine Riesin gewesen. Und nun, da sie wieder in Sicherheit war und John bei ihr, in einem sicheren Haus, keine zehn Minuten von dem Schiff entfernt, das sie nach England zurückbringen würde –, nun ausgerechnet war ihr, als müsse sie zerbersten. Zeal starrte aus dem Fenster hinunter auf die Straße. Sie konnte sich nicht überwinden, sich umzudrehen, um John und diese Frau anzuschauen.

„Woher wußtest du, wo du mich finden konntest?"

Mareike starrte John herausfordernd an. „Edward war hier in der Nacht, die du in dem Verlies verbracht hast. Ich habe ihn gefragt, wo er an jenem Tag gewesen sei – du und ich, wir sind einmal dort in der Nähe gesegelt. Justus hatte ihm erzählt, daß du dich mit uns überworfen hättest, und er war eifersüchtig genug, um mich wissen zu lassen, daß er dich erledigt hatte. Den Rest habe ich mir zusammengereimt."

Zeal entschied, daß es keinen Sinn hatte, die Augen vor dem zu verschließen, was man nicht wissen wollte. Sie konnte die Vertrautheit im Gespräch der beiden ohnehin nicht länger überhören. Sie drehte sich um. John und Mareike sahen angespannt und verzweifelt aus.

„Als Justus dir erzählte, ich würde ihn zugrunde richten, hat er dir da auch gesagt, daß er mich bereits zugrunde gerichtet hatte?" fragte John.

Mareike wandte sich ab und verließ ohne ein Wort das Zimmer. Niemand rührte sich, niemand sagte etwas. Kurz darauf kam Mareike mit einer kleinen, lederüberzogenen Mappe zurück in das Musikzimmer. Sie legte die Mappe auf einen Tisch und blätterte darin. Schließlich nahm Mareike Jacov Fernandez' Wechsel heraus. John erbleichte.

„Justus mußte so überstürzt abreisen", erklärte Mareike, „daß er einfach vergaß, meinen Lebensunterhalt nach seinem Weggang sicherzustellen . . . Oder er fand keine Gelegenheit mehr dazu. Glücklicherweise war ich so klug, das eine oder andere an einem sicheren Ort zu verstecken, bevor die Aaskrähen hier einfielen und ihre Suche aufnahmen. Als Justus erfuhr, daß Gomez mit den Schöffen auf dem Weg hierher war, verschwand er so rasch, daß er vergaß, mich nach diesen Papieren zu fragen." Sie gab John die gestohlenen Wechsel. Das ganze Geld des Königs. Der größte Teil des Profits der Südjavanischen Kompanie. Nur der Gegenwert des Truheninhalts fehlte.

„Woher wußtest du, daß dein Bruder diese Wechsel besaß?" fragte John mit heiserer Stimme.

„Er vertraute es mir in jener Nacht an, als ihr diesen schlimmen Streit hattet. Ich glaube, damals setzte er meine Loyalität einfach voraus. Er dachte, es würde mich amüsieren zu erfahren, was für einen Trottel er aus dir gemacht hatte. Denselben Fehler beging Edward. Ich hatte mich schon gewundert, warum er plötzlich wieder aus England zurückkam, da er doch erst vor kurzem dorthin gefahren war, dir dicht auf den Fersen. Er hatte mich Verschwiegenheit schwören lassen. Mehr wußte ich nicht ..., was er wollte ..., was die beiden geplant hatten ... Dein Geld für meinen Bruder und dich selbst für Malise ... Ich wartete ... Dann bist du verschwunden, und die kleine Lady Beester tauchte auf."

John sagte nichts.

„Ich habe Edward Malise nicht geliebt."

Zu Zeals Entsetzen hob John Mareikes Hand an seine Lippen und küßte sie. „Du bist ein Engel", erklärte er. „Du bist tapferer und großzügiger gewesen, als ich es verdient habe."

„Du verdienst keine von uns", bestätigte Mareike, wobei sie Zeal ansah. „Ich glaube, ich werde Saski heiraten", fuhr sie fort, „und ihm Modell stehen."

„Wie geht es ihm?" erkundigte sich John.

„Er hat's überlebt."

Mareikes Absicht, Saski zu heiraten, ermutigte Zeal, sich endlich in das Gespräch einzuschalten. „Jetzt, da die erste Aufregung sich gelegt hat, möchte ich Euch nochmals danken!"

Mareike musterte sie nicht unfreundlich. „Und nun, da wir diesen Mann namens Nightingale gerettet haben, was werdet Ihr mit ihm anfangen?"

„Wieso anfangen?" stammelte Zeal. Sie starrte Mareike verdutzt an. „Ich weiß es nicht!"

Mareike begann zu lachen.

EIN SEGELSCHIFF brachte John und Zeal zurück nach England. Zeal stützte die Ellbogen auf die Reling und ließ den Kopf in die Hände sinken. Sie verfolgte, wie die Bugwellen vom Schiff wegglitten. John beobachtete Zeal vom Heck aus. Sie waren sich aus dem Weg gegangen, seit sie in See gestochen waren. John war immer noch erschöpft, außerdem fühlte er sich verwirrt und in seinen Gefühlen verletzt.

Er war von seinem Vetter Harry verraten worden, dem er vertraut und den er lediglich für einen harmlosen Narren gehalten hatte. Edward Malise war vermutlich noch am Leben. John war von Mareike entweder gerettet oder betrogen worden, oder auch beides. Ganz sicher aber verdankte er Zeal sein Leben.

Ich möchte herausfinden, was ich fühle, dachte John. Aber wie fange ich das an?

Angesichts all dieser Verwicklungen hatte er wenig Freude über Gomez' Nachricht empfunden, das Schiff der Verenigde Oostindische Compagnie sei endlich vor Portugal gesichtet worden. Es zählte nur noch wenig, daß Gomez alles in die Wege geleitet hatte, damit sein Vetter Jacov John in London dessen Anteile an der Indigo- und Salpeterfracht auszahlen würde – zehnmal mehr, als er investiert hatte. Reichtum fühlte sich weniger bedeutend an, als John sich vorgestellt hatte. Dennoch würde er es genießen, Zeal über ihren unverhofften Gewinn zu informieren, wenn er schließlich einträfe.

John wußte, daß er tiefe Dankbarkeit gegenüber jener kleinen Gestalt empfand, die, in einen Umhang gehüllt, auf dem Vordeck stand und den Wind herausforderte, sie davonzufegen. Aber ihr Anblick erfüllte John auch mit Zorn. Er war wütend, daß er sich so sehnlich wünschte, neben Zeal zu stehen, ihre Schulter an seine geschmiegt. Er war wütend, daß er sie zu Harry zurückbringen mußte, wütend, weil sie so sichtlich unglücklich war und er nichts tun konnte, um sie aufzuheitern, wütend, weil es nicht seine Aufgabe war, sich für sie verantwortlich zu fühlen, wenn sie erst in London Anker geworfen hatten.

Als Zeal sich über die Reling hinausbeugte, näherte John sich ihr. Er war besorgt, sie könnte ausrutschen. Als sie ihre Stirn in offenkundiger Verzweiflung auf die Reling sinken ließ, stand John fast hinter ihr. Er sah ihren Nacken, zart und zerbrechlich; ihr rotgoldener Haarknoten war wie üblich zur Seite gerutscht.

Was für ein kleiner Leib für eine so energische Seele, dachte John. Sie so bedrückt zu sehen machte ihm das Herz schwer.

Als Zeal sich plötzlich voller Entschlossenheit aufrichtete, packte er sie. Erschrocken wirbelte sie herum. „Nicht!" brüllte er aufgebracht. „Wagt es nicht!" Er schlug seinen Umhang um sie.

„Was habt Ihr denn gedacht, was ich tun würde?" fragte sie mit erstickter Stimme.

„Springen."

Sie seufzte an seiner Brust. „Ich hab nur so getan."

„Macht nie wieder so eine Dummheit!"

„Wie Ihr wollt."

Sie fühlte sich unter dem Umhang so warm, zerbrechlich und zugleich so zäh an wie ein junger Falke. John hielt seine Hände fest hinter ihrer Taille verschränkt. Er sollte zurückweichen, sie loslassen. Doch nach einem kurzen Moment neigte er den Kopf und küßte Zeal aufs Haar.

Sie hatte angefangen zu zittern. „Mir wird schlecht", sagte sie. „Vielleicht sterbe ich einfach so."

„Ich glaube, wir sollten uns darauf einigen, nicht zu sterben. Keiner von uns sollte ohne Erlaubnis des anderen sterben."

Zeal hob den Kopf und lächelte. Sie drehte sich um und lehnte sich mit dem Rücken an Johns Brust. Ihr Zittern ließ nach. Lange Zeit blickten beide auf das weite, ruhige graue Wasser und den bedeckten Himmel.

John küßte sie abermals auf den Scheitel. Zeal hob den Kopf und küßte sein Kinn. „Du kratzt", sagte sie vergnügt.

John stöhnte. Er beugte mit einer Hand ihren Kopf nach vorn und küßte ihren Nacken. Dann zog er sie an sich, so daß ihr Rücken wieder an seiner Brust ruhte. Hierfür werde ich büßen, dachte er. Wir werden beide büßen. Aber es ist mir gleich. Mein nächstes Leben kann warten, bis wir im Londoner Hafen angelegt haben, was viel zu bald der Fall sein wird.

TIEF im Inneren wußte Harry, daß sein Handschlag mit Malise größerem Unheil den Weg bereitet hatte, als er und Malise in jenem Augenblick zugegeben hatten. Ein Mörder muß sich vor Gericht verantworten, sagte er sich mehr als einmal, nachdem Malise gegangen war. Auch wenn es der eigene Vetter ist.

Malises Abreise in die Niederlande führte keineswegs dazu, daß Harry einen klaren Kopf für andere Dinge bekam. Ganz im Gegenteil; er blieb in einem Zustand jämmerlicher Erwartung zurück.

John hat mich nie um Hilfe gebeten, dachte er unglücklich. Wenn er mich wenigstens zum Schweigen verpflichtet oder mich gebeten hätte, ihn ins Ausland zu schmuggeln. Harry malte sich aus, wie er John großmütig eine schwere Börse hätte zukommen lassen, ein gutes Pferd und einen betrübten, verwandtschaftlichen Abschiedsgruß. Dann wäre John die Biegung der Zufahrt zwischen den Buchen hinaufgeritten, fort, gesenkten Hauptes.

Aber er ist zu stur, zu verflucht selbstsicher. Er hatte meine Hilfe ja nicht nötig. Wenn er nur . . . Aber ich hätte mich nicht mit Malise verbünden dürfen.

Dieser Gedanke überkam Harry immer wieder zu den unpassendsten Gelegenheiten. Doch zwei Tage darauf bewahrte Zeal ihn durch ihre Flucht davor, sich selbst zu hassen.

Er war in jener Nacht spät heimgekommen und hatte die Abwesenheit seiner Frau erst am nächsten Morgen bemerkt, als ein Hausdiener ihm Zeals Brief zusammen mit seinem Frühstücksale überbrachte. Der Brief enthielt nichts außer den notwendigsten Angaben, was sie zu tun beabsichtigte. Keine Entschuldigung. Kein Anzeichen dafür, daß es ihr in den Sinn gekommen wäre, daß ein Mann es nicht schätzte, wenn seine Frau auf der Suche nach einem anderen Mann in fremde Länder ausbüchste, und sei es der eigene Vetter. Keine Spur davon, daß sie ihrem Gemahl Achtung und Gehorsam schuldete und bei allem, was sie tat, seinen Rat einzuholen hatte. Keine Andeutung, daß sie auch nur einen Gedanken daran verschwendet hätte, er könnte sie nach einem solchen Streich möglicherweise nicht mehr zurückhaben wollen. Sie besaß sogar die Unverfrorenheit zu schreiben, er solle sich keine Sorgen machen.

Entrüstung, Demütigung, Furcht und Ungläubigkeit überfielen Harry. Sein schuldbewußtes Elend verwandelte sich in sinnlose Raserei. Was wußte so ein dummer kleiner Fratz schon davon, wie man sich eine Schiffspassage ins Ausland kaufte oder in eine fremde Stadt reiste? Woher nahm sie die Überheblichkeit, auch nur zu glauben, sie könne es schaffen? Und das Geld, um ihren Plan in die Tat umzusetzen, hatte sie sich heimtückisch erschmeichelt! Sie hatte einen Narren aus ihm gemacht! Ich werde sie aufspüren, schwor er sich. Ich werde ihr Vernunft einbleuen und sie dann für die nächsten zehn Jahre einsperren! Wenn sie nicht schon ertrunken oder ermordet worden ist.

Harry ließ sich ankleiden und gab vor, seinen täglichen Verrichtungen nachzugehen.

Als fünf Tage später – Harry war gerade spät aufgestanden – Gemahlin und Vetter durch die Tür seines Londoner Stadthauses traten, beide quicklebendig, wäre er vor Erleichterung beinahe auf die Knie gesunken. Dann jedoch bekam er einen Wutanfall. John war auf freiem Fuß und am Leben. Harry hatte sich ohne Grund in grauenhafte Schuldgefühle gestürzt und schlimme Angstzustände erlitten.

„Raus!" schnauzte er Zeals Zofe, den Leibburschen seines Vetters und die anderen Dienstboten an, die sich in der Nähe herumdrückten und gespannt darauf lauerten, welche Begrüßung Harry seiner entlaufenen Frau angedeihen lassen würde.

„Warte, Rachel. Bitte, nimm meinen Umhang." Zeal blickte mit distanzierter Höflichkeit zu Harry auf. „Schulde ich dir denn eine

Erklärung, Harry?" fragte sie kühl. „Wenn du es unbedingt wissen willst; ich habe deine verwerfliche Tat wieder rückgängig gemacht."

„Du bist die Verwerfliche! Nach Holland zu –"

„Ich bin nur mitgekommen, um deine Gattin wohlbehalten in ihr Heim zurückzubringen", unterbrach ihn John.

„Und welche Rolle hast du bei der ganzen Sache gespielt, Vetter?" rief Harry.

„Keine rühmliche. Doch ich verdanke deiner Gemahlin mein Leben." John wandte sich Zeal zu. „Ich werde mich jetzt zu Sir Georges Haus begeben. Schickt nach mir, wenn Ihr mich braucht."

„O nein, das wirst du nicht!" widersprach Harry. „Du bleibst hier! Ich verlange, daß du mir berichtest, was sich da drüben abgespielt hat!"

John blickte seinem Vetter in die Augen. „Besseres, als ich verdiente – oder du im Schilde führtest."

Als John gegangen war, blies Harry von neuem zum Angriff. „Ihr habt mich beide behandelt, als hätte ich mich zu einer Greueltat hergegeben", maulte er. „Ich habe ein Recht zu erfahren, wessen ihr mich bezichtigt!"

„Das ist dir bestens bekannt." Zeal stand mit gesenktem Blick da, die Fäuste vor ihren Röcken geballt.

„Wenn dem so wäre, würde ich dann fragen?" Harrys Entrüstung klang echt.

Da berichtete sie ihm in allen Einzelheiten, was Malise getan hatte. „Ich habe dich nicht an John verraten", erklärte sie. „Und ich werde es nie tun. Aber ich glaube, er weiß es bereits. Er ist kein Dummkopf."

Harry ließ sich schwer auf einen Fenstersitz fallen. „Du hattest kein Recht, Malise und mich zu belauschen", wandte er schwach ein.

„Ich gehe jetzt packen, um nach Hawkridge House zurückzufahren", erklärte Zeal.

„Und ich gehe aus", sagte er unvermittelt. Er vertrug keine weiteren Erschütterungen mehr. Die Dinge mußten überdacht werden, aber nicht jetzt. Nicht diese Nacht. Harry hatte vor, sich zu betrinken.

Er kam um vier Uhr morgens heim, schlief bis Mittag und war beinahe erleichtert, als er herausfand, daß Zeal das Haus bereits verlassen hatte. Der Tag – wenn auch nicht Harrys Stimmung – ließ sich durch die Nachricht von dem Gewinn, den die Kompanie durch John gemacht hatte, gleich besser an. Und die Schande, mit einem Geächteten verwandt zu sein, wurde durch die von Sir George überbrachte

Neuigkeit gelindert, daß sein Vetter einen königlichen Gnadenerlaß erwarten durfte. Die *Maid von Boston* hatte auf ihrer Heimfahrt sicher die Kanaren passiert. Harry würde doch noch ein reicher Mann werden, behauptete Hazelton.

Harry lächelte und hob sein Glas mit den anderen Feiernden. Doch wo er ein freudiges Kribbeln in der Magengegend hätte verspüren sollen, saß die nackte Angst.

Am folgenden Tag erwachte er früh und hatte einfach zu nichts Lust – mit dem Ergebnis, daß er nach dem Abendessen immer noch daheim weilte, als ein berittener Bote mit lautem Hufgetrappel in die Straße einbog. Harry schaute aus dem Fenster und sah, daß der Bote vor seinem Haus angehalten hatte und gegen seine Tür pochte.

Als der Mann gegangen und Harry wieder allein war, vergrub er das Gesicht in den Händen und weinte.

JOHN hatte den Boten vor dem Gasthof am Ufer der Themse ausgemacht, wo er mit Zeal das Mittagsmahl einnahm, und in ihm einen Melker von Hawkridge erkannt. Das Pferd des Mannes keuchte und hatte Schaum vor dem Mund.

„Tom!“ rief John. „Tom Thresher!“

Thresher erblickte John und trieb das Pferd in seine Richtung.

„Was machst du so weit von zu Hause, Tom?“

„Gut, daß ich Euch treffe, Sir“, meinte Thresher atemlos. „Ich bin auf dem Weg zu Sir Harry nach London. Dem Himmel sei Dank, Ihr kommt! Hawkridge House brennt!“

Zeal stöhnte leise. „Ist jemand zu Schaden gekommen?“ fragte sie.

Der Mann schüttelte den Kopf. „Soviel ich weiß, nicht. Aber es war ein Schlachtfeld, als ich losritt. Geschrei und überall Qualm . . . Heute morgen, vor Sonnenaufgang, ist das Feuer ausgebrochen.“

„Irgendein Anzeichen, was die Ursache war?“ fragte John.

„Keine Ahnung, Sir. Tuddenham hat mich sofort losgeschickt. Auf dem Weg hierher habe ich Sir Richard Balhatchet alarmiert.“

„Lady Beester und ich werden vorausreiten. Arthur und Rachel, ihr kommt mit dem Karren hinterher.“

John und Zeal brachen sofort auf. Der Schlamm vom letzten Regen war steinhart und scharfkantig zu Furchen und Graten eingetrocknet. Wo immer sie eins der seltenen ebenen Wegstücke fanden, preschten sie im Galopp voran. Dunstschleier durchwoben die Lichtungen zwischen den Bäumen, die sich über der Straße wölbten, und verstärkten die diesige Dämmerung. Obwohl sie ritten, ohne zu rasten, gelangten sie erst nach Sonnenuntergang ans Ziel.

Sie rochen das Feuer, bevor sie es sahen, und trieben ihre Pferde noch energischer an. Dann erblickten sie ein Glühen durch die Bäume, wo kein Licht hätte sein dürfen. Sie jagten in den oberen Abschnitt der Buchenallee und zügelten jäh ihre Pferde, gelähmt vor Entsetzen. John standen die Haare zu Berge.

Das Dach des Herrenhauses war bereits verloren. Rote Augen glühten, wo einst Fenster gewesen waren. Der orangerote Glutofen im Herzen des Gebäudes ließ die Luft erzittern.

Die Kapelle und die Scheunen stehen noch, schoß es John durch den Kopf. Gott sei Dank haben wir keinen Wind! Sein Herz schlug heftig, und er konnte sich nicht rühren.

„Nein!" schrie Zeal voller Wut. Sie trieb ihr erschöpftes Pferd vorwärts, die Zufahrt hinunter.

Der erste Heißhunger des Feuers war gestillt. Es brannte nun beständig. Jenseits des Westflügels lagen sprühende Funkenbälle wie zu Boden gefallene Feuerwerkskörper zwischen den Bäumen der Allee. Die Weißbuchen beim Haus, dachte John, und von neuem durchzuckte ihn der Schmerz. Er trat seinem Pferd in die Flanken und galoppierte Zeal hinterher.

Sir Richard Balhatchet war mit seinen Gutsarbeitern gekommen. Tante Margaret organisierte hektisch die Rettungsmaßnahmen, und Tuddenham war wie ausgelaugt. „John!" rief Tante Margaret, die ihren Neffen plötzlich erblickte. „Dem Herrn sei Dank!"

Er umarmte sie und schaute über ihre Schulter hinweg den durcheinanderflitzenden Schattenrissen zu. „Wo ist Dr. Bowler?" fragte er.

„Bei den Weihern. Ich hab ihm gesagt, er soll in seinem Alter nicht noch versuchen, Eimer durch die Gegend zu schleppen, aber er hat nicht auf mich gehört!"

„Es gibt hinten noch drei weitere Eimerketten, die die Weiher nutzen", warf Tuddenham mit müder Stimme ein.

Der Lärm war ohrenbetäubend. Im wilden Tosen der Feuersbrunst dröhnte irgendwo eine Trommel. Stimmen brüllten verzweifelt Befehle durch die orangerot erleuchtete Nacht. Ein Balken stürzte krachend zu Boden.

„Es tut mir schrecklich leid, Sir", erklärte Tuddenham. „Ich hatte gehofft, wir könnten das Haus retten mit so vielen Helfern, und Wasser ist auch genug da. Den ganzen Tag war Windstille, und es sah nach Regen aus – ich hatte wirklich geglaubt, wir könnten es schaffen! Aber noch ist alles so trocken. Ihr hättet es heute mittag sehen sollen! Man konnte nicht nahe heran. Ich mußte die Männer zurückrufen."

„Natürlich", versicherte ihm John. „Ihr habt richtig gehandelt."

Eine Kette erschöpfter Männer und Frauen reichte mit Wasser gefüllte Eimer von den Gartenpumpen zu der Ecke weiter, wo die Kapelle an das Hauptgebäude stieß. John sah, wie die Wasserspritzer in der Hitze verdampften.

Durch den Tumult hörte er das Wiehern von Pferden, die in den Scheunen vorerst in Sicherheit waren, durch den Brandgeruch jedoch in Angst und Schrecken versetzt wurden. Tuddenham war schon wieder fort. John hielt einen vorübereilenden Stallknecht am Arm fest. „Laß die Pferde raus auf die Weiden!" hörte er sich selbst anordnen.

Die Kinder drängten sich nahe dem höchsten Punkt der Buchenallee zusammen, von zwei alten Frauen behütet. Cassie hockte wachsam, aber ruhig vor ihnen. In ihrer Nähe kullerten zwei Welpen den Hang hinunter.

John blieb einen Augenblick stehen. Das Haus war nicht mehr zu retten und die Kapelle buchstäblich in Gottes Hand.

Er wandte jäh den Kopf. Auf seinem Gesicht spürte er eine Brise aus Nordwest. Der Wind frischte auf. Vielleicht brachte er den Regen, der den ganzen Tag über schon drückend in der Luft gehangen hatte. Aber zuerst würde der Wind das Feuer anfachen. Die Scheunen lagen wahrscheinlich weit genug entfernt, um nicht in Gefahr zu geraten, aber das Brauhaus gegenüber dem Knotengarten war gefährdet.

John stürmte über den Vorhof zum vorderen Ende des Westflügels. Die Hitze war zu stark, als daß er die Allee zwischen den schwelenden Weißbuchen hätte benutzen können. Deshalb kletterte er über die Mauer auf das römische Feld und schlug einen Bogen um die Rückseite des Hauses bis in die Nähe des Taubenschlags.

Drei Ketten aus Männern und Frauen reichten Eimer mit Wasser von den Weihern zum Brandherd durch.

„Dr. Bowler?" rief John. Er suchte unter den Helfern, doch der Pfarrer war nirgends zu erblicken.

„Ihr alle . . . William, Will, Tom, Peg . . .", John dirigierte eine Eimerkette um, „geht da rüber und fangt an, die Scheunen und das Brauhaus naß zu machen! Das Haus ist verloren! Wir müssen die Außengebäude retten! Befeuchtet die Getreidevorräte! Tut, was ihr könnt, um Wäscherei und Molkerei zu retten."

Er warf einen flüchtigen Blick durch das Tor der *basse-cour.* Die Dächer von Hundezwinger, Vorratsraum, Wäscherei und Molkerei hatten dank der Eimerketten von den Weihern noch nicht Feuer gefangen. Sie konnten es überstehen. John eilte durch das Weihertor in die Gärten. „Dr. Bowler!"

Dr. Bowler stand im Knotengarten, inmitten eines Asche- und

Funkenregens, und reichte Wassereimer durch ein zerschmettertes Kapellenfenster. Eine Kette von hustenden und nach Luft schnappenden Männern beförderte die Eimer eine Leiter hinauf. Der oberste Mann schüttete das Wasser in einen Spalt zwischen den Zinnen.

„Alle runter vom Dach!" brüllte John. „Und wer noch drinnen ist, raus! Der Wind frischt auf!"

John bewegte sich wie in Trance zwischen Brauhaus, Scheunen, Getreidespeichern und Kuhstall hin und her und wieder zurück, diesmal auf das Dach des Brauhauses. Er wuchtete Eimer, erstickte Flammen und brüllte Befehle. Der Wind frischte immer mehr auf.

Der Wasserpegel der Weiher war schneller gesunken, als der behäbig fließende Shir ihn aufzufüllen vermochte. Das Wasser aus den Pumpen tröpfelte mittlerweile zu langsam, um die Eimer flugs wieder zu füllen. Eine Eimerkette nahm ihren Ausgangspunkt am Mühlteich, doch die Entfernung war zu groß, und die einzelnen Glieder der Kette waren zu weit auseinandergezogen.

Bitte, laß es regnen! flehte John den schwarzen, rauchverhangenen Himmel an. O lieber Gott! Bitte schick uns Regen! Er sah, wie Dr. Bowlers gebeugte Gestalt ermattet den Hügel erklomm, fort von dem Feuer und auf die Gruppe von Kindern auf der Kuppe unterhalb der Straße zu.

„Sir!" Tuddenham stolperte aus dem Qualm auf John zu. „Wir haben ihn! Den Schurken, der das Feuer gelegt hat."

„Wo ist er?"

„Im Wagenschuppen, gefesselt. Wurde entdeckt von . . ." Tuddenham zögerte. „Nun ja, Sam, einer Eurer Männer, war sehr früh auf, Sir. Es war noch dunkel. Er kam gerade vom Taubenschlag zurück . . . Er hatte überprüft, ob er auch sicher verschlossen war."

Vor Morgengrauen? John runzelte die Stirn. „Es ist mir gleich, ob Sam eine Taube in jeder Jackentasche hatte, wenn er nur den Brandstifter erwischt hat!" Er machte sich auf den Weg zum Wagenschuppen auf der anderen Seite des Hofs.

Tuddenham schilderte die Ergreifung des Täters. „Sam sah jemanden an der Ecke vom Westflügel. Er schlich sich an und kam nah genug, um zu erkennen, daß die Gestalt ihm nicht vertraut war."

„Was geschah dann?"

„Sam griff den Mann an. Der Schuft riß sich los, aber Sam erwischte ihn ein zweitesmal, machte einen Heidenlärm und hielt den Kerl lange genug fest, daß ein paar andere ihm zu Hilfe eilen konnten. Sie weckten mich. Dann sind wir alle raus auf die Wiese. Ich hab den Mann dann gefesselt. Ein Fremder war's, soweit wir's beurteilen konnten. Aber man konnte die Hand ja nicht vor Augen sehen. Ich wollte ihn zurückbringen, um ihm ein paar Fragen zu stellen, als jemand Feuer in der Unteren Galerie entdeckte."

Sie erreichten den Wagenschuppen.

„Bring den Mann nach draußen. Ich will ihn mir im Schein seines Feuers ansehen", ordnete John an. All seine Wut und Enttäuschung konzentrierten sich auf den Mann, der da aus der Finsternis in das wabernde orangefarbene Licht des Stallhofs taumelte – eine schmächtige Gestalt, die John vollkommen fremd war. Er hatte erwartet, einen Pferdeknecht oder Diener zu erkennen. „Wer hat dich bezahlt?" fragte er.

„Wofür bezahlt?" Der Mann sprach Londoner Dialekt.

Johns ganze Kraft hatte sich in einem Faustschlag gesammelt. Der Mann ging mit pfeifendem Atem auf die Pflastersteine nieder. John stand keuchend inmitten des kleinen Kreises verstummter Männer.

„Wer hat dich bezahlt?" fragte John wieder. Er beugte sich vor und zerrte den Mann auf die Füße. „Ist er es wert, daß du für ihn stirbst?" Er zückte sein Messer. „Ich zähle bis fünf. Bei sechs schneide ich dir die Kehle durch. Eins!"

Der Mann sah weg.

„Zwei!"

„John!" Zeal war den Männern in den Stallhof gefolgt und blieb abrupt stehen, als sie die Gruppe vor dem Wagenschuppen sah.

„Drei!"

„John!" wiederholte Zeal protestierend.

„Vier!"

Der Mann stöhnte und sah zu Boden.

„Fünf!"

John packte den Mann an den Haaren, riß seinen Kopf in den Nacken und setzte die Klinge unter dem linken Ohr des Mannes an.

„Mal . . .!" krächzte der Mann.

„Malise?"

Der Mann nickte.

„Sag es laut und deutlich, so daß es all diese Leute hören können!" befahl John dem Fremden.

„Master Edward Malise", krächzte der Londoner.

John ließ den Kopf des Mannes los. Malise hatte also überlebt. Der Brand war ein Akt purer Bosheit, die sinnlose Rache, mit der ein Besiegter seinem Groll Luft machte. John schob das Messer in die Scheide zurück und blickte in Zeals verängstigtes Gesicht. „Hast du gedacht, ich würde ihm wirklich die Kehle durchschneiden?"

Sie ließ sich mit ihrer Antwort Zeit. „Nein", sagte sie schließlich.

„Dann warst du dir sicherer als ich mir selbst."

Sie legte ihre Hand auf seinen Arm. „Ich bringe gute Neuigkeiten. Schaut hoch!"

Verdutzt tat er wie geheißen. Eine kühlende Feuchtigkeit linderte die Schmerzen seiner brennenden Haut.

„Es fängt an zu regnen!"

„Der Regen wird das Haus auch nicht mehr retten", seufzte John.

„Nein. Aber er könnte vielleicht bewirken, daß Euer Herumgerenne auf den Dächern der Außengebäude nicht umsonst war."

Die Männer im Stallhof breiteten die Hände aus und hoben ihre Gesichter dem prickelnden Naß entgegen.

Der Endspurt zwischen Regen und Feuer war ein Kopf-an-Kopf-Rennen. Die ersten Tropfen verdampften in der Glut, während der zunehmende Wind die neu entfachten Flammen aus den Fenstern der Frontseite hinausblies, um den Kapellenvorsprung herum auf Brauhaus und Scheunen zu. Zeal saß verkrampft und mit geballten Fäusten im Gras und beobachtete den Wettlauf zwischen Regen und Feuer. Anstelle sich windender Rauchschlangen stieg nun Nebel hinter den Zinnen der Kapelle auf. Der Rauch auf dem Kapellendach war Dampf! Dann wurde der Regen zu gebündelten Stäben, die der Wind schräg peitschte. Er durchnäßte Zeal bis auf die Knochen.

JOHN erwachte, als das Tageslicht strahlend durch die Stalltore hereinschien. Er lag, gegen die Wand einer Box gelehnt, auf einer Matratze und fühlte sich zerschlagen. Seine Lider glitten schmerzend über die Augäpfel, und beim Einatmen tat ihm die Brust weh. Mit äußerster Anstrengung hob er den Kopf.

Gestalten waren wie Treibgut auf weiteren Matratzen und Strohlagern über den Scheunenboden verstreut. Lederne Feuereimer lagen herum, Stühle, Truhen, ein Tisch, Teppiche, Teller, Gemälde und Bücher waren zu Haufen an den Wänden aufgestapelt.

Die anderen Leute, einschließlich Sir Richards Männer, waren im Wagenschuppen untergebracht, im Schutz der Kuhställe oder in den Katen der Gutsarbeiter. Trotz des Regens hatte John es nicht gewagt, das Brauhaus in der vergangenen Nacht schon zu benutzen.

„John", flüsterte Tante Margaret und beugte sich über ihn. „Ich habe hier einen Umschlag für deine Verbrennungen." Sie musterte besorgt sein Gesicht.

John warf einen Blick auf seine Handflächen.

„Sir Richard schickt uns Verpflegung", flüsterte sie, während sie eine seiner Hände ergriff. „Die hier hast du dir ganz schön verbrannt. . . Und sieh dir nur dein armes, verschmortes Haar an!"

„Ist vergangene Nacht jemand ernsthaft verletzt worden?" erkundigte sich John.

„Will Peake wird wohl noch ein Weilchen husten. Sams linkes Auge ist zugeschwollen – ich weiß nicht, ob er wieder wie früher wird sehen können. Der junge Cope hat sich die Nase gebrochen. Sonst ein paar Verbrennungen und Schürfwunden, aber nichts Lebensbedrohliches. Aber all die schönen alten Sachen! Im Westflügel ging alles verloren. Wir konnten nur den Eßtisch und vier Stühle retten. Und ein paar von den Betten . . . Jemand hat sogar deine Kabinette gerettet."

John ließ Tante Margaret seine Hände salben und verbinden. Bei aller Dankbarkeit wünschte er sich, es wäre Zeal, die da an ihrer Stelle war. Harry soll heute eintreffen, ermahnte er sich. Um die Zügel wieder in die Hand zu nehmen, wie versenkt sie auch sein mögen.

Seltsamerweise empfand er mehr Kummer wegen Harry als Zorn auf Malise. Malises Gefühle und Absichten waren stets klar gewesen. Harry aber hatte ihn, seinen Vetter, geküßt und verraten. Schlimmer noch – er hatte John zu der Annahme verleitet, daß er kein Verräter sei, sondern bloß ein Narr. So hintergangen worden zu sein hätte bitteren Groll in John erregen müssen. Statt dessen empfand er Trauer.

„Danke", sagte er zu seiner Tante. „Es wird schon wieder werden. Ich muß aufstehen und im nüchternen Tageslicht unsere Verluste abschätzen."

John verbrachte den Tag damit, die ersten Aufräumarbeiten in den Ruinen zu beaufsichtigen. Trotz des Regens glommen immer noch heiße Kohlenester unter der Asche. John gab jedem, der an diesem Tag wieder auf die Beine kam, Anweisung, das zu sichten, was aus dem Haus hatte gerettet werden können. Der Brandstifter war zum Verhör und zur Vorbereitung einer Anklage gegen Malise in Sir Richards Gewahrsam überstellt worden.

Auch die alltägliche Gutsarbeit stellte ihre Ansprüche. Die Kühe mußten gemolken, Gemüse, das durch den nächtlichen Ansturm von und zur Pumpe niedergetrampelt worden war, mußte geerntet oder wieder eingepflanzt werden. Aus den ausgeräucherten Bienenkörben war der Honig zu bergen.

Zeal und Mistreß Margaret stocherten mit ihren Helfern in den Küchentrümmern herum und förderten eiserne Töpfe, Bratspieße, Dreifüße und Messer, deren Holzgriffe verbrannt waren, zutage. John und Zeal begannen Listen von dem zu erstellen, was neu angeschafft werden mußte. John trug den Zimmerleuten und dem Böttcher auf, sich unverzüglich an die Arbeit zu machen und Messergriffe, Butterfässer und Holzbecher zu fertigen. Tante Margaret befahl einigen Frauen, Matratzenbezüge aus einem Sammelsurium geretteter Stoffe zu nähen.

Bei Einbruch der Dämmerung war Harry immer noch nicht eingetroffen, auch nicht, als sie alle wieder in einen tiefen Erschöpfungsschlaf sanken.

Gegen Mittag des nächsten Tages kam ein Bote mit einem Brief von Harry, als John und Zeal gerade im Kuhstall mit einem der Melker sprachen. John riß den Umschlag auf.

Sir Harry bedauerte, daß er sich momentan nicht in der Lage sehe, nach Hawkridge zu kommen. Ob sein Vetter John wohl die Güte habe, ihn so bald wie möglich in seinem Londoner Stadthaus aufzusuchen?

„Weiß er denn nicht, was hier zu tun ist?“ stieß John wütend hervor. „Kümmert ihn das denn überhaupt nicht?“ Er zerknüllte den Brief. „Im Brauhaus wird man dir zu essen geben“, beschied er dem Boten kurz angebunden. „Dann wirst du mit meiner Botschaft zu Sir Harry zurückreiten.“ Er stürmte nach draußen auf den Stallhof, Zeal folgte ihm.

„Du wirst also hierbleiben?“ fragte sie.

„Das kann ich nicht, und das weißt du.“

„Wir werden unser Bestes tun“, sagte sie, „bis du wieder zurück bist. Wie lange wirst du fortbleiben?“

„Zeal . . .“, setzte John an.

„Nein!“ rief sie. „Du dummer Kerl! Ich werde es dir nie verzeihen, wenn du den Edelmütigen spielen und so etwas Ehrenhaftes tun willst, wie mich zu verlassen, wenn ich Hilfe nötiger habe als je zuvor!“

„O Gott“, murmelte er. Er hob ihre Hand an seine Lippen und küßte sie zärtlich. „Euer demütigster Diener würde es nie wagen, Euch zu kränken, Madam. Doch wir wissen beide, daß das, was wir uns wünschen, nicht möglich ist. Ich werde fahren und sehen, was dein Gemahl von mir will. Ich schwöre, ich werde zurückkommen, sofern es in meiner Macht liegt, und dir beim Wegräumen dieses Scherbenhaufens helfen. Du weißt, daß ich nicht mehr versprechen kann.“

In jener Nacht schickte Zeal Rachel los, sie möge Arthur bitten, einen von Johns Handschuhen zu stibitzen. Nachdem John und Arthur am nächsten Morgen fortgeritten waren, erklomm Zeal den Buchensteilhang zum Baum der Herrin und vergrub den Handschuh zwischen den Wurzeln des Baums.

„Mach, daß dein Gefährte zu dir zurückkommt", trug sie dem Handschuh auf. Dann kletterte sie auf den Baum, hockte sich in seine Äste und blickte über das Tal von Hawkridge in Richtung auf die Straße nach London.

HARRYS blaue Augen waren gerötet, sein Gesicht aufgedunsen, das blonde Haar ungekämmt. „Wie schlimm ist es?" erkundigte er sich. „Ist noch etwas stehengeblieben? Was ist mit den Möbeln und dem Tischgeschirr?"

„Solltest du nicht besser fragen, ob jemand ums Leben gekommen ist? Oder wie es deiner Gattin geht oder deiner Tante?" John betrachtete seine eigenen roten, steifen Hände. Es war schmerzhaft gewesen, die Zügel während des Ritts nach London zu halten.

Harry runzelte die Stirn wegen der Rüge. „Ist jemand zu Schaden gekommen?"

„Es hat ein paar Verletzte gegeben, keine Toten."

„Dem Herrn sei Dank. Aber was ist mit dem Haus?"

„Die Mauern stehen noch, und die Kapelle ist unversehrt. Der Brand ist auf der Seite der Galerie ausgebrochen. Brauhaus, Scheunen und Stallungen wurden nicht erfaßt."

„Was ist mit den Sachen aus dem Haus? Den neuen Federbetten, den Wandbehängen . . .?"

„Das meiste ist zu Asche verbrannt. Zeal und Tante Margaret suchen heraus, was noch zu gebrauchen ist. Einige Truhen haben ihren Inhalt möglicherweise geschützt. Du wirst beizeiten eine Aufstellung bekommen." John blickte seinen Vetter finster an. „Die Weißbuchenallee nahe dem Haus ist niedergebrannt. Nur zwei Baumstümpfe stehen noch. Und der Knotengarten ist von den Männern, die das Feuer mit Hilfe der Gartenpumpen bekämpft haben, zertrampelt worden."

Harry seufzte. „Das mit deinem Garten tut mir leid, aber niemand legt heute noch Gärten in dieser Form an, nicht hier in London."

„Mit an Sicherheit grenzender Wahrscheinlichkeit ließ dein Freund Malise das Feuer legen. Einer der Brandstifter wurde geschnappt."

„Malise", murmelte Harry niedergeschlagen. „Nun gut, dann kannst du ihn ja endlich zugrunde richten. Er wird es nicht wagen, wieder bei Hof zu erscheinen. Oder überhaupt in England, nehme ich an." In seinem Blick stand unverhülltes Flehen.

Er verdient mein Mitleid nicht, sagte sich John. Er ballte die Fäuste und sah durch das Fenster auf eine Hausfront auf der anderen Straßenseite.

„Vetter ...", hub Harry an, „es tut mir leid ..., falls es etwas gibt, das mir leid tun müßte. Ich wollte dir nie wirklich schaden."

John seufzte. „Und jetzt möchtest du, daß ich dir verzeihe und vergesse, daß du mitgeholfen hast beim Versuch, mich umzubringen. Du verlangst zuviel. Ich werde dir vermutlich vergeben – mit der Zeit. Aber Verzeihen ist keine Sache des Willens." Er nahm seinen Hut. „Und nun, da ich dir die Neuigkeiten berichtet habe, die du hören wolltest, werde ich mich verabschieden."

„Aber das war nicht der einzige Grund, dich nach London kommen zu lassen", meinte Harry.

„So?"

„Bitte setz dich!" forderte Harry ihn auf. „Bitte!"

John rührte sich nicht.

„Na gut. Mach es mir nur schwer." Harry ließ sich trotzig in seinen Lehnsessel fallen. „Jene Nacht", stieß er plötzlich hervor. Sein Gesicht lief rot an. „Bevor ..., bevor wir am nächsten Tag unseren Streit hatten ... Es ist nichts passiert! Mit meiner Frau, meine ich."

„Ich verstehe nicht."

„Ich habe sie nicht angerührt."

„Sie hat nicht aus Spaß so geschrien."

„Das weiß man bei ihr nie", murmelte Harry.

„Ich kenne sie", widersprach John. „Und ich kenne dich. Du versuchst doch, dich aus jeder Gemeinheit, die du begangen hast, herauszureden!"

„John, ich habe sie nicht angerührt! Ich bin bereit, einen Eid darauf zu leisten, wenn nötig, vor der Sternkammer. Zeal wird meine Worte bestätigen ... John, ich versuche, dir begreiflich zu machen, daß ich mit dem Gedanken spiele, meine Ehe annullieren zu lassen!"

„Aha! Du hast eine reichere Frau gefunden!"

„Nein!" rief Harry entrüstet aus. „Das heißt ... Es gibt genug Damen, die ich noch kennenlernen kann, jetzt, wo ich in der entsprechenden Gesellschaft bin. Aber ich will Zeal nicht in einem Leben gefangenhalten, das sie haßt. Ich würde ihr gern ihre Freiheit zurückgeben."

„Nachdem du ihr Geld dazu benutzt hast, um dir selbst ein Vermögen zu erwerben." John ließ sich langsam auf den nächstbesten Stuhl sinken. Sein Herz pochte hoffnungsvoll, auch wenn er sich seinem Vetter gegenüber noch immer skeptisch zeigte.

Harry stand auf. „Sag, John, könntest du mit einer Frau zusammenleben, die dich verachtet? Nicht gerade *ver*achtet, eher *miß*achtet."

John preßte die Hände fest zwischen den Knien zusammen. Eine Begnadigung. Hawkridge niedergebrannt. Malise auf der Flucht. Zeal frei. Und alles auf einmal. „Aber es wird ihr Schande bringen, wenn du sie einfach vor die Tür setzt", gab er zu bedenken.

Harry verdrehte die Augen. „Du bist ein Esel! Genauso schlimm wie sie. Ihr seid doch wie geschaffen füreinander. Falls Zeal sich nicht gegen meinen Vorschlag sträubt – und ich erwarte nicht, daß sie das tut –, beabsichtige ich, eine Annullierung der Ehe zu beantragen."

„Was wird Hazelton dazu sagen, wenn du seine Nichte verstößt? Nachdem er inzwischen ihre Mitgift investiert hat?"

Harry unterdrückte ein selbstgefälliges Grinsen. „Er ist es zufrieden. Ich hab's ihm bereits mitgeteilt. Unsere geschäftliche Verbindung wird fortbestehen wie zuvor, durch die Kompanie. Die *Maid von Boston* ist übrigens gesichtet worden. Sie ist nicht gesunken!" Harry überließ sich kurz seiner Freude, bevor er in seiner Erklärung fortfuhr. „Wie dem auch sei, ich wollte meine Schuld Zeal gegenüber abtragen, indem ich ihr den Landsitz übereigne. Natürlich ist er jetzt nicht mehr so viel wert wie zu dem Zeitpunkt, als ich den Entschluß gefaßt habe. Andererseits war es damals auch mehr, als ich ihr schulde. Jetzt sagst du mir, daß die Scheunen und der Viehbestand gerettet sind. Nur das verdammte Haus ist beschädigt, das jeder vernünftige Mensch ohnehin am liebsten abgerissen und neu wiederaufgebaut hätte."

Harry, der Verräter, der sich dessen schon bewußt war. Harry, der Großzügige. Harry, der lobende Worte für seinen generösen Eigennutz fand.

„Sie wird deine Hilfe brauchen", fuhr Harry fort. „Was wirst du denn mit deinem Leben anfangen, jetzt, da du wieder ein Gentleman geworden bist? Wirst du dir einen Landsitz kaufen?"

„Vielleicht heuere ich auf einem Schiff nach Virginia oder in die Karibik an. Trotz des Risikos, da draußen dem flüchtigen Malise in die Arme zu laufen."

„Ich wäre dir dankbar, wenn du vorher Lady Beester mitteilen würdest, was wir gerade besprochen haben."

„Das werde ich tun", sagte John, immer noch voller Mißtrauen. Das bringt auch nur Harry fertig, dachte er, gleichzeitig selbstgefällig und schüchtern zu wirken.

DR. BOWLER stand allein auf der Auffahrt zwischen den Buchenstümpfen. Er war vom Vorhoftor aus hügelaufwärts spaziert. Die Allee verlief in einem schwungvollen Bogen hinab zu den geschwärzten Ruinen hinter ihm. Gestalten krabbelten in den Trümmern von

Hawkridge House herum. Der beißende Geruch nasser Asche drang bis zum höchsten Punkt der Auffahrt hinauf.

Warum ist der alte Mann hier herausgekommen? Nur um mich ganz allein zu sprechen? fragte sich John. Herz und Hände wurden ihm kalt. Wo sind die anderen? Wo ist Zeal?

John hatte, als Arthur und er sich dem Gut näherten, die Brauhausglocke vernommen. Sie wurden erwartet. John gab seinem Pferd heftig die Sporen, während das Entsetzen in ihm wuchs.

Nicht ein Kind zu sehen, nicht ein Pächter. Keine Tante und keine Zeal. Nur Dr. Bowler, der einsam in seinem zerschlissenen schwarzen Seidenumhang und ebensolchen Kniehosen wartete, mit schmutzigen roten Schnürsenkeln.

„Mein lieber Doktor!" rief John ihm zu.

Dr. Bowler hob die Arme über den Kopf. *„Deo gratias!"* rief er aus tiefster Seele. Dank sei dem Herrn.

Die Bäume der Buchenallee schienen zu singen. *„Pleni sunt caeli et terra gloria tua!"* Himmel und Erde sind erfüllt von deiner Herrlichkeit. *„Hosianna!"* jubilierten die Buchen wie ein Chor von Cherubim, von links und rechts, über Johns Kopf, vor und hinter ihm.

Dr. Bowler wandte sich um und ruderte heftig mit den Armen in der Luft. Ein Baumpaar weiter unten auf der Allee fiel ein wenig verspätet ein.

John blickte verwundert in die Höhe. Durch die dicken Girlanden der Äste entdeckte er nun ein Kind, dann noch eins. Dann ein herabbaumelndes Beinpaar.

„Hosianna!" Für einen Augenblick sangen alle gemeinsam. Dann begannen die Stimmen auseinanderzudriften, da die weiter entfernten Sänger nicht in der Lage waren, die anderen zu hören oder ihren Dirigenten deutlich zu sehen. Die meisten waren ohnehin noch außer Atem von ihrer wilden Kletterpartie hinauf in die Bäume, nachdem die Glocke zu läuten begonnen hatte.

„Amen!" sang Dr. Bowler. Das Lied endete. „So", sagte Dr. Bowler mit tiefer Befriedigung. „Da haben wir deine Empfangsmusik ja doch noch hinbekommen!"

John stieg vom Pferd und umarmte seinen alten Mentor. Er kämpfte mit den Tränen. Plötzlich kletterten und purzelten Kinder von den Bäumen. Die Allee war mit einemmal voller Kinder und Hunde. Cope trat hinter einer Buche hervor. Tuddenham hinter einer anderen. Zeal rannte vom Vorhoftor herbei, die Röcke mit beiden Händen gerafft, eine atemlose Mistreß Margaret auf den Fersen.

„John!" rief Zeal.

Er fing sie auf und wirbelte sie durch die Luft. Und dann, vor allen Leuten, drückte er ihr einen herzhaften Kuß auf den Mund. „Nun schaut nicht so!“ rief er den um sie versammelten Leuten zu. „Ich habe das Recht dazu!“ Und er küßte sie noch einmal.

„Hast du Harry getötet?“ flüsterte Zeal entsetzt.

„Im Gegenteil. Ich könnte ihn fast wieder mögen.“ Er schlang den einen Arm um Zeal, den anderen um seine Tante.

„Lady Beester und ich haben die gesamte Hausfamilie jetzt bei den Pächtern untergebracht“, erklärte Tante Margaret. „Und im Brauhaus haben wir ein Kochfeuer errichtet. Und Sir Richard hat zwölf Käse geschickt . . .“

Zeal schritt an Johns Seite, versuchte in seinem Gesicht zu lesen, spürte seine Stimmung, konnte sie aber noch nicht begreifen.

„Und wir haben die Kapelle aufgeräumt“, flötete Mistreß Margaret weiter.

„Und Sir Richard hat uns acht Eichenbalken versprochen“, gelang es Zeal endlich zu sagen.

„Und das ist noch nicht das Beste“, sagte John. „Wenn ihr mich auch mal zu Wort kommen ließet . . .“

Christie Dickason

Christie Dickason bezeichnet sich selbst als „Kolonialamerikanerin". Zwar wurde sie im nordamerikanischen Bundesstaat Indiana geboren; weil ihr Vater jedoch während des Zweiten Weltkriegs für den militärischen Geheimdienst in Südostasien arbeitete, wuchs sie in den unterschiedlichsten Ländern auf. Ihre Jugend verbrachte sie in Kambodscha und Thailand, aber auch in Mexiko und der Schweiz. Nachdem Christie Dickason in die Vereinigten Staaten zurückgekehrt war, studierte sie Englisch in Harvard, dann Theaterwissenschaften an der Universität Yale. Anschließend zog sie nach England, wo sie als Direktorin und Choreographin an einem Theater arbeitete. Unter anderem führte sie aber auch bei der „Rocky Horror Show" in Tokio Regie und war drei Jahre lang als Theaterbeauftragte bei der in London ansässigen staatlichen Kunst- und Kulturförderung tätig. „Ich wechselte auf die andere Seite, in die Festung des Feindes", kommentierte sie diese Entscheidung. Heute lebt sie mit ihrem Mann und ihren zwei Söhnen in London.

Wer die Autorin trifft, ist von ihrer Herzlichkeit, ihrer Lebhaftigkeit und ihrem ungezügelten Enthusiasmus beeindruckt. „Am Tag, an dem ich erfuhr, daß die Rechte für meinen ersten Roman in den Vereinigten Staaten verkauft worden waren, aß ich in einem chinesischen Restaurant zu Mittag und betrank mich mit dem Kellner. Dann ging ich los und kaufte für dreißig Pfund Spielzeug für meinen Sohn", erinnert sie sich noch genau.

Dabei hatte sie sich erst nach vierzehnjähriger Tätigkeit am Theater entschlossen, ihre kreativen Fähigkeiten in der Schriftstellerei zu erproben, und schrieb zuerst ein Fachbuch über das Theater. Ihre beiden ersten Romane, die in Vietnam spielen, wurden auf Anhieb zu Bestsellern. *Der Tulpenkönig* ist das dritte Werk der erfolgreichen Autorin.

NACH DER ÜBERSETZUNG VON MICHAEL KUBIAK

Das Geheimnis von
U 180
EINE KURZFASSUNG DES BUCHES VON
JACK HIGGINS

Hat sich Reichsleiter Martin Bormann bei Kriegsende mit Hilfe eines U-Boots nach Südamerika abgesetzt? Der britische Bestsellerautor Jack Higgins nimmt diese Vermutung zum Anlaß einer spannenden Romanhandlung, die den Leser direkt in die Gegenwart führt.

In den herrlichen Tauchrevieren der Antillen setzt ein erbitterter Wettlauf zum Wrack des U-Boots U 180 ein, dessen dunkles Geheimnis die Existenz hochrangiger britischer Politiker zu zerstören droht und überdies den Interessen eines Syndikatsbosses in die Quere kommt. Schnell erweist sich für die Spezialisten aus England, daß die mörderische Strömung am Riff Thunder Point noch zu den geringeren Gefahren in diesem karibischen Ferienparadies zählt.

PROLOG

Berlin, Führerbunker, 30. April 1945

Die Stadt schien zu brennen, eine Hölle auf Erden. Der Untergrund bebte vom Einschlag der Granaten. Als der Tag graute, legte sich schwarzer Rauch wie ein Leichentuch über die Stadt. Im östlichen Teil Berlins hatten die Russen bereits alles unter Kontrolle, und Flüchtlinge, die noch schnell einige Habseligkeiten zusammengerafft hatten, eilten in der Nähe der Reichskanzlei die Wilhelmstraße entlang, in der verzweifelten Hoffnung, den Westen der Stadt und damit die Amerikaner zu erreichen.

Berlin war zum Untergang verurteilt. Unweit der Reichskanzlei hielt eine Gruppe von SS-Leuten jeden an, der eine Uniform trug. Konnte einer der Befragten seine Anwesenheit nicht einleuchtend begründen, wurde er sofort der Fahnenflucht beschuldigt und aufgehängt. Eine Geschützgranate flog heulend heran, von der russischen Artillerie blind abgefeuert. Entsetzte Schreie waren zu hören, und Menschen stoben auseinander.

Die Kanzlei selbst war durch das Bombardement stark beschädigt worden, aber tief unten, geschützt durch dreißig Meter Beton, arbeiteten der Führer und sein Stab noch immer in einer unterirdischen, autarken Welt, über Funkverkehr mit der Außenwelt verbunden. Die einstmals wunderschönen Gärten der Reichskanzlei waren nun eine Wüstenei aus entwurzelten Bäumen und Bombentrichtern. Glücklicherweise drohte momentan kaum Gefahr aus der Luft – dichter Regen verhinderte wenigstens einstweilen feindliche Flugangriffe.

Der Mann, der durch den zerstörten Garten schlenderte, erschien inmitten des Infernos seltsam unbeteiligt und zuckte nicht einmal zusammen, als eine weitere Granate in einen Flügel der Reichskanzlei einschlug. Während der Regen stärker wurde, klappte er nur seinen Mantelkragen hoch, zündete sich eine Zigarette an und setzte seinen Weg fort. Er war nicht sehr groß, hatte breite Schultern und recht grobe Gesichtszüge. Alles an ihm war gewöhnlich und unauffällig, von seinem schäbigen, wadenlangen Soldatenmantel bis hin zu der zerbeulten Schirmmütze.

Aber dieser Mann war Reichsleiter Martin Bormann, nach Adolf Hitler der mächtigste Mann in Deutschland. Die meisten Deutschen hatten noch nie von ihm gehört, und noch weniger hätten ihn erkannt, auch wenn er direkt vor ihnen gestanden hätte. Ganz bewußt hatte Bormann darauf geachtet, stets anonym zu bleiben und seine Macht aus dem Verborgenen auszuüben. Damit war es nun vorbei. Alles war zu Ende, und das Finale stand unmittelbar bevor.

Ein Unterscharführer der SS kam aus dem Bunkereingang auf Bormann zugeeilt und salutierte. „Herr Reichsleiter, der Führer möchte Sie in seinem Arbeitszimmer sprechen."

„Gut, ich komme."

Als Bormann an die Tür des Arbeitszimmers klopfte und eintrat, saß Adolf Hitler hinter dem Schreibtisch und inspizierte mit Hilfe eines Vergrößerungsglases einige Landkarten. Er blickte auf.

„Aha, Bormann, da sind Sie ja. Wir haben nicht mehr viel Zeit. Diese verdammten Russen werden bald hier sein, aber ich werde nicht auf sie warten. Ich werde freiwillig aus dem Leben scheiden."

„Ich habe gehofft, daß Sie es sich noch einmal überlegen und nach Bayern fliehen."

„Nein, mein Entschluß steht fest. Aber Sie, mein alter Freund, Sie haben noch einiges zu erledigen." Hitler stand auf und schlurfte um den Tisch herum. Seine Wangen waren eingefallen, und als er Bormanns Hand ergriff, geschah dies mit einer zittrigen Gebärde. Und dennoch steckte in ihm immer noch jene eigenartige Kraft.

Bormann war bewegt. „Wie Sie befehlen, mein Führer."

„Ich wußte immer, daß ich mich auf Sie verlassen kann." Er schlurfte zu seinem Stuhl zurück. „Das Kameradenwerk, das ist Ihre Aufgabe, Bormann. Sie müssen dafür sorgen, daß der Nationalsozialismus als Idee überlebt."

Hitler griff unter seinen Schreibtisch und holte einen mattsilbern glänzenden Aktenkoffer hervor. Bormann bemerkte die Insignien der Kriegsmarine, die in der rechten oberen Ecke eingraviert waren. Hitler öffnete den Koffer. „Hier drin sind einige Dinge, die im Laufe der nächsten Jahre sehr nützlich sein werden." Er hielt einen braunen Briefumschlag hoch. „Dies sind die Angaben zu Nummernkonten in Südamerika und in den Vereinigten Staaten. Dort haben wir überall Freunde, die nur auf eine Nachricht von Ihnen warten."

„Sonst noch was, mein Führer?"

Hitler holte einen umfangreichen Aktenordner heraus. „Das hier ist das sogenannte Blaue Buch, das die Namen vieler Mitglieder der gehobenen Gesellschaft Englands enthält, die unserem Anliegen wohlwollend gegenüberstehen. Sie finden hier auch eine Reihe unserer amerikanischen Freunde. Zu guter Letzt dies hier." Er schob ein Kuvert über den Tisch. „Öffnen Sie es!"

Das Papier war so dick, daß es sich beinahe wie Pergament anfühlte. Der in Englisch gehaltene Text war 1940 in der portugiesischen Stadt Estoril geschrieben und an den Führer adressiert worden. Die Unterschrift stammte von seiner Königlichen Hoheit, dem Herzog von Windsor, der sich bereit erklärte, im Falle einer erfolgreichen Invasion den Thron von England zu besteigen.

„Das Windsor-Protokoll", sagte Hitler lakonisch.

„Ist es echt?" fragte Bormann verblüfft.

„Himmler selbst garantiert dafür. Er hat damals seine Agenten in Portugal an den Herzog herantreten lassen."

Zumindest hat er es behauptet, dachte Bormann. Diese hinterhältige kleine Ratte war schon immer zu allem fähig gewesen.

Der Führer legte die Unterlagen wieder zurück. „Dieser Koffer gehört zur Standardausrüstung unserer U-Boot-Kommandanten. Er besitzt einen sich selbst verriegelnden Verschluß und ist wasserdicht und feuersicher." Er schob ihn über den Tisch. „Jetzt gehört er Ihnen."

Bormann wartete einen Moment, dann fragte er: „Wie komme ich von hier weg, mein Führer? Wir sind mittlerweile umzingelt."

„Ganz einfach. Sie fliegen über die Ost-West-Allee raus. Ich habe schon mit dem Kommandanten des Fliegerhorsts Rechlin gesprochen." Er warf einen Blick auf ein Papier, das vor ihm auf dem Tisch lag. „Ein gewisser Hauptmann Neumann hat sich freiwillig gemeldet, bei Nacht hereinzufliegen, und wartet jetzt auf Ihre Befehle. Sie treffen ihn in der großen Garage von Goebbels' Haus in der Nähe des Brandenburger Tors. Von dort aus fliegen Sie nach Rechlin, um nachzutanken. Dann geht es weiter nach Bergen in Norwegen. Von dort reisen Sie per U-Boot nach Venezuela. Unterwegs machen Sie einmal Zwischenstation. Alle weiteren Einzelheiten finden Sie hier drin." Er reichte ihm einen Umschlag. „Außerdem finden Sie darin einen von mir persönlich unterzeichneten Empfehlungsbrief sowie mehrere gefälschte Pässe."

„Demnach starte ich heute nacht?" fragte Bormann.

„Nein, Sie brechen schon innerhalb der nächsten Stunde auf", sagte Hitler ruhig. „Aufgrund des Regens und der Wolkendecke finden keine feindlichen Flugbewegungen statt. Hauptmann Neumann denkt, daß er so das Überraschungsmoment auf seiner Seite hat, und ich stimme ihm darin zu. Ich vertraue darauf, daß Ihre Mission erfolgreich verlaufen wird."

Dem konnte nicht widersprochen werden, und Bormann nickte. „Natürlich, mein Führer."

„Dann bleibt nur noch eine Sache", sagte Hitler. „Sie werden im Schlafzimmer nebenan jemanden finden. Bringen Sie ihn her!"

Der Mann, den Bormann dort entdeckte, trug die Uniform eines Gruppenführers der SS. Etwas an ihm kam ihm bekannt vor, und Bormann fühlte sich aus unerfindlichen Gründen plötzlich sehr unbehaglich.

„Mein Führer", sagte der Mann und hob den Arm zum deutschen Gruß.

„Fällt Ihnen die Ähnlichkeit auf, Bormann?" fragte Hitler.

In diesem Moment begriff Bormann, weshalb ihm so seltsam zumute gewesen war. Es stimmte, der Gruppenführer sah fast so aus wie er selbst.

„Gruppenführer Strasser wird hierbleiben und Ihren Platz einnehmen", erklärte Hitler. „Bis zur allgemeinen Flucht kann er in der Versenkung bleiben. Bei dem Durcheinander während der Flucht ist es dann kaum wahrscheinlich, daß jemand etwas bemerkt." Er wandte sich an Strasser. „Tun Sie das für Ihren Führer?"

„Von Herzen gern", erwiderte Strasser.

„Gut, dann werden Sie jetzt die Uniformen tauschen. Sie können mein Schlafzimmer benutzen." Hitler kam um den Schreibtisch herum und ergriff Bormanns Hände. „Ich verabschiede mich lieber jetzt schon von Ihnen, alter Freund. Wir werden einander nicht wiedersehen."

Obwohl Bormann von Natur aus ein Zyniker war, fühlte er sich zutiefst bewegt. „Ich werde es schaffen, mein Führer, darauf gebe ich Ihnen mein Ehrenwort."

GENAU eine halbe Stunde später verließ Bormann den Bunker. Er trug einen schweren ledernen Soldatenmantel über seiner SS-Uniform und schleppte einen Segeltuchsack, in dem sich der Aktenkoffer befand. In einer Tasche des Mantels steckte eine Mauserpistole mit Schalldämpfer. Er ging am Tiergarten entlang, überquerte am Brandenburger Tor die Straße und gelangte ziemlich schnell zu Goebbels' Haus. Es war erheblich zerstört, aber das große Nebengebäude mit den Garagen schien unversehrt.

Bormann öffnete vorsichtig eine kleine Eingangstür. Im Innern war es dunkel, und eine Stimme erklang: „Bleiben Sie stehen, wo Sie sind!"

Lampen wurden angeknipst, und Bormann sah sich einem jungen

Mann in der Uniform eines Luftwaffenhauptmanns gegenüber, der an der Wand lehnte und eine Pistole auf ihn richtete. Der kleine Aufklärer Fieseler Storch stand mitten in der leeren Garage.

„Hauptmann Neumann?"

„Gruppenführer Strasser?" Der junge Mann atmete erleichtert auf und steckte die Pistole weg. „Seit ich hier bin, rechne ich jede Sekunde mit den Iwans."

„Meinen Sie, wir haben eine Chance, von hier wegzukommen?"

Er grinste. „Ist Ihnen das Schicksal immer wohlgesonnen, Gruppenführer?"

„Immer."

„Hervorragend. Dann rollen wir auf der Straße zum Brandenburger Tor. Von dort starte ich in Richtung Siegessäule. Damit rechnen die auf keinen Fall, weil der Wind in der falschen Richtung weht."

„Ist das nicht gefährlich?" wollte Bormann wissen.

„Und wie."

DER FIESELER STORCH jagte die Straße hinunter. Menschen ergriffen die Flucht und brachten sich in Sicherheit. Und plötzlich befanden sie sich in der Luft. Bormann nahm nicht das geringste Anzeichen von Flakfeuer wahr, das man ihnen eventuell hinterherschickte.

„Sie sind wirklich ein Glückspilz, Herr Reichsleiter", meinte der junge Pilot mit einem Lachen.

Bormann fuhr ruckartig herum. „Was haben Sie da gesagt?"

„Es tut mir leid, wenn es etwas Falsches war", entgegnete Neumann. „Aber ich habe Sie einmal bei einer Ordensverleihung in Berlin gesehen."

Bormann entschied, die Sache fürs erste auf sich beruhen zu lassen. „Machen Sie sich deshalb keine Sorgen."

Der zweite Teil der Reise war mühsam. Sie überflogen die Ostküste von Dänemark und anschließend den Skagerrak. Es war stockdunkel, als sie das norwegische Bergen erreichten, und kalt, sehr kalt. Bei der Landung mischte sich nasser Schnee unter den Regen. Ein Luftwaffensoldat dirigierte sie mit zwei Taschenlampen zu einem Parkplatz und entfernte sich dann. Bormann konnte einen Kübelwagen erkennen, der auf sie zukam und neben dem Flugzeug bremste.

Neumann schaltete den Motor aus. Bormann stieg aus der Maschine, und Neumann reichte ihm den Segeltuchsack. „Es ist wirklich ein Jammer, daß Sie mich erkannt haben", sagte Bormann. Mit diesen Worten zog er die Mauser aus der Manteltasche und schoß dem Hauptmann eine Kugel durch den Kopf.

DER MANN, der neben dem Kübelwagen wartete, war ein Marineoffizier. „Gruppenführer Strasser?" fragte er.

„Der bin ich", antwortete Bormann.

„Korvettenkapitän Paul Friemel." Er salutierte lässig. „Ich kommandiere U 180."

Bormann warf den Reisesack auf den Rücksitz des Kübelwagens und hievte sich auf den Beifahrersitz. Während Paul Friemel sich hinter das Lenkrad setzte, fragte der Reichsleiter: „Sind Sie bereit zum Auslaufen?"

„Natürlich, Gruppenführer."

„Gut, dann stechen wir sofort in See."

„Wie Sie befehlen, Gruppenführer", sagte Friemel und fuhr los.

Bormann atmete tief ein. Der Wind trug ihm den Geruch des Meeres zu. Er zündete eine Zigarette an und lehnte sich zurück. Dann schaute er hinauf zu den Sternen und dachte an Berlin wie an einen schlechten Traum.

1992

1. Kapitel

KURZ vor Mitternacht begann es zu regnen. Dillon lenkte den Mercedes an den Straßenrand, knipste die Innenbeleuchtung an und zog seine Landkarte zu Rate. Bis zur jugoslawischen Grenze konnte es nun nicht mehr weit sein. Er pfiff leise vor sich hin. Dillon war ein kleiner Mann, nicht größer als einsfünfundsechzig, mit Haaren so blond, daß sie fast weiß wirkten. Er trug eine alte Fliegerjacke aus schwarzem Leder und dunkle Jeans. Zügig fuhr er wieder auf die Straße, schaltete das Radio ein und pfiff gelegentlich eine Melodie mit, bis er zu einem Tor gelangte und bremste, um das Schild zu entziffern: AEROCLUB FEHRING. Er fuhr durch das Tor und folgte einem Asphaltsträßchen, bis er vor sich einen Flugplatz erblickte.

Er schaltete die Scheinwerfer aus und hielt an. Es war eine armselige Anlage, zwei Hangars, drei Hütten und die baufällige Karikatur eines Kontrollturms. Aber aus einem der Hangars drang Licht. Dillon schaltete in den Leerlauf, löste die Bremse und ließ den Mercedes lautlos die Gefällstrecke hinunterrollen. Dann nahm er eine Walter PPK aus dem Aktenkoffer, klemmte sie sich in den Hosenbund und schickte sich an, im strömenden Regen das Flugfeld zu überqueren.

Der Hangar war ein alter Bau, doch das Flugzeug in seinem Inneren – eine Cessna 441 Conquest mit zwei Turbopropmotoren – sah einsatzbereit aus. Ein Mechaniker in einem Overall stand auf einer Leiter und arbeitete am Backbordmotor. Die Kabinentür war geöffnet, und zwei Männer kamen die Treppe herunter.

„Wir sind fertig, Dr. Wegner!“ rief einer von ihnen auf deutsch.

Ein bärtiger Mann trat aus einem kleinen Büro, das sich in einer Ecke des Hangars befand. „In Ordnung, ihr könnt jetzt gehen.“ Während sie sich entfernten, wandte er sich an den Mechaniker. „Irgendwelche Probleme, Tomic?“

„Nichts Besonderes, Herr Doktor, nur eine Feineinstellung.“

„Das nützt uns wenig, wenn dieser Dillon nicht erscheint“, erklang eine Stimme vom Eingang her. Wegner wandte sich zu dem Sprecher um, einem jungen Mann in einer Regenjacke, der soeben von draußen hereingekommen war.

„Er kommt ganz bestimmt“, erwiderte Wegner. „Man hat mir versichert, daß er einer Herausforderung nicht widerstehen kann.“

„Ein Söldner“, schnaubte der junge Mann. „So weit sind wir schon gesunken. Wir heuern jemanden an, der andere Menschen gegen Bezahlung tötet.“

„Da drüben sterben Kinder“, sagte Wegner. „Und die brauchen das, was in dem Flugzeug ist. Um die Sachen dorthin zu bringen, würde ich sogar den Teufel persönlich engagieren.“

„Das haben Sie offensichtlich schon getan.“

„Das ist aber nicht sehr freundlich!“ rief Dillon in hervorragendem Deutsch. „Überhaupt nicht nett.“ Er trat aus der Dunkelheit am Ende des Hangars.

Wegner wechselte ins Englische über. „Mr. Dillon?“

„So nennt man mich. Und wer sind Sie, alter Junge?“ Seine Worte hatten den harten Klang, den man in Nordirland findet.

„Ich bin Dr. Hans Wegner von der ‚Internationalen Medikamentenhilfe‘, und das hier ist Klaus Schmidt von unserem Büro in Wien. Herr Schmidt ist schon zweimal mit Medikamenten rübergefahren.“

„Und warum nicht diesmal?“ fragte Dillon.

„Weil dieser Teil Kroatiens jetzt sehr gefährlich ist“, sagte Schmidt. „Zwischen den Serben, den Moslems und den Kroaten finden dort heftige Kämpfe statt.“

„Verstehe. Dann soll ich also auf dem Luftweg das schaffen, was auf der Straße nicht möglich ist?“

„Mr. Dillon, von hier bis Sabac sind es hundertachtzig Kilometer, und der Flugplatz ist noch offen. Dieses Flugzeug schafft mehr als fünfhundert Kilometer pro Stunde. Das heißt, daß Sie innerhalb von zwanzig Minuten dort sein können."

Dillon lachte schallend. „Eins ist schon mal klar, vom Fliegen haben Sie nicht die geringste Ahnung." Er schaute zu dem Mechaniker auf der Leiter hinauf. Dieser grinste ebenfalls. „Ah, Sie sprechen Englisch, mein Freund."

„Ein wenig."

„Tomic ist Kroate", sagte Dr. Wegner.

Dillon sah nochmals auf. „Was denken Sie denn?"

Tomic runzelte die Stirn. „Ich war bei der Luftwaffe und kenne Sabac. Es ist ein Behelfsflugplatz, aber die Landebahn ist immerhin asphaltiert. Das Gelände ist gebirgig und dicht bewaldet, und die Wettervorhersage sieht schlecht aus. Aber das ist noch nicht alles. Die Luftwaffe führt in dieser Gegend immer noch regelmäßig Aufklärungsflüge durch."

„MiG-Jäger?" fragte Dillon.

„Stimmt genau. Nun ja, vielleicht sind Sie einer von diesen Draufgängern, die mit dem Leben abgeschlossen haben."

„Das reicht jetzt, Tomic", mischte Wegner sich mit zorniger Stimme ein.

„Ach, so etwas hat man mir schon des öfteren gesagt." Dillon lachte. „Aber machen wir weiter. Ich sehe mir lieber mal die Landkarte an."

Während sie zum Büro gingen, erklärte Wegner: „Unsere Leute in Wien haben es Ihnen hoffentlich gesagt: Ihre Dienste sind rein freiwillig. Wir brauchen unser Geld dringend für die Medikamente."

„Schon verstanden", erwiderte Dillon.

„Wann wollen Sie starten?" fragte Wegner.

„Kurz vor dem Morgengrauen. Das ist die beste und ruhigste Zeit."

Schmidt konnte seine Neugier nicht zügeln. „Weshalb tun Sie das? Ich verstehe das nicht. Jemand wie Sie."

„Nun, es ist so, wie der liebe Doktor gesagt hat: Ich kann einer Herausforderung nicht widerstehen."

„Und dafür setzen Sie Ihr Leben aufs Spiel?"

„Ach ja, ich hatte noch etwas vergessen." Dillon lächelte, und in seinem Gesicht fand eine erstaunliche Veränderung statt. Plötzlich war da ein Ausdruck von Wärme und ganz besonderem Charme. „Ich bin einer der letzten großen Abenteurer dieser Welt. Und jetzt seien Sie so gut, und lassen Sie mich mal sehen, wo ich hinsoll."

KURZ vor fünf Uhr stand Dillon mit Wegner und Schmidt am Eingang des Hangars und blickte hinaus. Die Dunkelheit war nach wie vor undurchdringlich. Dillon wandte sich halb zu Tomic um. „Wie sieht's aus?"

Tomic tauchte aus der Kanzel auf. „Die Maschine ist startklar."

„Also, wir sollten endlich zur Sache kommen, sagte der Dieb zum Henker." Dillon schlenderte durch den Hangar zur Conquest, stieg die Treppe hinauf und inspizierte das Innere der Maschine. Die Kabine war mit olivgrünen Kisten vollgestapelt, die die englische Aufschrift trugen: ROYAL ARMY MEDICAL CORPS.

Schmidt, der ihm gefolgt war, räusperte sich. „Wie Sie sehen, erhalten wir unser Material aus ungewöhnlichen Quellen."

„Das kann man wohl sagen. Was ist da drin?"

„Schauen Sie es sich an." Schmidt löste den Verschluß einer Kiste, zog ein Stück Ölpapier beiseite und deutete auf Schachteln mit Morphiumampullen. „Da drüben, Mr. Dillon, müssen sie manchmal Kinder mit Gewalt festhalten, wenn sie sie operieren. Es gibt nämlich keinerlei Betäubungsmittel. Dies hier hat sich als besonders wirksamer Ersatz erwiesen."

„Schon verstanden", sagte Dillon. „Machen Sie die Kiste wieder zu, und ich versuche mein Glück."

Schmidt tat, wie ihm geheißen, dann sprang er nach unten. Als Dillon die Treppe hochklappte und in die Kabine zog, rief Wegner: „Gott sei mit Ihnen, Mr. Dillon!"

„Wahrscheinlich ist es das erste Mal, daß ich etwas tue, womit der da droben einverstanden ist", meinte Dillon und schloß die Tür.

Er rollte mit der Maschine zum Ende der Startbahn, drehte die Nase in den Wind und gab Gas. Nach wenigen Sekunden war die Conquest bereits verschwunden.

Wegner wandte sich an Tomic. „Hat er eine Chance?"

„Ein toller Kerl." Tomic zuckte die Achseln. „Wer weiß?"

„Gehen wir einen Kaffee trinken", schlug Schmidt vor. „Wir werden ziemlich lange warten müssen."

„Ich komme gleich nach", meinte Tomic. „Ich muß nur noch mein Werkzeug wegräumen." Er schaute ihnen nach, bis sie im Innern der letzten Hütte verschwunden waren, dann eilte er zum Büro, nahm den Telefonhörer ab und wählte eine lange Nummer.

Eine Stimme meldete sich auf serbokroatisch: „Major Branko."

„Tomic. Eine Cessna Conquest ist soeben gestartet. Ich habe ihre Funkfrequenz."

„Ist der Pilot bekannt?"

„Er heißt Dillon – Sean Dillon. Ein Ire, glaube ich."

„Sie haben Ihre Sache gut gemacht, Tomic. Wir werden ihm einen heißen Empfang bereiten."

DILLON steckte bereits in Schwierigkeiten. Eine dichte Wolkendecke und Nebelschwaden erlaubten ihm nur kurze Blicke auf den Kiefernwald unter ihm.

Er fischte eine Zigarette aus einem silbernen Etui und zündete sie an. In diesem Augenblick ertönte eine Stimme in seinem Kopfhörer. „Guten Morgen, Mr. Dillon. Herzlich willkommen in Jugoslawien."

Das Flugzeug bezog an Steuerbord Position. Die roten Sterne auf dem Rumpf waren deutlich zu erkennen: eine MiG 21.

Der MiG-Pilot meldete sich wieder. „Kurs eins-zwei-vier, Mr. Dillon. Das bringt uns zu einer ziemlich malerischen Burg. Sie heißt Kivo und dient in dieser Region als Hauptquartier des Geheimdienstes. Man erwartet Sie bereits."

Dillon ging auf den neuen Kurs und stieg auf siebenhundert Meter, während das Wetter leicht aufklarte. Dabei pfiff er leise vor sich hin. Ein serbisches Gefängnis war alles andere als ein Vergnügen, aber ihm blieb wohl keine Wahl. Und dann, etwa drei Kilometer entfernt, am Rand des Waldes, entdeckte er eine Burg wie aus dem Märchen. Die Landebahn daneben war deutlich zu sehen.

„Wie aus Grimms Märchen", sagte Dillon ins Mikrofon. „Jetzt brauchen wir nur noch einen bösen Riesen."

„Keine Sorge, Mr. Dillon, den haben wir auch", antwortete der MiG-Pilot. „Und jetzt gehen Sie runter und landen brav, und ich verabschiede mich."

Dillon zog die Steuersäule ruckartig zurück und gab Gas. Schnell stieg er höher, und der MiG-Pilot reagierte zornig. „Dillon, tun Sie, was ich Ihnen gesagt habe, oder ich schieße Sie vom Himmel."

Dillon ignorierte ihn und blieb auf tausendfünfhundert Metern, und die MiG, die sich bereits an ihn gehängt hatte, näherte sich schnell und feuerte. Die Conquest schüttelte sich, als Geschosse beide Tragflächen durchschlugen.

Dillon sank rasend schnell, bis er sich bei sechshundert Metern über dem Waldrand endlich fing. Die MiG kam wieder heran, feuerte jetzt mit der Maschinenkanone, und die Windschutzscheibe der Conquest zerbarst. Wind und Regen peitschten in die Kanzel. Dillon saß regungslos da, umklammerte mit beiden Händen den Steuerknüppel. Aus einer Wunde, die von einem Glassplitter herrührte, lief ihm Blut über das Gesicht.

„Dann los“, sagte er ins Mikrofon. „Wir wollen mal sehen, wie gut Sie sind.“

Er ließ die Maschine nach vorne abkippen und ging in den Sturzflug über. Die MiG folgte ihm und feuerte. Die Conquest bäumte sich auf, der Backbordmotor versagte, während Dillon die Maschine bei hundertfünfzig Metern abfing. Die MiG hinter ihm hatte keine Zeit mehr, den Kurs zu ändern. Sie pflügte ein Stück durch den Wald und endete dann in einem riesigen Feuerball.

Dillon verlor an Geschwindigkeit und sank stetig. Am Ende waren es die Kiefern, die ihn retteten. Sie bremsten seinen Flug so weit, daß er kaum noch nennenswertes Tempo hatte, als er auf der Lichtung eine Bauchlandung hinlegte.

Die Conquest hüpfte noch zweimal vom Erdboden hoch, dann blieb sie stehen. Dillon kippte kopfüber aus der Maschine, rollte über das regennasse Erdreich, kam auf die Füße und rannte los. Nach ein paar Schritten verstauchte er sich das Fußgelenk und stürzte wieder. Mit eisernem Willen raffte er sich auf und humpelte weiter, aber die Conquest explodierte nicht.

Soldaten erschienen auf der anderen Seite der Lichtung. Ein Jeep rollte hinter ihnen zwischen den Bäumen hervor. Das Verdeck war zusammengefaltet, und Dillon konnte einen Offizier im Wagen stehen sehen. Weitere Soldaten erschienen. Einige führten Dobermänner an der Leine mit sich, die Hunde bellten laut und zerrten an den Lederriemen. Eine Stimme aus einem Megaphon tönte zu ihm herüber: „Seien Sie doch vernünftig, Mr. Dillon. Oder wollen Sie, daß ich die Hunde auf Sie hetze?“

Dillon hielt inne, dann wandte er sich um und humpelte zum nächsten Baum. Er holte eine Zigarette aus seinem Etui, zündete sie an und wartete auf die Soldaten.

Sie bauten sich im Halbkreis um ihn auf, hielten ihn mit ihren Gewehren in Schach. Der Jeep fuhr heran und blieb stehen, und der Offizier sah auf ihn herab. Er war ein gutaussehender Mann von etwa dreißig Jahren mit finsterem Gesichtsausdruck.

„Soso, Mr. Dillon, Sie haben es tatsächlich unversehrt überstanden“, sagte er in fehlerfreiem Englisch. „Ich gratuliere Ihnen. Ich heiße übrigens Branko, John Branko. Meine Mutter ist Engländerin.“

„Was Sie nicht sagen.“ Dillon lächelte. „Sie haben da ja einen ziemlich wilden Haufen zusammengetrommelt, Major, aber trotzdem *Cead míle fáilte.*“

„Und was heißt das, Mr. Dillon?“

„Oh, das ist Gälisch und heißt soviel wie: ein hunderttausendfaches Willkommen."

„Das lobe ich mir, ein Verlierer mit Stil." Branko wandte sich um und redete auf serbokroatisch mit einem massigen Feldwebel, der daraufhin zufrieden lächelte und aus dem Jeep sprang.

„Darf ich Sie mit meinem Feldwebel Zekan bekannt machen? Ich habe ihm gerade gesagt, er möge Ihnen ein hunderttausendfaches Willkommen entbieten."

Der Kolben des Sturmgewehrs traf Dillons linke Seite und trieb ihm die Luft aus den Lungen. Während er nach vorne knickte, rammte ihm der Feldwebel das Knie ins Gesicht. Das letzte, was Dillon wahrnahm, war das Gekläff der Hunde, lautes Gelächter, und dann umgab ihn nur noch Finsternis.

FELDWEBEL Zekan trieb Dillon mit Stößen durch einen Flur und eine Steintreppe hinauf, bis sie vor einer mit Eisenbändern armierten Eichentür anlangten. Zekan öffnete sie und stieß seinen Gefangenen hindurch.

Der Raum dahinter hatte eine Decke aus Eichenbalken, an den Wänden aus Granit hingen einige Zierteppiche. In einem offenen Kamin, vor dem zwei Dobermänner lagen, loderte ein Feuer. Branko thronte hinter einem großen Schreibtisch, las in einer Akte und nahm gelegentlich einen Schluck aus einem Kristallglas. Branko blickte auf und lächelte, dann entnahm er einem Eiskübel eine Flasche Champagner und füllte ein zweites Glas.

„*Krug* – Ihre Lieblingsmarke, Mr. Dillon, soweit ich weiß."

„Gibt es irgend etwas, was Sie von mir nicht wissen?"

„Nicht viel." Branko hob den Aktenordner hoch und ließ ihn wieder auf den Tisch fallen. „Die Geheimdienste der meisten Länder haben die nützliche Angewohnheit zusammenzuarbeiten, selbst wenn ihre Regierungen es nicht tun. Setzen Sie sich, und trinken Sie einen Schluck."

Dillon nahm auf dem Stuhl gegenüber Platz und griff nach dem Glas, das Zekan ihm reichte. Er leerte es in einem Zug.

Prompt füllte Branko Dillons Glas wieder auf. „Das kleine gewalttätige Intermezzo im Wald bitte ich zu entschuldigen", sagte er. „Das war nur eine Demonstration für meine Leute. Schließlich haben Sie uns eine MiG samt Piloten gekostet."

Dillon trank erneut von seinem Champagner. „Wer hat mich verraten?" Er runzelte die Stirn. „Tomic. Es war Tomic, habe ich recht?"

„Ein guter Serbe. Wie sind Sie denn in diese Sache hineingeraten, ein Mann wie Sie?“

„Heißt das, Sie wissen es nicht?“

„Ich wußte nur, daß Sie herkommen, Mr. Dillon, mehr nicht.“

„Ich habe mich für ein paar Tage in Wien aufgehalten, um ein wenig Opernmusik zu tanken. Ich liebe Mozart. Während der ersten Pause traf ich an der Bar jemanden wieder, mit dem ich früher mal zu tun hatte. Er erzählte mir, eine karitative Organisation sei an ihn herangetreten mit der Bitte um Hilfe. Sie hätten aber kein Geld, um dafür zu bezahlen.“

„Aha, jetzt verstehe ich.“ Branko nickte. „Eine gute Tat in einer bösen Welt, wie Shakespeare es ausgedrückt hat? All diese armen Kinder. Und diese grausamen Serben.“

„Meine Güte, Major, haben Sie eine Art, sich auszudrücken.“

„Eine willkommene Abwechslung für einen Mann wie Sie, nehme ich an.“ Branko schlug den Aktenordner auf. „Sean Dillon, geboren in Belfast, verbrachte seine Kindheit in London, Vater war Witwer. Mit achtzehn Student an der Königlichen Schauspielschule in London. Ihr Vater kehrte 1971 nach Belfast zurück und wurde von englischen Fallschirmjägern getötet.“

„Sie sind tatsächlich gut informiert.“

„Sie sind der provisorischen IRA beigetreten, wurden in Libyen in einem Camp Oberst Gaddhafis ausgebildet und sind seitdem in diesem Geschäft tätig.“ Branko blätterte um. „Am Ende trennten Sie sich von der IRA.“

„Ein Haufen alter Weiber.“

„Beirut, die PLO, sogar der KGB. Sie bieten Ihre Dienste wirklich weit gefächert an.“ Branko lachte plötzlich verblüfft auf. „Der Unterwasserangriff auf diese beiden palästinensischen Kanonenboote in Beirut im Jahr 1990. Waren Sie dafür verantwortlich? Aber das war eine Aktion für die Israelis.“

„Ich berechne durchaus bescheidene Honorare“, sagte Dillon.

„Sie sprechen fließend Deutsch, Spanisch, Französisch, Arabisch, Italienisch, Russisch und Gälisch. Und trotzdem haben Sie einen Job wie diesen angenommen für eine Handvoll wohltätiger Amateure und ohne Bezahlung?“

„Wir alle machen Fehler.“

„Sie haben jedenfalls einen gemacht. Diese Kisten im Flugzeug. Obendrauf Morphiumampullen, darunter Stinger-Raketen.“

Dillon lachte hilflos. „Wer hätte das vermuten können?“

„Es heißt, Sie hätten noch nie eine Gefängniszelle von innen gesehen. Damit ist jetzt Schluß, mein Freund." Branko öffnete eine Schublade und legte eine Stange *Rothmans*-Zigaretten auf den Tisch. „Nehmen Sie, Sie werden sie brauchen."

Dillon spürte Zekans Hand auf seiner Schulter. Der Feldwebel zog ihn hoch und schob ihn zur Tür.

„Eine Sache noch, Mr. Dillon", sagte Branko. „Hier ist an den meisten Tagen das Erschießungskommando frühmorgens tätig. Lassen Sie sich dadurch nicht aus der Ruhe bringen."

„Ach ja", erwiderte Dillon. „Ethnische Säuberung, so nennen Sie es doch, nicht wahr?"

„Wir haben einfach zuwenig Platz. Schlafen Sie gut."

IM JAHR 1972, angesichts der wachsenden Probleme mit dem Terrorismus, verfügte der damalige britische Premierminister die Schaffung einer kleinen geheimdienstlichen Eliteeinheit, die den schlichten Namen Gruppe vier trug. Sie sollte der gezielten Terrorismusbekämpfung und den Belangen der inneren Sicherheit dienen und war nur dem Premierminister allein verantwortlich.

Brigadier Charles Ferguson hatte Gruppe vier seit ihrer Gründung geleitet. Sein Büro befand sich im Verteidigungsministerium, mit Blick auf die Horse Guards Avenue. Ferguson arbeitete an diesem Abend noch um neun Uhr an seinem Schreibtisch, als es an der Tür klopfte. „Herein!" rief Ferguson, erhob sich und ging zum Fenster. Er war ein großer Mann mit einem Doppelkinn und zerzausten grauen Haaren.

Die Tür ging auf, und Inspektor Jack Lane kam herein, ein Mann Ende Dreißig mit Tweedanzug und Brille. Nach zähen Verhandlungen hatte Ferguson es geschafft, ihn von Scotland Yard loszueisen und ihn zu seinem persönlichen Assistenten zu machen.

„Haben Sie was für mich, Jack?"

„Hauptsächlich Routinekram, Brigadier. Man erzählt sich, der Direktor der Sicherheitsdienste schmolle noch immer wegen der Weigerung des Premierministers, den Sonderstatus von Gruppe vier aufzuheben."

„Meine Güte, geben diese Leute denn niemals Ruhe? Ich habe doch zugesagt, sie über alles zu informieren, was im gemeinsamen Interesse liegt, und mich mit Simon Carter, dem stellvertretenden Direktor, in Verbindung zu setzen und auch mit diesem Parlamentsheini mit dem aufgeblasenen Titel."

„Sir Francis Pamer, Sir. Sonderminister im Innenministerium."

„Ja, also das ist alles an Kooperation, was die aus mir herausholen können. Sonst noch was?"

Lane schmunzelte. „In der Tat – das Beste habe ich mir bis zum Schluß aufgespart. Dillon – Sean Dillon."

Ferguson horchte auf. „Was ist mit ihm?"

„Ich habe eine Nachricht von unseren Kontaktleuten in Jugoslawien erhalten. Dillon ist heute morgen mit einem Privatflugzeug abgestürzt. Er transportierte angeblich medizinischen Nachschub, der entpuppte sich dann aber als Stinger-Raketen. Die Serben halten ihn in der Burg Kivo fest. Hier steht alles." Er reichte ihm ein Blatt Papier.

Ferguson überflog es und nickte zufrieden. „Zwanzig Jahre lang ist dieser Kerl uns immer entwischt. Er hat noch nie ein Gefängnis von innen gesehen."

„Nun, jetzt sitzt er endlich hinter Gittern, Sir. Ich habe seine Akte mitgebracht, falls Sie einen Blick darauf werfen wollen."

„Das nützt jetzt niemandem mehr. Sie wissen ja, wie die Serben sind, Jack. Sie können die Akte ebensogut ins Fach mit den Abgängen stecken und nach Hause gehen."

Lane ging hinaus, und Ferguson schlenderte hinüber zu seinem Barschrank und schenkte sich einen großzügigen Scotch ein. „Auf dich, Dillon", sagte er leise.

2. Kapitel

ÖSTLICH von Puerto Rico im Karibischen Meer liegen die Jungferninseln oder Kleinen Antillen, wie sie auch genannt werden. Ein Teil der Inselgruppe –Tortola und Virgin Gorda – steht unter britischer Verwaltung, während St. Croix, St. Thomas und St. John zu Amerika gehören. St. John ist wahrscheinlich die malerischste Insel in der gesamten Karibik, was aber an diesem Abend keineswegs so schien, da ein tropischer Wirbelsturm, sozusagen das Schwanzende des Hurrikans Abel, über die alte Stadt Cruz Bay hinwegfegte. Er brachte die Boote im Hafen zum Tanzen und jagte peitschenden Regen über die Hausdächer, während der Himmel von gewaltigem Donner widerhallte.

Für Bob Carney, der in seinem Haus in Chocolate Hole auf der anderen Seite der Bucht von Cruz Bay schlief, war es der Lärm ferner Kanonen. Zurückversetzt in den alten Alptraum, schlugen die Granaten um ihn herum ein und brachten die Erde zum Beben, und man hörte die Schreie der Verwundeten und Sterbenden. Carney schrie vor Entsetzen und setzte sich abrupt in seinem Bett auf.

Er knipste die Nachttischlampe an und sah auf die Uhr. Erst halb drei. Seufzend stieg er aus dem Bett, tappte durch das dunkle Haus zur Küche und holte sich eine Dose Bier aus dem Kühlschrank.

Bob Carney war etwa einsachtzig groß, hatte die Figur eines Athleten – keine Überraschung bei einem Mann, der ein hervorragender Berufstaucher war –, und sein blondes Haar war von Salzwasser und Sonne gebleicht. Er ging durch das Wohnzimmer und öffnete ein Fenster. Regen tropfte vom Dach, und draußen über dem Meer zuckten Blitze. Carney trank einen Schluck Bier, dann stellte er die Dose beiseite. Er mußte versuchen, noch etwas Schlaf zu bekommen, denn am nächsten Tag wollte er mit einer Gruppe Urlauber um halb zehn zum Tauchen aufbrechen.

Zur gleichen Zeit saß Henry Baker im Arbeitszimmer seines Hauses am Rande der Cruz Bay und las im Schein einer Schreibtischlampe. Er hatte die Verandatür geöffnet, weil er den Geruch des Meeres liebte. Er führte ihn zurück in die Tage seiner Jugend und seines Dienstes in der Marine während des Koreakrieges. Er hatte es bis zum Leutnant geschafft, war sogar mit einer Tapferkeitsmedaille ausgezeichnet worden und hätte Karriere machen können, aber da war der Buchverlag in New York gewesen, der seiner Familie gehörte, sowie andere Verpflichtungen und die Frau, die er zu heiraten versprochen hatte.

Es war keine schlechte Wahl gewesen. Ihre Ehe war zwar kinderlos geblieben, aber er und seine Frau hatten ein zufriedenes Leben geführt, bis eine Krebserkrankung sie mit fünfzig Jahren dahingerafft hatte. Danach hatte Henry Baker das Interesse am Geschäft verloren und bereitwillig ein Übernahmeangebot akzeptiert, wodurch er mit achtundfünfzig Jahren sehr reich geworden war, sich aber völlig entwurzelt fühlte.

Ein Urlaub auf St. John wurde zu seiner Rettung. Bob Carney hatte ihn ins Sporttauchen eingeführt, und es war für ihn zu einer Leidenschaft geworden. Er siedelte nach St. John über. Jetzt, mit dreiundsechzig, war sein Leben völlig sorgenfrei und ausgefüllt, nicht zuletzt dank Jenny.

Er griff nach ihrem Foto. Jenny Grant, fünfundzwanzig, das Gesicht sehr gleichmütig, mit großen Augen über hohen Wangenknochen und kurzem dunklem Haar. Aber in diesen Augen lag noch immer eine Spur Mißtrauen, was kaum überraschte, wenn Baker sich ihre erste Begegnung in Miami ins Gedächtnis rief. Damals hatte sie ihm auf einem Parkplatz ihren Körper angeboten, zitternd, da sie dringend Geld für Drogen brauchte.

Als sie zusammenbrach, hatte er sie ins Krankenhaus gebracht, hatte ihre Entzugstherapie finanziert und die ganze Zeit ihre Hand gehalten, denn sie hatte niemand anderen. Es war die übliche Geschichte: Sie war eine Waise, aufgezogen von einer Tante, bis diese sie im Alter von sechzehn Jahren aus dem Haus geworfen hatte. Eine gute Stimme hatte ihr geholfen, ihren Lebensunterhalt mit Auftritten in Cocktailbars zu bestreiten. Dann war sie in schlechte Gesellschaft geraten und schließlich in der Gosse gelandet.

Er nahm sie mit nach St. John. Das Arrangement hatte perfekt funktioniert, und zwar auf streng platonischer Basis. Er bedeutete für sie den Vater, den sie nie gekannt hatte, sie war für ihn die Tochter, die ihm versagt geblieben war. Er kaufte ihr ein Bistro im Hafenviertel von Cruz Bay, und sie taufte das Lokal „Jenny's Place“. Das Unternehmen wurde ein voller Erfolg. Das Leben konnte nicht schöner sein. Er blieb nachts stets wach und wartete auf sie. In diesem Moment hörte er draußen den Jeep vorfahren, dann ihre Schritte auf der Veranda, und dann kam Jenny herein und küßte ihn auf die Wange. „Mein Gott, da draußen ist vielleicht was los“, meinte sie.

„Bis morgen früh hat sich alles verzogen, du wirst sehen.“ Er nahm ihre Hand. „Wahrscheinlich gehe ich morgen früh tauchen, aber zum Mittagessen komme ich runter ins Bistro.“

„Ich wünschte, du würdest nicht immer alleine tauchen.“

„Jenny, ich bin ein reiner Freizeittaucher. Und ich brauche keine Dekompressionsphase, weil ich mich stets innerhalb der ungefährlichen Grenzen bewege. So hat Bob Carney es mir beigebracht.“ Er drückte ihre Hand. „Und jetzt begrab deine Sorgen und geh zu Bett.“

Sie hauchte ihm einen Kuß auf den Scheitel und ging hinaus. Er nahm sein Buch hinüber zur Couch am Fenster und streckte sich genußvoll aus, aber nach einer Weile fielen seine Augen zu, und das Buch rutschte auf den Fußboden.

Kurz nach fünf schreckte er aus dem Schlaf hoch. Licht drang durch die Jalousien. Für einen Moment lag er reglos da, dann stand er auf und ging hinaus auf die Veranda. Es dämmerte bereits, und am Horizont wurde es hell. Aber es war sonderbar still, und auch das Meer war ungewöhnlich ruhig. Ideale Verhältnisse zum Tauchen, absolut perfekt.

Er ging eilig in die Küche, bereitete Kaffee und Käsebrote zu, verstaute beides in einem Seesack und holte seine Matrosenjacke.

Gemächlich schlenderte er zum Hafen hinunter. Unten am Kai sprang er in sein Schlauchboot, startete den Außenbordmotor und schlängelte sich zwischen den zahlreichen Booten hindurch bis zu seinem eigenen, der *Rhoda,* einem zehn Meter langen Sport-Fisherman, das er nach seiner Frau benannt hatte. Er kletterte an Bord, überprüfte seine Ausrüstung, löste die Bojenleine, dann kletterte er die Leiter zur Laufbrücke hoch und startete die Motoren. In flotter Fahrt lenkte er die *Rhoda* aufs offene Meer zu und genoß diesen Augenblick in vollen Zügen.

Er konnte unter seinen liebsten Tauchgründen auswählen, aber das Meer war so ruhig, daß er einfach geradeaus weiterfuhr, Richtung Süden. Er beschleunigte die *Rhoda* auf fünfzehn Knoten, schenkte sich eine Tasse Kaffee ein und packte die Käsebrote aus. Die Sonne war mittlerweile aufgegangen, das Meer erstrahlte in makellosem Blau zwischen den Kuppen der Inseln rundum – ein atemberaubend schöner Anblick. Er hing seinen Gedanken nach. Gut eine halbe Stunde später schreckte er auf und stellte seine Position fest.

„O nein", sagte er laut, „ich bin fast zwanzig Kilometer weit draußen." Das bedeutete, daß er sich ziemlich nah am Rand jener gefährlichen Zone befand, wo der Meeresboden steil in die Tiefe stürzte und die Entfernung bis zum Grund mindestens siebenhundert Meter betrug. Außer bei Thunder Point, aber dort tauchte man nicht. Es war das gefährlichste Riff in der ganzen Region. Nur wenige Leute wußten, wo Thunder Point genau lag, und das Meer war dort normalerweise derart aufgewühlt, daß alleine das schon ausreichte, um jeden fernzuhalten. Aber heute war es der reinste Badeteich. Baker hatte so etwas noch nie gesehen. Erregung erfaßte ihn plötzlich, und er schaltete seinen Tiefenmesser ein und suchte den Grund. Er drosselte die Motoren, und dann entdeckte er sie, die gelben, schartigen Linien auf dem schwarzen Bildschirm.

Er schaltete die Motoren aus und trieb weiter. Dabei kontrollierte er die Tiefenangaben, bis er sicher sein konnte, daß er sich über dem Kamm des Riffs befand, der in zwanzig Meter Tiefe lag. Kurz entschlossen ließ er den Anker ins Wasser gleiten. Er zog sich aus und streifte seinen orange-blauen Nylontaucheranzug über. Dann koppelte er den kleinen Tauchcomputer an die Zuleitung seiner Preßluftflasche, legte die Schwimmweste an, verteilte das Gewicht der Sauerstoffflaschen sorgfältig auf seinen Schultern und hängte ein Tauchernetz mit einer Stablampe an seinen Bleigürtel. Er schlüpfte in ein Paar Taucherhandschuhe, zog die Flossen an, schob seine Tauchermaske zurecht und machte einfach einen Schritt ins Wasser.

Es war unglaublich klar und blau. Er begann mit dem Abstieg, indem er dem Ankertau folgte. Die Empfindung, schwerelos dahinzuschweben, war wie immer atemberaubend. Er befand sich in einer stillen, ganz eigenen Welt. Das Riff, an dem der Anker sich festgehakt hatte, war ein Wald aus Korallen und Seegras, in dem es von Fischen aller Arten und Formen wimmelte.

Er sah auf seinen Tauchcomputer, der ihm die Tiefe anzeigte und auch, wie lange er sich dort ungefähr aufhalten konnte. Momentan befand er sich in zwanzig Meter Tiefe.

Es herrschte eine verhältnismäßig starke Strömung. Er spürte, wie sie ihn zur Seite drückte, aber er wollte sich nicht davon abhalten lassen, einen Blick in den tiefen Abgrund zu werfen. Die Riffkante war deutlich zu erkennen. Er schob sich über die Kante, sank bis auf fünfundzwanzig Meter und schwamm in dieser Tiefe am Riff entlang.

An den Korallenstrukturen gab es erhebliche Schäden. Große Stücke waren offenbar erst vor kurzem weggebrochen, vermutlich eine Folge des Hurrikans. In einiger Entfernung erkannte er eine Stelle, wo sich ein ganzer Überhang gelöst hatte. Darunter befand sich ein breites Sims, auf dem irgend etwas lag. Baker näherte sich vorsichtig.

In diesem Moment machte er nicht nur den aufregendsten Fund seiner Taucherlaufbahn, sondern erlebte auch den größten Schock seines Lebens. Das Objekt, das auf dem Vorsprung ruhte und zum Teil ins Wasser hinausragte, war ein Unterseeboot.

Während seines Dienstes bei der Marine hatte Baker auch einen Ausbildungskurs in einem Unterseeboot absolviert und Lehrfilme mit Material, das vorwiegend aus dem Zweiten Weltkrieg stammte, gesehen. Er erkannte sofort, was dort unter ihm lag: ein U-Boot vom Typ VII, das bei der deutschen Kriegsmarine am häufigsten eingesetzte Modell. Der Kommandoturm war von Unterwasserpflanzen überwuchert, aber die Zahl an der Seite konnte man noch gut erkennen: 180. Etwa zwei Drittel des Bootes ruhten auf dem Felsband, und der Bug schob sich hinaus ins Leere.

Baker schwamm hinunter zum Kommandoturm und hielt sich an der Brückenreling fest. Dahinter befand sich die Geschützplattform mit ihrer 2-cm-Flak, und unter sich sah er das Decksgeschütz, das mit Schwammgewächsen und bunten Korallen überkrustet war. Wie alle Wracks war das Boot zu einem eigenen Lebensraum geworden, mit Fischen überall: gelbe Zackenbarsche, Engel- und Papageienfische, Ritterfische und viele andere. Er sah auf seinen Computer: noch höchstens zwanzig Minuten, bis er wieder zur Wasseroberfläche aufsteigen mußte.

Er schwamm zur Steuerbordseite und sah im Rumpf einen breiten, gezackten Riß, etwa fünf Meter lang. Die armen Teufel mußten abgesoffen sein wie Steine. Er ging tiefer und leuchtete mit der Stablampe in die Zentrale. Die Periskoprohre waren deutlich zu sehen, doch der

Rest war ein Gewirr aus verbogenem Stahl. Baker zögerte, dann wagte er sich hinein.

Sowohl die hinteren wie die vorderen wasserdichten Schotten waren geschlossen. Er versuchte sein Glück am Verschlußrand des vorderen Schotts, aber es war hoffnungslos verrostet. Es gab ein paar Sauerstoffflaschen, sogar einen Munitionsgurt und, was am grausigsten war, einige menschliche Knochen auf dem Kabinenboden.

Als er sich zum Umkehren wandte, fiel der Lichtstrahl seiner Lampe auf einen Griff in der Ecke, einem Koffergriff nicht unähnlich. Er faßte danach, die Ablagerungen wurden aufgewirbelt, und plötzlich hatte er einen kleinen Aktenkoffer aus Metall in der Hand. Jetzt war es wirklich Zeit, sich davonzumachen, und er schlängelte sich durch den Riß im Rumpf und trieb über den Grat des Riffs hinweg. Als er den Anker erreichte, blieben ihm gerade noch fünf Minuten. Du Idiot, schalt er sich selbst, ein solches Risiko einzugehen.

An Bord seiner Jacht zurückgekehrt, zwang er sich, alles so normal wie möglich zu erledigen. Er kämpfte sich aus seiner Montur, trocknete sich ab, zog sich an und schenkte sich ein wenig Kaffee ein. Dann bearbeitete er den mit Korallen bedeckten Aktenkoffer mit einer Drahtbürste und merkte sofort, daß er aus Aluminium gefertigt war. Als die Oberfläche mehr und mehr durchschien, waren der Adler und das Hakenkreuz der deutschen Kriegsmarine zu erkennen. Er nahm einen großen Schraubenzieher, klemmte ihn über dem Schloß unter den Deckel, und es gelang ihm, diesen aufzuhebeln. Das Innere war völlig trocken. Der Inhalt bestand aus mehreren Briefen sowie aus einem in rotes marokkanisches Leder gebundenen Tagebuch, auf dem in Gold die Insignien der Kriegsmarine eingeprägt waren.

Die Tagebucheintragungen waren in Deutsch – einer Sprache, die Baker nicht beherrschte. Der erste Eintrag hatte das Datum 30. April 1945, und er erkannte den Namen Bergen. Er wußte, daß dies eine Hafenstadt in Norwegen war. Auf dem Vorsatzblatt stand ein Eintrag, den er verstand: KORVETTENKAPITÄN PAUL FRIEMEL, U 180 – offenbar der Kommandant des U-Boots und der Eigentümer dieses Tagebuchs.

Baker blätterte das Buch durch und war enttäuscht, daß er nichts davon entschlüsseln konnte. Es gab neunundzwanzig Eintragungen, manchmal eine ganze Seite für einen Tag. Einige Male fanden sich Angaben zur Position, und Baker entnahm den Daten, daß die Reise das Unterseeboot durch den Atlantik nach Süden ins Karibische Meer geführt hatte.

Die letzte Eintragung stammte vom 28. Mai 1945. Henry Baker

war sechzehn Jahre alt gewesen, als der Krieg zu Ende ging, und er erinnerte sich, daß Adolf Hitler am 30. April Selbstmord begangen hatte und daß kurz darauf die Kapitulation erfolgt war. Wenn dem so war, was hatte dann U 180 am 28. Mai bei den Jungferninseln zu suchen gehabt?

Er blätterte noch mal durch die Seiten, da stach ihm ein Name ins Auge: *Reichsleiter Martin Bormann.* Baker hielt den Atem an. Martin Bormann! War er also doch aus dem Bunker in Berlin entwischt? Wie viele Bücher waren darüber schon geschrieben worden! Er blätterte langsam weiter, und dann fiel ihm ein anderer Name auf, der des Herzogs von Windsor. Baker starrte auf die Seite. Seine Kehle war plötzlich wie ausgetrocknet. Dann legte er das Tagebuch in den Aktenkoffer zurück, startete die Motoren und hievte den Anker hoch.

Was immer sich hinter dieser Entdeckung verbarg, es war etwas Besonderes, mußte es sein. Er hatte ein U-Boot gefunden, das drei Wochen nach Kriegsende bei den Jungferninseln gesunken war. Er hatte außerdem ein persönliches Tagebuch, das vom Kommandanten geführt worden war und in dem der Name des mächtigsten Mannes in Hitlers Umgebung sowie der des Herzogs von Windsor auftauchte.

„Mein Gott, in was bin ich da nur hineingeschlittert?" murmelte er. Er konnte sich natürlich an die Behörden wenden, an die Küstenwache zum Beispiel, aber es war sein Fund, und er hatte wenig Lust, ihn wegzugeben. Doch was sollte er nun tun?

Und dann fiel es ihm ein, und er lachte erleichtert. „Garth Travers. Natürlich!" Er gab Vollgas und jagte zurück nach St. John.

1951, als Leutnant in der amerikanischen Marine, war Baker als Verbindungsoffizier einem Zerstörer der britischen Marine zugeteilt worden. Dort hatte er mit dem Geschützoffizier Garth Travers eine feste Freundschaft geschlossen. Travers hatte Karriere gemacht und sich schließlich im Range eines Konteradmirals zur Ruhe gesetzt. Seitdem hatte er mehrere Bücher über die Marine im Zweiten Weltkrieg geschrieben und außerdem ein Standardwerk über die deutsche Kriegsmarine aus dem Deutschen übersetzt. Travers war genau der richtige Mann.

Dicht vor der Küste von St. John bemerkte Baker ein weiteres Sport-Fisherman, das auf ihn zukam – die *Sea Raider,* Bob Carneys Boot. Es bremste, schwang herum, und Baker drosselte ebenfalls die Geschwindigkeit. Vier Leute saßen im Heck und trugen bereits Taucherkleidung. Bob Carney rief von der Laufbrücke: „Guten Morgen, Henry! Wo warst du?"

„Am French Cap." Baker haßte es, einen Freund zu belügen, aber er hatte keine andere Wahl. „Hervorragende Verhältnisse. Der reinste Badeteich da draußen."

„Na prima." Carney lächelte und winkte ihm zu. „Schönen Tag noch, Henry."

IN LONDON prasselte der Regen gegen die Fenster des Hauses in der Lord North Street, wo Konteradmiral Garth Travers in einem Sessel am Kaminfeuer seines büchergesäumten Arbeitszimmers saß und die *Times* las. Als das Telefon klingelte, verzog er das Gesicht, stand aber trotzdem auf und ging zum Schreibtisch.

„Mit wem spreche ich?"

„Garth? Hier ist Henry – Henry Baker."

Travers ließ sich in den Schreibtischsessel fallen. „Henry, du alter Ganove! Bist du in London?"

„Nein, ich rufe von St. John an. Garth, ich habe ein Problem, und ich dachte, du könntest mir vielleicht helfen. Ich habe beim Tauchen ein U-Boot gefunden."

„Du hast was?"

„Ehrlich und wahrhaftig ein U-Boot, hier draußen in den Antillen. Auf dem Kommandoturm stand die Zahl hundertachtzig. Es ist ein Typ VII."

Travers war jetzt selbst erregt. „Aber wie kommt es, daß noch niemand vorher das Ding entdeckt hat?"

„Das Boot liegt an einer sehr gefährlichen Stelle, an die sich niemand hinwagt. Es ruht halb auf dem Sims eines Riffes, der bis vor kurzem von einem Überhang geschützt wurde. Wir haben gerade einen Hurrikan überstanden, und der hat das Riff erheblich beschädigt."

„In welchem Zustand ist das Boot?"

„Im Rumpf war ein Riß, und ich konnte bis in die Zentrale vordringen. Dort habe ich einen Aktenkoffer gefunden. Wasserdicht und aus Aluminium."

„Mit den eingravierten Insignien der Kriegsmarine?"

„Genau!"

„Standardausrüstung. Was sagtest du, wie war die Nummer? Hundertachtzig? Bleib mal einen Moment dran. Ich habe irgendwo ein Buch, in dem alle U-Boote aufgelistet sind, die die Kriegsmarine in Dienst genommen hat."

Baker wartete geduldig, bis Travers sich wieder meldete. „Wir haben ein kleines Problem, alter Junge. Bist du sicher, daß es vom Typ VII war?"

„Absolut."

„Nun, hundertachtzig war ein Typ IX. Es brach im August 44 von Frankreich nach Japan auf und sank in der Biskaya."

„Tatsächlich?" staunte Baker. „Wie findest du dann das: Ich habe das persönliche Tagebuch von einem Korvettenkapitän Paul Friemel in dem Aktenkoffer gefunden, und der letzte Eintrag ist vom 28. Mai 1945. Wir haben also ein deutsches Unterseeboot mit einer falschen Nummer, das drei Wochen nach Ende des Krieges in den Antillen absäuft."

„Das ist höchst interessant", meinte Travers.

„Das Beste weißt du noch gar nicht, mein Freund. Erinnerst du dich noch an die wilden Geschichten über Martin Bormann, der aus Berlin geflohen sein soll? Nun, ich kann zwar kein Deutsch, aber ich kann seinen Namen lesen und den des Herzogs von Windsor."

Travers holte tief Luft. „Henry, dieses Tagebuch muß ich sehen."

„Ja, genau das habe ich mir auch gedacht", erwiderte Baker. „Gegen acht Uhr abends Ortszeit startet ein Flugzeug von Antigua. Eigentlich sollte ich es noch erwischen. Vielleicht könntest du mich zu einem späten Frühstück einladen?"

„Nichts täte ich lieber", gab Travers zurück.

IM HAFENVIERTEL von Cruz Bay herrschte reger Betrieb. Es war eine malerische kleine Stadt, reizvoll und ein wenig heruntergekommen wirkend wie die meisten Hafenorte in der Karibik. Jenny's Place lag etwas zurückgesetzt von der Straße, eine Treppe führte hinauf zur Veranda. Im Innern war es kühl und schattig. Zwei große Ventilatoren rotierten an der Decke. An der langen Bartheke aus dunklem Mahagoniholz warteten hochbeinige Hocker auf Gäste. Ein großer Farbiger mit graumeliertem Haar polierte Gläser, als Henry eintrat. Es war Billy Jones, der Barkeeper. Er hatte mehrere Narben auf Wangen und Augenbrauen und die leicht abgeflachte Nase eines Profiboxers. Seine Frau Mary war die Geschäftsführerin.

Billy grinste. „Hallo, Mr. Henry, suchen Sie Miß Jenny?"

„Richtig geraten."

„Sie ist gerade zum Hafen, um den Fisch für heute abend auszusuchen. Sollte nicht lange dauern. Kann ich Ihnen etwas geben?"

„Nur einen Kaffee, Billy. Ich trinke ihn draußen."

Baker ließ sich auf der Veranda in einen Rohrsessel sinken, trank seinen Kaffee und dachte über verschiedenes nach. Er war so tief in Gedanken versunken, daß er Jenny gar nicht kommen sah.

„Du bist ja schon zurück, Henry!" Sie trug ein T-Shirt und enge

Jeans, was ihre schlanke Figur gut zur Geltung brachte. Sie runzelte die Stirn. „Ist was passiert?"

„Ich muß nach London", eröffnete er ihr. „Noch heute nachmittag."

Sie setzte sich neben ihn. „Was ist denn los?"

„Als ich heute morgen getaucht bin, ist etwas höchst Außergewöhnliches passiert. Ich habe in fünfundzwanzig Meter Tiefe ein Wrack gefunden."

„Du Narr! So tief zu tauchen, ganz allein und in deinem Alter!" Besorgt schüttelte sie den Kopf. „Wo war das?"

Er zögerte. Sie wurde sicher ernsthaft böse, wenn sie erfuhr, daß er bei Thunder Point gewesen war, und obwohl er ihr traute, wollte er den Fundort einstweilen noch für sich behalten. „Alles, was ich dir im Augenblick sagen kann, Jenny, ist, daß ich ein deutsches Unterseeboot aus dem Jahre 1945 gefunden habe. Ich konnte hineinschwimmen und habe dann einen wasserdichten Aktenkoffer mit dem Tagebuch des Kommandanten drin entdeckt. Es ist auf deutsch, aber ich stieß auf zwei Namen, die ich kannte – Martin Bormann und den Herzog von Windsor."

Sie sah ihn verwirrt an. „Was hat das zu bedeuten, Henry?"

„Das würde ich auch gerne wissen." Er ergriff ihre Hand. „Erinnerst du dich noch an meinen englischen Freund, Konteradmiral Travers?"

„Du meinst den, mit dem du in Korea warst? Natürlich, du hast ihn mir doch vorgestellt, als wir in Miami waren und er uns auf der Durchreise traf."

„Ich habe ihn heute morgen angerufen. Er hat jede Menge Archivmaterial über die deutsche Kriegsmarine, und er hat das Boot für mich überprüft. Auf dem Kommandoturm war die Nummer hundertachtzig aufgemalt. Aber die Hundertachtzig war ein anderer Bootstyp. Außerdem ist sie 1944 in der Biskaya gesunken."

„Aber was hat das zu bedeuten?" fragte sie mit wachsender Verwunderung.

„Seit Jahren erzählt man sich über Bormann alle möglichen Geschichten. Immer wieder heißt es, er sei nicht in Berlin ums Leben gekommen, sondern habe überlebt. Es gibt Leute, die behaupten, ihn in Südamerika gesehen zu haben."

„Und der Herzog von Windsor? Was hat der damit zu tun?"

„Keine Ahnung." Er schüttelte den Kopf. „Ich weiß nur, daß ich das Boot gefunden habe, Jenny – ich, Henry Baker. Ich weiß nicht, was in dem Tagebuch steht, aber es ist möglich, daß es von historischer Bedeutung ist." Er stand auf, trat ans Geländer und umklammerte es mit beiden Händen.

Sie hatte ihn noch nie so erregt gesehen. „Möchtest du, daß ich dich begleite?"

„Nein, das ist nicht nötig. Spätestens in vier Tagen bin ich wieder zurück."

„Na schön." Das Lächeln fiel ihr schwer. „Dann sollten wir lieber nach Hause fahren, damit ich dir beim Packen helfen kann."

3. Kapitel

ES WAR zehn Uhr, als es an der Tür des Hauses in der Londoner Lord North Street klingelte. Garth Travers öffnete selbst und sah Henry Baker im Regen stehen, den Aktenkoffer in der einen Hand, seinen Reisekoffer in der anderen.

„Mein lieber Freund", sagte Travers, „komm rein, ehe du völlig aufgeweicht wirst. Ich zeige dir dein Zimmer später. Du brauchst erst mal ein Frühstück. Meine Haushälterin hat heute ihren freien Tag, deshalb kriegst du eins nach Art der Marine."

Sie gingen in die geräumige Küche, und Travers setzte den Wasserkessel auf. Baker legte den Aktenkoffer auf den Küchentisch. „Da ist er."

„Faszinierend." Travers untersuchte das Abzeichen der Kriegsmarine. „Darf ich?"

„Ja, natürlich. Deshalb bin ich hier."

Travers öffnete den Aktenkoffer und blätterte schnell die Briefe durch. „Andenken an seine Frau, wie es aussieht." Er nahm das Tagebuch und blätterte darin herum. „Eine schöne Handschrift und ohne Probleme lesbar. Es sind sicher nicht mehr als dreißig Seiten."

„Soweit ich mich erinnere, sprichst du fließend Deutsch", sagte Baker.

„Wie ein gebürtiger Deutscher, mein Lieber. Paß mal auf, ich übersetze die Eintragungen direkt in den Computer. Das dürfte nicht länger als anderthalb Stunden dauern. Du machst dir was zum Frühstück. Schinken und Eier sind im Kühlschrank, Brot ist da drüben im Kasten. Wenn du fertig bist, komm doch in mein Arbeitszimmer."

Nun, da Baker wußte, daß alles in besten Händen war, entspannte er sich und begann mit der Zubereitung des Frühstücks. Zum Essen setzte er sich an den Tisch und las in der *Times*. Etwa eine Stunde später räumte er in der Küche auf und ging zu Travers ins Arbeitszimmer.

Travers saß am Computer und schaute mit einem seltsam konzentrierten Gesichtsausdruck auf den Bildschirm. „Ich bin fast durch“, verkündete er.

Baker saß wie auf glühenden Kohlen. Nach einer Weile lehnte sich Travers mit einem Seufzer zurück. „Fertig. Ich lasse es ausdrucken.“

„Ist was Interessantes dabei?“

„Interessant?“ Travers lachte rauh. „Sehr milde ausgedrückt. Es ist sensationell! Aber die Frage ist, was tun wir damit?“

„Was in aller Welt meinst du?“

„Lies selbst. Ich gehe frischen Kaffee aufgießen“, sagte Travers.

Gleich darauf stoppte der Drucker. Baker nahm die Papierbogen, ließ sich in den Sessel am Kamin fallen und begann zu lesen.

> *Bergen, Norwegen, 30. April 1945:* Ich, Paul Friemel, fertige diese Aufzeichnungen wegen der seltsamen Aufgabe an, die mir übertragen wurde. Wir haben vor zwei Tagen Kiel in einem U-Boot mit der Bezeichnung U 180 verlassen. Ich bin mir sicher, daß wir die Nummer eines gesunkenen Bootes tragen. Mein Passagier, Gruppenführer Strasser, wird heute abend aus Berlin hierherkommen. Er wird mir einen direkten Befehl des Führers zeigen. Von ihm erfahre ich unseren Bestimmungsort . . .
>
> Ich erhielt den Befehl, mich am Flugplatz einzufinden, wo ein Fieseler Storch landete. Nach ein paar Minuten erschien ein Offizier in der Uniform eines Gruppenführers der SS. Er reichte mir einen versiegelten Briefumschlag. Ich öffnete ihn und fand den Befehl vom Führer. Er lautete folgendermaßen: „Reichsleiter Martin Bormann handelt in meinem Namen in einer Angelegenheit von höchster Bedeutung für den Fortbestand des Dritten Reichs. Sie werden sich seinem direkten Befehl unterstellen und sich stets an Ihren heiligen Eid Ihrem Führer gegenüber als Offizier der Kriegsmarine halten und seinen Anweisungen in allen Situationen Folge leisten.“
>
> Der Reichsleiter erkundigte sich, ob ich seine Befehlsgewalt anerkennen würde, was ich zu tun versprach. Er instruierte mich, daß er gegenüber den anderen Offizieren und den Mannschaften als SS-Gruppenführer Strasser vorzustellen sei.
>
> *1. Mai:* Ich habe dem Reichsleiter das Quartier des 1. Wachoffiziers gegeben, das sich an Backbord befindet. Als wir Bergen mit der Abendflut verließen, informierte er mich, daß unser Ziel Venezuela sei.
>
> *3. Mai:* Habe aus Bergen per Funk die erstaunliche Nachricht erhalten, daß der Führer am 30. April gefallen ist, als er mutig an der Spitze unserer Streitkräfte in Berlin kämpfte.

Ich überbrachte die traurige Nachricht dem Reichsleiter, der sie mit verblüffender Gelassenheit aufnahm. Er wies mich an, die Mannschaft zu informieren und mit Nachdruck zu erklären, der Krieg gehe weiter.

8. Mai: Heute abend erreichte uns die Nachricht, die ich erwartet habe. Deutschland ist geschlagen. Ich suchte den Reichsleiter auf, der darauf bestand, sich über die Sprechanlage an die Mannschaft zu wenden. Er enthüllte seine wahre Identität und erklärte, daß er im Auftrag des Führers handle. Er betonte, daß es für uns in Deutschland nichts mehr zu holen gebe und daß wir in Venezuela von Freunden erwartet würden. Dort biete sich für alle, die es wünschten, ein neues Leben oder die Möglichkeit, nach Deutschland zurückzukehren. Seinen Argumenten war kaum zu widersprechen, und im großen und ganzen waren meine Mannschaft und die Offiziere damit einverstanden.

21. Mai: Ein ungewöhnlicher Tag für mich. Als der Reichsleiter sich zum Abendessen einfand, war er offenbar betrunken. Später lud er mich in sein Quartier ein. Dort holte er eine Flasche Whisky aus einem seiner Koffer und bestand darauf, daß ich mit ihm anstoße. Er trank viel, erzählte vom Führer und von den letzten Tagen im Bunker in Berlin. Als ich ihn fragte, wie er denn habe fliehen können, verriet er mir, sie hätten die Ost-West-Allee als Startbahn für ein leichtes Flugzeug benutzt. Dann zog er einen Segeltuchsack unter der Koje hervor und holte einen Aluminiumkoffer, wie ich ihn besitze, heraus.

Mittlerweile war er stark betrunken. Er sagte, die SS habe schon vor Jahren eine Organisation namens Odessa-Linie eingerichtet, um einen Fluchtweg für all diejenigen zu schaffen, die für die Fortdauer des Kampfes unersetzlich seien. Dann erzählte er vom Kameradenwerk, einer Organisation, die sich auch nach dem Krieg für die Idee des Nationalsozialismus einsetzen werde. Er klappte den Aluminiumkoffer auf und zeigte mir einen Aktenordner, den er das Blaue Buch nannte. Darin stünden die Namen vieler Angehöriger des englischen Adels, die den Führer heimlich unterstützt hatten, sowie die zahlreicher Amerikaner. Danach zog er ein Schriftstück heraus. Dies sei das Windsor-Protokoll, erklärte er, eine geheime Vereinbarung mit dem Führer, unterschrieben vom Herzog von Windsor nach der Niederlage Frankreichs. Darin erklärte der Herzog sich bereit, den Thron von England nach einer erfolgreichen deutschen Invasion wieder zu besteigen. Inzwischen war der Reichsleiter so betrunken, daß ich ihm auf seine Koje helfen mußte. Er schlief sofort ein, und ich untersuchte den Inhalt des Koffers. Die Namen in dem Blauen Buch sagten mir überhaupt nichts, aber das Windsor-Protokoll sah wirklich echt aus. Ansonsten befand sich in dem Koffer nur noch eine Liste von Nummernkonten und der Befehl des Führers. Ich klappte daraufhin den Koffer zu und deponierte ihn wieder unter der Koje.

An dieser Stelle unterbrach Baker die Lektüre, da Garth Travers hereinkam. „Hier ist der Kaffee. Bist du fertig?"

„Ich war gerade beim 21. Mai, als er von Bormann eingeweiht wurde."

„Das Beste kommt noch, alter Junge, lies nur schnell weiter."

25. Mai: 500 Meilen nördlich von Puerto Rico. Der Reichsleiter teilte mir mit, ehe wir unser Ziel erreichten, müßten wir noch einen Zwischenstopp einlegen. Dann verlangte er die Seekarte der Jungferninseln. Die Insel, die er heraussuchte, ist sehr klein, Samson Cay.

27. Mai: Wir sind gegen 21 Uhr vor der Küste von Samson Cay aufgetaucht. Am Ufer waren einige Lichter zu erkennen. Der Reichsleiter verlangte, in einem der Schlauchboote an Land gebracht zu werden, und ich habe dazu den Maat Schröder abkommandiert. Ehe der Reichsleiter ablegte, rief er mich in sein Quartier und teilte mir mit, er erwarte, an Land von Freunden empfangen zu werden. Als Vorsichtsmaßnahme jedoch nehme er nichts mit, was von Bedeutung sei. Er vertraute mir einen versiegelten Briefumschlag an, worin sich die Angaben für meinen Bestimmungsort in Venezuela befänden, falls er nicht zurückkehre, sowie der Name des Mannes, dem ich dann den Aktenkoffer übergeben solle. Er verfügte weiterhin, ich solle Schröder um 2 Uhr wieder an Land schicken, um ihn abzuholen. Falls er nicht am Strand sei, solle ich sofort in See stechen. Er trug Zivilkleidung.

28. Mai: Mitternacht. Es herrscht eine unnatürliche Stille. Am fernen Horizont zucken vereinzelt Blitze, und leiser Donner ist zu hören. Das Wasser hier in der Lagune ist ziemlich flach und bereitet mir Sorgen. Ich mache diese Eintragung am Kartentisch, während ich darauf warte, daß der Funkoffizier mir einen neuen Wetterbericht übermittelt . . .

Funkspruch von St. Thomas meldet Hurrikan, der sich schnell nähert. Wir müssen tieferes Wasser aufsuchen und tauchen, um dem Sturm zu entgehen. Der Reichsleiter muß es alleine riskieren.

„Aber die armen Teufel sind nicht entkommen", sagte Travers, als Baker aufblickte. „Der Hurrikan erwischte sie, als sie noch verwundbar waren. Das Schiff muß sich die Seite auf dem Riff aufgerissen haben, wo du es gefunden hast."

„Scheint so", meinte Baker. „Anschließend, so nehme ich an, hat die Strömung das Wrack auf dieses Felsband unter dem Überhang gedrückt."

„Du hast mir noch gar nicht die genaue Position genannt", erinnerte sich Travers.

„Nun ja, die bleibt auch meine Sache", antwortete Baker.

Travers grinste. „Das verstehe ich, alter Junge, aber ich muß dich darauf aufmerksam machen, daß es eine wirklich heikle Sache ist. Erstens scheinen wir nach fast fünfzig Jahren endlich den Beweis gefunden zu haben, daß Martin Bormann tatsächlich aus Berlin fliehen konnte. Mehr noch. Diese Aktenkoffer wurden konstruiert, um den Inhalt zu erhalten. Das heißt, wir können so gut wie sicher davon ausgehen, daß Bormanns Koffer mit dem Blauen Buch, dem Windsor-Protokoll und Hitlers persönlichem Befehl immer noch im Quartier des U-Boot-Kommandanten liegt. Selbst nach all den Jahren könnten diese Dokumente einen ganz schönen Wirbel auslösen, Henry, vor allem diese Windsor-Geschichte."

„Ich habe nicht vor, irgendwelchen Ärger zu machen", versicherte ihm Baker.

„Aber wenn nun jemand anders das U-Boot findet?"

„Ich sagte doch, niemand wagt sich dorthin."

„Aber irgend jemand könnte es doch tun, Henry, so wie du es getan hast."

„In meinem Fall waren die Bedingungen ungemein günstig", erklärte Baker. „Normalerweise sieht es dort anders aus, Garth, glaub mir. Aber da ist noch etwas: Das Quartier des Kommandanten liegt hinter der Offiziersmesse auf der Backbordseite, und dort kommt man gar nicht hinein. Das vordere Schott ist völlig festgerostet."

„Es gibt immer einen Weg, Henry, das weißt du." Travers dachte einen Moment lang stirnrunzelnd nach, dann gab er sich einen Ruck. „Ich möchte das Tagebuch gerne einem Freund von mir zeigen, Brigadier Charles Ferguson. Vielleicht hat er eine Idee. Er arbeitet beim Geheimdienst."

„Einverstanden", sagte Baker. „Aber die genaue Position bleibt mein kleines Geheimnis."

„Natürlich. Du kannst übrigens gerne mitkommen, wenn du willst."

„Nein, ich glaube, ich nehme lieber ein Bad und mache dann einen

Spaziergang. Es war ein langer Flug. Ich kann den Brigadier ja später treffen, wenn du es für notwendig hältst."

„Ganz wie du willst", erwiderte Travers. „Dann lass' ich dich jetzt allein. Du wirst dich schon zurechtfinden."

FERGUSON saß auf dem Sofa in dem eleganten Wohnzimmer seiner Wohnung am Cavendish Square, und Travers saß ihm gegenüber.

„Ziemlich verrückt, nicht wahr?" meinte Ferguson.

„Dann glaubst du das alles?"

„Meine Güte, ja. Du bürgst ja gewissermaßen für deinen Freund Henry Baker. Er ist doch kein Schwindler oder so etwas?"

„Ganz bestimmt nicht. Wir waren zusammen in Korea. Danach war er bis vor ein paar Jahren Chef eines renommierten Verlages in New York."

„Und er will die genaue Lage des Wracks nicht verraten?"

„Nun, das ist doch wohl verständlich. Er ist wie ein großer Junge, der ein Abenteuer erlebt." Travers lächelte. „Am Ende wird er es uns schon sagen. Was hältst du also von all diesem? Ich weiß, daß es eigentlich nicht ganz in deinen Bereich fällt."

„Ich glaube, es fällt sehr wohl in meinen Bereich, Garth, denn ich arbeite für den Premierminister, und ich finde, er sollte dies hier sehen."

„Einen Punkt gilt es zu klären", betonte Travers. „Wenn Bormann auf Samson Cay an Land ging, dann muß es dafür einen Grund gegeben haben. Mit wem zum Teufel war er dort verabredet?"

„Vielleicht läßt sich das herausbekommen. Ich werde meinen Assistenten, Inspektor Lane, darauf ansetzen. Er ist ein regelrechter Spürhund." Ferguson schob die Blätter, auf denen der Text des Tagebuchs ausgedruckt war, in ihren Umschlag zurück. „Ich schicke meinen Fahrer damit zur Downing Street. Der Premierminister soll sich das ansehen. Danach erkundige ich mich, wann er Zeit für ein Gespräch mit uns hat."

Ferguson suchte sein Arbeitszimmer auf, und Travers stand auf und ging ruhelos auf und ab. Schließlich blieb er am Fenster stehen und sah hinaus. Es regnete noch immer, ein wirklich trüber Tag. Nach einer Weile kam Ferguson wieder herein und berichtete: „Er hat erst um zwei Uhr für uns Zeit, aber er wird einen schnellen Blick darauf werfen, wenn die Blätter bei ihm eintreffen. Wir beide werden inzwischen im Garrick Club ein frühes Mittagessen einnehmen. Ich habe Lane gesagt, daß wir dort sind."

Im Garrick Club gab es schmackhafte Pasteten, und nachdem Ferguson und Travers gespeist hatten, gingen sie zum Kaffee hinüber in die Bar, wo Lane zu ihnen stieß.

„Ah, da sind Sie ja, Jack. Haben Sie was rausgefunden?" wollte Ferguson wissen.

„Nichts besonders Aufregendes, Sir. Samson Cay gehört einer amerikanischen Hotelkette namens Samson Cay Holdings. Sie haben Hotels in Las Vegas, Los Angeles und in Florida, aber Samson Cay scheint das Aushängeschild zu sein. Ein paradiesischer Schlupfwinkel für Millionäre."

„Was gab es dort während des Krieges, Jack?"

„Ein Hotel existierte wohl schon immer dort. Damals befand es sich im Besitz einer amerikanischen Familie namens Herbert. Samson Cay gehört zu den britischen Antillen, was bedeutet, daß es von Tortola aus verwaltet wird. Laut der Akten im öffentlichen Archiv dort stand das Hotel während des Krieges leer. Ab und zu kamen mal ein paar Fischer von Tortola hin, und es gab ein Hausmeisterehepaar, aber das war alles."

„Das bringt uns nicht viel weiter, aber trotzdem vielen Dank, Jack. Sie haben gute Arbeit geleistet. Sie können jetzt wieder gehen und dafür sorgen, daß Großbritannien doch noch der sicherste Ort der Welt wird."

Lane verabschiedete sich grinsend, und Ferguson wandte sich an Travers. „Dann mal los, alter Junge, Downing Street erwartet uns."

ALS EIN Sekretär sie hineinführte, saß der Premierminister an seinem Schreibtisch, erhob sich aber, um seine Besucher zu begrüßen.

„Darf ich Ihnen Konteradmiral Travers vorstellen?" fragte Ferguson.

Der Premierminister reichte Travers die Hand. „Sehr angenehm. Nehmen Sie Platz, Gentlemen." Er ließ sich wieder hinter seinem Schreibtisch nieder. „Das ist ja eine unglaubliche Angelegenheit. Es war ganz richtig, Brigadier, daß Sie mich davon in Kenntnis gesetzt haben. Ich weiß, daß Sie gewisse Probleme mit den Sicherheitsdiensten hatten, aber ich denke, daß dies einer der Fälle ist, bei denen wir uns an unsere Zusage halten sollten, die Dienste zu informieren. Sie haben sich doch einverstanden erklärt, mit dem Vizedirektor Simon Carter und Sir Francis Pamer zusammenzuarbeiten?"

„Ja, Sir."

„Ich habe beide herbeigerufen, nachdem ich das Tagebuch gelesen hatte. Sie haben unten gewartet und sich selbst einen Eindruck verschaffen können. Sie müssen gleich hier sein."

Einen Augenblick später ging die Tür auf, und der Sekretär ließ die beiden Männer ein: Simon Carter, fünfzig Jahre alt, ein kleiner Mann mit fast schneeweißem Haar, und Sir Francis Pamer, siebenundvierzig, groß und elegant, gekleidet in einen blauen Flanellanzug. In seinen Mundwinkeln schien ein ständiges Grinsen zu nisten, was Ferguson als außerordentlich störend empfand.

Sie begrüßten die Anwesenden mit einem Händedruck, und alle nahmen Platz. „Nun, meine Herren?" fragte der Premierminister.

„Falls es sich nicht einfach nur um einen üblen Scherz handelt, ist es eine aufregende Geschichte", meinte Pamer.

„Es wäre eine Erklärung für viele Merkwürdigkeiten im Zusammenhang mit der Bormann-Legende", warf Simon Carter ein. „Daß Bormann sich in diesem U-Boot befand, würde unter anderem die zahlreichen Berichte erklären, daß er in Südamerika gesehen worden sei."

„Vor seiner Hinrichtung hat auch Adolf Eichmann den Israelis versichert, daß Bormann am Leben sei", ergänzte Pamer. „Weshalb sollte jemand im Angesicht des Todes lügen?"

„Alles schön und gut, meine Herren", ergriff nun der Premierminister das Wort, „doch offen gestanden denke ich, daß die Frage, ob Martin Bormann den Krieg überlebt hat oder nicht, von rein akademischem Interesse ist. Aber stellen Sie sich den Aufruhr vor, falls bekannt würde, daß der Herzog von Windsor eine Vereinbarung mit Hitler unterschrieben hat!"

„Vielleicht ist das sogenannte Windsor-Protokoll doch nur ein Schwindel", äußerte Pamer hoffnungsvoll.

„Mag sein. Trotzdem würden die Zeitungen ein Schlachtfest veranstalten. Und die königliche Familie hatte im vergangenen Jahr schon genug Skandale am Hals", meinte der Premierminister.

Stille trat ein. „Schlagen Sie etwa vor", sagte Ferguson leise, „wir sollten versuchen, Bormanns Aktenkoffer zu bergen, bevor jemand anders auf die Idee kommt, Herr Premierminister?"

„Meinen Sie, das könnten Sie schaffen, Brigadier?"

Simon Carter protestierte augenblicklich. „Sir, ich muß Sie daran erinnern, daß das U-Boot in amerikanischen Hoheitsgewässern liegt."

„Nun, ich glaube nicht, daß wir unsere amerikanischen Freunde in diese Sache hineinziehen sollten", erklärte Ferguson. „Sie hätten volles Besitzrecht am Wrack und seinem Inhalt. Stellen Sie sich nur mal vor, was sie bei einer Auktion für das Windsor-Protokoll bekommen könnten."

„Ich muß entschieden protestieren, Herr Premierminister", beharrte Carter. „Die Aufgabe der Gruppe vier besteht im Kampf gegen den Terrorismus."

Der Premierminister hob achtunggebietend die Hand. „Genau, und ich kann mir kaum etwas Staatsgefährdenderes vorstellen als die Veröffentlichung dieses Windsor-Protokolls. Brigadier, tun Sie, was nötig ist, und das so bald wie möglich. Und halten Sie uns auf dem laufenden."

„Demnach liegt die Angelegenheit ausschließlich in meinen Händen?" erkundigte sich Ferguson sicherheitshalber.

„Sie haben volle Befugnis." Der Premierminister erhob sich. „Und nun müssen Sie mich entschuldigen, Gentlemen. Ich habe einen sehr vollen Terminplan."

AN DER Einmündung der Downing Street in die Whitehall blieben die vier Männer auf dem Gehsteig stehen. „Sie bekommen auch immer Ihren Willen, Ferguson", sagte Carter verärgert. „Sorgen Sie wenigstens dafür, daß wir informiert werden." Er wandte sich abrupt ab. „Kommen Sie schon, Francis." Damit entfernte er sich.

Francis Pamer lächelte. „Nehmen Sie es nicht zu ernst, Brigadier, es liegt nur daran, daß er Sie nicht ausstehen kann. Gute Jagd!" rief er noch und eilte hinter Carter her.

Travers und Ferguson schlenderten die Whitehall entlang und hielten Ausschau nach einem Taxi. „Warum hat Carter etwas gegen dich?" fragte Travers.

„Weil ich dort, wo er versagt hat, zu oft erfolgreich war und weil ich außerhalb des ganzen Verwaltungsapparats stehe. Das kann Carter nicht ertragen."

„Pamer scheint ja ganz in Ordnung zu sein", meinte Travers.

„Habe ich auch gehört. Offenbar ist er bei den Damen sehr gefragt. Seine Familie ist alter englischer Adel. Besitzt ein wunderschönes Haus in Hampshire."

„Und welche Verbindung hat er zu den Geheimdiensten?"

„Der Premierminister hat ihn zu einem Sonderminister im Innenministerium ernannt", erklärte Ferguson. „Er ist eine Art frei verfügbare Feuerwehr für Krisensituationen."

„Und Henry Baker – meinst du, er verrät uns, wo U 180 liegt?"

„Natürlich wird er das, er muß es einfach." Ferguson entdeckte ein Taxi und winkte es heran. „Komm schon, fahren wir zu ihm und fragen ihn."

NACH dem Bad hatte sich Baker für einen Moment auf sein Bett gelegt und war dabei fest eingeschlafen. Als er schließlich aufwachte, war es kurz nach zwei. Er zog sich schnell an und ging nach unten.

Travers war noch nicht wieder zurück, und als Baker die Haustür öffnete, regnete es noch immer in Strömen. Trotzdem entschloß er sich zu einem Spaziergang. Er fühlte sich gut, aber das tat er bei Regen immer, und er war immer noch erregt darüber, wie die Dinge sich entwickelten. Er wandte sich in Richtung Millbank, hielt inne und schaute hinüber zu den Victoria Tower Gardens und zur Themse.

Auf St. John fuhren die Leute aus unerfindlichen Gründen auf der linken Straßenseite wie in England, und doch tat Henry Baker an jenem regnerischen Nachmittag in London genau das, was die meisten Amerikaner tun, bevor sie die Straße überqueren. Er sah nach links und lief direkt vor einen der roten Londoner Doppeldeckerbusse, der von rechts kam. Der Krankenwagen war innerhalb weniger Minuten da, aber das hatte keine Bedeutung mehr, denn als Henry Baker in die Notaufnahme gebracht wurde, war er bereits tot.

4. Kapitel

AUF ST. JOHN war es kurz nach zehn Uhr vormittags, als Jenny Grant ihr Bistro betrat. Billy wischte gerade den Fußboden, blickte auf und bedachte sie mit einem freundlichen Lächeln. Mary Jones erschien am Ende der Bar. „Ein Gespräch für Sie, Miß Jenny, im Büro. Aus London."

Jenny strahlte. „Henry?"

„Nein, eine Frau. Nehmen Sie es an, ich hol Ihnen inzwischen eine Tasse Kaffee."

Mary schüttete gerade Wasser in den Kaffeefilter, als ein schriller Schrei aus dem Büro drang. Billy und Mary sahen einander entsetzt an und stürmten hinein.

Jenny sah benommen aus und umklammerte krampfhaft den Telefonhörer. Vorsichtig fragte Mary: „Was ist los, Liebes?"

„Das war eine Polizistin von Scotland Yard", flüsterte Jenny. „Henry ist tot. Er hatte einen Verkehrsunfall." Sie begann haltlos zu weinen.

ES WAR kurz vor fünf, und Travers wartete im Foyer der Leichenhalle in der Cromwell Road. Ferguson erschien wenige Minuten später. „Tut mir leid, daß ich dich herbitten mußte, Garth", sagte er, „aber der Gerichtsarzt hat eine Autopsie angeordnet, und die kann erst vorgenommen werden, nachdem er ordnungsgemäß identifiziert wurde."

„Ich habe mit der jungen Dame gesprochen, die bei ihm wohnt, Jenny Grant. Sie hat einen schweren Schock erlitten, will aber hierher nach London fliegen. Sie müßte morgen schon hier sein."

Ferguson holte ein Schriftstück aus der Innentasche seines Jacketts. „Ich habe hier einen Beschluß, der dich autorisiert, also los, bringen wir es hinter uns."

In diesem Moment erschien ein Helfer in Uniform. „Professor Manning erwartet Sie. Hier entlang, Sir."

Im Autopsiesaal lag Bakers Leiche auf einem stählernen Operationstisch. Ein großer schlanker Mann im Chirurgenkittel stand wartend am Tisch.

„Hallo, Sam, danke, daß Sie gekommen sind", sagte Ferguson. „Das ist Garth Travers."

Manning schüttelte ihm die Hand, und Ferguson holte einen Kugelschreiber hervor. „Identifizieren Sie, Konteradmiral Travers, diesen Mann als Henry Baker, amerikanischen Staatsbürger, wohnhaft auf St. John, einer Insel der amerikanischen Antillen?"

„Jawohl, das tue ich."

„Dann unterschreiben Sie hier."

Travers setzte seinen Namen unter das Dokument, und Ferguson reichte es an Manning weiter. „Da haben Sie, was Sie brauchen, Sam." Er machte eine Kopfbewegung zu Travers hin, der ihm nach draußen folgte.

„Ein schrecklicher Schock", sagte Travers. „Ich kann es noch gar nicht fassen."

„Und wir befinden uns in einer ziemlich mißlichen Lage", stellte Ferguson fest.

„Was meinst du damit?"

„Nun, die Position von U 180. Er konnte sie uns nicht mehr verraten."

„Natürlich", sagte Travers. „Das habe ich fast vergessen."

„Andererseits weiß vielleicht diese Jenny Grant etwas."

„Und wenn nicht?"

„Dann muß ich mir eben etwas einfallen lassen."

UM DIESELBE Zeit kam Francis Pamer in seinem Porsche Cabriolet am Landsitz Hatherley Court in Hampshire an, ging hinein und stieg die breite Treppe zur Wohnung seiner Mutter hinauf.

Als er an die Tür des Schlafzimmers klopfte und eintrat, lag seine

Mutter, eine gebrechliche Frau von fünfundachtzig Jahren, mit geschlossenen Augen in ihrem Himmelbett. Eine Krankenschwester in Tracht hielt daneben Wache.

Er nickte der Schwester zu. „Sie können eine Pause machen. Ich möchte mich gerne mit ihr unterhalten." Die Frau ging hinaus, und Pamer ließ sich auf der Bettkante nieder und griff nach der Hand seiner Mutter. Sie schlug die Augen auf. „Wie geht es dir, Mutter?" fragte er.

„Oh, Francis, wie schön, daß du da bist." Ihre Stimme klang sehr schwach.

„Ich hatte in der Nähe zu tun, Mutter, daher dachte ich, ich schaue mal vorbei."

„Das ist nett von dir, mein Lieber."

Pamer stand auf und ging zum Kamin, in dem ein Feuer brannte. „Ich habe mich heute mit jemandem über Samson Cay unterhalten. Ich habe doch recht, nicht wahr? Es war deine Mutter, die Samson Cay in die Familie gebracht hat, oder?"

„Ja, mein Junge. Ihr Vater, Georg Herbert, schenkte ihr die Insel zur Hochzeit."

„Dann erzähl mir noch mal vom Krieg, Mutter", bat er. „Und von Samson Cay. Wann bist du dorthin gezogen?"

„Im März 1945. Du wurdest im Jahr davor geboren, während diese schrecklichen deutschen Raketen in London einschlugen. Dein Vater machte sich Sorgen um unsere Sicherheit, daher arrangierte er für dich und mich eine Schiffspassage nach Puerto Rico. Als wir auf Samson Cay ankamen, lebte dort ein alter Mann mit seiner Frau. Schwarze. Ein sehr nettes Paar. Joseph und May Jackson." Ihre Stimme versagte, und er setzte sich und nahm wieder ihre Hand.

„Ist zu jener Zeit mal jemand zu Besuch gekommen, Mutter? Kannst du dich noch daran erinnern?"

„Besuch? Nur Mr. Strasser. So ein netter Mann. Dein Vater sagte mir, daß er vielleicht vorbeikäme. Eines Abends war er plötzlich da. Er erzählte, er sei mit einem Fischerboot von Tortola herübergekommen, und dann fiel der Hurrikan über uns her. Furchtbar. Zwei Tage lang saßen wir im Keller."

„Was geschah dann?"

„Strasser blieb bei uns bis Juni, glaube ich, und dann traf dein Vater ein."

„Und dieser Strasser?"

„Er reiste danach ab. Er hatte geschäftlich in Südamerika zu tun, und der Krieg in Europa war zu Ende, deshalb sind wir nach England zurückgekehrt. Mr. Churchill verlor die Wahl, und dein Vater war nicht mehr im Parlament, deshalb wohnten wir hier, Liebling." Ihre Stimme versagte wieder, dann gewann sie erneut Kraft. „Es war damals eine sehr schwere Zeit. Deshalb war es ein großes Glück für uns, daß dein Vater Mr. Santiago kennenlernte. Sie haben zusammen in Samson Cay wundervolle Dinge vollbracht. Einige Leute sagen, es sei heute der schönste Ferienort in der ganzen Karibik."

Ihre Augen schlossen sich, und Pamer schob ihre Hände unter die Bettdecke. „Schlaf du nur, Mutter, es wird dir guttun."

Er schloß die Tür leise hinter sich, ging nach unten in die Bibliothek und schenkte sich einen Scotch ein. Der Inhalt des Tagebuchs hatte ihn über alle Maßen erschreckt, aber die Wahrheit lag auf der Hand. Sein Vater, ein Mitglied des britischen Parlaments, hatte enge Verbindungen zur Nazipartei unterhalten.

Francis Pamer lief es eiskalt den Rücken hinunter. Er betrachtete die Bilder seiner Vorfahren: fünfhundert Jahre, eine der ältesten Familien Englands. Er selbst war nun Sonderminister, hatte alle Aussichten auf eine große Karriere. Wenn es Ferguson jedoch gelingen sollte, den Aktenkoffer Bormanns zu bergen, dann wäre er erledigt. Ganz ohne Zweifel würde auch der Name seines Vaters in dem Blauen Buch enthalten sein. Den Skandal würde er nicht überleben. Was sollte er bloß tun?

Die Antwort war erstaunlich einfach: Max – Max Santiago. Der wußte sicher einen Ausweg. Er eilte in sein Arbeitszimmer, suchte die Nummer des Hotels auf Samson Cay heraus, wählte sie und fragte nach Carlos Prieto, dem Geschäftsführer.

„Carlos? Hier ist Francis Pamer."

„Sir Francis! Was für eine Freude. Was kann ich für Sie tun?"

„Carlos, hören Sie, ich muß dringend mit Señor Santiago sprechen. Wissen Sie vielleicht, wo er ist?"

„Aber sicher. Im ‚Ritz' in Paris. Geschäftlich, soweit ich weiß."

„Sie sind ein Engel, Carlos." Pamer hatte sich noch nie so erleichtert gefühlt.

Er bat die Telefonvermittlung, ihn mit dem Ritz in Paris zu verbinden, und sah auf die Uhr. Halb sechs. Er wartete ungeduldig, bis er die Stimme der Telefonistin des Ritz hörte, und verlangte sofort nach Max Santiago.

Eine Stimme meldete sich auf französisch. „Santiago hier. Wer ist am Apparat?"

„Gott sei Dank. Max, hier ist Francis Pamer. Ich muß Sie sehen. Es ist etwas passiert, etwas Schlimmes. Ich brauche Ihre Hilfe."

„Beruhigen Sie sich, Francis, regen Sie sich nicht auf. Wo sind Sie jetzt?"

„In Hatherley Court."

„Können Sie um halb sieben am Flughafen Gatwick sein? Dann lasse ich Sie dort per Charter abholen. Wir essen gemeinsam zu Abend, und Sie können mir alles berichten."

Es klickte in der Leitung, und das Freizeichen war zu hören. Pamer holte seinen Reisepaß aus dem Schreibtisch sowie einen Stapel Reiseschecks. In diesem Moment klingelte das Telefon, und er nahm eilig den Hörer ab.

„Da sind Sie ja endlich", meldete sich Simon Carter. „Ich suche Sie schon die ganze Zeit. Baker ist tot. Ich hab's gerade von Ferguson erfahren."

„Mein Gott. Bedeutet das, daß er das Wissen um die Position von U 180 mit ins Grab nimmt?"

„Nun, er hat Travers nichts verraten, das ist sicher. Aber offenbar kommt morgen seine Freundin herübergeflogen, eine gewisse Jenny Grant. Ferguson hofft, daß sie etwas weiß. Ich halte Sie auf jeden Fall auf dem laufenden."

In Garth Travers' Wohnung in der Lord North Street beendeten der Admiral und Ferguson die Durchsuchung von Bakers Reisekoffer. „Du hast doch nicht ernsthaft erwartet, die Positionsangabe dieses Riffs zwischen seinen Kleidern zu finden, oder?" fragte Travers.

„Es hat schon seltsamere Zufälle gegeben", meinte Ferguson mit einem Achselzucken. Sie begaben sich ins Arbeitszimmer, wo auf dem Schreibtisch der Aluminiumkoffer lag. „Das ist das gute Stück, nicht wahr? Werfen wir mal einen Blick hinein."

Der Admiral öffnete ihn, und Ferguson blätterte das Tagebuch durch. „Du hast die Kopie davon auf deinem Computer geschrieben, nicht wahr?"

„Ja, ich habe die Übersetzung direkt eingetippt."

„Dann sei so gut, und hol die Diskette raus, und leg sie in den Koffer, außerdem jede andere Kopie, die du besitzt."

„Also hör mal, Charles, nach allem, was ich getan habe, ist das ein wenig viel verlangt. Außerdem ist es, streng rechtlich betrachtet, Bakers Eigentum."

„Jetzt nicht mehr." Ferguson klopfte ihm auf die Schulter. „Ärgere dich nicht. Komm lieber gegen acht in die Pianobar im Dorchester Hotel. Ich lade dich zu einem Drink ein."

SANTIAGO stand auf der Terrasse seiner prachtvollen Suite im Hotel Ritz. Er war ein beeindruckend großer Mann, und sein Haar war trotz seines Alters noch immer völlig schwarz. Er hatte ein gleichmütiges Gesicht und dunkle, wachsame Augen.

Santiago wandte sich um, als der Zimmerkellner Pamer einließ. „Mein lieber Francis, was für eine Freude, Sie zu sehen." Sein Englisch war makellos. „Ein Glas Champagner? Und jetzt setzen Sie sich erst einmal und erzählen mir, wo Ihr Problem liegt."

Pamer nahm dankbar das Kristallglas entgegen. Während er die Ereignisse schilderte, saß Santiago da, ohne ein Wort zu sagen. „Wenn diese Sache jemals herauskommen sollte", meinte Pamer abschließend, „Bormann auf der Insel, meine Mutter, mein Vater . . ."

„Ach, Ihre Mutter hatte nicht die geringste Ahnung, wer Bormann war", sagte Santiago. „Ihr Vater wußte es natürlich. Er war sein Leben lang Faschist. Er pflegte vor dem Krieg mit Nazideutschland enge Kontakte, aber das taten viele Angehörige der englischen Oberschicht, und warum auch nicht? Welcher halbwegs vernünftige Mensch hatte den Wunsch, daß die Kommunisten an die Macht kamen?"

„Wollen Sie etwa behaupten, Sie wußten, daß mein Vater diese Verbindung zu Martin Bormann hatte?"

„Natürlich. Mein eigener Vater, der damals noch auf Kuba lebte, war auch darin verwickelt. Das Kameradenwerk, die Organisation, die gegründet wurde, um der Bewegung im Fall einer Niederlage in Europa zu helfen, war und ist immer noch ein weltweit verzweigtes Netz."

„Das glaube ich nicht."

„Francis, was meinen Sie denn, wie Ihr Vater es geschafft hat, Hatherley Court zu halten? Dazu Ihre Schulzeit am Eliteinternat in Eton. Im Laufe der Jahre durfte er bei, sagen wir mal, gewissen geschäftlichen Transaktionen behilflich sein. Als meine eigene Familie Kuba verlassen mußte, gab es Gelder, die uns in den Vereinigten Staaten zur Verfügung standen. Ich baute die Hotelkette auf und konnte gewisse illegale, aber lukrative Geschäfte abwickeln."

„Halt, davon will ich nichts wissen."

„Aber das Geld geben Sie gerne aus, Francis." Zum erstenmal lächelte Santiago. „Der Ausbau von Samson Cay paßte uns sehr gut. Eine wunderbare Tarnung, dieser Spielplatz für die Reichen."

„Und wenn jemand versucht hätte, das Ganze einmal eingehend zu durchleuchten?"

„Es ist mit Samson Cay Holdings genau wie bei der berühmten

russischen Puppe, eine Firma steckt immer in einer anderen. Der Name Pamer taucht auf keinem Firmenschild auf, und man muß sehr weit zurückgehen, um den Namen Santiago zu finden."

„Aber es war doch die Familie meiner Großmutter, der Samson Cay ursprünglich gehörte."

„Sie meinen die Herberts? Das liegt schon eine Ewigkeit zurück, Francis. Sehen Sie, der Name Ihrer Mutter lautete Vail. Zwar lautete der Name Ihrer Großmutter Herbert, aber ich bezweifle, daß da jemand eine Verbindung herstellt. Ich kann meine Leute ja im Archiv in Tortola nachschauen lassen. Wenn dort etwas von Bedeutung sein sollte, dann wird es entfernt."

„Das können Sie?" fragte Pamer entgeistert.

„Ich kann alles, Francis. Und nun zu diesem Konteradmiral Travers – wie lautet seine Adresse?"

„Lord North Street."

„Gut. Ich beauftrage jemanden, der ihm einen Besuch abstattet, obgleich ich mir nicht vorstellen kann, daß sich das Tagebuch noch in seinem Besitz befindet."

„Ihre Leute müssen aber mit äußerster Vorsicht zu Werke gehen", warnte Pamer. „Wir wollen keinen Skandal."

„Und genau den wird es geben, wenn wir das Ding nicht als erste in die Finger bekommen. Ich setze erst mal einen meiner Leute auf diese junge Frau an. Wollen wir hoffen, daß sie uns etwas erzählen kann."

Pamer spürte, wie ihm übel wurde. „Hören Sie, Sie werden ihr doch nichts zuleide tun?"

„Mein armer alter Francis, was für eine verweichlichte Kreatur Sie doch sind." Santiago schob ihn zur Tür und öffnete sie.

IN DER Pianobar des Dorchester Hotels herrschte reger Betrieb, als Garth Travers sie betrat, aber von Ferguson war noch nichts zu sehen. Er fand einen Ecktisch, bestellte einen Gin Tonic und machte es sich gemütlich. Eine Viertelstunde später traf Ferguson ein.

„Gibt's was Neues?" fragte Travers.

„Ja, Lane hat sich bei der British Airways erkundigt. Jenny Grant kommt mit Flug 252 morgen früh um fünf nach neun in Gatwick an."

„Das arme Mädchen", seufzte Travers.

„Wirst du ihr anbieten, bei dir zu wohnen?"

„Natürlich."

„Das habe ich mir gedacht." Ferguson nickte. „Unter den gegebenen Umständen wäre es wahrscheinlich besser, wenn du sie abholen würdest. Mein Fahrer steht mit dem Daimler um halb acht vor deinem Haus."

Travers nickte. „Das ist gut. Soll ich sie gleich zu dir bringen?"

„O nein, gib ihr Gelegenheit, sich erst einmal zurechtzufinden. Ich kann später noch mit ihr reden."

„Was ist mit dem U-Boot, dem Tagebuch und so weiter? Erwähne ich ihr gegenüber etwas davon?" fragte Travers.

„Nein, überlaß das bitte mir." Ferguson lächelte. „Und jetzt trink ruhig aus. Ich spendiere dir ein Abendessen."

WIE ANGEKÜNDIGT fuhr der Daimler kurz vor halb acht vor. Travers hinterließ eine Nachricht für seine Haushälterin, in der er ihr die Situation erklärte. Dann eilte er die Treppe hinunter und stieg in Fergusons Limousine, die sofort losfuhr. Währenddessen näherte sich aus der Gegenrichtung ein kleiner Transporter der British Telecom, der kurz darauf vor Travers' Haus stoppte.

Ein Telefontechniker im Overall, auf dessen Brusttasche der Name Smith stand, stieg aus, ging über den Steinplattenweg zur Rückseite des Hauses, stieß eine behandschuhte Hand durch die Glasscheibe der Küchentür, griff hinein und öffnete sie. Einen Augenblick später öffnete er die vordere Haustür, und ein zweiter Telefontechniker stieg aus dem Transporter. Der Name auf seiner Brusttasche lautete Johnson.

Die beiden Eindringlinge arbeiteten sich methodisch durch das Arbeitszimmer des Admirals, durchsuchten jede Schublade, räumten die Bücher von den Regalen, hielten Ausschau nach Anzeichen für einen Safe, fanden aber nichts dergleichen. Schließlich hielt Smith inne. „Wir vergeuden unsere Zeit. Es ist nicht da."

Er trennte den Computer des Admirals vom Stromnetz und lud das Gerät in den Transporter. Dann ging er noch mal ins Haus und sagte zu Johnson: „Sieh nach, ob im Wohnzimmer ein Fernseher oder ein Videorecorder steht, und dann hol seine Schreibmaschine."

Johnson befolgte die Anweisung. Als er zurückkam, schraubte Smith gerade das Telefongehäuse wieder fest.

„Du zapfst das Telefon an? Ist das klug? Wir haben es immerhin mit Geheimdienstleuten zu tun, und die sind schließlich keine Anfänger."

„Mag schon sein, aber Mr. Santiago wünscht in dieser Sache schnelle Ergebnisse, und mit ihm sollte man sich lieber nicht anlegen, glaub mir. Und jetzt nichts wie weg."

Sie fuhren davon, und als die Haushälterin kurz darauf eintraf, fiel ihr nichts Besonderes auf. Sie begab sich in die Küche, stellte ihre Handtasche auf den Tisch und fand die Nachricht des Admirals. Während sie sie las, spürte sie einen kühlen Luftzug, drehte sich um und entdeckte die zerbrochene Glasscheibe in der Tür. „O mein Gott!" stieß sie entsetzt hervor.

Schnell sah sie im Wohnzimmer nach und bemerkte sofort, daß der Fernseher und der Videorecorder fehlten. Der Zustand des Arbeitszimmers bestätigte ihre schlimmsten Befürchtungen, und sie eilte zum Telefon, um die Polizei herbeizurufen.

TRAVERS erkannte Jenny sofort, als sie in die Ankunftshalle in Gatwick kam. Sie trug einen Tweedmantel über einer weißen Bluse und Bluejeans, sah müde und abgespannt aus und hatte dunkle Ränder unter den Augen.

„Jenny?" fragte er. „Erinnern Sie sich noch an mich? Garth Travers?"

„Natürlich, Admiral." Sie versuchte, ein Lächeln zustande zu bringen, aber es mißlang ihr kläglich.

„Sie sehen völlig übermüdet aus, meine Liebe. Kommen Sie, ich bin mit dem Wagen hier."

Der Chauffeur verstaute den Koffer im Heck des Wagens, und Travers setzte sich zu ihr in den Fond. Während sie losfuhren, sagte er: „Sie wohnen natürlich bei mir, wenn Ihnen das recht ist."

„Das ist sehr nett von Ihnen. Würden Sie mir einen Gefallen tun?" Ihre Stimme hatte einen fast flehenden Unterton. „Bitte schildern Sie mir ganz genau, was passiert ist."

„Nach dem zu schließen, was Zeugen des Unfalls der Polizei erzählt haben, hat Henry einfach in die falsche Richtung geblickt und ist direkt vor den Bus gelaufen." Er ergriff ihre Hand.

„Was für eine dumme Art zu sterben." Wut schwang nun in ihrer Stimme mit. „Da ist ein dreiundsechzigjähriger Mann, der nichts lieber tat, als jeden Tag zu tauchen, manchmal bei ziemlich riskanten Bedingungen, und der muß auf eine solch triviale Weise von der Bühne abtreten."

„Ich weiß. Das Leben ist manchmal ein ziemlich schlechter Witz."

„Ich habe noch einen Wunsch, Admiral."

„Und der wäre?"

„Ihn noch einmal zu sehen", erklärte sie ruhig.

„Das hatte ich mir gedacht", sagte Garth Travers. „Wir sind bereits auf dem Weg dorthin."

ALLES in dem Bestattungsunternehmen war dezent und so angenehm, wie man es sich an einem solchen Ort nur wünschen konnte. Im holzgetäfelten und mit Blumen geschmückten Warteraum nahm ein älterer Mann in schwarzem Anzug und Krawatte sich ihrer an. „Kann ich Ihnen behilflich sein?"

„Mr. Cox? Ich bin Admiral Travers, und das ist Miß Grant. Ich glaube, Sie haben uns schon erwartet, nicht wahr?"

„Natürlich." Seine Stimme war nur ein Flüstern.

Mr. Cox ging bis zum letzten Raum am Gang voran. Der Sarg war schlicht und aus dunklem Mahagoni. Henry Baker sah im Tod sehr friedlich aus. Die Augen waren geschlossen, das Gesicht bleich. Jenny legte eine Hand auf sein Gesicht und wollte die Gaze wegziehen.

Cox schob das Tuch behutsam wieder an Ort und Stelle. „Das würde ich lieber nicht tun, Miß."

Sie schaute verwirrt auf, doch Travers erklärte: „Es gab eine Autopsie, meine Liebe. Das mußte sein, eine gesetzliche Vorschrift. Man hat eine gerichtliche Untersuchung der Todesursache angeordnet, verstehen Sie?"

Sie nickte. „Es macht eigentlich nichts. Er ist nicht mehr bei uns. Können wir jetzt bitte gehen?"

DIE GROSSE Überraschung in der Lord North Street war das Polizeiauto. Travers stürmte die Treppe hinauf, Jenny hinterher. Der Admiral folgte dem Klang von Stimmen und traf die Haushälterin und eine junge Polizistin in der Küche an.

„Oh, Admiral", stieß die Haushälterin hervor, als sie ihn sah. „Eine furchtbare Sache. Sie haben den Fernseher, Ihren Computer und die Schreibmaschine gestohlen. Das Arbeitszimmer ist ein einziges Chaos."

„Admiral Travers?" fragte die Polizistin. „Ich fürchte, es war einer dieser typischen Einbrüche am hellichten Tag, Sir. Sie sind durch diese Tür eingedrungen." Sie deutete auf das Loch in der Glasscheibe.

„Diese verdammten Schweine." Travers biß die Zähne zusammen. „Es besteht wohl keine große Chance, sie zu fassen."

„Ich bezweifle es, Sir. Könnten Sie mir vielleicht noch genaue Angaben machen, was fehlt?"

„Ja, natürlich, eine Sekunde." Er wandte sich zu Jenny um. „Bitte entschuldigen Sie das alles hier. Ich muß eben telefonieren, bin gleich wieder zurück."

„SCHEINT ein ganz alltäglicher Einbruchsdiebstahl zu sein, Sir", bemerkte Lane. „Alle typischen Merkmale sind vorhanden. Sie haben nur die Dinge mitgenommen, die sich schnell zu Geld machen lassen."

Ferguson seufzte. „Ein Glück, daß ich Travers von dem Tagebuch befreit habe, falls sie etwas anderes gesucht haben als Fernsehapparate."

„Sie glauben wirklich, daß das der Grund gewesen sein könnte?"

„Ich weiß nur, Jack, daß ich schon vor langer Zeit gelernt habe, nicht mehr an Zufälle zu glauben."

„Aber wie sollen sie von der Existenz des Tagebuchs erfahren haben, Sir?"

„Ja, nun, das ist eben der interessante Punkt." Ferguson runzelte die Stirn. „Mir fällt gerade etwas ein, Jack. Fahren Sie in die Lord North Street. Nehmen Sie einen Ihrer alten Freunde mit, der auf Abhörwanzen spezialisiert ist. Er soll sich mal umsehen."

„Sie glauben wirklich . . .?"

„Ich glaube gar nichts, Jack, ich gehe lediglich alle Möglichkeiten durch. Und jetzt los, sputen Sie sich!"

Lane verabschiedete sich, und Ferguson rief Travers an. „Wie geht es deinem Gast, Garth?"

„Ganz ordentlich. Sie hält sich erstaunlich gut."

Ferguson sah auf die Uhr. „Komm doch bitte mit ihr gegen halb eins in meine Wohnung, aber verrate noch nichts. Überlaß alles mir."

IM WOHNZIMMER am Cavendish Square saß Jenny am Kamin Ferguson gegenüber, während Travers am Fenster stand.

„Sie sehen also, Miß Grant", sagte Ferguson, „es muß eine gerichtliche Untersuchung der Todesursache durchgeführt werden, und zwar übermorgen."

„Und danach kann ich die Leiche haben?"

„Nun, das ist eine Sache der nächsten Angehörigen."

Sie öffnete ihre Handtasche, holte ein Papier hervor und reichte es ihm. „Henry hat erst vor etwa einem Jahr mit dem Tauchen angefangen. Einmal wäre es beinahe schiefgegangen, und da ließ er eine Vollmachtsurkunde auf meinen Namen ausstellen."

Ferguson überflog das Schriftstück. „Das scheint in Ordnung zu sein. Ich sorge dafür, daß es dem Gerichtsarzt zugestellt wird." Dann fragte er: „Miß Grant, hat Mr. Baker Ihnen mitgeteilt, weshalb er nach London flog?"

Sie sah ihn an. „Was denken Sie denn, weshalb er herkam, Brigadier?"

„Weil er irgendwo vor St. John das Wrack eines deutschen Unterseebootes entdeckt hat. Hat er Ihnen davon erzählt?"

Jenny atmete tief durch. „Ja, Brigadier, er hat mir davon erzählt. Er sagte, er sei getaucht und habe ein U-Boot und einen Aktenkoffer gefunden."

„Was hat er sonst noch erzählt?"

„Nun, da war ein Tagebuch, in Deutsch, das er nicht lesen konnte, aber er erkannte den Namen Martin Bormann und . . . den Herzog von Windsor. Ich weiß, es klingt verrückt, aber –"

„Überhaupt nicht verrückt, meine Liebe. Und wo hat er das U-Boot gefunden?"

„Ich habe keine Ahnung. Er wollte es mir nicht verraten."

Ferguson warf Travers einen Blick zu und seufzte. „Sie sind sich dessen absolut sicher, Miß Grant?"

„Natürlich bin ich mir sicher. Er sagte, er wolle es mir vorerst nicht verraten. Er war ziemlich aufgeregt über den Fund." Sie hielt stirnrunzelnd inne. „Hören Sie, Brigadier, was geht hier vor? Hat das alles etwas mit Henrys Tod zu tun?"

„Nein, überhaupt nicht", antwortete er besänftigend und nickte Travers zu.

Der Admiral räusperte sich. „Jenny, der Tod des armen Henry war nichts als ein Unfall. Wir haben genug Zeugen dafür. Wirklich nur ein Unfall."

„Sie haben also keine Ahnung, wo das U-Boot liegt?" fragte Ferguson wieder.

Sie zuckte die Achseln. „Ganz ehrlich nicht. Ich glaube allerdings, daß es weit draußen war."

„Weit draußen. Woraus schließen Sie das?"

„Die meisten Tauchgründe sind nicht allzuweit entfernt. Daß ein deutsches U-Boot seit Kriegsende unentdeckt geblieben sein soll" – sie schüttelte den Kopf –, „so etwas konnte nur geschehen, wenn es ziemlich versteckt lag."

„Und Sie haben keine Ahnung, wo?"

„Nein, ich bin leider keine besonders gute Taucherin."

Ferguson blickte wieder zu Travers und erhob sich. „Na schön. Vielen Dank für Ihre Hilfe, Miß Grant. Ich weiß, daß es nicht gerade der günstigste Augenblick ist, aber Sie müssen etwas essen. Gestatten Sie mir, daß ich Sie und Admiral Travers heute abend zum Essen einlade."

Sie zögerte, dann nickte sie. „Das ist sehr freundlich von Ihnen."

„Es macht mir keine Mühe. Ich lasse Sie um halb acht mit meinem Wagen abholen." Er geleitete sie zur Haustür. „Passen Sie auf sich auf."

FERGUSON trank gerade eine Tasse Tee und dachte über seine nächsten Schritte nach, als Lane erschien.

Der Inspektor ließ eine harte schwarze Metallwanze auf den Salontisch fallen. „Sie hatten recht, Sir, dies hier war im Telefon im Arbeitszimmer versteckt."

„Na bitte!" Ferguson nahm den Gegenstand hoch. „Die Sache bekommt allmählich Konturen."

„Fassen wir mal zusammen, Sir: Baker wußte von dem Tagebuch, weil er es gefunden hat, die junge Frau wußte davon, weil er es ihr erzählt hat, der Admiral wußte es, Sie, der Premierminister, Simon Carter, Sir Francis . . ." Er hielt inne. „Aber wer von denen, die es wußten, würde sich die Mühe machen, Admiral Travers' Behausung zu durchsuchen?"

Ferguson seufzte. „Es ist wie ein Spinnennetz. Zwischen den Leuten, die Sie genannt haben, gab es eine Reihe Kontakte."

„Es ist vielleicht besser, den Geheimdienst einzuschalten, Sir", schlug Lane vor.

„Wohl kaum, aber ich werde Simon Carter und Sir Francis anrufen und ihnen mitteilen, daß Miß Grant den Fundort des Wracks nicht kennt."

„Aber was nun, Sir?"

„Keine Ahnung. Wir müssen jemanden hinschicken, der für uns nachschaut."

„Jemand, der sich auch aufs Tauchen versteht?"

„Das wäre eine Idee, aber wenn irgendwelche Gaunereien im Gange sind, dann muß es jemand sein, der genauso gerissen ist wie die Gegenseite." Ferguson legte eine kurze Pause ein. „Ich muß mich korrigieren – jemand, der noch gerissener ist."

„Sir?" Lane war verwirrt.

Ferguson begann zu lachen. „Mein lieber Jack, ist das Leben manchmal nicht verrückt? Da versuche ich jahrelang, jemanden, den ich abgrundtief verabscheue, hinter Schloß und Riegel zu bringen, und als es soweit ist, stelle ich plötzlich fest, daß er genau die Person ist, die ich brauche."

„Ich verstehe nicht, Sir."

„Das werden Sie bald, Jack. Waren Sie schon mal in Jugoslawien? Wir werden in aller Herrgottsfrühe aufbrechen. Veranlassen Sie, daß der Learjet startklar gemacht wird. Bestimmungsort Burg Kivo. Unsere Leute sollen mit dem serbischen Oberkommando alles Notwendige klären."

5. Kapitel

IN KIVO döste Sean Dillon auf seiner Pritsche vor sich hin, als das Geräusch eines über der Burg kreisenden Flugzeugs ihn weckte. Er ging zum vergitterten Fenster, und als er über die Mauern hinwegblickte, sah er einen Learjet landen und ausrollen.

Ein lautes Kommando drang zu ihm herauf, dann folgte knatterndes Gewehrfeuer. Er konnte nur einen Teil des Hofs einsehen. Ein oder zwei Soldaten erschienen, und Gelächter erklang. Wahrscheinlich hatte der General wieder mal ein paar Zellen freigemacht. Er überlegte, wie viele arme Teufel wohl diesmal vor der Wand ihr Leben gelassen hatten.

„Diesmal sitzt du ganz schön in der Tinte, alter Junge", murmelte er leise. „In verdammt dicker Tinte." Er wandte sich vom Fenster ab und holte sich eine Zigarette.

IN PARIS war Max Santiago gerade im Begriff, seine Suite wegen einer Verabredung zum Mittagessen zu verlassen, als das Telefon klingelte. Es war Francis Pamer.

„Francis! Was haben Sie für mich?"

„Carter hat mit Ferguson gesprochen. Er sagt, die junge Frau kenne die Lage des U-Bootes nicht. Baker hat offenbar auch ihr nicht verraten, wo das Ding liegt."

„Behauptet sie jedenfalls", meinte Santiago. „Wo wohnt sie eigentlich?"

„Bei Admiral Travers. Morgen findet die gerichtliche Untersuchung statt."

„Ich verstehe", sagte Santiago. „Es ist aber möglich, daß die Kleine lügt. Ich sehe nur einen Weg, das herauszufinden, nämlich indem man sie fragt – natürlich auf angemessene Art und Weise. Ein wenig Überredungskunst kann Wunder wirken."

„Um Gottes willen, Max", setzte Pamer an, aber Santiago schnitt ihm das Wort ab.

„Halten Sie mich weiterhin über Fergusons Pläne auf dem laufenden, Francis. Ich sage meinen Leuten in San Juan Bescheid, sie sollen die *Maria Blanco* seeklar machen. Sobald wir wissen, daß Ferguson eine Aktion in den Antillen plant, gehe ich runter nach Samson Cay und benutze die Insel als Operationsbasis."

Pamer war wie gelähmt. „Lieber Himmel, Max, wenn das herauskommt, bin ich erledigt."

„Aber es kommt nicht heraus, Francis. Ich habe mir gewünscht, Sie als Mitglied des Kabinetts zu sehen. Es ist sehr nützlich, einen Freund zu haben, der mit den Ministern am Kabinettstisch sitzt."

DILLON lag auf seiner Pritsche und las in einem Buch, als der Schlüssel im Schloß klirrte und Major Branko eintrat. „Ah, da sind Sie ja", sagte er.

Dillon machte sich erst gar nicht die Mühe aufzustehen. „Wo sollte ich wohl sonst sein?"

„Ich habe Ihnen Besuch mitgebracht, wohl kaum ein alter Freund, aber ich würde mir an Ihrer Stelle anhören, was er zu sagen hat."

Er trat beiseite, und Ferguson kam in die Zelle, begleitet von Jack Lane. Branko ging hinaus und schloß die Tür hinter sich.

„Na, Dillon, da sind Sie aber ganz schön auf die Nase gefallen." Ferguson wedelte mit seinem Hut den Staub vom einzigen Stuhl und setzte sich. „Wir sind uns bisher noch nie persönlich begegnet, aber ich denke, Sie wissen, wer ich bin."

„Der verdammte Brigadier Charles Ferguson", sagte Dillon. „Chef von Gruppe vier."

„Und das ist Inspektor Jack Lane, mein Assistent. Ich habe ihn von der Sondereinheit bei Scotland Yard ausgeliehen, deshalb mag er Sie nicht."

Lane lehnte mit steinerner Miene an der Wand. Dillon lächelte entwaffnend. „Ist das wirklich so?"

„Sehen Sie ihn sich genau an, Jack", sagte Ferguson. „Der große Sean Dillon, Meisterattentäter, besser als der berüchtigte Carlos, wie viele meinen."

„Ich schaue ihn an, Sir, und alles, was ich sehe, ist ein gemeiner Mörder", versetzte Jack Lane.

„Jaja, aber dieser ist ein ganz besonderer, Jack, er ist der Mann mit den tausend Gesichtern. Er hätte der zweite Laurence Olivier sein können, wenn er sich nicht den Waffen verschrieben hätte. Bei Gott, Sie haben uns ganz schön eingeheizt, Dillon."

„War mir ein Vergnügen."

„Aber jetzt sitzen Sie hinter Gittern", stellte Lane fest.

Ferguson nickte. „Zwanzig Jahre, ohne daß man ihn nur einmal am Kragen gehabt hätte, und wo landet er letztlich? Sie müssen völlig den Verstand verloren haben, Dillon. Medizinischen Nachschub für die Kranken und Sterbenden? Sie?"

„Wir alle haben unsere schwachen Stunden."

„Dazu auch noch Stinger-Raketen. Demnach haben Sie nicht einmal die Ladung überprüft. Offenbar verlieren Sie allmählich Ihren Riecher."

„Na schön, die Show ist vorbei", unterbrach Dillon ihn. „Was wollen Sie?"

Ferguson stand auf und spazierte zum Fenster. „Sie haben gerade da unten im Hof Kroaten erschossen. Eines schönen Morgens, Dillon, sind Sie an der Reihe. Es sei denn, Sie sind vernünftig."

Dillon fischte sich eine Zigarette aus einer der *Rothmans*-Schachteln und zündete sie an. „Soll das heißen, daß ich eine Wahl habe?" fragte er gelassen.

„So könnte man es ausdrücken." Ferguson setzte sich wieder. „Mich interessiert die Unterwassermission, die Sie für die Israelis durchgeführt haben, bei der Sie diese PLO-Schiffe vor Beirut in die Luft jagten. Ich habe nämlich einen Job, der einen Mann mit Ihren seltsamen Talenten erfordert, jemand, der auf eigene Faust handelt, wenn es eng wird. Und der sich überdies aufs Tauchen versteht."

„Und wo soll das alles stattfinden?"

„Auf den amerikanischen Antillen. Die Entscheidung liegt bei Ihnen, Dillon. Sie können hierbleiben und sich erschießen lassen, oder Sie können mit mir nach London fliegen."

„Und was meint Major Branko dazu?"

„Da gibt es keine Probleme. Er hat von diesem jugoslawischen Chaos die Nase voll. Ich werde zusehen, daß ich ihm in England politisches Asyl verschaffe."

Dillon zögerte. „Ich werde drüben in England gesucht, das wissen Sie."

„Sie werden völlig reingewaschen. Ich gebe Ihnen mein Wort darauf, wenn dies auch unseren Inspektor hier mit heiligem Zorn erfüllt. Natürlich heißt das, daß Sie genau tun müssen, was man von Ihnen verlangt."

„Natürlich." Dillon schlüpfte in seine Fliegerjacke. „Zu Befehl."

DILLON klappte das Tagebuch zu und reichte es Ferguson, der zusammen mit Lane auf der anderen Seite des Ganges im Learjet saß. Er griff in den Barbehälter und leerte eine Miniflasche Scotch in einen Plastikbecher. „Zu dieser Frau, die Sie erwähnten, Jenny Grant – sie behauptet, Henry Baker habe ihr nicht mitgeteilt, wo das U-Boot liegt."

Ferguson seufzte. „Richtig."

„Wenn sie nicht weiß, wo das Ding liegt, was erwarten Sie dann von mir?"

„Fliegen Sie auf die Antillen, und finden Sie es. St. John ist ein wunderschönes Fleckchen Erde."

„Brigadier", sagte Dillon geduldig, „das Meer ist verdammt groß. Selbst dort, wo die Sicht unter Wasser gut ist, könnten Sie so ein Wrack aus dreißig Meter Entfernung glatt übersehen."

„Ihnen wird was einfallen, Dillon. Besteht nicht darin Ihre besondere Begabung?"

„Lieber Himmel, es ist geradezu rührend, welches Vertrauen Sie in mich setzen. Na schön, kommen wir zu den Fakten. Was ist mit Bakers Tod? Sind Sie sicher, daß es ein Unfall war?"

„Das steht völlig außer Frage. Es gab eine Reihe von Zeugen", stellte Ferguson fest.

„Gut, was ist dann mit dem Einbruch und was mit der Abhörwanze im Telefon?"

Ferguson nickte. „Da fängt die Sache an zu stinken. Irgendwer hat die Finger mit im Spiel, jemand, der nichts Gutes im Schilde führt."

„Aber was genau?" fragte Dillon. „Das ist der springende Punkt."

„Sie werden sicherlich eine Antwort finden."

„Wann soll ich denn in Richtung Antillen aufbrechen?"

„In zwei oder drei Tagen. Wir werden sehen."

„Und wo wohne ich, solange ich noch in London bin?" erkundigte sich Dillon.

„Ich arrangiere es, daß Sie bei Admiral Travers unterkommen. Einstweilen können Sie Ihren guten Willen zur Zusammenarbeit beweisen, indem Sie auf die junge Frau aufpassen." Ferguson gähnte. „Ich brauche jetzt eine Mütze voll Schlaf." Er schloß die Augen, dann murmelte er: „Ach, Dillon, eine Sache noch."

„Was denn?"

„Der Mann, mit dem Sie in Wien zusammentrafen und der den Kontakt zu Dr. Wegner herstellte, der arbeitete für mich. Ich gab ihm den Auftrag, Sie irgendwie anzuheuern, und dann fand ich jemanden, der Sie an die Serben verriet."

„Ob Sie es glauben oder nicht, Brigadier, aber so was Ähnliches hatte ich bereits vermutet. Ich nehme an, die Stinger-Raketen waren Ihre Idee?"

„Ich wollte Sie endlich hinter Gittern sehen", gab Ferguson zu. „Die Antillengeschichte jetzt hat aber damit überhaupt nichts zu tun. Es ist Ihr Glück, daß sich diese Situation ergab."

„Andernfalls hätten Sie mich in serbischer Gefangenschaft verrotten lassen."

„Das wohl nicht. Früher oder später hätte man Sie erschossen."

„Bestimmt." Dillon zog eine Grimasse. „Na ja, was spielt das jetzt noch für eine Rolle?" fügte er hinzu und begann ebenfalls zu dösen.

KURZ vor sechs saß Dillon in der Lord North Street am Küchentisch und sah zu, wie Jenny Grant Tee zubereitete. Nachdem sie einander vorgestellt worden waren, hatte Ferguson sich mit Travers ins Arbeitszimmer zurückgezogen.

Sie drehte sich um und lächelte ihn an. „Ich weiß, daß Sie Ire sind, aber Sie klingen irgendwie anders."

„Nordirland", präzisierte er.

„Das Land der IRA?"

„Stimmt genau", sagte er ruhig.

Jenny ließ sich ihm gegenüber am Tisch nieder und nippte an ihrem Tee. „Gehe ich recht in der Annahme, Mr. Dillon, daß der Brigadier möchte, daß Sie mich im Auge behalten?"

„Wie kommen Sie darauf?"

„Weil Sie so aussehen wie jemand, der solche Dinge tut."

„Und woher kennen Sie solche Leute, Miß Grant?"

„Ich kannte alle möglichen Männer, Mr. Dillon, und gewöhnlich waren sie von der falschen Sorte." Sie sinnierte ein wenig vor sich hin. „Aber Henry hat mich von alldem gerettet." Sie schaute auf, und ihre Augen schimmerten feucht. „Und jetzt ist er nicht mehr da."

„Noch eine Tasse?" Er griff nach der Kanne. „Und was treiben Sie auf St. John?"

Sie machte einen tiefen Atemzug und gab sich Mühe, halbwegs unbeschwert zu klingen. „Ich besitze dort ein Bistro namens Jenny's Place. Sie müssen mich irgendwann mal besuchen."

„Wissen Sie was?" Dillon lächelte. „Ich glaube, ich werde Sie glatt beim Wort nehmen."

IM ARBEITSZIMMER reagierte Travers völlig entgeistert. „Du lieber Himmel, Charles, von der IRA? Das kann doch nicht dein Ernst sein."

„Du kannst geschockt sein, soviel du willst, Garth, aber er ist sehr, sehr gut. Ich habe die Absicht, ihn nach St. John zu schicken, sobald ich einige Dinge geklärt habe. In der Zwischenzeit kann er hierbleiben und deinen Leibwächter spielen, falls etwas Unvorhergesehenes passieren sollte."

„Wie du meinst", sagte Travers widerstrebend.

„Falls Jenny ihm entsprechende Fragen stellt, habe ich ihm gesagt, soll er erzählen, er sei Taucher, und ich hätte ihn gebeten, uns in dieser Sache behilflich zu sein."

„Meinst du, sie glaubt das? Ich halte sie für eine ziemlich clevere Person."

„Ich wüßte nicht, weshalb sie das nicht glauben sollte. Er ist tatsächlich Taucher – unter anderem."

Ferguson stand auf, und die beiden Männer begaben sich in die Küche, wo Jenny und Dillon noch am Tisch saßen. Ferguson nickte beiden zu. „Dann bis später. Wir treffen uns gegen acht zum Abendessen im River Room im Savoy."

Dillon zuckte hilflos die Achseln. „Ein Laden, wo man in Schlips und Kragen erscheinen muß, und ich habe nur das, was ich am Leibe trage."

„Ist ja schon gut, Dillon, morgen dürfen Sie erst mal einkaufen gehen", sagte Ferguson schicksalsergeben. „Garth, du wirst sicherlich einstweilen einen Blazer für ihn finden. Bis später."

Die Haustür fiel hinter ihm ins Schloß, und Dillon grinste. „Immer in Eile, dieser Mann."

FERGUSON war noch nicht da, als der Admiral, Dillon und Jenny den River Room betraten. Der Oberkellner führte sie zu ihrem Tisch.

„Wir könnten uns schon etwas zu trinken bestellen", schlug Travers vor.

Dillon wandte sich an den Weinkellner. „Champagner, bitte. Am besten eine Flasche *Krug* neueren Jahrgangs." Zu Jenny, die eine schlichte weiße Bluse und einen schwarzen Rock trug, bemerkte er: „Sie sehen bezaubernd aus." Sein Akzent hatte sich verändert, und für diesen Moment war er der perfekte englische Gentleman.

„Bleiben Sie denn jemals fünf Minuten am Stück dieselbe Person?"

„Wäre das nicht langweilig? Kommen Sie, wir tanzen." Er griff nach ihrer Hand und führte sie zur Tanzfläche.

„Sie sehen aber auch nicht übel aus", sagte sie.

„Na ja, der Blazer paßt, aber die Marinekrawatte finde ich etwas störend."

„Sie mögen wohl keine staatlichen Institutionen?"

„Stimmt nicht ganz. Als ich das erstemal in den River Room kam, gehörte ich einer berühmten Institution an, nämlich der Königlichen Schauspielschule hier in London."

„Soll das ein Scherz sein?" fragte sie.

„Nein. Ich war ein Jahr lang als Student dort, und anschließend bot man mir einen Job beim Nationaltheater an. Ich spielte in Ibsens ‚Die Frau vom Meere' mit."

„Und danach?"

„Ach, da gab es familiäre Verpflichtungen. Ich mußte nach Irland zurück."

„Wie schade. Und was haben Sie in letzter Zeit so gemacht?"

Wenigstens dieses eine Mal konnte er die Wahrheit erzählen. „Ich habe medizinischen Nachschub nach Jugoslawien geflogen."

„Oh, Sie sind Pilot."

„Zeitweise. Ich hatte schon eine ganze Menge Berufe: Fleischer, Bäcker, Kerzenmacher, Taucher."

„Taucher? Wirklich? Sie nehmen mich nicht auf den Arm? Wissen Sie, wenn jemand mich bäte, über Sie Vermutungen anzustellen, würde ich sagen, daß Sie Soldat sind."

Dillons Lächeln war ein wenig schief. „Wodurch habe ich mich verraten?"

„Dann habe ich also recht." Sie freute sich über ihre Treffsicherheit. „Sie waren mal Soldat."

„Ich denke, man könnte es so ausdrücken."

Die Musik verstummte. Er brachte sie an den Tisch zurück und entschuldigte sich, um an der Bar Zigaretten zu holen. In seiner Abwesenheit sagte Travers: „Meine Liebe, es hat wirklich keinen Sinn, sich mit ihm auf etwas einzulassen. Er paßt nicht zu Ihnen."

„Ach, Admiral, mir kommt er unheimlich nett vor. Er hat vor kurzem Medikamente nach Jugoslawien geflogen, und er war mal Soldat."

Travers schnaubte: „Soldat der verdammten IRA."

Ihre Miene wurde schlagartig ernst. „Das soll doch wohl ein Scherz sein?"

„Keineswegs. Er ist ein ganz berüchtigter Bursche", ereiferte sich Travers. „Er ist nur aus dem einzigen Grund hier, weil Charles mit ihm ein Abkommen getroffen hat, daß er das U-Boot sucht."

„Ich glaub's einfach nicht."

Als Dillon aus der Bar trat, traf er Ferguson, der soeben eingetroffen war, und sie kamen zusammen an den Tisch.

„Sie sehen gut aus, meine Liebe", sagte Ferguson zu Jenny. „Die Untersuchung der Todesursache ist übrigens morgen auf halb elf angesetzt."

„Ich würde gerne dabeisein", sagte sie. „Wie lange dauert es, bis er zur Feuerbestattung freigegeben wird?"

„Das wollen Sie?"

„Seine Asche, ja“, sagte sie ruhig. „Es braucht keine Totenmesse zu geben, Henry war Atheist.“

„Tatsächlich?“ Ferguson zuckte die Achseln. „Nun, in dem Fall kann es wohl morgen geschehen.“

„Fein. Wenn Sie das arrangieren könnten, wäre ich Ihnen sehr dankbar.“ Sie griff nach Dillons Hand. „Und jetzt würde ich gern wieder tanzen.“ Sie lächelte. „Ich habe nicht oft Gelegenheit, mit einem IRA-Scharfschützen Foxtrott zu tanzen.“

In dem kleinen Gerichtssaal in Westminster waren am folgenden Vormittag nicht mehr als fünf oder sechs Personen anwesend. Jenny saß mit Travers und Ferguson in der ersten Reihe, Dillon weiter hinten. Smith und Johnson hatten auf der anderen Seite des Mittelganges in gleicher Höhe wie Dillon Platz genommen. Sie waren beide angemessen mit Sakko und Krawatte bekleidet, aber ein Blick auf sie reichte Dillon völlig aus. Nach zwanzig Jahren in den falschen Kreisen besaß er einen ausgeprägten Instinkt für schräge Vögel.

Der Gerichtsschreiber begann die Prozedur. „Erheben Sie sich für den Gerichtsarzt Ihrer Majestät.“

Der Gerichtsarzt war alt mit schneeweißem Haar. Er schlug den Aktenordner vor sich auf. „Ich habe die mir vorgelegten Fakten zur Kenntnis genommen und halte die Einberufung einer Jury für nicht erforderlich. Ist Brigadier Charles Ferguson im Gerichtssaal anwesend?“

Ferguson erhob sich. „Jawohl, Sir.“

„Sie haben in dieser Angelegenheit für das Verteidigungsministerium einen Antrag auf Geheimhaltung gestellt. Das Gericht geht davon aus, daß dafür ausreichende Gründe vorliegen, die die nationale Sicherheit betreffen. Daher erkenne ich den Antrag an und werde in diesem Fall entsprechend verfahren. Ich mache außerdem eventuell anwesende Vertreter der Presse darauf aufmerksam, daß es bei Strafe verboten ist, Einzelheiten dieses Verfahrens der Öffentlichkeit zugänglich zu machen.“

„Danke, Sir.“ Ferguson setzte sich wieder.

„Da die der Polizei zur Verfügung stehenden Zeugenaussagen völlig eindeutig sind, ist lediglich eine offizielle Identifizierung des Verstorbenen notwendig, um den Fall abzuschließen.“

Travers trat in den Zeugenstand. Der Gerichtsarzt warf einen Blick in seine Unterlagen. „Sie, Konteradmiral Garth Travers, haben bereits die offizielle Identifizierung vorgenommen?“

„Ja.“

„Ist Miß Jenny Grant anwesend?“ Sie stand zögernd auf. „Mir liegt hier eine auf Ihren Namen lautende Vollmachtsurkunde vor. Erheben Sie Anspruch auf die Leiche?"

„Das tue ich, Sir."

„Dem Antrag wird stattgegeben. Mein Gerichtsschreiber wird Ihnen die notwendige Verfügung aushändigen. Das Gericht spricht Ihnen sein Beileid aus, Miß Grant."

„Vielen Dank."

Das Verfahren war beendet, und Travers und Jenny gingen an Dillon vorbei auf den Gerichtsflur hinaus, während Ferguson noch etwas mit dem Gerichtsschreiber besprach.

Kurz darauf stand Dillon auf der Treppe vor dem Justizgebäude, als Ferguson neben ihm erschien. Smith war an der Bushaltestelle in einiger Entfernung stehengeblieben, um eine Zigarette herauszuholen, und Johnson gab ihm Feuer.

„Kennen Sie die beiden?" fragte Dillon Charles Ferguson.

„Warum? Sollte ich die kennen?"

In diesem Moment hielt ein Bus, Smith und Johnson stiegen ein, und der Bus fuhr davon. „Brigadier, ich habe all die Jahre nur überlebt, weil ich mich auf meinen Instinkt verlassen konnte. Und der sagt mir, daß wir es hier mit zwei üblen Burschen zu tun haben."

„Möglich, daß Sie recht haben, Dillon. Andererseits gibt es viele Leute, die solchen Gerichtsverhandlungen beiwohnen, weil sie es als willkommene Gratisunterhaltung empfinden."

In diesem Moment fuhr der Daimler vor. Jack Lane stieg aus und gesellte sich zu ihnen. Ferguson reichte ihm den Gerichtsbeschluß. „Geben Sie das dem alten Cox. Teilen Sie ihm mit, die Feuerbestattung soll heute nachmittag stattfinden." Er sah Jenny fragend an. „Ist Ihnen drei Uhr recht?"

Sie nickte und war noch bleicher als vorher.

Ferguson wandte sich an Lane. „Übrigens, im Gerichtssaal waren zwei Männer, die Dillon verdächtig vorkamen."

„Wie denn das?" fragte Lane. „Hatten sie etwa dunkle Sonnenbrillen auf?"

„Hören Sie sich das mal an!" sagte Dillon. „Was für ein Witzbold!"

Lane verzog das Gesicht, holte einen Briefumschlag aus der Tasche und hielt ihn hoch. „Hier ist das, was Sie haben wollten, Sir." Er drückte den Umschlag Dillon in die Hand. „Eine Menge mehr, als Sie verdient haben."

„Was haben wir denn da?" fragte Dillon.

„Sie brauchen doch etwas zum Anziehen, nicht wahr?" sagte Ferguson. „Da drin finden Sie eine Kreditkarte und tausend Pfund."

„Sehr schön“, meinte Dillon. „Dann mach ich mich mal auf den Weg.“

„Dillon“, sagte Ferguson, „Sie werden dort in der Karibik leichte Kleidung brauchen. Und wenn es Ihnen nicht allzu schwer fällt, dann versuchen Sie auszusehen wie ein Gentleman.“

„Warten Sie auf mich!“ rief Jenny und drehte sich zu Travers um. „Ich begleite Dillon. Es hilft mir, die Zeit totzuschlagen. Wir sehen uns wieder bei Ihnen zu Hause, Admiral.“

DILLON und Jenny fuhren zum Kaufhaus Harrods. Nacheinander erstanden sie einen eleganten grauen Flanellanzug, einen Blazer, zwei flotte, leichte Leinensakkos sowie die dazu passenden Hosen und Hemden. Am Ende suchten sie mit Einkäufen, die zwei Koffer füllen würden, die Cafeteria in der obersten Etage auf. Dillon bestellte zwei Gläser Champagner und Sandwiches mit Räucherlachs.

„Sie trinken wohl gerne Champagner“, stellte sie fest.

Dillon lächelte. „Ein großer Mann hat mal gesagt, es gibt nur zwei Dinge, die einen im Leben niemals im Stich lassen: Champagner und Rühreier.“

„Das ist doch lächerlich, Rühreier sind doch schnell wieder weg. Wie sieht es denn mit Menschen aus? Können Sie sich auf die nicht verlassen?“

„Ich hatte nie ausreichend Gelegenheit, das herauszufinden. Meine Mutter starb während meiner Geburt, und ich war ihr erstes Kind, daher hatte ich keine Brüder und Schwestern.“

„Sie haben Ihren Vater nicht erwähnt. Lebt er noch?“

„Nein, er kam in Belfast ums Leben. Er geriet während einer Schießerei ins Kreuzfeuer. Eine englische Militärpatrouille hat ihn erwischt.“

„Und deshalb haben Sie sich der IRA angeschlossen. Gewehre und Bomben – halten Sie das für die richtige Antwort?“

„Lenin hat einmal gesagt: Der Zweck des Terrors ist das Terrorisieren. Es ist der einzige Weg, wie ein kleines Land sich gegen ein großes wehren kann.“

„Es muß doch bessere Methoden geben“, widersprach sie. „Die Menschen sind im Grunde anständig. Nehmen Sie Henry. Ich war eine Streunerin, wissen Sie, vollgepumpt mit Drogen, und ging in Miami auf den Strich. Dann tauchte Henry Baker auf, ein anständiger und gütiger Mann. Er half mir aus dem Drogennebel heraus, nahm mich mit nach St. John in sein Haus und verschaffte mir eine Existenzgrundlage.“ Sie war den Tränen nahe. „Und er hat mich niemals um etwas gebeten, Dillon.“

Dillons bisheriges Leben im Untergrund, verbunden mit ständigen Ortswechseln, hatte ihm wenig Zeit für Frauen gelassen. Aber nun, da er Jenny Grant gegenübersaß, empfand er eine Wärme und Zuneigung, die ihm völlig unbekannt waren. Reiß dich zusammen, Sean, und verlieb dich nicht in sie, dachte er. Aber er streckte den Arm aus und ergriff ihre Hand. „Das geht vorbei, meine Liebe, alles geht irgendwann vorbei, das ist das einzig Sichere in diesem vertrackten Leben. Und jetzt beißen Sie in Ihr Sandwich. Es wird Ihnen guttun.“

DAS KREMATORIUM befand sich im Londoner Stadtteil Hampstead. Es war ein rotes Klinkergebäude, umgeben von Pappeln und zahlreichen Blumenrabatten. Nach der Einäscherung stiegen Travers und Jenny in den Daimler, und Dillon blieb oben auf der Treppe stehen. Ein Wagen parkte unweit der Einfahrt zum Krematorium, und Smith stand daneben und sah zu ihnen herüber. Dillon erkannte ihn sofort wieder, doch im gleichen Moment stieg Smith in den Wagen, der eilig davonfuhr.

Als Ferguson aus der Kapelle trat, sagte Dillon: „Einer der beiden Männer, die ich bei unserem Gerichtstermin gesehen habe, stand gerade da drüben. Er ist eben weggefahren. Ich glaube, es war ein blauer Renault.“

„Tatsächlich? Konnten Sie die Autonummer erkennen?“

„Dazu hatte ich keine Gelegenheit.“ Er musterte Ferguson aufmerksam. „Sie scheinen ja nicht allzu besorgt zu sein.“

„Weshalb sollte ich auch? Ich habe doch Sie. Und jetzt kommen Sie, steigen Sie in den Wagen.“

Während sie losfuhren, tätschelte Ferguson Jennys Hand. „Alles in Ordnung, meine Liebe?“

„Ja, ich komme zurecht, machen Sie sich keine Sorgen.“

„Ich habe nachgedacht“, sagte er zu ihr. „Wenn Henry Ihnen die genaue Position des U-Bootes nicht genannt hat, dann kennen Sie vielleicht jemanden, mit dem er sich darüber unterhalten haben könnte.“

„Nein. Wenn er mir nichts gesagt hat, dann hat er niemandem etwas gesagt.“

„Einem anderen Taucher vielleicht, der uns unter Umständen helfen könnte?“

„Höchstens Bob Carney“, erwiderte sie. „Er kennt die Antillen wie seine Westentasche. Er hat Henry das Tauchen beigebracht. Bob verbringt die meiste Zeit damit, Touristen in Caneel Bay das Tauchen beizubringen, er ist aber auch selbst ein leidenschaftlicher Taucher, der beste Taucher der gesamten Karibik."

„Wenn uns also jemand behilflich sein könnte, dann wäre er das?"

„Ich nehme es an, aber südlich von St. John gibt es eine Unmenge Wasser."

Der Daimler bog in die Lord North Street ein und hielt an. Travers stieg als erster aus und reichte Jenny die Hand. Ferguson winkte ihm zu. „Dillon und ich haben noch einiges zu tun. Wir sehen uns später."

Dillon sah ihn verblüfft an. „Was soll das denn heißen?"

„Ich habe eine Verabredung mit dem stellvertretenden Direktor des Geheimdiensts, Simon Carter. Ich dachte, es ist vielleicht ganz interessant, wenn ich Sie mitnehme. Immerhin versucht Carter schon seit Jahren, Sie zu erwischen."

„Sie können ganz schön fies sein, Brigadier", meinte Dillon dazu.

Ferguson nahm den Hörer des Autotelefons ab und wählte Lanes Nummer im Verteidigungsministerium. „Jack, es geht um einen Amerikaner namens Bob Carney, wohnhaft auf St. John. Ich will alles, was Sie über ihn in Erfahrung bringen können. Der CIA müßte Ihnen behilflich sein können."

FERGUSON und Dillon rückten nur langsam vor in der Schlange, die auf Einlaß ins Unterhaus des Parlaments wartete. „Wenigstens sehen Sie einigermaßen präsentabel aus", stellte Ferguson fest, der kritisch Dillons zweireihigen Blazer und die graue Flanellhose betrachtete.

„Dank Ihrer *Amex*-Karte", versetzte Dillon.

Sie erreichten die Einlaßkontrolle, Ferguson zeigte seinen Sonderausweis vor, und sie gelangten in die zentrale Eingangshalle. Dann ging's durch einen Korridor, danach eine Treppe hinunter, und schließlich betraten sie die Terrasse über der Themse.

Hier hielten sich zahlreiche Leute auf, einige mit einem Drink in der Hand, und genossen das Stadtpanorama. Links befand sich die Westminster Bridge, gegenüber auf der anderen Flußseite das Embankment. Während Dillon sich eine Zigarette anzündete, gab Ferguson ihm ein Zeichen. „Da sind die beiden schon. Benehmen Sie sich."

„Ich werde mir Mühe geben", versprach Dillon, während Simon Carter und Francis Pamer zu ihnen traten.

„Überall diese Leute", beschwerte sich Pamer. „Also, was ist jetzt, Brigadier? Was gibt es Neues in dieser Sache?"

„Setzen wir uns, und ich erzähle es Ihnen. Dillon hier wird die Dinge an der Front regeln."

Pamer ging voraus zur Bar. Er und Carter bestellten Gin Tonic, Ferguson Scotch. Dillon zeigte ein charmantes Lächeln. „Ich hätte gern einen irischen Whiskey mit Soda, *Bushmills,* wenn es den hier gibt."

Er hatte bewußt mit nordirischem Akzent gesprochen, und Carter runzelte die Stirn. „Dillon, sagten Sie? Ich glaube nicht, daß wir uns schon einmal begegnet sind."

„Nein", bestätigte Dillon fröhlich. „Aber bestimmt nicht deshalb, weil Sie es nicht versucht hätten, Mr. Carter. Sean Dillon."

Carters Gesicht wurde blaß, und er fuhr zu Ferguson herum. „Soll das vielleicht ein schlechter Witz sein? Sean Dillon? Ist er der, für den ich ihn halte?"

„Er arbeitet jetzt für die Gruppe vier", sagte Ferguson ruhig.

Carter kochte vor Wut, schwieg aber, weil der Kellner gerade ihre Drinks brachte. Dann stieß er hervor: „Ferguson, Sie gehen zu weit!"

„Ja, das wird mir oft vorgeworfen, aber kommen wir doch zum geschäftlichen Teil. Ich wollte Sie ins Bild setzen, was bisher geschehen ist. Es gab einen Einbruchsdiebstahl in der Lord North Street. Möglich, daß er echt war, es kann aber auch ein Vorwand gewesen sein. Auf jeden Fall haben wir im Telefon eine Wanze entdeckt. Haben Sie vielleicht irgendwelche Agenten auf diesen Fall angesetzt?"

„Ganz bestimmt nicht", beteuerte Carter. „Darüber hätte ich Sie informiert."

„Interessant. Als wir heute vormittag bei dem Gerichtstermin zur Feststellung von Bakers Todesursache waren, bemerkte Dillon zwei Männer, die ihm verdächtig vorkamen. Einen von ihnen entdeckte er später vor dem Krematorium wieder."

Carter runzelte die Stirn. „Wer könnte das sein?"

„Keine Ahnung, aber das ist ein weiterer Grund, weshalb Dillon an der Sache mitarbeitet. Die Frau besteht noch immer darauf, nicht zu wissen, wo das Unterseeboot liegt."

„Glauben Sie ihr?" wollte Pamer wissen.

„Ich schon", antwortete Dillon. „Sie ist nicht der Typ, der zum Lügen neigt."

„Und Sie kennen sich darin natürlich blendend aus", sagte Carter bissig.

„Aber sie muß etwas wissen", beharrte Pamer. „Zumindest muß sie irgendwelche Hinweise liefern können."

„Beim derzeitigen Stand der Dinge müssen wir trotzdem davon ausgehen, daß sie nichts weiß", erklärte Ferguson.

„Und was geschieht als nächstes?" fragte Carter.

„Dillon wird nach St. John reisen und dort aktiv werden. Die Frau erwähnte einen Taucher, einen Mann namens Bob Carney, der ein guter Freund Bakers war. Offenbar kennt er die Gegend wie seine Westentasche. Die Frau kann Dillon mit Carney bekannt machen und ihn bitten, uns zu helfen."

„Aber es gibt keine Garantie, daß er das Ding auch findet", sagte Pamer.

„Nun, wir werden abwarten müssen, nicht wahr?" meinte Ferguson und schaute auf die Uhr. „Wir müssen jetzt gehen."

Er stand auf und ging voraus. Vor der Mauer am Rand der Terrasse blieben sie stehen. „Das wär's dann?" fragte Carter.

„Ja. Dillon und die Frau werden voraussichtlich morgen oder übermorgen nach St. John aufbrechen", erklärte Ferguson und nickte Dillon zu. „Gehen wir."

Er entfernte sich, doch Dillon beugte sich noch schnell über die Brustwehr und blickte hinunter auf die braunen Fluten der Themse. „Nur fünf Meter, schätze ich, Mr. Carter. All diese Sicherheitsvorkehrungen an der Eingangspforte und hier überhaupt nichts. Ich würde an Ihrer Stelle mal darüber nachdenken."

„Ich selbst kann zwar nicht schwimmen, aber da unten herrscht eine ziemliche Strömung", sagte Pamer. „Das sollte doch ausreichen, um irgendwelche Gangster abzuhalten, oder?"

Dillon entfernte sich, und Carter sagte kopfschüttelnd: „Ich kriege eine Gänsehaut, wenn ich daran denke, daß dieses miese Schwein sich hier bewegen kann wie ein freier Mann. Ferguson muß verrückt geworden sein."

Es war kurz nach sechs, und Dillon las im Arbeitszimmer die Abendzeitung, als es klingelte. Er ging zur Tür, um zu öffnen. Draußen stand der alte Mr. Cox mit einem Karton in der Hand.

„Die Asche des Verstorbenen", sagte Cox und reichte Dillon den Karton. „Sie befindet sich in einer Urne. Übermitteln Sie Miß Grant mein tiefes Mitgefühl."

Dillon bedankte sich und schloß die Tür. Der Admiral war in seinen Club gegangen, aber Jenny hielt sich in der Küche auf. Dillon rief sie, und sie kam in die Diele. Er deutete auf den Karton. „Mr. Cox hat gerade dies für Sie gebracht." Er ging ins Arbeitszimmer und stellte den Karton auf den Tisch. Sie trat neben ihn und betrachtete den Karton, dann öffnete sie den Deckel und holte eine Urne aus dunklem Stahl heraus. Auf einem Messingschild stand: *Henry Baker 1929–1992.*

Sie ließ sich in einen Sessel sinken und begann haltlos zu weinen.

„Das ist also alles, was am Ende übrigbleibt, ein bißchen Asche in einem Metallbehälter."

Dillon legte für einen Moment seine Hände auf ihre Schultern. „Lassen Sie den Tränen ruhig freien Lauf, es wird Sie erleichtern. Ich mache Ihnen eine Tasse Kaffee." Er ließ sie allein und begab sich in die Küche.

Einen Moment lang saß sie da, und es war, als könne sie nicht mehr atmen. Sie mußte raus, mußte an die frische Luft. Sie nahm den alten Trenchcoat des Admirals vom Garderobenhaken und zog ihn über. Als sie die Haustür aufriß, begann es gerade zu regnen. Sie eilte den Gehweg entlang.

Smith, der im Lieferwagen saß, stieg aus und folgte ihr. Johnson kam hinterher.

Unterdessen kehrte Dillon mit der versprochenen Tasse Kaffee ins Arbeitszimmer zurück. Er stellte die Tasse ab und trat wieder hinaus in die Diele. „Jenny?" rief er. Dann entdeckte er, daß die Haustür einen Spaltbreit offenstand.

Besorgt schnappte er sich seine Fliegerjacke und stürmte aus dem Haus. Draußen war keine Spur von Jenny. Er mußte auf sein Glück vertrauen, wandte sich nach links und rannte den Gehsteig entlang.

An der Ecke blieb er für einen Augenblick stehen, schaute nach rechts und links und entdeckte sie am Ende der Straße. Sie wartete auf eine Lücke im Verkehrsstrom, hatte Glück und eilte weiter zu den Victoria Tower Gardens am Fluß. Smith und Johnson überquerten die Straße ebenfalls. Dillon stieß einen Fluch aus und rannte los.

ES WAR fast dunkel, als Jenny bis zur Mauer an der Themse ging und hinabsah. Sie holte mehrmals tief Atem, um sich zu sammeln. In diesem Moment hörte sie hinter sich ein Geräusch, fuhr herum und sah Smith und Johnson dastehen.

Sie wußte sofort, daß sie in Gefahr war. „Was wollen Sie?" fragte sie und wich zurück.

„Kein Grund, Angst zu haben, Schätzchen", sagte Smith. „Nur eine kleine Unterhaltung, mehr wollen wir nicht."

Sie wandte sich ab, wollte davonrennen, aber Johnson reagierte blitzschnell, packte ihre Arme und drückte sie mit dem Rücken gegen die Mauer.

Smith baute sich dicht vor ihr auf. „Es geht um dieses U-Boot. Erwartest du im Ernst, daß wir glauben, du wüßtest nicht, wo es liegt?"

Sie versuchte sich loszureißen, und Johnson zischte: „Na los doch, antworte, sonst prügle ich es aus dir heraus!"

Da erklang eine Stimme aus dem Halbdunkel: „Laßt sie los! Nehmt eure dreckigen Pfoten weg!"

Dillons Feuerzeug flackerte auf, während er die Zigarette anzündete, die in seinem Mundwinkel klebte. Er machte ein paar Schritte, und Smith kam ihm entgegen. „Wenn du Ärger willst, den kannst du haben, du Hanswurst." Smith holte zu einem mächtigen Schwinger aus.

Dillon wich zur Seite aus, packte blitzschnell Smiths Handgelenk und bog die Faust ruckartig nach hinten, so daß Smith gepeinigt aufschrie und in die Knie ging. Mit geballter Faust schlug Dillon wie ein Dampfhammer zu, traf den ausgestreckten Unterarm und brach ihn. Smith schrie erneut auf und sank zu Boden.

Johnson stieß Jenny zur Seite und zog eine Automatikpistole aus seiner Manteltasche. Dillon reagierte geistesgegenwärtig und stieß Johnsons Arm nach unten, so daß der Schuß in den Boden schlug. Gleichzeitig vollführte er eine halbe Drehung, riß den Mann über sein ausgestrecktes Bein und rammte den Absatz seines Schuhs so wuchtig nach unten, daß er Johnson zwei Rippen brach. Er hob die Waffe auf und kauerte sich neben Johnson. „Für wen arbeitest du, Freundchen?"

Johnson spuckte ihm zur Antwort ins Gesicht.

„Wie du meinst." Dillon drehte ihn auf den Bauch, preßte die Pistolenmündung in seine linke Kniekehle und drückte ab. Johnson stieß einen durchdringenden Schrei aus.

„Soll ich das gleiche auch auf der anderen Seite machen?"

„Nein", stöhnte Johnson. „Wir arbeiten für Max Santiago."

„Tatsächlich?" sagte Dillon. „Und wo finde ich den?"

„Er lebt in Puerto Rico, aber seit kurzem ist er in Paris."

„Habt ihr in der Lord North Street eingebrochen?"

„Ja."

„Idiot", sagte Smith zu Johnson. „Du hast dir gerade dein eigenes Grab geschaufelt."

Dillon schleuderte die Pistole über die Ufermauer in die Themse. Er drehte sich um, sah Jenny, die ihn völlig benommen anstarrte, und ergriff ihren Arm. „Kommen Sie, Liebes, wir gehen nach Hause."

Sie verließen den Park und warteten am Straßenrand auf eine Lücke im Verkehr. „Alles klar?" fragte Dillon.

Sie starrte ihn an. „Was für ein Mensch sind Sie, Dillon, daß Sie so etwas tun können?"

„Die beiden hätten Schlimmeres mit Ihnen gemacht", erwiderte er. Er ergriff ihre Hand und lief mit ihr über die Straße.

ZURÜCKGEKEHRT in das Haus des Admirals, ging Dillon in die Küche und setzte den Wasserkessel auf. Er kochte noch einmal Kaffee und stellte Tassen auf ein Tablett. Als er das Arbeitszimmer betrat, stand Jenny am Schreibtisch und telefonierte.

„British Airways? Wann geht heute die letzte Maschine nach Paris? Um halb zehn? Können Sie mir noch einen Platz reservieren? . . . Grant, Jenny Grant."

Sie legte auf und drehte sich zu Dillon um, der das Tablett auf dem Schreibtisch abstellte. „Sie ergreifen die Flucht, nicht wahr?" sagte er.

„Ich halte das nicht mehr aus. Ich weiß nicht, was vor sich geht. Erst Henry, dann der Einbruch und jetzt diese Männer und die Pistole. Ich wollte sowieso weg. Ich tue es lieber, solange ich noch kann."

„Nach Paris?" fragte er. „Ich habe Sie telefonieren gehört."

„Das ist nur eine Zwischenstation. Dort gibt es jemanden, dem ich das hier geben will." Sie hob den Karton hoch, der die Urne enthielt. „Henrys Schwester. Ich bin wahrscheinlich die einzige Person, die weiß, daß er eine hatte."

„Verstehe."

Sie schaute auf die Uhr. „Es ist sieben. Ich kann es noch schaffen, aber erzählen Sie Ferguson nichts, bevor ich wirklich in der Luft bin. Helfen Sie mir, Dillon, bitte!"

„Dann holen Sie Ihr Gepäck, und ich rufe ein Taxi und begleite Sie."

Sie eilte hinaus. Dillon seufzte und sagte leise: „Du dämlicher Idiot, was ist in dich gefahren?"

IM WARTEZIMMER der kleinen Privatklinik in der Farsley Street war es sehr still. Smith saß auf einem Stuhl an der Wand. Sein rechter Unterarm war eingegipst und ruhte in einer Schlinge. Dr. Shah, ein kleinwüchsiger, grauhaariger Pakistani, kam mit grüner Chirurgenhaube und grünem Kittel herein.

„Wie geht es ihm?" erkundigte sich Smith.

„So gut, wie man es bei jemandem mit zertrümmerter Kniescheibe erwarten kann. Er wird für den Rest seines Lebens humpeln."

„Dieses irische Schwein!" schimpfte Smith.

„Ihr Jungs schafft es einfach nicht, euch aus dem gröbsten Schlamassel herauszuhalten, was? Weiß Mr. Santiago schon Bescheid?"

Smith durchfuhr ein Schreck. „Das alles hat nichts mit ihm zu tun. Geht ihn nichts an." Er erhob sich. „Ich verschwinde nach Hause, komme morgen wieder her."

Shah schaute ihm nach, wie er durch die Glastür hinausging, dann begab er sich in sein Büro und rief Max Santiago in Paris an.

UM ACHT trafen Jenny und Dillon in Heathrow ein. Jenny holte ihr Ticket am Reservierungsschalter ab und besorgte sich die Bordkarte für den Flug. „Sie scheinen sich jetzt etwas besser zu fühlen“, stellte Dillon fest.

„Es tut gut, wieder unterwegs zu sein, alles hinter sich zu lassen. Was werden Sie Ferguson erzählen?“

„Bis morgen früh nichts.“

„Dann bin ich schon weit weg. Und was ist mit Ihnen?“

„Meine nächste Station heißt St. John. Morgen oder übermorgen.“

„Gehen Sie zu Bob Carney“, sagte sie. „Erklären Sie ihm, ich hätte Sie geschickt, und melden Sie sich bei Billy und Mary Jones. Sie führen das Bistro, solange ich weg bin.“

„Wie geht's bei Ihnen weiter? Wann sind Sie wieder zurück?“

„Das weiß ich wirklich nicht. In ein paar Tagen oder in einer Woche. Kommt darauf an, wie ich mich fühle. Ich melde mich bei Ihnen, wenn Sie dann noch auf St. John sind.“

Der Flug wurde aufgerufen, und Dillon begleitete sie zur Sicherheitskontrolle. „Es tut mir leid, wenn ich Ihnen jetzt Ärger mit dem Brigadier bereite“, sagte sie.

„Wird mir ein Vergnügen sein“, beruhigte er sie.

„Sie sind ein verrückter Kerl, Dillon.“ Sie küßte ihn auf die Wange. „Irgendwie beängstigend, aber Gott sei Dank sind Sie auf meiner Seite. Bis bald.“

Dillon schaute ihr nach, dann eilte er zur nächsten Telefonzelle und wählte die Nummer am Cavendish Square. „Brigadier, ich habe herausbekommen, wer unser Gegner ist.“

„Du liebe Güte, wie denn?“ fragte Ferguson.

„Max Santiago. Er lebt in Puerto Rico, hält sich zur Zeit aber in Paris auf. Ich hatte eine kurze Besprechung mit unseren beiden Freunden, Sie wissen schon. Sie haben übrigens auch den Einbruch durchgeführt.“

„Ich verstehe. Ich hoffe, Sie brauchten niemanden zu töten.“

„Würde ich so etwas tun, Brigadier?“ meinte Dillon ganz unschuldig. „Ich mache jetzt lieber Schluß und gehe mal früh zu Bett.“

JACK LANE war erst vor kurzem geschieden worden und wohnte jetzt in einer kleinen Mietwohnung am Rand von Hampstead. Er hatte soeben eine tiefgefrorene Pizza in seinen Mikrowellenherd geschoben, als das Telefon klingelte. Seine Stimmung sackte augenblicklich auf den Tiefpunkt.

„Jack? Hier Ferguson. Dillon hatte einen kleinen Disput mit diesen beiden verdächtigen Typen. Sie arbeiten für einen Max Santiago, wohnhaft in Puerto Rico, zur Zeit aber in Paris. Begeben Sie sich ins Büro, und erkundigen Sie sich, ob der französische Geheimdienst etwas über ihn hat, dann fragen Sie beim CIA und beim FBI an. Er muß in irgendeinem Computer drin sein."

„Ja, Sir." Lane legte mit einem Seufzer den Hörer auf. Nun gut, er hatte sowieso nichts Besseres zu tun, und auf dem Weg ins Ministerium konnte er sich immer noch irgendwo eine Portion *Fish and chips* holen.

SMITH saß in seiner Wohnung und fühlte sich schrecklich elend. Allmählich setzten heftige Schmerzen in seinem Arm ein. Er trank gerade einen Schluck von seinem zweiten Scotch, als das Telefon klingelte.

Santiagos Stimme war unverkennbar. „Haben Sie etwas für mich?"

„Noch nicht, Mr. Santiago." Smith überlegte krampfhaft, was er sagen sollte. „Vielleicht morgen."

„Shah hat mich angerufen. Johnson hat einen Schuß abbekommen, und Ihnen hat man den Arm gebrochen. Dieses irische Schwein, so haben Sie sich, glaube ich, ausgedrückt. Vermutlich meinten Sie Sean Dillon, oder?"

„Nun ja, Mr. Santiago, wir sind ihm begegnet. Wir hatten die Kleine, verstehen Sie, und er überraschte uns. Er bedrohte uns mit einer Pistole."

„Tatsächlich?" erwiderte Santiago trocken. „Und was haben Sie geantwortet, als er nach Ihrem Auftraggeber fragte?"

„Kein Sterbenswörtchen, Sir, es war Johnson, der . . ." Smith verstummte.

Für einen Augenblick herrschte Totenstille, dann klickte es, und die Leitung war tot. Smith wußte, was das bedeutete. In fliegender Hast packte er mit einer Hand den Koffer und holte die tausend Pfund, die er in einer Zuckerdose aufbewahrte. Wenige Minuten später saß er im Transporter und fuhr davon.

Bald hatte er heraus, wie man den Wagen am besten mit einer Hand lenkte. Der Regen machte die Sache natürlich nicht gerade leichter, und hinter Waterford verfehlte er eine Abzweigung. Plötzlich flammten hinter ihm Scheinwerfer auf, ein großer Lastwagen näherte sich viel zu schnell und machte Anstalten, ihn zu überholen. Auf gleicher Höhe mit ihm vollführte der Lastwagen einen seitlichen Schlenker und rammte ihn. Smiths Transporter durchbrach einen Zaun und überschlug sich zweimal, als er einen zwanzig Meter tiefen Abhang hinunterstürzte. Knirschend kam der Wagen zum Stehen. Smith, der noch bei Bewußtsein war, roch das Benzin, das aus dem Tank auslief, als Schritte näher kamen. Jemand riß ein Zündholz an, und das Benzin explodierte in einem Feuerball.

In der Privatklinik ging Shah in den kleinen Medikamentenraum neben dem Operationssaal, schraubte eine Injektionsspritze zusammen und füllte sie aus einem Fläschchen, das er aus dem Medizinschrank holte. Als er die Zimmertür am Ende des Korridors öffnete, schlief Johnson fest. Shah entblößte den linken Unterarm seines Patienten und stach die Injektionsnadel hinein. Johnson schnappte mehrmals nach Luft, dann erschlaffte er.

6. Kapitel

JENNY hielt mit dem Mietwagen in Briac, einem Dorf in der Bretagne, vor dem Kloster der Barmherzigen Schwestern an. Sie war die ganze Nacht gefahren und völlig übermüdet. Das Eisentor stand offen, daher fuhr sie hindurch und stoppte auf einer runden Auffahrt vor dem wunderschönen alten Gebäude. Eine junge Novizin harkte den Kies.

Jenny stieg mit der Urne unter dem Arm aus. „Ich möchte bitte die Mutter Oberin sprechen. Es ist sehr dringend. Ich habe einen weiten Weg hinter mir."

„Ich glaube, sie ist in der Kapelle", erwiderte die junge Frau in gutem Englisch. „Wir schauen mal nach, ja?"

Sie ging voraus durch einen gepflegten Garten zu einer kleinen Kapelle. Die Tür knarrte, als sie aufschwang. Es war ein schattiger Ort. Ein Bild von der Muttergottes wurde von zahlreichen Kerzen beleuchtet, und der Duft von Weihrauch war überwältigend. Die Novizin ging zu einer Nonne, die betend vor dem Altar kniete, und sagte etwas im Flüsterton zu ihr. Dann kam sie zurück. „Sie hat gleich Zeit für Sie."

Sie ging hinaus, und Jenny wartete. Nach einer Weile erhob sich die Mutter Oberin und kam auf Jenny zu. Sie war um die Fünfzig, mit einem gütigen klaren Gesicht. „Wie kann ich Ihnen behilflich sein?"

„Schwester Maria Baker?"

„Das ist richtig." Die Nonne war ein wenig verwirrt. „Kenne ich Sie?"

„Ich bin Jenny – Jenny Grant. Henry hat mir erzählt, er habe mit Ihnen über mich gesprochen."

Schwester Maria lächelte. „Sie sind also Jenny." Dann wurde ihre Miene besorgt. „Irgend etwas stimmt nicht, das spüre ich."

„Henry hatte in London einen tödlichen Verkehrsunfall." Jenny senkte den Blick auf die Urne. „Ich habe Ihnen seine sterblichen Überreste mitgebracht."

„O mein Gott." Tiefer Schmerz legte sich auf das Gesicht von Schwester Maria. Sie bekreuzigte sich und sagte: „Möge er in Frieden ruhen. Es war sehr lieb von Ihnen, daß Sie hergekommen sind."

„Ja, aber das war nicht der einzige Grund." Jenny brach in Tränen aus und ließ sich auf den nächsten Betstuhl sinken. „So viele schlimme Dinge sind passiert."

Schwester Maria legte eine Hand auf ihren Kopf. „Was ist los, meine Liebe, erzählen Sie es mir."

Jenny machte ihrem Herzen Luft, und als sie ihren Bericht beendet hatte, war die Stille in der Kapelle beinahe greifbar. Schwester Maria räusperte sich. „Rätsel über Rätsel. Nur eins ist sicher: Henrys unglückliche Entdeckung dieses Unterseebootes scheint für viele Menschen von entscheidender Bedeutung zu sein."

„Ich weiß", sagte Jenny. „Ich muß nach St. John zurückkehren, und wenn auch nur, um Sean Dillon zu helfen. Er ist ein schlechter Mensch, Schwester, und doch ist er so gut zu mir."

„All das kann jetzt warten." Schwester Maria zog sie vom Betstuhl hoch. „Sie brauchen ein paar Tage Ruhe, brauchen Zeit, um nachzudenken. Jetzt suchen wir erst einmal ein Zimmer für Sie."

ALS DILLON kurz vor Mittag in die Wohnung am Cavendish Square eingelassen wurde, saß Ferguson am Kaminfeuer und las in einem Aktenordner. Jack Lane stand am Fenster und schaute hinaus.

Ferguson sah mit eisigem Blick hoch. „Was haben Sie sich eigentlich gedacht, Dillon?"

„Sie wollte weg, Brigadier, sie hatte genug von allem, so einfach ist das. Dieser Überfall durch die beiden Ganoven hat ihr den Rest gegeben."

Lane ergriff das Wort. „Wir haben alles überprüfen lassen. Sie hat in Paris einen Wagen gemietet, aber wir können keinen Hinweis darauf finden, daß Baker eine Schwester hatte."

Dillon zuckte die Achseln. „Sie wird nach St. John zurückkehren, wenn sie dazu bereit ist. In der Zwischenzeit müssen wir es ohne sie schaffen. Man kann im Leben nicht alles haben."

Ferguson funkelte ihn wütend an. Er war aufrichtig erbost, doch schließlich gab er sich einen Ruck. „Wenigstens haben wir so was wie eine Spur. Erzählen Sie es ihm, Jack."

„Max Santiago. Er ist die treibende Kraft hinter einer Hotelgruppe in den Vereinigten Staaten. Sie betreiben Hotels in Florida, Las Vegas und verschiedenen anderen Orten sowie einige Spielkasinos. Santiago besitzt eine Jacht, die einige Millionen Dollar wert ist, die *Maria Blanco.* Es besteht der Verdacht, daß er Verbindungen zum kolumbianischen Drogenkartell unterhält."

„Tatsächlich?" Dillon lächelte. „So ein Hund."

„Es wird noch schlimmer. Die Samson Cay Holding Company muß man über drei andere Firmen zurückverfolgen, ehe man auf den Namen Santiago stößt."

„Samson Cay?" Dillon beugte sich vor. „Das ist aber interessant. Eine direkte Verbindung. Aber weshalb?"

„Santiago ist dreiundsechzig", antwortete Lane. „Er stammt aus einer alten Adelsfamilie, wurde in Kuba geboren. Sein Vater war General und hatte mit Batista zu tun. Die Familie konnte im letzten Moment fliehen, als Castro 1959 die Macht ergriff. Sie erhielten in Amerika Asyl und wurden schließlich eingebürgert. Aber laut FBI-Akte besaßen sie nicht viel mehr als die Kleider, die sie am Leib trugen."

„Wie konnte demnach der gute alte Max eine Hotelkette hochziehen, die viele Millionen wert sein dürfte?" fragte Dillon. „Die Verbindung zur Drogenszene kann erst jüngeren Datums sein."

„Nun, laut CIA war Santiagos Vater ein Freund General Francos in Spanien, ein absolut fanatischer Faschist", berichtete Lane weiter.

„Was die Verbindung zu Martin Bormann herstellen könnte", warf Ferguson ein.

Dillon nickte. „Jetzt sehe ich klar. Das Kameradenwerk."

Der Brigadier nickte. „Mehr als wahrscheinlich. Santiago und sein Vater kommen völlig pleite nach Amerika, und dennoch können sie sich genügend Geld beschaffen, um groß ins Geschäft einzusteigen. Wir wissen, daß die Nationalsozialistische Partei überall auf der Welt Millionen gebunkert hatte, um ihren Fortbestand zu gewährleisten." Er zuckte die Achseln. „Es sind zwar alles nur Vermutungen, aber es erscheint einleuchtend."

„Bis auf eine Sache", wandte Dillon ein. „Woher wußte Santiago, daß Baker U 180 gefunden hat? Wie konnte er wissen, daß Baker nach London kam und beim Admiral wohnte? Und daß Jenny und ich dort waren?"

Ferguson zuckte die Achseln. „Wir werden irgendwann auf eine

Antwort stoßen, aber einstweilen müssen wir weitermachen. Sie starten morgen mit der British Airways nach Antigua und von da aus weiter nach St. John. Ihre Tarnung ist ganz simpel. Sie sind ein reicher Ire mit einer Elektronikfirma in Cork. Wenn Sie in Antigua ankommen, wartet ein Wasserflugzeug auf Sie, eine Cessna 206."

„Ich kenne diesen Typ", sagte Dillon. „Ich habe solche Flugzeuge schon geflogen."

Ferguson händigte ihm einen Schnellhefter aus. „Zwei Reisepässe, irisch und britisch, auf Ihren richtigen Namen. Dann eine Pilotenlizenz mit der Genehmigung Wasserflugzeuge zu fliegen. Schließlich noch Ihre Tickets und Reiseschecks. Sie wohnen in Caneel Bay, einem der feudalsten Ferienorte der Welt. Ein Paradies auf einer privaten Halbinsel, nicht allzu weit von Cruz Bay entfernt."

Dillon nickte. „Schön, da reise ich also hin. Und was tue ich dort?"

„Das liegt ganz bei Ihnen", erwiderte Ferguson. „Ich würde jedoch vorschlagen, daß Sie Kontakt mit diesem Taucher aufnehmen, Bob Carney. Er hat eine Firma namens ‚Paradise Watersports' mit Sitz in Caneel Bay. Ein Prospekt ist ebenfalls in Ihren Unterlagen."

Dillon fand die Broschüre und überflog sie. Sie zeigte Bob Carney am Steuer seines Bootes. Er sah gut aus, war braun gebrannt und wirkte topfit.

Lane klappte einen weiteren Hefter auf. „1948 in Mississippi geboren, besuchte ein Jahr lang die Universität von Mississippi, dann ging er zu den Marines und wurde nach Vietnam geschickt. Er wurde verwundet und bekam zwei *Purple Hearts*, die Tapferkeitsmedaille der Vietnamkämpfer. Danach studierte er Philosophie, und anschließend besuchte er eine Fachschule für Ozeanographie. Er hat ein Kapitänspatent bis sechzehnhundert Tonnen, unternahm im Golf von Mexiko Versorgungsfahrten zu den Bohrinseln, arbeitete außerdem als Schweißer und Taucher auf den Ölfeldern. 1979 kam er nach St. John." Lane klappte den Schnellhefter zu.

„Das ist also Ihr Mann", sagte Ferguson. „Sie müssen ihn auf unsere Seite bekommen, Dillon." Er stand auf. „Ich werde nicht dabeisein, wenn Sie morgen früh aufbrechen, da muß ich Sie wohl einigermaßen stilvoll verabschieden. Kommen Sie um halb acht mit Travers in den Garrick Club. Aber jetzt müssen Sie mich entschuldigen."

ETWA eine Stunde später traf Ferguson mit Simon Carter in einer gemütlichen Kneipe nicht weit vom Verteidigungsministerium zusammen, um ihn auf den neuesten Stand zu bringen. Als er seinen Bericht beendet hatte, saß Carter nachdenklich da.

„Diese Santiago-Sache – sehr interessant. An dem, was Ihr Jack Lane vermutet, könnte etwas dran sein. Ich meine den faschistischen Aspekt, General Franco und so weiter."

„Passen würde es sicher, aber Dillon hat recht. Nichts von alldem erklärt, weshalb Santiago so gut informiert zu sein scheint."

„Und was haben Sie mit ihm vor?"

„Offiziell kann ich überhaupt nichts tun", sagte Ferguson. „Er ist amerikanischer Staatsbürger, ein millionenschwerer Geschäftsmann und hoch angesehen. Diese Angaben in den Akten des FBI und des CIA sind vertraulich, weil man ihm bisher keine Gesetzesübertretung nachweisen konnte."

„Hinzu kommt, daß wir die Amerikaner in keiner Weise in diese Affäre mit hineinziehen wollen", hob Carter hervor.

„Um Himmels willen, das wäre wirklich das letzte, was wir uns wünschen." Ferguson erhob sich. „Setzen Sie Pamer über den Stand der Dinge ins Bild, ja?"

„Natürlich", versprach Carter.

DILLON stieg hinter Travers die imposante Treppe des Garrick Clubs hinauf zur Bar, wo Ferguson auf sie wartete.

„Ah, da sind Sie ja. Ich dachte mir, wir sollten mit Champagner anfangen, Dillon, um Ihnen eine gute Reise zu wünschen. Soweit ich mich erinnere, bevorzugen Sie *Krug*."

Sie setzten sich in eine Nische, und der Kellner brachte die Flasche und öffnete sie. Er füllte drei Gläser und zog sich zurück. Ferguson holte einen Briefumschlag aus der Tasche und schob ihn über den Tisch. „Nur für den Fall, daß es größere Schwierigkeiten gibt. Darin finden Sie Name und Adresse unseres Kontaktmannes in Charlotte Amalie, der größten Stadt auf St. Thomas. Man könnte ihn als Großhändler für Eisenwaren bezeichnen."

„Eisenwaren?" Travers sah den Brigadier etwas ratlos an. „Für was um alles in der Welt braucht er Eisenwaren?"

Dillon verstaute den Briefumschlag in seiner Blazertasche. „Sie sind wirklich ein netter Kerl, Admiral. Mögen Sie immer so bleiben."

Ferguson prostete Dillon zu. „Viel Glück, mein Freund, Sie werden es brauchen." Er leerte sein Glas. „Und jetzt laßt uns essen."

IM KLOSTER der Barmherzigen Schwestern saß Jenny allein in der Kapelle, schaute versonnen ins Kerzenlicht und dachte nach. Die Tür knarrte, und Schwester Maria Baker kam herein.

„Da sind Sie ja. Sie sollten längst im Bett liegen."

„Ich weiß, Schwester, aber ich fand keine Ruhe und wollte über einiges nachdenken."

Schwester Maria ließ sich neben ihr nieder. „Über was, zum Beispiel?"

„Da wäre erst mal Dillon. Er hat viele schlimme Dinge getan. Er war Mitglied der IRA zum Beispiel, und dann, als mich gestern abend die beiden Männer angriffen, war er so brutal, so gefühllos –, und trotzdem war er mir gegenüber die Güte in Person."

„Und?"

Jenny sah die Ordensschwester an. „Ich bin keine gute Christin. Im Gegenteil, als Henry mich auflas, war ich eine große Sünderin, aber ich möchte Gott verstehen, wirklich und wahrhaftig. Warum läßt Gott zu, daß es überall Gewalt und Mord gibt? Warum erlaubt er es, daß ein Mensch wie Dillon so brutal sein kann?"

„Was Gott uns Menschen zugesteht, ist der freie Wille. Er gibt uns allen die Freiheit der Wahl. Ihnen, mir und all den Dillons auf der ganzen Welt."

„Ich glaube, Sie haben recht." Jenny seufzte. „Aber ich muß nach St. John zurück; nicht nur, um Dillon zu helfen, sondern auch wegen Henry."

„Weshalb ist Ihnen das so wichtig?"

„Weil Henry mir nicht mitgeteilt hat, wo er das U-Boot entdeckt hat. Das heißt, daß das Geheimnis mit ihm entschwunden ist, und trotzdem habe ich das seltsame Gefühl, als sei genau das nicht der Fall. Als sei die Information irgendwo in St. John, aber ich kann keinen klaren Gedanken fassen. Es fällt mir einfach nicht ein."

Ein Ausdruck der Bedrängnis stahl sich wieder in ihr Gesicht, und Schwester Maria ergriff ihre Hand. „Genug für heute. Sie brauchen Schlaf. Ein paar Tage Ruhe werden wahre Wunder wirken. Danach werden Sie sich erinnern, ich verspreche es Ihnen."

DANK eines kräftigen Rückenwindes dauerte der Flug nach Antigua knapp über acht Stunden, und die Maschine landete um kurz nach zwei Uhr Ortszeit. Es war heiß, richtig heiß, was nach dem Aufenthalt in London besonders deutlich zu spüren war. Dillon fühlte sich ausgesprochen beschwingt und schritt vor allen anderen auf das Flughafengebäude zu. Als er den Eingang erreichte, entdeckte er eine junge Farbige in hellblauer Uniform, die ein Schild mit seinem Namen hochhielt.

Dillon blieb stehen. „Ich bin der, den Sie suchen."

Sie lächelte. „Ich heiße Judy. Willkommen in Antigua, Mr. Dillon.

Ich begleite Sie durch den Zoll und helfe Ihnen bei den Einreiseformalitäten, danach bringe ich Sie zu Ihrem Flugzeug."

„Sind Sie von der Flugzeugvermietung?"

„Ja. Es müssen einige Formulare ausgefüllt werden, aber das können wir tun, während wir auf Ihr Gepäck warten."

Zwanzig Minuten später fuhr sie mit ihm zur Rollbahn hinaus. Ein Mechaniker namens Tony saß neben ihr. Die Cessna parkte in einer Reihe von Privatflugzeugen und war wegen ihrer Schwimmer, unter denen Räder hervorschauten, eine auffällige Erscheinung.

„Sie fliegt so friedlich wie ein Storch", sagte Tony, während er Dillons beide Koffer verstaute. „In der Kabine liegt eine Karte mit allen Inseln. Ihr Kurs von hier nach Cruz Bay ist auch eingezeichnet. Die Flugzeit beträgt etwa anderthalb Stunden."

„Es ist amerikanisches Territorium", erklärte Judy, „aber der Zoll und die Einwanderungsbehörden erwarten Sie schon. Sie treffen sie an der Rampe in Cruz Bay. Ach ja, für Sie steht außerdem ein Jeep bereit." Judy lächelte. „Ich glaube, das war's dann schon."

Wenige Minuten später saß Dillon im Pilotensessel. Der Kontrollturm erteilte ihm die Starterlaubnis, und er rollte zum Ende der Startbahn. Er wartete einen Moment, bekam dann das Startsignal und gab Gas. Er jagte über die Startbahn und zog genau im richtigen Moment die Steuersäule nach hinten. Mühelos stieg die Cessna über dem azurblauen Meer in den Himmel.

ETWA eine Stunde später landete Max Santiago in St. Juan. Ein Angestellter des Flughafens geleitete ihn durch den Zoll und hinaus, wo Algaro, sein Chauffeur, mit der schwarzen Mercedes-Limousine auf ihn wartete.

Algaro war um die einssiebzig groß und ungemein kräftig. Sein Haar war so kurz geschoren, daß er beinahe kahl aussah. Eine Narbe zog sich vom linken Auge bis hinunter zum Mund. Er war Santiago uneingeschränkt ergeben, weil dieser ihn, nachdem er eine Prostituierte erstochen hatte, vor einer lebenslangen Zuchthausstrafe rettete, indem er großzügig Geld an korrupte Beamte verteilte.

„Schön, dich zu sehen, Algaro", sagte Santiago. „Wurde alles wie gewünscht vorbereitet?"

„O ja, Señor. Ich habe die übliche Kleidung zusammengepackt und sie heute morgen zur *Maria Blanco* runtergebracht. Kapitän Serra erwartet Sie schon."

„Ausgezeichnet."

Die Gepäckträger verstauten die Koffer, und Algaro fuhr los. Er beobachtete seinen Chef im Innenspiegel. „Gibt es ein Problem, Señor?“ fragte er.

Santiago lachte. „Algaro, du kannst geradezu wittern, wenn es irgendwo Ärger gibt.“

„Aber deshalb haben Sie mich doch eingestellt, Señor.“

„Ganz richtig.“ Santiago nahm eine Zigarette aus einem goldenen Etui und zündete sie an. „Ja, mein Freund, es gibt ein Problem, ein Problem namens Dillon.“

„Darf ich mehr über ihn erfahren, Señor?“

„Weshalb nicht? Wahrscheinlich mußt du dich – wie soll ich es ausdrücken – für mich um ihn kümmern. Also hör gut zu, denn dieser Mann ist gut, sehr gut sogar.“

ES WAR ein makelloser Nachmittag. Am grenzenlosen blauen Himmel waren nur vereinzelte Wolken, als Dillon in zweitausend Meter Höhe über dem Karibischen Meer dahinschwebte. Es war ein reines Vergnügen für ihn, auf das Meer hinabzublicken, das ständig seine Farbe zwischen Grün und Blau wechselte, auf einzelne Boote, auf die Riffs und die Untiefen, die von hier oben deutlich auszumachen waren. Der Hauptstrang der Antillen schob sich aus dem vor Hitze flimmernden Dunst: Zur Linken lag St. Thomas, die kleinere Landmasse von St. John zu seiner Rechten. Dahinter war Tortola zu erkennen. Dillon zog die Karte zu Rate und sichtete weiter nach Süden, hinter St. John, die kleine Insel Samson Cay.

Dillon meldete sich beim Flugplatz von St. Thomas. Er erhielt die Erlaubnis zur Landung in Cruz Bay und vollführte fünfzehn Minuten später vor dem Hafen eine perfekte Landung. Er lenkte die Maschine in den Hafen, ließ die Räder herunter, rollte die Rampe hinauf und unterbrach die Zündung des Motors.

Die Vertreter der Einwanderungsbehörde überprüften seinen Paß, während die Männer des Zolls sein Gepäck kontrollierten. Alles verlief reibungslos. Eine junge Frau in Uniform, diesmal in Rosa, ließ sich die Übergabe des Jeeps quittieren und sagte: „Biegen Sie beim Einkaufszentrum links ab, und folgen Sie der Hauptstraße. Caneel Bay ist nur drei Kilometer entfernt.“

DIE *MARIA BLANCO* hatte Santiago zwei Millionen Dollar gekostet und war sein liebstes Spielzeug. Die Jacht verfügte über jeden erdenklichen Luxus und brauchte einen Kapitän und fünf oder sechs Matrosen als Mannschaft.

Santiago saß auf dem Oberdeck, genoß die Sonne und eine Tasse exquisiten Kaffee. Algaro stand hinter ihm, der Kapitän, Julian Serra, ein stämmiger Mann mit schwarzem Bart und in Uniform, saß ihm gegenüber. Wie die meisten Angestellten Santiagos arbeitete Serra schon seit mehreren Jahren für ihn und war des öfteren an höchst fragwürdigen Unternehmungen beteiligt gewesen.

„Wie Sie sehen, Serra, ergibt sich für uns ein gewisses Problem. Dieser Dillon wird sich bestimmt an diesen Taucher, diesen Bob Carney, heranmachen, wenn er in St. John ankommt."

„Wracks sind bekanntermaßen schwierig zu finden, Señor", erklärte ihm Serra. „Ich habe schon von Experten gehört, daß sie nicht selten das Gesuchte um wenige Meter verfehlt haben. Es ist wirklich nicht einfach. Und da draußen haben wir eine ganze Menge offenes Meer."

„Sie haben sicher recht", sagte Santiago. „Ich glaube noch immer, daß die junge Frau eine Antwort auf unsere Fragen haben muß, aber sie läßt sich mit ihrer Rückkehr bestimmt Zeit. Unterdessen können wir Mr. Dillon ja ein paar Überraschungen bereiten." Er lächelte Algaro an. „Meinst du, das könntest du besorgen, Algaro?"

„Mit Vergnügen, Señor", erwiderte Algaro.

„Gut." Santiago wandte sich wieder an Serra. „Wie steht es mit der Mannschaft?"

„Guerra ist Bootsmann. Wie üblich sind Solona und Mugica dabei. Außerdem, wie Sie angeordnet haben, zwei gute Taucher: Javier Noval und Vincente Pinto."

„Sind sie zuverlässig?"

„Ja, Señor, absolut."

Santiago leerte seine Kaffeetasse und stand auf. „Na schön, dann mal ran an den Feind."

DILLON schloß Caneel von der Sekunde an ins Herz, als er es zum erstenmal vor sich sah. Er parkte den Jeep, schnappte sich sein Gepäck und folgte dem Pfad hinunter zur Rezeption. Auf einer Felsnase über ihm sah er ein prächtiges Restaurant, rund und nach allen Seiten hin offen. Die Vegetation war üppig, überall wiegten sich Palmen. Unter ihm erstreckte sich Caneel Bay, wo Boote unterschiedlichen Typs vor Anker lagen. An dem einladend mit Palmen gesäumten Strand genossen Touristen die Abendsonne, und auf dem Wasser kreuzten noch zwei, drei Windsurfer.

Dillon erreichte die Hotelanlage und ging zum Rezeptionspult. Eine der Angestellten brachte ihn in einem kleinen Servicebus zu seinem Bungalow. Das Gelände war das reinste Paradies. Man sah nicht nur gepflegte Rasenflächen und Palmen, sondern auch alle erdenklichen tropischen Pflanzen. Sie hielten neben einem zweistöckigen Gebäude mit Flachdach an, das von Bäumen und Buschwerk umgeben war.

„Da wären wir: Bungalow sieben", erklärte die junge Frau. „Er besteht aus zwei Apartments, sieben D im Erdgeschoß und darüber sieben E." Sie öffnete die Tür zu einer kleinen Vorhalle, schloß 7 D auf und ging voraus. Es gab ein luxuriöses Duschbad sowie eine Bartheke mit Kühlschrank. Das Wohnschlafzimmer war riesig und geschmackvoll eingerichtet. „Ist es so in Ordnung?" fragte sie.

„Kann man wohl sagen!" Dillon deutete mit einem Kopfnicken auf das überdimensionale Bett. „Man muß ja gut in Form sein, wenn man seine Frau in diesem Ding einfangen will."

Die Angestellte lachte und öffnete die Flügeltür zur Terrasse. Ein mit Bäumen gesäumter Grashang führte zu einem kleinen Sandstreifen hinunter. Drei oder vier hochseetüchtige Jachten ankerten in einiger Entfernung vom Ufer. „Paradise Beach", sagte sie.

Es klopfte an der Tür, der Page brachte das Gepäck, und die beiden Angestellten zogen sich zurück.

Sobald Dillon allein war, ging er hinaus auf die Terrasse und sah auf das Wasser hinab. Das Funkeln auf den Wellen war zu verlockend, und er ging ins Haus und schlüpfte in eine Badehose. Kurz darauf lief er zu dem kleinen Strand hinunter. Das Wasser war unglaublich warm und sehr klar. Er schwamm träge hinaus in Richtung der ankernden Jachten, machte aber nach ungefähr fünfzig Metern kehrt, um wieder zurückzuschwimmen. Hinter ihm glitt die *Maria Blanco* durch die Einfahrt der Caneel Bay und ging in etwa dreihundert Meter Entfernung vor Anker.

Ein Telefonanruf vom Schiff zum Land hatte ergeben, daß Dillon bereits in Caneel Bay eingetroffen war und in Bungalow sieben wohnte. Santiago stand an der Heckreling und sagte zu Algaro: „Du gehst heute abend an Land. Versuch herauszubekommen, was Dillon vorhat. Wenn er das Gelände verlassen sollte, dann folge ihm."

„Soll ich ihm Schwierigkeiten machen?" fragte Algaro hoffnungsvoll.

„Ja. Aber nur ein wenig." Santiago lächelte. „Mach's nicht zu drastisch, Algaro."

In lässiger Kleidung, einem weißen Baumwollhemd und einer cremefarbenen Leinenhose, spazierte Dillon im letzten Licht der Abendsonne nach Caneel Beach. Er betrat das Terrace-Beach-Restaurant, meldete sich beim Oberkellner und bekam einen Tisch zugewiesen. Die Speisekarte war eine einzige Versuchung. Er bestellte gegrillte Muscheln, einen Salat und anschließend einen halben Hummer. Eine halbe Flasche Veuve Cliquot rundete die Mahlzeit ab.

Um neun Uhr schlenderte er wieder zurück zur Rezeption der Hotelanlage. Algaro saß in einem der Ledersessel in der Halle und las in der *New York Times*. Die Dame am Empfang war dieselbe, die Dillon zu seinem Bungalow gebracht hatte. Sie lächelte. „Alles wunschgemäß, Mr. Dillon?"

„Einfach tadellos. Sagen Sie, kennen Sie ein Bistro namens Jenny's Place?"

„Natürlich. Sie finden es am Hafen, kurz hinter dem Einkaufszentrum Moongoose Junction stadteinwärts."

Er bedankte sich, verließ die Halle, schlenderte über den Pier und zündete sich eine Zigarette an. Algaro folgte ihm hinaus und eilte zum Parkplatz, wo Felipe Guerra, der Bootsmann der *Maria Blanco*, bereits am Steuer eines Landrovers auf ihn wartete.

DILLON fuhr an Moongoose Junction vorbei, fand Jenny's Place, wendete und kehrte zum Parkplatz des Kaufhauses zurück. Dann bummelte er durch die warme Nachtluft zum Hafen, stieg die Treppe zum Bistro hoch, warf einen Blick auf die Neonreklame und trat ein.

Er fand einen freien Hocker an der Theke und wartete, bis Billy sich um ihn kümmern konnte. „Irischen Whiskey, egal, welche Marke, und Wasser."

Dillon sah sich um und entdeckte Bob Carney, den er von dem Foto in seinem Prospekt wiedererkannte. Carney unterhielt sich am anderen Ende der Theke mit zwei Männern, die aussahen wie Seeleute.

Als Billy den Whiskey brachte, sprach Dillon ihn an. „Sie sind sicher Billy Jones, nicht wahr?" fragte er.

„Und wer sind Sie?" gab der Barkeeper die Frage zurück.

„Mein Name ist Dillon, Sean Dillon. Ich wohne in Caneel. Jenny sagte, ich solle mal vorbeischauen und hallo sagen."

„Tatsächlich?" Billy blickte mißtrauisch. „Wann haben Sie denn mit Miß Jenny gesprochen?"

„In London. Ich war mit ihr bei der Einäscherung von Henry Baker."

„Wirklich?" Billy rief seine Frau herüber. „Das ist meine Frau Mary. Wiederholen Sie doch bitte, was Sie mir gerade erzählt haben."

„Ich traf in London mit Jenny zusammen.“ Dillon streckte seine Hand aus. „Gestatten, Sean Dillon. Ich war bei Henry Bakers Beerdigung. Es gab allerdings keine große Feier. Jenny sagte, er sei Atheist gewesen, und so wohnten wir nur der Einäscherung bei.“

Mary bekreuzigte sich. „Gott lasse ihn in Frieden ruhen, aber so war er nun mal. Und was ist mit Jenny? Wie geht es ihr?“

„Sie war sehr traurig. Sie erzählte mir, Baker habe eine Schwester, der sie seine sterblichen Überreste übergeben wollte, aber sie verriet nicht, wo, sondern flog einfach nach Paris.“

Mary runzelte die Stirn. „Und wann kommt sie zurück?“

„Sie sagte nur, sie brauche noch ein paar Tage, um seinen Tod zu verarbeiten. Da ich vorhatte herzukommen, bat sie mich, vorbeizuschauen und guten Tag zu sagen.“

„Vielen Dank dafür“, erwiderte Mary. „Wir haben uns schon große Sorgen gemacht.“ Ein Gast rief von einem der Tische nach ihr. „Ich muß gehen. Wir unterhalten uns später noch.“

Sie entfernte sich, und Billy grinste. „Ich werde auch gebraucht, aber bleiben Sie nur, Mann, bleiben Sie!“

Er bediente drei lärmende Gäste, und Dillon trank genußvoll von seinem Whiskey und blickte sich um. In einer Ecknische saßen Algaro und Guerra und tranken Bier. Dillons Blick ruhte nur für einen kurzen Moment auf ihnen, aber er hatte Algaro aus der Hotelhalle in Caneel wiedererkannt: das kurzgeschorene Haar, das brutale Gesicht, die Narbe.

„Und was hast du im Sinn?“ murmelte Dillon, der im Laufe der Jahre auf sehr drastische Weise gelernt hatte, niemals an Zufälle zu glauben.

Carney saß inzwischen allein an der Theke. Dillon ging zu ihm hinüber. „Was dagegen, wenn ich mich zu Ihnen setze?“ fragte er.

Carneys blaue Augen leuchteten geradezu in seinem braungebrannten Gesicht. „Sollte ich?“

„Dillon, Sean Dillon.“ Er setzte sich. „Ich wohne in Caneel. Jenny Grant sagte mir, ich solle Sie aufsuchen.“

„Sie kennen Jenny?“

„Ich habe sie in London kennengelernt“, erzählte Dillon. „Ihr Freund, Henry Baker, kam dort bei einem Unfall ums Leben.“

„Davon habe ich gehört.“

„Jenny kam nach England wegen der gerichtlichen Untersuchung der Todesursache und wegen der Beerdigung. Dann flog sie nach Paris, um Henrys Überreste seiner Schwester zu übergeben. Sie sagte, sie käme in ein paar Tagen hierher zurück.“

Carney nahm einen Schluck von seinem Bier. „Und Sie machen hier Urlaub?"

„So was Ähnliches." Dillon zündete sich eine Zigarette an. „Ich möchte hier ein wenig tauchen, und Jenny empfahl mir Sie als Tauchlehrer. Sie seien der beste."

„Nett von ihr. Sind Sie gut?"

„Es geht so", erwiderte Dillon. „Aber ich lerne gerne dazu."

„In Ordnung. Dann treffen wir uns morgen gegen neun in Caneel."

„Ich brauche aber eine Ausrüstung."

„Kein Problem, ich mache für Sie den Laden auf."

„Prima." Dillon zögerte. „Eine Sache noch . . . Sehen Sie die beiden dahinten in der Nische? Wissen Sie zufälligerweise, wer die sind?"

„Klar", entgegnete Carney. „Sie arbeiten auf einer großen Motorjacht, die einem Mann namens Santiago gehört. Gewöhnlich liegt das Schiff in Samson Cay. Der jüngere ist der Bootsmann, Guerra, der andere heißt Algaro."

„Ach so." Dillon stand auf. „Wir sehen uns also morgen früh", verabschiedete er sich.

DILLON ließ Cruz Bay hinter sich und schaltete herunter, um den steilen Berg hinter der Stadt hinaufzufahren. Als er den Höhenkamm erreichte, tauchten im Rückspiegel plötzlich die Scheinwerfer eines Fahrzeugs auf, das sich schnell näherte. Er rechnete damit, überholt zu werden, als aber das Fahrzeug dicht hinter ihm blieb, wußte er, daß er in Schwierigkeiten war. Instinktiv trat er aufs Gaspedal, sein Wagen schoß voran, vorbei an der Abzweigung nach Caneel.

Das andere Fahrzeug, ein Landrover, war jedoch schneller und tauchte plötzlich rechts neben ihm auf. Dillon sah kurz Algaros Gesicht, dann setzte der Landrover sich vor ihn. Er riß das Steuerrad herum und fuhr von der Straße ins Gebüsch.

Dillon warf sich aus dem Jeep und robbte hinter einen Baum. Plötzlich erklang ein Schuß, und Schrotkugeln prasselten über ihm ins Geäst.

Für einen Moment herrschte Stille. Dann war lautes Gelächter zu hören, und eine Stimme rief: „Willkommen auf St. John, Mr. Dillon!" Danach entfernte sich der Landrover.

IN LONDON war es halb vier Uhr morgens, als das Telefon neben Charles Fergusons Bett klingelte. Er war sofort wach und nahm den Hörer ab. „Ferguson."

Dillon stand auf der Terrasse, in der einen Hand einen Drink, ein schnurloses Telefon in der anderen. „Ich bin's", sagte er, „mit einem Gruß von den paradiesischen Antillen. Nur sind sie leider im Augenblick nicht so friedlich."

„Verdammt noch mal, Dillon, wissen Sie, wie spät es ist?"

„Ja, gerade die rechte Zeit für ein paar Fragen und hoffentlich die richtigen Antworten. Zwei ziemlich üble Burschen haben gerade versucht, mich von der Straße zu fegen, mein Freund, und raten Sie mal, wer diese Kerle sind. Matrosen von Santiagos Jacht, der *Maria Blanco.* Sie haben außerdem mit einer Schrotflinte auf mich geschossen."

Ferguson richtete sich auf. „Sind Sie ganz sicher?"

„Natürlich bin ich das. Hören Sie mal, ich will wissen, was hier vorgeht. Ich bin erst ein paar Stunden hier, und schon kennen sie meinen Namen. Ich glaube fast, daß sie mich erwartet haben. Wie ist das möglich, Brigadier?"

„Keine Ahnung", erwiderte Ferguson. „Mehr kann ich dazu im Augenblick nicht sagen. Ist sonst alles zu Ihrer Zufriedenheit?"

„Brigadier, ich fange gleich an zu lachen", gab Dillon zurück. „Aber ja, es ist alles bestens, und morgen früh fahre ich mit Bob Carney raus zum Tauchen."

„Prima, machen Sie so weiter, und passen Sie auf sich auf!"

„Ich soll auf mich aufpassen? Ist das alles, was Sie mir raten können?"

„Hören Sie auf zu jammern, Dillon", wiegelte Ferguson ab. „Sie sind doch heil davongekommen, oder? Die wollten Ihnen nur einen Schreck einjagen, mehr nicht."

„Mehr nicht", wiederholte Dillon kopfschüttelnd.

„Überlassen Sie alles Weitere mir. Ich melde mich." Ferguson legte den Hörer auf und dachte nach.

Dillon blickte hinunter auf die Bucht, wo auf einigen Jachten Licht brannte. Der Angriff mit der Schrotflinte hatte ihm überhaupt nicht gefallen. Er war sich richtig nackt vorgekommen. Darauf gab es nur eine Antwort, nämlich einen Besuch bei dem Eisenwarenspezialisten.

7. Kapitel

AM FOLGENDEN Morgen erschien Ferguson gegen neun Uhr in der Downing Street. Ein Assistent brachte ihn nach oben und ließ ihn ins Arbeitszimmer des Premierministers ein. Dieser saß gerade an seinem Schreibtisch und unterschrieb einige Schriftstücke.

Er blickte auf. „Ah, da sind Sie ja, Brigadier. Der stellvertretende Direktor und Sir Francis haben wegen der Antillen-Geschichte bei mir protestiert. Stimmt es, daß Sie diesen Dillon engagiert haben?"

„Ja", erwiderte Ferguson ruhig. „Er ist für diesen Job genau der Richtige, Sir. Glauben Sie mir, ich finde an Dillons Vergangenheit auch nichts Bewundernswertes. Er ist ein Killer, den jeder mieten kann."

„Ich kann nicht behaupten, daß mir das gefällt."

„Ich kann ihn zurückpfeifen, wenn Sie das wünschen. Aber um ganz offen zu sein, es ist eine schmutzige Angelegenheit, und seit unserem Gespräch gibt es klare Anzeichen dafür, daß er sich mit Leuten herumschlagen muß, die ein sehr schmutziges Spiel treiben."

„Ich verstehe." Der Premierminister seufzte. „Na schön, ich vertraue Ihrem Urteilsvermögen. Aber versuchen Sie wenigstens, mit Carter Frieden zu schließen."

„Das werde ich, Herr Premierminister", versprach Ferguson und verabschiedete sich.

JACK LANE wartete im Daimler. Während der Wagen losfuhr, fragte er: „Und um was ging es?"

Ferguson berichtete. „Er hat natürlich nicht ganz unrecht", meinte er abschließend.

„Sie wissen ja, wie ich denke, Sir, ich war von Anfang an dagegen. Ich traue Dillon nicht über den Weg."

„Eines ist an Dillon interessant", wandte Ferguson ein. „Er war stets für eine seltsame Art von Ehrgefühl bekannt. Wenn er einmal sein Wort gibt, dann hält er es auch." Er griff nach dem Autotelefon und wählte die Nummer von Carters Büro. Carter war nicht da, weil er gerade mit Pamer im Unterhaus verabredet war.

„Bitte übermitteln Sie ihm auf der Stelle eine Nachricht", bat Ferguson Carters Sekretärin. „Lassen Sie ihm ausrichten, ich müsse beide Herren dringend sprechen. Ich bin in einer Viertelstunde auf der Terrasse des Parlaments."

REGEN trieb in feinen Schleiern über die Themse und verscheuchte die Menschen von der Terrasse. Ferguson stellte sich mit Lane an die Seitenwand des Gebäudes und spannte einen großen Regenschirm auf.

„Ah, da sind Sie ja." Sie wandten sich um und sahen Carter im Eingang zur Terrasse stehen. Von einem schwarzen Regenschirm beschützt, kam er mit Pamer zu ihnen herüber.

„Sehr gemütlich, was?" fragte Ferguson ironisch.

„Was wollen Sie, Ferguson?" Carters Stimme hatte einen scharfen Unterton.

„Ich war gerade beim Premierminister. Wie ich hörte, haben Sie sich mal wieder über mich beschwert, alter Junge. Es hat Ihnen nichts genutzt. Er meinte, ich solle weitermachen wie bisher."

Carter kochte vor Wut, aber er schaffte es, sich unter Kontrolle zu halten, und warf einen Blick auf Lane. „Wer ist das?"

„Inspektor Jack Lane. Ich hab ihn mir von Scotland Yard ausgeliehen."

„Das verstößt gegen die Vorschriften. Dazu sind Sie nicht berechtigt."

„Das mag schon sein, aber ich gehöre nicht zur Mannschaft auf Ihrem Dampfer. Ich führe mein eigenes Schiff, und da meine Zeit knapp ist, sollten wir endlich zur Sache kommen. Dillon ist gestern abend in St. John eingetroffen. Er wurde von zwei von Santiagos Leuten angegriffen. Sie drängten ihn von der Straße ab und schossen auf ihn."

„Mein Gott!" stieß Pamer entsetzt hervor.

Carter runzelte die Stirn. „Ist ihm was passiert?"

„O nein. Unser Dillon ist das reinste Stehaufmännchen. Interessant ist natürlich, woher die Kerle seinen Namen kannten und woher sie wußten, daß er dort ist."

„Nun machen Sie aber mal einen Punkt!" sagte Pamer. „Sie wollen doch nicht etwa behaupten, daß es bei uns eine undichte Stelle gibt?"

„Immer mit der Ruhe, Francis", schaltete Carter sich ein. „Merkwürdig ist das schon. Dieser Santiago ist viel zu gut informiert." Er wandte sich an Ferguson. „Was werden Sie jetzt tun?"

„Eigentlich dachte ich an einen kurzen Urlaub", erwiderte Ferguson. „Sie wissen schon, Sonne, Meer, Sand und Palmen."

Carter nickte. „Sie halten mich auf dem laufenden?"

„Natürlich." Ferguson lächelte. „Gehen wir, Jack, wir haben viel zu tun."

SIE STIEGEN in den Daimler, und Ferguson schaute auf seine Uhr. „Kurz nach zehn, Jack. Der Learjet soll sofort vorbereitet werden, damit ich nicht später als um ein Uhr von Gatwick aus starten kann. Höchste Priorität."

„Soll ich mitkommen, Sir?"

„Nein, Sie halten hier die Stellung."

„Sie brauchen eine Unterkunft, Sir. Ich kümmere mich darum."

Ferguson schüttelte den Kopf. „Ich habe schon in Caneel etwas reservieren lassen, als ich Dillon untergebracht habe."

„Sie meinen, Sie haben mit dem, was passiert ist, schon gerechnet?"

„So könnte man es ausdrücken."

„Also, Sir", sagte Lane in ratloser Verzweiflung. „Was genau ist eigentlich im Gange?"

„Wenn Sie das herausgefunden haben, Jack, dann verraten Sie es mir."

SANTIAGO saß gerade am Frühstückstisch im Heck seines Schiffes, als Algaro ihm das Telefon brachte. „Sir Francis ist dran", sagte er.

„Ein wundervoller Morgen hier", meldete sich Santiago. „Und wie ist es in London?"

„Kalt und naß. Dauernd irgendwelche Ausschußsitzungen. Hören Sie, Max, Ferguson hat uns erzählt, Dillon sei bereits am ersten Tag auf St. John angegriffen worden."

„Meine Leute sind ihm nur ein wenig auf die Zehen getreten, Francis. Schließlich, und das haben Sie mir selbst mitgeteilt, weiß er über mich Bescheid."

„Ja, aber jetzt interessiert Ferguson die Frage, woher Sie wußten, daß Dillon auf den Antillen ist. Er sagte, Sie seien viel zu gut informiert."

„Hat er irgendwelche Andeutungen darüber gemacht, woher ich seiner Meinung nach meine Informationen beziehe?"

„Nein, aber er sagte, daß er für ein paar Tage nach St. John kommen wolle, um Dillon zu helfen."

„Tatsächlich? Das wird sicherlich interessant."

Pamer konnte die Angst in seiner Stimme kaum unterdrücken. „Max, die wissen, daß Sie in die Sache verwickelt sind. Was meinen Sie, wie lange es noch dauert, bis die auch auf mich kommen?"

„Sie sitzen in keiner der Firmen im Aufsichtsrat, und bei Ihrem Vater verhielt es sich genauso. Nirgendwo wurde und wird der Name Pamer erwähnt."

„Ich mache mir trotzdem Sorgen", sagte Pamer. „Kann ich irgend etwas tun?"

„Versorgen Sie mich weiterhin mit Informationen, Francis, und behalten Sie die Nerven."

GUERRA näherte sich Caneel Beach in einem Schlauchboot und in Begleitung von Javier Noval, einem der Taucher. Mit Schwimmshorts, T-Shirt und Sonnenbrillen sahen sie aus wie ganz normale

Touristen. Sie legten zwischen den anderen Booten am Pier an. In diesem Moment erschien Dillon in einem schwarzen Trainingsanzug und mit ein paar Handtüchern unterm Arm. „Das ist er", sagte Guerra zu Noval. „Hefte dich an seine Fersen."

Bob Carney lud gerade die Preßluftflaschen auf ein kleines Tauchboot. Als er Dillon entdeckte, winkte er ihm zu und ging ihm auf dem Pier entgegen. Noval wartete einen Moment, dann folgte er ihnen.

Eine halbe Stunde später sprang Noval wieder in das Schlauchboot. „Der andere Mann heißt Carney. Er hat eine Tauchkonzession. Dillon war mit ihm im Laden und hat sich eine Ausrüstung gekauft." Er schaute hoch. „Da kommen sie schon."

Dillon und Carney gingen über ihnen vorbei und stiegen ins Tauchboot. Carney ließ den Motor an, und das Boot glitt aus der Bucht hinaus.

Guerra nickte. „Wir sollten jetzt lieber verschwinden und Señor Santiago melden, was hier vorgeht."

BOB CARNEYS Tauchboot *Privateer* machte zwanzig Knoten bei einer See, die gerne hätte ruhiger sein können. Dillon mußte sich festhalten. „Werden Sie leicht seekrank?" fragte Carney.

„Nicht daß ich wüßte!" rief Dillon, um den Motorenlärm zu übertönen.

„Gut, es wird nämlich noch schlimmer, bevor wir in ruhigere Gewässer gelangen."

Wogen rollten auf sie zu, lang und steil. Die *Privateer* ritt über sie hinweg und stürzte in die Wellentäler hinab. Schließlich näherten sie sich einer kleinen Insel und gelangten in das ruhige Wasser einer Bucht.

„Congo Cay", sagte Carney. „Ein schönes Tauchrevier." Er warf den Anker. „Zehn bis dreißig Meter tief. Wenig Strömung. Es gibt ein Riff, etwa hundert Meter lang. Wenn Sie nicht tiefer tauchen wollen, können Sie auf diesem Felsrücken bleiben."

Dillon schlüpfte in seinen Taucheranzug. Carney hatte bereits Preßluftflaschen an ihren aufblasbaren Westen befestigt und half Dillon dabei, sein Geschirr anzulegen, wobei er schon auf dem Bootsrand saß. „Wir treffen uns am Anker."

Dillon nickte, zog seine Maske herab, vergewisserte sich, daß die Atemluft ungehindert durch das Mundstück strömte, und ließ sich dann nach hinten ins Meer fallen. Er schwamm unter dem Bootskiel hindurch, bis er das Ankertau sah, und sank an ihm entlang abwärts.

Carney kam durch einen dichten Schwarm Ährenfische zu ihm geschwommen.

Mit Zeigefinger und Daumen signalisierte Carney, daß alles okay sei, und Dillon folgte ihm am Riff entlang in die Tiefe. Überall waren leuchtendgelbe Röhrenschwämme und prächtig bunte Korallengebilde. Einmal hielt Carney inne, deutete in eine Richtung, und Dillon sah in einiger Entfernung einen riesigen Adlerrochen, dessen „Flügel" wie in Zeitlupe auf und ab schlugen, vorbeischweben.

Es war ein ruhiger, genußvoller Tauchgang, und nach etwa einer halben Stunde folgte Dillon Carney am Tau entlang wieder nach oben. Carney schwang sich geschickt vom Heck her ins Boot und zog seine Ausrüstung aus dem Wasser. Dillon folgte Sekunden später.

Carney zog den Anker hoch. „Hat es Ihnen Spaß gemacht?"

„Es war ganz hübsch." Dillon zuckte die Achseln und zündete sich eine Zigarette an.

„Was wohl bedeutet, daß Sie etwas Aufregenderes erleben wollen." Carney ließ den Motor an. „Okay, dann fahren wir mal zu einer Stelle für Fortgeschrittene."

DER FELSEN bot einen prachtvollen Anblick, wie er sich aus der bewegten See erhob. Seevögel aller Art saßen auf der Felskante im starken Wind. „Carval Rock", sagte Carney, „gilt als Gebiet für Fortgeschrittene. Es gibt ein paar schöne Schluchten, Spalten, ein oder zwei kurze Tunnels und wunderschöne Fels- und Korallenformationen. Das Problem ist die Strömung."

Während Carney begann, seine Ausrüstung anzulegen, beugte Dillon sich über den Bootsrand, um seine Tauchermaske auszuspülen. Er sah ein weißes Boot herankommen. „Wir bekommen Gesellschaft", meldete er.

Carney drehte sich um. „Das bezweifle ich. Kein Tauchlehrer, den ich kenne, würde mit seinen Leuten bei der heutigen Strömung hier ins Wasser gehen. Er würde sich eine einfachere Stelle aussuchen."

Die Wellen waren jetzt ziemlich hoch. Dillon ließ sich ins Wasser fallen und schwamm am Ankertau hinab, erstaunt über die Strömung, die sich ihm entgegenstemmte. Auf dem Grund hielt er inne. Er bemerkte eine Kette weißer Bläschen links von sich und sah einen Anker herabsinken. Gleich darauf hatte Carney ihn eingeholt und forderte ihn auf, ihm zu den Felsen zu folgen.

Die Schubkraft war enorm, und Carney drückte sich mit dem Bauch dicht an die Felsen. Dillon folgte ihm in einen Kanal, an dessen Ende sich eine Art Schwelle befand. Carney schwebte einen

Moment lang völlig reglos im Wasser, dann zog er sich hindurch. Dillon krallte sich in die Felswand und arbeitete sich mit quälender Langsamkeit vorwärts, Zentimeter für Zentimeter, und plötzlich war er durch und drang in eine völlig andere Welt ein, fand sich inmitten eines Schwarms Tarpune wieder. Außerdem gab es hier gelbe Zackenbarsche, Ritterfische, Bonitos, Königsmakrelen und Barrakudas, von denen einige anderthalb Meter lang waren.

Als Dillon und Carney sich einmal umdrehten, beobachteten sie, wie zwei Taucher versuchten, die Felsöffnung zu überwinden. Der eine schaffte es beinahe, dann verlor er den Halt und wurde gegen den anderen getrieben, und sie verschwanden wieder auf der anderen Seite.

Carney setzte seinen Weg fort, und Dillon hielt sich dicht hinter ihm. Sie sanken bis auf fünfundzwanzig Meter, wo die heftige Strömung sie in aufrechter Haltung an der Felswand vorbeiriß. Wolken von Ährenfischen hüllten sie ein. Es war wie in einem Traum, welcher endlos weiterzugehen schien. Dann ließ die Strömung jedoch nach, sie befanden sich über einem Wald aus Seetang und gelangten zu ihrem Anker. Sie stiegen langsam auf.

Carney kletterte an Bord und half Dillons Preßluftflasche hochzuhieven, dann zog der Ire sich hoch und schwang sich über die Bordwand. „Phantastisch!"

Carney grinste. „Nicht schlecht, oder?"

Er wandte sich um und blickte zu der Barkasse hinüber, die in einiger Entfernung an Backbord ankerte und am Ankertau in der bewegten See tanzte. „Ich möchte bloß wissen, was mit den beiden Tauchern ist, die versucht haben, durch den Kanal zu schwimmen", sagte Dillon.

„Sie haben es wohl nicht geschafft, nehme ich an." Die Barkasse schwang herum, so daß sie den Bug erkennen konnten. „Das ist die Barkasse der *Maria Blanco*", erklärte Carney.

„Was Sie nicht sagen." Dillon blickte hinüber zur Jacht. Er erkannte Algaro sofort. Dann kam Santiago aus dem Steuerhaus. „Wer ist der Knabe im Blazer und mit der Mütze?" wollte Dillon wissen.

Carney kniff die Augen zusammen. „Das ist Max Santiago, der Eigner."

Ganz impulsiv hob Dillon den Arm und winkte. Santiago winkte zurück. Im gleichen Moment kamen Santiagos Taucher Noval und Pinto an die Wasseroberfläche.

„Es wird Zeit zurückzufahren", sagte Carney.

Auf dem Rückweg fragte Dillon: „Wo ankert die *Maria Blanco* normalerweise, wenn sie hier in der Gegend ist? In Caneel Bay?"

„Eher vor Paradise Beach."

„Können wir mal nachschauen?"

Carney sah ihn prüfend an, dann wandte er den Blick ab. „Warum auch nicht? Ist ja Ihre Charter."

Kurz vor Paradise drosselte Carney den Motor, und die *Privateer* kam dicht an die *Maria Blanco* heran. „Das ist sie", sagte er.

Zwei Besatzungsmitglieder arbeiteten an Deck und blickten gelangweilt herüber, als sie vorbeituckerten. „Dieses Prachtstück muß ein ziemlich großes Loch in Santiagos Hosentasche gerissen haben", meinte Dillon. „Zwei Millionen, würde ich schätzen."

„Wenn das reicht . . ."

Carney ging wieder auf volle Kraft mit Kurs auf Caneel Beach. Dillon nahm sich eine Zigarette und lehnte sich an die Wand des Deckshauses. „Gibt es viele interessante Wracks in dieser Gegend?"

„Einige schon. Da ist ein alter Frachter vor Buck Island, nach dem sehr gerne getaucht wird, und wir haben die *General Rodgers*, die die Küstenwache versenkt hat, um sie endlich loszuwerden."

„Nein, ich dachte an etwas Interessanteres. Ich meine, wäre es möglich, daß hier auf einem Riff ein Wrack liegt, auf das Sie bisher noch nicht gestoßen sind?"

Carney bremste ihre Fahrt, während sie in die Bucht einliefen. „Möglich ist alles, der Ozean ist groß."

„Also wartet da draußen ein solches Wrack vielleicht nur darauf, entdeckt zu werden?"

Carney sah ihn an. „Mr. Dillon, ich weiß nicht, was hier vor sich geht. Ich weiß nur, daß Sie ein verdammt guter Taucher sind, und das bewundere ich. Auf dieses Gerede über Wracks kann ich mir keinen Reim machen und will es auch nicht, weil ich mein ruhiges Leben liebe. Aber ich will Ihnen einen guten Rat geben: Ihr Interesse an Max Santiago könnte sehr ungesund sein. Ich habe Dinge über ihn gehört, die nicht schön sind. Zum Beispiel, wie er sein Geld verdient."

„Soweit ich gehört habe, ist er Hotelbesitzer." Dillon lächelte.

„Es gibt auch noch andere Geschäfte, zum Beispiel mit kleinen Flugzeugen oder schnellen Booten, die nachts nach Florida fahren."

Die *Privateer* schob sich seitwärts an den Pier heran. Carney faßte Dillon ins Auge. „Wollen Sie noch mal mit mir tauchen?"

„Darauf können Sie sich verlassen. Und vielleicht kann ich Sie heute abend zu einem Drink in Jenny's Place einladen?"

„Gerne. Ich bin jeden Abend dort", antwortete Carney.

Im Hafen von Charlotte Amalie auf St. Thomas herrschte reges Treiben. Etwas weiter draußen lagen zwei riesige Kreuzschiffe vor Anker. Die Hafenpromenade war mit schmucken Gebäuden in Weiß- und Pastelltönen sowie mit Läden und Restaurants jeder Art gesäumt.

Es war heiß, sehr heiß. Die Menschen drängten sich auf den Gehsteigen, der Verkehr kam in den engen Straßen nur mühsam vorwärts, aber die Cane Street war, als Dillon in sie einbog, ruhig und schattig. Das Haus, zu dem er wollte, befand sich am anderen Ende. Es war weiß gestrichen und hatte einen winzigen Vorgarten. Auf der Veranda saß ein älterer Farbiger mit grauem Haar in einem Schaukelstuhl und las eine Zeitung.

Als Dillon erschien, blickte er auf. „Was kann ich für Sie tun?"

„Ich möchte zu Earl Stacey", antwortete Dillon.

„Sie wollen mir doch den Tag nicht mit irgendwelchen Rechnungen verderben, oder?"

„Nein, nein. Beste Grüße von Brigadier Ferguson. Er meinte, ich solle mal bei Ihnen vorbeischauen."

Der Mann lächelte und nahm die Brille ab. „Ich habe Sie schon erwartet. Kommen Sie mit." Er ging voraus ins Haus und führte Dillon eine Treppe in den Keller hinunter. Holzregale voller Farbdosen reichten bis zur Decke. Stacey griff in ein Fach, löste einen Riegel und zog das ganze Regal zurück wie eine Tür, hinter der sich ein weiterer Raum öffnete.

„Willkommen in meiner guten Stube! Verraten Sie mir nur, was Sie haben wollen." Alle möglichen Waffen waren hier zu sehen: Gewehre, Maschinenpistolen, Munitionskisten.

„Zuerst die Gewehre", sagte Dillon. „Vielleicht ein Armalite. Mir gefällt die zusammenklappbare Schulterstütze."

„Da habe ich etwas Besseres, nämlich ein AK-47-Sturmgewehr, ebenfalls mit zusammenklappbarer Schulterstütze. Das Magazin faßt dreißig Schuß." Er reichte die Waffe seinem Besucher.

„Ja, ausgezeichnet", lobte Dillon. „Ich nehme dazu zwei Reservemagazine. Dann brauche ich noch eine Pistole, am besten eine Walther PPK mit einem Carswell-Schalldämpfer."

„Kein Problem." Stacey öffnete eine große Schublade, suchte eine Walther heraus und reichte sie Dillon zur Begutachtung. „Sonst noch etwas?"

Dillons Blick fiel auf ein billig aussehendes Plastikhalfter, aus dem der Griff einer Pistole herausragte, und sein Interesse war geweckt. „Was ist das?"

„Das ist so was wie ein fünftes As im Ärmel." Stacey nahm die

Waffe heraus. „Der Metallstreifen auf der Rückseite ist ein Magnet. Somit kann man die Pistole unter allem befestigen, was aus Metall ist. Die Waffe selbst ist nichts Besonderes, eine 6 mm aus Belgien, halbautomatisch, aber ich habe sie mit Hohlspitzpatronen geladen."

„Ich nehme sie", sagte Dillon. „Eine Sache noch – haben Sie zufälligerweise C4-Sprengstoff?"

„Nein, aber etwas, das genauso gut ist, nämlich Semtex." Stacey nahm einen Karton aus dem Regal. „Wollen Sie es unter Wasser einsetzen?"

„Nur um ein Loch in ein Wrack zu sprengen."

„Dann brauchen Sie auch Zündstifte, einige, die auf acht Minuten geeicht sind, und andere mit dreißig Minuten Verzögerung." Er legte alle Gegenstände in eine olivgrüne Armeetasche. „Alles?"

„Ein Nachtsichtgerät wäre noch ganz nützlich und ein Fernglas."

Stacey zog eine weitere Schublade auf. „Da haben wir es schon", meinte er. „Mir scheint fast, Mr. Dillon, Sie wollen einen Krieg entfesseln."

„Vielleicht kommt es vorher zu einem Waffenstillstand", entgegnete Dillon mit einem Grinsen und verabschiedete sich.

DILLON schlenderte am Hafen entlang bis zur Caneel-Fähre. Der Kapitän nahm ihn am oberen Ende der Gangway in Empfang. „Wir laufen bald aus. Gerade kam die Nachricht, daß noch jemand vom Flugplatz herüberkommt."

Dillon ging in die Passagierkabine und nahm dankend den Rumpunsch entgegen, der ihm von einem Besatzungsmitglied gereicht wurde. Er schaute aus dem Fenster und sah ein Taxi vorfahren. Kurz darauf hörte er, wie die Gangway eingezogen wurde und die Maschinen starteten. Dillon warf einen Blick auf die Uhr: halb sechs. Er stellte seinen Plastikbecher auf den Tisch und zündete sich eine Zigarette an. Jemand ließ sich neben ihm auf die Sitzbank plumpsen.

„Das freut mich aber, Sie hier zu treffen, mein Lieber", sagte Charles Ferguson. „Verdammt heiß, nicht wahr?"

DILLON warf einen Blick auf die *Maria Blanco*, die draußen vor Paradise Beach vor Anker lag, dann gönnte er sich ein kurzes Bad im Meer. Erfrischt kehrte er in den Bungalow zurück, duschte und schlüpfte in eine marineblaue Leinenhose und in ein kurzärmeliges weißes Baumwollhemd. Er verließ seine Wohnung, ging durch die Vorhalle zur Treppe, stieg hinauf und klopfte an die Tür von 7 E.

„Herein!" rief Ferguson.

Dillon trat ein. Ferguson, in grauer Flanellhose und weißem Hemd, stand vor dem Spiegel und band seine Krawatte zu einem makellosen Windsorknoten. Er zog einen marineblauen Blazer an, setzte sich einen Panamahut auf und ergriff einen Malakkastock mit silberner Krücke.

„Ich wußte gar nicht, daß Sie einen Stock brauchen", sagte Dillon.

„Den habe ich während des Koreakrieges gekauft. Er hat einen Stahlkern und ist an der Spitze mit Blei beschwert. Ach ja, da ist noch eine nette Einrichtung." Er drehte an der Krücke und zog einen etwa zwanzig Zentimeter langen stählernen Dolch aus dem Holzschaft.

„Sehr interessant", meinte Dillon.

„Ja nun, wir sind schließlich in der Fremde."

„Was meinen Sie, wie der nächste Schritt aussehen soll?" fragte Dillon.

„Nun, nachdem Sie sich bei Stacey Ihre Ausrüstung geholt haben, nehme ich an, daß Sie ganz scharf auf eine direkte Begegnung am Korallenriff sind, oder?"

„Ich habe gewisse Vorsichtsmaßnahmen ergriffen, mehr nicht", sagte Dillon. „Und ich brauche das Semtex, um mir den Weg ins U-Boot freizusprengen."

„Falls wir es finden", meinte Ferguson nachdenklich. „Und bisher fehlt auch noch jede Spur von dieser Jenny."

„Sie wird schon irgendwann auftauchen. In der Zwischenzeit möchte ich Carney noch ein wenig bearbeiten. Wir brauchen ihn dringend als Verbündeten."

„Würde es helfen, wenn man ihm Geld anbietet?"

„Wohl kaum. Wenn ich mich nicht täusche, ist Carney der Typ Mann, der eine Sache nur dann tut, wenn er sie wirklich tun will und das Ganze für richtig hält."

„Oje", seufzte Ferguson. „Der Himmel schütze mich vor den Romantikern dieser Welt." Er schaute auf seine Uhr. „Jetzt brauche ich erst einmal etwas in den Magen, Dillon. Wo sollen wir essen?"

„Wir könnten zum ‚Turtle Bay Dining Room' hinaufsteigen. Dort geht es zwar sehr formell zu, aber das Essen ist hervorragend, wie man hört. Ich hab schon einen Tisch reservieren lassen."

„Sehr schön, dann nichts wie hin, und ziehen Sie endlich ein Jackett an. Ich möchte nicht, daß die Leute meinen, ich hielte einen Strandhippie frei."

AUS DER dichter werdenden Dunkelheit der Caneel Bay schob sich ein Schlauchboot neben Bob Carneys *Sea Raider.* Algaro schwang sich über die Reling und ging ins Ruderhaus. Er holte ein winziges elektronisches Kästchen aus der Tasche, tastete unter der Instrumententafel herum, bis er Metall fand, und befestigte das Kästchen dort mit Hilfe eines Magneten.

Einen Augenblick später saß er wieder im Schlauchboot. „Und nun zu der *Privateer*", sagte er. Serra schwang herum und hielt darauf zu.

MAX SANTIAGO saß im weißen Leinenanzug in der „Caneel Bay Bar" und trank Mint Julep, als Algaro hereinkam.

„Hat alles geklappt?" erkundigte sich Santiago.

„Ja, bestens. Ich habe Wanzen in beiden Booten versteckt. Ferguson traf kurz nach sechs im Hotel ein. Zum Abendessen hat Dillon einen Tisch im Turtle Bay Dining Room reservieren lassen."

„Gut", nickte Santiago. „Es könnte amüsant sein, ihnen Gesellschaft zu leisten."

In diesem Moment gesellte sich auch Kapitän Serra zu ihnen. „Haben Sie noch weitere Befehle, Señor?" fragte er.

„Wahrscheinlich besucht Dillon gegen später wieder Jenny's Place", sagte Santiago. „Nehmen Sie ein paar Leute von der Mannschaft mit dorthin. Sie können dort ein wenig Dampf ablassen, wenn Sie verstehen, was ich meine."

„Aber sicher, Señor." Serra lächelte und ging hinaus.

ES WAR schon nach Mitternacht im Kloster der Barmherzigen Schwestern, doch Jenny konnte nicht schlafen. Als sie schließlich zu dösen begann, hatte sie einen Wachtraum von einem U-Boot in dunklen Gewässern und von Henry, der in diese Tiefen vordrang. Wie dumm von ihm, dort hinunterzugehen, wo es so gefährlich war, so fremdartig, und wohin sich normalerweise niemand verirrte.

Plötzlich war sie hellwach. „Oh, natürlich! Dort muß die Antwort zu finden sein!" sagte sie laut in die Dunkelheit hinein. „Und so einfach!" Sie mußte unbedingt nach St. John zurückkehren.

FERGUSON saß mit Dillon auf der Terrasse im Turtle Bay Restaurant und blickte auf die verstreut liegenden Inseln hinaus. Sie erschienen wie schwarze Schattenrisse vor dem im Sonnenuntergang orangerot schimmernden Himmel. „Wirklich ganz außergewöhnlich", sagte der Brigadier und nahm einen Schluck von seinem Longdrink.

„So stirbt der Tag im Sonnenuntergang", murmelte Dillon.

„Donnerwetter, Sie haben wahrhaftig eine literarische Ader, alter Junge."

Dillon grinste. „Nun, ich hab den Hamlet an der Königlichen

Akademie gespielt." Seine Stimme veränderte sich plötzlich und war der von Marlon Brando täuschend ähnlich. „Was hätte ich alles werden, welchen Preis erringen können."

„Jetzt werden Sie auf Ihre alten Tage nur nicht rührselig, Dillon. Es zahlt sich nie aus, wehmütig zurückzuschauen. Ich glaube, das ist Ihnen selbst klar."

In diesem Augenblick erschien Santiago im gewölbten Durchgang zur Terrasse, Algaro dicht hinter ihm. Er sah sich suchend um, entdeckte die beiden und kam zu ihnen herüber. „Mr. Dillon? Gestatten, Max Santiago."

„Ich weiß, wer Sie sind, Señor", erwiderte Dillon in perfektem Spanisch.

Santiago hob überrascht die Augenbrauen. „Mein Kompliment, Señor", erwiderte er in der gleichen Sprache. „Daß ein Fremder unsere Sprache so fließend beherrscht, findet man selten." Er wandte sich an Ferguson und fügte auf englisch hinzu: „Ich freue mich, Sie ebenfalls hier in Caneel Bay zu sehen, Brigadier. Genießen Sie Ihre Mahlzeit, meine Herren." Und schon entschwand er wieder mit Algaro im Schlepptau.

„Er wußte, wer Sie sind und daß Sie hier sind", stellte Dillon fest.

„Das habe ich sehr wohl bemerkt." Ferguson stand auf. „Gehen wir essen, ich sterbe fast vor Hunger."

Sie begannen die Mahlzeit mit gegrillten Muscheln in einer Sauce aus rotem Pfeffer und Safran und gingen dann zu gebratenem Fasan über.

Ferguson genoß es sichtlich. „Was treibt unser Freund Santiago im Moment?" fragte er Dillon.

„Er speist am Rand des Gartens hinter Ihnen zu Abend."

„Offenbar will er uns von Anfang an unter Druck setzen. Wir müssen mit Carney reden. Wissen Sie, wo man ihn antreffen kann?"

„Ich denke schon."

„Na prima." Ferguson stand auf und griff nach seinem Panamahut und dem Malakkastock. „Dann nichts wie los."

DILLON stellte den Wagen auf dem Parkplatz bei Moongoose Junction ab und befestigte die belgische Pistole samt Halfter unterm Armaturenbrett. Sie gingen zu Fuß durch das Hafenviertel zu Jenny's Place. Drinnen waren nur vier Tische besetzt, und Carney saß an einem davon. Dillon bemerkte aber auch Kapitän Serra, der mit drei seiner Männer einen Tisch in einer Nische in Beschlag genommen hatte.

„Hallo." Mary Jones kam auf sie zu, und Dillon lächelte.

„Wir setzen uns zu Bob Carney. Bringen Sie uns eine Flasche Champagner. Was Sie eben da haben!

Carney verzehrte gerade ein Steak mit Pommes frites und trank ein Bier dazu. „Hallo, Mr. Dillon“, grüßte er freundlich.

„Das hier ist ein Freund von mir, Brigadier Charles Ferguson“, stellte Dillon seinen Begleiter vor. „Dürfen wir uns zu Ihnen setzen?“

Carney lächelte. „Ich bin beeindruckt, aber ich sollte Sie warnen, Brigadier, ich habe es nur bis zum Corporal geschafft. Nehmen Sie doch Platz.“

Kaum eine Minute verstrich, da kam Santiago mit Algaro herein, und Kapitän Serra und die anderen erhoben sich. „Wir haben Gesellschaft bekommen“, teilte Dillon Ferguson mit.

Der Brigadier drehte sich um. „Ach du liebe Güte“, murmelte er.

Billy Jones brachte ihnen eine Flasche Pol Roger in einem Kühler und öffnete sie, dann ging er hinüber, um Santiagos Bestellung aufzunehmen. Dillon schenkte Champagner ein, hob sein Glas und sagte etwas auf gälisch.

„Was zum Teufel reden Sie da, Dillon?“ fragte Bob Carney.

„Das war Gälisch, die Sprache der Könige. Ein sehr alter Trinkspruch. ‚Möge der Wind immer von hinten wehen.‘ Der beste Wunsch für einen Schiffskapitän. Das heißt, Sie haben doch unter anderem auch ein solches Patent, oder?“

Carney sah ihn stirnrunzelnd an, dann wandte er sich an Ferguson. „Mal sehen, ob ich alles richtig zusammenbekomme. Arbeitet er für Sie?“

„Auf eine gewisse Weise, ja.“

In diesem Moment hörten sie eine Frauenstimme: „Bitte, unterlassen Sie das!“

Die Bedienung, die die Getränke an Santiagos Tisch gebracht hatte, war fast noch ein Mädchen, sehr hübsch, sehr blond und sehr verletzlich. Algaro strich mit der Hand an ihren Beinen hoch.

„Was für ein mieses Benehmen“, sagte Carney, und seine Miene verhärtete sich.

Das Mädchen machte sich los, die Männer lachten, und Santiago blickte herüber. Sein Blick traf sich mit dem von Dillon. Er lächelte, drehte sich zur Seite und flüsterte mit Algaro. Dieser nickte und erhob sich.

„Nur nicht nervös werden“, zischte Ferguson.

Algaro schlenderte hinüber zur Bar und setzte sich auf einen freien Hocker. Als die Bedienung an ihm vorbeiging, legte er einen Arm um ihre Taille und flüsterte ihr etwas ins Ohr. Den Tränen nahe, wehrte sie sich gegen die Zudringlichkeiten.

Dillon schaute hinüber. Santiago hob sein Glas und prostete ihm zu. Bob Carney stand auf, nahm sein Glas und ging zur Theke. Er legte einen Arm um die Schultern des Mädchens und zog es behutsam weg. Dann schüttete er den Rest Bier, der sich noch im Glas befand, über Algaro und kehrte an seinen Tisch zurück.

Alle Gespräche im Raum erstarben. Dillon nahm die Champagnerflasche aus dem Kühler und füllte das Glas des Brigadiers wieder auf. Algaro brüllte: „He, du miese kleine Ratte, dafür breche ich dir den Arm!"

Er kam zum Tisch herübergestürmt, und Carney fuhr herum, um sich zu verteidigen, aber es war Dillon, der zuerst zuschlug. Er schwang die Champagnerflasche und schmetterte sie seitlich gegen Algaros Schädel. Die Flasche zerschellte, Champagner spritzte durch die Luft. Algaro ging in die Knie, klammerte die Hände um die Tischkante, um sich wieder hochzuziehen, doch Dillon trat ihm von der Seite gegen die Kniescheibe. Algaro brüllte vor Schmerz auf und kippte um.

Inzwischen waren Serras Leute aufgesprungen, und einer von ihnen ergriff einen Stuhl. Billy Jones kam hinter der Bar hervor, in den Fäusten einen Baseballschläger. „Hört auf, oder ich rufe die Polizei!" schrie er. „Der Kerl hat es nicht anders gewollt. Er hat bekommen, was er verdient. Schafft ihn schnellstens raus!"

Auch Santiago befahl auf spanisch: „Keinen Ärger. Schnappt ihn euch und verschwindet!"

Murrend halfen Guerra und Pinto Algaro auf die Füße und führten ihn hinaus. Die anderen folgten. Santiago stand auf, leerte sein Glas und ging ebenfalls hinaus.

„Setz das Essen auf meine Rechnung, Billy", sagte Carney. „Ich bin schon etwas zu alt für derlei Aufregungen. Ich gehe nach Hause und lege mich ins Bett. Brigadier, es war ein interessanter Abend."

Er marschierte in Richtung Tür. „Mr. Carney", rief Dillon ihm nach, „ich möchte morgen vormittag noch mal tauchen! Ist Ihnen das recht?"

„Um neun am Pier", gab Bob Carney zurück und verschwand nach draußen.

Sein Jeep stand auf dem Parkplatz bei Moongoose Junction. Als er gerade die Tür aufschließen wollte, legte sich eine Hand auf seine Schulter. Noch während er sich umdrehte, hämmerte Guerra ihm eine Faust ins Gesicht. „Paß mal auf, du Bastard, jetzt bringen wir dir Manieren bei."

Serra stand knapp einen Meter entfernt und stützte Algaro. Santiago stand daneben, aber die übrigen drei stürzten auf Bob Carney los und hielten ihn fest, während Algaro heranhumpelte. „Dann wollen wir mal . . .“, sagte er.

Genau in diesem Moment bogen Dillon und Ferguson um die Ecke. Der Ire sprintete los, schleuderte Algaro beiseite und versetzte dem nächsten Mann einen Kinnhaken. Carney war bereits wieder auf den Füßen. Von Algaro war nichts zu befürchten, aber als Serra sich näherte, gingen Dillon und Carney vor dem Jeep in Kampfstellung. Plötzlich erklang ein Schuß, und alle erstarrten. Ferguson hielt die belgische Pistole im Anschlag.

„Und jetzt hören wir auf mit diesem albernen Spiel, nicht wahr?“ sagte er lächelnd.

Stille trat ein, und Santiago zischte auf spanisch: „Zurück zur Barkasse.“ Die Mannschaft trollte sich widerwillig. „Wir sehen uns wieder, Brigadier“, versprach Santiago auf englisch und folgte seinen Männern.

Carney wischte sich ein paar Blutstropfen vom Mund ab. „Würde mal jemand so freundlich sein und mir verraten, was das Ganze überhaupt soll?“

„Ja, ich denke, wir sollten uns unterhalten, Captain Carney“, sagte Ferguson aufgeräumt. „Je eher, desto besser.“

„Okay, ich gebe mich geschlagen.“ Carney lächelte verkniffen. „Kommen Sie, gehen wir zu mir. Es ist nicht weit.“

Bob Carney schüttelte den Kopf. „Das ist die verrückteste Geschichte, die ich je gehört habe, aber diese U-Boot-Sache ist durchaus möglich. Sie haben während des Zweiten Weltkriegs in dieser Gegend operiert.“ Wieder schüttelte er den Kopf. „Wenn Bormann nicht mit dem U-Boot versank, würde das erklären, weshalb er seit dem Krieg angeblich so oft gesehen wurde.“

„Sie gehen also von der Existenz von U 180 aus“, sagte Dillon, „aber wo könnte das Boot liegen?“

Carney holte eine Seekarte. „Wenn der Hurrikan seine Marschrichtung geändert hat, was gelegentlich vorkommt, und sich von Osten näherte, dürfte das U-Boot nach Westen abgetrieben worden sein und müßte südlich von St. John liegen.“

„Wo genau?“ fragte Ferguson.

„An keinem der üblichen Orte. Damit meine ich nirgendwo, wo regelmäßig getaucht wird, und ich sage Ihnen noch etwas: Es dürfte nicht tiefer liegen als dreißig Meter. Henry war ein Freizeittaucher, das heißt, bei ihm war keine Dekompressionsphase nötig. Vierzig

Meter sind die maximale Tiefe für diese Art des Tauchens, und dann hätte er sich höchstens zehn Minuten aufhalten können, ehe er wieder nach oben zurückmußte."

„Also, was meinen Sie?" fragte Dillon.

„Um das Wrack zu entdecken, einzudringen, herumzusuchen und den Aktenkoffer zu finden" – Carney zuckte die Achseln –, „ich schätze, dreißig Minuten Tauchzeit. Demnach dürfte er nicht tiefer als dreißig, fünfunddreißig Meter gekommen sein. Tauchlehrer nehmen Touristen öfter mal so tief mit runter. Daher meine ich, daß das Boot an einem ziemlich ungewöhnlichen Ort liegen muß."

Er dachte stirnrunzelnd nach, und Ferguson sagte: „Sie scheinen eine Idee zu haben."

„Am Morgen nach dem Hurrikan war Henry so früh draußen, daß er schon zurückkam, als ich mit einer Tauchergruppe auslief. Wir begegneten einander, und ich fragte ihn, wo er gewesen sei. Er antwortete, am French Cap." Carney schüttelte den Kopf. „Ich bin selbst oft am French Cap. Es ist ein sehr schönes Tauchgebiet. Aber wenn das Wrack wirklich dort läge, hätte man es schon viel früher gefunden."

„Können Sie sich einen anderen Ort vorstellen?"

Carney runzelte die Stirn. „Da ist noch der South Drop, das könnte so eine Stelle sein. Ein langer Felsgrat, der auf einer Seite bis sechzig Meter hinabreicht und auf der anderen bis knapp siebenhundert."

„Können wir uns da mal umsehen?" fragte Ferguson.

Carney inspizierte erneut die Karte. „Ich weiß nicht. Strenggenommen wäre das in amerikanischen Hoheitsgewässern."

„Hören Sie, bitte", sagte Ferguson. „Wir tun hier nichts Schlimmes. In U 180 gibt es einige Dokumente, die meiner Regierung großen Anlaß zur Sorge geben könnten. Wir wollen sie so schnell wie möglich bergen und in Sicherheit bringen, sonst nichts."

„Und was hat Santiago mit dieser Angelegenheit zu tun?"

„Er ist offensichtlich hinter derselben Sache her", sagte Ferguson. „Weshalb, das weiß ich im Augenblick noch nicht, aber ich werde es schon herausbekommen, das verspreche ich Ihnen."

„Sie gehen doch sicher mal ins Kino, Carney", sagte Dillon. „Santiago und seine Leute sind die Bösen, die mit den dunklen Sonnenbrillen."

„Und ich bin der Gute?" Carney lachte. „Sehen Sie zu, daß Sie schnellstens verschwinden, damit ich noch etwas Schlaf bekomme. Ich erwarte Sie um neun Uhr am Pier."

8. Kapitel

ES WAR ein wundervoller Morgen, als Dillon und Ferguson zum Pier hinuntergingen, wo die *Sea Raider* vertäut lag.

Carney hievte gerade die Preßluftflaschen an Bord. „Guten Morgen!" rief er. „Ich dachte, wir nehmen heute die *Sea Raider*." Er wandte sich an Ferguson. „Sind Sie ein guter Seemann, Brigadier?"

„Mein lieber Freund, ich habe mir gerade Tabletten gegen Seekrankheit besorgt. Und davon habe ich gleich zwei Stück geschluckt."

Er ging an Bord und stieg die Leiter zur Laufbrücke hinauf, wo er in einsamer Pracht auf einem der Drehsessel thronte, während Dillon und Carney die Preßluftflaschen verstauten. Als das erledigt war, ging Carney zu Ferguson hinauf und ließ die Maschinen an. Während sie sich vom Pier entfernten, suchte Dillon das Ruderhaus auf. Er hatte die Taucherausrüstung in die olivgrüne Armeetasche gesteckt, und darunter lagen das AK-47-Sturmgewehr und seine belgische Pistole. Dillon tastete unter der Instrumententafel herum, bis er eine metallene Fläche fand, wo er das Holster mit der Waffe befestigte.

Dann gesellte er sich zu den beiden anderen. „Welchen Kurs nehmen wir?"

„Erst einmal nach Süden durch den Pillsbury Sound und dann nach Südwesten in Richtung French Cap." Carney grinste, als das Boot über die Wellen aufs offene Meer hinaustanzte. „Geht es Ihnen gut, Brigadier?"

„Ich sage Ihnen Bescheid, wenn es schlimmer wird. Ich nehme an, Sie erwarten, daß unsere Freunde von der *Maria Blanco* uns folgen, oder?"

„Ich habe bisher noch nichts entdeckt. Es ist möglich, daß sie die weiße Barkasse benutzen. Im Spind liegt ein Fernglas, falls Sie ein wachsames Auge haben wollen."

Dillon holte das Fernglas heraus und suchte das Meer ab. „Nichts zu sehen", meldete er.

„Seltsam", sagte Ferguson nachdenklich.

Die Barkasse war natürlich da, aber fast zwei Kilometer hinter ihnen. Serra stand am Ruder, Algaro neben ihm, und Noval und Pinto bereiteten im Heck ihre Taucherausrüstung vor.

„Besteht keine Gefahr, sie zu verlieren?" fragte Algaro.

„Überhaupt nicht", antwortete Serra. „Ich zeige es dir." Ein ständiges, monotones Piepsgeräusch drang aus dem Lautsprecher des Suchschirms. Sobald Serra das Ruder drehte, wurde das Piepsen lauter und hektischer. „Siehst du, damit wird uns mitgeteilt, daß wir unseren Freunden nicht mehr genau folgen."

„Wohin wollen sie? Hast du eine Idee?" fragte Algaro.

Serra nahm den Tauchführer von der Ablage und sah nach. „Das French Cap. Die einzige markierte Stelle hier draußen ist South Drop." Er blätterte im Buch. „Da haben wir es. Es gibt dort in ungefähr fünfundzwanzig Meter Tiefe einen Felsrücken, wo relativ häufig getaucht wird."

„Dann hätte man das U-Boot aber schon vor Jahren entdeckt", gab Noval zu bedenken.

Pinto las die Beschreibung im Tauchführer. „Es scheint ein recht lohnendes Gebiet zu sein", sagte er zu Noval, „bis auf eine Sache. Hier steht, daß dort schon Riffhaie beobachtet wurden."

„Sind die gefährlich?" wollte Algaro wissen.

„Es kommt auf die Situation an. Wenn sie aufgescheucht werden, können sie sehr unangenehm werden."

Algaros Lächeln war bösartig. „Habt ihr noch etwas von diesem widerlichen Köder, mit dem ihr gestern geangelt habt?"

Noval holte einen großen Plastikeimer hervor und nahm den Deckel ab. Der Gestank war überwältigend. Alle möglichen zerkleinerten Fische befanden sich darin, vermischt mit Innereien, fauligem Fleisch und ranzigem Öl.

„Ich wette", sagte Algaro, „das lockt die Haie meilenweit an."

Noval war entsetzt. „Das bringt sie zur Raserei."

„Gut, dann machen wir es folgendermaßen . . ." Algaro wandte sich an Serra. „Wenn sie anhalten, lassen wir ihnen Zeit, um ins Wasser zu gehen, dann fahren wir hin, werfen das Dreckzeug hier über Bord und verschwinden." Ein Ausdruck teuflischer Freude lag auf seinem Gesicht. „Mit ein wenig Glück verliert Dillon dabei ein Bein!"

DIE *SEA RAIDER* hatte den Anker geworfen und wiegte sich in einer schweren Dünung. Ferguson saß im Ruderhaus und verfolgte, wie sich die beiden anderen Männer für den Tauchgang fertigmachten.

Carney schnallte seinen Bleigürtel um und wandte sich an Dillon: „Übrigens, Sie haben wohl gestern irrtümlich meine Taucherhandschuhe eingepackt und ich die Ihren." Er wühlte in Dillons Tasche herum und ertastete das Gewehr. „Was ist denn das?" stieß er hervor und nahm die Waffe heraus.

„Unsere Rückversicherung", erwiderte Dillon, während er die Schwimmflossen überstreifte.

„Ein AK 47 ist doch wohl mehr als das. Ich war in Vietnam, Dillon, ich habe so ein Ding mal im Einsatz benutzt." Carney verstaute das Sturmgewehr wieder in der Tasche, dann öffnete er den Deckspind und holte eine lange Röhre mit einem Griff an einem Ende heraus. „Jetzt benutze ich nur noch ein Druckluftgewehr, falls die Riffhaie etwas zudringlich werden."

Dillon ging als erster ins Wasser. Am Anker wartete er. Carney stieß zu ihm, das Druckluftgewehr in der Hand. Er winkte und schwamm am Felsrücken entlang. Am Rand des Abgrunds hielt er inne. Das Wasser war so klar wie Gin, und Dillon konnte sehr weit blicken. Unter ihm verlor sich die Felswand in der Tiefe. Plötzlich schwamm ein Riffhai in knapper Distanz an ihnen vorüber. Carney drehte sich um, machte eine wegwerfende Handbewegung, und Dillon folgte ihm auf die andere Seite.

FERGUSON floh vor dem Regen ins Ruderhaus, fand die Thermosflasche mit dem heißen Kaffee und schenkte sich eine Tasse ein. Plötzlich glaubte er, ein gedämpftes Brummen zu hören. Er ging zum Heck und lauschte. Das Brummen ging schlagartig in ein lautes Röhren über, als Serra Vollgas gab und die Barkasse durch den Regenvorhang brach. Ferguson stieß einen Fluch aus und ging Dillons Armeetasche holen. Dabei sah er aus dem Augenwinkel, daß die Männer einen Eimer ins Wasser ausleerten. Als er das Sturmgewehr endlich hervorgekramt hatte, waren sie verschwunden.

Dillon bemerkte, daß über ihnen etwas geschah. Er schaute hoch, sah den Rumpf der Barkasse schnell durch das Wasser pflügen und dann die Köderbrocken, die herabsanken. Blitzartig schoß ein Barrakuda heran und schnappte sich ein Stück Fleisch.

Dillon spürte, daß etwas seinen Knöchel berührte, blickte nach unten und sah Carney, der ihm das Zeichen zum Abtauchen gab. Der Amerikaner lag flach auf dem Meeresboden, als Dillon ihn erreichte. Über ihnen entstand eine plötzliche Turbulenz im Wasser, hervorgerufen durch einen Hai, der wie ein Torpedo heranraste. Dillon legte sich wie Carney auf den Rücken und blickte nach oben, als ein weiterer Hai mit gierig aufgerissenem Schlund erschien. Dann tauchte zu seinem Schrecken ein dritter auf. Einer von ihnen schnappte nach dem Barrakuda und verschlang den gesamten Körper des Raubfisches; nur der Kopf blieb übrig und sank langsam nach unten.

Carney bedeutete Dillon, ihm zum Ankertau zu folgen und sich dabei dicht am Grund zu halten. Dillon befolgte den Rat, so daß sein Bauch über den Felsen scheuerte. Erst als sie das Ankertau erreicht hatten, richtete er sich auf. Da strich einer der Haie mit enormer Wucht an ihm vorbei, machte kehrt und näherte sich wieder von vorne. Carney, der sich über Dillon am Ankertau festhielt, schoß mit dem Druckluftgewehr. Eine Explosion erfolgte, und der Hai taumelte davon, eine Blutfahne hinter sich herziehend.

Die anderen beiden Haie umkreisten ihren Artgenossen lauernd, dann wagte einer sich vor und riß das Maul weit auf. Carney zog an Dillons Arm und begann am Ankertau mit dem Aufstieg. Auf etwa halbem Weg blickte Dillon nach unten. Der zweite Hai beteiligte sich jetzt auch an dem Angriff auf den verwundeten dritten. Das Blut trieb wie eine Wolke im Wasser.

Die Männer tauchten auf und zogen sich an Bord. Dillon blieb erst einmal sitzen und lachte nervös. „Passiert so etwas häufiger?"

„Es gibt für alles ein erstes Mal." Carney nahm seine Preßluftflaschen ab. „So etwas hat bisher mit mir noch niemand versucht." Er wandte sich an Ferguson. „Ich nehme an, das war die Barkasse, oder? Ich möchte bloß wissen, wie sie es geschafft haben, uns zu folgen."

„Bis ich das AK 47 endlich draußen hatte, waren sie längst weg", erzählte Ferguson.

„Ich hätte es Ihnen eigentlich verraten sollen, Brigadier", sagte Dillon, „ich habe da unten meine spezielle Trumpfkarte deponiert. Vielleicht wären Sie an die etwas schneller herangekommen."

Er faßte unter die Instrumententafel, um nach der belgischen Pistole zu suchen, und seine Finger streiften dabei die Wanze. Er löste sie und zeigte sie Carney. „Sieh mal an. Wir waren verwanzt. Kein Wunder, daß sie uns so leicht fanden. Das gleiche haben sie wahrscheinlich auch mit der *Privateer* getan."

DIE BARKASSE legte neben der *Maria Blanco* an, und Serra und Algaro stiegen die Leiter hinauf. Sie fanden Santiago im Heck unter dem Sonnensegel.

„Du siehst so zufrieden aus", sagte er zu Algaro. „Hast du schon wieder jemanden umgebracht?"

„Ich hoffe es." Algaro lieferte eine Schilderung der Ereignisse des Vormittags.

Santiago schüttelte den Kopf. „Ich bezweifle, daß Dillon irgendwelche bleibenden Schäden davongetragen hat. Dieser Carney beherrscht sein Metier viel zu gut." Er seufzte. „Wir können nichts tun, bis die Kleine zurückkommt. Serra, wir fahren rüber nach Samson

Cay, mir reicht es hier. Geben Sie Prieto Bescheid, daß wir kommen, und rufen Sie einen Ihrer Fischerfreunde in Cruz Bay an. Ich möchte sofort informiert werden, sobald die Kleine auftaucht."

ALS BOB CARNEY die *Sea Raider* auf St. John zusteuerte, lief eine Motorjacht zu ihnen auf. Er erkannte, daß es die *Maria Blanco* war. „Sieh mal einer an", murmelte er. „Unser alter Freund Santiago ist offenbar unterwegs nach Samson Cay."

Carney lenkte die *Sea Raider* so nahe heran, daß sie Santiago und Algaro im Heck erkennen konnten. Dillon beugte sich über die Reling und rief: „Einen schönen Tag wünsche ich!" Ferguson schwenkte seinen Panamahut.

Santiago hob sein Glas und prostete ihnen zu. Er sah Algaro an. „Habe ich es dir nicht gesagt? Die Haie haben wahrscheinlich den kürzeren gezogen."

In diesem Moment brachte Serra ihm das Funktelefon. „Ein Gespräch aus London, Señor. Sir Francis."

„Francis", sagte Santiago in die Sprechmuschel. „Wie geht es Ihnen?"

„Ich wollte mich mal erkundigen, ob Sie schon einen Durchbruch erzielt haben."

„Nein, aber es besteht kein Grund zur Sorge. Alles ist unter Kontrolle."

„Mir ist eine Sache eingefallen. Ich kann mir nicht erklären, weshalb ich nicht schon früher daran gedacht habe. Die Hausmeister des alten Hotels in Samson Cay waren ein schwarzes Ehepaar aus Tortola, May und Joseph Jackson. Sie ist vor einigen Jahren gestorben, aber er lebt noch."

„Interessant", sagte Santiago.

„Ich meine, er war dabei, als Bormann damals ankam. Sie verstehen, was ich meine. Tut mir leid, ich hätte eher darauf kommen sollen."

„Hätten Sie, Francis, aber es ist nicht so schlimm. Ich kümmere mich darum."

SPÄTER am Nachmittag nahm Dillon ein Sonnenbad auf der Terrasse, als Ferguson erschien. „Ich hatte gerade eine Idee", sagte der Brigadier. „Dieses Millionärsparadies in Samson Cay – es wäre doch ganz lustig, dort mal zu dinieren. Sozusagen dem Löwen in seinem eigenen Käfig die Mähne zu kraulen."

„Klingt gut", sagte Dillon. „Wir können rüberfliegen, wenn Sie wollen. Es gibt dort einen Flugplatz. Ich habe ihn auf dem Weg hierher überflogen, und meine Cessna kann genausogut auf dem Land wie auf dem Wasser landen."

„Vielleicht können wir Carney überreden, uns zu begleiten", meinte Ferguson und zog das drahtlose Telefon aus der Tasche, um den Hoteldirektor von Samson Cay anzurufen.

„Mr. Prieto? Hier spricht Brigadier Charles Ferguson. Ich bin in Caneel abgestiegen. Aber einer meiner Freunde ist mit einem Wasserflugzeug hier, und wir dachten, es wäre ganz nett, mal rüberzufliegen und bei Ihnen zu Abend zu essen. Wir kämen zu dritt."

„Bedaure, Brigadier, aber Speisesaal und Küche sind ausschließlich für unsere Hausgäste reserviert."

„Das ist aber schade. Mr. Santiago wird sicherlich enttäuscht sein."

Eine kurze Pause trat ein. „Mr. Santiago erwartet Sie?"

„Fragen Sie bei ihm nach."

„Einen Moment, Brigadier." Prieto rief die *Maria Blanco* an, dann sagte er: „Wir freuen uns auf Ihren Besuch, Brigadier. Wir rechnen mit Ihnen zwischen sechs Uhr dreißig und sieben."

„Sehr schön." Ferguson gab Dillon das drahtlose Telefon. „Bestellen Sie Carney, er soll uns gegen sechs in seinem besten Anzug in Jenny's Place erwarten. Es wird sicherlich ein fröhlicher Abend." Er nickte zufrieden und ging davon.

ES WAR sieben Uhr abends, als Jenny Grant den Pariser Flughafen Charles de Gaulle erreichte. Sie gab den Mietwagen zurück und buchte den nächsten Flug nach London. Am folgenden Morgen war in der Maschine von Gatwick nach Antigua noch ein Platz frei. Mit etwas Glück würde sie am frühen Abend auf St. John sein.

Zum erstenmal seit der Nachricht von Henrys Tod fühlte sie sich wieder richtig wohl. Sie war aufgeregt und konnte es kaum erwarten, nach St. John zurückzukehren, um sich zu vergewissern, ob sie mit ihrer Vermutung recht hatte. Sie suchte einen öffentlichen Fernsprecher und wählte die Nummer von Jenny's Place. Billy Jones meldete sich.

„Billy? Ich bin's – Jenny. Ich bin in Paris. Auf dem Flughafen. Ich komme morgen über Antigua zurück, Billy, und dürfte gegen sechs bei euch sein."

„Das ist ja herrlich, Miß Jenny. Mary freut sich bestimmt."

„Billy, war jemand namens Sean Dillon bei euch? Ich habe ihm geraten, mal bei euch reinzuschauen."

„Ja, er war hier. Er ist mit Bob Carney unterwegs, er und ein gewisser Brigadier Ferguson. Ich habe übrigens gerade mit Bob gesprochen. Er erzählte, sie seien zu dritt hier verabredet, um sechs Uhr."

„Gut. Dann bestellen Sie Dillon einen Gruß von mir. Sagen Sie ihm, ich sei auf dem Heimweg und wüßte wahrscheinlich, wo es ist."

„Wo was ist?" wollte Billy wissen.

„Unwichtig. Bestellen Sie ihm nur, was ich gesagt habe. Aber nicht vergessen."

ALS FERGUSON und Dillon Jenny's Place betraten, war das Bistro bereits halb voll. Bob Carney, in weißer Leinenhose und blauem Hemd, lehnte an der Theke. Auf dem Hocker neben ihm lag ein Blazer. Ferguson legte seinen Malakkastock auf die Theke. „Bitte Champagner", sagte er zu Billy.

„Ich hatte mir schon gedacht, daß Sie so etwas wünschen, und eine Flasche Pol Roger auf Eis gelegt." Er holte sie unter der Theke hervor. „Und jetzt die große Überraschung."

„Und die wäre?" fragte Carney.

„Miß Jenny hat aus Paris angerufen. Morgen um diese Zeit müßte sie schon hier sein." Billy öffnete die Flasche und füllte drei Gläser. „Sie bat mich, Ihnen etwas zu bestellen, Mr. Dillon. Sie sagte, ich soll Ihnen mitteilen, daß sie wahrscheinlich weiß, wo es ist. Ergibt das für Sie einen Sinn?"

„Und was für einen Sinn das ergibt!"

Ferguson hob das Glas und prostete den anderen zu. „Auf die Frauen im allgemeinen, Gentlemen, und auf Jenny Grant ganz speziell." Er leerte sein Glas. „Und jetzt heißt es: Auf in den Kampf!" Damit marschierte er den anderen voran aus dem Lokal.

Der Fischer, der hinter ihnen an der Theke gesessen hatte, erhob sich und ging ebenfalls hinaus. Er lief zu einem Münzfernsprecher und wählte die Nummer der *Maria Blanco*. Santiago hielt sich in seiner Kabine auf, als Serra mit dem Telefon in der Hand hereinstürzte.

„Mein Informant in St. John. Er sagt, die Frau wird morgen abend in St. John ankommen."

„Sehr gut", meinte Santiago.

„Das ist noch nicht alles, Señor. Sie hat Dillon etwas ausrichten lassen – nämlich daß sie zu wissen glaubt, wo es ist."

Santiago riß Serra das Telefon aus der Hand. „Hier ist Santiago. Wiederholen Sie Ihre Geschichte noch mal." Er hörte zu und sagte schließlich: „Sie haben Ihre Sache gut gemacht, mein Freund, Sie erhalten Ihre Belohnung. Halten Sie weiterhin die Augen offen."

Es war ein klarer, kühler Abend – perfekte Wetterbedingungen. Der Flug der Cessna verlief völlig problemlos, und genau fünfzehn Minuten nach dem Start in Cruz Bay erreichte Dillon Samson Cay. Die *Maria Blanco* lag unter ihm im Hafen, etwa dreihundert Meter vom Ufer entfernt, neben zahlreichen anderen Jachten. Im Licht der untergehenden Sonne waren am Strand noch immer einige Leute zu erkennen.

Carlos Prieto trat aus dem Eingang seines Restaurants und blickte zum Himmel, als die Cessna vorüberflog. Ein altersschwacher Ford Kombi parkte am Fuß der Treppe, ein älterer Farbiger lehnte sich dagegen.

Prieto nickte ihm zu. „Das sind sie, Joseph, fahr zum Flugplatz und hol sie ab."

„Wird gemacht, Sir." Joseph rutschte hinter das Lenkrad und fuhr davon.

Während Prieto sich anschickte, wieder ins Haus zu gehen, erschien Algaro. „Ah, da sind Sie ja, ich habe Sie schon gesucht. Gibt es hier irgendwo einen alten Neger namens Jackson? Joseph Jackson?"

„Ja. Er ist der Chauffeur des Kombi, der gerade weggefahren ist. Brauchen Sie ihn für etwas Wichtiges?"

„Nein, es kann warten", erwiderte Algaro und verschwand wieder im Hotel.

Die Landung war perfekt. „Nicht schlecht, Dillon", lobte Ferguson. „Sie können wirklich mit einem Flugzeug umgehen, das muß ich Ihnen lassen."

„Sie glauben ja gar nicht, wie gut mir das tut", grinste Dillon.

Sie stiegen aus, und Joseph Jackson kam ihnen entgegen. „Der Wagen steht da drüben, meine Herren, ich bringe Sie zum Restaurant. Ich bin Joseph Jackson. Wenn Sie was brauchen, dann melden Sie sich. Ich bin schon länger auf dieser Insel als jeder andere."

„Tatsächlich?" fragte Ferguson. „Aber sicher waren Sie nicht schon während des Krieges hier, oder? Soweit ich weiß, war die Insel damals nicht bewohnt."

„Das stimmt nicht", sagte Jackson. „Damals stand ein altes Hotel hier. Es gehörte einer amerikanischen Familie, den Herberts. Während des Krieges war das Hotel nicht in Betrieb, aber ich und meine Frau, wir haben nach dem Rechten gesehen."

Sie hatten den Kombi erreicht, und Ferguson hakte nach: „Herbert, sagen Sie, waren die Eigentümer?"

„Ja, und Miß Herberts Vater machte ihr das Hotel zum Hochzeitsgeschenk, sie heiratete einen Mr. Vail." Jackson öffnete die hintere Tür. „Dann bekamen sie eine Tochter." Der alte Knabe taute richtig auf.

„Also, Miß Herbert wurde Mrs. Vail, und diese hatte eine Tochter, Miß Vail, richtig?" faßte Dillon zusammen, als sie eingestiegen waren.

Jackson startete den Motor und lachte gackernd. „Nur wurde aus Miß Vail schließlich Lady Pamer. Wie finden Sie denn das? Eine richtige englische Lady, genau wie im Kino."

Ferguson beugte sich vor. „Miß Vail wurde Lady Pamer, sind Sie sich da ganz sicher?"

„Ich kannte sie doch. Sie kam gegen Ende des Krieges hierher, mit ihrem Baby, dem kleinen Francis. Das muß im März fünfundvierzig gewesen sein."

Stille trat ein. Dillon räusperte sich. „War in der Zeit noch jemand anders hier?" fragte er.

„Ein Deutscher namens Strasser. War eines Tages einfach da. Und Sir Joseph kam im Juni aus England herüber. Mr. Strasser reiste danach ab."

Sie hielten vor dem Hoteleingang. Ferguson fischte eine Zehnpfundnote aus seiner Brieftasche und reichte sie Jackson. „Vielen Dank."

„Auch ich bedanke mich", erwiderte Jackson. „Ich stehe jederzeit zu Ihrer Verfügung, wenn Sie wieder zurückgebracht werden wollen."

Die drei Männer blieben am Fuß der Treppe kurz stehen. „Nun wissen wir, woher Santiago seine Informationen bezieht", sagte Dillon.

„Heiliger Strohsack!" stieß Ferguson hervor. „Ein Minister der Krone und eine der ältesten Familien Englands!"

„Es paßt alles nahtlos, Brigadier. Was ist mit Carter?"

Ferguson seufzte. „Obgleich ich für ihn überhaupt nichts übrig habe, muß ich zugeben, daß er ein altmodischer Patriot und absolut ehrlich ist."

In diesem Moment erschien Carlos Prieto auf der obersten Treppenstufe. „Brigadier Ferguson, es ist mir eine Ehre. Señor Santiago erwartet Sie in der Bar."

In der Bar gaben sich die Reichen und Berühmten ein Stelldichein, wie man es an einem solchen Ort durchaus erwarten konnte. Die Gäste – vorwiegend Amerikaner – gehörten eher den älteren Semestern an. Vorherrschend waren Hosen in nachgemachtem Schottenkaro unter stattlichen Bäuchen und weißen Smokingjacken.

Santiago saß in einer Nische unweit der Bar. Algaro, der sich über ihn gebeugt hatte, richtete sich auf. Santiago erhob sich und streckte mit jovialem Lächeln eine Hand aus. „Mein lieber Brigadier Ferguson, es ist mir ein Vergnügen."

„Señor Santiago", antwortete Ferguson betont förmlich. „Auf diese Begegnung habe ich schon lange mit Spannung gewartet." Er deutete mit seinem Malakkastock kurz auf Algaro. „Aber könnte dieser, äh, Herr nicht rausgehen und die Fische füttern oder sonstwas?"

Es war Algaro anzusehen, daß er Ferguson am liebsten an die Gurgel gegangen wäre, aber Santiago lachte belustigt auf. „Der arme Algaro, er ist nicht nach jedermanns Geschmack, fürchte ich."

„Er ist ein kleiner Teufel." Dillon drohte Algaro mit dem Finger. „Und jetzt sei ein braves Hündchen, hau ab und such dir einen Knochen!"

Santiago sagte zu Algaro etwas auf spanisch. Algaro ging, und Ferguson rieb sich die Hände. „Da wären wir also. Und was nun?"

„Ein Glas Champagner vielleicht?" Santiago winkte Prieto, der mit einem Fingerschnippen einen Kellner mit einer Flasche *Krug* im Eis-

kübel zu ihrem Tisch schickte. „Man kann auch zivilisiert miteinander umgehen, nicht wahr?“

Der Kellner füllte die Gläser, und Santiago hob seines zu einem Trinkspruch. „Auf Sie, Brigadier Ferguson, und den anhaltenden Erfolg der Gruppe vier. Und Sie, Captain Carney – Kriegsheld, Seekapitän und Taucher mit legendären Fähigkeiten. Und auf Sie, Mr. Dillon, dessen einziger ernstzunehmender Rivale der berüchtigte Carlos war.“

„Sie wissen also über uns Bescheid“, sagte Ferguson. „Sehr beeindruckend. Sie müssen das, was in dem U-Boot ist, wohl sehr dringend brauchen.“

„Legen wir einfach unsere Karten auf den Tisch, Brigadier. Wir, Sie und ich, wollen dasselbe“, stellte Santiago fest, „nämlich den Inhalt von Martin Bormanns Aktenkoffer. Sie wollen nicht, daß er in falsche Hände gerät. Der Skandal, die Medien . . . Wie ich schon sagte, wir beide wollen dasselbe. Ich möchte nämlich auch nicht, daß alles herauskommt.“

„Demnach geht die Arbeit also weiter“, stellte Ferguson fest. „Das Kameradenwerk, nicht wahr? Wie viele Namen stehen auf dieser

Liste, berühmte Namen, alte Namen, die seit dem Krieg zu Reichtum und Ansehen gelangt sind – und alles mit Hilfe von Nazi-Geldern?"

„Ich bitte Sie", sagte Santiago. „Ist das denn nach all den Jahren noch wichtig?" Er trank von seinem Champagner.

„Ja, es ist wichtig", betonte Ferguson. „Das ist eben der Punkt. Wenn die Organisation bestehenbleibt, wenn Söhne hinzukommen, Enkel, Leute in hohen Stellungen, Politiker zum Beispiel – stellen Sie sich nur mal vor, jemand von denen sitzt irgendwo auf einem hohen Posten in der Regierung. Wie nützlich das wäre."

Santiago gab dem Kellner ein Zeichen, Champagner nachzufüllen. „Ich hatte angenommen, daß Sie vielleicht vernünftig sind, aber ich sehe mich getäuscht. Ich brauche Sie nicht, Brigadier, oder Sie, Mr. Carney. Ich habe meine eigenen Taucher, ausreichende Mengen an Sprengstoff, und meine Leute wissen genau, was sie tun. Aber das bringt uns nicht weiter." Er lächelte und erhob sich. „Wenigstens sollten wir gemeinsam speisen wie zivilisierte Menschen. Bitte, Gentlemen, seien Sie meine Gäste."

DER FORD KOMBI stoppte neben dem Rollfeld. Algaro saß hinter Joseph Jackson auf der Rückbank. „Ist das die Stelle, wo Sie hinwollten, Mister?"

„Ich glaube schon", erwiderte Algaro. „Diese Leute, die du vom Flugzeug abgeholt hast, wie waren die denn so?"

„Sehr freundliche Gentlemen", antwortete Jackson.

„Nein, ich meine, haben sie irgendwelche Fragen gestellt?"

Jackson begann sich unbehaglich zu fühlen. „Was für Fragen meinen Sie, Mister?"

„Versuchen wir es mal andersherum", sagte Algaro. „Sie haben geredet, und du hast geredet. Worüber?"

„Nun, der englische Gentleman interessierte sich für die alten Zeiten. Ich habe ihm erzählt, daß ich während des Krieges hier Hausmeister war."

„Und was hast du ihnen sonst noch erzählt?"

„Nichts, Mister, das schwöre ich." Jackson hatte jetzt richtige Angst.

Algaro legte ihm von hinten eine Hand um den Hals und drückte zu. „Los, erzähl, verdammt noch mal!"

Jackson versuchte sich aus dem Griff zu befreien. „Von den Pamers."

„Erzähl", verlangte Algaro. „Aber alles." Er tätschelte ihm die Wange. „Ist schon gut, aber sag die Wahrheit."

Jackson tat, wie ihm geheißen, und als er geendet hatte, nickte Algaro zufrieden. Er schlang einen Arm um den Hals des Alten, legte die andere Hand auf seinen Kopf und drehte ruckartig. Der alte Mann war auf der Stelle tot.

Algaro zog die Leiche aus dem Wagen und legte sie direkt beim Hinterrad so auf den Erdboden, daß der Kopf sich unter dem Wagen befand. Dann schlitzte er mit einem Schnappmesser den Reifen auf, pumpte den Wagen mit dem Wagenheber hoch und nahm das Rad ab. Als er gegen den Wagenheber trat, sackte das Heck des Kombi zu einer Seite ab und landete auf Jackson. Algaro holte das Reserverad aus dem Kofferraum und legte es neben das defekte Rad. Dann ging er hinüber zur Cessna.

DAS ESSEN war hervorragend: Hähnchenflügel nach karibischer Art, eine Platte mit Meeresfrüchten und schließlich noch Goldmakrele vom Grill. Da niemand ein Dessert wünschte, ließ Santiago Kaffee bringen. In diesem Moment erschien Algaro im Eingang zum Restaurant.

„Sie müssen mich für einen Augenblick entschuldigen, Gentlemen." Santiago erhob sich und ging zu ihm hin. „Was ist los?"

„Ich habe diesen Jackson gefunden, diesen alten Idioten, der die Hotelgäste kutschiert hat."

„Und was ist passiert?"

Algaro erzählte es ihm in knappen Worten, und Santiago hörte aufmerksam zu.

„Das heißt, unsere Freunde wissen jetzt, daß Sir Francis in diese Angelegenheit verwickelt ist."

„Das ist gar nicht schlimm, Señor. Uns ist bekannt, daß die Frau morgen zurückkommt, und wir wissen auch, daß sie den Lageplatz des U-Boots zu kennen glaubt. Wer also braucht diese Leute noch?"

„Algaro", sagte Santiago mit gespielter Entrüstung. „Was hast du getan?"

Als Santiago an den Tisch zurückkehrte, stand Ferguson auf. „Ein wirklich exquisites Essen, Mr. Santiago, aber wir müssen jetzt leider aufbrechen."

„Wie schade. Es war ein interessanter Abend."

„Nicht wahr? Übrigens, ich habe noch zwei Präsente für Sie." Ferguson holte die beiden Minisender aus der Tasche und legte sie auf den Tisch. „Die gehören Ihnen, glaube ich. Grüßen Sie Sir Francis von mir, wenn Sie das nächste Mal mit ihm reden, aber ich könnte ihm ja auch Grüße von Ihnen ausrichten."

„Wie nett von Ihnen", sagte Santiago und setzte sich.

Am Haupteingang trafen sie Prieto, der aufgeregt Ausschau hielt.

„Ich bedauere sehr, Gentlemen, aber ich habe keine Ahnung, wo der Chauffeur bleibt."

„Das ist nicht schlimm", sagte Ferguson. „Wir gehen die fünf oder sechs Minuten zu Fuß. Gute Nacht."

Es war Carney, der den Kombi am Rollfeld entdeckte. „Warum steht er denn da drüben?" fragte er verblüfft und rief: „Jackson?"

Er bekam keine Antwort. Sie gingen hinüber und sahen den reglosen Körper sofort.

„Der arme Teufel", sagte Carney. „Wahrscheinlich ist der Wagenheber abgerutscht."

„Ein erstaunlicher Zufall", bemerkte Ferguson.

„Genau." Dillon nickte. „Er erzählt uns alles mögliche über Francis Pamer, und schon ist er tot."

„Moment mal", meldete sich Carney zu Wort. „Wenn Santiago von der Existenz des alten Mannes wußte, weshalb hat er dann bis jetzt gewartet?"

„Weil er nichts von ihm wußte", sagte Dillon, „bis ein gewisser Herr ihn davon informierte."

„Sie meinen, es war dieser Pamer?" fragte Carney.

„Ja, und das ist das Furchtbare", sagte Ferguson. „Es beweist, daß man heutzutage niemandem mehr trauen kann. Und jetzt lassen Sie uns von hier verschwinden."

Er und Carney setzten sich auf die hinteren Sitze, und Dillon holte eine Taschenlampe und führte eine flüchtige Inspektion der Maschine durch. „Scheint alles in Ordnung zu sein."

„Ich glaube nicht, daß Santiago uns jetzt schon umbringen will", meinte Ferguson. „Mit all den anderen Streichen wollte er uns zwar Schwierigkeiten machen, aber er braucht uns noch, um ihn zu dem U-Boot zu führen. Also starten wir, Dillon."

Dillon schaltete die Zündung ein. Der Motor röhrte los. Er überprüfte die Anzeigen auf der Instrumententafel. „Treibstoff, Öl, Druck, alles bestens." Er lenkte die Cessna die Startbahn entlang, hob ab und schwebte dem Meer entgegen.

Es war eine wundervolle Nacht. Sterne funkelten am Himmel, das Meer und die Inseln unter ihnen wurden vom kalten weißen Licht des Mondes übergossen. St. John ragte vor ihnen aus dem Meer auf. Und da geschah es: Der Motor setzte aus, hustete und spuckte.

„Was ist los?" erkundigte sich Ferguson.

Dillon überflog die Anzeigen, bemerkte den viel zu niedrigen

Öldruck. „Wir haben ein Problem", verkündete er. „Ziehen Sie lieber die Schwimmweste an."

In dreihundert Meter Höhe verstummte der Motor ganz, und der Propeller blieb zitternd stehen. Dillon ließ die Maschine in einen steilen Sinkflug übergehen.

„Reef Bay liegt genau vor uns", sagte Carney.

„Schön, dann wollen wir mal."

Die Oberfläche der Bucht sah nicht allzu bewegt aus. Dillon brachte die Cessna zu einer seiner Meinung nach perfekten Landung auf dem Wasserspiegel, aber irgend etwas ging schief. Das Flugzeug hüpfte hoch, setzte träge erneut auf, kippte nach vorne und tauchte ins Wasser.

Das Wasser umgab sie wie schwarzes Glas, und sie sanken schnell. Dillon spürte, wie das Wasser an seinen Unterschenkeln hochstieg. Plötzlich erreichte es seine Taille, und die Instrumentenbeleuchtung erlosch.

„Allmächtiger Gott!" brüllte Ferguson.

„Wir können die Tür öffnen, wenn genug Wasser eingedrungen ist, um den Druck auszugleichen!" rief Carney. „Halten Sie sich bereit."

Die Cessna berührte eine freie Sandfläche auf dem Grund der Bucht, stieg leicht hoch und legte sich dann auf die Seite. Das Mondlicht drang bis tief ins Wasser. Dillon, der durch das Cockpitfenster blickte, während der Wasserspiegel seinen Hals erreichte, war überrascht, wie weit er sehen konnte. Er hörte Carney sagen: „Tief Luft holen, Brigadier, wir steigen gemeinsam auf."

Dillon machte selbst einen tiefen Atemzug und öffnete die Tür, streckte die Hand nach einer Tragflächenstrebe aus und zog sich nach draußen. Er sah, wie Carney den Ärmel des Brigadiers packte und sich dann von der Tragfläche abstieß. Alles geschah wie in Zeitlupe, seltsam traumhaft, und dann brach er durch die Wasseroberfläche und füllte seine Lungen mit salziger Luft.

Carney und Ferguson trieben ein paar Meter von Dillon entfernt. Er schwamm auf sie zu. „Alles in Ordnung?"

„Dillon . . ." Ferguson schnappte mühsam nach Luft. „Dafür schulde ich Ihnen ein Abendessen. Ihnen beiden."

„Ich komme darauf zurück", versprach Dillon. „Sie können mich gerne wieder in den Garrick Club mitnehmen."

Sie schwammen auf den Strand zu, wobei Carney und Dillon den älteren Mann in die Mitte nahmen. Zusammen stolperten sie aus dem Wasser, ließen sich in den Sand fallen und erholten sich allmählich.

„Nicht weit von hier steht ein Haus", sagte Carney. „Ich kenne die Leute ganz gut. Sie bringen uns sicher in die Stadt."

„Und das Flugzeug?" fragte Ferguson matt.

„Auf St. Thomas gibt es eine Bergungsfirma. Ich rufe noch heute den Chef an." Er wandte sich an Dillon. „Was ist denn schiefgelaufen?"

„Der Öldruck ist schlagartig abgefallen, und das hat der Motor nicht überlebt."

„Ich muß schon sagen, Ihre Landetechnik ließ erheblich zu wünschen übrig", bemerkte Ferguson.

„Es war eine gute Landung", widersprach Dillon. „Erst im letzten Moment ging etwas schief, und dafür muß es einen Grund geben. Erinnern Sie sich noch, wie Sie sagten, er würde uns noch nicht umbringen wollen?"

„Und?" erwiderte Ferguson. „Was wollen Sie damit sagen?"

„Nun, ich denke, er hat es gerade versucht."

IM HOTELBUNGALOW in Caneel griff Ferguson gleich nach dem Telefon. „Wie spät ist es jetzt?" fragte er Dillon.

„Kurz vor Mitternacht."

„Also in London fünf Uhr morgens, Zeit zum Aufstehen", meinte er und wählte die Nummer von Jack Lane.

„Ich bin's, Jack", sagte Ferguson, als Lane sich schlaftrunken meldete. „Immer noch im Bett? Ich habe Arbeit für Sie. Ich habe herausbekommen, wie Santiago es schafft, immer auf dem laufenden zu sein. Nämlich durch Sir Francis Pamer. Unglaublich, nicht?"

„Das darf doch nicht wahr sein!" Lane richtete sich auf. „Aber weshalb?"

Ferguson lieferte ihm eine kurze Zusammenfassung der Geschehnisse und schloß mit dem soeben überstandenen Flugzeugabsturz. „Nehmen Sie sich die Pamers vor, Jack, mit allem Drum und Dran. Woher kam das Geld von Sir Joseph, wie schafft Sir Francis es, zu leben wie ein Fürst, und so weiter. Zapfen Sie alle verfügbaren Quellen an!"

„Na gut, Sir. Dann werde ich mich mal gleich in die Arbeit stürzen."

Ferguson bedankte sich und legte auf. „So, das wäre erledigt", sagte er zu Dillon. Dann wählte er die nächste Nummer. „Mr. Prieto, Charles Ferguson aus Caneel hier. Es war ein schöner Abend und ein köstliches Essen. Richten Sie Mr. Santiago meinen Dank aus." Er legte den Hörer auf.

„Verraten Sie mir etwas", sagte Dillon. „Sie wußten von Anfang an, daß Sie nach St. John kommen würden. Sie haben Ihr Zimmer zur gleichen Zeit gebucht wie meins, und zwar bevor ich hier war, bevor klar war, daß Santiago meinen Namen kannte und den Grund meines Herkommens."

„Und das bedeutet?"

„Sie wußten, noch bevor ich London verließ, daß Pamer etwas ausheckte."

„Stimmt", gab Ferguson zu. „Ich hatte nur noch keinen Beweis."

„Aber woher wußten Sie es?"

„Durch einen einfachen Eliminierungsprozeß. Wer wußte denn schon von dieser Affäre? Henry Baker, seine Freundin, Admiral Travers, ich selbst, Jack Lane, Sie, der Premierminister. Aber jeder von den Genannten konnte gleich wieder gestrichen werden."

„Wodurch nur noch Carter und Pamer übrigblieben."

„Und Carter, wie ich schon einmal gesagt habe, ist völlig ehrlich."

„Damit blieb nur noch Sir Francis übrig?"

„Genau, und das erschien mir absurd." Er lächelte. „Aber wie der gute alte Sherlock Holmes mal gesagt haben soll, wenn man alle Möglichkeiten erschöpft hat, dann muß das Unmögliche die Lösung sein."

9. Kapitel

AM NÄCHSTEN Morgen nahm Santiago ein Bad im Meer, setzte sich danach im Heck seiner Jacht unter das Sonnensegel, frühstückte und dachte über seine nächsten Schritte nach. Algaro wartete geduldig an der Reling.

„Ich frage mich, was schiefgelaufen ist", sagte Santiago. „Es wäre immerhin sehr ungewöhnlich, wenn du einen Fehler gemacht hättest, Algaro."

„Ich kenne mich in meinem Gewerbe aus. Ich hab getan, was nötig war, Señor, glauben Sie mir."

In diesem Moment erschien Kapitän Serra. „Haben Sie irgendwelche Anweisungen, Señor?"

„Ja." Santiago wandte sich an Algaro. „Nach dem Abendessen nimmst du die Barkasse und fährst mit Guerra nach St. John. Die Kleine müßte gegen sechs Uhr dort eintreffen. Bringt in Erfahrung, was sie weiß."

Algaro grinste bösartig. „Zu Befehl, Señor."

Jetzt wandte sich Santiago an Serra: „Verbinden Sie mich mit Sir Francis in London."

Serra brauchte zwanzig Minuten, um Pamer bei einer gesellschaftlichen Veranstaltung im Dorchester Hotel aufzustöbern.

„Max, wie stehen die Dinge?" erkundigte sich Pamer.

„Wir konnten diesen Joseph Jackson, den Sie erwähnten, ausfindig machen. Der Alte war noch ganz schön auf Draht, konnte sich bis ins kleinste Detail an alles erinnern, was 1945 geschah."

„O nein", sagte Pamer.

„Zum Glück hatte er einen Unfall und weilt nun an einem besseren Ort."

„Bitte, Max, ich möchte davon nichts wissen."

„Stellen Sie sich nicht so an, Francis. Behalten Sie lieber die Nerven, zumal der alte Knabe alles, was er wußte, Ferguson erzählte. Ein großes Pech."

„Ferguson weiß Bescheid?" Pamer hatte plötzlich das Gefühl, als müßte er ersticken. „Über meine Mutter und meinen Vater? Über Samson Cay und über Martin Bormann?"

„Ich fürchte, ja."

„Aber was tun wir jetzt?"

„Wir schaffen Ferguson beiseite und Dillon und Carney dazu. Die Kleine kommt heute abend an, und meine Informationen besagen, daß sie weiß, wo das U-Boot ist. Danach wird sie uns natürlich nicht mehr von Nutzen sein."

„Um Gottes willen, nein", flehte Pamer, und plötzlich wurde ihm eiskalt. „Mir ist gerade etwas eingefallen. Meine Sekretärin hat heute morgen festgestellt, daß meine Finanzen per Computer überprüft worden sind. Ich dachte mir nichts dabei. Wenn man Minister ist, sind solche Maßnahmen völlig normal, schon zum eigenen Schutz."

„Dann lassen Sie sofort feststellen, wer dahintersteckt, und geben Sie mir Bescheid." Santiago reichte Serra das Telefon. „Wissen Sie, Serra", sagte er, „es ist geradezu phänomenal, wie oft ich in letzter Zeit mit Dummköpfen zu tun habe."

ALS FERGUSON, Dillon und Carney in Carneys Jeep zur Reef Bay hinunterfuhren, konnten sie die Cessna am Kran eines Bergungsschiffes hängen sehen. Das Flugzeug war soeben aus dem Wasser gehievt worden. Drei Männer in Taucheranzügen und einer in Jeans und Jeanshemd befanden sich an Bord. Carney stieß einen Pfiff aus. Der Mann in den Jeans winkte ihnen zu, sprang in ein Schlauchboot, das an der Seite des Schiffes lag, und steuerte auf das Ufer zu.

Er kam über den Strand auf sie zu und hielt Fergusons Malakkastock hoch. „Gehört der jemandem?" fragte er Carney.

Ferguson griff danach. „Ich bin Ihnen zu großem Dank verpflichtet."

Carney machte die beiden Männer miteinander bekannt. „Wie sieht es aus?"

„Nun, einerseits ist die Sache klar, andererseits aber doch nicht ganz", sagte der Bergungskapitän und wandte sich an Dillon. „Kein Wunder, daß Ihre Öldruckanzeige verrückt gespielt hat – die Verschlußkappe ist weggesprengt worden. Ein derartiger Druck entsteht eigentlich nur dann, wenn sich eine erhebliche Menge Wasser im Öl befindet, das sich in Dampf verwandelt, wenn die Maschine heißläuft."

„Ist es nicht ein wenig sonderbar, daß so viel Wasser ins Öl geraten ist?" fragte Carney.

„Dazu kann ich nichts sagen. Sicher ist, daß irgendein Vandale Ihnen schaden wollte. Jemand hat sich mit einer Axt an den Schwimmern zu schaffen gemacht. Deshalb ging die Landung schief." Er schüttelte den Kopf. „Ihr hattet wirklich Glück."

ALS PAMER sich wieder bei Santiago meldete, war es in London sechs Uhr abends.

„Es könnte nicht schlimmer sein", erzählte er. „Diese Computerüberprüfung wurde von Inspektor Lane veranlaßt, Fergusons Assistent. Die Überprüfung erstreckt sich auf den finanziellen Status meiner Familie bis weit in unsere Vergangenheit hinein. Ich bin erledigt, Max."

„Bleiben Sie ganz ruhig, Francis. Seit Ferguson Sie entlarvt hat, kann er noch nicht mit Simon Carter oder dem Premierminister darüber gesprochen haben, sonst wüßten Sie es längst. Ferguson agiert in dieser Sache ziemlich im Alleingang, und um Lane wird man sich kümmern."

„Lieber Himmel, bitte nicht", stöhnte Pamer. „Es darf keine weiteren Morde geben."

„Versuchen Sie ab und zu mal, sich wie ein Mann zu benehmen", riet ihm Santiago. „Sobald wir die Bormann-Papiere in Händen haben, dürfte das Windsor-Protokoll sich als sehr nützlich erweisen, und sicherlich gibt es eine Reihe von Leuten, deren Väter in dem Blauen Buch aufgeführt werden und die alles dafür hergeben würden, um zu verhindern, daß diese Tatsache bekannt wird." Er lachte. „Machen Sie sich keine Sorgen, Francis, wir werden noch eine Menge Spaß haben."

Es war halb sechs, als Jenny mit der Fähre in Cruz Bay ankam. Von der Anlegestelle waren es nur ein paar hundert Meter bis zu Jenny's Place. Als sie eintrat, saßen bereits ein paar Gäste an der Theke, hinter der Billy Jones stand. Er kam nach vorne, um sie zu begrüßen.

„Hallo, Miß Jenny, es tut richtig gut, Sie wiederzusehen."

„Danke, Billy. Haben Sie Dillon bestellt, worum ich Sie bat?"

„Hab ich. Wollen Sie ihn sprechen? Er hat mir seine Telefonnummer gegeben." Billy kehrte hinter die Theke zurück. „Da ist sie."

Mary, die in diesem Moment aus der Küche kam, blieb schlagartig stehen. „Jenny, Sie sind wieder da!" Sie gab ihr einen Kuß auf die Wange und trat dann einen Schritt zurück. „Sie sehen schrecklich aus, Liebes!"

Jenny lächelte sie an. „Ich war in meinem ganzen Leben noch nie so müde."

„Sie brauchen erst mal was Warmes zu essen, ein heißes Bad und ein paar Stunden Schlaf."

„Das ist eine gute Idee, Mary, aber ich habe einiges zu erledigen. Eine Tasse Kaffee im Büro würde mir vorerst reichen, ich muß gleich telefonieren."

Dillon schwamm gerade eine Runde vor Paradise Beach, als er sein Telefon im Liegestuhl am Strand piepsen hörte. Er beeilte sich, zurück ans Ufer zu kommen, und meldete sich.

„Hallo, Dillon, hier ist Jenny. Ich bin gerade angekommen. Wie ist es bisher gelaufen?"

„Na ja, sagen wir mal, es war ziemlich viel los. Als ich hier ankam, wurde ich bereits von einigen Leuten erwartet. Dieser Santiago treibt sich hier mit seiner Motorjacht herum und verursacht eine Menge Ärger."

„Weshalb?"

„Er ist hinter Bormanns Koffer her, mehr nicht."

„Aber wie hat er von der Existenz des U-Bootes erfahren?"

„Es gab in London eine undichte Stelle. Übrigens, mit Bob Carney hatten Sie recht, er ist ein prima Kerl. Aber bis jetzt hat er mir auch nicht viel weiterhelfen können. Glauben Sie wirklich, daß Sie es können, Jenny?"

„Es ist nur ein Gedanke, und der ist so simpel, daß ich fast Angst habe, ihn zu äußern. Warten wir damit, bis wir uns sehen. Ich brauche erst mal ein heißes Bad. Dann können wir uns gegen halb acht im Bistro treffen, ja?"

„Ist mir recht."

ALS JENNY das Bistro verließ, folgte Billy Jones ihr mit ihrem Koffer. Algaro und Guerra beobachteten aus einiger Entfernung, wie sie in den Jeep auf dem Parkplatz bei Moongoose Junction stiegen und losfuhren.

„Ich wette, er bringt sie zu ihrem Haus in Gallows Point", sagte Guerra.

Algaro nickte. „Wir gehen zu Fuß, so weit ist es ja nicht. Bis wir dort sind, ist der Barkeeper wieder weg. Dann schnappen wir sie uns."

Guerra sah sich um. „Von Dillon und den anderen beiden ist nichts zu sehen. Das heißt, daß sie noch nicht mit ihnen geredet hat."

„Wahrscheinlich wird sie auch nicht mehr dazu kommen", meinte Algaro genüßlich.

KURZ vor Mitternacht brannte hinter den Fenstern von Fergusons Büro im Verteidigungsministerium immer noch Licht, und Jack Lane saß am Schreibtisch und studierte die Computerausdrucke über die Familie Pamer. Es war eine sehr interessante Lektüre, doch er hatte für diesen Tag genug gearbeitet. Er verstaute die Ausdrucke in seinem Aktenkoffer, legte diesen in die Safeschublade seines Schreibtisches, holte seinen Regenmantel und verließ das Büro.

Er trat aus dem Eingang in der Horse Guards Avenue und schlug den Weg zu seinem Apartment ein. Der junge Mann, der hinter dem Lenkrad des gestohlenen Jaguars auf der gegenüberliegenden Straßenseite saß, warf mit Hilfe einer Taschenlampe einen Blick auf ein Foto und ließ den Motor an. Lane blickte beiläufig nach rechts, sah wohl den Jaguar, doch dieser war noch weit genug entfernt, damit Lane die Straße überqueren konnte. Plötzlich heulte der Motor auf. Lane drehte sich halb um, aber es war bereits zu spät. Der Jaguar erwischte ihn mit solcher Wucht, daß er auf der Stelle tot war.

Der junge Mann stieg aus, um sich zu vergewissern, daß der Inspektor wirklich tot war, dann stieg er wieder ein und fuhr davon. Fünf Minuten später ließ er den Jaguar in einer Nebenstraße stehen und suchte zu Fuß das Weite.

IN GALLOWS POINT nahm Jenny ein Bad und wusch ihre Haare, während Billy drunten die Veranda fegte. Algaro und Guerra beobachteten ihn aus einem Gebüsch in der Nähe.

„Verdammt noch mal, warum haut er nicht ab?" schimpfte Algaro.

Nach einer Weile kam Jenny heraus. Sie trug eine weiße Leinenhose und eine kurzärmelige Bluse und sah frisch und erholt aus.

„Schon besser", sagte Billy.

„Ja, jetzt fühle ich mich wieder etwas menschlicher. Wir können wieder zurückfahren, Billy."

Sie stiegen in den Jeep und fuhren los. Die beiden Beobachter traten aus ihrem Versteck. „Was nun?" wollte Guerra wissen.

„Wir schnappen sie uns später", antwortete Algaro. „Jetzt ist es wohl das beste, zum Bistro zurückzukehren."

Es war fast schon dunkel, als Dillon und Ferguson Jenny's Place betraten. Jenny saß mit Bob Carney an einem Tisch in einer Nische. Ferguson zog seinen Hut. „Miß Grant."

Jenny lächelte ihm zu und streckte Dillon die Hand entgegen. Er ergriff sie, und für einen Moment sahen sie einander verlegen an. „Ist alles wunschgemäß verlaufen?" fragte er.

„O ja, ich habe Henrys Schwester gefunden. Meine Geheimniskrämerei tut mir leid, aber jetzt kann ich's ja verraten: Sie ist Nonne in einem Kloster der Barmherzigen Schwestern."

„Davon hatte ich keine Ahnung", sagte Carney.

„Henry hat auch nie über sie gesprochen. Er war der Meinung, es sei sinnlos, sich von der Welt zurückzuziehen. Dadurch hatten sie sich einander ein wenig entfremdet." Sie holte tief Luft. „Und jetzt haben wir etwas Wichtiges zu besprechen."

„Ja, wir sind alle ganz Ohr", bekundete Ferguson.

Bob Carney wurde ganz aufgeregt. „Wo liegt U 180?"

„Die kurze Antwort lautet, ich weiß es nicht", sagte sie mit schlichter Offenheit.

Ferguson blickte einigermaßen konsterniert drein. „Sie wissen es nicht?"

Dillon legte dem Brigadier besänftigend eine Hand auf den Arm. „Lassen Sie sie doch mal ausreden."

„Ich will es einmal anders erklären", sagte Jenny. „Ich glaube, ich weiß vielleicht, wo man diese Information finden könnte." Sie wandte sich an Carney. „Bob, die *Rhoda* liegt doch immer noch im Hafen, nicht wahr? Können Sie uns dorthin bringen?"

„Na klar, Jenny."

Carney erhob sich, und Ferguson fragte: „Die *Rhoda?"*

„Henrys Boot", erklärte Bob Carney. „Kommen Sie, machen wir uns auf den Weg."

Sie gingen hinaus und marschierten zügig über die Hafenpromenade zum Pier. Algaro und Guerra konnten verfolgen, wie sie dort in ein Schlauchboot stiegen. Carney setzte sich ins Heck, startete den Außenbordmotor und lenkte das Boot hinaus in den Hafen.

Bob Carney knipste die Beleuchtung des Ruderhauses an, und sie drängten sich alle hinein. „Nun, Miß Grant", ergriff Ferguson das Wort. „Wir sind alle da, also was haben Sie uns zu erzählen?"

„Es ist nur eine Vermutung." Sie wandte sich an Carney. „Bob, was tun viele Taucher, nachdem sie unten waren?"

„Nun, sie überprüfen ihre Ausrüstung . . ."

„Nein, ich meine etwas noch Grundlegenderes in bezug auf den Verlauf des Tauchgangs."

„Auf was um alles in der Welt will sie hinaus?" fragte Ferguson ungeduldig.

„Ich glaube, ich verstehe", sagte Dillon. „Viele Taucher führen Logbücher."

„Und Henry war darin sehr genau. Gewöhnlich bewahrte er das Buch da drin auf." Sie öffnete ein kleines Ablagefach neben dem Ruder und fand das Gesuchte sofort. Sie reichte es Dillon. „Ich habe Angst, daß ich mich vielleicht geirrt habe. Lesen Sie es."

Dillon blätterte bis zur letzten beschriebenen Seite und verkündete: „Hier steht, daß er an einer Stelle namens Thunder Point fünfundzwanzig bis dreißig Meter tief getaucht ist."

„Thunder Point?" wiederholte Carney. „Das hätte ich niemals erwartet."

„Seine letzten Eintragungen lauten: *Ritterfische, gelbe Zackenbarsche, Engels- und Papageienfische und ein deutsches Unterseeboot vom Typ VII, U 180, auf einem Vorsprung am Osthang.*"

„Gott sei Dank", sagte Jenny. „Ich hatte also recht."

Ferguson rieb sich die Hände. „Jetzt können wir endlich loslegen."

Dillon sah Carney prüfend an. „Sie schienen über den Fundort überrascht zu sein – weshalb?"

„Thunder Point liegt knapp zwanzig Kilometer draußen. Das ist ziemlich am Rande des Tauchgebiets. Ich selbst bin dort noch nie getaucht. Niemand verirrt sich dorthin. Es ist das gefährlichste Riff weit und breit. Die Strömung ist dort extrem stark."

„Ich frage mich, weshalb Henry einen solchen Tauchgang überhaupt versucht hat", sagte Jenny.

„An jenem Morgen nach dem Hurrikan war das Meer ruhiger, als ich es je erlebt habe", erinnerte sich Carney. „Vermutlich fuhr er einfach aus reinem Vergnügen so weit hinaus und erkannte dann, daß die Bedingungen außergewöhnlich günstig waren."

„Es gibt noch ein Problem", meldete sich Dillon zu Wort. „Laut Friemels Tagebuch benutzte Bormann die Kabine des I. Wachoffiziers im vorderen Teil des Bootes. Der einzige Zugang führt durch das vordere wasserdichte Schott, und Baker berichtete Travers, daß es völlig festgerostet sei."

„Ja, gut." Carney nickte. „Dann müssen wir es eben sprengen."

„Ich habe Semtex und chemische Zündstifte besorgt", sagte Dillon.

„Wann fahren wir raus?" fragte Ferguson.

„Das hängt von Carney ab, er ist der Fachmann", erwiderte Dillon.

Carney überlegte laut: „Santiago kann uns jetzt nicht mehr folgen, wenn wir die Fahrt im Schutz der Dunkelheit unternehmen, und wir könnten beim ersten Licht runtergehen."

„Finde ich in Ordnung", erklärte Dillon.

„Schön. Ich habe die *Sea Raider* heute abend in Caneel Bay festgemacht, daher können wir von dort starten. Sie müssen nur noch das Semtex holen, von dem Sie gerade sprachen."

„Aber doch nicht sofort", sagte Ferguson. „Jetzt essen wir erst einmal. Diese ganze Aufregung hat mich richtig hungrig gemacht."

ALGARO und Guerra sahen, wie die kleine Gruppe ins Bistro zurückkehrte. Nach einiger Zeit begann es zu regnen, und die beiden Männer suchten Schutz unter einem Baum. „Dauert das denn die ganze Nacht?" fragte Guerra ungehalten.

„Es dauert so lange, wie es dauert", erklärte Algaro entschieden.

Die vier drinnen hatten sich inzwischen gestärkt und tranken Kaffee, als Dillons Funktelefon piepste. Er meldete sich, dann reichte er den Apparat an Ferguson weiter. „Für Sie. Jemand aus London."

Der Brigadier nahm den Hörer. Er lauschte und erbleichte plötzlich. Seine Schultern sackten herab. „Entschuldigen Sie mich", sagte er betroffen, stand auf und ging hinaus.

„Was hat denn das zu bedeuten?" wollte Carney wissen.

„Ganz bestimmt nichts Gutes, was immer es ist", sagte Dillon.

Nach einer Weile kam Ferguson wieder. „Jack Lane, mein Assistent – er ist tot."

„O nein", stöhnte Jenny.

„Ein Unfall mit Fahrerflucht gegen Mitternacht. Die Polizei fand den Wagen. Er war voller Blut. Und natürlich gestohlen."

„Wieder so ein erstaunlicher Zufall", meinte Dillon. „Sie geben ihm den Auftrag, Pamer zu überprüfen, und schon liegt er tot auf der Straße."

Es war das erste Mal, daß Dillon aufrichtige Wut in Fergusons Gesicht sah. „Das ist mir nicht entgangen, Dillon. Diese Rechnung wird bis zum letzten Penny bezahlt, das können Sie mir glauben." Er atmete tief durch und erhob sich. „Also, dann mal los! Begleiten Sie uns, meine Liebe?“

„Ich glaube nicht“, entgegnete Jenny. „Aber ich komme mit nach Caneel und winke Ihnen zum Abschied. Ich muß nur noch kurz mit Mary reden.“

Sie verschwand in der Küche, und Dillon winkte Billy ans Ende der Theke. „Geht es, daß Sie und Mary die Nacht in Jennys Haus verbringen?“ Er zog die belgische Halbautomatik aus der Tasche. „Nehmen Sie die hier.“

„Ist die Lage so ernst?“ fragte Billy.

„Wenn nicht noch ernster.“

„Dann ist das hier besser.“ Billy holte einen 45er Colt Automatik unter der Theke hervor.

„Prima. Passen Sie gut auf! Wir sehen uns morgen früh.“

IM HOTELBUNGALOW überprüfte Dillon den Inhalt der olivgrünen Armeetasche: das Semtex und die Zünder, das AK 47, die Walther und den Schalldämpfer.

„Ziehen wir in den Krieg?“ fragte Ferguson.

„Ich hoffe nicht. Carney und ich haben genug mit der Taucherei zu tun, aber Sie wissen jetzt, wo alles ist, falls Sie etwas brauchen.“

„Glauben Sie, wir können die Sache durchziehen?“

„Wir werden sehen. Das mit Lane tut mir leid, Brigadier.“

„Mir auch.“ Ferguson blickte betrübt vor sich hin. „Aber wir werden auch zum Zug kommen, Dillon, das verspreche ich Ihnen. Und jetzt sollten wir endlich aufbrechen.“

Carney hatte die *Sea Raider* am Ende des Piers festgemacht. Musikfetzen und Gelächter hallten vom Terrace Hotel herab über das Wasser. Jenny saß auf einer Bank und blickte auf das Boot hinunter, während Carney die Preßluftflaschen überprüfte. Er wandte sich zu Jenny um. „Alles in Ordnung?“

„Bestens“, sagte sie, während sie Ferguson und Dillon auf dem Pier herankommen sah.

„Jetzt dauert es nicht mehr lange“, sagte Dillon zu ihr, „dann sind die Zweifel dahin, ist die Leidenschaft verbraucht, wie ein Dichter es mal formuliert hat.“

„Und was werden Sie dann tun?“ fragte sie.

Dillon hauchte ihr einen Kuß auf die Wange. „Meine Liebe, wollen Sie einem alten Mann nicht mal die Chance zum Luftholen geben?“ Er zog die Halbautomatik aus der Tasche. „Nehmen Sie die an sich, und erzählen Sie mir nicht, daß Sie nicht wissen, wie man damit umgeht. Ziehen Sie einfach am Schlitten, dann zielen und schießen Sie."

Sie nahm die Waffe zögernd in die Hand. „Meinen Sie, das ist nötig?"

„Man kann nie wissen. Santiago war uns schon zu oft voraus. Zur Sicherheit werden Billy und Mary bei Ihnen übernachten."

„Sie denken einfach an alles, nicht wahr?"

„Ich versuche es. Billy ist jedenfalls einer, der sich zu wehren weiß."

Er kletterte an Bord, und Carney rief: „Machen Sie die Leinen los, Jenny!"

„Und passen Sie auf sich auf!" fügte Ferguson hinzu.

Sie winkte, während die *Sea Raider* aufs offene Meer zusteuerte. Dillon schaute zurück und sah, wie Jenny noch für eine Weile am Ende des Piers stehenblieb, bevor sie davonging.

Sie schlug den Weg zum Parkplatz ein. Algaro und Guerra hatten die Abfahrt des Bootes aus den nächtlichen Schatten heraus beobachtet und hefteten sich nun an Jennys Fersen.

IM BISTRO hielten sich noch immer ein paar Leute auf. Mary half gerade einer der Serviererinnen beim Abräumen der Tische, doch als Jenny hereinkam, setzte sie sich zu ihr an die Theke.

„Sind die andern gut weggekommen?" erkundigte sich Billy.

„Ich denke schon."

„Werden wir denn irgendwann erfahren, was los ist, Miß Jenny? Alle tun so schrecklich geheimnisvoll."

„Irgendwann ganz bestimmt, Billy, aber jetzt noch nicht."

Sie gähnte, und Mary meinte: „Jetzt halt sie nicht mit dämlichen Fragen auf, Billy, sie braucht Schlaf." Sie wandte sich an Jenny. „Mr. Dillon hat uns gebeten, bei Ihnen zu übernachten, und das werden wir auch tun."

„In Ordnung", sagte Jenny. „Ich gehe schon vor zum Haus."

„Sie sollten lieber noch fünf Minuten auf uns warten, Miß Jenny", riet Billy ihr.

Sie öffnete ihre Handtasche und holte die Pistole hervor. „Ich habe dies hier, Billy, und ich weiß, wie man das Ding benutzt. Mir passiert schon nichts. Wir sehen uns gleich."

Fünf Minuten später war sie zu Hause. Sie verriegelte die Tür hinter sich und ging schwerfällig die Treppe hinauf. In ihrem Schlafzimmer war es heiß, sehr heiß. Sie öffnete die Balkontür. Ein heftiger Regenschauer entlud sich unvermittelt, und eine frische Brise kam auf. Jenny blieb in der offenen Balkontür stehen und genoß die angenehme Kühle. Dann wandte sie sich um und sah sich Algaro und Guerra gegenüber.

Für einen Moment schien ihr, es wäre nur ein schlechter Traum, doch Algaros erschreckende Fratze bewies ihr das Gegenteil. Überdeutlich sah sie das kurzgeschorene Haar, die Narbe vom Auge zum Mund.

Trotz ihrer Müdigkeit stürzte sie reaktionsschnell zur Tür. Sie schaffte es beinahe, aber Guerra erwischte ihr Handgelenk und riß sie herum. Algaro schlug ihr brutal ins Gesicht, dann schleuderte er sie rücklings aufs Bett. Sie versuchte, die Pistole aus ihrer Handtasche herauszuholen. Er nahm sie ihr ab, drehte sie auf den Bauch, zog ihren linken Arm hoch und verrenkte ihn mit aller Gewalt. Sie schrie vor Schmerz auf.

„Das gefällt dir, nicht wahr?" Algaro genoß die Situation und warf die Pistole quer durchs Zimmer. „Vielleicht darf's noch ein wenig mehr sein."

Und diesmal war der Schmerz schlimmer als alles, was sie je ertragen hatte, und sie kreischte mit überkippender Stimme. Er warf sie herum auf den Rücken, schlug ihr wieder ins Gesicht und holte ein Schnappmesser aus der Tasche. Als er die Klinge herausspringen ließ, sah sie, daß sie rasiermesserscharf war.

„Ich werde dir jetzt ein paar Fragen stellen." Er fuhr mit der Klinge über ihre Wange und ritzte die Haut, so daß ein Blutstropfen austrat. „Wenn du nicht antworten willst, dann schlitze ich dir die Nase auf, und das ist erst der Anfang."

Sie war vor Angst außer sich. „Ich tue alles, was Sie verlangen", flehte sie.

„Schön. Wo liegt das Wrack von U 180?"

„Bei Thunder Point", stieß sie hervor.

Er grunzte zufrieden. „Wir haben deine Kumpane losfahren sehen. Sie sind tauchen gegangen, nicht wahr?"

Sie antwortete nicht sofort, da schlug er sie erneut. „Ja", wimmerte sie.

Er tätschelte ihre Wange, klappte das Messer zusammen und schloß die Tür ab. Langsam drehte er sich um, ein sadistisches Grinsen im Gesicht. „Du hast gesagt, du würdest alles tun?" fragte er lauernd, während er sich anschickte, seine Jacke auszuziehen.

Sie schrie erneut auf, nun völlig hysterisch, sprang auf und rannte in heilloser Panik hinaus auf den Balkon. Dort prallte sie gegen das Geländer, kippte vornüber und stürzte hinab in den Garten.

„Laß sie da unten liegen", sagte Algaro zu Guerra. „So sieht es wenigstens wie ein Unfall aus. Und jetzt sollten wir von hier verschwinden."

Fünf Minuten später bogen Billy und Mary in die Auffahrt ein und fanden Jenny auf dem Rasen. Mary warf sich neben ihr auf den Erdboden und berührte ihr Gesicht. Jenny stöhnte auf und bewegte leicht den Kopf.

Mary atmete auf. „Gott sei Dank, sie lebt. Billy, telefoniere schnell nach dem Arzt!"

10. Kapitel

SANTIAGO legte den Hörer auf und wandte sich an Serra. „Thunder Point."

„Das müssen wir uns mal auf der Karte ansehen, Señor", erwiderte der Kapitän. Er ging vor Santiago her zur Brücke und knipste die Beleuchtung über dem Kartentisch an. „Ah ja, da haben wir es."

Santiago betrachtete die Stelle und runzelte leicht die Stirn. „Dillon & Co. sind gerade auf dem Weg dorthin. Haben wir eine Chance, ihnen zuvorzukommen, wenn wir jetzt gleich aufbrechen?"

„Das bezweifle ich, Señor, und außerdem ist da draußen offenes Meer. Sie würden die *Maria Blanco* schon aus mehreren Meilen Entfernung bemerken."

„Ich verstehe", sagte Santiago. „Ich denke, wir lassen sie die Arbeit für uns erledigen. Wenn sie erfolgreich sind, kehren sie glücklich und zufrieden nach St. John zurück, sind vielleicht sogar ein wenig nachlässig, was ihre Wachsamkeit betrifft, weil sie denken, sie haben das Spiel gewonnen."

„Und dann, Señor?"

„Wir werden sehen. Wir kehren nach St. John zurück und gehen vor Paradise Beach vor Anker."

JENNY lag ausgestreckt da, ihr Kopf ruhte zur Seite gedreht auf einem Kissen. Sie sah sehr blaß aus und rührte sich nicht, nicht einmal, als der Arzt ihr eine Injektion gab. Mary war besorgt. „Was meinen Sie, Doktor?"

„Es gibt keine Anzeichen für einen Knochenbruch, aber Haarrisse sind natürlich immer möglich. Hoffen wir, daß sie bis morgen früh wieder bei Bewußtsein ist." Er schüttelte den Kopf. „Ich lasse sie ins St.-Thomas-Krankenhaus überführen. Dort kann man sie eingehender untersuchen. Bleiben Sie heute nacht bei ihr?"

„Ich und Billy rühren uns nicht von der Stelle", erklärte Mary.
„Sehr gut." Der Arzt klappte seinen Koffer zu. „Sobald eine Veränderung eintritt, rufen Sie mich sofort an."

GEGEN drei Uhr gerieten sie in ein heftiges Unwetter. Regentropfen verirrten sich sogar unter das Dach der Laufbrücke und schmerzten auf der Haut wie kleine Geschoßkugeln. Carney schaltete den Motor aus. „Es wäre besser, sich für einige Zeit nach unten zu verziehen. Ich könnte sowieso eine Kaffeepause gut vertragen."

Im Deckshaus suchte Dillon die Isolierkanne und einige Tassen zusammen.

„Es wird allmählich Zeit, daß wir überlegen, wie wir an das Problem herangehen", sagte Carney. „Wenn wir ohne Dekompressionspause bis dreißig Meter tauchen, haben wir vierzig Minuten Zeit."

„Wäre ein zweiter Tauchgang unter Umständen gefährlich?" fragte Dillon.

Ferguson schaltete sich ein. „Warum gefährlich?" fragte er.

„Unsere Atemluft besteht aus Sauerstoff und Stickstoff", erklärte Carney. „Wenn man taucht, sorgt der Druck dafür, daß der Stickstoff vom Körpergewebe aufgenommen wird. Je tiefer man hinuntergeht, desto mehr Stickstoff wird absorbiert. Wenn man zu lange unten bleibt oder zu schnell wieder auftaucht, können sich im Blut und im Gewebe kleine Bläschen bilden, so, als schüttele man eine Flasche Sprudelwasser. Das Endergebnis ist dann die Dekompressionskrankheit."

„Und wie kann man die vermeiden?"

„Indem man die Zeit, die man unten bleibt, begrenzt, speziell während des ersten Tauchgangs. Beim zweitenmal müssen wir vielleicht in fünf Meter Tiefe einen Sicherheitsstopp einlegen."

Dillon zündete sich eine Zigarette an. „Wir müssen dieses U-Boot wirklich so schnell wie möglich finden."

„Und gleich beim ersten Tauchgang die Sprengladung anbringen", betonte Carney. Er leerte seine Kaffeetasse und stand auf. „Mit etwas Glück läßt sich das Ganze innerhalb von zwanzig Minuten erledigen." Er grinste. „Wir gehen am Osthang des Riffs runter, rein, raus und wieder hoch – fertig!"

„Dann wäre der zweite Tauchgang kein Problem mehr", sagte Dillon.

„Genau." Der Regen hatte aufgehört, das Meer lag wieder ruhig da, und Carney schaute auf die Uhr. „Zeit, um die Fahrt fortzusetzen, meine Herren", sagte er und kletterte die Leiter zur Brücke hinauf.

IM OSTEN ging bereits die Sonne auf, als sich die *Sea Raider* behutsam Thunder Point näherte, wobei Carney das Echolot beobachtete. „Da haben wir es", sagte er, als er die gelben, zackigen Linien auf dem schwarzen Schirm erblickte. „Gehen Sie an den Anker", bat er Dillon. „Ich muß noch ein wenig manövrieren, damit Sie das Riff in fünfundzwanzig Meter Tiefe treffen."

Es herrschte eine schwere Dünung. Das Boot hielt mit gedrosselter Maschine gerade eben seine Position. Dillon spürte, wie der Anker Halt fand, und gab Carney auf der Brücke ein Zeichen. Sofort schaltete der Amerikaner die Maschinen ab.

Dann rutschte er die Leiter herunter. „Die Strömung ist ziemlich stark."

„Aber das Wasser ist ungewöhnlich klar", stellte Ferguson fest. „Man kann bis zum Riff hinunterblicken."

„Das bringt mich auf eine Idee", sagte Carney. „Ich gehe mal auf die Pirsch und suche die Kante des Riffs ab. Wenn ich Glück habe, finde ich so vielleicht sogar das U-Boot, und wenn ich nicht so tief hinuntergehe, hat das keine nachteilige Wirkung auf die späteren Tauchgänge."

Er zog den Reißverschluß seines Taucheranzugs zu, und Dillon half ihm dabei, sich die Preßluftflasche auf den Rücken zu packen. Carney rückte seine Maske zurecht, setzte sich auf den Bootsrand und ließ sich dann nach hinten fallen. In etwa hundert Meter Entfernung erschien er wieder an der Wasseroberfläche und winkte. Seine Stimme hallte schwach über das Wasser. „Hier drüben!"

Dillon startete die Maschinen vom Deckshaus aus. „Versuchen Sie den Anker hochzuhieven, Brigadier, ich sehe zu, daß ich Ihnen von hier ein wenig helfe."

Ferguson zog am Tau, während Dillon mit dem Boot manövrierte, um den Zug am Tau zu verringern. Endlich klappte es, und der Brigadier stieß einen triumphierenden Schrei aus und holte das Tau ein. Dillon steuerte das Boot langsam auf Carney zu.

Als sie auf gleicher Höhe mit ihm waren, rief Carney: „Lassen Sie den Anker genau hier fallen!"

Ferguson gehorchte, und Dillon schaltete die Maschinen ab. Carney kraulte zur Tauchplattform. „Wir stehen genau über dem Klippenrand. Ich könnte schwören, auf einem Vorsprung etwas gesehen zu haben. Nun zeigen Sie mal, was Sie in Ihrer Tasche haben, Dillon."

Dillon holte den Semtexwürfel heraus, schnitt ein großes Stück davon ab und rollte es zu mehreren langen Würsten. Carney wählte die Zündstifte mit acht Minuten Verzögerung, und Dillon verstaute alles in seinem Gerätesack. Carney half ihm in seine Weste mit der Preßluftflasche und reichte ihm einen Unterwasserscheinwerfer. „Wir treffen uns am Anker, Dillon, und nehmen Sie sich vor der Strömung in acht!"

Dillon nickte, setzte sich auf den Bootsrand und verschwand rückwärts im Wasser.

DAS WASSER war ungewöhnlich klar und sehr blau. Der Felsrücken unter ihnen war mit Hornkorallen und großen Korbschwämmen in allen möglichen Orangeschattierungen bedeckt. Während er am Anker wartete, zog über ihm ein ganzer Schwarm barrakudaähnlicher Fische vorbei. Ihnen folgten einige Ritterfische.

Die Strömung war so stark, daß sein Körper horizontal im Wasser lag, als er sich am Ankertau festhielt. Carney kam herunter, trieb bereits seitlich ab und winkte ihm zu. Dillon folgte ihm, schaute gleichzeitig auf seinen Tauchcomputer. In zweiundzwanzig Meter Tiefe schwamm er hinter Carney her über den Klippenrand und blickte hinab in die blaue Unendlichkeit. Links erkannte er die große Schramme, wo der Korallenverbund weggebrochen war, und dann erblickte er den Rumpf von U 180. Der Bug ragte über den Rand des Vorsprungs hinaus.

Sie stiegen ab zum Kommandoturm und schwammen dann von der Geschützplattform zu dem gezackten, fünf Meter langen Riß im Rumpf hinunter. Carney schwamm hindurch. Dillon blickte auf seinen Tauchcomputer und sah, daß sieben Minuten seit Verlassen der *Sea Raider* vergangen waren. Er knipste seinen Scheinwerfer an und folgte dem Amerikaner.

Dieser kauerte neben dem vorderen Schott und versuchte erfolglos, das Verriegelungsrad zu bewegen. Dillon öffnete seinen Gerätesack und reichte Carney einen Strang Semtex. Gemeinsam bestückten sie den Rahmen des Schotts mit dem Sprengstoff, wobei Dillon die obere Hälfte des Rahmens übernahm, Carney die untere. Als der Kreis geschlossen war, streckte Carney seine behandschuhte Hand aus, und Dillon reichte ihm zwei der chemischen Zündstifte. Carney zerbrach den einen Stift und bohrte ihn in den oberen Teil des Sprengstoffwulstes. Kleine Bläschen stiegen auf. Dann plazierte er den zweiten Stift im untern Teil des Schottrahmens.

Dillon sah auf seinen Computer. Siebzehn Minuten. Carney nickte, und Dillon schwamm durch den Riß und stieg gleich weiter hoch zum Klippenrand, dann direkt auf den Anker zu und am Tau nach oben. Carney war dicht hinter ihm.

„HABEN Sie es gefunden?" fragte Ferguson ungeduldig.

„Ja. Und wir haben's wirklich hingekriegt, wie Carney sagte", erklärte Dillon. „Wir gingen runter, rein, raus und wieder hoch. Zwanzig Minuten haben wir gebraucht, nicht mehr als zwanzig Minuten!"

Carney tauschte die leeren Sauerstoffflaschen gegen volle aus. „Ich tauche nun schon seit zwanzig Jahren, aber etwas Tolleres hab ich noch nicht erlebt."

Dillon zündete sich eine Zigarette an. „Santiago würde wer weiß was dafür geben."

Plötzlich schäumte das Wasser auf, Gischt sprühte im Wind. Schnell breiteten sich konzentrische Schaumkämme aus. Sie standen an der Reling und verfolgten das Geschehen, bis das Wasser sich wieder beruhigt hatte.

„Das war's wohl", meinte Carney schließlich. „Gehen wir an die Arbeit." Sie legten wieder ihre Tauchermonturen an.

Als Dillon Carney nach unten folgte, spürte er eine Bewegung des Wassers, Schockwellen ähnlich, die vorher nicht dagewesen war. Carney verharrte über dem Klippenrand, und als Dillon zu ihm kam, erkannte auch er das Problem: Die Wucht der Explosion hatte das Heck des U-Boots gehoben, und der Bug, der über den Felssims hinausragte, begann bereits langsam zu sinken.

Sie schwammen schnell auf das U-Boot zu und hielten sich hinter der Bordkanone am Geländer fest. Dillon spürte deutlich, wie das Boot sich bewegte. Das Heck brauchte nur noch wenig höher zu steigen, und U 180 würde direkt ins Nichts abrutschen.

Aber damit wollte Dillon sich nicht abfinden. Als er Anstalten machte, nach unten zu tauchen, spürte er Carneys Hand, die ihn zurückzuhalten versuchte. Er riß sich los und steuerte auf den Riß im Rumpf zu, zog sich vor bis in den Kontrollraum. Alles schwankte als Folge der Explosion hin und her. Er knipste seinen Scheinwerfer an und fand das große, gezackte Loch, wo das Schott sich befunden hatte.

Dahinter war es dunkel, weitaus trüber, als er erwartet hatte. Er leuchtete mit dem Scheinwerfer hinein, und während er sich durch die Öffnung schlängelte, hörte er ein gespenstisches, stöhnendes Geräusch, als das Boot sachte vorwärts ruckte. Doch er war schon zu weit gekommen, um jetzt aufzugeben.

Der Funkraum befand sich auf der rechten Seite, die Kabine des I. Wachoffiziers gegenüber. Er sah einen Stahlspind, dessen Tür halb aus den Angeln gerissen war, und die Reste einer Koje. Er ließ den Lichtstrahl herumwandern, und da entdeckte er ihn in der Ecke: einen dreckverkrusteten, metallenen Aktenkoffer.

Er strich mit der Hand darüber, ein matter silberner Glanz entstand, und in diesem Augenblick sackte das U-Boot in eine gefährliche Schräglage ab, und alles schien sich zu bewegen. Dillon prallte gegen die Innenwand, verlor den Aktenkoffer, schnappte wieder danach und schwamm zurück zur Schottöffnung. Plötzlich blieb sein Taucheranzug an etwas hängen. Er kam nicht vom Fleck, drehte sich hektisch hin und her, merkte deutlich, wie das Boot immer weiter abkippte. Und dann tauchte Carney vor ihm auf, streckte eine Hand aus und befreite ihn aus seiner verzweifelten Lage.

Der Amerikaner machte kehrt und schwamm auf den Riß zu. Dillon folgte ihm. Das ganze Boot rutschte jetzt, ein dumpfes Ächzen hallte durch den Rumpf, Stahl scharrte über Felsen, und dann war Carney draußen, ließ sich nach oben treiben, und Dillon holte ihn ein. Beide verharrten am Klippenrand. Während sie an der Felswand hinabschauten, rutschte der große, walähnliche Rumpf von U 180 vollends von seinem Vorsprung herunter und versank in der unergründlichen Tiefe.

Am Ankertau warf Dillon einen Blick auf den Computer. Auch diesmal nur zwanzig Minuten, was durchaus in Ordnung war, aber Carney ging kein Risiko ein. In fünf Meter Tiefe stoppte er. Dillon stieg langsam am Tau empor bis in seine Höhe und hob den Aktenkoffer hoch. Er konnte erkennen, daß Carney grinste.

Sie warteten fünf Minuten lang, dann tauchten sie hinter dem Bootsheck auf, wo Ferguson sich bereits nervös über die Reling beugte. „Lieber Himmel, ich dachte schon, die Welt geht unter", sagte er. „Das ganze Meer ist aufgeschäumt, als ob es überkochen würde. Was ist passiert?"

„Das Boot lag auf einem Felsvorsprung, Brigadier, soviel wußten Sie ja schon", erzählte Carney. „Durch die Wucht der Explosion ist es ins Rutschen geraten. Aber dieser Verrückte hier hat sich entschlossen, trotzdem reinzugehen."

„Ich hab den Aktenkoffer geborgen, oder etwa nicht? Dann wollte das verdammte U-Boot mich mitsamt meinem Fund in die Tiefe mitnehmen, weil ich am Schott hängenblieb, doch ein Wahnsinniger namens Bob Carney zog mich raus."

Carney beugte sich über die Reling. „Es ist ein weiter, weiter Weg bis nach unten. Heute haben wir U 180 wohl zum letztenmal gesehen. Es ist fast so, als hätte das Boot niemals existiert."

„O doch, das hat es", sagte Ferguson. „Und wir können es beweisen." Er hielt den Aktenkoffer hoch.

Dieser hatte in der langen Zeit unter Wasser kaum gelitten. Die

Außenseite ließ sich erstaunlich gut reinigen. Das Emblem der Kriegsmarine, in der rechten Ecke eingraviert, war deutlich erkennbar. Carney öffnete die beiden Schlösser und versuchte, den Deckel aufzuklappen, aber er rührte sich nicht. Carney schob über dem Schloß eine dünne Messingklinge unter den Deckelrand und benutzte das Messer als Hebel. Ein Knacken ertönte, und der Deckel ging auf.

Die Dokumente befanden sich in versiegelten Umschlägen. Ferguson öffnete den ersten, nahm einen Brief heraus und reichte ihn Dillon. „Sie sind doch hier der Sprachexperte."

Dillon las laut Martin Bormanns Befehl vom Führer vor. „Unterzeichnet ‚Adolf Hitler'", schloß er.

„Tatsächlich? Der würde bei einer Auktion bei Christie's sicherlich einige tausend Pfund bringen." Ferguson gab einen größeren Umschlag weiter. „Versuchen Sie es mal damit."

Dillon holte einen dicken Schnellhefter heraus. Er blätterte mehrere Seiten durch. „Das dürfte das Blaue Buch sein, eine alphabetische Liste von Namen, Adressen, unter jedem Namen ein Text, eine Art Kurzbeschreibung der betreffenden Person."

„Sehen Sie mal nach, ob auch Pamer dabei ist."

Dillon überflog die Liste. „Ja: ‚Major Sir Joseph Pamer, Parlamentsabgeordneter, Hatherley Court, Hampshire'. In den Anmerkungen steht, daß er politisch zuverlässig ist und dem Anliegen des Nationalsozialismus treu ergeben." Dillon sah sich ein paar weitere Seiten an und stieß einen leisen Pfiff aus. „Brigadier, ich weiß, daß ich nur ein kleiner irischer Bauer bin, aber einige der Namen hier drin würden Sie nicht für möglich halten. Die gesellschaftliche Elite von England. Und von Amerika."

Ferguson sah sich einige Seiten an, und seine Miene wurde ernst. „Wer hätte das gedacht?" Er gab ihm einen anderen Umschlag. „Nehmen Sie dies mal."

In dem Umschlag befanden sich mehrere Dokumente, und Dillon betrachtete sie kurz. „Das sind Angaben über Nummernkonten in der Schweiz, in Südamerika und in den Vereinigten Staaten. Sonst noch etwas?"

„Nur dies hier." Ferguson reichte ihm einen weiteren Umschlag. „Und was das ist, wissen wir – das Windsor-Protokoll."

Dillon nahm das Schriftstück heraus. Der englische Text stand auf

Papier von höchster Qualität, fast wie Pergament. Dillon las ihn laut vor.

„Du lieber Himmel!“ sagte Carney. „Wenn dieses Dokument echt ist, dann ist es das reinste Dynamit.“

„Absolut.“ Ferguson verstaute das Dokument wieder in seinem Umschlag. „Falls es echt ist. Die Nazis waren wahre Meister im Fälschen.“ Aber seine Miene war betrübt, als er den Aktenkoffer zuklappte.

„Und jetzt?“ erkundigte sich Carney.

„Wir kehren nach St. John zurück, wo Dillon und ich unsere Sachen packen werden, um nach London zurückzukehren. In St. Thomas steht ein Learjet bereit. Der Premierminister ist ein Mensch, der schlechte Neuigkeiten so bald wie möglich erfahren möchte.“

DIE *MARIA BLANCO* war im Laufe des Vormittags vor Paradise Beach vor Anker gegangen, und Algaro und Guerra waren wenig später mit der Barkasse hinzugestoßen. Santiago, der hinter seinem imposanten Schreibtisch im Salon thronte, hörte aufmerksam zu, als sie die Ereignisse des vorangegangenen Abends schilderten. Danach wandte er sich an Serra. „Dann verraten Sie mir mal, Kapitän, wie Sie die Lage beurteilen.“

„Die Fahrt dorthin ist ziemlich lang, Señor, und auf dem Rückweg müssen sie ständig gegen den Wind fahren. Trotzdem würde ich annehmen, daß sie schon bald wieder zurück sein werden.“

„Also was tun wir? Uns heute abend an sie heranmachen?“ fragte Algaro.

„Nein.“ Santiago schüttelte den Kopf. „Laut unseren Informationen steht auf St. Thomas ein Learjet für Ferguson. Wir legen also besser sofort los. Du und Guerra, ihr geht mit dem Schlauchboot in Touristenklamotten an Land. Laßt das Schlauchboot unterhalb von Bungalow sieben liegen. Serra gibt jedem von euch ein Walkie-talkie, damit ihr Kontakt halten könnt. Du, Algaro, hältst dich in nächster Nähe des Bungalows auf. Und du, Guerra, gehst runter nach Caneel Beach, und sobald Carneys Boot erscheint, gibst du Algaro Bescheid. Ferguson und Dillon müssen in den Bungalow zurück, um zu packen. In diesem Augenblick schlagt ihr zu. Dann kommt sofort zurück, und wir verschwinden von hier. Denkt daran, daß der Aktenkoffer unverwechselbar aussieht. Er besteht aus Aluminium.“

„Kehren wir nach San Juan zurück, Señor?“ wollte Serra wissen.

„Nein“, entschied Santiago. „Nach Samson Cay. Ich möchte genügend Zeit haben, um meine nächsten Schritte zu überdenken.

Der Inhalt dieses Koffers, Serra, könnte meinem Leben einen ganz neuen Sinn geben." Er öffnete eine Schublade rechts neben sich. Eine Reihe Handfeuerwaffen lag darin. Er wählte eine Browning-Hochleistungspistole und warf sie Algaro zu. „Enttäusch mich nicht!"

„Ganz bestimmt nicht", versprach Algaro. „Wenn die diesen Koffer tatsächlich haben, dann hole ich ihn für Sie."

„Oh, haben werden sie ihn ganz bestimmt." Santiago lächelte. „Zu unserem Freund Dillon habe ich vollstes Vertrauen. Er hat das Glück gepachtet."

ALS DIE *Sea Raider* in Caneel Bay einlief, verfolgte Guerra, wie Dillon auf den Pier sprang, um eine Leine festzumachen. Danach kehrte er an Bord zurück und kam mit einer Armeetasche in der Hand wieder an Land. Ferguson folgte ihm mit dem Aktenkoffer, und auch Carney verließ das Boot.

Guerra setzte einen weißen weichen Sonnenhut auf, dessen heruntergeklappte Krempe sein Gesicht teilweise verdeckte, sowie eine dunkle Sonnenbrille und schlenderte über den Strand dorthin, wo der Weg zum Pier endete. Er erreichte den Punkt beinahe im gleichen Moment wie eine junge Farbige, die von der Hotelrezeption herbeigeeilt kam.

„Captain Carney, ich sah Sie gerade ankommen. Ich habe eine dringende Nachricht für Sie. Billy Jones bat mich, ich soll Ihnen mitteilen, daß Jenny Grant gestern in ihrem Haus vom Balkon gestürzt ist. Sie ist noch in ihrem Haus, aber sie soll schon bald ins Krankenhaus von St. Thomas transportiert werden."

„Mein Gott!" sagte Carney erschrocken und nickte ihr zu. „Vielen Dank, ich kümmere mich darum."

„Schon wieder ein Unfall", meinte Dillon bitter und reichte Ferguson die Armeetasche. „Ich fahre hin."

„Ja, natürlich, tun Sie das", erwiderte Ferguson. „Ich kehre zum Bungalow zurück, dusche und packe schon mal."

„Also bis später." Dillon sah Carney an. „Kommen Sie mit?"

„Selbstverständlich", erwiderte Carney, und sie eilten gemeinsam zum Parkplatz hinüber.

FERGUSON stellte den Aktenkoffer neben den kleinen Schreibtisch. Eigentlich müßte ich mich wie ein Sieger fühlen, sagte er sich, während er den Aktenkoffer betrachtete, aber zuviel Schlimmes war mittlerweile passiert. Erst hatten sie Joseph Jackson erwischt, einen armen alten Mann, und dann Jack Lane, den besten Polizisten, mit dem er je zusammengearbeitet hatte. Und jetzt Jenny Grant. Santiago hatte für eine Menge Untaten Rechenschaft abzulegen. Ferguson schloß die Apartmenttür ab, begab sich ins Bad und drehte die Dusche auf.

Guerra und Algaro betraten die Vorhalle und schlichen die Treppe hinauf. Sehr vorsichtig versuchte Guerra sein Glück an der Tür. Er schüttelte den Kopf. Algaro winkte ihn nach draußen. Niemand war zu sehen, und der Garten, der den Bungalow umgab, wucherte üppig und bildete einen guten Sichtschutz. Über ihren Köpfen ragte ein geräumiger Balkon hinaus.

„Ganz einfach“, sagte Algaro. „Steig auf die Mauer hier, halte dich am Baum fest, und ich mache dir mit den Händen eine Art Trittbrett. So erreichst du das Geländer. Ich warte an der Tür.“ Er reichte ihm den Browning.

Guerra stand innerhalb von Sekunden auf der Terrasse. Von Ferguson war nichts zu sehen. Behutsam drückte Guerra auf die Klinke, und die Tür öffnete sich. Er zückte den Browning, hörte das Rauschen der Dusche, sah sich im Raum um. Da er den Aktenkoffer jedoch nicht sofort entdecken konnte, huschte er zur Apartmenttür und öffnete sie.

„Ich kann den Aktenkoffer nirgends sehen“, flüsterte Guerra.

Aber Algaro erspähte ihn, trat schnell zum Schreibtisch und hob ihn triumphierend hoch. „Da ist er ja. Nichts wie weg!“ Er nahm die Pistole wieder entgegen.

Während sie sich der Apartmenttür zuwandten, tauchte Ferguson im Frotteebademantel aus dem Badezimmer auf. Er stieß einen erzürnten Schrei aus, vergeudete aber keine Zeit mit Fragen, sondern stürzte sich geradewegs auf die Eindringlinge. Algaro schmetterte ihm den Lauf des Brownings gegen die Schläfe. Als Ferguson auf ein Knie sank, schleuderte Algaro ihn mit einem Tritt gegen die Wand.

„Los, weg jetzt!“ brüllte Algaro seinem Kumpan zu und rannte zur Tür hinaus.

Ferguson schaffte es, wieder hochzukommen. Er stolperte durch das Zimmer und gelangte rechtzeitig nach draußen auf den Balkon, um sehen zu können, wie Algaro und Guerra zu dem kleinen Strand hinunterrannten, ein Schlauchboot ins Wasser schoben, den Außenbordmotor anwarfen und sich vom Ufer entfernten. Erst in diesem Moment entdeckte Ferguson, daß draußen die *Maria Blanco* ankerte.

Er hatte sich in seinem ganzen Leben noch nie so machtlos gefühlt. Voller Zorn holte er das Fernglas und richtete es auf die Jacht. Er sah, wie Algaro und Guerra die Leiter hinaufkletterten und zum Heck gingen, wo Santiago und Kapitän Serra unter dem Sonnensegel saßen. Algaro legte den Aktenkoffer auf den Tisch. Santiago streichelte ihn, dann wandte er sich zur Seite und sagte etwas zu Serra. Der Kapitän stand auf und begab sich auf die Brücke. Sekunden später lichteten sie den Anker.

Und dann geschah etwas Seltsames. Als sei ihm bewußt, daß er beobachtet wurde, hob Santiago den Aktenkoffer mit einer Hand hoch, winkte mit der anderen und verschwand dann im Salon.

BILLY öffnete die Tür des Hauses in Gallows Point, um Dillon und Carney einzulassen. „Ich bin froh, daß Sie gekommen sind", sagte er.

„Wie geht es ihr?" wollte Carney wissen.

„Nicht sehr gut. Mary und ich haben sie gefunden, als wir vom Bistro hierherkamen. Mary wird sie nach St. Thomas begleiten."

„Kann sie reden?" fragte Dillon leise, während sie das Krankenzimmer betraten.

„Sie ist vor einer Stunde zu sich gekommen. Sie hat zuerst nach Ihnen gefragt, Mr. Dillon, aber ansonsten hat sie nicht viel geredet."

Billy und Mary verließen das Krankenzimmer, und Carney sagte: „Ihr Gesicht sieht schlimm aus."

„Ja", sagte Dillon grimmig, „aber das hat sie nicht von dem Unfall. Wenn sie aus dieser Höhe aufs Gesicht gestürzt wäre, dann wäre es nicht mehr zu erkennen." Er ergriff ihre Hand, und sie schlug die Augen auf. „Dillon?"

„Ich bin hier, Jenny."

„Es tut mir leid, Dillon, ich hab Sie enttäuscht."

„Sie haben uns nicht enttäuscht, Jenny. Wir haben das U-Boot gefunden."

Carney beugte sich vor. „Und Bormanns Aktenkoffer haben wir auch."

Sie nickte benommen. „Ich hab's ihm gesagt, Dillon", murmelte sie, „ich sagte ihm, Sie müßten nach Thunder Point."

„Wem haben Sie es gesagt, Jenny?"

„Dem Mann mit der Narbe, mit der langen Narbe." Sie umklammerte Dillons Hand. „Er hat mir weh getan, Dillon, ganz schlimm. Niemand hat mir je solche Schmerzen zugefügt." Sie seufzte, dann fielen langsam ihre Lider zu, und sie versank in einen unruhigen Schlaf.

Als Dillon sich umwandte, war sein Gesicht wutverzerrt. „Algaro ist ein toter Mann, darauf gebe ich Ihnen mein Wort." Er eilte aus dem Zimmer, und Carney schloß sich ihm an.

„Es muß gegen Mitternacht gewesen sein, als Algaro Jenny bearbeitete und erfuhr, daß wir nach Thunder Point ausgelaufen waren."

„Und?" fragte Carney.

„Weder dort noch auf dem Rückweg ist irgendwer von der Gegenseite aufgetaucht. Wir müssen schnellstens zurück nach Caneel."

ALS DILLON gegen die Tür von 7 E hämmerte, wurde sie von Ferguson geöffnet, der sich ein mit Eiswürfeln gefülltes Handtuch gegen die Schläfe preßte.

„Was ist passiert?" wollte Dillon wissen.

„Algaro wieder einmal! Ich habe geduscht, und die Tür war abgeschlossen. Ich kam aus dem Badezimmer, und da war er mit einem der anderen Männer. Ich hab getan, was ich konnte, Dillon, aber er hatte eine Browning und schlug mir damit über den Schädel."

„Lassen Sie mal sehen." Dillon betastete vorsichtig Fergusons Schläfe. „Es hätte schlimmer sein können."

„Sie hatten ein Schlauchboot am Strand und sind damit zur *Maria Blanco* rübergefahren. Die Jacht lag draußen vor Anker."

Dillon trat ans Fenster. „Jetzt ist sie natürlich nicht mehr da."

„Ich möchte bloß wissen, wo er hin ist." Ferguson blickte finster drein. „Ich hab durchs Fernglas gesehen, wie Algaro ihm den Aktenkoffer übergeben hat."

Dillon stieß eine Verwünschung aus. „Ich habe Carney gesagt, er soll sich umhören; wir treffen uns wieder in Jenny's Place. Kommen Sie mit, Brigadier!"

FERGUSON und Dillon saßen in der dunkelsten Ecke des Bistros. Der Brigadier hatte sich einen großzügigen Scotch bestellt und ließ darin die Eiswürfel klirren, während Dillon sich mit einem Glas Mineralwasser und einer Zigarette begnügte. Carney erschien und kam sofort zu ihnen.

„Und?" fragte Dillon.

„Ich habe einen Freund getroffen, der heute zum Angeln draußen war. Sie haben ihn passiert und waren nach Südosten unterwegs. Das heißt, daß Samson Cay ihr Ziel sein dürfte."

Dillon lachte. „Gut, jetzt krieg ich ihn."

„Was meinen Sie?" wollte Ferguson wissen.

„Die *Maria Blanco* dürfte heute vor Samson Cay ankern. Wir schleichen uns im Schutz der Dunkelheit an, und ich hole den Aktenkoffer zurück."

Ferguson seufzte. „Sie geben niemals auf, nicht wahr, Dillon?“

„Davon habe ich noch nie etwas gehalten.“ Dillon schenkte sich Mineralwasser nach und prostete den beiden anderen zu.

11. Kapitel

ES WAR schon Abend, als Dillon und Ferguson am Pier von Caneel Bay auf einer Bank saßen und warteten. Die Armeetasche stand auf dem Boden zwischen ihnen.

„Ich glaube, da kommt er“, sagte Ferguson und deutete aufs Meer hinaus. Dillon sah die *Sea Raider* hereinkommen und sich langsam einen Weg zwischen den anderen Jachten suchen.

Ferguson runzelte die Stirn. „So, wie ich Santiago einschätze, ist er sicherlich darauf vorbereitet, irgendwelche Eindringlinge auf seinem Schiff gebührend zu empfangen. Meinen Sie wirklich, daß ein solches Unternehmen erfolgreich sein kann?“

„Alles ist möglich.“ Dillon grinste. „Lächeln, Brigadier, immer nur lächeln. Ich habe nicht die Absicht, auf Samson Cay zu sterben. Schließlich wartet auf mich ja noch ein feudales Abendessen im Garrick Club.“

Während die *Sea Raider* heranglitt, sprang Dillon an Bord und warf dem Brigadier eine Leine zu. Carney schaltete die Maschinen aus und kam die Leiter herunter, während sie festmachten. „Ich habe getankt. Wir können jederzeit aufbrechen.“

Ferguson reichte Dillon die Armeetasche und kam ebenfalls herüber. „Dann sollten wir jetzt zusehen, daß wir uns auf den Weg machen.“

Carney nickte. „Sicher, aber ich würde schon gerne erfahren, wie wir jetzt vorgehen sollen. Selbst bei Dunkelheit können wir die *Sea Raider* nur auf eine bestimmte Entfernung heranbringen, ohne entdeckt zu werden.“

„Mir scheint, es wäre am klügsten, unter Wasser anzuschleichen“, sagte Dillon. „Nur ist dann nicht mehr von ‚wir‘ die Rede, Carney. Santiago und seine Leute, das sind die Bösen, und ich bin auch ein Böser. Fragen Sie den Brigadier, er wird es Ihnen bestätigen. So verdiene ich meinen Lebensunterhalt, und es ist ein Einmannunternehmen.“

„Hören Sie“, protestierte Carney. „Ich kenne mich ebenfalls mit solchen Einsätzen aus.“

„Das weiß ich, aber Vietnam war etwas ganz anderes. Ich habe mein ganzes Leben lang Krieg geführt. In einem Alter, als ich eigentlich mit Mädchen hätte zum Tanzen gehen sollen, kämpfte ich in einem Krieg, dessen Schlachtfelder Hausdächer und finstere Gassen waren, und lockte englische Soldaten in die Kanalisation von Belfast."

„Was wollen Sie mir damit sagen?" fragte Carney.

„Daß ich, wenn ich über die Reling der *Maria Blanco* steige, jeden töte, der mir in die Quere kommt, und das, ohne mit der Wimper zu zucken. Aber ich glaube nicht, daß Sie dazu fähig sind, und danken Sie Gott dafür!"

Die Männer schwiegen. Carney sah Ferguson fragend an, und der Brigadier nickte. „Ich fürchte, er hat recht."

„Also gut", sagte Carney widerstrebend, „dann machen wir es folgendermaßen: Ich schleiche mich so nahe wie möglich an die *Maria Blanco* heran und werfe den Anker. Dann bringe ich Sie mit einem Schlauchboot rüber." Dillon wollte etwas sagen, aber Carney schnitt ihm das Wort ab. „Kein Aber, so wird es laufen."

„In Ordnung", gab Dillon sich geschlagen. „Wie Sie wollen."

„Und, Dillon, wenn irgend etwas schiefläuft, greife ich ein."

Carney stieg zur Brücke hinauf und startete die Maschinen, und Dillon löste die Leinen. Sekunden später glitten sie in die Bucht hinaus.

SANTIAGO saß im Salon der *Maria Blanco* und las die Dokumente in Bormanns Aktenkoffer zum drittenmal. Noch nie in seinem ganzen Leben war er so fasziniert gewesen. Am interessantesten war das Blaue Buch: all diese Parlamentsmitglieder, Adligen und Personen in den höchsten gesellschaftlichen Schichten, die die Idee des Nationalsozialismus unterstützt hatten. Er griff nach dem Telefon und rief Francis Pamer an.

Pamers Nervosität flackerte sofort auf. „Ist etwas passiert?"

„Das kann man wohl sagen. Ich habe den Koffer, Francis, Bormanns Aktenkoffer liegt vor mir auf dem Tisch, und Korvettenkapitän Paul Friemel hatte recht. Der Reichsleiter hat keinen Unsinn geredet, als er betrunken war. Es ist alles da, Francis: Hitlers Befehl, Nummernkonten, das Windsor-Protokoll."

„Mein Gott!" stieß Pamer hervor.

„Und das Blaue Buch, Francis, eine absolut faszinierende Lektüre. Ganz berühmte Namen und zu jedem ein wenig Hintergrundinformation. Hier ist ein besonders interessanter Eintrag: ‚Major Sir Joseph Pamer, Parlamentsabgeordneter, Hatherley Court, Hampshire. Politisch zuverlässig, dem Anliegen des Nationalsozialismus treu ergeben'."

„Nein." Pamer stöhnte gequält. „Das kann ich nicht glauben!"

„Ich frage mich, was die Presse dazu sagen würde. Nur gut, daß ich das Buch habe und niemand anders."

„Sie vernichten es natürlich, oder?" fragte Pamer. „Ich meine, Sie werden den ganzen Kram verschwinden lassen, nicht wahr?"

„Ich kümmere mich schon um alles, Francis. So, wie ich es immer tue."

Santiago legte den Hörer auf und brach in schallendes Gelächter aus. Er lachte noch immer, als Kapitän Serra hereinkam. „Irgendwelche Anweisungen, Señor?"

Santiago blickte auf die Uhr. Kurz nach sieben. „Ja, ich gehe für zwei Stunden an Land und esse im Restaurant."

„Sehr wohl, Señor."

„Sorgen Sie dafür, daß die ganze Nacht eine Wache an Deck steht, Serra. Nur für den Fall, daß unsere Freunde uns einen Besuch abstatten wollen."

„Sie brauchen sich keine Sorgen zu machen, Señor, wir werden jede Vorsichtsmaßnahme ergreifen."

„Gut. Dann bereiten Sie die Barkasse vor." Santiago ergriff den Aktenkoffer und ging hinunter zu seiner Schlafkabine, um sich umzuziehen.

DIE *SEA RAIDER* schlich um die Landzunge und den Hauptankerplatz herum zur westlichen Seite von Samson Cay. Carney unterbrach die Zündung der Motoren und kam die Leiter herunter, während Dillon den Anker ins Wasser ließ.

Carney warf einen Blick auf seine Uhr. „Es ist schon zehn. Wann wollen Sie aufbrechen?"

„In einer Stunde vielleicht. Mal sehen." Dillon verschwand im Ruderhaus, öffnete die Armeetasche, zog das AK-47-Sturmgewehr heraus und reichte es Ferguson. „Nur für den Fall des Falles."

„Hoffentlich nicht." Ferguson legte die Waffe auf die Sitzbank.

Dillon nahm nun die Walther aus der Tasche, überprüfte sie und legte sie zusammen mit dem Schalldämpfer in seinen Tauchsack. Dann fügte er den Rest Semtex und zwei Zündstifte mit dreißig Minuten Verzögerung hinzu. Schließlich grinste er. „Holen Sie die Thermosflache raus, Brigadier. Wir sollten noch in aller Ruhe einen Kaffee trinken, und dann geht's los."

Carney lenkte das Schlauchboot um die Landzunge. Der Außenbordmotor tuckerte leise vor sich hin, sein Brummen war nicht mehr als ein leises Murmeln in der Nacht. In der Bucht lagen zahlreiche Jachten sowie einige kleinere Boote vor Anker, doch die *Maria Blanco*, die dreihundert Meter vom Ufer entfernt ankerte, war bei weitem das größte Schiff.

Carney unterbrach die Zündung des Motors und nahm zwei Ruder vom Boden hoch. „Die restliche Strecke schaffen wir mit Muskelkraft", meinte er. „Wir müßten eigentlich bis auf fünfzig Meter herankommen, ohne entdeckt zu werden."

„Hervorragend."

Dillon trug bereits seine Weste mit der Preßluftflasche und einen schwarzen Taucheranzug. Nun nahm er die Walther aus dem Gerätesack, schraubte den Schalldämpfer auf und verstaute die Waffe in seiner Weste.

„Beten Sie, daß das Ding nicht versagt", meinte Carney, während er ruderte. „Das Wasser kann mit Pistolen zuweilen verrückte Dinge anstellen."

„Mit einer Walther gibt es keine Probleme. Sie ist so was wie der Rolls-Royce unter den Faustfeuerwaffen", beruhigte ihn Dillon.

Inzwischen konnten sie einander nicht mehr deutlich erkennen; ihre Gesichter waren nicht mehr als helle Flecke in der Dunkelheit. Carney räusperte sich. „Täusche ich mich, oder machen Ihnen solche Unternehmungen Spaß?"

„Ich weiß nicht, ob Spaß das richtige Wort ist."

„Ich habe Typen in Vietnam erlebt – vorwiegend bei den Eliteeinheiten –, die bekamen einen schwierigen Auftrag nach dem anderen, und dann passierte etwas Seltsames. Sie konnten gar nicht genug bekommen. Ist es bei Ihnen etwa genauso, Dillon?"

„Vielleicht gibt die Gefahr dem Leben tatsächlich die Würze. In jenen ersten Tagen bei der IRA lebte ich an einem einzigen Tag intensiver als in einem ganzen Jahr in London."

„Das leuchtet mir ein", gab Carney zu. Er zog schnüffelnd die Luft ein. „Ich glaube, ich rieche Zigarrenrauch."

Santiagos Barkasse tauchte hinter zwei größeren Jachten auf und steuerte auf die Stahltreppe an der Seite der *Maria Blanco* zu. Guerra und Solona standen an Deck, jeder mit einem M-16-Gewehr bewaffnet. Guerra fing die Leine auf und beeilte sich, sie festzumachen, während Santiago und Algaro zum Deck hinaufstiegen.

„Er scheint den Aktenkoffer bei sich zu haben", flüsterte Carney.

Dillon holte das Nachtsichtgerät heraus. „Sie haben recht. Vermutlich hat er Angst, ihn unbeaufsichtigt zu lassen."

„Was nun?" fragte Carney.

„Wir warten hier eine Weile und geben ihnen die Gelegenheit, zu Bett zu gehen."

ALS DILLON durch das Nachtsichtgerät schaute, entdeckte er Solona im Schatten am Bug in der Nähe des Rettungsbootes. Guerra saß unter dem Sonnensegel am Heck und rauchte eine Zigarette. Das Gewehr hatte er auf den Tisch gelegt.

Dillon reichte Carney das Nachtsichtgerät. „Hier, ich mache mich auf den Weg." Er ließ sich rückwärts aus dem Schlauchboot ins Wasser fallen, sank bis auf drei Meter Tiefe und steuerte auf das Schiff zu.

Am Heck der Barkasse, das am Ende der Stahltreppe festgemacht war, tauchte er auf. Plötzlich erschien Solona oben auf der Plattform. Dillon ging vorsichtig auf Tauchstation und hörte, daß Schritte die Leiter herunterkamen. Auf halbem Weg hielt Solona inne. Das Streichholz flackerte auf, als er eine Zigarette anzündete. Dillon tauchte leise auf, holte die Walther aus seiner Weste und streckte den Arm. „Hier drüben", flüsterte er auf spanisch.

Solona blickte hoch, und die schallgedämpfte Walther machte leise „plopp", als Dillon dem Mann zwischen die Augen schoß. Solona kippte seitlich nach hinten, rutschte über das Geländer und stürzte drei Meter ins Wasser hinab.

Guerra sprang auf. „He, Solona, warst du das?"

„Ja", antwortete Dillon auf spanisch. „Es ist nichts passiert."

Er hörte Guerra oben an Deck näher kommen, tauchte ab und schwamm zum Anker. Nachdem er die Pistole in seinen Taucheranzug geschoben hatte, schlüpfte er aus der Weste mit der Preßluftflasche. Er hängte beides ans Ankertau, hangelte sich daran empor und gelangte durch das Ankerluk ins Schiff.

Algaro hatte sich auf seine Koje gelegt. Aufgrund der Hitze war er nur mit Boxershorts bekleidet und hatte das Bullauge geöffnet. So hörte er, wie Guerra nach Solona rief, und auch Dillons Antwort.

Guerra rief noch einmal halblaut: „Wo bist du, Solona?"

Algaro griff nach seinem Revolver und ging an Deck.

GUERRA rief erneut: „Wo bist du, Solona?" Langsam ging er zum Vordeck, das M 16 hielt er schußbereit.

„Hier drüben, Amigo", antwortete Dillon. Als Guerra sich umdrehte, schoß er ihm zweimal ins Herz.

Er schlich vorsichtig weiter. Und dann, ohne etwas gehört zu haben, spürte er plötzlich in seinem Nacken die Revolvermündung.

Algaro griff um ihn herum und nahm ihm die Walther ab, dann schleuderte er seinen eigenen Revolver über die Reling ins Meer. „Und jetzt dreh dich um! Du bekommst von mir zwei Kugeln in den Bauch, damit es schön lange dauert."

Dillon drehte sich blitzschnell, sein linker Arm wischte Algaros rechte Hand beiseite. Dabei ging die Walther los und jagte eine Kugel ins Bootsdeck. „Wenn es darum geht, Frauen zu quälen, bist du ja offenbar ein großer Meister", keuchte Dillon. „Wie nimmst du es denn mit einem Mann auf?"

Als Antwort stieß Algaro Dillon mit aller Kraft gegen die Bugreling. Dillon ließ sich einfach über die Reling kippen und riß Algaro mit, denn das Meer war sein Element.

Als sie versanken, begann Algaro sich zu wehren, aber Dillon hielt ihn fest, zog ihn immer tiefer hinunter. Er spürte das Ankertau in seinem Rücken, packte es mit einer Hand und preßte einen Unterarm auf Algaros Hals. Zuerst bäumte Algaro sich noch auf, trat mit den Füßen um sich, dann aber wurden seine Bewegungen langsamer und matter. Schließlich rührte er sich nicht mehr. Dillon, dessen eigene Lunge beinahe zu platzen schien, löste seinen Bleigürtel, schlang ihn um Algaros Hals und band ihn damit an das Ankertau.

SORGSAM die nächtlichen Schatten ausnutzend, schlich er über Deck, bis er den großen Salon erreicht hatte. Er schaute durch ein Bullauge und sah Santiago am Schreibtisch sitzen und lesen. Vor ihm lag der aufgeklappte Aktenkoffer. Nach kurzer Überlegung traf Dillon seine Entscheidung. Er nahm das Semtex aus seinem Gerätesack, bohrte die beiden Dreißigminutenzündstifte hinein und warf das Päckchen in einen der Luftschächte des Maschinenraums. Dann schlich er zurück und schaute wieder durch das Bullauge.

Santiago legte nun die Schriftstücke in den Aktenkoffer, klappte ihn zu und suchte seine Schlafkabine auf. Dillon öffnete die Salontür und eilte zum Schreibtisch, doch gerade als er den Aktenkoffer an sich nahm, kehrte Santiago in den Salon zurück.

„Nein!" brüllte er in ohnmächtiger Wut, und Dillon machte kehrt und rannte zur Tür. Santiago riß die Schreibtischschublade auf, nahm eine Smith & Wesson heraus und feuerte blindlings.

Aufgeschreckt vom Lärm, trat Serra auf der Rückseite der Brücke mit einer Pistole in der Hand aus seiner Kabine. „Was geht hier vor?" wollte er wissen.

„Halten Sie ihn auf!" schrie Santiago. „Es ist Dillon!"

Dillon rannte zum Heck und sprang über die Reling. Er ließ sich so tief wie möglich sinken, aber der Aktenkoffer behinderte ihn erheblich. Er kam wieder hoch, bemerkte, daß auf ihn geschossen wurde, schwamm, so schnell es ging, in Richtung Dunkelheit. Am Ende war es Carney, der ihn rettete, indem er mit dem Schlauchboot aus der Nacht herangeprescht kam und ihm eine Leine zuwarf. „Halten Sie sich fest!" rief er, gab Gas und tauchte in die sichere Finsternis ein.

„GUERRA ist tot", meldete Serra. „Seine Leiche ist noch da, aber von Solona und Algaro fehlt jede Spur."

„Vergessen Sie's", erwiderte Santiago. „Carneys Boot muß hier irgendwo in der Nähe liegen. Sobald sie starten, können wir sie auf dem Radarschirm orten. Lichten Sie den Anker."

Serra betätigte den auf der Brücke installierten Schalter für die elektrische Ankerwinde, aber der Motor begann zu jaulen. „Was ist jetzt wieder los?" fragte Santiago ungehalten.

Die drei restlichen Mitglieder der Mannschaft, Pinto, Noval und Mugica, befanden sich unten auf dem Vorderdeck. Serra lehnte sich über die Brückenreling. „Das Ankertau klemmt. Seht mal nach!"

Mugica ging zum Bug, lehnte sich hinaus, dann wandte er sich um. „Da ist Algaro. Irgend jemand hat ihn ans Ankertau gebunden."

Santiago und Serra eilten die Leiter hinunter und sahen sich die Bescherung an. Algaro hing mit dem Bleigürtel um den Hals am Tau. „Heilige Mutter Gottes!" stammelte Santiago. „Zieht ihn hoch, verdammt noch mal!" Er gab Serra ein Zeichen. „Und jetzt fahren wir endlich los."

FERGUSON wartete bereits ungeduldig am Heck der *Sea Raider*, als das Schlauchboot aus der Dunkelheit auftauchte. „Was ist geschehen?" fragte er.

Dillon reichte ihm den Aktenkoffer. „Das ist geschehen!" Er kletterte auf die Tauchplattform und band das Schlauchboot fest. Danach begab er sich zum Bug, um den Anker einzuholen.

Carney hatte inzwischen die Laufbrücke erklommen. Ferguson gesellte sich zu ihm. „Wie ist es gelaufen?" wollte er wissen.

„Er macht wirklich keine Gefangenen, das muß ich ihm lassen", sagte Carney und startete die Maschinen. „Nichts wie weg von hier!"

DIE *SEA RAIDER* pflügte durch die Nacht. Ferguson saß auf dem Drehsessel, und Dillon lehnte neben Carney an der Brückenreling.

„Sie sind schneller als wir“, sagte Carney. „Und Santiago wird uns ganz bestimmt verfolgen.“

„Ich weiß.“ Dillon nickte. „Er will nicht verlieren.“

Es war Ferguson, der die *Maria Blanco* als erster sichtete. „Hinter uns ist Licht zu erkennen. Das sind sie bestimmt.“

Dillon schaute durch das Nachtsichtgerät. „Ja, es ist die *Maria Blanco.*“

„Er hat bestimmt Radar“, meinte Carney. „Damit können wir ihn unmöglich abschütteln.“

„Ach, eine Möglichkeit gibt es schon noch“, widersprach Dillon. „Halten Sie nur Ihren Kurs, und geben Sie Gas!“

SERRA stand auf der Brücke der *Maria Blanco* und blickte durch ein Nachtglas, dann reichte er es an Santiago weiter. Santiago grinste. Er lehnte sich über die Brückenreling und sah zu Mugica, Noval und Pinto hinunter, die auf dem Vorderdeck kauerten und M-16-Gewehre bereithielten. „Wir haben sie gesichtet. Es geht gleich los.“

Serra steigerte das Tempo, und die *Maria Blanco* flog geradezu über die Wellen. „Gleich, Dillon, gleich“, murmelte Santiago.

Die Explosion geschah völlig unerwartet. Schlagartig wurde dem Schiff die gesamte Unterseite weggesprengt. Die Wirkung der Explosion war derart katastrophal, daß weder Santiago, Kapitän Serra noch die drei anderen Zeit hatten zu begreifen, was geschah. Die ganze Welt schien sich plötzlich aufzulösen, und die *Maria Blanco* wurde hochgehoben, dann tauchte sie in die Wellen ein und versank wie ein Stein.

DIE MÄNNER auf der Laufbrücke der *Sea Raider* sahen zuerst nur einen hellen orangefarbenen Feuerblitz; erst eine oder zwei Sekunden später war der dumpfe Explosionsknall über das Wasser zu hören. Dann verschwand das Feuer, wurde vom Meer verschluckt, und zurück blieb nichts als Dunkelheit. Carney stoppte die Maschinen.

Ringsum herrschte Stille. „Es ist ein weiter Weg bis nach unten“, murmelte Ferguson.

Dillon betrachtete die Stelle durch das Nachtsichtgerät. „U 180 hatte einen noch weiteren Weg“, meinte er. „Er hat doch gesagt, daß sie Sprengstoff an Bord hätten, erinnern Sie sich?“

Carney nickte. „Aber wir sollten zurückfahren, vielleicht gibt es Überlebende.“

„Meinen Sie wirklich?“ fragte Dillon leise. „St. John liegt in dieser Richtung.“

AM NÄCHSTEN Morgen kurz nach zehn ließ eine Krankenschwester sie in ein Einzelzimmer im Krankenhaus von St. Thomas eintreten. Jenny saß mit einem Kopfverband im Bett. Sie brachte ein müdes Lächeln zustande. „Meine drei Musketiere."

Bob Carney ergriff ihre Hand. „Wie geht es Ihnen?"

„Ich habe manchmal das Gefühl, als wäre ich gar nicht richtig anwesend."

„Das geht sicher bald vorbei, meine Liebe", beruhigte Ferguson sie. „Ich habe mit dem Spezialisten gesprochen. Sie haben einen Haarriß an der Schädelbasis – mit guter Behandlung wird es völlig ausheilen. Und falls Sie irgend etwas wünschen, bekommen Sie es. Es wird für alles gesorgt."

„Vielen Dank, Brigadier."

Sie wandte sich Dillon zu, sah ihn stumm an. Bob Carney sagte: „Ich komme später noch mal her, Jenny. Halten Sie die Ohren steif." Er sah Ferguson auffordernd an. Der nickte, und die beiden gingen hinaus.

Dillon setzte sich auf die Bettkante und nahm ihre Hand in die seine. „Sie sehen furchtbar aus."

„Ich weiß. Wie geht es Ihnen? Wie ist es gelaufen?"

„Ein Erfolg auf der ganzen Linie. Der Learjet des Brigadiers steht startbereit auf dem Flugplatz. Wir bringen Bormanns Aktenkoffer nach London."

„So, wie Sie es ausdrücken, klingt es, als wäre alles ganz einfach gewesen."

„Es hätte schlimmer sein können. Zerbrechen Sie sich nicht mehr den Kopf darüber, Jenny, es hat keinen Zweck. Santiago und seine Freunde, vor allem dieses Ungeheuer namens Algaro, werden Sie nie mehr belästigen."

„Kann man sich da ganz sicher sein?"

„So sicher wie ein Sarg, der zugenagelt wurde", sagte er düster.

Ein Ausdruck des Schmerzes stahl sich in ihr Gesicht. „Die Menschen ändern sich doch nie, oder?"

„Ich bin, was ich bin, Jenny", sagte er einfach. „Aber das wußten Sie längst."

„Sehen wir uns noch einmal wieder?"

„Ich glaube nicht, daß das sehr wahrscheinlich ist." Er hauchte einen Kuß auf ihren Handrücken, stand auf, ging zur Tür und öffnete sie.

„Dillon!" rief sie.

Er wandte sich um. „Ja, Jenny?"

„Gott schütze Sie, und passen Sie auf sich auf."

CARNEY begleitete Dillon und Ferguson hinaus aufs Flugfeld. Einer der beiden Piloten half dem Träger, das Gepäck im Learjet zu verstauen.

Der Brigadier blieb am Fuß der Treppe stehen und hielt den Aktenkoffer hoch. „Vielen Dank für dies hier, Captain Carney. Vielleicht brauchen Sie irgendwann einmal Hilfe, oder ich kann mich bei Ihnen revanchieren." Sie reichten sich die Hand. „Passen Sie auf sich auf, mein Freund." Er machte kehrt und stieg die Treppe hinauf.

„Was geschieht denn nun weiter?" wollte Carney von Dillon wissen. „In London, meine ich?"

„Das hängt vom Premierminister ab", erwiderte Dillon. „Kommt darauf an, was er mit diesen Dokumenten vorhat."

„Das Ganze liegt doch eine halbe Ewigkeit zurück", sagte Carney.

„Ein durchaus legitimer Standpunkt."

Carney zögerte. „Dieser Pamer, was wird denn mit ihm passieren?"

„Darüber habe ich mir noch keine Gedanken gemacht", erwiderte Dillon ruhig.

„O doch, das haben Sie." Carney schüttelte den Kopf. „Gott helfe Ihnen, Dillon, denn Sie werden sich niemals ändern . . ." Damit wandte er sich um und ging davon.

Dillon stieg zu Ferguson hinauf. „Ein guter Mann", stellte Ferguson fest.

Dillon nickte. „Der Beste."

12. Kapitel

KURZ nach sechs am darauffolgenden Abend saß Simon Carter bleich und erschüttert in Fergusons Büro im Verteidigungsministerium.

„Was soll nun mit dem guten Sir Francis geschehen?" fragte Ferguson. „Ein Minister der Krone, der sich nicht nur unehrenhaft verhalten hat, sondern in einer Weise, die man nur als kriminell bezeichnen kann."

Dillon, der am Fenster stand, zündete sich eine Zigarette an. „Muß er unbedingt dabeisein?" fragte Carter nervös.

„Niemand weiß besser über diese ganze Affäre Bescheid als Dillon."

Carter griff nach dem Blauen Buch, dann legte er es zurück und faltete das Windsor-Protokoll auseinander. „Ich kann es nicht glauben, daß das echt ist."

„Das vielleicht nicht, aber alles andere. Der Premierminister erwartet uns um acht Uhr in der Downing Street. Ach, und Carter, tun Sie nichts Törichtes wie zum Beispiel Pamer anrufen. Ich würde mich an Ihrer Stelle so fern wie möglich von ihm halten."

Carters Gesichtsausdruck wurde noch eine Spur bekümmerter. Er erhob sich schwerfällig und ging hinaus.

ZEHN Minuten später war Sir Francis Pamer gerade damit beschäftigt, seinen Schreibtisch aufzuräumen, um Feierabend zu machen, als das Telefon klingelte. „Pamer", meldete er sich.

„Charles Ferguson am Apparat."

„Aha, Sie sind zurück, Brigadier", sagte Pamer wachsam.

„Wir müssen uns treffen."

„Das ist heute abend völlig unmöglich. Ich habe eine wichtige Verabredung zum Essen, und zwar mit dem Oberbürgermeister von London. Der kann ich unmöglich fernbleiben."

„Max Santiago ist tot", sagte Ferguson. „Und vor mir auf dem Schreibtisch liegt der Aktenkoffer von Martin Bormann. Das Blaue Buch bietet eine überaus interessante Lektüre. Ihr Vater wird auf Seite achtzehn erwähnt."

Pamer sackte auf seinem Schreibtischsessel zusammen. „Haben Sie schon mit dem Premierminister gesprochen?"

„Nein, ich hielt es für besser, zuerst mit Ihnen zu reden. Sie kennen den Charing-Cross-Pier?"

„Natürlich."

„Einer der Flußdampfer, die *Queen of Denmark*, legt um Viertel vor sieben ab. Ich treffe Sie an Bord. Sie brauchen übrigens einen Regenschirm. Es regnet ziemlich heftig."

ALS PAMER am Charing-Cross-Pier eintraf, war der Nebel so dicht, daß er kaum das andere Themseufer erkennen konnte. An Bord der *Queen of Denmark* befanden sich nur wenige Passagiere. Pamer sah im unteren Salon nach, wo ein halbes Dutzend Leute herumsaßen, und im oberen, wo er nur zwei ältliche Damen antraf. Er öffnete eine Glastür, trat hinaus und blickte nach unten. Jemand stand an der Heckreling, geschützt durch einen Regenschirm. Pamer ging wieder hinein, eilte nach unten und trat hinaus aufs Deck, wo er seinen eigenen Schirm öffnete.

„Sind Sie das, Ferguson?"

Er trat zögernd vor, schloß die Hand um den Kolben der Pistole in seiner Manteltasche. Die *Queen of Denmark* löste sich gemächlich vom

Pier, Nebelschwaden tanzten über die Wasseroberfläche. Der untere Salon hatte nach hinten hinaus keine Fenster. Sie waren völlig allein.

Ferguson wandte sich an der Reling um. „Ah, da sind Sie ja." Er hielt den Aktenkoffer hoch. „Das ist er. Der Premierminister sieht ihn sich um acht Uhr an."

„Bitte, Ferguson!" flehte Pamer. „Tun Sie mir das nicht an! Es ist doch nicht meine Schuld, daß mein Vater Faschist war."

„Sehr richtig. Es ist auch nicht Ihre Schuld, daß der unermeßliche Reichtum, den Ihr Vater nach dem Krieg angehäuft hat, aus seiner Verbindung mit der nationalsozialistischen Bewegung stammte. Ich kann sogar entschuldigen, daß Sie jahrelang glücklich und zufrieden von den Einnahmen der Samson Cay Holding lebten, mit Geld also, das durch Max Santiagos zweifelhafte Unternehmungen verdient wurde."

„Aber verstehen Sie doch –", begann Pamer.

„Geben Sie sich nicht die Mühe, es zu leugnen. Ich hatte Jack Lane gebeten, sich die Finanzen Ihrer Familie anzusehen, ohne zu ahnen, daß ich damit sein Todesurteil aussprach. Er war schon sehr weit gekommen, bevor er ums Leben kam – oder soll ich lieber sagen: ermordet wurde? Ich habe seine Aufzeichnungen heute in seinem Schreibtisch gefunden."

„Es war alles nicht meine Schuld", beteuerte Pamer hektisch. „Die Schuld liegt bei meinem Vater und seinem verdammten Liebäugeln mit den Nazis. Ich mußte an den Namen meiner Familie denken, Ferguson, an meine Position in der Regierung."

„Ziemlich selbstsüchtig von Ihnen, aber durchaus verständlich", räumte Ferguson ein. „Was ich Ihnen jedoch nicht verzeihen kann, ist die Tatsache, daß Sie Santiago jede Information zukommen ließen, deren Sie habhaft werden konnten. Sie haben auch mich verraten und Dillon, Sie haben unser Leben in Gefahr gebracht. Und Jennifer Grant liegt jetzt im Krankenhaus."

„Von alldem hatte ich keine Ahnung, das schwöre ich!"

„Oh, alles wurde von Santiago arrangiert, das gebe ich zu. Ich rede aber von Verantwortung. Auf Samson Cay wurde der arme alte Joseph Jackson, kurz nachdem er mit mir gesprochen hatte, brutal ermordet. Woher wußte Santiago von der Existenz des alten Mannes? Doch wohl nur von Ihnen!"

„Das können Sie nicht beweisen. Sie können gar nichts beweisen." Pamer holte tief Luft und straffte sich. „Was die Geschäfte meiner Familie betrifft, so waren das Angelegenheiten meines Vaters und nicht meine. Ich werde einfach Nichtwissen vorschützen, falls Sie diese Sache bekanntmachen. Ich kenne die Gesetze, Ferguson. Nachdem Santiago tot ist, bleibt Ihnen als einziger Beweis die Erwähnung meines Vaters in dem Blauen Buch. Das ist wohl kaum mir anzulasten." Er schien seine innere Ruhe wiedergefunden zu haben. „Sie können überhaupt nichts beweisen. Ich werde diese Sache durchstehen."

Ferguson wandte sich ab und blickte über den Fluß. „Wie ich schon sagte, ich konnte verstehen, daß Sie in Panik geraten sind – ein traditionsreicher Name befleckt, Ihre politische Karriere gefährdet –, aber die Angriffe auf die junge Frau, der Tod des alten Mannes, der kaltblütige Mord an Inspektor Lane – in diesen Punkten tragen Sie mindestens genausoviel Schuld wie die Männer, die die Taten direkt begangen haben."

„Beweisen Sie es!" erwiderte Pamer trotzig.

„Leben Sie wohl, Sir Francis", sagte Ferguson und ging davon.

PAMER zitterte. Er hatte die Waffe in seiner Manteltasche völlig vergessen. Jetzt war es zu spät für irgendwelche wilden Aktionen, wie zum Beispiel Ferguson den Aktenkoffer mit vorgehaltener Pistole abzunehmen. Er suchte nach seinem Zigarettenetui, schob sich eine Zigarette zwischen die Lippen und wollte sein Feuerzeug herausholen.

Da erklangen leise Schritte, und Dillons Feuerzeug flammte auf. „Bitte schön, bedienen Sie sich!"

Pamer erschrak. „Dillon, was wollen Sie denn?"

„Nur auf ein paar Worte." Dillon legte seinen Arm um Pamers Schultern und zog ihn mit sich zur Heckreling. „Als ich Sie das erstemal auf der Terrasse des Unterhauses traf, machte ich einen Scherz über die Sicherheitsmaßnahmen und den Fluß, und Sie sagten, Sie könnten nicht schwimmen. Stimmt's?"

„Nun, ja." Pamers Augen bekamen einen gehetzten Ausdruck, als er zu begreifen begann. Er zog die Pistole aus der Tasche, aber Dillon packte sein rechtes Handgelenk und ließ es so wuchtig auf die Reling krachen, daß Pamer die Waffe in den Fluß fallen ließ.

„Danke", sagte Dillon. „Sie haben es mir gerade erheblich leichter gemacht."

Er schwang Pamer herum und versetzte ihm einen heftigen Stoß zwischen die Schulterblätter, dann packte er ihn bei den Fußgelenken und hievte ihn über die Reling. Ein erstickter Schrei ertönte, als Pamer ins Wasser fiel und unterging. Die Nebelschwaden zogen über den Wasserspiegel der Themse und deckten alles zu.

Fünf Minuten später legte die *Queen of Denmark* am Westminster-Pier an. Ferguson war als einer der ersten auf der Gangway und wartete unter einem Baum auf Dillon. „Alles erledigt?"

„Ich denke, so könnte man es ausdrücken", sagte Dillon.

FERGUSON betrat den Amtssitz in der Downing Street fünfzehn Minuten vor der vereinbarten Zeit. Jemand nahm ihm den Mantel und den Regenschirm ab, und einer der Sekretäre des Premierministers kam die Treppe herunter. „Ah, da sind Sie ja bereits, Brigadier."

„Ein wenig zu früh, fürchte ich."

„Kein Problem. Der Premierminister ist sicherlich erfreut über die Gelegenheit, das Material selbst in Augenschein zu nehmen. Ist es das?"

„Ja." Ferguson reichte ihm den Aktenkoffer.

„Machen Sie es sich doch bequem. Ich bin sicher, daß er Sie nicht lange warten läßt."

Ferguson nahm in der Halle Platz, ihn fröstelte ein wenig. Der Portier an der Tür, der dies bemerkte, sagte: „Die Zentralheizung ist außer Betrieb, Brigadier. Wir haben heute die Arbeiter hier, um die neue Alarmanlage zu installieren. Wir mußten im Zimmer des Premierministers den Kamin anzünden. Das erste Mal seit Jahren."

Es klopfte an der Tür. Der Portier öffnete und ließ Carter eintreten. „Brigadier", sagte Carter betont förmlich.

Der Portier nahm ihm den Mantel und den Regenschirm ab, und in diesem Moment erschien auch der Sekretär wieder. „Bitte hier entlang, Gentlemen."

Der Premierminister, der an seinem Schreibtisch saß und den Aktenkoffer vor sich liegen hatte, las gerade im Blauen Buch und schaute kurz auf. „Setzen Sie sich doch, Gentlemen, ich habe gleich für Sie Zeit."

Das Feuer loderte hell im Kamin. Es war sehr still in dem Zimmer, nur gelegentlich prasselten schauerartige Regengüsse gegen die Fenster.

Schließlich lehnte sich der Premierminister zurück und blickte seine Besucher an. „Einige Namen hier sind völlig unglaublich. Sir Joseph Pamer, zum Beispiel, auf Seite achtzehn. Ich nehme an, das ist der Grund, weshalb Sie Sir Francis nicht zu unserem Gespräch eingeladen haben, nicht wahr, Brigadier?"

„Ich hatte den Eindruck, daß seine Anwesenheit unter den gegebenen Umständen nicht angemessen gewesen wäre, Herr Premierminister, und Sir Francis sah das ganz genauso."

Carter fuhr herum und musterte ihn scharf. Der Premierminister erwiderte: „Demnach haben Sie ihn davon informiert, daß sein Vater in diesem Blauen Buch aufgeführt ist?"

„Ja, Sir, das habe ich."

„Ich begrüße Sir Francis' Taktgefühl. Andererseits ist die Tatsache, daß sein Vater vor all den Jahren Faschist war, wohl kaum seine Schuld. Wir übertragen nicht die Sünden der Väter auf die Kinder. Es sei denn, Sie haben mir noch etwas anderes zu berichten, Brigadier?" Ein seltsam angespannter Ausdruck erschien auf seinem Gesicht, so, als wolle er Ferguson zu etwas herausfordern.

„Nein, Herr Premierminister", sagte Ferguson bestimmt.

„Gut. Dann kommen wir jetzt zum Windsor-Protokoll. Meine Herren, halten Sie dieses Schreiben für echt?"

„Man kann sich dessen nicht ganz sicher sein", meinte Carter. „Die Nazis haben während des Krieges einige erstaunliche Fälschungen hergestellt."

„Es ist allgemein bekannt, daß der Herzog von Windsor auf ein schnelles Kriegsende gehofft hat", sagte Ferguson. „Das soll auf keinen Fall heißen, daß er in irgendeiner Weise unloyal war, aber er hat die zahlreichen Toten auf beiden Seiten zutiefst bedauert."

„Sei es, wie es sei, die Klatschpresse würde sich auf die Sache stürzen, und die Auswirkungen auf die königliche Familie wären katastrophal", sagte der Premierminister. „Sie haben mir das Tagebuch von Korvettenkapitän Friemel sowie die Übersetzung ausgehändigt, wie ich es von Ihnen erbeten hatte. Sind das hier alle Ausfertigungen?"

„Ja, Sir", versicherte Ferguson ihm.

„Gut." Der Premierminister raffte den Stapel Dokumente zusammen, stand auf und ging damit zum Kamin. Er legte das Windsor-Protokoll zuerst in die lodernden Flammen. „Eine uralte Geschichte, Gentlemen, die weit, weit zurückliegt."

Das Protokoll fing Feuer, rollte sich zusammen und zerfiel zu Asche. Als nächstes wanderte der Hitler-Befehl in die Flammen, dann die Liste der Nummernkonten, dann das Blaue Buch und schließlich das Tagebuch.

Der Premierminister wandte sich um. „All das ist nicht passiert, Gentlemen, nichts davon."

Carter brachte ein mattes Lächeln zustande. „Eine weise Entscheidung, Herr Premierminister."

Der Premierminister faßte Ferguson ins Auge. „Alles in allem sieht es so aus, als sei der Einsatz dieses Dillon durchaus erfolgreich gewesen, oder, Brigadier?"

„Dank Dillon konnten wir die Sache zu einem erfolgreichen Abschluß bringen, Sir."

Der Premierminister kam um seinen Schreibtisch herum, um Ferguson die Hand zu schütteln. Er lächelte. „Ich bin sicher, daß es eine interessante Geschichte ist. Sie müssen sie mir irgendwann mal ausführlich erzählen, Brigadier. Aber nun müssen Sie mich entschuldigen."

Auf ein geheimes Zeichen hin ging die Tür hinter ihnen lautlos auf, und der Sekretär tauchte auf, um sie hinauszubegleiten.

IN DER Halle half der Portier ihnen in die Mäntel. „Ein zufriedenstellender Abschluß, rundum, würde ich meinen", bemerkte Carter.

„Meinen Sie das ernst?" fragte Ferguson.

Der Portier öffnete die Tür, doch in diesem Moment tauchte der Sekretär aus dem Büro im Parterre auf. „Gentlemen, wir hatten soeben eine erschütternde Nachricht von der Flußpolizei. Man hat vor ein paar Minuten die Leiche von Sir Francis Pamer aus der Themse gezogen."

Carter war wie vom Donner gerührt, und Ferguson sagte: „Wie traurig. Danke, daß Sie uns informiert haben." Er trat hinaus, spannte den Schirm auf und marschierte durch die Downing Street in Richtung Whitehall.

Er ging sehr schnell und hatte die Sicherheitssperre schon fast erreicht, als Carter ihn einholte und am Arm zurückhielt. „Was haben Sie zu Pamer gesagt, Ferguson, ich will es wissen!"

„Ich habe ihm alle Fakten genannt und ihm ins Gedächtnis gerufen, welche Rolle er in dieser Affäre gespielt hat. Ich kann mir nur vorstellen, daß er sich entschloß, die anständigere Lösung zu wählen."

„Sehr bequem."

„Ja, nicht wahr?" Sie waren jetzt auf der Whitehall. „Soll ich Sie mit dem Taxi mitnehmen?"

„Scheren Sie sich zum Teufel, Ferguson!" zischte Carter und ging davon.

FERGUSON blieb noch einen Moment im Regen stehen. Ein schwarzes Taxi hielt am Bordstein. Der Fahrer, der eine tief ins Gesicht gezogene Schiebermütze trug, fragte in Cockney-Slang: „Woll'n Se 'n Taxi, *Guv'nor?"*

„Vielen Dank." Ferguson stieg ein, und der Wagen fuhr an. Dillon nahm die Mütze ab und grinste ihn im Rückspiegel an. „Wie ist es gelaufen?"

Ferguson schüttelte den Kopf. „Haben Sie die Kiste etwa geklaut?"

„Nein, sie gehört einem guten Freund. Was war denn nun beim Premierminister?"

„Er hat alles ins Feuer geworfen. Er sagte, es sei eine alte Geschichte, und äußerte sich sogar sehr wohlwollend über Francis Pamer."

„Haben Sie ihm die Augen geöffnet?"

„Ich sah keinen Sinn darin."

„Und wie hat Carter es aufgenommen?"

„Ziemlich schlecht. Gerade als wir gehen wollten, erhielt das Büro des Premierministers von der Flußpolizei die Meldung, daß Pamers Leiche gefunden worden sei."

„Und Carter glaubt, er habe wegen des Drucks von Ihnen Selbstmord begangen?"

„Ich weiß nicht, was er denkt, und es interessiert mich auch nicht. Das einzige, was mir Sorgen macht, ist Carters Kompetenz. Er haßt mich so sehr, daß dadurch seine Urteilskraft getrübt wird. Zum Beispiel regte er sich derart über Sir Joseph Pamers Erwähnung im Blauen Buch auf Seite achtzehn auf, daß er den Gentleman auf Seite einundfünfzig völlig übersah."

„Und wer ist das?"

„Ein Armeesergeant aus dem Ersten Weltkrieg, an der Somme schwer verwundet, ohne Pension und arbeitslos in den zwanziger Jahren. Natürlich ärgerte er sich über die Regierung und wurde Generalsekretär einer einflußreichen Gewerkschaft. Er starb vor etwa zehn Jahren."

„Von wem ist denn die Rede?"

„Vom Onkel des Premierministers mütterlicherseits."

„Wie bitte? Und Sie glauben, er wußte es, der Premierminister, meine ich?"

„Daß ich Bescheid wußte? Aber ja." Ferguson nickte. „Doch wie er schon sagte, war das eine uralte Geschichte, und der Beweis dafür ist sowieso in Rauch aufgegangen. Deshalb kann ich es mir erlauben, Ihnen alles zu erzählen, Dillon. Nach all Ihren Bemühungen in dieser Affäre haben Sie meines Erachtens ein Recht darauf, es zu wissen."

„Sehr freundlich von Ihnen", stellte Dillon fest.

„Nein, der Premierminister hatte recht, wir können die Sünden der Väter nicht auf die Kinder übertragen. Das mit Pamer war etwas anderes. Wohin fahren wir überhaupt?"

„Ich denke, zu Ihrer Wohnung", sagte Dillon.

Ferguson öffnete das Fenster ein wenig und ließ ein paar Regentropfen hereinwehen. „Ich habe nachgedacht, Dillon, meine Abteilung steht im Augenblick unter erheblichem Druck. Neben den üblichen Angelegenheiten ist da der Krieg in Exjugoslawien. Da ich Jack Lane verloren habe, hänge ich jetzt ziemlich in der Luft."

„Ich verstehe", sagte Dillon.

Ferguson beugte sich vor. „Sie wären doch genau der Richtige für diese Art von Job. Denken Sie mal darüber nach, Dillon."

Dillon kurbelte am Lenkrad, wendete schwungvoll und fuhr in die andere Richtung.

Ferguson wurde ins Polster zurückgeworfen. „Was tun Sie da, um Himmels willen?"

Dillon grinste in den Rückspiegel. „Sie haben doch von einem Abendessen im Garrick Club gesprochen, oder etwa nicht?"

Jack Higgins

Foto: © 1993 Joe Bates

Anfang der neunziger Jahre entdeckten Jack Higgins und seine Frau Denise den Tauchsport als neues Hobby für sich, und seither führen die Reisen der beiden immer wieder zu den herrlichen karibischen Tauchrevieren. Dort an den Riffen der Jungferninseln ließ sich der britische Bestsellerautor zu *Das Geheimnis von U 180* inspirieren, und dort genießt er den Nervenkitzel, den die Unterwasserexpeditionen ihm bieten. „Ich habe inzwischen weit mehr als hundert Tauchgänge hinter mir, und ich tauche regelmäßig bis dreißig Meter Tiefe", erzählt der auf der britischen Kanalinsel Jersey beheimatete Autor. „Es bietet mir eine Menge Spaß und Aufregung." Und obgleich Jack Higgins seinen sechzigsten Geburtstag schon einige Jahre hinter sich hat, nimmt er gerne auch gewisse Risiken in Kauf. Wie er berichtet, ist er beim Tauchen schon den verschiedensten Arten von Haien begegnet, und einmal ging ihm in siebzehn Meter Tiefe der Sauerstoff aus, und er schaffte es nur aufgrund seines guten Trainings zurück an die Oberfläche. „Na ja, wissen Sie, gefährliche Dinge haben mich schon immer gereizt", meint er dazu mit einem unbekümmerten Lachen.

Die Vorliebe für Gefahren ist nicht die einzige Parallele zwischen Higgins und seinem Romanhelden Dillon. Wenn der Erfolgsautor, dessen Romane in vierundvierzig Sprachen übersetzt wurden, überhaupt etwas im Leben bedauert, so die Tatsache, daß er nie ernsthaft seine einstigen Anfänge als Theaterschauspieler weiterverfolgte. Eine Karriere als weltweit populärer Schriftsteller ist indes mehr als ein Ersatz, und so kann Higgins seinen Fans auch weitere packende Geschichten mit Dillon und Ferguson in Aussicht stellen: „Ich denke, Dillon wird bald wieder in Marsch gesetzt werden. Er und Ferguson sind ein zu gutes Gespann, um sie einfach zu den Akten zu legen."

VERHÄNGNISVOLLE FREUNDSCHAFT

EINE KURZFASSUNG DES BUCHES VON JUSTIN SCOTT

INS DEUTSCHE ÜBERTRAGEN VON HANNA LUX

Eine attraktive Frau in einem Jaguar fällt überall auf, besonders aber in einer Kleinstadt wie Newbury. Auch Ben Abbott ist gegen die Reize der neu hinzugezogenen Schönheit nicht immun, und er will einfach nicht glauben, daß sie fähig wäre, einen Mord zu begehen.

1

MEIN Gefühl sagte mir, daß Alex Rose sicher nicht in seinem Mercedes den ganzen weiten Weg von New York City hergefahren war, nur um in Newbury ein Wochenendhaus zu kaufen. Es lag schon eine Weile zurück, daß ich mir in New York meine Brötchen verdient hatte, aber ich hatte mich weder von meinen auf dem Dachboden eingemotteten Armani-Anzügen noch von meinen Instinkten getrennt. Dennoch mißachtete ich die Warnsignale, hoffte darauf, daß er es doch ernst meinte, und bot an, ihm das Anwesen der Richardsons zu zeigen. Schließlich standen mir reichlich Zeit und fünfzig Objekte für jeden Käufer zur Verfügung, da die Rezession den Staat Connecticut noch wie ein Schlinggewächs in ihrem hartnäckigen Würgegriff hielt und die Landhausbesitzer von günstigeren Grundsteuern und neuen Steuerschlupflöchern nur träumen konnten.

Während ich Alex Rose in meinem Oldsmobile durch die Gegend kutschierte, sang ich ein Loblied auf unsere Main Street. Die Häuser sind hier weit zurückgesetzt. Ein breiter grüner Grasstreifen trennt den Randstein vom Gehweg, und hundertjährige Ulmen und Zuckerahornbäume wölben ihre Kronen darüber. Die Kunden zeigen sich meist gerührt und begeistert. Eine solche Straße schwebte ihnen vor, als sie einst im Kindergarten mit Buntstiften ihr erstes Haus gemalt hatte – ein Haus mit Schornstein und Rauchspirale, Blumen und einem Gartenzaun.

Rose allerdings saß regungslos und stumm wie eine Statue neben mir und würdigte die schmucken weißen Schindelbauten aus dem achtzehnten oder die eleganten Herrenhäuser aus dem frühen neunzehnten Jahrhundert keines Blickes. Er bewunderte auch unsere drei schneeweißen Kirchen nicht, ja nicht einmal unseren berühmten Fahnenmast.

Die einzigen Geschäftsgebäude in Sichtweite waren der leuchtendrote Backsteinbau der Gemischtwarenhandlung, die Gemeindesparkasse von Newbury – untergebracht in einem Haus, das so konservativ war wie ihre Darlehenspolitik – und das pittoreske „Yankee Drover Inn“. Dann tauchte mein Firmenschild – BENJAMIN ABBOTT,

IMMOBILIEN – auf und dahinter noch ein paar andere, die meinen Konkurrenten gehörten. Und das war auch schon alles, dank meinem Großvater, der die Flächennutzungspläne für diesen Ort geschaffen, und meinem Vater, der diese Vorgaben strikt eingehalten hatte.

Ich erklärte Rose, daß moderne Errungenschaften wie ein Supermarkt der Grand-Union-Lebensmittelkette, ein Videoverleih, eine Tankstelle und die „Weiße Birke", der Treff für die Motorradfans, unten an der Church Hill Road versteckt seien. Er stieß ein Grunzen aus. Ich fügte hinzu, daß unser Fahnenmast der höchste in Connecticut sei. Auch das schien ihn völlig kaltzulassen.

Er war eine stattliche Erscheinung mit einem imposanten vorgewölbten Bauch, ein wohlgenährter, stämmiger Mann um die fünfundvierzig mit Sonnenbankbräune und weichem braunem Haar, dessen Fülle sorgfältige Pflege verriet. Seine flinken Augen unter den Schlupflidern musterten mich wachsam.

Seine Aufmachung entsprach der eines Städters für einen „Ausflug aufs Land" – Schuhe von Bean, dem exklusivsten Freizeitmodeversand, und ein lässiges, aber edles Kordjackett. Außerdem ließ der Mercedes der S-Klasse, dem er vor meinem Büro entstiegen war, die Vermutung zu, daß er es sich leisten konnte, einen Kauf zu tätigen. Also fuhr und hoffte ich weiter.

Nach der Stadtgrenze führt die Route 7 am Fluß entlang und folgt getreulich jeder Biegung. Sechs Kilometer weiter, nach der Calvary Pferdefarm, bog ich in die Academy Lane ein, und nach weiteren zwei Kilometern lenkte ich den Wagen über eine von uralten, morschen Ahornbäumen gesäumte Schotterstraße namens Richardson Street. Die Allee bildete einen prachtvollen Blättertunnel zwischen den beiden schönsten Weideflächen im ganzen Bezirk.

„Das war früher alles Besitz der Richardsons, ist aber bereits verkauft. Zum Haus gehören jetzt noch zweieinhalb Hektar Land, und weitere sechs könnte man hinzuerwerben."

Roses Schweigen machte sein Verhalten noch rätselhafter. Jeder kreditwürdige Käufer hätte gefragt, ob daran gedacht sei, diese freien Flächen als Bauland zu erschließen.

Das verwahrloste, doch elegante Farmhaus war nach Newburyscher Zeitrechnung noch neu, da erst dreißig Jahre nach dem Bürgerkrieg erbaut. Neue Flügel und klassizistische Elemente waren hinzugefügt worden, als es den Richardsons gutging. Von 1920 bis Anfang der sechziger Jahre hatte es als exquisiter Landsitz gedient. Als wir ausstiegen, lenkte ich Roses Aufmerksamkeit auf die kaum noch erkennbaren Linien der Pflasterwege in dem von Dornengestrüpp und Unkraut überwucherten Garten. Ein Kirschbaum wuchs auf dem Sandtennisplatz, und der Eislaufteich war schon fast verlandet.

„Adlai Stevenson hat hier seine Geliebte besucht – das behauptet man jedenfalls. Ihr Besitz war hier draußen, hinter den Platanen."

Rose drehte sich einmal langsam im Kreis, um sich zu vergewissern, daß wir allein waren. Ich zog meinen großen Schlüsselbund aus der Tasche.

„Vom Wohnzimmer aus hat man einen herrlichen Blick auf den Eislaufteich. Ich schwöre Ihnen, an Wintertagen kann man noch den heißen Kakao riechen."

„Kennen Sie viele Leute hier in der Gegend?"

Ich sagte ihm, daß ich in Newbury geboren war.

„Kennen Sie die Longs? Jack und Rita Long?"

Ich wußte, wen er meinte. Und ich wußte Bescheid über die 37-Zimmer-Villa, die sie gleich an der Grenze zu Morrisville, der nächsten Stadt, hatten errichten lassen. Die Leute nannten sie „das Schloß". Fred Gleason hatte den Longs vierzig Hektar Land verkauft und danach den Winter über in der Karibik gefaulenzt. Die Longs hatten in einem viktorianisch angehauchten Stil mit Türmchen und Zinnen gebaut und verfügten angeblich sogar über einen Burggraben mit Alligatoren.

„Freunde von Ihnen?" erkundigte ich mich.

Rose tat so, als hätte er die Frage nicht gehört. „Er hat ungefähr meine Größe, dunkles Haar, Schnurrbart und ist etwas übergewichtig. Sie hat dunkle Haare und sieht toll aus."

„Mir nicht bekannt."

Es ging Rose nichts an, daß ich Jack Long flüchtig kannte und ihn bei einer Sitzung des Landverwaltungskomitees in Aktion erlebt hatte. Er hatte einen festen Händedruck und einen blitzschnell abschätzenden Blick. Man spürte förmlich, wie man von ihm taxiert wurde. Ich fand ihn ein wenig unverschämt.

Rose ließ nicht locker. „Die Longs kommen immer übers Wochenende her. Vielleicht haben Sie sie mal in der Stadt gesehen, als sie die *Times* kauften."

Ich hatte das Spiel satt. „An eine tolle Dunkelhaarige würde ich mich sicher erinnern. Sind die beiden der Grund, warum Sie ein Haus in Newbury suchen?"

„Erzählen Sie mir was von sich." Jetzt gingen seine Lider in die Höhe wie Jalousien, und sein Gesichtsausdruck wurde noch aggressiver.

„Ich habe einen besseren Vorschlag“, erwiderte ich. „Warum erzählen Sie mir nicht, was Sie bereits über mich wissen? Sie haben mich unter einem Vorwand hier herausgelockt, um mit mir über diese Longs zu sprechen. Das heißt wohl, daß Sie etwas von mir wollen oder daß Sie glauben, Sie wüßten etwas über mich.“

Rose pflanzte sich breitbeinig auf und verschränkte die Arme. Sein brandneues Kordjackett wirkte albern. Ich trug meine Makler-Alltagsuniform – bequeme Hose, altes Tweedsakko und Lederslipper.

Rose musterte mich mit einem amüsierten Schmunzeln. „Wie Sie wünschen“, meinte er und leierte zu meiner Überraschung meinen Lebenslauf herunter. „Benjamin Abbott, hier geboren, hier in die Grundschule gegangen. Ihr alter Herr betrieb ein Immobilienbüro und war außerdem oberster Magistratsbeamter, also so eine Art Bürgermeister. Sie besuchten die Newbury Prep School als Externer und dann die Marineakademie in Annapolis. Gedient haben Sie im Marinenachrichtendienst. Danach haben Sie an der Wall Street im Börsengeschäft gearbeitet. Liege ich soweit richtig?“

Er hatte ausgelassen, daß mein Vater mich im zwölften Schuljahr an die Stonybrook-Militärschule verfrachtete, angeblich zur Vorbereitung auf Annapolis, aber hauptsächlich, um zu verhindern, daß ich gemeinsam mit meinem Cousin Renny in übles Fahrwasser kam. Die Familie glaubte, Renny habe einen schlechten Einfluß auf mich. Nur Renny und ich wußten, daß es genau umgekehrt war.

Rose quittierte mein Schweigen mit einem neuerlichen Schmunzeln und legte dann erst richtig los. „An der Wall Street machten Sie einen Haufen Geld mit Fusionen und Firmenübernahmen, wurden beim Insiderhandel erwischt und wanderten daraufhin ins Gefängnis.“

„Ich habe nicht gegen das Gesetz verstoßen.“

„Aber Sie mußten eine Strafe absitzen.“

„Das ja.“ Ich fühlte mich angegriffen. Er rührte an eine längst vernarbte Wunde.

„Als Sie nach Hause kamen, übernahmen Sie den Immobilienhandel Ihres Vaters. Seine Beziehungen führten Sie beim alten Geldadel mit den großen Ländereien ein.“

Ich überlegte, wie sich eine blutende Nase auf sein Kordjackett auswirken würde.

„Sind Sie gar nicht neugierig, warum ich Ihnen diese reizende Geschichte erzähle?“

Natürlich interessierte es mich. Er war doch wohl kaum fast zweihundert Kilometer gefahren, nur um mich zu ärgern. „Nicht halb so neugierig, wie Sie darauf brennen, es loszuwerden.“

Seine Antwort verblüffte mich wieder. „Ich bin Privatdetektiv."

Seine schlechten Manieren und sein Wagen hatten mich dazu verleitet, ihn für einen Anwalt zu halten. Ein Wall-Street-Hai war er eindeutig nicht. Die sind freundlicher – geborene Verkäufer. Ich war so einer. Jetzt hegte ich allerdings keine freundlichen Gefühle. „Wer bezahlt Sie dafür, daß Sie in meiner Vergangenheit herumstochern?"

„Ich biete Ihnen einen Job an. Mr. Long ist mein Klient. Ich möchte, daß Sie Mrs. Long auf Video aufnehmen, wenn sie sich mit ihrem Geliebten im Bett vergnügt."

Ich lachte. „Gibt es keine Spezialisten für so was?"

„Selbstverständlich, und ich könnte jederzeit einen anheuern, wenn sie in New York mit ihrem Kerl schlafen würde. Leider kenne ich niemand Vertrauenswürdigen, der hier oben herumschnüffeln kann, ohne der Polizei aufzufallen. Das Haus der Longs liegt sehr abgelegen. Ich brauche einen Ortskundigen. Sie kriegen zweitausend Dollar für ein halbstündiges scharfes Video."

„Zweitausend? Ich vermittle Ihnen jemand, der es für zweihundert macht." Dabei dachte ich an einen aus der Chevalley-Sippe.

„Ich will aber keinen verdammten Hinterwäldler."

Von den bei uns gebräuchlichen Schimpfwörtern hatte er offenbar keine Ahnung. Hinterwäldler gibt es unserer Ansicht nach nur im Süden. Wir Yankees sind keine unbedarften Bauernlümmel. Aber ich belehrte ihn nicht. „Ich bin kein Kameramann", verwehrte ich mich deshalb nur.

„Sie können eine Sony-Videokamera benutzen. Mit der kann jedes Kind umgehen."

„Schmutzige Aufnahmen zu machen reizt mich nicht." In Wirklichkeit war ich durchaus interessiert. Zweitausend Dollar konnte ich gut gebrauchen, und Detektivspielen war bestimmt lustig, vorausgesetzt, ich fiel nicht vom Dach und brach mir das Genick. Andererseits war mein Ruf schon jetzt nicht der beste, auch ohne daß in der Stadt das Gerücht kursierte, Ben Abbott sei ein Spanner.

„Dreitausend."

Ich ging zu meinem Wagen. „Ich muß zurück, Mr. Rose."

Er stieg ein, und wir fuhren ab. Diesmal hüllte ich mich in Schweigen. Dafür zeigte sich Rose gesprächig. Er machte Bemerkungen über die Bäume, den Fluß, die Pferde, sogar über mein Auto. „Was ist das für eine Marke?"

„Ein Oldsmobile." Mit diesem Thema war ich geneigt, mich zu befassen.

„Ich wußte gar nicht, daß die so viel unter der Haube haben."

„Das gute Stück hat auch einen Cadillac-Motor. Damit läßt er sogar BMWs locker hinter sich – verflucht!"

„Was ist los?"

Ich bremste und hielt. In meinem Rückspiegel funkelten Blaulichter wie ein Feuerwerk am Unabhängigkeitstag. Trooper Oliver Moody, der Ortspolizist, der zu dieser Stunde eigentlich bei der High-School hätte stehen sollen, statt hier hinter einem Traktor auf Verkehrssünder zu lauern, entstieg mit gezücktem Strafzettelblock seinem Streifenwagen. Er verpaßte mir eine gehörige Geldstrafe wegen Geschwindigkeitsüberschreitung und genoß das sichtlich. Schließlich erklärte er mir noch, ich könne die Strafe im Rathaus bezahlen.

„Und ich dachte, Einheimische würden nicht zur Kasse gebeten", sagte Rose.

„Wir haben einander nicht unbedingt ins Herz geschlossen."

Höhnisch salutierend fegte Oliver in seinem Streifenwagen davon, und ich setzte stumm die Fahrt zurück in die Stadt fort.

Wir passierten gerade den Fahnenmast, als Rose endlich wieder den Mund aufmachte. „Viertausend."

Das klang immer besser. Zu behaupten, daß ich keine Verwendung für so ein Sümmchen hätte, wäre eine glatte Lüge gewesen. „Ich frage noch einmal: Warum ausgerechnet ich?"

Jetzt hatte Rose genug. „Wollen Sie's genau wissen? Mr. Long legt Wert auf erstklassigen Service. Honorare interessieren ihn nicht. Er erwartet lediglich, daß der Auftrag erledigt wird. Er kann es sich leisten."

„Und für Sie springt auch etwas dabei heraus."

„Ich mache meinen Schnitt, genau wie Sie früher bei Ihren fragwürdigen Börsentransaktionen."

„Und ich bin geeignet, weil ich im Knast war?"

„Es heißt, Sie haben gesessen, weil Sie Ihre Freunde nicht verpfeifen wollten. Loyalität ist rar. Die Tatsache, daß Sie den Knast unbeschadet überstanden haben, beweist, daß Sie sich durchlavieren können. Noch ein Punkt, der für Sie spricht. Außerdem hält Mr. Long Ihre Tätigkeit beim Marinenachrichtendienst für eine Empfehlung. Darauf ist er voll abgefahren – er war selbst in Vietnam."

Ich war mir immer noch nicht sicher, warum Rose sich einbildete, ausgerechnet ich wäre der richtige Mann. Und ich hatte so eine Ahnung, daß er die Summe erhöhen würde, wenn ich wortlos die Tür öffnete. Ich täuschte mich nicht.

„Fünftausend."

DAS VERRÜCKTESTE, was mein Vater in seinem redlichen Leben je tat, war, meine Mutter zu heiraten – Margot Chevalley. Ihr Name war eine Verballhornung von „Chevalier" und typisch für Neuengland, wo man nie Farbige als Zielscheibe der Verachtung brauchte, weil man ja schon die Franzosen hatte.

Mutters Familie lebte in Frenchtown, einem Viertel von Newbury, das seit jeher alles andere als vornehm war. Die Chevalleys bewirtschafteten dort eine kümmerliche Farm. Ihr Land bestand aus Sumpf und kalten Nordhängen. Nach Vaters Tod zog meine Mutter dorthin zurück und überließ mir das große weiße, georgianische Haus in der Main Street mit dem Schild vorne an der Fassade, dem Büro in der Glasveranda und der roten Scheune im Hinterhof.

Am alten Schreibtisch meines Vaters schrieb Alex Rose einen Scheck über fünftausend Dollar aus und überreichte ihn mir mit schwungvoller Grandezza. Er öffnete eine lederne Schultertasche, die er aus seinem Mercedes mit hereingebracht hatte, und entnahm ihr eine Videokamera und ein paar Kassetten. „Es ist wirklich ganz einfach." Er erklärte mir, wie man die Kamera handhabte, und gab sie mir dann.

„Was bedeutet dieser rote Punkt?"

„Der zeigt an, daß Sie aufnehmen."

„Sie verlangen, daß ich nachts im Dunkeln ins Gebüsch krieche und durch ein Fenster filme. Was ist, wenn Mrs. Long in meine Richtung schaut und das kleine rote Licht draußen glühen sieht?"

„Na schön, kleben Sie was drüber."

„Großartig." Die Sache gefiel mir immer weniger. Anscheinend hatte mir die Geldgier den Verstand geraubt. Ich hatte den Preis in die Höhe getrieben, ohne mir zu überlegen, wie das Geschäft überhaupt durchgeführt werden konnte – diese alte Gewohnheit aus meinem früheren Berufsleben konnte ich offenbar nur schwer ablegen.

„Wissen Sie, ich begreife den Sinn des Ganzen nicht. Im Staat New York gilt wie in Connecticut Gütergemeinschaft. Was hat Mr. Long von einem Video als Beweis dafür, daß seine Frau ihn betrügt? Bei einer Scheidung kriegt sie trotzdem von allem die Hälfte. Auch bei nachweislichem Ehebruch geht sie auf keinen Fall leer aus."

„Das Scheidungsrecht ist etwas komplizierter als Ihre simple Darstellung", erklärte Rose.

In diesem Moment platzte ein dürres elfjähriges Mädchen in mein Büro. Mit einem schüchternen Grinsen zeigte sie ein schauderhaftes Durcheinander von windschiefen Zähnen. „Mama möchte wissen, ob du heute zu uns zum Abendessen kommst."

„Sag deiner Mama, ich nehme ihre Einladung mit dem größten Vergnügen an. Darf ich vorstellen: das ist Mr. Rose aus New York. Er sieht sich Häuser hier an. Und das ist meine Nachbarin, Alison Mealy."

Alison sah die Kamera und bekam große Augen. Ich reichte sie ihr. „Lauf und filme deine Mutter beim Zubereiten einer ihrer köstlichen Mahlzeiten."

Rose wurde bleich, als das Mädchen mit seiner Kamera entschwand. Entsetzt schaute er Alison nach. „Sie nimmt die Videokamera mit in die Scheune!"

„Dort wohnt Alison."

„Besitzen Sie eine Waffe?" erkundigte er sich plötzlich.

„Warum?"

„Der Bursche, mit dem sich Mrs. Long trifft, könnte vielleicht grob werden."

„Sie meinen, er könnte ausrasten, wenn er einen Kerl im Gebüsch entdeckt, der ihn filmt?"

„Am besten wäre zweifellos, wenn er nichts davon mitbekäme."

Ich schob ihm dem Scheck über die Tischplatte zurück. „Ich glaube, es ist klüger, diesen Auftrag abzulehnen. Vielen herzlichen Dank. Sollten Sie je ein Haus in Newbury erwerben wollen, rufen Sie doch bitte an, damit wir einen Termin vereinbaren können." Ich stand auf und streckte ihm die Hand hin.

Rose war empört. „Nicht so hastig! Wir haben eine Abmachung!"

„Sie stellen mir einen Scheck aus und erklären anschließend, daß ich eine Waffe brauche. Davon war ursprünglich nie die Rede. Also gilt der Handel nicht. Sie haben sich den Falschen ausgesucht." Ich fühlte mich erleichtert. Je ernsthafter ich mir vorstellte, zwei arme Liebende beim Ausleben ihrer leidenschaftlichen Gefühle auf Zelluloid zu bannen, desto schäbiger kam es mir vor, mich auf diese Art zu bereichern – auch nicht um das schöne runde Sümmchen von fünftausend Dollar.

Rose sah so frustriert aus wie einer, der ein Bombengeschäft vermasselt hat. Das fand ich eigenartig, denn im Grunde hatten wir lediglich über einen lächerlichen kleinen Auftrag gesprochen, den praktisch jeder erledigen konnte. Er wirkte derart geknickt, daß ich neugierig wurde. „Führen Sie alle Nachforschungen für Long durch, oder beschaffen Sie nur belastendes Material für die Scheidung?"

„Ich besorge ihm sämtliche Informationen, die er braucht."

Allmählich begann ich zu begreifen, daß Rose ein hochbezahlter

Laufbursche war. Sobald er das Video hatte, würde er in New York noch zusätzlichen Dreck ausgraben und dann erst seine Unterlagen einem ausgekochten Scheidungsanwalt vorlegen, damit dieser glaubhaft behaupten konnte, Mrs. Long müsse wahrscheinlich auf die ihr zustehende Hälfte des Kuchens verzichten.

Rose bewies sofort, daß er ein getreuer Diener seines Herrn war. Er grinste. „Ihre kleine Nachbarin braucht eine Zahnspange."

„Was?"

„Na, die Kleine, die in Ihrer Scheune wohnt, braucht eine Zahnregulierung, bevor sie sich zu Draculas Braut auswächst."

Er hatte recht. Jetzt war Alison noch ein Kind, aber eines nicht mehr fernen Tages würde sie sich nicht mehr zu lächeln trauen. „Und?"

„Ich habe einen Klienten, der die absolute Nummer Eins in Zahnorthopädie in New York ist. Sie erledigen den Job, und ich kümmere mich um das Gebiß des Mädchens."

„Wer ist der Kerl, mit dem Mrs. Long schläft?"

„Jemand, den die Longs schon seit einer Ewigkeit kennen. Sie, mein Bester, beschaffen das Video, nehmen das Geld und geben der kleinen Alison eine Chance. Sie wird Ihnen ein Leben lang dankbar dafür sein. So eine Zahnregulierung ist immens teuer." Er wußte, daß ich geschlagen war, und fügte hinzu: „Die beiden werden heute abend im Haus sein."

„Dann bringe ich es noch heute hinter mich."

„Bravo, so ist es recht."

„Recht ist nichts daran. Aber wir haben bald Vollmond, und ich möchte nicht bei Festbeleuchtung ausrücken."

Ich begleitete Rose zu seinem Mercedes und brachte den Scheck zur Bank.

Die Einladung zum Abendessen bei Alisons Mutter hatte ich angenommen, ohne mir irgendwelche Illusionen zu machen. Janet Mealy entstammte einer Familie von schwer schuftenden Neuengland-Farmern und war ein hageres, blasses Bauernmädchen von sechsundzwanzig Jahren, abgerackert und daher frühzeitig gealtert. Mit fünfzehn hatte sie Alison geboren und einen Saufbold von Vater gegen einen Saufbold von Ehemann eingetauscht. Sie hatte als Kellnerin in einem Schnellimbiß an der Route 4 gearbeitet und Jobs in verschiedenen Fabriken gehabt – immer verzweifelt bemüht, ihre Familie über Wasser zu halten.

Für kurze Zeit hatte ihr Mann Arbeit bei der Schneeräumung von Newbury gefunden und einen Schneepflug gefahren, mit dem Erfolg, daß er schon sehr bald wegen Diebstahls von Ersatzteilen aus dem Gemeindefuhrpark eingesperrt wurde. Für Frau und Kind war es ein schneller Absturz in die Obdachlosigkeit und die Abhängigkeit von der Sozialfürsorge gewesen.

Ich begegnete Janet und Alison im letzten Frühling, als sie per Autostop nach New Milford wollten. Janet hoffte, Arbeit in einem dortigen Motel zu finden, das allerdings, wie ich bereits wußte, kurz vor dem Konkurs stand. Ich hatte wirklich keinen Bedarf an Untermietern, aber als ich Janet Mealy mit strähnigem, triefnassem Haar und den zu ihren Füßen abgestellten Plastikbeuteln im Regen am Straßenrand stehen sah, einen dünnen Arm ängstlich um Alisons Schulter geschlungen, blieb mir einfach keine andere Wahl. Ich nahm die beiden mit heim und brachte sie in der Scheune unter, wo es eine einfache, weißgekalkte Wohnung gab, in der zuletzt der Stallbursche meines Urgroßvaters gehaust hatte.

Janet nannte mich aus Achtung vor meiner Familie und wegen der gesellschaftlichen Kluft zwischen uns stets Mr. Abbott. Von mir erwartete sie, mit Mrs. Mealy angesprochen zu werden, was ihren Status als verheiratete Frau und ihre Hoffnung unterstrich, daß Alisons Vater eines Tages vielleicht nüchtern aufkreuzen würde. Alison nannte mich natürlich Ben, aber die Tatsache, daß ihre Mutter und ich uns siezten, bewahrte „Mrs. Mealy“ und „Mr. Abbott“ gegenseitige Privatsphäre und Würde.

Trotzdem schlug der Klatsch in der Stadt hohe Wellen. Es wurde behauptet, die Scheune sei nur Augenwischerei und in Wirklichkeit schliefe Mrs. Mealy in meinem Bett. Einige marxistisch angehauchte Wichtigtuer verbreiteten das Gerücht, ich hielte sie als Sklavin für die Reinigung der leeren Häuser, die ich zu verkaufen suchte. In Wahrheit hatte sie mir selbst ihre Dienste als Putzfrau angeboten. Putzen lag ihr mehr als Kochen, daher hegte ich keine hochgeschraubten Erwartungen wegen des Abendessens. Mrs. Mealy hatte einen Hang zu Tiefkühlfertiggerichten. Und richtig aßen wir an diesem Abend aufgetaute Bratkartoffeln und aufgetaute Hamburger und als Nachtisch künstliches Fruchtgelee mit Dosenschlagsahne.

Nach dem Essen marschierten wir zu mir nach Hause und schauten uns das Video an, das Alison von ihrer Mutter beim Kochen gemacht hatte. Als Alison sagte: „Mama, du siehst super aus“, schlug Janet Mealy verlegen ihre Hände vor das Gesicht.

Bevor sie das Video wiederum laufen ließen, verabschiedete ich mich. Ich wollte unbedingt noch bei Tageslicht nach Morrisville, um das Terrain zu erkunden. Ich legte eine neue Kassette in die

Videokamera ein und zog mich um, wobei ich für meine Expedition Jeans, einen dunklen Pullover und meine Schweizer Kletterschuhe wählte, die ich mir für ein Risikoanleihenseminar in Aspen gekauft hatte. Dann nahm ich zwei Taschenlampen aus dem Nachttisch. In der Schublade lag auch der 38er Revolver meines Vaters – ein schönes, altes Stück und vom Gewicht her gerade richtig, um ihn bei mir zu tragen, während ich vom Wald aus heimlich ein Liebespaar filmte –, aber ich steckte ihn nicht ein. Im Umgang mit Schußwaffen bin ich eine Niete. Falls Mrs. Longs Freund mich mit einem Schießeisen bedrohte, würde ich sicher besser daran tun, entweder schleunigst im Dunkel der Nacht das Weite zu suchen oder brav die Hände zu heben.

Die Route 349 führt vom Fahnenmast in östlicher Richtung nach Morrisville. Links der Straße liegt Frenchtown. Rechter Hand erhebt sich eine langgestreckte, sanft geschwungene Anhöhe mit großen Landsitzen und Pferdefarmen, ein Gebiet, das von der unsichtbaren Grenze zwischen Newbury und Morrisville geteilt wird. Das sogenannte Schloß der Longs befand sich knapp jenseits dieser Grenze am Ende einer Schotterstraße mit Wald auf der einen und Weideland auf der anderen Seite.

Man sah auf den ersten Blick, daß die Longs nicht unter der Wirtschaftsflaute litten. Hier war eine Menge Geld geflossen und floß nach wie vor in die Instandhaltung und Erweiterung des Besitzes. Bevor ich zum Hauptgebäude kam, fuhr ich an renovierten Scheunen und Silos vorbei, die, umschmeichelt vom goldenen Licht der rasch sinkenden Sonne, einen kitschpostkartenhaft schönen Anblick boten. Dann gab der Wald zur Linken den Blick auf eine große Wiese frei, die in eine weite, ansteigende Rasenfläche überging. Und schließlich erhob sich ein steinernes Märchengebilde vor mir wie eine Ritterburg aus „Ivanhoe“.

Einen Bergfried gab es tatsächlich auch – an einer Ecke ragte ein runder Turm mit konischem Dach und schmalen Fenstern auf, die an Schießscharten für Bogenschützen erinnerten. Selbst ohne Burggraben machte sich der etwa zwanzig Meter hohe Turm gut. Vom Haus hieß es allgemein, es sei ein romantischer Bau. Zu Recht, wie ich fand, aber nicht wegen der albernen Zinnen und der Bergfriedimitation, sondern weil es so perfekt an den Waldrand gestellt war. Die oberen Räume boten gewiß einen wunderbaren Ausblick nach Süden über den zum Fluß hin abfallenden Hügel. In den Räumen auf der Rückseite dagegen mußte man sich fühlen wie in einem Baumhaus, umgeben von dem behütenden, geheimnisvollen Grün des Waldes.

Ein Problem sah ich sofort. Das Schlafzimmer der Dame lag wahrscheinlich vorne, damit sie die Aussicht genießen konnte. Die beste Position für die Ausführung meines Vorhabens fand ich jedoch zweifellos irgendwo auf der Rückseite. Ich fuhr zurück zur 349, kurvte herum, bis es dunkel wurde, versteckte den Wagen dann hinter einer der dekorativen Longschen Scheunen und machte mich zu Fuß auf den Weg. Den Riemen der Kameratasche hatte ich mir, um die Hände frei zu haben, um den Bauch geschnallt.

Die wenigen schwach erhellten Fenster im zweiten Stock deuteten darauf hin, daß Mrs. Long und ihr Geliebter sich bereit machten, zu Bett zu gehen. Ich lief über die Wiese zum Rasen und in einem Bogen hinter das Haus, wo ich mich, hilfreiche Äste umklammernd, über den Hang emporarbeitete.

Eine Gestalt – vermutlich ein Mann – ging an einem der hellen Fenster vorbei, keine zehn Meter von der Stelle entfernt, wo ich nach dem anstrengenden Aufstieg nach Atem rang. Das Haus klebte so dicht am Waldrand, und der Hang war so steil, daß ich auf Höhe des zweiten Stocks stand und durch die Fenster an der Rückfront hineinschauen konnte.

Der Mann kam mit zwei Weingläsern zurück. Wahrscheinlich hatte er eine von der Küche heraufführende Hintertreppe benutzt. Das Fenster, durch das ich ihn sah, schien einem Korridor als Lichtquelle zu dienen. An meinem Hang hastete ich in die Richtung, in die der Mann gegangen war. An der Hausecke hatte das schräge Dach einen merkwürdigen, kantigen Vorsprung – ein großes Giebelfenster.

Weißes Licht explodierte vor meinem Gesicht. Ich tauchte ins Waldesdunkel und glaubte mich schon entdeckt und von Suchscheinwerfern erfaßt. Als ich an etwas Festes stieß – einen dicken Baumstamm –, verbarg ich mich dahinter.

Aber keine Stimme erhob sich. Keine Bluthunde hechelten den Hang herauf. Ich spähte aus meiner Deckung hervor und merkte, daß das Licht nicht von Scheinwerfern stammte, sondern durch eine Glasfront nach außen fiel. In dem Giebelvorsprung war ein Atelier untergebracht, ein luftiger, kahler weißer Raum. Eine riesige Staffelei war mit einem Bettlaken verhängt. Daneben stand vor einem niedrigen Podest eine kleinere Staffelei mit einem leeren Skizzenblock.

Wie durch Zauberei erschienen zwei menschliche Schatten auf den Wänden. Einen Moment lang fühlte ich mich wie im dunklen Zuschauerraum eines Theaters in Manhattan und wartete darauf, daß der Vorhang sich hob und die Vorstellung begann.

2

NACKT sah man Mrs. Longs Geliebten an, daß er seinen Körper gut trainierte. Seine Schultern, die breite Brust und die Oberarme waren kräftig und muskulös, Hüften und Taille dagegen vorbildlich schmal. Aber er schien kein professionelles Malermodell zu sein. Ein wenig unbeholfen stieg er auf das Podest und breitete mit einem verlegenen Grinsen die Arme aus.

Er machte einen sehr zufriedenen Eindruck – ein glücklicher junger Mann mit weißblondem Haar. Etwas verspätet griff ich nach der Videokamera, als Mrs. Long, mir den Rücken zukehrend, in mein Blickfeld schlenderte. Bis auf ihre nackten Füße war sie mit einer langen silbrigen Bluse, die sie lose über der Jeans trug, voll bekleidet. Rose hatte sie als dunkelhaarig bezeichnet, was in keiner Weise der orientalischen Pracht ihrer tintenschwarzen Haare gerecht wurde, die ihr schimmernd fast bis zur Taille fielen.

Mrs. Long machte sich mit einem Kohlestift an die Arbeit. Mit meiner Kamera blickte ich ihr förmlich über die Schulter und konnte mit dem Zoom nahe heranholen, was sie zeichnete. Mit faszinierender Geschicklichkeit brachte sie rasch die schwellenden Brustmuskeln ihres Geliebten zu Papier, und schon ging es weiter abwärts zu seinem flachen Bauch. Ich nahm die Skizze nah aufs Korn, ging auf Distanz, um die Künstlerin im ganzen aufzunehmen, wie sie vor der Staffelei stand, machte einen Schwenk über das Atelier und zoomte rechtzeitig wieder die Skizze heran, um festzuhalten, wie Mrs. Long zögerte.

Plötzlich nahm sie den Kopf in Angriff, und mir glitt vor Verblüffung der Finger vom Aufnahmeknopf. Der junge Mann hatte ein breites, fast rundes Gesicht, aber an Hand der Zeichnung hätte ihn nur ein Pathologe erkannt. Statt ihn zu porträtieren, zeichnete sie seinen Schädel – die Wangenknochen, aber keine Wangen, die knöchernen Brauenwülste, aber keine Brauen, kein Haar, keine Augen, nur die leeren Höhlen. Mit kurzen, markanten Strichen skizzierte sie das Gebiß, den Unterkiefer und die birnenförmige schwarze Nasenöffnung in dem fleischlosen Antlitz. Mich fröstelte.

Mrs. Long legte den Stift hin und ging auf ihren Geliebten zu. Er lächelte in freudiger Erwartung, die er vielleicht nicht empfunden hätte, wenn er ihre Darstellung seines Gesichts hätte sehen können. Ich begann, mich über Mrs. Long zu wundern, aber ihr Geliebter näherte sich ihr ohne Bedenken, sprang vom Podest und umschlang und küßte sie, was ich pflichtschuldig festhielt. Als sie endlich voneinander abließen, schloß ich aus seiner verzückten Miene, daß ihn sein schauriges Konterfei wahrscheinlich nicht einmal stören würde.

Sie schob ihn auf das Podest zurück und bedeutete ihm, er solle seine vorherige Pose wieder einnehmen. Ihren nächsten Schritt vorausahnend, machte ich die Kamera schußbereit. Prompt knöpft sie langsam die Bluse auf und ließ sie von den Schultern gleiten. Mrs. Long hatte wohlgeformte weiße Schultern. Wie sie von vorne aussah, konnte ich mir denken, denn ihr Geliebter stieß ein gieriges, durch ein offenes Flügelfenster deutlich vernehmbares „Ja, ja, ja" aus.

Sie lachte und wiegte sich verführerisch in den Hüften. Die Bluse glitt von ihrem Rücken – einem schlanken, sehr attraktiven Rücken. Sie trat näher. Ihr langes Haar verdeckte einiges, aber es gab wohl kein Scheidungsgericht in ganz Amerika, das die Situation verkannt hätte. Ihr Geliebter griff nach ihr, doch sie führte seine Arme in die bewährte Pose zurück und lief wieder zur Staffelei.

Jetzt war ich es, dem sich ein Laut entrang – ein unterdrückter Ruf der Verwunderung beim ersten Blick auf ihr Gesicht. Nie zuvor hatte ich eine so schöne oder so glückliche Frau gesehen. Sie hatte ein herzförmiges Gesicht mit einer hohen Stirn, ausgeprägten Backenknochen, einer klassischen Nase und großen blauen Augen. Ihre Lippen waren voll, und wenn sie lachte, sprühte sie förmlich vor Lebenslust.

Ich riß die Kassette aus der Kamera und schleuderte sie weg. Für den Bruchteil einer Sekunde fühlte ich mich wie erlöst. Ich war nahe daran gewesen, einem glücklich liebenden Paar etwas Schreckliches anzutun, und ich sah in dem Schnüffelauftrag das, was er von Anfang an gewesen war – ein schmutziges Geschäft.

Da prallte die Kassette – mit einem überraschend lauten Klappern – gegen einen Baum und fiel auf den Rasen. Das Gehäuse war aus schwarzem Plastik, hatte jedoch ein weißes Etikett auf der Vorderseite und landete selbstverständlich mit diesem nach oben. Das Weiß leuchtete in dem Lichtschein, der aus dem Fenster fiel.

„Was war das?" hörte ich Mrs. Long fragen.

Ich klammerte mich an jeden sich bietenden Halt und hangelte mich auf die Kassette zu. Sie war schon fast in Reichweite, als Mrs. Long rief: „Waschbären! Waschbären! Dreh die Spots auf!"

Zum Glück fand er den Schalter nicht gleich, und ich nutzte die Galgenfrist, um den Hang hinunterzurutschen, die Kassette an mich zu raffen und mich hektisch wieder zu verstecken. Ich hatte mich gerade zwischen zwei Büsche geduckt, als das Gelände hinter dem Haus plötzlich hell genug für eine Hubschrauberlandung angestrahlt wurde.

„Jemand versteckt sich da draußen. He!"

Endlich im Dunkeln geborgen, wagte ich einen Blick zurück. Der Liebhaber lehnte sich aus dem Fenster, doch sie zog ihn sofort von dort weg. „Was ist, wenn er eine Schußwaffe hat?" Dann handelte sie wie eine gewiefte Großstädterin. Sie rannte zu einer Notruftaste an der Wand und löste Alarm aus.

Noch mehr Scheinwerfer flammten auf. Sie strahlten vom Dach und erhellten eine Fläche im Umkreis von etwa einem Hektar. Zugleich begann eine Sirene zu heulen – es war wie im Film. Ich bezweifelte nicht, daß man den Alarm im Büro der Überwachungsfirma in New Milford hörte. Unter Garantie würde man einen Wagen losschicken und Oliver Moody verständigen, daß in seinem Revier Einbrecher am Werk waren. In Windeseile würde Oliver bis an die Zähne bewaffnet zur Stelle sein. Ich rannte los, stolperte über einen abgebrochenen Ast und fiel der Länge nach hin. Dabei knallte ich mit dem Knie heftig gegen eine Einfassung aus Granit.

Ich habe in meinem Leben schon gewaltige Schmerzen ausgehalten, aber nichts läßt sich mit denen vergleichen, die mich in diesem Augenblick durchzuckten. Trotzdem biß ich die Zähne zusammen und schleppte mich tiefer in die Schatten.

Mrs. Long begab sich wieder zu dem Taster und gab einen Code ein, der die Sirene zum Verstummen brachte. Dann zog sie ihre Bluse an und ging zum Fenster, wo ihr Geliebter stand und angespannt ins Dunkel starrte.

„Sperr dich in unserem Zimmer ein. Ich erledige das mit der Polizei."

Er protestierte.

„Beruhige dich", sagte sie. „Ich krieg das schon hin. Da kommen sie schon. Geh jetzt!"

Ich hörte es ebenfalls – das aufdringliche Kreischen einer Polizeisirene und das Motorengebrüll eines mit Vollgas gefahrenen Plymouth Fury näherten sich.

Selbst wenn es mir gelang, Kamera und Kassette loszuwerden – wie sollte ich erklären, daß ich mich zu nachtschlafender Zeit auf Mrs. Longs Besitz herumtrieb? Und selbst wenn Oliver mich nicht festnahm – ein reines Wunschdenken, denn er wartete schon jahrelang auf eine Gelegenheit, mir eins auszuwischen –, würde der Vorfall meinen Ruf endgültig zerstören und mich geschäftlich zugrunde richten. Ohne entsprechende Objekte und Empfehlungen kann man sein Geld nicht mit Häuserverkaufen verdienen. Einige sittenstrenge Leute waren bei meiner Heimkehr sehr nachsichtig und entgegenkommend gewesen, aber ein zweiter Minuspunkt, und ich war erledigt. Diese blödsinnige Kletterpartie konnte mir den Garaus machen.

Als ich aufstand, fiel ich nach dem ersten Schritt gleich wieder hin. Das Knie tat höllisch weh, und ich hoffte, daß ich mir nichts gebrochen hatte. Olivers Polizeisirene schwoll zu voller Lautstärke an, und das Licht seiner Autoscheinwerfer glitt über die Longsche Wiese. Schon fegte der Wagen über die Auffahrt. Indem ich mich von Stamm zu Stamm zog, quälte ich mich den Hang hinauf. Wohin sollte ich mich nur in aller Eile retten? Ein gewaltiger Baum, eine Roteiche, ragte in den Nachthimmel empor. Die dicken unteren Äste streiften beinah das dahinter ansteigende Gelände. Ich streckte mich, packte einen Ast, nahm Schwung und hievte mich hinauf. Von da aus stieg ich weiter auf den nächsten Ast und hockte schließlich, etwa viereinhalb Meter über dem Waldboden und gute sechs Meter von dem flutlichterhellten Rasen entfernt, in luftiger Höhe. Vorsichtig spähte ich von meinem Hochsitz hinunter.

Oliver hatte das Haus durch den Vordereingang betreten und lief jetzt aus dem Hintereingang heraus. Er trug eine schätzungsweise sechzig Zentimeter lange Taschenlampe, ein Fabrikat von der Sorte, dem vom Hersteller der Hinweis beigepackt wird, daß man sie nicht zur „Selbstverteidigung“ zweckentfremden sollte. „Bleiben Sie drinnen!“ befahl er Mrs. Long und nahm den Hang in Angriff. Die Lampe hielt er in der Linken. Seine Rechte schwebte griffbereit über seinem Pistolenhalfter.

Ortspolizisten, bei uns Trooper genannt, sind ein besonderer Menschenschlag – halb Sheriff, halb Schulhofschreck. Oliver Moody, einsdreiundneunzig groß und fast hundertzwanzig Kilo schwer, kam die Steigung heraufgestürmt wie ein Racheengel. Er war zehn Jahre älter als ich, doch ich ahnte dunkel, daß er mich bei einem Wettrennen bergauf mit seiner Taschenlampenkeule oben erwarten würde.

Also rührte ich mich nicht und sah zu, wie er sich vorsichtig durch das Unterholz arbeitete und mit der Lampe ins Dunkel leuchtete. Zu meiner Erleichterung schaute er sich nur in Augenhöhe um und sah nicht nach oben.

Jetzt blieb der Gute stehen und richtete den Lichtstrahl auf etwas auf dem Boden, hob es – was immer es auch war, ich konnte es nicht sehen – auf und steckte es ein.

Da ertönte ein Jaulen in den Baumkronen, etwas krachte durch das Blätterdach und landete am Ende des Astes, auf dem ich saß. Als es sich mir zuwandte, erkannte ich im Mondschein den weißgezeichneten Kopf eines Waschbären. Oliver stampfte auf uns zu.

Mir war die Komik der Situation bewußt, aber nicht nach Lachen zumute. Gesunde Waschbären fallen nicht einfach wie reife Früchte von den Bäumen, und in unserer Gegend herrschte gerade eine Tollwutepidemie. Als der Waschbär Olivers Taschenlampenstrahl zwischen den Stämmen umhergeistern sah, wich er zurück und rutschte dadurch näher an mich heran. Nun witterte er mich und knurrte. Ich richtete die Kamera auf ihn, was ihn bewog, wieder ein Stück abzurücken, mit dem Erfolg, daß ihn der Lichtstrahl voll erfaßte.

Das Tier bot einen furchtbaren Anblick. Rasend vor Schmerzen hatte es sich den Bauch mit den Klauen aufgerissen. Zähnefletschend und knurrend starrte es auf den Polizisten hinunter, der knapp zwei Meter entfernt stehengeblieben war.

Vom Haus aus rief Mrs. Long: „Alles in Ordnung, Officer?"

„Ich hab Ihren Einbrecher!" rief Oliver über die Schulter. „Ein tollwütiger Waschbär. Holen Sie einen Müllsack."

Ich verschmolz förmlich mit der Rinde, so dicht preßte ich mich an den Stamm. Dabei betete ich, daß Ollie mich nicht bemerken würde, und hoffte zugleich, nicht mit tollwutverseuchten Waschbärüberresten in Berührung zu kommen, wenn er von der Kanone Gebrauch machte, die er um die Hüften geschnallt trug. Oliver warf einen Blick hinter sich, um sich zu vergewissern, daß Mrs. Long ihn nicht sah, griff dann hinunter und zog eine kleine 6-mm-Beretta aus einem unter seiner Hose verborgenen Knöchelhalfter. In all den Jahren, die ich ihn schon kannte, hatte ich keine Ahnung gehabt, daß er heimlich noch eine zweite Waffe trug. Man lernt eben nie aus.

Die Lampe in der einen und die Pistole in der anderen Hand, zog Oliver die Aufmerksamkeit des Waschbären auf sich, indem er auf ihn einsprach und versicherte, gleich würde alles gut sein. Dann tötete er das Tier mit einem sauberen Kopfschuß. Es plumpste ihm vor die Füße.

„Bringen Sie den Müllsack!" rief Oliver.

Mrs. Long rannte den Wiesenhang herauf. Oliver erwartete sie am Waldrand. Wohlweislich darauf achtend, den Kadaver nicht mit bloßen Händen anzufassen, stülpte er den Sack darüber und schnürte ihn zu. Dann zog er, den Sack hinter sich herschleifend, in Richtung Haus ab.

„Was werden Sie damit machen?" fragte Mrs. Long.

„Gibt prima Kompost", scherzte er, umrundete das Haus, knallte die Tür des Fury zu und brauste davon, genau als der Wagen der Überwachungsfirma mit einem komischen kleinen Blinklicht auf dem Dach angerast kam.

ALS ICH die verlassene Main Street entlangfuhr, schlug die Rathausuhr elf, was ich, gemessen an meinen nächtlichen Erlebnissen, erstaunlich früh fand. Kaum hatte ich die Haustür hinter mir geschlossen, strebte ich auf die Bourbonflasche zu. Dann legte ich die Kassette in mein Videogerät und löschte die Aufnahme.

NEWBURY feiert den *Labor Day* nicht wie üblich am ersten Montag, sondern am dritten Samstag im September, hauptsächlich, weil die größeren Städte riesige Paraden abhalten und so die Leute abziehen, die bei uns Karten für unser Feuerwehrfest kaufen sollen. Am Morgen nach meinem Streifzug auf dem Anwesen der Longs war es warm und sonnig wie an einem Augusttag.

Die Schmerzen in meinem Knie hatten etwas nachgelassen, und ich humpelte nur noch leicht. Die Erlebnisse des Vorabends erschienen fast wie ein böser Traum – bis Alex Rose anrief.

„Wie ist es gelaufen?" erkundigte er sich.

„Lausig."

„Was heißt lausig? Hat man Sie erwischt oder was?"

Möglicherweise hatte er das Telefon der Longs angezapft. Dann mußte ich damit rechnen, daß ihm der Alarm nicht verborgen geblieben war. Ich sagte ihm deshalb die Wahrheit. „Ich werde es nicht noch mal versuchen und schicke Ihnen die Kamera zurück."

„Warten Sie!"

„Und das Geld", fügte ich hinzu und legte auf. Ich schrieb Rose einen Scheck aus, verpackte die Kamera und die Kassetten in eine Schachtel und trug sie zum Postamt. Dann humpelte ich wieder heim, putzte meinen Grill und meinen Fleischwender und beförderte beides auf den Platz hinter dem Rathaus.

Man hatte die Spritzenwagen herausgeschoben, damit die Kinder darauf herumklettern konnten, und ein Transparent aufgespannt, auf dem zu lesen stand: ERSTE FREIWILLIGE FEUERWEHR VON NEWBURY, GEGRÜNDET 1879. Jemand hatte einen 150-Liter-Maiskessel aufgestellt, und die Damen des Hilfskomitees bestückten die Klapptische eifrig mit Papiertellern, Ketchupflaschen und Senfgläsern.

Die Grills plazierten wir nach Rangordnung wie bei einem Schönheitswettbewerb. Als erstes kam Rick Bowlands mit Propangas betriebenes Vulkansteinmonster mit Abzugshaube, das genug Skalen und Meßanzeigen hatte, um ein ganzes Gaswerk zu überwachen. In der Mitte pflanzte sich Scooter MacKay auf, mein Nachbar und Herausgeber des Stadtblattes. Stolz stand er hinter seinem imposanten, übergroßen Holzkohlengrill. Das Schlußlicht war ich.

Rick Bowland stieß Scooter an. „Wofür hältst du das, was Ben da hat?"

„Das ist ein dreiteiliger Holzkohlengartengrill zum Garen von Fleisch, Hühnchen und Gemüse", erklärte ich. „Es ist die Imitation eines Hibachi-Modells. Ich hab ihn im Ausverkauf für neun Dollar erstanden und hoffe, daß meine alten Freunde einmal neben meinem Grab Marshmallows darauf rösten werden."

„Neun Dollar?"

„Wir müssen überlegen, wie wir vorgehen", lenkte ich ab. „Rick, übernimmst du die Würstchen für die Hot dogs? Scooter und ich machen die Hamburger."

„He, mit meinem Spezialgrill mach ich traumhafte Hamburger!" protestierte Rick.

„Für die Hamburger sind wir zuständig", erklärte Scooter kategorisch.

Er ist ein exzellenter Redakteur, aber zu wenig akkurat beim Grillen, deshalb sagte ich: „Die scharf angebratenen mach ich, die halbdurchgebratenen und die garen machst du."

Von der folgenden Stunde ist mir nur die verschwommene Erinnerung an zahllose Hände geblieben, die mir aufgeklappte Brötchen hinstreckten. Ich hielt mich wacker und produzierte meine Hamburger exakt – innen noch rosa, aber nicht roh.

Neben mir hantierte Scooter mit so viel Schwung und Eleganz, daß die Leute begeistert applaudierten. Bei mir brach gerade ein kleines Feuer aus, das ich mit einer Wassersprühflasche bekämpfte, als ich den allseits bedrängten Scooter fragen hörte: „Scharf angebraten? Dann wenden Sie sich bitte an meinen Kollegen an seinem Neundollargrill."

Ich blickte auf, direkt in das lächelnde Gesicht von Rita Long. „Angeblich sind Sie hier der Scharfe", sagte sie.

Schwer zu schätzen, wie lange ich sie wie versteinert anstarrte.

„Hat es Ihnen die Sprache verschlagen?" fragte sie, und das eben gelöschte Feuer loderte zwischen uns wieder hoch, was Scooter und Rick lautes Spottgeheul entlockte.

„Bitte sehr", krächzte ich endlich, beförderte mit der linken Hand meinen besten Hamburger auf ihr Brötchen und streckte gleichzeitig die rechte aus, um mich vorzustellen. „Ben Abbott. Ich glaube, wir kennen uns noch nicht."

Da sie in der Rechten einen Pappteller und in der Linken ein kalorienarmes Pepsi hielt, reichte sie mir grinsend den Ellbogen. „Rita Long. Wir sind neu hier."

„Oh, ich weiß. Fred Gleason hat Ihnen das Grundstück vermittelt."

„Sind Sie auch Immobilienmakler? Ja, richtig, ich habe Ihr Firmenschild gesehen. Sie haben dieses bezaubernde georgianische Haus gleich beim Fahnenmast."

Ich liebe Neuankömmlinge, weil sie mich nicht begrüßen und denken: Ah, Ben Abbott, Bertram Abbotts Sohn. Derjenige, der . . . Für sie war ich einfach der Mann, der in dem georgianischen Haus gleich beim Fahnenmast wohnte. Sie war schön, wie ich bereits am vergangenen Abend festgestellt hatte, aber jetzt, in Khakihose und Jeanshemd, war sie ganz die verheiratete Frau – freundlich, aber distanziert.

„Machen Sie auch Schätzungen?" fragte sie.

„So wie Fred. Wir machen zwar keine Wertgutachten für Banken, aber wir können einen Preisrahmen empfehlen. Suchen Freunde von Ihnen eine Immobilie?"

Bevor sie antworten konnte, stieß eine schmutzige Pranke rücksichtslos eine Hamburgersemmel zwischen uns. Sie gehörte meinem Cousin Pinkerton Chevalley, Rennys älterem Bruder. Ich tropfte ihm heißes Fett auf den Daumen, doch offenbar durchdrang es seine Schwielen nicht. Mrs. Long trat zurück und schlenderte zum Ketchup-Tisch.

Ich beobachtete, wie sie mit einem heimlichen Lächeln über den Platz schaute, folgte ihrem Blick und entdeckte ihren Liebhaber, der, ein Hot dog mampfend, immer wieder in ihre Richtung spähte, während sie umherwanderte.

Angezogen wirkte er ein wenig älter als im Adamskostüm. Er trug eine lässige Freizeithose, ein gestreiftes Hemd mit aufgerollten Ärmeln und machte einen so konzentrierten Eindruck, als wäre er ein Manager, der einen großen Coup plant. Allerdings lächelte er, als habe er das Geschäft bereits unter Dach und Fach.

Einmal, als er von weitem zu ihr hinschaute, beobachtete sie gerade ein paar Kinder, und seine Züge zerflossen förmlich vor Rührung. Er war verrückt nach ihr, was ich verständlich fand, und sie schien ebenso verrückt nach ihm zu sein. Ich fragte mich, ob die beiden auch nur die geringste Ahnung hatten, daß der gehörnte Ehemann längst alles wußte.

Mrs. Long kam zurück.

„Darf es noch was sein?"

„Nein, danke. Der Hamburger war köstlich. Sagen Sie, hätten Sie Zeit, heute noch zu einer Schätzung zu mir rauszukommen?"

„Geht es um Ihr Haus?" Ich hatte mehr Zeit als ein Rentner, aber Fairneß war ein Gebot der Freundschaft. „Ich möchte Fred Gleason nicht in die Quere –"

„Ich würde gern Ihre private Meinung hören."

Wenn ich dieser Frau gegenüber unbefangen bleiben wollte, mußte ich aus meinem Gedächtnis streichen, daß ich sie am Vorabend mit ihrem Liebhaber gesehen hatte. Wozu interessierte sie meine private Meinung? Nun ja, schließlich war es nicht das erste Mal, daß mich ein Ehepartner bat, das Flitterwochennest zu schätzen.

„Ich seh's mir an. Gegen fünf kann ich bei Ihnen draußen sein."

„Ausgezeichnet. Ich muß noch einkaufen, aber bis fünf schaffe ich es leicht. Wenn Sie sich das Haus angeschaut haben, würde ich Sie gerne zu einem Drink einladen."

WIE BEREITS erwähnt, gab sich Rita Long keine Spur kokett. Trotzdem war die Einladung zu einem Drink im Schloß das beste Angebot, das ich seit einer Woche bekommen hatte.

Ich duschte den Rauchgestank aus meinem Haar und warf mich in meine „Uniform"; das Tweedjackett trug ich in Anbetracht des milden Nachmittags über dem Arm. Als ich im Begriff war, in meinen Oldsmobile zu steigen, dachte ich mir plötzlich – ach, was soll's! Wahrscheinlich ist das für eine Weile der letzte warme Tag. Kurz entschlossen zog ich die Abdeckhaube von meinem Fiat Cabrio. Es war ein leuchtendgrüner Spider 2000, Baujahr 79. Mein Vater hatte ihn als Geschenk für meine Mutter zu ihrem sechzigsten Geburtstag gekauft. Sie fand den Wagen zu auffällig, und als sie nach Frenchtown zog, überließ sie ihn mir.

Bei Tageslicht war die Gartenanlage des Schlosses wirklich sehenswert. Die Auffahrt verlief parallel zu einem Serpentinenteich, in dem sogar der makellos weiße Silberreiher nicht fehlte. Die ganze Anlage war hervorragend geplant und großartig ausgeführt.

Ich hatte gehört, daß italienische Steinmetze, die normalerweise im teuren Greenwich arbeiteten, die Granitmauern gesetzt und die Terrassen des Schlosses angelegt hatten. Das Ergebnis war phantastisch. Eine solche Vollkommenheit bekam man nördlich des Long Island Sound selten zu sehen. Die Technik dieser Leute war so perfekt, daß die Mauern wie aus einem Stück gegossen wirkten.

„Ihr Wagen ist hinreißend", begrüßte mich Rita Long.

Ich erzählte ihr, wie ich ihn von meiner Mutter bekommen hatte, und sprach meine Bewunderung über die Gartengestaltung und die Qualität der Steinmetzarbeiten aus.

Sie hätten ein großes Haus in Greenwich gehabt, erklärte sie. „Als wir uns entschlossen, hier zu bauen, meinte Jack, wir sollten die Handwerker beschäftigen, die wir schon kannten. Mir war es ein bißchen unangenehm, die hiesigen Handwerker zu übergehen."

„Keine leichte Entscheidung", stimmte ich zu. „Wer hat das Haus geplant?"

„Die Idee stammt von Jack. Ich habe den Entwurf gezeichnet, und ein Architekt hat ihn dann ausgearbeitet."

„Sehr gelungen. Und wer war für die Gärten zuständig?"

„Ich."

„Wirklich?" Ich staunte wieder. Egal, wie talentiert ein Künstler auch sein mag, im Freien beweist nur einer von einer Million noch Sinn für Proportionen. Ich blickte zum Turm hinauf. „In der Stadt munkelt man, daß Sie von dort oben aus auf Wild schießen."

„Jack hat das getan, aber nur einmal im letzten Jahr und während der Jagdsaison. Ich hab gedroht, ihn zu erschießen, falls das wieder vorkäme. Möchten Sie jetzt das Haus von innen sehen?"

Wir schlenderten durch die größtenteils noch unmöblierten Räume. Ein zentrales, durch Oberlichter erhelltes Treppenhaus war prachtvoll in Rosenholz getäfelt, die makellose Küche hochmodern ausgestattet.

Auf siebenunddreißig Zimmer brachte es das Haus zwar nicht, aber im ersten Stock befanden sich drei schöne Gästesuiten und ein spektakuläres Privatschlafgemach der Hausherren mit offenem Kamin und separatem Badezimmer für sie und ihn. Ich konnte nicht widerstehen zu fragen: „Was ist am Ende dieses Ganges?"

„Nur mein Atelier."

„Kann ich es mir auch ansehen?"

Sie zögerte. „Sicher. Entschuldigen Sie mich nur einen kleinen Moment." Sie lief voraus, und als sie rief: „So, bitte!", spazierte ich in das helle Studio und sah, daß sie sowohl die kleine als auch die große Staffelei verhängt hatte.

„Nun? Was meinen Sie?"

„Ich finde, Sie haben ein bezauberndes Haus."

„Wenn Sie mit dem Verkauf beauftragt wären – wieviel würden Sie verlangen?"

„Ich bin zwar nicht damit beauftragt, aber gesetzt den Fall . . ., vier Millionen."

„Und bei welcher Summe sollte ich Ihrer Meinung nach zuschlagen?"

„Das ist ein inoffizielles Gespräch, aber Sie müssen wissen, daß der niedrigste Preis, den Sie Ihrem Makler zu nennen erlauben, höchstwahrscheinlich der ist, den Sie letztlich erzielen."

„Gut."

„Unter drei Millionen würde ich auf keinen Fall gehen. Und ich würde mich teuflisch anstrengen, dreieinhalb auszuhandeln."

„Danke. Kommen Sie, jetzt gibt's den versprochenen Drink."

Unten in der Küche fragte sie: „Sind Sie mit Champagner einverstanden?"

„Und wie." Ich lächelte bei dem Gedanken, daß ich mir kaum eine angenehmere Art vorstellen konnte, den Tag zu beschließen – oder den Abend zu beginnen.

Sie füllte einen Eiskübel, stellte die Flasche hinein, holte zwei Flötengläser und sagte: „Seien Sie so nett, und nehmen Sie den Kübel." Dann ging sie mir durch einen Flur voran zu einer massiven Eichentür. Dahinter führte eine schmale Wendeltreppe hinauf in den Turm.

Es roch nach Schießpulver. „Hat Mr. Long doch wieder das Jagdfieber gepackt?"

„Nein. Aber am vergangenen Wochenende hat er auf Zielscheiben geschossen."

Der Geruch kam mir frischer vor.

Stufe für Stufe stiegen wir in einer Spirale immer höher, bis wir auf eine kleine, runde Terrasse direkt unter dem kegelförmigen Dach hinaustraten, die gerade groß genug für zwei Stühle und ein Tischchen für unsere Gläser war. Ich stellte den Eiskübel auf den Boden, und wir setzten uns.

„Machen Sie sie bitte auf?" Sie reichte mir die Flasche.

Ich zog den Korken mit einem dezenten Plop und schenkte ein. Sie ließ ihr Glas an meines klingen und schaute mir in die Augen. Ihre Züge waren ganz gelöst. Sie wirkte völlig entspannt und zufrieden. „Ist es nicht herrlich?" fragte sie.

Die Maueröffnung vor uns war größer als die schießschartenartigen Fenster und gab einen weiten Blick auf die Umgebung frei. Die Aussicht glich einem Landschaftsgemälde der niederländischen oder der amerikanischen romantischen Schule – Hügel, Bäume und Wiesen lagen im dunstigen, schwindenden Licht des Septemberabends.

„Wie wollen Sie es übers Herz bringen, das alles zu verkaufen?" entschlüpfte es mir. Ich bereute die Bemerkung sofort, weil Mrs. Longs

Miene sich jäh verdüsterte. Sie starrte in ihr Glas und antwortete: „Nichts kann man ewig behalten."

Ob die Longs vielleicht bankrott waren? Das Schloß wäre nicht der erste herrschaftliche Besitz, dessen prächtige Fassade den finanziellen Ruin der Eigentümer verschleierte. Aber da ich mehr über sie wußte, als mir von Rechts wegen zustand, vermutete ich, daß sie eher mit dem Gedanken spielte, ihren Mann – und das Geld – zugunsten ihres Liebhabers aufzugeben. Es drängte mich immer mehr, sie zu warnen, daß ihr Mann Bescheid wußte.

Als ich sie anschaute, blickte sie weg, stand auf und trat an die Brüstung. Während sie hinaussah, schlürfte ich schweigend Champagner.

Plötzlich beugte sie sich vor und schob Kopf und Schultern durch die Luke, um besser sehen zu können. „Was ist das?"

Ich stellte mich neben sie. Die letzten Sonnenstrahlen trafen die Wiese nur noch am Waldrand, und dort schimmerte etwas Weißes. Es war ziemlich weit entfernt. Trotzdem spürte ich, wie mich ein Frösteln überlief, als der Wind das den hellen Fleck umgebende Gras bewegte.

„Sieht aus wie der helle Spiegel eines Hirschs", meinte ich. „Aber die Tiere legen sich nicht im freien Gelände nieder, und schon gar nicht um diese Zeit. Jetzt äsen sie. Ist Ihnen der Fleck vorher noch nicht aufgefallen? Vielleicht hat Ihr Mann einen Hirsch erlegt?"

„Nein", sagte sie ungeduldig. „Er ist gar nicht da, sondern in Washington." Nervös wandte sie sich dem Treppenabgang zu. „Ich muß nachsehen, was das ist."

Schon hastete sie die Stufen hinunter. Ich stellte mein Glas ab und folgte ihr, behindert durch mein verletztes Knie, zurück zur Eichentür, durch den Flur und zum Hintereingang hinaus. Kaum hatte sie den Rasen erreicht, begann sie zu laufen.

Sie überquerte die Wiese genau dort, wo ich am Vorabend herumgeschlichen war, und strebte hangaufwärts dem Wald zu. Plötzlich blieb sie stehen und schlug die Hände vor den Mund. Ich holte sie ein. Das Weiße war im Wind wehendes Haar. Hellblondes Haar. Ihr Geliebter lag reglos auf dem Rücken. In seiner muskulösen Brust klaffte eine handgroße Schußwunde.

3

Es ist etwas Wahres an dem Klischee, daß der Tod Menschen schrumpfen läßt. Mein Vater hatte, aufgebahrt in Butlers Bestattungsanstalt, schmächtig und eingefallen gewirkt. Aber bei Mrs. Longs

Geliebtem war das nicht so. Seine Robustheit schien ungebrochen, wie er so mit weit geöffneten Augen und leerem Blick zum Himmel starrte.

Sein Name war Ron. Sie rief ihn immer wieder, während sie auf die Knie fiel und die Arme um ihn schlang. Ich wollte sie schon sanft hochziehen und wegführen, da dachte ich mir – halt, das hier ist keine Filmszene. Laß die arme Frau klagen. Also trat ich zurück und wartete in einiger Entfernung.

Es hätte ein Jagdunfall sein können. Irgend so ein verdammter Trottel entdeckte auf unerlaubtem Pirschgang außerhalb der Saison den hellen Schimmer von Rons Haar und hielt ihn für den weißen Spiegel eines Hirschs. Egal, ob innerhalb oder außerhalb der Jagdzeit – so etwas passiert immer wieder. Hochtechnisierte Waffen, niedriger Intelligenzquotient und jede Menge Zielwasser sind daran schuld. Aber Wilddiebe pflegen keine Jagdunfälle zu verursachen. Auf ihre Art sind sie professionell und handhaben Waffen normalerweise mit gebührender Vorsicht. Ich will nicht behaupten, daß einem von den Chevalley-Jungs oder einem Burschen aus dem Jervis-Clan beim Wildern kein verhängnisvoller Irrtum unterlaufen könnte, aber die Wahrscheinlichkeit ist eher gering.

Wie dem auch sei, Oliver Moody und die Beamten der State Police würden die Wälder nach Beweismaterial durchkämmen – sobald ich sie verständigt hatte. Wäre mir doch nur der Pulvergeruch im Turm entgangen!

Ich ging auf Rita Long zu: „Ich sollte jetzt lieber die Polizei rufen, Mrs. Long. Bleiben Sie hier, oder kommen Sie mit ins Haus?"

„Ich kann ihn nicht einfach so liegenlassen. Helfen Sie mir, ihn ins Haus zu tragen."

„Wir dürfen seine Lage nicht verändern. Die Polizei muß erst ihre Ermittlungen durchführen."

„Er ist tot. Was macht es schon aus, wenn wir ihn wegbringen? In der Nacht kommen Tiere, und es wird ja schon dunkel. Ich will nicht, daß er noch mehr verstümmelt wird."

Mein Herz schmolz wieder dahin. Wenn ich ihr doch nur hätte helfen können! „Ich rufe die Polizei, und dann komme ich sofort mit einer Decke und Taschenlampen zurück, und wir bleiben bei ihm, bis die Beamten eintreffen."

Auf halbem Weg zum Haus blickte ich zurück. Sie schleppte die Leiche durchs Gras. „Nein!"

Ich rannte zu ihr, aber der Schaden war bereits angerichtet. Sie hatte Ron unter den Schultern gepackt und es irgendwie geschafft, ihn drei Meter von der Stelle wegzuzerren, wo die Kugel ihn getötet hatte. Bei jedem Schritt keuchte sie vor Anstrengung. Ihr Gesichtsausdruck verriet höchste Konzentration.

Ich kniete nieder, schob beide Arme unter den Leichnam, hob ihn hoch und trug ihn weiter. Blut lief über das gestreifte Hemd. Rita hielt Rons leblose Hand und ließ diese nur los, um die Eingangstür zu öffnen. Auf ihren Wink hin legte ich ihn auf eine brokatbezogene Couch im Wohnzimmer. Den Vorschlag, ein Handtuch unterzubreiten, verkniff ich mir taktvoll. Sie bettete ihn so, daß es aussah, als wäre er nur eingedöst. Dann kniete sie sich neben ihn auf den Perserteppich, lehnte ihren Kopf an seine Schulter und schluchzte zum Steinerweichen.

Ich ging in die Küche und rief Oliver Moody an.

„Was ist los?“

„Ein junger Mann ist auf dem Besitz der Longs erschossen worden.“

„Wer hat ihn erschossen?“

„Keine Ahnung.“

„Rühr nichts an!“

WÜTEND wirkte Ollie noch bedrohlicher als sonst. Er stand dicht vor mir, die Muskeln angespannt, bereit zuzuschlagen. „Ich hab dir doch gesagt, du sollst nichts anrühren! Du hast die Leiche bewegt. Das heißt, du behinderst eine polizeiliche Untersuchung.“

„Als du's mir gesagt hast, war es schon zu spät. Es ist eben passiert und nicht zu ändern.“

„Der Teufel soll dich holen! Dafür werde ich dich belangen.“

„Soll ich dir zeigen, wo wir ihn gefunden haben?“

„Los!“ befahl er. Wir überquerten den Rasen und anschließend die Wiese.

„Da war es.“

„Tritt zurück!“ Mit gelbem Band sperrte er die mit Rons Blut besudelte Stelle im Umkreis von fünfzehn Metern ab. Beim ersten Blick auf die Leiche hatte ich geglaubt, daß Ron genau dort tot umgefallen war. Aber jetzt? Rita und ich hatten das Gras niedergetrampelt.

Oliver betrachtete prüfend den Wald. „Was hast du überhaupt hier zu suchen?“

„Ich wurde gebeten, den Wert des Hauses zu schätzen.“

Er nahm die verspiegelte Sonnenbrille ab und fixierte mich mit seinen blaßgrauen Augen. Mir war es immer lieber gewesen, wenn er die Brille aufbehielt. Er hatte Reptilienaugen – kalt und dumm. Komodowarane sind auch dumm, aber die fressen Säugetiere. „Kennst du den Knaben?"

„Nein."

„Und sie?"

„Sie hat nichts erwähnt." Vermutlich wäre es klug gewesen, die Flucht nach vorn anzutreten und das Fiasko vom Vorabend zu beichten – mit allem herauszurücken, ehe die Bullen über Mr. Long die Spur zu Alex Rose zurückverfolgten, aber ich konnte mich nicht dazu durchringen.

Die Beamten des Morddezernats trafen ein, ein junges Paar in Zivil, das aussah wie die personifizierte Nachwuchswerbung für den FBI – Sergeant Arnold Bender und State Trooper Marian Boyce. Sie hörten sich Olivers Bericht an und befahlen ihm, Lampen am Tatort aufzustellen. Die Frau, Marian Boyce, ging ins Haus. Bender kam zu mir.

„Warum haben Sie die Leiche nach drinnen geschafft?"

„Weil es dunkel wurde."

„Na und?"

„Es sollten sie keine Tiere annagen."

„Machen Sie Witze?"

„Bei uns gibt es Waschbären, Krähen, Truthahngeier, Ratten und Wiesel." Die Wiesel servierte ich ihm als Draufgabe. Ich hatte keine Ahnung, ob sie Aasfresser waren. Bei den anderen war ich mir sicher, und das wollte ich anbringen, bevor ich mir größere Unannehmlichkeiten einhandelte.

„Sie hätten die Leiche nicht bewegen sollen", erklärte Bender. „Erinnern Sie sich noch, in welcher Stellung sie sich befand, bevor Sie sie angefaßt haben?"

„Als erstes habe ich das riesige Loch in der Brust des Toten gesehen. Seine Augen waren offen und starrten zum Himmel hinauf. Er lag auf dem Rücken."

„Zusammengekrümmt? Ausgestreckt?"

„Ausgestreckt."

Wir gingen zu der abgesteckten Stelle. Bender schüttelte den Kopf über das niedergetretene Gras. „Mr. Abbott, könnte das Opfer verletzt hierher gekrochen sein?"

„Nein. Ich hatte den Eindruck, daß es ihn genau hier erwischt hat."

„In welcher Richtung lag er?"

„Mit dem Kopf zum Wald."

„Haben Sie Schüsse gehört?"

„Nein."

„Wie kommt es, daß Sie ihn gefunden haben?"

Ich drehte mich um und zeigte auf den Turm. „Wir waren dort oben und schauten aus der Luke. Mrs. Long sah etwas in der Sonne glänzen. Wir gingen nachschauen. Ich dachte, es sei totes Wild, aber wie sich dann herausstellte, war es sein Haar."

„Was haben Sie auf dem Turm gemacht?"

„Champagner getrunken."

„Läuft was zwischen Ihnen und der Lady?"

„Nein."

„Trooper Moody behauptet, Sie stecken mit ihr unter einer Decke."

„Trooper Moody sollte sich besser darauf beschränken, Strafzettel zu verteilen."

Bender war nur halb so groß wie Moody, aber auch er beherrschte den einschüchternden Polizistenblick und setzte ihn jetzt mit voller Kraft ein. „Moody sagt auch, daß Sie im Knast waren."

„Ich habe meine Strafe abgesessen und bin nicht auf Bewährung draußen. Wenn Sie mich verdächtigen, liegen Sie schwer daneben."

„Ich habe hier einen Toten. Offenbar wurde der Mann erschossen. Sie haben die Leiche weggetragen. Mein Vorgesetzter wird mir folgende Frage stellen: Warum haben Sie den Knastbruder nicht verhaftet?"

„Weil ich Sie dann wegen rechtswidriger Festnahme verklagen könnte, und zwar aus zwei Gründen: Erstens wurde ich wegen eines Wirtschaftsvergehens angeklagt. Und zweitens habe ich, als der arme Kerl dran glauben mußte, für dreihundert Leute vor dem Rathaus Hamburger gegrillt."

Ein ältlicher Mercedes Diesel schaukelte in die Einfahrt und hielt an. Heraus stieg Dr. Steve Greenan, der nebenberuflich als ärztlicher Leichenbeschauer tätig war. Der hochgewachsene, weißhaarige, noch recht ansehnliche alte Herr praktizierte nur noch wenig. Schwerfällig stapfte er in unsere Richtung auf die gelbe Absperrung zu.

Sergeant Bender lief ihm entgegen. Ich heftete mich an seine Fersen und kam an Oliver vorbei, der vom Haus aus Verlängerungskabel verlegte.

„Hallo, Ben!" rief Greenan mir zu.

„Wie geht's, Steve?"

„Hab gerade Blumenzwiebeln für Mildred eingesetzt. Das ist Gift für meinen Rücken. Der Anruf war meine Rettung." Er wandte sich an Bender. „Na dann, mein Sohn", sagte er, „wo soll ich meines Amtes walten?"

Ich folgte ihnen ins Haus. Man hatte inzwischen auch das Wohnzimmer mit gelbem Band abgesperrt. Ron lag dort mutterseelenallein. Jetzt kam er mir ein wenig geschrumpft vor.

Steve schlüpfte unter der Absperrung durch. „Die Couch ist im Eimer", brummte er.

Die Polizisten besprachen sich leise mit dem Arzt. Danach begab sich Bender nach oben, wo sich Rita in der Obhut einer Beamtin befand. Trooper Boyce führte mich ins Speisezimmer – einen riesigen, hohen, nur teilweise möblierten Raum.

Sie war eine hübsche Person, trug einen kniekurzen Rock, Joggingschuhe und eine adrette weiße Bluse unter ihrem Blazer. Sie hatte kurzgeschnittenes Haar, ein freundliches Lächeln und ein kompetentes Auftreten. Zum Auftakt kam sie mir auf die sanfte Tour.

„Ich werde Ihnen viele Fragen stellen. Die meisten haben Sie Sergeant Bender bestimmt schon beantwortet. Aber wir können nur zu einem Höchstmaß an Informationen gelangen, wenn wir Ihre Erinnerung intensiv aktivieren. In Ordnung, Ben? Sie gestatten doch, daß ich Sie Ben nenne?"

„Gewiß."

Sie stellte mir tatsächlich genau die gleichen Fragen wie Bender und brachte die Rede auch auf das dunkle Kapitel meiner Vergangenheit, nur wählte sie ihre Worte so sorgfältig wie eine Studentin bei der Ausarbeitung ihrer Dissertation. „Wie ich hörte, haben Sie eine Gefängnisstrafe verbüßt."

Der von ihrem Partner gebrauchte Ausdruck „Knastbruder" wurmte mich immer noch. „Ich bin rehabilitiert", erklärte ich.

Mit ihrer Nettigkeit war es schnell vorbei. „Spielen Sie nicht den Spaßvogel. Wir haben hier schließlich einen Toten."

„*Sie* haben einen Toten. Ich hab den Mann nicht umgebracht. Ich hab ihn gar nicht gekannt, sondern lediglich gefunden. Meine Bemerkung hat vielleicht arrogant geklungen, aber es ärgert mich, daß Sie Ihre Zeit mit Spekulationen über meinen Fehltritt verschwenden, während derjenige, der ihn erschossen hat, sich inzwischen vielleicht längst im Nachbarstaat aufhält."

„Wieso nehmen Sie an, daß der Mann erschossen wurde?"

„Etwas hat mit enormer Gewalt seine Brust zerfetzt. Da hier kaum ‚Alien 4' gedreht wird, nehme ich an, er wurde in den Rücken geschossen. Ich tippe auf ein Flintenlaufgeschoß Kaliber zwölf. Ich bin sicher, Steve wird Sie darüber aufklären."

„Steve?"

„Dr. Greenan. Der Leichenbeschauer."

„Ist er Ihr Arzt?"

„Er hat mich auf die Welt geholt."

Trooper Boyce runzelte die Stirn. „Wie gut kennen Sie Mrs. Long?"

„Ich bin ihr heute nachmittag beim Feuerwehrfest zum erstenmal begegnet. Sie wollte einen Hamburger. Und dann wollte sie, daß ich ihr Haus schätze."

„Einfach so?"

„Das ist gang und gäbe. Auf Partys fragen die Leute Steve um Rat wegen ihrer Allergien, und mich fragen sie, was ihre Häuser wert sind. Ich wette, daß sie von Ihnen wissen wollen, bei wieviel Geschwindigkeitsüberschreitung Sie noch ein Auge zudrücken."

Das trug mir endlich ein Lächeln ein. „Warum haben Sie die Leiche angefaßt?"

„Das hab ich schon mit Sergeant Bender durchgekaut."

„Kauen Sie noch einmal, und zwar mit mir." Kein Lächeln mehr.

„Wir hielten es für das beste, den Toten vor Einbruch der Dunkelheit ins Haus zu schaffen."

„Mrs. Long behauptet, den Vorschlag hätten Sie gemacht. Was sagen Sie dazu?"

Ich glaubte ihr kein Wort. „Mrs. Long hat bestimmt nichts dergleichen behauptet. Trooper, wir haben da vielleicht einen Fehler gemacht. Aber untersuchen Sie eigentlich einen Mord, oder konstruieren Sie eine Klage gegen mich und Mrs. Long wegen Verfälschung von Beweisen?"

„Die Umstände, wie der Mann getötet wurde, könnten einen Hinweis auf den Täter geben", gab sie zurück. „Ich bin mir nicht im klaren darüber, ob Sie uns etwas verschweigen."

Im Geist zählte ich auf, was ich alles verschwieg: Rose und die Videoaufnahme, den Pulverdampf, den ich im Turm gerochen hatte. Aber ich konnte nicht glauben, daß die glückliche Frau, die ich gestern abend beobachtet hatte, ihren Geliebten erschossen haben sollte. Also sagte ich: „Mir ist nicht das geringste aufgefallen. Für mich sieht es wie ein Jagdunfall aus."

Der Doktor platzte herein. „An Ihrer Stelle würde ich nach einem Flintenlaufgeschoß suchen", empfahl er Trooper Boyce. „Ich nehme an, mit so etwas wurde er erschossen. Sauber rein und auf der anderen Seite wieder raus."

„Welche Entfernung?"

„Schußdistanz für Wild. Fünfzig, sechzig Meter."

Ich seufzte innerlich vor Erleichterung. In diesem Fall war Ron nicht vom Turm aus erschossen worden, denn es hatte ihn gut an die achtzig Meter davon entfernt erwischt. Was immer ich auch dort oben gerochen hatte, es hatte nichts damit zu tun. Wahrscheinlich handelte es sich wirklich um einen Jagdunfall – entweder wußte der Jäger gar nicht, daß er einen Menschen getroffen hatte, oder er hatte es mitgekriegt und im Schutz der Dämmerung das Weite gesucht. Bender und Boyce mußten jetzt nur das Geschoß und die dazu passende Waffe finden, dann konnten sie Anklage erheben. Natürlich würde aber der Wilderer, wenn er intelligent war – was sämtliche Chevalley-Brüder und den Großteil des Jervis-Clans ausschloß –, sein Gewehr in den Fluß werfen, und die Polizei würde es nie in die Finger bekommen.

Sergeant Bender betrat das Zimmer. „Doktor, können Sie Mrs. Long eine Spritze geben?" rief er. „Sie wird hysterisch." Steve antwortete nicht. Er starrte auf das Gewehr, das Bender an einem durch den Abzugsbügel gesteckten Drahthaken trug. Der Sergeant wandte sich an Trooper Boyce: „Marian, untersuchen Sie Mrs. Longs Finger auf Schmauchspuren. Und die Finger von unserem Knastbruder auch."

„Wo haben Sie das her?" fragte Steve.

Bender grinste. „Aus dem Turm. Ist vor kurzem abgefeuert worden."

Steve eilte Mrs. Long zu Hilfe.

Oliver Moody erschien, eine Taschenlampe in der einen und einen Klarsichtbeutel in der anderen Hand. „Hab ein Geschoß gefunden", verkündete er.

Ich hatte einen Freund im Haus, und das war Steve. Bender und Boyce wurden durch die Ankunft von weiteren Polizisten abgelenkt, und ich nutzte die Gelegenheit, mich nach Steves Rückkehr an ihn zu wenden. Als ärztlicher Leichenbeschauer hatte er die Aufsicht am Tatort.

„Kann ich Mrs. Long sehen?"

„Ich glaube nicht, daß das erwünscht ist. Hast du was mit ihr?"

„Zu meinem größten Bedauern, nein."

Steve grinste verständnisvoll. „Sie ist im Gästezimmer. Erste Tür rechts am Ende der Küchentreppe."

„Danke." Ich eilte durch die Küche und die Hintertreppe hinauf. Da ich befürchtete, mein Klopfen würde auffallen, öffnete ich einfach die erste Tür rechts und schloß sie hinter mir.

Rita Long lag auf einer kunstvoll gesteppten Daunendecke, gekrümmt wie ein Fragezeichen, und starrte in den kalten Kamin. Ihr schwarzes Haar glänzte im Schein der Nachttischlampe. Als ich noch ein Kind war, durfte ich oft zusehen, wie meine Mutter ihr Haar abends mit hundert Bürstenstrichen pflegte. Es war fast genauso lang und schwarz gewesen.

Ich ging um das Bett herum und trat in Ritas Blickfeld. Es machte ihr Mühe, die Augen offenzuhalten. Sie schien gegen die Wirkung von Steves Beruhigungsmittel anzukämpfen.

„Kann ich etwas für Sie tun?" fragte ich.

Sie schüttelte den Kopf. Tränen rannen über ihre Wangen. „Er war so wunderbar", flüsterte sie.

„Ron?"

„Einfach wunderbar . . . Wir waren wunderbar."

„Es tut mir ehrlich leid", sagte ich und fügte lahm hinzu: „Sie Ärmste."

„Ach, und der arme Jack. Es ist so widersinnig. Wir haben uns so bemüht, seinen Stolz nicht zu verletzen. Ihn nicht damit zu konfrontieren, während wir noch nach einer Lösung suchten. Und jetzt . . ., jetzt wird er es erfahren."

Ich mußte ihr sagen, daß ihr Ehemann es längst wußte, aber das hatte Zeit.

„Warum wollten die Polizisten immer wieder eine Erklärung dafür, daß wir ihn hineingetragen haben?" fragte sie. „Übrigens habe ich ihnen gesagt, daß es meine Idee war und Sie mir nur dabei geholfen haben. Warum sind die in diesem Punkt so hartnäckig gewesen?"

„Das hängt mit der Untersuchung zusammen. Wir haben ihre übliche Vorgehensweise gestört, deshalb sind sie sauer. Machen Sie sich deswegen keine Sorgen."

„Und wozu der Test mit meiner Hand?"

„Sie haben ein Gewehr im Turm gefunden, das abgefeuert worden ist."

Ihre Augen blitzten zornig auf. „Diese Idioten! Jack und ich haben letzte Woche geschossen."

„Und sie haben ein Geschoß im Gras gefunden."

„Es muß ein Wilderer gewesen sein. Wir haben letzten Monat einen gestellt. Und gestern abend war jemand im Wald."

„Haben Sie das der Polizei erzählt?"

„Mr. Moody war hier. Er hat einen Waschbären erlegt und meinte, das sei der vermeintliche Wilddieb gewesen."

„Weiß die Polizei, wer Ron war?"

„Natürlich. Ich hab es ihnen gesagt. Wozu noch Versteck spielen? Es kommt ohnehin alles raus. Jack wird sowieso klar sein, aus welchem Grund Ron hier war."

„Können Sie es nicht einfach abstreiten?"

„Wenn eine Frau nicht mehr mit ihrem Mann schläft und sein

ehemaliger Partner sie zu Hause besucht, während der Mann in Washington ist, wird er sich seinen Reim darauf machen."

„Ehemaliger Partner?" Ich war überrascht, daß Alex Rose dieses Detail des Dreiecksverhältnisses nicht erwähnt hatte.

„Jack hat seine Anteile übernommen", murmelte sie. Sie hatte zu zittern begonnen.

„Soll ich jemanden verständigen, der Ihnen nahesteht?" erkundigte ich mich mitfühlend.

„Ron hat mir nahegestanden. So nahe wie sonst niemand. Er war mein Freund, mein bester Freund."

„Kann ich sonst etwas für Sie tun? Möchten Sie Tee? Oder Kaffee?"

„Nein, danke . . ., oder doch, Tee würde mir vielleicht guttun. Der Arzt hat mir eine Spritze gegeben. In meinem Kopf dreht sich alles."

„Ich bringe Ihnen gleich eine Tasse."

IM ERDGESCHOSS hing dichter Zigarettenqualm. Es wimmelte von Polizeibeamten, die die luxuriösen Räume bestaunten.

„Entschuldigung." Ich zwängte mich zwischen zwei Polizisten hindurch, die nicht einmal die Mütze abgenommen hatten, füllte einen Kessel mit Wasser und stellte ihn zum Kochen auf den achtflammigen Herd. Es gab zwei Kühlschränke. Der erste enthielt Bier und Wein; Milch fand ich im zweiten. Der Tee war in einer luftdichten Dose verpackt.

Oben im Gästezimmer war Rita inzwischen eingeschlafen. Ich stellte ihre Tasse auf den Nachttisch, setzte mich in einen Lehnstuhl, nippte an meinem Tee und betrachtete den Raum genauer. Gestern abend hatten sie ein Feuer im Kamin gehabt – das Zimmer mußte ihr Liebesnest gewesen sein. Die Kerzen auf dem Kaminsims waren zu Stummeln herabgebrannt, und im Badezimmer standen zwei leere Weingläser. Merkwürdig, wie unbekümmert sie hier ihre Spuren hinterlassen hatten. Warum hatten sie die Beweise für ihre Liebesnacht nicht weggeräumt? Ich hatte angenommen, sie hätten alles beseitigt, was sie verraten könnte.

Aber Jack Long war schließlich in Washington. Und dann ging mir ein Licht auf. Ron hatte das Grillfest vor Rita verlassen und war als erster wieder hier eingetroffen – wie hätte er sonst erschossen werden können?

Eine Autotür wurde zugeschlagen. Ich stand auf und schaute aus dem Fenster. Ein diesmal als Leichenwagen eingesetzter Krankenwagen des Freiwilligen Rettungsdienstes von Newbury fuhr aus der Einfahrt. Ich nahm wieder auf dem Stuhl Platz und beobachtete eine

Weile die schlafende Rita. Plötzlich wurden mit Getöse gleich mehrere Autotüren zugeschlagen. Die Polizeibeamten rannten aus dem Haus und im Galopp zu ihren Fahrzeugen. Sirenen heulten, Kies spritzte auf.

Rita Long bewegte sich, wachte jedoch nicht auf. Ich ging hinunter in die Küche. Steve telefonierte und erklärte Mildred hastig, er werde später kommen. Dann lief er mit seiner Arzttasche zur Eingangstür. Er war nicht mehr der Jüngste, und die Tasche war schwer, daher nahm ich sie ihm ab und rannte neben ihm her. Wir eilten an einem Polizeischüler vorbei, der vor der Tür Wache stand und sichtlich ärgerlich war, weil er zurückbleiben mußte.

„Was ist los?" fragte ich Steve.

„Ein Flugzeugabsturz", antwortete er und stieg in seinen Wagen. „Kommst du mit?"

Da mit Ritas baldigem Erwachen nicht zu rechnen war und der junge Polizeischüler als Zerberus fungierte, kam ich seiner Aufforderung nach. Ein Mord und ein Flugzeugabsturz an einem Tag – so viel Aufregung hatten wir nicht mehr erlebt, seit die „Hawleyville Tavern" abgebrannt war.

„Gibt's bei dem Absturz etwas Besonderes? Was bringt die Polizisten so auf Trab?"

„Die Maschine wurde auf Al Bells Flugfeld entdeckt. Als Al hinfuhr, um nach dem Piloten zu sehen, stellte er fest, daß es im Cockpit aussah wie nach einem Schneesturm. Und es scheint, als ob da nicht nur Backpulver verstreut ist."

„Oh!" Mit Rauschgift haben wir in Newbury kaum zu tun. Kein Wunder, daß sämtliche Polizeibeamten aus Rita Longs Haus wie von der Tarantel gestochen durch die Nacht zu Al Bells Privatflugplatz sausten. Wenn man Karriere machen will, muß man etwas dafür tun. Ein verdächtiger Todesfall auf dem Landsitz eines reichen Mannes war vielversprechend. Aber ein mit Kokain beladenes Flugzeug, das in den Hügeln Connecticuts zu Bruch ging, garantierte noch mehr Medienrummel, und daran wollte jeder teilhaben.

Ohne Trooper Moody als Leittier hätte das Polizeirudel die ganze Nacht gebraucht, um Al Bells Flugfeld zu finden. Auf einer Schotterstraße ging es den Morris Mountain hinauf und in zig Biegungen und Abzweigungen durch dichten Wald, bis sich plötzlich eine gemähte Weidefläche von gut einem halben Kilometer Länge auftat. Am anderen Ende standen wie eine zusammengedrängte Herde die Polizeiwagen. Wir holperten über die Grasbuckel. Die Dachscheinwerfer waren auf die Maschine gerichtet, eine weiße Cessna, die mit der

Nase gegen einen Baum gekracht war. Ein Trooper eilte herbei und bat den Doktor, den Piloten zu untersuchen. Ich begleitete Steve wieder als Taschenträger. Oliver Moody bewachte den Eingang der Absperrung. Als er mich sah, sagte er: „Du bleibst draußen."

Ich reichte Steve seine Tasche und ging zum Auto. Kurz darauf kehrte Steve mit ernster Miene zurück. „Tut mir leid, Ben."

„Was?"

„Es ist Renny Chevalley."

4

MEIN Cousin Renny war der einzige männliche Chevalley-Sproß, der je das Fliegen erlernt hatte.

Die Chevalley-Frauen waren tüchtig, aber bei den Männern haperte es. So um die achte Klasse herum pflegten sie meistens notgedrungen die Schule aufzugeben. Sie konnten prima mit einer Kettensäge umgehen, sie waren geborene Bulldozerlenker, aber ihnen fehlte das unternehmerische Geschick, diese Talente zu nutzen. Sie waren gute Fernfahrer, bis sie zuviel tranken, und wenn sie tranken, rauften sie, und wenn sie rauften, riefen brave Bürger die Polizei. Mit zunehmendem Alter besserten sie sich oft. Die Brüder meiner Mutter waren wunderbare Onkel.

Renny schaffte die Schule. In der siebten Klasse zeigte ihm Mr. Tyler, der Werklehrer, wie man Metall auf der Drehbank bearbeitet. Als wir anderen stolz unsere kleinen Stallaternen aus Holz heimbrachten, überreichte Renny seiner Mutter eine auf Hochglanz polierte Schiffslaterne aus Aluminium. Als ich mit der Vorbereitungsschule fürs College anfing, baute Renny einen Pontiac GTO um, mit dem sein großer Bruder Pinkerton sogar bei einem Autorennen im beeindruckend fernen Maine siegte. Als ich in Annapolis aufgenommen wurde, fuhr Renny eines Abends den GTO zu Schrott und brachte sich dabei fast um. Am nächsten Tag hätte er in Hartford den ersten Preis des landesweiten Wettbewerbs „Jugend werkt" in Empfang nehmen sollen – für eine Chromversion seiner Schiffslaterne. Sobald er wieder gehen konnte, bastelte er eine ausrangierte Piper Cub zusammen und lernte fliegen.

Damals dachte ich, nichts könne ihn aufhalten, eine Hoffnung, die sich bestätigte, als er zur Air Force kam. Er wurde glänzend beurteilt, und keiner konnte ihn beim Trainingsflug übertreffen. Trotzdem wurde Renny aus heiterem Himmel entlassen. Erst Jahre später war er bereit, darüber zu sprechen. Im Rekrutencamp hatte er zum erstenmal weiter entfernt von zu Hause geschlafen als im Gästezimmer bei mir in der Main Street. Er gestand mir, er wäre einfach krank vor Heimweh gewesen. Aber er wollte nach wie vor als Pilot tätig sein.

Flugstunden zusammenzubringen war ohne die Air Force ein langwieriges, kostspieliges Unterfangen. Er hatte als Fluglehrer und gelegentlich als Charterpilot und als „Frachthund“ gearbeitet. „Frachthunde“ fliegen bei Nacht und halten einen Pendelverkehr zwischen kleinen Flugplätzen aufrecht, um Bankschecks zu großen Girozentralen zu bringen. Ab und zu nahm er mich mit. Es war herrlich, durch den dunklen, sternenübersäten Himmel zu brausen.

Allmählich hatte er den Traum aufgegeben, Pilot bei einer Linienfluggesellschaft zu werden. Bis zu einem gewissen Grad spielte dabei eines der Butler-Mädchen eine Rolle. Er heiratete die Kleine an ihrem achtzehnten Geburtstag. Dann kam ein Baby und bald darauf das zweite. Sein Vater beschloß, in den Ruhestand zu treten, und für Renny bot sich logischerweise an, die Reparaturwerkstatt in Frenchtown zu übernehmen – eine feuchte, verlotterte Bude mit einem bösartigen Kettenhund, der die meisten Kunden auf Nimmerwiedersehen vergraulte. Aber Renny entwickelte Geschäftssinn. Er schuf Ordnung in dem Saustall, investierte in die Anschaffung einer modernen Ausstattung, führte für seine verblüffte Kundschaft einen kostenlosen Abschleppdienst ein und machte aus seinem kümmerlichen Erbe das florierende Unternehmen „Chevalley Enterprises“.

Ich erklärte Steve, ich müsse Renny sehen.

„Wir gehen durch“, knurrte Steve Greenan und führte mich an dem grimmig lächelnden Oliver Moody vorbei direkt zu der Maschine. „Bist du bereit?“ fragte er mich.

„Weiß nicht.“ Wir kletterten auf die Motorhaube eines Polizeiwagens, den sie nahe genug herangefahren hatten, damit man hinaufsteigen konnte. Die Dachscheinwerfer beleuchteten das Cockpit. Die Windschutzscheibe war zerschmettert.

Renny saß zusammengesunken auf seinem Sitz. Blut war ihm über sein dunkles, schmales Gesicht geronnen und eingetrocknet. Es entstellte seine sympathischen Züge. Seine Lederjacke stand vorne offen und war genau wie seine Hemdbrust dick mit weißem Puder bestäubt.

„Ich kann das nicht glauben“, sagte ich. „Ist das Koks?“

„Dem Geschmack nach, ja“, meinte Steve.

„Renny würde kein Rauschgift transportieren.“

Das Schweigen des Doktors verriet mir, daß es für ihn, wie für die meisten aus Newbury, nichts gab, was er einem Chevalley nicht zutraute.

„Steve, das hatte er nicht nötig. Er hatte seine Werkstatt."

„Ich sage ja nur, das Zeug schmeckt wie Koks."

„Na gut, aber es ist nicht seines."

„Das mag das Problem gewesen sein", murmelte Steve. „Schau ihn dir an."

Ich sah, daß das Cockpit bis auf die zerschmetterte Windschutzscheibe völlig intakt war und die Maschine kaum einen Kratzer hatte. Rennys Sicherheitsgurt war straff gespannt, und mir schien, als hätte ihn der Aufprall gar nicht gegen das Glas geschleudert.

„Wieso ist er tot?"

„Er ist erschossen worden."

„Erschossen?" Ich streckte die Hand aus, um Rennys Gesicht zu berühren, aber Steve hinderte mich daran. „Erspar dir den Anblick seines Hinterkopfes. Komm, Ben, gehen wir. Ich hab den Cops gesagt, ich brauche dich für die Identifizierung. Ich bring dich jetzt nach Hause."

Als ich mich von der Maschine entfernte, war ich so benommen, daß ich kaum etwas wahrnahm außer Oliver Moodys Grinsen. Für ihn bedeutete ein toter Chevalley oder Jervis einen kleinen Sieg. Und ganz allgemein nahm ich ihm das nicht einmal übel. Schließlich mußte er ständig bei Prügeleien in den Kneipen die Streithähne trennen oder gewalttätige Männer von ihren Frauen wegzerren. Aber diese Genugtuung wegen Renny war nicht fair, und das Grinsen würde ich ihm nie verzeihen.

„Soll ich dich zu deinem Wagen zurückbringen?" fragte Steve, als wir die Route 361 erreichten.

„Besser wär's. Ich hab das Verdeck offengelassen. Tut mir leid, Steve."

„Kein Problem."

Sämtliche Longschen Flutlichter waren an, und der junge Polizeischüler stand noch immer auf seinem Posten.

Ich schloß das Verdeck und lotste Steve zurück nach Newbury. Daheim machte ich Feuer im Kamin und gönnte mir zwei Gläser Jack Daniel's. Ich überlegte, ob ich zu Rennys Frau hinüberfahren sollte, aber ich wußte, daß der ganze riesige Clan dort sein und sich um sie kümmern würde. Nach dem dritten Bourbon wurde mir schwindlig. Schwankend stieg ich in den ersten Stock hinauf und kroch ins Bett. Doch ich lag noch lange wach und versuchte, eine plausible Erklärung dafür zu finden, warum ein fünfunddreißig Jahre alter Geschäftsmann und Vater zweier kleiner Kinder Kokain durch die Gegend fliegen sollte.

Zweifellos hatte er viel Geld in die Werkstatt gesteckt. Aus dem alten Rattenloch eine hochmoderne Autowerkstatt mit sieben Montagegruben und Computerdiagnostik zu machen kostete eine Menge. Er hatte mich um ein paar Tausender angepumpt und sie mir teilweise dadurch erstattet, daß er den Cadillac-Motor in den alten Oldsmobile meines Vaters einbaute – eine vergleichsweise etwa so leichte Aufgabe, wie einen Männerfuß unbeschädigt in einen Kinderschuh zu zwängen. Aber den Hauptanteil seines Geldes hatte er vermutlich von den Banken bekommen.

Andererseits war Chevalley Enterprises ein blühendes Unternehmen. Gerade während einer Wirtschaftsflaute lassen sich die Leute leicht überzeugen, daß sie lieber noch ein paar Jahre aus ihrem alten Wagen herausschinden sollten, statt ihn durch einen neuen zu ersetzen. Bei Chevalley Enterprises wurde man besser bedient als bei den Autohändlern, es wurde schnell und ordentlich und zu einem vernünftigen Preis gearbeitet. Als ich das letzte Mal zu einem Ölwechsel dort gewesen war, hatte ich alle sieben Gruben in Betrieb gesehen, und Renny hatte davon geredet, sich zwei weitere zuzulegen, falls es mit der Finanzierung klappte.

Oliver Moodys Grinsen schwebte mir vor Augen. Sein Frohlocken über Rennys Tod kam nicht von ungefähr. Zwei Menschen auf der Welt haßte er inbrünstig: Renny und mich. Sein Grinsen hatte bedeutet: Der ist erledigt, bleibst noch du.

DAS KLINGELN des Telefons weckte mich. Statt den Anrufbeantworter für mich arbeiten zu lassen, krächzte ich mit trockenem Mund ein bourbongeschwängertes Hallo, worauf die Stimme meiner Großtante Connie ertönte: „Hoffentlich habe ich dich nicht geweckt."

„Nein, nein, Tante Connie." Ich tastete nach der Uhr. Sieben.

„Hast du das von Renny schon gehört?"

„Gestern abend."

Sie benützte das „Fangnetz", eine Telefonschaltung zum Billigtarif für ältere Leute, die einander morgens anriefen, um sicherzugehen, daß niemand gestürzt war und Hilfe brauchte. Diese Einrichtung ermöglichte alleinstehenden Personen, länger in ihren eigenen vier Wänden wohnen zu bleiben, und bewahrte sie nicht nur vor der Umquartierung in ein Altersheim, sondern verbreitete auch Neuigkeiten schneller als ein Nachrichtensender.

„Mein Beileid. Ich weiß, wie gern du ihn gehabt hast. Ich muß das Butler-Mädel besuchen. Möchtest du mich begleiten?"

Tante Connie war eine rüstige Neunzigerin, doch ihre Wortwahl verlangte Entschlüsselung. Das „Butler-Mädel" war Rennys Frau, sonst allgemein Betty Chevalley genannt. Doch für Tante Connie waren wir noch die Kinder von einst. Normalerweise pflegte sie mit den Chevalleys keinen Umgang, fühlte sich jedoch aus christlicher Nächstenliebe verpflichtet, jeden aufzusuchen, der sich in Not befand. „Möchtest du mich begleiten" war ihre Art, mich zu fragen, ob ich sie chauffieren würde. Wäre sie selbst gefahren, hätte der Anblick, wie sie angestrengt durch den Lenkradkranz auf die Straße spähte, sofort die wenigen Übermütigen verscheucht, die nicht gleich beim Auftauchen ihres schwarzen Lincoln in Deckung gegangen waren. Wenn ich mich ihr zur Verfügung stellte, würde sie das gerne annehmen. Aber um einen Gefallen bitten würde sie mich nicht.

Also sagte ich: „Ich begleite dich sehr gern, danke. Wenn du gestattest, werde ich fahren."

„In einer halben Stunde?"

„Das ist zu früh, Tante Connie. Vielleicht sollten wir ihnen ein bißchen Zeit lassen. Ich hole dich um neun ab."

ICH GING über die Straße zu Tante Connie hinüber. Sie bewohnt ein Herrenhaus aus der Unionszeit, das imposanteste in der ganzen Stadt. Sie hat es der „Historischen Gesellschaft" vermacht, und falls sie jemals stirbt, was unvorstellbar scheint, wird Newbury eines der prachtvollsten Museen in Neuengland sein eigen nennen, randvoll mit Antiquitäten aus der Zeit vor dem Bürgerkrieg, mit Perserteppichen und chinesischem Porzellan. Ich ging zum Hintereingang. Sie wartete an der Küchentür, schon in Mantel, Handschuhen und Hut. Durch ihre aufrechte Haltung und das dichte weiße Löckchenhaar ließen sich Fremde oft täuschen und glaubten, sie sei erst achtzig.

„Ich hab den Motor schon zum Warmlaufen angelassen", sagte sie und fügte, als ich ihr zum Abstieg über die Stufen den Arm reichte, streng hinzu: „Wir sollten nicht zum Mittagessen bleiben."

„Natürlich nicht."

„Um elf Uhr gehen wir in die Kirche." Es war Sonntag! Und ich hatte vergessen, eine Krawatte umzubinden.

Die Garage war voller Auspuffgase, durch die nur noch wenige Sonnenstrahlen auf den chromblitzenden pechschwarzen Lincoln, Baujahr 1960, fielen. „Tante Connie, denk bitte nächstes Mal daran, daß du den Wagen nicht starten darfst, bevor du das Tor geöffnet hast."

„Fahr endlich los!"

Sie schob sich auf den Beifahrersitz und wedelte mit ihrer Tasche die Schwaden weg. Ich half ihr, den Sicherheitsgurt anzulegen, fuhr ein Stück zurück, stieg aus, schloß das Tor – kein elektrischer Toröffner in diesem Haus, versteht sich von selbst –, ließ die schwere Limousine die Einfahrt hinunterrollen und bog in die Main Street ein.

„Was war mit Renny?" fragte sie. „Warum hat er es getan?"

Genau das hätte ich auch gern gewußt. Als ich nicht sofort antwortete, fragte sie: „Du weißt, daß er Kokain geschmuggelt hat?"

„Ich glaub's nicht."

„Warum nicht? Es heißt, die Maschine war voll damit."

„Das hab ich leider gesehen."

„Du warst dort?" Sie blickte mich scharf an. Ihr von den schneeweißen Löckchen umrahmtes Runzelgesicht war starr vor Staunen, und in der gleichen Sekunde begriff ich, daß sie dachte: Großer Gott, Ben steckt da auch mit drin!

„Steve Greenan hat mich gebeten, die Leiche zu identifizieren."

„Wozu? Er kennt Renny von Geburt an."

„Er wußte, daß ich ihn sehen wollte."

Tante Connie nickte und lehnte sich entspannter in den Sitz zurück. „Stimmt es, daß Renny erschossen worden ist?"

„Ja."

„Warum glaubst du die Rauschgiftgeschichte dann nicht?"

„Renny war kein Krimineller. Er war Geschäftsmann."

„Geschäftsmann? Ein Chevalley? Ich bitte dich, Ben."

„Immerhin hatte er zehn Angestellte. Sieben Mechaniker, zwei Abschleppdienstfahrer und eine Sekretärin. Er hatte sich durchaus zum Geschäftsmann gemausert."

Tante Connie war nicht dumm. „Und woher hatte er das Geld für das alles?"

„Bankkredite."

„Vielleicht hatte er Schwierigkeiten beim Zurückzahlen."

„Möglich. Aber ich kann mir einfach nicht vorstellen, daß er sich auf so etwas eingelassen hat. Manche Menschen sind von Natur aus anständig."

„Ich würde eher sagen, manche Menschen werden eben richtig erzogen."

Meine Freundschaft mit Renny war ihr immer ein Dorn im Auge

gewesen. Sie hatte auch vehement die Entscheidung befürwortet, mich zuerst auf die Newbury Prep School und anschließend auf die Stonybrook-Militärschule zu schicken, und ihre persönlichen Beziehungen spielen lassen, damit ich die Zulassung für Annapolis bekam. Und bei meinem Prozeß war sie täglich im Gerichtssaal erschienen und hatte während dieser Zeit im Carlyle Hotel gewohnt.

„Glaubst du, es gibt da einen Zusammenhang?" fragte sie.

„Zwischen was, Tante Connie?"

„Zwischen den zwei Morden."

„Oh! Du weißt das von dem Toten auf dem Besitz der Longs schon?"

„Ich weiß, daß der junge Mann zur falschen Zeit am falschen Ort war."

„Inwiefern?"

„Mr. Long war fort. Mrs. Long hat ihn in Abwesenheit ihres Gatten empfangen." Tante Connie betrachtete mich von der Seite. Blaue Augen werden bei den meisten älteren Leuten, die ich kenne, im Lauf der Jahre wäßrig. Nicht bei Tante Connie. Ihre waren klar, und ihr Blick war messerscharf.

„Und du warst überall dabei."

„Ich?"

„Nun, ich hörte, du hast den bedauernswerten Menschen gefunden. Und jetzt sagst du mir, du und Stevie, ihr hättet auch Renny gefunden."

„Al Bell hat Renny gefunden."

„Ben, muß ich mir Sorgen um dich machen?"

„Nein, Tante Connie. Es ist nur ein blöder Zufall. Ich entschuldige mich im voraus, falls dir noch mehr Klatsch zu Ohren kommen sollte."

Wir fuhren bergab nach Frenchtown, vorbei an Chevalley Enterprises. Die Werkstatt war am Sonntag natürlich geschlossen.

„Kennst du Mrs. Long?" fragte Tante Connie.

„Nur sehr flüchtig."

„Wenn sie die junge Frau ist, die ich auf dem Fest mit dir plaudern sah, ist sie eine Schönheit."

„Ja. Rita Long ist wirklich eine Schönheit."

„Sie erinnert mich an deine Mutter."

„Das Haar, nicht wahr?"

„Und an das Weibsbild, das gegen dich ausgesagt hat."

„Richtig", antwortete ich scharf. „Die hatte dieselbe Frisur."

„Ich war immer überzeugt, daß du verrückt nach Frauen bist."

„Nicht nach allen, Tante Connie."

Vor uns lag Rennys hübsches kleines Haus, das er ein Stück vom alten, schäbigen Farmhaus seiner Eltern entfernt weiter unten an der Straße gebaut hatte. Auf dem Hang standen die Wohnwagen seiner Brüder und Schwestern. Auffahrt und Rasen waren mit offenbar eilig geparkten Pritschenwagen übersät. Ein Rudel Männer mit Kappen, unter denen lange Haarzotteln hervorhingen, lungerten vor der Eingangstür herum. Alle schlürften Kaffee aus Bechern oder das erste Frühschoppenbier aus der Dose.

Die Kappen flogen von den Köpfen, und das Rudel machte mit einem im Chor gemurmelten „Guten Morgen, Miß Abbott" lammfromm Platz. Es gab keinen, der nicht irgendwann als Junge für sie Blätter zusammengerecht hatte. Ich wurde wie üblich mit „Hallo, Ben" begrüßt. Pinkerton Chevalley stand etwas abseits unter einem Baum. Er schaute drein, als hätte er Lust, jemanden umzubringen, und überlegte nur noch, wen.

Im Haus erwarteten uns die Frauen mit Kaffee und Kuchen. Rennys Mutter, meine Tante Frances, umarmte mich und tauschte mit Tante Connie einen Händedruck. Tante Frances war eine Jervis mit gerade genug Butler-Blut, um sie salonfähig zu machen. Sie war nach wie vor eine blendende Erscheinung mit ausgeprägten, hohen Wangenknochen, dunklem Haar und verführerischen Augen, aber jetzt zeigte sie das starre Lächeln einer Frau, die noch nicht glauben kann, daß sie ihren Sohn verloren hat.

Tante Connie ergriff Tante Frances' Hand mit beiden Händen. „Es tut mir so leid, meine Liebe." Sie hatte die Gabe, dieses schlichte „Es tut mir so leid" klingen zu lassen, als käme ihr Mitgefühl für Rennys Mutter aus tiefstem Herzen. Allein schon ihre Anwesenheit war tröstlich, und aus ihren Worten sprach die Weisheit des Alters. „Dürfen wir die Witwe sehen?" fragte sie nach einer angemessenen Pause.

Tante Frances lief voraus, um Betty Butler-Chevalley den nahenden Besuch anzukündigen. Ich folgte Tante Connie ins Schlafzimmer, wo Betty im Kreise ihrer Schwestern saß – alle ebenso rothaarig und rundlich wie sie. Zigaretten wurden ausgedrückt, und die versammelte Runde erhob sich nervös. Tante Connie segelte hinein, winkte die Stehenden wieder auf ihre Plätze, ging schnurstracks zu Betty, ergriff ihre Hände und sprach einen Moment lang leise und eindringlich auf sie ein.

Die dreiundzwanzigjährige Betty sah aus wie ein Kind, das sein Lieblingstier verloren hat. Sie hatte geweint. Ihre helle Haut war fleckig, ihre Augen verquollen. Als Tante Connie ihre Hände losließ, wandte Betty sich mir zu.

„Renny hat nichts getan."

„Ich weiß."

„Die Bullen haben hier alles durchwühlt und Pink Handschellen angelegt. Meine Kinder sind total verstört. Und Oliver Moody hat gesagt, sie würden wiederkommen und sich die Werkstatt vornehmen."

Rennys Mutter fragte, ob sie Tante Connie Kaffee bringen dürfe. Die alte Dame wollte schon ablehnen, doch als sie merkte, daß die Butler-Mädel sie anhimmelten wie die Grande Dame aus ihrer Lieblingsfernsehserie, besann sie sich und sagte: „Ja, bitte. Kann ich vielleicht hier irgendwo Platz nehmen?" Alle sprangen auf. Ein Stuhl wurde zurechtgerückt und Tante Connie umringt.

Ich ging hinaus und gesellte mich zu den Männern. Joey Meadows holte ein kaltes Bier aus seinem Wagen und drückte mir die Dose in die Hand. „Auf Renny", sagte ich und leerte die Dose zur Hälfte, um endlich den Bourbongeschmack loszuwerden.

„Weiß jemand, ob das sein Flugzeug war?" fragte ich.

Gary Nello antwortete. „Angeblich war's gemietet."

„Hast du ihn gesehen?" fragte mich Pete Stock.

„Ja, Er hat nichts gespürt."

„Wieso hat er Bruch gebaut?"

„Keine Ahnung", sagte ich. „Ich glaub wirklich nicht, daß er noch imstande gewesen wäre zu fliegen. Laut Dr. Greenan war sein ganzer Hinterkopf weg."

„Also hat er Bruch gebaut und ist dann erschossen worden – außer das Schwein, das ihn auf dem Gewissen hat, ist selber mit der Maschine runter."

„Es war alles voller Koks", erzählte ich. „Als wär ein Mehlsack gerissen. Wer würde Koks per Flugzeug ranschaffen?"

Einige Männer blickten weg und zum Wald hinüber. Dann murmelte einer: „Angeblich bringen sie den Stoff per Auto ran."

Pink kam von seinem Baum herübergewandert und fischte sich ein frisches Bier aus seinem Wagen. „Das Ganze hat doch einfach keinen Sinn."

„Hast du gewußt, daß er wieder fliegt?" fragte ich ihn.

„Er hat mir erzählt, daß er ein paar Charteraufträge übernommen hat. Reiche Leute nach Block Island bringen. Die Kasse hat gestimmt. Er hat das Geld gebraucht."

„Wie oft hat er das gemacht?"

„Ein-, zweimal die Woche, fast den ganzen Sommer über."

„Wo hatte er die Maschine her?"

„Weiß nicht."

Ich legte eine Hand um Pinks schenkeldicken Bizeps und dirigierte ihn zurück zum Baum. „Pink, glaubst du, er hat Koks geflogen?"

„Weiß nicht", sagte Pink und wandte den Blick ab.

„Komm schon, mir kannst du's sagen. Hat er Koks geflogen?"

„Ist mir klar, daß ich's dir sagen kann. Aber ich weiß nichts. Bin nicht sein Kindermädchen."

„Wer könnte Bescheid wissen?"

„Gwen Jervis vielleicht."

„Was?" Jetzt war ich verblüfft. Ich hatte gedacht, daß mir nichts verborgen blieb, was sich in Newbury so tat. „Gwen Jervis?"

„Hast du was dagegen?" Pink, der im Normalzustand schon bedrohlich wirkte, begann sehr gefährlich auszusehen.

„Na ja, sie ist seine Cousine, und – ich bin einfach überrascht. Ich dachte, mit Renny und Betty wäre alles in Butter."

„Solange Renny Gwen gehabt hat, war mit ihm und Betty alles in Butter", knurrte Pink. „Du weißt nicht viel vom Leben, hä?"

UM DEN Fahnenmast auf der Main Street stehen vier Eckhäuser und drei Kirchen. Im vierten Eckhaus befindet sich das „Yankee Drover Inn", in dessen Kellerbar ich um diese Zeit normalerweise bei einer Bloody Mary die Sonntagsausgabe der *Times* gelesen hätte. Statt dessen saß ich neben Tante Connie in der ersten Bank der Episkopalkirche und lauschte einer in letzter Minute verfaßten Predigt über das sechste Gebot. Für die Morgenzeitungen hatten sich die beiden Morde zu spät ereignet. Reverend Owen hingegen zeigte sich der Lage gewachsen. Er forderte die Gemeinde auf, unsere Nachbarn in der katholischen Kirche gegenüber – Rennys Kirche – ins Gebet einzuschließen.

Als wir uns nach dem Segen langsam ins Freie schoben, fragte mich Tante Connie: „Wo war deine Mutter? Ich dachte, wir würden sie bei Renny daheim treffen."

„Als wir kamen, sagte Tante Frances mir, sie sei gerade gegangen."

„Nun, es wäre nett, wenn du irgendwann diese Woche mit mir hinfahren würdest. Ich hab sie schon ziemlich lange nicht mehr gesehen."

„Ich werde sie anrufen. Vielleicht können wir sie am Mittwoch besuchen."

Oliver Moody regelte den Verkehr, als sich die Parkplätze vor dem

katholischen Gotteshaus, der Kongregations- und der Episkopalkirche gleichzeitig leerten. Er hielt alle Fahrzeuge auf, damit Tante Connie die Straße überqueren konnte. Sein vermutlich grimmiger Blick blieb hinter seiner Sonnenbrille verborgen. Ich begleitete Tante Connie heim und spazierte dann zurück zum Gemischtwarenladen, um mir eine Zeitung zu kaufen. Anschließend begab ich mich in die Kellerbar des Yankee Drover, bestellte eine Bloody Mary und einen Hamburger und machte es mir im kühlen Dunkel gemütlich. Tony Franco, der Besitzer, servierte mir einen würzigen, hochprozentigen Drink und sagte: „In einer Nische da drüben sitzt ein Herr, der dich sprechen will."

Ich beobachtete im Spiegel hinter der Bar, wie er sich aus dem schummrigen Schatten löste. Seine Country-Kluft hatte er gegen einen erstklassig auf seine füllige Figur geschnittenen Sonntagsanzug eingetauscht.

„Na, endlich da?" fragte Alex Rose und zog sich einen Hocker neben den meinen. Er sah so geschniegelt aus wie ein Fernsehkorrespondent bei der ersten Berichterstattung über einen brandneuen Krieg.

„Ihre Kamera ist per Post an Sie unterwegs", erwiderte ich.

„Mrs. Long steht unter Mordverdacht. Man wird sie verhaften."

Meine Gefühle waren noch ganz auf Renny konzentriert, deshalb empfand ich zunächst nur Überraschung darüber, daß der New Yorker Privatdetetktiv mehr in meiner Stadt läuten hörte als ich.

„Wo haben Sie das aufgeschnappt?"

„Ich habe da so einen Freund bei der Polizei in Plainfield. Hat mich rechtzeitig gewarnt, um Mr. Long mit einer Wagenladung Anwälten, inklusive Ira Roth, in Marsch zu setzen." Ira Roth war *der* Strafverteidiger in unserer Gegend. Niemand konnte sich daran erinnern, wann er zum letztenmal einen Fall verloren hatte.

„Sollten Sie dann nicht an Ort und Stelle sein, um ihnen die Mäntel abzunehmen oder etwas in der Richtung?"

Roses fleischiges Gesicht bekam einen grimmigen Zug. „Paßt Ihnen was nicht an mir?"

„Im Moment paßt mir gar nichts. Ich habe einen Freund verloren. Wenn es Ihnen nichts ausmacht, würde ich lieber allein was trinken. Um ehrlich zu sein, auch wenn es Ihnen was ausmacht."

„Ihr Cousin Renny. Mein Beileid." Dann fügte er hinzu: „Rita Long ist unschuldig."

„Davon brauchen Sie mich nicht zu überzeugen."

„Ich möchte wissen, was genau Sie beobachtet haben, als Sie

diesen miesen Typen gefunden haben. Die Anklage stützt sich auf die Angaben, die der Leichenbeschauer über den Einschußwinkel gemacht hat."

„Er war kein mieser Typ. Auf mich hat er einen netten, anständigen Eindruck gemacht."

„Ist das der Grund, warum Sie die beiden nicht gefilmt haben? Sie haben das Pärchen wohl ins Herz geschlossen, aber das überrascht mich nicht. Ich hatte einen Zeugen in New York, einen Kellner, der davon geschwärmt hat, wie romantisch sie waren."

Ich verschanzte mich hinter der Zeitung und versuchte, mich auf die politischen Karikaturen zu konzentrieren.

Rose vereitelte meine Bemühungen. „Kommen wir darauf zurück, wie Sie die Leiche gefunden haben."

„Warum wird Rita Long beschuldigt?" fragte ich hinter meiner Zeitung hervor.

„Ihr Gewehr, ihre Fingerabdrücke."

„Schmauchspurentest?"

„Negativ. Aber sie könnte sich die Hände gründlich gereinigt oder Handschuhe getragen haben."

„Was nimmt man als Motiv an?"

„Verbrechen aus Leidenschaft. Ein alter Hut, aber gut. Geschworene sind süchtig danach."

„Kompletter Quatsch", sagte ich. „Hält Long zu ihr?"

„Hundertprozentig."

„Warum? Wollte er nicht die Scheidung?" Ich senkte meinen Schutzschild.

„Vielleicht liebt er sie. Reichtum schützt vor Torheit nicht."

„Wer war Ron?"

Rose wirkte verblüfft. „Wissen Sie das nicht?"

„Niemand hat mir was gesagt. Ich weiß nur, daß er Longs Partner war; ein Umstand, den Sie nicht erwähnt hatten."

Rose entschuldigte sich nicht. „Ronald Pearlman", sagte er, als zitiere er eine Zeitungsmeldung, „verkaufte die Pelzhandelskette seines Vaters, bevor der Markt zusammenbrach. Kaufte eine Chipfabrik in Hongkong und fusionierte mit LTS – Long Technical Systems."

„Rita sagte mir, Long hätte Rons Anteile übernommen."

„Er haßt Partner. Ron brachte ihm ausgezeichnete Produktionsmöglichkeiten, aber sobald Long die ausländischen Fabriken hatte, ging es ihm gegen den Strich, den Gewinn mit Ron zu teilen."

„Gab es Streit?"

„Worüber? Ron steigt von, sagen wir, zehn Millionen Dollar aus dem väterlichen Geschäft auf zweihundertfünfzig Millionen aus dem Hongkong-Betrieb um. Der Knabe ist achtunddreißig und hat genug Geld, um Rhode Island kaufen zu können. Er hat alles, was man sich wünschen kann."

„Nur keine eigene Frau."

„Manche Männer können nie genug kriegen."

Ich wunderte mich, warum Rita, wenn sie mit Ron auf und davon wollte, an den Verkauf des Schlosses hätte denken sollen, wo Ron doch eine Viertelmilliarde Dollar auf der Bank hatte. „Wie hat er aus zehn Millionen zweihundertfünfzig gemacht?"

„Zuerst beantworten Sie meine Fragen, dann sind Sie dran. Was ist Ihnen aufgefallen, als Sie die Leiche fanden?"

Ich leierte alles herunter, was ich schon der Polizei erzählt hatte. Als ich fertig war, fragte Rose: „Sie glauben also, daß er vom Wald aus erschossen wurde?"

„Moment mal, ich habe die Untersuchung nicht vorgenommen. Ich hörte, wie Steve die Meinung äußerte, es handle sich um eine kurze Distanz. Die Leiche lag etwa fünfzig Meter vom Waldrand entfernt."

„Und wie weit vom Turm?"

„Achtzig."

„Man glaubt, sie hat ihn vom Turm aus erschossen."

„Das dürfte schwer zu beweisen sein."

„Was das betrifft, scheinen sich die Bullen keine Sorgen zu machen."

„Also, wie ist Ron Pearlman von zehn Millionen Dollar auf zweihundertfünfzig Millionen gekommen?"

„Durch den Pelzhandel seines alten Herrn hatte er gute Verbindungen in Hongkong. Die Regierung hat ihm einen Expansionskredit gewährt. Die Chipfabrik hatte ein neues Herstellungsverfahren entwickelt – die reinste Goldgrube. Mehrere amerikanische Gesellschaften wollten sie als Exklusivlieferant gewinnen. Sie haben sich gegenseitig überboten. LTS hat gewonnen."

„Dieser Ron war also privat und geschäftlich ein Glückspilz."

Rose nickte. „Wenn er nicht tot wäre, könnte ich ihn glatt beneiden."

„Ich glaube nicht an ein Verbrechen aus Leidenschaft."

„Hoffentlich machen Sie das auch den Geschworenen klar."

„Was?"

„Sie haben sie zusammen gesehen, nicht wahr?"

„Kurz."

„Wirklich zu dumm, daß Sie das Band vernichtet haben, aber wenigstens haben Sie die beiden in flagranti beobachtet. Da sind Sie der einzige auf weiter Flur. In New York waren sie nämlich äußerst vorsichtig. Ich kann zwar mit Kellnern aufwarten, die bezeugen werden, daß die beiden gemeinsam zu Mittag gegessen haben. Aber mit Ihnen habe ich einen hier wohlbekannten Zeugen, der den Geschworenen erzählen kann, daß Ron und Rita ineinander verliebt waren."

„Moment mal –"

„Ich weiß, Sie wollen vor Gericht nicht zugeben, daß Sie das Paar heimlich gefilmt haben. Aber es ist eine Tatsache."

„Sie vergessen meine Vorgeschichte. Der Staatsanwalt wird alles wieder ausgraben, um meine Aussage zu entwerten."

„Natürlich wird er versuchen, Sie in Fetzen zu reißen. Aber die Glaubwürdigkeit Ihrer Aussage kann er nicht erschüttern. Den Geschworenen wird aufgehen, daß die beiden einander angebetet haben."

„Ich möchte hier aber nicht unmöglich gemacht werden. Das ist schließlich meine Heimatstadt."

„Pech, mein Guter. Wollen Sie, daß die arme Frau den Rest ihres Lebens im Gefängnis verbringt – verurteilt für ein Verbrechen, das sie wahrscheinlich nicht begangen hat?"

„Wahrscheinlich?"

Rose zuckte die Schultern. „Ob sie ihn erschossen hat, steht nicht zur Debatte. Die Frage ist vielmehr: Kommt sie hinter Gitter? Mr. Long hat vier New Yorker Spitzenanwälte engagiert, damit die Antwort nein lautet. Und ich bin dabei, Zeugen aufzutreiben, die seine Bemühungen unterstützen."

Ich erhob Protest, aber er schnitt mir das Wort ab. „Jede Diskussion erübrigt sich. Wir werden Sie unter Strafandrohung vorladen. Als Zeugen der Verteidigung."

„Und wenn ich die Aussage verweigere?"

„Denken Sie daran, wohin das letztes Mal geführt hat."

Ich hätte ihm liebend gern eine verpaßt, aber ob ich aussagen wollte oder nicht war gar nicht der strittige Punkt, sondern weil ich im Schloß etwas gesehen hatte, von dem Rose nichts wußte. Ritas gespenstische Zeichnung würde jede Sympathie zerstören, die es mir für die Liebenden zu wecken gelang.

Statt ihn also vom Barhocker zu schlagen, sagte ich: „Ich werde alles Menschenmögliche tun, um ihr zu helfen, doch selbst wenn ich mit Engelszungen rede, ist es für die Katz, sowie die Geschworenen eine von Mrs. Longs Zeichnungen aus ihrem Atelier zu sehen kriegen."

„Und welche?"

Ich beschrieb die Skizze von Ron, die ihn nackt mit dem Totenschädel darstellte. „Vor Gericht wird man diese Zeichnung zeigen. Und zwölf Geschworene werden nach dem ersten Blick darauf sofort der Meinung sein: Eine Frau, die so etwas Makabres zu Papier bringt, bringt auch locker jemand um. Ich werde bezeugen müssen, daß ich sie beim Anfertigen der Skizze beobachtet habe, und das wird ihr den Rest geben."

Rose zückte ein Notizbuch und schlug es auf der ersten Seite auf. „Einen Moment mal. Ich prüfe nur schnell die Beschlagnahmungsliste der Polizei . . . Nein, da ist keine solche Zeichnung erwähnt. Ich war selbst vorhin im Atelier. Das große Bild ist eine Landschaft –"

„Das kleine. Auf der kleinen Staffelei."

„Nein. Das ist auch eine Landschaft. Ich weiß nicht, was Sie gesehen haben – jedenfalls ist es jetzt nicht mehr da."

„Dann haben Sie es verschwinden lassen."

„Nein. Gestern war ich ja nicht dort. Nur Sie, Rita und Ron." Er klappte das Notizbuch zu und steckte es mit einem zufriedenen Lächeln ein.

„Sie glauben, Rita Long hat ihn getötet, stimmt's?" fragte ich ihn.

„Meine persönliche Meinung wird die Geschworenen herzlich wenig kümmern."

„Glaubt Mr. Long, daß seine Frau ihren Liebhaber getötet hat?"

„Ich weiß nur, daß er ihr hilft. Ich arbeite für ihn, aber ich bin nicht sein Beichtvater."

„Wenn man mich in den Zeugenstand ruft, muß ich aussagen, daß ich sie zeichnen gesehen habe."

„Sagten Sie nicht, sie sei unschuldig?"

„Ist sie auch. Aber ich kann für sie keinen Meineid schwören."

Rose ließ seinen Blick auf mir ruhen. „Mit einem Freund wie Ihnen braucht sie keine Feinde."

Ich ging zu Bourbon Oldfashioned über. Ich hatte genug Tomatensaft intus und Lust auf etwas Tröstliches.

5

AM MONTAG konnte ich trotz heftiger Kopfschmerzen wieder klarer denken. Ich trank Kaffee in meinem Büro, beglich ein paar Rechnungen und brachte meine Buchhaltung auf den neuesten Stand. Der

August ist immer ein schwacher Monat. In diesem Jahr sah der September noch schwächer aus. Um halb zehn rief ich Trooper Boyce an. „Darf ich Sie zum Mittagessen einladen?“

Offenbar war sie so überrascht, daß sie zusagte, ohne zu überlegen. Ich schlug das „Hopkins Inn“ mit der schönen Aussicht auf den Lake Waramaug vor. Wir verabredeten uns für halb eins. Ich gab eine weitere Annonce in der *New York Times* für das Richardson-Anwesen auf. Der Verkauf mußte demnächst über die Bühne gehen, und ich wollte mit von der Partie sein, wenn es den Zuschlag gab. Dann spazierte ich zum Gemischtwarenladen, weil es mich interessierte, was die Presse über Renny, Rita und Ron berichtete.

Die *Danbury News-Times* brachte die Nachricht über den Mord als Aufmacher auf der Titelseite und verkündete in riesigen Lettern Rita Longs Verhaftung. Rita wurde als „reiche Wochenendausflüglerin aus New York“ beschrieben. Die Anhörung zur Anklage, bei der auch die Entscheidung über die Kaution fallen würde, war für Montag morgen angesetzt. Das bedeutete, daß die Ärmste trotz ihrer superschlauen Anwälte die Nacht im Gefängnis verbracht hatte.

Als Trooper Boyce im Hopkins Inn erschien, wirkte sie nervös. Ich hatte den Eindruck, daß sie insgeheim die Einladung zum Mittagessen gerne als Rendezvous sehen wollte, und das schmeichelte mir. In dem braunen Kostüm und mit ihren wuscheligen Haaren sah sie richtig hübsch aus. Allerdings ließ das Format ihrer Handtasche auf eine Pistole schließen.

„Entschuldigen Sie die Verspätung“, begrüßte sie mich und setzte sich.

„Bestellen wir erst etwas zu trinken, oder soll ich gleich meinen Notizblock herausholen?“

„Ich nehme Mineralwasser. Und Sie? Außerdem werden Sie zwei Notizblöcke brauchen.“

Sie spreizte die Hände auf dem Tisch. „Zwei?“

„Ich möchte mit Ihnen über Rita Long und über Renny Chevalley sprechen. Über Renny zuerst.“

„Vorher muß ich Sie über Ihre Rechte belehren.“

„Nicht nötig.“

Sie sagte ihr Sprüchlein trotzdem mit gedämpfter Stimme auswendig herunter. Komischerweise hielt sie dabei die Speisekarte so, als lese sie mir daraus vor. „Sind Sie sich über Ihre Rechte im klaren?“

„Ja, verdammich! Ich will kein Geständnis ablegen. Sind Sie bereit?“

„Es kann losgehen.“

„Renny Chevalley hat nie im Leben Kokain nach Newbury geflogen."

„Wieso nicht?"

Ich erzählte ihr alles über meinen Cousin. Während sie zuhörte, machte sie sich Notizen. Als ich fertig war, stellte sie fest: „Ihre Meinung ist schriftlich festgehalten."

„Nein, Sie verstehen nicht. Es war nicht so, wie jeder denkt. Falls Renny Rauschgiftkurier war, wurde er ohne sein Wissen dazu benutzt. Vielleicht ist er dahintergekommen und hat versucht, die Übergabe zu verhindern. Das könnte auch der Grund sein, warum er erschossen worden ist."

„Diese Möglichkeit haben wir in Erwägung gezogen. Nur, warum war dann der Stoff noch da?"

„Der Beutel ist gerissen."

„Kann sein. Aber es wäre der Mühe Wert gewesen, sich das Zeug in die Taschen zu stopfen. Etwas, das Tausende von Dollar wert ist, läßt man nicht so einfach liegen."

„Woher kam die Maschine?"

„Ihr Cousin hat sie in Danbury gemietet." Sie merkte mir die Enttäuschung an. „Wissen Sie was? Ich werde die Angaben überprüfen, die Sie über Ihren Cousin gemacht haben. Was er auch getan hat, jemand hat ihn umgebracht. Ich bearbeite hier einen Mordfall, besser gesagt zwei. Also – woran erinnern Sie sich bezüglich Mrs. Long?"

„Sie war es nicht. Ich halte es nach wie vor für einen Jagdunfall."

„Der Leichenbeschauer teilt diese Ansicht nicht. Das Opfer wurde vom Turm aus in den Rücken geschossen. Der spitze Einschußwinkel spricht dafür."

„Der Wald steigt steil an. Dreißig Meter von der Wiese entfernt hätte der Schütze zwischen den Bäumen genauso hoch gestanden wie oben auf dem Turm."

„Wir haben keinerlei Hinweise auf einen Jäger gefunden."

„Mrs. Long sagte mir, am Vorabend hätte sich ein Wilderer in der Nähe des Hauses herumgetrieben."

„Falscher Alarm. Es war nur ein Waschbär. Trooper Moody hat das Tier erlegt."

„Vermutlich ist Ihnen nicht entgangen, daß Rita und Ron ein Verhältnis hatten."

„Was Sie nicht sagen!"

„Ist Ihnen die Idee gekommen, daß ihr Ehemann den Liebhaber erschossen haben könnte?"

„Mr. Long befand sich zum fraglichen Zeitpunkt im Rosengarten des Weißen Hauses und wurde gemeinsam mit dem Präsidenten der Vereinigten Staaten fotografiert. Haben Sie noch weitere Informationen?"

Damit konnte ich nicht aufwarten. Nachdem Jack Long aus dem Schneider war, blieb mir nur noch meine Theorie. „Wenn ich einen Jäger – einen Wilderer – aufspüre, der Ron aus Versehen erschossen hat, kann ich mich dann direkt an Sie wenden?"

„So schnell, wie Sie die Polizeinummer wählen können."

„Ich möchte Ihnen gern klarmachen, daß sie unschuldig ist."

„Dabei haben Sie dasselbe Problem wie bei Ihrem Cousin. Sie liefern mir keine Beweise."

„Sie hat Ron nicht getötet, das weiß ich."

„Warum?"

„Dazu hat sie ihn zu sehr geliebt."

„Moment mal. Sie haben mir erzählt, Sie hätten sie auf dem Fest kennengelernt und seien dann zu ihr gefahren, um ihr Haus zu schätzen. Dann haben Sie mit ihr Champagner auf dem Turm getrunken. Wenn sich Ihr Kontakt mit der Dame darauf beschränkt, wie können Sie dann behaupten, daß sie Ronald Pearlman zu sehr geliebt hat, um ihn zu töten?"

Beinahe hätte ich die Videoaktion gebeichtet. Aber ich befürchtete, Rita dadurch noch tiefer in den Schlamassel hineinzureiten. Daher sagte ich lediglich: „Weil ich gesehen habe, wie sie den Toten umarmt hat."

„Hoffentlich ist wenigstens das Essen hier die Fahrt wert." Sie steckte den Notizblock ein. „Erzählen Sie mir doch mal, wie es ist, als Kind reicher Leute aufzuwachsen."

„Ich war kein Kind reicher Leute."

„Trooper Moody sagt, Ihr Vater war Bürgermeister. Meiner ist in New Haven Streife gegangen. Für mich stammen Sie aus einer reichen Familie."

„Gut, wenn das so ist – es war sehr angenehm, in Newbury aufzuwachsen. Ein bißchen langweilig, aber wir haben eben selbst für Unterhaltung gesorgt."

„Ich habe gehört, wie meine Kollegen über einen Streich lachten, den Sie Trooper Moody gespielt haben."

Ich mußte unwillkürlich grinsen. „Wenn Sie Ollie sehen, achten Sie mal darauf, wie er immer das Heck seines Wagens inspiziert, bevor er einsteigt."

„Was haben Sie gemacht? Die anderen wollten es mir nicht verraten."

„Warum nicht?"

„Weil ich zu den fünf Prozent Frauen bei der State Police gehöre."

Ihre Robustheit im Umgang mit männlicher Übermacht schützte sie wohl nicht vor gelegentlichem Frust. „Renny hat mir geholfen."

„Soll das eine Empfehlung für ihn sein?"

„Ja, durchaus, denn er hat mir den Rücken gestärkt. Trooper Moody hatte mir etwas ziemlich Gemeines angetan. Ich war damals noch sehr jung, und es hat mich schwer getroffen."

„Hat er Sie vor Ihren Freunden gedemütigt?"

„Wie kommen Sie darauf?"

„Ich bin Polizistin. Wie haben Sie es ihm heimgezahlt? Keine Sorge – falls Sie nicht gerade einen Mord begangen haben, ist Ihr Racheakt schon verjährt." Sie ließ ihr reizendes Lächeln aufblitzen.

Ich erzählte ihr die Geschichte. „In der Festhalle – sie gehört der Farmervereinigung – fand eine Tanzerei statt. Renny und ich klauten eine Doppelflinte aus dem Gewehrschrank meines Vaters und versteckten sie auf dem Feld hinter der Halle. Dann borgten wir uns von Rennys Bruder Pink eine dreißig Meter lange Stahlkette, wie man sie für den Holztransport braucht, und schafften sie in einem Schubkarren zum „Church Hill Diner". Als Ollie vor dem Lokal parkte und zur Kaffeepause hineinging, schlangen wir ein Ende der Kette um den Stamm des Ahorns, der davor steht, und das andere um die Hinterachse seines Streifenwagens."

„Das darf nicht wahr sein!"

„Renny flitzte zurück hinter die Festhalle, um mit der Flinte in die Luft zu feuern. Beide Läufe. Kabumm! Sie können sich vorstellen, was das für ein Krach in einer stillen Sommernacht war. Sagenhaft! Ollie kam wie ein Irrer rausgerast. Hopp, rein in den Wagen, Scheinwerfer, Sirene, Zündung an und volle Tube aufs Gas. Ich höre ihn noch den Church Hill hinaufröhren. Sechzig muß er wohl draufgehabt haben, bevor die Kette griff. Aber dann – peng! Hinterräder, Achse und Getriebe hüpften scheppernd durch die Gegend, aber Ollie brauste weiter. Die Qualmwolke und der Funkenregen waren gewaltig. Er rutschte noch zirka hundert Meter dahin, bis er endlich mitten auf der Church Hill Road liegenblieb."

„Ein starkes Stück!"

„Das ist lange her . . . Marian – darf ich Sie Marian nennen?"

„Ja, Ben, gern."

„Wir hatten es damals beide faustdick hinter den Ohren. Ich noch mehr als Renny. Aber Rauschgift hätte er nie geschmuggelt, das können Sie mir glauben."

„Und Rita Long ist nicht die Frau, die ihren Liebhaber erschießt. Eines ist mir jedenfalls klar – Sie sind ein Romantiker, Ben. Haben Sie eine Freundin?"

„Nichts Ernstes, was mir übrigens ganz angenehm ist. Und Sie? Haben Sie einen Freund?"

„Im Moment zwei", antwortete sie und widmete sich ostentativ der Speisekarte. Freiwillig gab sie nichts von ihrem Privatleben preis. „Was können Sie empfehlen?"

„Die Aussicht."

Sie studierte die Karte, musterte mich stirnrunzelnd und beugte sich vor. „He, Sie sind jetzt wegen Ihres Cousins innerlich aufgewühlt. Warum nehmen Sie sich nicht ein paar Tage Zeit und denken noch einmal in Ruhe über alles nach?"

„Ich war mir schon sicher, daß Rita Long ihren Geliebten nicht getötet hat, bevor das mit Renny passiert ist."

Trooper Boyce seufzte. „Ich habe Sie überprüft, Ben. Ich kenne Ihre Vergangenheit. Versetzen Sie sich in meine Lage. Erinnern Sie sich an Ihre Zeit beim Marinenachrichtendienst. Mit Intuition allein sind Sie damals auch nicht weitergekommen."

„Aber Intuition kann zu Fakten führen."

Sie schenkte mir ein reizendes Lächeln. „Intuition ist gut, Fakten sind besser." Sie nahm eine Visitenkarte aus der Tasche und schrieb, noch immer lächelnd, etwas darauf. „Rufen Sie mich an, wenn Sie ein paar Fakten haben."

Wir bestellten Forelle. Das Essen war hervorragend, im Hinblick auf seinen ursprünglichen Zweck jedoch eine Katastrophe. Nach dem Kaffee verlangte Marian die Rechnung.

„Nein, das übernehme ich", protestierte ich.

„Sie zahlen das nächste Mal, wenn wir uns privat treffen. Rufen Sie mich an."

Ich fuhr auf dem schnellsten Weg zurück, aber durch Newbury weiter nach Danbury.

ZWEI Propellermaschinen zogen dröhnend ihre Kreise über dem Platz von Danbury. Eine flog für die Straßenwacht. Die andere, zinnoberrot gestrichen, gehörte Sky Rentals, einem Flugzeugverleih. Dem wiederholten Gehopse auf der Rollbahn nach zu schließen, wurde Landen geübt.

Ich wartete neben einem Hangar.

Nach einer Weile setzte die rote Maschine endgültig auf und rollte heran. Ein Mann kletterte heraus. „Warten Sie auf mich?"

„Wenn Sie der Roy Chernowsky sind, bei dem man ein Flugzeug mieten kann, ja."

„Entschuldigen Sie, daß es so lange gedauert hat. Ich hab einen potentiellen Kunden unter die Lupe genommen. Er hat nicht bestanden. Was kann ich für Sie tun? Brauchen Sie eine Maschine?"

„Ich bin Ben Abbott, Renny Chevalleys Cousin."

„Renny war Ihr Cousin?" Chernowsky schaute sich nervös um.

„Beruhigen Sie sich", sagte ich. „Ich will mir nur ein Bild davon machen, was eigentlich geschehen ist. Ich glaube nicht, daß er Kokain geschmuggelt hat. Wissen Sie, wen er an Bord hatte?"

„Nur eine Katze. Sie gehört dieser Ärztin mit dem Haus auf Block Island. Die Lady verbringt oft mal eine ganze Woche dort. Neulich kann sie zu Hause ihre Katze nicht finden und zieht ohne sie los. Dann treibt ihre Haushälterin das Vieh auf, und die Frau Doktor sagt, prima, richten Sie Renny aus, er soll sie mir bringen."

„Diese Frau Doktor kennt Renny?"

„Klar. Renny fliegt sie regelmäßig dorthin. Die Haushälterin verständigt also Renny, der mietet meine Maschine und bringt die Katze auf die Insel."

„Und wie kam er zu dem Kokain?"

„Das müssen Sie schon selbst herausfinden. Renny soll um ein Uhr mittags zurück sein. Statt dessen ruft er an und sagt, er braucht den Vogel noch. Ich frage ‚Wie lange?', und er sagt ‚Bis es dunkel wird, bin ich wieder da'. – ‚Geht in Ordnung', sage ich. Es wird dunkel – keine Spur von Renny. Keine Maschine, kein Anruf. Gegen zehn kreuzt dann ein Polizist mit einem Durchsuchungsbefehl auf, nimmt Unterlagen aus meinem Büro mit und erklärt, daß meine Maschine beschlagnahmt ist."

„Wie heißt die Ärztin?"

„Zelda Schwartz."

„Haben Sie ihre Telefonnummer?"

„Ich glaube, ihre Privatnummer ist geheim. Aber versuchen Sie's mal in ihrer Praxis in New York."

„Das werde ich machen. Übrigens: wann hat Renny Sie von Block Island aus angerufen?"

„Das wollten die Bullen auch von mir wissen. Gegen elf Uhr vormittags."

„Wie weit könnte er von elf bis, sagen wir, zum Einbruch der Dunkelheit geflogen sein?"

„Sie sprechen von neun oder zehn Flugstunden. Das ist ein schneller Vogel – über dreitausend Kilometer minus Tankstopp. Toronto,

Montreal, Washington, Philadelphia. An jeden beliebigen Ort östlich des Mississippi."

„Hat er einen Flugplan abgegeben?"

„Mußte er nicht. Er konnte außerhalb der Linienflug-Routen bleiben. Soviel ich weiß, ist er von Block Island nach La Guardia geflogen."

„Und wohin von dort aus?"

„Das wissen die Götter. Unter zweihundertfünfzig Metern wird der Luftraum nicht kontrolliert. Er könnte also überallhin geflogen sein."

Ich suchte mir einen Münzfernsprecher, der ohne Gegenleistung einen Vierteldollar verschlang, und beschloß, mir endlich ein Autotelefon zuzulegen. Im Einkaufszentrum von Danbury fand ich eines im Sonderangebot, berappte dafür hundert Dollar und schaffte so den Anschluß an das späte zwanzigste Jahrhundert.

Dr. Schwartz' Sprechstundenhilfe willigte ein, meine Bitte um Rückruf an die Frau Doktor weiterzuleiten, die sich noch im Urlaub befand. Ich war fast zu Hause, als mein neues Telefon summte und eine heisere Frauenstimme Ben Abbott verlangte.

„Frau Dr. Schwartz?"

„Meine Sprechstundenhilfe sagte, Sie wären Rennys Cousin. Wie kann ich Ihnen helfen?"

„Ich glaube nicht, daß Renny Kokain geschmuggelt hat, Frau Doktor."

„Ich ebensowenig, aber ich habe dafür keine Beweise. Er war freundlich, höflich, zurückhaltend, pünktlich, ein verläßlicher Pilot – doch deshalb hätte er trotzdem das tun können, was er laut Polizei angeblich getan hat."

„Wann hat er Block Island verlassen?"

„Er war noch am Flughafen, als mein Hausmeister die Katze abholte."

„Demnach haben Sie keine Ahnung, wie lange er geblieben ist."

„Mr. Abbott, ich weiß nur, daß mein Hausmeister ihm eine telefonische Nachricht übermittelte und daß Renny sagte, er werde mich nächste Woche heimfliegen."

„Jemand hat eine Nachricht für ihn hinterlassen?"

„Es klang nach einem Charterauftrag. ‚Holen Sie Mr. Smith um vierzehn Uhr dreißig ab.'"

„Smith? Wo?"

„Die Nachricht beschränkte sich auf Namen und Zeit. Sonst noch was, Mr. Abbott?"

„Danke für Ihren Rückruf."

Holen Sie Mr. Smith um vierzehn Uhr dreißig ab. Das besagte gar nichts. Renny hatte einen Flugplan von Block Island nach La Guardia abgegeben. Er hätte Mr. Smith dort an Bord nehmen und ihn praktisch überall im amerikanischen Osten absetzen können. Oder „Mr. Smith" war das Codewort für Kokain.

An jenem Abend saß ich in der tiefen Stille meiner Bibliothek und starrte in das orangefarben lodernde Apfelholzfeuer im Kamin. Was hatte Marian Boyce über mich gesagt? Ich sei ein Romantiker, und mir würden die Fakten fehlen. Trotzdem – vielleicht sahen die sogenannten Fakten der Polizei nur wie Fakten aus. Dem Anschein nach hatte Renny mit einem Komplizen Streit beim Kokainschmuggel gehabt und Bruch auf Al Bells Flugfeld gemacht. In der Maschine war Koks, und Renny war tot. Erschossen. Aber er hatte genug Zeit gehabt, um einen Komplizen und den Stoff irgendwo zwischen Block Island und Als Flugfeld aufzunehmen. Es gab keine Möglichkeit für mich, allein herauszufinden, wo mein Cousin sonst noch gelandet war.

Ich brauchte einen Partner – einen Profi, der in der Lage war, saubere und unsaubere Kanäle zu nutzen. Ein Schlitzohr mit Mercedes. Ich mochte Alex Rose nicht, aber wenigstens konnte ich ihn mir leisten. Ich kramte seine Karte hervor und rief ihn an.

„Was gibt's?"

„Ich schlag Ihnen einen Handel vor und biete Ihnen meine Zeugenaussage zugunsten von Mrs. Long."

„Da gibt es nichts zu handeln. Sie müssen aussagen."

„Sie würden aber besser dastehen, wenn ich einen positiven Eindruck auf die Geschworenen mache."

„Richtig", räumte Rose ein. „Andererseits wird der Staatsanwalt fragen, ob Sie für Ihre Aussage bezahlt worden sind."

„Ich will kein Geld. Ich will zwei Dinge. Alisons Zähne – der teure Zahnklempner soll sie richten."

„Kein Problem. Was noch?"

„Helfen Sie mir, den Kerl zu finden, der meinen Cousin umgebracht hat."

„Na, da verlangen Sie aber einiges!"

„Long wird die Auslagen verkraften. Jubeln Sie sie ihm als Beratungshonorar unter."

Rose schwieg kurz. Dann sagte er: „Bevor ich mich darauf einlasse, müssen Sie mir aber irgend etwas Überzeugendes präsentieren."

„Zum Beispiel?"

„Zum Beispiel eine vertrauenswürdige Person, die glaubhaft versichert, daß Renny Chevalley nicht vorhatte, mit Rauschgift auf dem Feld zu landen."

„Er war Geschäftsmann, kein Drogenschmuggler."

„Was noch zu beweisen wäre . . ."

„Und genau das sollen Sie für mich tun."

ICH SASS in der Küche, als das Telefon läutete.

„Hier ist Rita Long", sagte sie mit ihrer sanften Stimme. „Ich muß mit Ihnen reden."

„Sind Sie zu Hause?"

„Gegen Kaution entlassen. Können Sie kommen?"

„Ich beeile mich. Brauchen Sie etwas? Soll ich was mitbringen?"

„Milch", bat sie. „Ich bin eben erst heimgekommen. Es ist nichts da."

„Haben Sie gegessen?"

„Ich wurde vor dem Essen auf freien Fuß gesetzt."

Ich legte auf und fragte mich, wo zum Teufel denn ihr Mann steckte. Dann fuhr ich zum Grand-Union-Supermarkt, kaufte ein und kam mit zwei Tüten voller Lebensmittel und einer Flasche Wein beim Schloß an. Schon von weitem sah ich sie auf der Vordertreppe sitzen. Die Treppe war gigantisch, und sie wirkte darauf verloren. Ihr Haar hatte sie zu einem glatten Pferdeschwanz gebunden. Das paßte gut zu der Jeans und der dicken irischen Strickjacke. Ihre Hand war eiskalt.

„Frieren Sie?" fragte ich.

„Wissen Sie, wie es ist, wenn man eingesperrt war und endlich wieder im Freien sein darf?"

„Ja, ich erinnere mich. Übrigens, ich habe Ihnen ein paar Sachen zum Essen mitgebracht. Und Wein. Möchten Sie einen Schluck?"

Sie zögerte. Es war noch früh am Abend.

„Bleiben Sie sitzen", sagte ich. „Ich koche Tee und bringe ihn heraus."

„Danke. Aber trinken Sie doch ein Glas Wein, wenn Sie Lust haben."

Ich stellte Wasser auf und packte in der Zeit, bis es kochte, Hühnerbrüstchen, Hackfleisch, Salat und Karotten, ein Stangenweißbrot und einen Liter Milch aus. Danach fand ich Rita noch am selben Platz – auf der Vordertreppe, wo sie das letzte Sonnenlicht genoß, das jetzt lange Schatten auf den Rasen warf. Sie nahm die Tasse in beide Hände.

„Tut das gut", sagte sie nach dem ersten Schluck. „Danke."

„Gern geschehen."

„Alex Rose, der Privatdetektiv meines Mannes, hat mir gesagt, ich soll Sie anrufen. Er meint, Sie können mir helfen."

„Hat er auch gesagt, wie?"

„Er meint, Sie könnten einiges erklären. Worum geht es?"

Ich stand auf, ging die Stufen hinunter und kickte mit den Schuhspitzen Steinchen über den Kiesbelag.

„Ich verstehe den Zusammenhang nicht. Was haben Sie im Grunde mit der ganzen Sache zu tun?" fragte Rita. „Sie waren doch nur zufällig hier, als wir . . . Ron fanden."

„Stimmt", bestätigte ich. „Rein zufällig." Insgeheim hatte ich allerdings schon überlegt, inwieweit wirklich der Zufall dabei eine Rolle spielte. Sie hatte mich zu einem Glas Champagner auf dem Turm eingeladen. Sie hatte Ron entdeckt. Sie hatte die Lage der Leiche verändert. Vielleicht hatte sie es darauf angelegt, mich als eine Art Zeugen bei dem grausigen Fund zu benutzen. Aber sie hatte mich eingeladen, bevor Ron erschossen worden war. Hatte sie das alles inszeniert? Kaltblütig beschlossen, Ron zu töten, und ebenso kaltblütig geplant, mit mir gemeinsam die Leiche zu finden? Auf keinen Fall, dachte ich.

„Wo bleibt nun Ihre Erklärung?" hakte sie nach. „Fangen Sie an."

Ich schubste noch ein paar Steinchen fort. „Was ich zu sagen habe, wird Ihnen nicht gefallen."

„Seit vergangenem Samstag gefällt mir nichts mehr." Ihr Blick war kalt, und in ihrer Stimme lag eine gewisse Schärfe.

„Ihr Mann wußte über Sie und Ron bereits Bescheid."

Sie kniff die Augen zusammen, sprang auf und stammelte: „Was . . . meinen Sie damit?"

„Hat Ihr Mann Ihnen das nicht gesagt?"

Rita ließ sich wieder auf die Stufen sinken und stützte den Kopf in die Hände. „Wir haben beide nicht angesprochen, daß Ron aus naheliegenden Gründen hier war. Jack war sehr verständnisvoll, sehr hilfreich. Er sagte, es sei seine Schuld, daß er beruflich so sehr beschäftigt und unabkömmlich sei. Er hat es gewußt?"

„Ja, er hat eine Menge geschluckt", sagte ich. „Wo ist er jetzt?"

„In New York. Er braucht Zeit zum Nachdenken. Zum nächsten Treffen mit den Anwälten kommt er zurück, wann immer das auch sein mag. Ich darf Plainfield County nicht verlassen. Und was haben Sie nun mit der ganzen Sache zu tun?"

„Ihr Mann hat Alex Rose beauftragt, Beweise für Ihre Affäre mit Ron Pearlman zu sammeln. Er hat Sie in New York beschattet."

„Dieser fette Schleimer! Und was war Ihre Rolle in dem Spiel?"

„Ich war der Waschbär."

„Ich kann Ihnen nicht folgen." Aber Sekunden später sprang sie auf. Die Tasse zerschellte auf den Treppenstufen. „Sie haben mir nachspioniert?"

„Ja. Rose hat mich engagiert, um für die Scheidungsanwälte Videoaufnahmen von Ihnen und Ron zu machen."

„Das ist nicht Ihr Ernst! Jack wollte sich von mir scheiden lassen?"

„Das nahm Rose an."

„*Ich* wollte mich von *ihm* scheiden lassen!"

„Tatsächlich?"

„Ach, ich weiß auch nicht. Ich wollte ihm nicht weh tun." Rita stand ein paar Stufen über mir und blickte auf mich herunter wie auf ekelhaftes Gewürm. „Sie hatten also eine Kamera. Und Sie haben uns gefilmt. Ein Videoband. Sie widerwärtiger –"

„Ich habe es gelöscht."

„Sie haben mich und Ron gesehen. Wo?"

„In Ihrem Atelier."

Sie versuchte sich an jene Nacht zu erinnern. „O nein!"

„Sie waren vollständig bekleidet."

Wieder rief sie die Erinnerung ab. „Nein. Ich habe meine Bluse ausgezogen."

„Ich habe nur Ihr Gesicht gesehen. Ich unterbrach die Aufnahme und warf die Kassette weg. Sie fiel auf den Rasen, und das hörten Sie. Ich rannte hin, schnappte sie mir, und zu Hause löschte ich das Band. Rose bekam von mir nur die Kamera und Leerkassetten zurück."

„Verschwinden Sie! Runter von meinem Grund und Boden!"

„Glauben Sie mir, Sie täuschen sich. Ich bin nicht das, wofür Sie mich halten. Es war dumm von mir, mich von Rose anheuern zu lassen, aber damals kannte ich Sie ja noch nicht."

„Und jetzt kennen Sie mich", sagte sie verächtlich.

„An jenem Abend wurde mir etwas über Sie klar. Deshalb hörte ich auf zu filmen."

„Was wurde Ihnen klar?"

„Daß Sie glücklich waren."

Mit zusammengepreßten Lippen starrte Rita Long mich an. Langsam füllten sich ihre Augen mit Tränen.

„Ich habe mich für Sie beide gefreut", fuhr ich fort. „Und ich habe mich in Sie verliebt."

„Bei einem Blick durchs Fenster?"

„In meinem ganzen Leben habe ich mich noch nie jemandem so nahe gefühlt."

Sie seufzte gereizt. „Was für ein Spiel treibt Rose?"

„Keines, glaube ich. Er denkt, falls es zu einem Prozeß kommt, wird es für Ihre Verteidigung vorteilhaft sein, wenn ich aussage, daß Sie und Ron den Eindruck eines harmonischen, glücklichen Liebespaares machten. Er hofft, daß Sie darüber mit mir sprechen."

„Man will Anklage gegen mich erheben. Ich kann es nicht fassen. Würden Sie jetzt bitte gehen?"

„Beantworten Sie mir vorher eine Frage? Wo ist das Bild von Ron, das Sie an jenem Abend gezeichnet haben?"

„In meinem Atelier."

„Rose behauptet, es sei nicht dort und die Polizei hätte es auch nicht beschlagnahmt. Könnten Sie nachsehen?"

„Meinetwegen." Sie lief die Stufen hinauf und schlug die Tür hinter sich zu. Ich hörte sie über die Innentreppe in den zweiten Stock hasten. Als sie zurückkam, wirkte sie verstört. „Ich kann es nicht finden."

„War es da, als ich das Haus schätzen kam?"

„Weiß ich nicht."

„Aber Sie sind ins Atelier vorausgegangen, um die Staffeleien zu verhüllen."

„Nein. Ich decke meine Bilder immer zu. Vorausgegangen bin ich nur, weil ich nicht sicher war, ob nicht noch Unterwäsche von mir herumlag."

„Demnach war die Staffelei verhüllt, als Sie eintraten?"

„Ja."

„Jemand hat die Zeichnung von Ron genommen. Wer hätte ins Haus können?"

„Nur Ron, als er zurückkam."

„Und Ihr Mann?"

„Der war in Washington."

„Rita, darf ich Sie fragen, warum Sie einen Totenschädel gezeichnet haben?"

„Was meinen Sie?"

„Ich will damit sagen, die Geschworenen könnten die Skizze ... merkwürdig finden."

„Du lieber Himmel! Das ist eine Hilfstechnik. Man fängt mit dem Knochengerüst an und trägt dann Muskeln, Fleisch und Haut auf. Jeder Kunstlehrer könnte das bestätigen." Ihr Ton war so ungeduldig, als wäre die makabre Zeichnung ihr geringstes Problem. Vielleicht stimmte das, aber ich wurde das Gefühl nicht los, daß sich die Geschworenen genau wie ich fragen würden, was an dem Abend vor dem Mord an ihrem Liebhaber in ihrem Kopf vorgegangen war.

„Als ich Sie besuchte, um die Schätzung vorzunehmen – wo war Ron da Ihrer Ansicht nach?"

„Als ich vom Einkaufen heimkam, stand der Jaguar in der Garage. Ron war nicht im Haus, daher nahm ich an, daß er joggte. Würden Sie jetzt bitte endlich gehen?"

„Ich schäme mich für das, was ich getan habe."

„Damit müssen Sie leben", erwiderte sie. „Ich gehe hinein." Sie drehte sich um und schritt die Stufen empor.

Ich lief ihr nach. „Könnte Ihr Mann Ron getötet haben?"

„Jack war in Washington."

„Das weiß ich. Aber davon abgesehen, halten Sie es für möglich?"

Ich rechnete mit einer neuerlichen Aufforderung zu verschwinden. Statt dessen antwortete sie nachdenklich: „Das habe ich mich selbst schon tausendmal gefragt, als ich in der Zelle saß. Hätte er abgedrückt? Ich kann es nicht sagen."

„Oder hat er einen Killer engagiert, um Ron aus dem Weg zu schaffen?"

„Auch darauf weiß ich keine Antwort, und ich frage mich, wie gut man jemanden kennt, wenn man in einem solchen Punkt unsicher ist."

„Wie lange sind Sie verheiratet?"

„Neun Jahre. Ich hatte immer so ein komisches Gefühl, daß Jack . . ." Sie hielt inne und schaute mich an. „Warum erzähle ich Ihnen das? Verschwinden Sie! Oh, und auf Ihre Zeugenaussage kann ich verzichten."

Mit einem Knall schlug sie die Tür zu.

Ich ging hinunter zu meinem Wagen und rief sie an. Beim vierten Läuten schaltete sich der Anrufbeantworter ein. „Hier ist Ben Abbott –", begann ich. Weiter kam ich nicht, denn dann unterbrach mich ihre Stimme.

„Was gibt's noch?"

„Was wollten Sie sagen? Ein komisches Gefühl, daß Jack . . ."

„Ich dachte gerade daran, wie Ron und ich uns das erste Mal begegneten."

„Wie haben Sie ihn kennengelernt?"

Zu meiner Überraschung legte sie nicht auf, sondern stöhnte laut und seufzte dann. „Möchten Sie Tee?"

„Ja, danke." Ich marschierte zur Haustür und folgte ihr in ihre schöne Küche, wo sie um sich blickte wie eine Fremde. „Haben Sie zufällig Hunger?“ fragte ich.

„Ja, ganz plötzlich. Vielleicht ist noch Käse da.“

Ich öffnete den Kühlschrank.

Sprachlos starrte sie auf die mit appetitlichem Gemüse und abgepacktem Fleisch gefüllten Fächer. „Was ist denn das?“

„Lebensmittel. Die Quittung liegt auf dem Tisch.“

Sie nahm sie und überflog die einzelnen Posten. „Und der Wein?“

„Geht auf meine Rechnung. Wie wär's mit einem Hamburger?“

Neben dem Kühlschrank befand sich ein üppig bestücktes Gewürzregal. Ich rührte Estragon, Anis, Kümmel, getrocknete Petersilie und Salz und Pfeffer unter das Hackfleisch und formte zwei Hamburger daraus. Dann wusch ich den Salat, machte ihn mit einem Dressing aus Essig, Öl und Knoblauch an und schnitt das Stangenweißbrot auf.

Ich erhitzte die kleinste Pfanne, die ich fand – gerade groß genug für die zwei Hamburger –, und bestreute ihren Boden mit Salz, bevor ich das Fleisch hineinlegte.

„Brauchen Sie kein Öl?“ fragte Rita.

„Durch das Salz kleben sie nicht an.“

Ich bräunte sie scharf auf beiden Seiten, drehte die Hitze kleiner und ließ sie noch kurz nachgaren. Inzwischen schenkte ich den Wein ein, und dann setzten wir uns auf die Hocker und aßen ohne viele Umstände gleich am Küchentisch.

„Schmeckt gut“, sagte sie. „Sie kaufen einfach Hackfleisch und zaubern so etwas daraus?“

„Nur mit Hilfe Ihrer Gewürze.“

„Danke.“

„Die Hühnchenbrust, die ich Ihnen gebracht habe, können Sie ähnlich zubereiten, nur fetten Sie die Pfanne zuerst leicht mit Butter oder Öl aus.“

„Aha.“

„Kochen Sie nie?“

„In New York haben wir eine Köchin. Ich habe mich noch nicht entschieden, ob ich hier auch eine will.“

Sie aß ihren Salat auf. Ich reichte ihr Brot und füllte ihr Weinglas nach. „Wie alt sind Sie?“

„Neunundzwanzig.“

Das überraschte mich. Nicht, daß sie älter ausgesehen hätte. Es lag an der Art, wie sie sich gab. „Dann haben Sie also mit zwanzig geheiratet?“

„Ja. Und ich möchte nicht darüber sprechen."

„Verzeihung. Aber Sie wollten mir erzählen, wie Sie Ron kennenlernten."

„Stimmt, ja. Kurz nachdem Jack alles für den Kauf von Rons Fabrik geregelt hatte, gab ich ein Essen, um den Geschäftsabschluß zu feiern – für uns drei, die Anwälte und ein paar Finanzchefs. Jedenfalls, an dem Nachmittag dieses Tages rief Jack aus New York an. Ron sei gerade aus Hongkong angekommen und gerädert nach dem Flug, deshalb schicke er ihn voraus. Ob ich ein Gästezimmer herrichten könne. Ein paar Minuten später traf der Wagen bereits ein. Ron war während der Fahrt eingeschlafen und stieg ganz benommen aus. Er sah aus wie ein vierzehnjähriger Junge. Mein Gott, dachte ich, ist der süß . . . Dabei müssen Sie eines wissen, Ben: Ich habe Jack nie zuvor betrogen. Nie. Ich ließ Ron von der Haushälterin das Zimmer zeigen, damit er sich ausruhen konnte. Eine Stunde vor dem Essen kam er herunter, und wir unterhielten uns. Als Jack heimkam, waren Ron und ich Freunde." Sie schwieg.

„Und wie ging es weiter?"

„Jack mußte am nächsten Tag nach Washington. Vor seiner Abreise lud er Ron ein, noch zu bleiben."

„Wann war das?"

„Letztes Jahr. Das Haus hier war noch im Bau. Jack und ich wohnten bis zur Fertigstellung in dem Haus in Greenwich."

Ich nickte.

„Also blieb Ron in Greenwich", fuhr Rita fort. „Wir haben viel unternommen. Essen mit Freunden, Segeln mit Freunden. Jack flog nach Hongkong. Und eines Morgens landeten Ron und ich im Bett."

Ich schenkte uns beiden Wein nach. Die Flasche war leer. Rita trank einen Schluck und sagte: „Komisch, rückblickend könnte man fast glauben, daß Jack uns in eine Affäre hineintrieb. Er machte es uns sehr leicht."

„Kamen Sie und Jack gut miteinander aus?"

„Natürlich. Wir kamen immer gut miteinander aus. Ich meine, wir hatten nie Streit. Es war keine große Liebe, aber Streit gab es keinen."

„Vielleicht hat er ein Verhältnis?"

„Das glaube ich nicht. Als ich heute entlassen wurde, sagte er, daß er die Angelegenheit bereinigen möchte."

„Und was möchten Sie?"

„Ich will meinen Ron wiederhaben. Lebendig." Sie fing an zu weinen.

„Es tut mir so leid für Sie."

„Danke fürs Kochen. Ich bin müde und möchte ins Bett."
„Ich mache meine Zeugenaussage, wenn es Ihnen hilft", sagte ich.
„Daran will ich jetzt nicht denken."
Ich stand auf und ging zur Tür. „Ich finde allein hinaus."
„Verzeihen Sie, daß ich vorhin so grob war."
„Verzeihen Sie, was ich getan habe." Ich wünschte ihr viel Glück.

6

FRÜH am nächsten Morgen, es war Mittwoch, nahm ich das Mobiltelefon mit hinaus in meinen Garten und wanderte barfuß über den weichen Zedernrindenmulch. Es blühten noch Chrysanthemen, Rosen und Löwenmaul. Um sieben Uhr rief Tante Connie an, um mich an die Verabredung zum Mittagessen mit meiner Mutter zu erinnern.

„Soll ich fahren?" fragte Tante Connie.

„Oh, danke, das mach ich schon."

„Würdest du gern meinen Wagen nehmen?"

„Mit dem größten Vergnügen", antwortete ich und fügte warnend hinzu: „Wenn du den Motor warmlaufen läßt, denk bitte daran, vorher das Garagentor zu öffnen."

„Selbstverständlich denk ich daran. Du hast es mir schließlich erst am Sonntag eingebleut. Ich bin zwar alt, aber noch bei Verstand. Was bringst du deiner Mutter mit?"

„Weiße Rosen." Teehybriden waren ihre Lieblingsblumen. „Und du?"

„Ich habe einen Apfelkuchen im Ofen. Meine Goldparmänen sind fast reif."

Ich unterdrückte ein Stöhnen. Ihre Apfelbäume waren riesig, und wenn ich mir vorstellte, wie sie auf einer Leiter ... „Ich komme um halb zwölf."

„Noch was", sagte sie. „Ich habe gehört, daß deine Mutter wegen Rennys Tod ganz erschüttert ist. Und der jüngste Vorfall wird alles nur noch schlimmer machen."

„Was für ein Vorfall?"

„Die ganze Stadt weiß es schon. Du warst bei diesem Frauenzimmer, dieser Long."

Das Fangnetz verbreitete wieder einmal Gerüchte. „Daß ich bei ihr war, stimmt, Tante Connie, aber weiter nichts. Die Leute sollen sich um ihre eigenen Angelegenheiten kümmern."

„Die Leute sollen auch die Zehn Gebote befolgen und tun es nicht, so ist nun mal die Welt. Was ich sagen will, ist folgendes: Bemüh dich gefälligst, deiner Mutter unnötigen Kummer zu ersparen."

Ich ging zurück zu meinen Blumen.

TANTE CONNIE hatte den Lincoln selbst aus der Garage manövriert und das Tor wieder geschlossen. Angetan mit einem flotten Hut, einem Sommerkleid und einer Strickjacke thronte sie auf dem Beifahrersitz. Ihr Kuchen stand, in Alufolie verpackt, im Fond auf dem Boden. Ich legte meine Rosen auf den Rücksitz und klemmte mich hinters Lenkrad.

„Fahr!" befahl sie.

Ich fuhr.

So wie Tante Connie in meinem Vater immer den Sohn gesehen hatte, der ihr versagt geblieben war, sah sie in meiner Mutter die ihr vom Schicksal vorenthaltene Tochter. Aber meine Mutter war ein Mädchen aus Frenchtown. Obwohl sie Tante Connie sehr liebte, konnte sie in ihrer Gegenwart eine gewisse Befangenheit nie ablegen. Als wir ankamen, war die Situation wieder einmal typisch: verfolgt von der Einbildung, der Tisch wäre nicht richtig gedeckt, flatterte meine Mutter aufgeregt im Eßzimmer herum. Sie war selbst fünfundsiebzig, aber an diesem Tag hatte sie sich wieder in die Achtzehnjährige verwandelt, die Bertram Abbott einst heimführte, um sie einem geschockten Provinzadel zu präsentieren.

Tante Connie verkannte diesmal die Lage völlig und schlug vor: „Oh, essen wir doch gleich in der Küche. Speisezimmer sind bei Tageslicht immer so trübsinnig."

Ich sah, daß meine Mutter erblaßte, und entschloß mich einzugreifen. „Bleiben wir lieber hier. Es ist ja schon gedeckt." Wahrscheinlich hatte Mutter das bereits am Vorabend besorgt und am frühen Morgen noch einmal alles umgekrempelt.

„Kann ich dir helfen, Mama?" fragte ich, als sie in Richtung Küche eilte.

„Nein. Bitte bleib und leiste Tante Connie Gesellschaft. Ich komme allein zurecht."

„Er hat mich schon auf der Fahrt genug gelangweilt", erklärte Tante Connie. „Setz dich doch zu mir, Margot, und laß Ben servieren."

Es klappte. Mutter traute mir tatsächlich zu, daß ich ihre Geflügelpastete samt Salat unfallfrei ins Speisezimmer tragen konnte.

Nach dem Essen begab sich Tante Connie in die Küche, um Mama durch Unterhaltung den Abwasch zu erleichtern, und ich karrte Feuerholz aus dem Schuppen zur Küchenveranda. Die erste herbstliche Kühle war zu spüren. Manchmal wunderte ich mich, warum meine alte Dame wieder hierhergezogen war; aber an einem Herbstnachmittag wie diesem nicht – da war der Platz unvergleichlich. Was des einen Hölle, ist des anderen Himmelreich. Sumpf oder malerisches Paradies – wie vieles im Leben reine Ansichtssache. Das Wasser lockte die Zugvögel an. Sumach und Rotahorn schmücken sich früh mit einem flammenden Blätterkleid. Die Luft ist mit Feuchtigkeit gesättigt und millionenfach bevölkert.

Mutter erschien mit zwei dampfenden Kaffeebechern. Sie ist ein kleines, zierliches Persönchen und hat die wunderbaren dunklen Augen der Chevalleys. „Tante Connie macht ein Nickerchen“, sagte sie. „Ist dir nicht kalt?“

„Überhaupt nicht.“

Ich holte für sie ihren Lieblingssessel von der Veranda und setzte mich auf einen Baumstumpf.

„Bei Renny haben wir uns nur um fünf Minuten verpaßt“, unterbrach ich unser Schweigen nach geraumer Zeit.

„Ich war viel zu erschüttert, um noch länger zu bleiben. Die ganze Zeit mußte ich denken, daß dich dasselbe Schicksal hätte treffen können.“

„Wieso?“ erkundigte ich mich vorsichtig.

„Er war in deinem Alter, und ihr beide wart unzertrennlich. Seine arme Mutter.“ Obwohl zwischen meiner und Rennys Mutter ein Altersunterschied von über zwanzig Jahren bestand, waren sich die Schwägerinnen nahe wie Schwestern.

„Du darfst nicht glauben, was geklatscht wird“, sagte ich. „Er hat sich nichts zuschulden kommen lassen.“

„Davon bin ich überzeugt. Wenn es Pink oder einer von den anderen gewesen wäre, würde es mich nicht überraschen. Aber Renny war ein anständiger Kerl.“

„Da bin ich ganz deiner Meinung.“

„Sicher gibt es eine Erklärung für alles, sogar für das Geld.“

„Welches Geld?“

Mutter sah unglücklich aus. „Frances hat heute morgen angerufen. Die Polizei hat die Werkstatt durchsucht und vierzigtausend Dollar gefunden.“

„Was?“

„In bar. In einer Einkaufstüte ganz hinten in einem Schrank.“

Ich war perplex. Wo, zum Teufel, sollte Renny vierzigtausend

Dollar in bar herhaben? Und warum hätte er das Geld in einem Schrank verstecken sollen? Ich schaute Mutter an. Natürlich hielt sie zu ihrer Familie, aber ihr Gesichtsausdruck verriet deutlich, daß auch sie das Vertrauen verloren hatte.

Heftig zwinkernd erwiderte sie meinen Blick und tupfte sich die Augen mit einem Papiertaschentuch trocken. „Hast du was damit zu tun?" fragte sie ohne Umschweife.

„Mit der Sache mit Renny? Nein."

„Was ist mit der Frau, die ihren Geliebten erschossen hat?"

„Ich war nur dort, um eine Schätzung vorzunehmen."

„Ich könnte es nicht ertragen, wenn du noch einmal in Schwierigkeiten kämst."

„Werd ich nicht."

„Versprich es mir."

„Ich versprech's dir."

„Es hat deinen Vater ins Grab gebracht, und diesmal würde ich an der Reihe sein."

Ich holte tief Luft, stand auf und ging mit raschen Schritten hinunter zum Sumpf, der am Ende des Rasens begann und sich kilometerweit erstreckte. Wie Mahnmale ragten die ausgebleichten Baumskelette in den Himmel. Der Wasserspiegel war gestiegen und der Sumpf viel näher ans Haus gerückt. Ich hatte meinen Vater nicht unter die Erde gebracht. Aber meine Mutter glaubte es, und das war fast genauso schlimm, als wenn es gestimmt hätte.

Ich spürte ihren Blick im Rücken, holte tief Luft und ging wieder zu ihr zurück. Um die Spannung zwischen uns zu mildern, versuchte ich einen Scherz zu machen. „Falls der Sumpf noch höher steigt, wirst du wohl nach Newbury zurückschwimmen müssen."

„Niemals!" rief sie derart heftig, daß ich zusammenzuckte. „Niemals gehe ich in diese Schlangengrube zurück! Nicht einmal das Haus möchte ich je wiedersehen." Ihr Kinn zitterte, und sie rang nervös die Hände. Ich hatte Angst, daß sie gleich in Tränen ausbrechen würde.

„Aber du hast doch den Großteil deines Lebens dort verbracht."

„Und ich war sehr glücklich. Immerhin ist es ein schönes Haus."

„Es gehört dir ja auch."

„Jetzt nicht mehr." Sie schaute an mir vorbei auf das häßliche kleine Farmhaus, in dem sie aufgewachsen war. „Hier bei uns trägt keiner die Nase hoch. Da gibt es in jeder Familie einen, der schon im Gefängnis war."

Der Pfeil saß. Automatisch schoß ich zurück. „Ja, weil die Leute hier sich leichter erwischen lassen."

„Das ist nicht witzig. Ich wußte genau, was meine angeblichen Freunde in Newbury dachten. ‚Bei Ben hat das Chevalley-Blut durchgeschlagen.' Mein Blut. Dein Vater hätte nie einen solchen Sohn gehabt, wenn er nicht Margot Chevalley geheiratet hätte."

„Ach, Mama –"

„Du hast das Ansehen zerstört, das ich mir in fünfzig Jahren mühsam erarbeitet hatte."

„Das wollte ich nicht."

„Es ist mir auch egal", versicherte sie, doch ihre sich rastlos verknotenden Finger sprachen Bände. „Ich hab ohnehin nie zu denen gepaßt. Das wußten die genauso wie ich."

Kopfschüttelnd und hilflos stand ich da, unfähig, den gordischen Knoten der Kränkungen zu durchschlagen. Die Überzeugung meiner Mutter hatte einen wahren Kern. Die Frauen, die sie ihre Freundinnen genannt hatte – die Ehefrauen von alten Freunden und Nachbarn meines Vaters –, waren im Grunde Gefangene ihres in festen Bahnen verlaufenden ordentlichen Lebens gewesen und Opfer ihrer Einbildung, daß eine gute Herkunft alles war. Ein gesunder Baum trägt gesunde Früchte, und schlechtes Blut verlangt sein Recht. Ich war ein Schandfleck, der Beweis, daß Margot Chevalley ihr Schicksal nicht überlisten konnte.

Kein Wunder, daß sie mich verdächtigt hatte, mit Renny Kokain geschmuggelt zu haben. Die Ärmste gab sich die Schuld.

„Verzeih mir", bat ich. Ich hatte die öffentliche Verurteilung vor Gericht überlebt, die Geldstrafe, die mich den letzten Cent kostete, die Zeit im Gefängnis. Nie war mir der Gedanke gekommen, daß ich, als ich für meine eigenen Überzeugungen eintrat, nicht der einzige war, der bezahlen mußte.

NACHDEM ich Tante Connie heimgebracht hatte, hielt ich vor dem Drugstore und lief Al Bell in die Arme, der Renny auf dem Flugfeld gefunden hatte. Der alte Pilot erkundigte sich lautstark, ob die Batterien für sein Hörgerät eingetroffen seien. Sie waren da, und ich half ihm gleich, sie in sein Gerät zu legen. Al steckte sich die Verstärker in die Ohren, drehte an den Knöpfen und brüllte: „Sagen Sie was!"

Ich sagte was, und seine Miene hellte sich auf. „Ah, jetzt bin ich auf Empfang. War nämlich eine Woche lang taub."

Während wir zu unseren Wagen gingen, fragte ich ihn: „Wie konnten Sie dann Rennys Maschine landen hören?"

„Hab ich gar nicht. Ein Wagen ist wie eine Rakete an unserem

Haus vorbeigefahren. Später fiel mir ein, daß vielleicht ein paar Jugendliche Unfug treiben könnten, und ich bin sicherheitshalber zum Flugfeld rausgefahren."

„Sie haben einen Wagen gesehen? Was für einen?"

„Wie ich schon der Polizei erklärt hab – durch die Ligusterhecke hab ich nur eine Riesenstaubwolke mitgekriegt, mehr nicht. Tut mir leid wegen Renny. Kein angenehmer Abgang, erschossen zu werden."

„Muß ein Schock gewesen sein, ihn zu finden."

„Ich hab nicht bemerkt, daß er erschossen worden ist. Hab gedacht, er ist mit dem Kopf gegen die Windschutzscheibe geknallt. Puls gefühlt – mausetot. Armer Kerl." Er stieg in seinen Jeep und brauste davon.

Ich ging heim und rief Trooper Boyce an. Sie war nicht da, rief jedoch gegen fünf zurück. „Was gibt es, Ben?"

„Was ist das für eine Geschichte mit dem Geld in Rennys Werkstatt?"

Marian antwortete nicht gleich. Dann bescherte sie mir eine Überraschung. „Führen Sie mich heute abend zum Essen aus. Vielleicht habe ich Neuigkeiten für Sie."

„Heute gibt's Hummer im Yankee Drover."

„Klingt gut. Bis ungefähr halb sieben kann ich's schaffen."

Ich traf früher ein und bestellte ein Glas Weißwein. Ich hatte es halb geleert, als sie in Blue jeans und Sweatshirt aufkreuzte. Während ich sie musterte, überlegte ich, wo sie wohl ihre Kanone verstaut haben mochte. Ihre Tasche war zu klein, und was sie am Körper trug, zu verführerisch eng. „Schulterhalfter", sagte sie, freundlich lächelnd.

Wein in der Kellerbar, Hummer, soviel man verdrücken konnte, für 21,95 Dollar oben im Lokal. Kein schlechtes Leben. Besonders in Gesellschaft einer attraktiven, selbstsicheren Brünetten.

Ich kam erst nach dem Hauptgang zum Thema. „Sie wollten mir etwas über die vierzigtausend Dollar erzählen, die man in Rennys Werkstatt gefunden hat."

„Wollen Sie die offizielle Version?"

„Am besten zuerst die offizielle und dann noch Ihre persönliche."

„Gut." Sie schob den Teller zurück, und ich bestellte für uns Kaffee. „Ihnen ist sicher klar, wie wir die Sache dienstlich sehen", begann sie. „Wir haben den Besitzer einer Kfz-Werkstatt, ermordet in einem Flugzeug voll mit Koks. Wir finden einen großen, in seiner Werkstatt versteckten Geldbetrag. Wir schließen daraus, daß er diese Summe nicht mit dem Einbau von Gangschaltungen verdient hat."

„Schließen Sie das wirklich daraus?"

Marian zögerte. „Verstehen Sie, ich kann außerdienstlich unmöglich über laufende Ermittlungen diskutieren."

„Schon gar nicht mit einem Verbrecher."

Sie lächelte. „Das haben *Sie* gesagt, aber es ist etwas Wahres dran." Ich wartete. Sie ließ sich Zeit. „Ich nehme an, Ihr Cousin hat Kokain geschmuggelt. Wie? Mittels Flugzeug. Warum? Wegen schwerer Verschuldung. Komplizen? Kriminelle Verwandte. Und ich meine keine Kriminellen von Ihrem Kleinformat – ich meine richtig schwere Kaliber."

„So schwere Kaliber sind die Chevalleys nicht."

Marian antwortete mit ihrem dünnsten Lächeln: „Ben, Sie wissen, daß ich nicht von den Chevalleys spreche."

Ich wußte, daß sie den Jervis-Clan meinte. „Pardon. Ich kenne die Verwandtschaft, auf die Sie anspielen. Sie glauben also, Renny hatte die Mittel, das Motiv und die Komplizen für Rauschgiftschmuggel. Wo ist das Aber?"

„Aber ich war in der Werkstatt. Man hätte glatt einen Hummer auf dem Boden servieren können, so sauber ist es dort. Und die Montagehalle – blitzblank wie eine Diamantenschleiferei. Dieser Mann hätte nicht vierzigtausend Dollar in einem Papiersack in einen Schrank gestopft."

Bevor ich etwas darauf erwidern konnte, stürzte die kleine Alison Mealy ins Restaurant, erspähte mich und trampelte zwischen den Tischen auf uns zu, wie nur eine Elfjährige in Turnschuhen trampeln kann. „Ben!"

„Hallo, Alison! Wo brennt's?"

„Ben, da schleicht ein Mann in deinem Haus rum!"

„Was?" Ich sprang auf. „Marian, kümmern Sie sich auch um simple Einbrüche?"

„Setzen Sie sich wieder hin, Ben. Wenn jemand in Ihr Haus eingedrungen ist, rufen Sie die Polizei."

„Aber Sie sind doch Polizistin."

„Ich habe drei Glas Wein getrunken. Ich kann nicht mehr Auto fahren und schon gar nicht mit der Dienstmarke in der Hand in Ihr Haus hineinspazieren."

„Dann entschuldigen Sie mich bitte. Ich muß nachsehen, wer sich bei mir herumtreibt. Alison, du bleibst hier bei Miß Boyce."

„Setzen Sie sich, Ben", forderte mich Marian erneut auf.

Ich sauste zur Tür hinaus und den Bürgersteig entlang. Als ich vor meiner Einfahrt stehenblieb, hörte ich, daß Marian mir nachgerannt kam. An einem Fenster meines beleuchteten Büros glitt ein Schatten vorbei.

Ich stürmte die Einfahrt hinauf und stieß die Tür zum Büro auf. Es waren zwei Männer. Der eine beugte sich gerade in meinen Wandschrank. Der andere hatte im Schreibtisch meines Vaters herumgestöbert und griff jetzt blitzschnell in seine Windjacke.

Ich hechtete auf den Kerl beim Schreibtisch zu. Er war klein und stämmig und holte sehr flink zu einem Kinnhaken aus, doch ich erwischte ihn mit dem Knie an seiner empfindlichsten Stelle. Während er sich krümmte, riß ich ihm die Hand aus der Jacke. Keine Waffe, eine Dienstmarke. „State Police", keuchte er.

„Was?"

Sergeant Bender tauchte aus dem Schrank hervor und wedelte mir mit einem Haussuchungsbefehl vor der Nase herum.

„Was geht hier vor?" Ich war total verwirrt.

Marian Boyce stürzte herein. „Warum hast du so lange gebraucht?" sagte sie zu Bender.

„Knastbrüder sind raffiniert beim Verstecken von Stoff."

Ich schaute Marian an. Zu ihrer Ehre sei festgestellt, daß sie meinem Blick auswich. „Was für Stoff?"

Bender überreichte mir den Durchsuchungsbefehl. Ich warf einen Blick auf eine Menge Kleingedrucktes.

„Was suchen Sie?"

„Bargeld", erwiderte Bender. „In einer Einkaufstüte."

Alison trat auf der Schwelle unschlüssig von einem Fuß auf den anderen. „Ist alles in Ordnung, Ben?" fragte sie besorgt.

„Ja, alles in Ordnung. Geh nach Hause, Kleine."

„Filz ihn!" befahl Bender.

Ich trat einen Schritt zurück. „Lassen Sie zuerst das Kind gehen. Nun lauf endlich, Süße. Es ist alles okay."

Alison rannte los – schnell wie der Wind.

„Beine spreizen!" befahl Bender.

Himmel, das Abklopfen rief ungute Erinnerungen in mir wach! Es ist eine Machtdemonstration, ein Genuß für den Gesetzeshüter und eine Demütigung für den angeblichen Gesetzesbrecher. Bender wußte natürlich genau, daß ich nicht bewaffnet zum Essen ausgerückt war.

„Was hast du gemacht, Arnie?" fragte Marian. „Eine Pause fürs Abendessen eingelegt?"

„Oben haben wir Waffen gefunden. Er hat ein ganzes Arsenal."

„Alle zugelassen", warf ich ein. „Sie gehörten meinem Vater."

„Waffenscheine für einen verurteilten Verbrecher? Herzeigen!"

Ich hatte um Verlängerung der Zulassung unter meinem eigenen Namen nachgesucht. Der alte Schreibtisch erinnerte mich zwar viel mehr an meinen Vater als die Waffen. Aber in den ersten Monaten nach meiner Haftentlassung war mir das Recht, sie zu besitzen, sehr wichtig erschienen.

Bender hielt die Papiere gegen das Licht, als argwöhne er eine Fälschung. Er knurrte: „Sieh an, der Knastbruder darf die Schießeisen tatsächlich haben."

„Marian", fragte ich, „wozu die Komödie? Anklopfen und mir den Haussuchungsbefehl unter die Nase halten, hätte genügt. Ich hätte Sie reingelassen."

„Sie haben *mich* angerufen. Erinnern Sie sich? Die Durchsuchung wurde genehmigt, und wir haben die Gelegenheit ergriffen, sie heimlich durchzuführen. Manchmal funktioniert das besser."

Das war eine Erklärung, keine Entschuldigung. „Vermutlich ist Ihnen inzwischen klar, daß Sie nichts finden werden", sagte ich.

„Wir sind noch nicht fertig", knurrte Bender.

„Wenn Sie die ganze Nacht aufbleiben wollen, um sich zum Narren zu machen, kann ich Sie nicht daran hindern. Ich bin in der Bibliothek." Damit zog ich mich dorthin zurück und schloß die Tür. Ich konnte es nicht ertragen, sie alles begrapschen zu sehen. Eine Stunde später steckte Marian den Kopf herein. „Fertig."

„Dann machen Sie die Tür von außen zu."

„Das Abendessen war nett", sagte sie und lächelte. Ich lächelte nicht zurück. „Gute Nacht", sagte sie. Ich schwieg.

AM NÄCHSTEN Tag saß ich an einem Tisch vor dem Drugstore in der Sonne und grübelte. Im Augenblick gab es eigentlich nur Negatives: Rennys Tod, die Polizei in meinem Haus, meine schlechten Geschäfte und meine demzufolge fehlenden Einkünfte. Scooter MacKay, der Herausgeber unserer Ortszeitung *Clarion*, stapfte mit einem Packen Zeitungen auf der Schulter heran. Scooter hält eine alte Tradition aufrecht, indem er die Neuausgaben persönlich zum Drugstore schleppt.

Er warf einen *Clarion* auf den Tisch. „Noch druckfrisch."

Auf der Titelseite prangte ein Foto von Jack Long mit dem Präsidenten. Die Schlagzeile des dazugehörigen Artikels lautete: UNSER PROMINENTER MITBÜRGER TRIFFT WIRTSCHAFTSGRÖSSEN BEIM PRÄSIDENTEN.

Scooter selbst hatte den Artikel verfaßt.

Jack Long, unser prominenter Mitbürger und Mitglied des Landverwaltungskomitees, flog am Samstag nach Washington, um sich mit dem Präsidenten zum Mittagessen zu treffen. In herzlicher Atmosphäre fand ein bedeutungsvoller Meinungsaustausch über wichtige wirtschaftliche Belange statt.

Scooter holte sich eine Tasse Kaffee, setzte sich neben mich und stellte fest: „Du siehst elend aus, Ben."

„Es war auch eine elende Woche."

„Kann nur besser werden, stimmt's?"

Ich wollte schon sagen ‚Stimmt nicht', als ein silbergrauer Jaguar vor uns hielt und Rita Long rief: „Hallo, miteinander!"

Schwarzes Haar, zu einem Pferdeschwanz zurückgebunden, schwarze Sonnenbrille, Onyxohrringe – sie sah so geheimnisvoll und schön aus wie die Königin der Nacht. Ich stellte ihr Scooter vor. Rita nahm die Sonnenbrille ab und machte ihm ein Kompliment über die Qualität des Fotos im *Clarion*. Scooter schnurrte förmlich vor Wonne. Als er sich verabschiedete, murmelte er mir zu: „Hab ich nicht gesagt, es kann nur besser werden?"

Ich empfahl ihm leise, zur Hölle zu fahren.

„Ein Prachtstück von einem Wagen", sagte ich zu Rita.

„Probieren Sie ihn doch aus."

Als ich einstieg, sank ich auf feinstes Leder. Es war der V 12, ein Luxusgefährt. Und am Steuer saß eine Superluxusfrau.

Sie wirkte erholt und war sorgfältig zurechtgemacht. Zwar trug sie Jeans, aber dazu einen eleganten schwarzen Kaschmirpullover.

Sie fuhr aus der Stadt hinaus und über die Route 7. Der Herbst kam jetzt mit Macht und brachte eine atemberaubende Farbenpracht mit sich. Rotahorn, Birken und Eschen führten seinen festlichen Einzug an.

Schweigend genossen wir eine Zeitlang das Farbenspiel. Als wir zur Academy Lane kamen, sagte ich: „Jetzt nach rechts." Bei der Richardson Street dirigierte ich sie wieder nach rechts und die Zuckerahornallee hinunter.

„Wohin fahren wir?" fragte Rita.

„Zu meinem Lieblingshaus."

Sie streifte mich mit einem Blick. „Steht es zum Verkauf?"

„Seit Ewigkeiten."

„Was stimmt damit nicht?"

„Keine Ahnung. Ellie Richardson ist vor vier Jahren gestorben. Seitdem ist es zu haben. Warten Sie, bis Sie es sehen."

„Gehen die Geschäfte nach wie vor so schlecht?"

„Meine schon. Die Auffahrt ist gleich da vorn. Passen Sie auf die Schlaglöcher auf." Der Jaguar holperte dahin, und dann waren wir im Hof.

„Oh, das ist ja bezaubernd!" rief Rita. Aber zu meiner Enttäuschung schenkte sie dem verwilderten Garten nicht die gebührende Beachtung. „Sie hoffen, einen Käufer zu finden, der alles wieder instand setzt", meinte sie sachlich.

„Jemand muß sich doch in dieses Juwel verlieben." Ich lachte nervös. „Ihr Freund Alex Rose tat so, als würde er ein Haus suchen, deshalb brachte ich ihn hierher. Es hat nicht gefunkt."

„Er ist nicht mein Freund."

„Zumindest ist er auf Ihrer Seite."

„Wie lange können Sie durchhalten, wenn Sie kein Haus verkaufen?"

„Finanziell? Wer weiß?"

„Haben Sie große Auslagen? Eine Hypothek?"

„Mein Haus gehört eigentlich meiner Mutter. Ich zahle die Steuern und was ich zur Erhaltung beitragen kann. Reparaturen, die zu teuer sind, versuche ich selbst zu erledigen. Warum fragen Sie mich nach meinen Einkommensverhältnissen?"

„Ich würde Ihnen gern einen Job anbieten."

Ich lachte wieder. „Dieser Ort hat es in sich! Als ich das letztemal hier war, bot mir Rose einen Job an. Und jetzt Sie."

„Rose arbeitet für meinen Mann. Ich komme für ihn erst an zweiter Stelle. Ich fürchte, die Staatsanwaltschaft wird Anklage gegen mich erheben. Mir wäre wohler, wenn ich jemanden hätte, für den ich die Nummer eins bin."

„Nun, soviel ich weiß, haben Sie Ira Roth mit Ihrer Verteidigung beauftragt. Seine Favoritin sind Sie sicher."

„Mein Mann hat Ira Roth beauftragt. Ich möchte, daß Sie mir helfen."

„Ich bin kein Anwalt."

„Sie waren beim Marinenachrichtendienst."

„Hat Rose Ihnen das erzählt?"

„Nicht mir, sondern Jack. Ich möchte, daß Sie mein Alex Rose sind. Finden Sie Rons Mörder."

„Rita, bei der Marine habe ich eine einzige Morduntersuchung durchgeführt. Außerdem war das nicht in der realen Welt, sondern beim Militär, und das ist eine Welt für sich."

„Irgendwie ist Newbury auch eine Welt für sich", hielt sie mir entgegen und hatte damit recht.

Trotzdem sagte ich: „Ich lebe hier. Selbst wenn ich Newbury nur träumen würde – für mich ist es die Wirklichkeit."

„Sehr gut. Ich brauche hier einen *wirklichen* Freund. Bitte helfen Sie mir. Finden Sie Rons Mörder!"

Ich schüttelte den Kopf. „Bedauere, Rita. Wenn ich schon in meiner Heimatstadt Detektiv spiele, dann um den Mörder meines Cousins Renny zu finden."

„Dazu werden Sie Geld brauchen, nicht wahr, Ben?"

„Daß ich Geld brauchen könnte, haben wir bereits festgestellt."

„Meines Wissens verlangt ein Privatdetektiv hier fünfundzwanzig Dollar die Stunde. Ich biete Ihnen das Dreifache, zuzüglich aller Spesen. Helfen Sie mir?"

Ihr Geld würde es mir leichter machen, Rennys Mörder zu jagen. Dennoch sagte ich nicht ja, sondern nur: „Zwei Fragen."

„Los."

„Haben Sie Ron erschossen?"

„Nein."

Was hätte sie wohl sonst antworten sollen? Ja? Aber ich glaubte ihr. Nicht nur wegen des Eindrucks, den ich von ihr und Ron gewonnen hatte, sondern weil nicht der geringste Hauch von Gewalttätigkeit von ihr ausging. Rita war keine Mörderin. Darauf hätte ich mein Leben verwettet.

„Und was noch?"

„Haben Sie einen Verdacht?"

„Ja."

„Verraten Sie mir, welchen?"

„Nehmen Sie den Auftrag an?"

Ich überlegte mir, was dafür sprach. Erstens hätte ich das Geld für die Verfolgung von Rennys Mörder, zweitens die Möglichkeit, ziemlich viel Zeit mit Rita zu verbringen, und drittens die Aussicht auf Wiederherstellung meines Seelenfriedens. „Ja, unter einer Bedingung", sagte ich.

„Und die wäre?"

„Ich will Rennys Namen reinwaschen. Ich will seinen Mörder. Die Zeit, die ich dafür aufwende, werde ich Ihnen nicht in Rechnung stellen, aber Renny hat Vorrang."

„Einverstanden."

Wir besiegelten die Abmachung mit Handschlag.

„Wen haben Sie im Verdacht?"

„Ich weiß nicht, wie er es getan hat, aber ich glaube, es war Jack."

„Ich habe sein Foto vorhin in der Zeitung gesehen. Er schüttelt darauf dem Präsidenten die Hand. War bei ihm zum Mittagessen eingeladen. Und blieb zum Abendessen."

„Trotzdem glaube ich, daß er es war."

„Sie meinen, er hat einen Killer geschickt?"

„Möglich."

„Warum? Aus Eifersucht?"

„Warum nicht? Nehmen Sie ihn doch morgen beim Abendessen unter die Lupe. Jack kommt heim. Ich lade Sie zum Essen ein."

7

JACK LONG öffnete mir in Jeans und Flanellhemd die Tür. Er bat mich in seine rosenholzgetäfelte, glasüberdachte Vorhalle, blickte mir in die Augen, drückte mir die Hand und erinnerte sich an unsere Begegnung, als das Landverwaltungskomitee tagte.

Alex Rose hatte ihn als etwas übergewichtig beschrieben. Ich fand, daß er eigentlich eher ungeschlacht wirkte. Seine Jeans saß schlecht, und sein Hemd war in stumpfem Rot kariert – ganz das Grundensemble aus dem Country-Life-Katalog, von der Ehefrau per Post für einen Mann bestellt, der zu beschäftigt zum Einkaufen ist. Er hatte einen buschigen schwarzen Schnurrbart und trug seltsame Joggingschuhe.

„Oh, nehmen Sie doch die Krawatte ab", sagte Rita, als sie aus der Küche trat. Sie hatte ihr Haar aufgesteckt und sah bezaubernd aus.

Ich folgte ihrem Vorschlag, und wir begaben uns ins Wohnzimmer. Jack fragte, was ich gerne trinken würde. Rita hatte sich für Weißwein entschieden, wie ich an dem Rest in ihrem Glas erkannte, und Jack für Rotwein, wie mir sein auf dem Couchtisch abgestelltes, ebenfalls fast leeres Glas verriet. Da ich gern kurz mit Rita allein sein wollte, bat ich um einen Bourbon Oldfashioned.

Jack war irritiert, versuchte jedoch, sich nichts anmerken zu lassen, und eilte in die Küche.

„Eine ungewöhnliche Situation", sagte ich zu meiner Gastgeberin.

„Bleiben Sie locker, und spielen Sie mit." Die Wohnzimmercouch, auf die wir den toten Ron gebettet hatten, war durch ein neues sündhaft teures Sofa ersetzt worden.

„Was denkt Jack, daß Sie denken?"

„Das hat ihn noch nie interessiert."

„Aber das ist –"

„Jack, brauchst du Hilfe?" rief sie.

Aus der Küche erscholl ein unsicheres: „Ich komme schon zurecht, Liebling."

„Entschuldigen Sie mich, Ben. Er kennt sich überhaupt nicht aus." Sie nahm beide Weingläser mit.

Endlich kehrte Jack mit dem von mir Gewünschten zurück. Rita folgte ihm mit den beiden nochmals gefüllten Weingläsern. „Zum Wohl", sagte ich.

„Wie ist der Drink?" erkundigte sich Jack.

„Bemerkenswert." Der Cocktail schmeckte ein bißchen nach Rinderbraten.

„Und was tut sich auf dem Immobilienmarkt?"

Oh, es würde ein herrlicher Abend werden. Ich erklärte diesem Technologiegiganten, daß die Geschäfte etwas schleppend gingen, und beantwortete höflich ein halbes Dutzend Fragen. Dann war ich dran. „Und wie ist der Absatz auf dem Elektronikmarkt?"

„Phänomenal!" rief Jack.

„Wie lange wird es wohl dauern, bis der Aufschwung andere Branchen erfaßt?"

„Darauf würde ich lieber nicht warten."

„Aber Jack! Sei doch kein solcher Pessimist!" warf Rita ein.

„Ich bin kein Pessimist. Ben ist kein Dummkopf, und er weiß, was ich meine. Ich rede von Effizienz, und ich weiß, daß Sie den Preis für Effizienz kennen."

Ich würgte einen zweiten scheußlichen Schluck hinunter und wunderte mich, was er da zusammengebraut haben mochte. Ein so einfacher Cocktail.

Außerdem beschlich mich das sonderbare Gefühl, daß die beiden Ron anscheinend schon ganz vergessen hatten. Aber ich sollte ganz schnell merken, daß ich mich irrte.

Long erklärte nämlich: „Mein bedauernswerter Partner – vielmehr Expartner, der Mann, den Sie tot aufgefunden haben – hatte ein großes Problem damit, das zu begreifen. Sein Vater hatte sein Vermögen mit dem Pelzhandel gemacht und schon vor langer Zeit seine amerikanischen Fabriken abgestoßen. Ron wollte nicht kapieren, daß der Arbeiter, der seinen Lohn in Hongkong erhält, ihn auch in Hongkong wieder ausgibt."

Der erfolgreiche Unternehmer, der nicht früher oder später eine hochphilosophische Erklärung dafür auftischt, was an der Welt verkehrt ist, muß mir erst noch über den Weg laufen. Ich konnte nicht widerstehen zu fragen: „Verlegen Sie Ihre Betriebe zurück in die Staaten?"

„Verdammt richtig."

„Jack ist sehr patriotisch", warf Rita ein.

„Patriotismus hat nichts damit zu tun", antwortete ihr holder Gatte grob. „Amerikanische Angestellte geben ihr Einkommen auch in Amerika aus. Der Jammer ist nur – wenn man gegenüber ausländischen Erzeugnissen konkurrenzfähig bleiben will, muß man die Produktivität steigern, und das erfordert einen Abbau von Arbeitsplätzen."

Rita gähnte. Jack nahm davon keine Notiz. Er starrte auf mein noch fast volles Glas. „Worcestersauce! Ich hab Worcestersauce in Ihren Drink getan! Aber es gehört Angostura hinein, nicht wahr?"

„Normalerweise schon", gab ich zu.

„Entschuldigen Sie. Ich mache Ihnen einen neuen." Er schnappte sich mein Glas und entschwand. Rita sah ihm nach und wandte sich zu mir, sobald er aus der Tür war.

„Nun, was denken Sie?" wollte sie wissen.

„Ich denke, daß Sie beide so tun, als wäre nichts geschehen."

„So ist das in unserer Ehe. Wir sehen einander kaum, und wenn, werden keine persönlichen Angelegenheiten besprochen."

Ich stand auf und schaute zum Fenster hinaus. Dichter Herbstnebel hing im Dämmerlicht über der Landschaft.

Jack brachte meinen Drink, und diesmal war nichts daran auszusetzen. Er beobachtete mich gespannt, als ich kostete. „Wie ist er?"

„Ausgezeichnet."

„Fein. Tut mir wirklich leid, daß es erst beim zweitenmal geklappt hat. Ich komme mir ganz schön dumm vor. Rita, wann können wir essen?"

„Bald. Entschuldigen Sie mich, Ben. Ich hab was auf dem Herd."

„Machen Sie sich auf das Schlimmste gefaßt", warnte mich Jack laut genug für ihre Ohren. „Sie kocht seit neuestem."

„Ihre Frau hat mir erzählt, Sie hätten dieses Haus entworfen."

„Nicht ich, sondern sie. Nach einer Kinderbuchillustration. Ich habe das Konzept auf dem PC mit einem Architekturprogramm überarbeitet – *et voilà!*"

„Sind Sie Bauingenieur?"

Long lächelte. „Elektroingenieur. Aber jetzt, wo alles über Computer läuft, bin ich wie ein Windjammerkapitän auf einem Dampfschiff, wenn Sie verstehen, was ich meine."

„Oder ein Bogenschütze mit einem Gewehr."

Long schoß mir einen eiskalten Blick zu. Ich interpretierte die Botschaft richtig. Sie lautete: Leg dich lieber nicht mit mir an! „Apropos

Gewehr", griff er das Thema ungeniert auf. „Was halten Sie von dem unglückseligen Vorfall?"

„Ich glaube, die Lage Ihrer Frau ist sehr ernst. An ihrer Stelle wollte ich unter diesen Voraussetzungen nicht vor Gericht. Sie beide sind Außenseiter und reicher als jeder Geschworene, der ausgewählt wird. Und Sie repräsentieren eine Welt, die viele Leute hier nicht mögen."

„Vielleicht sollten wir einen anderen Gerichtsstand beantragen."

„Keine schlechte Idee. Aber mit etwas Glück wird es gar nicht zum Prozeß kommen. Nach allgemeiner Auffassung gibt es keine stichhaltigen Beweise."

Long rieb sich das Kinn. „Hoffentlich haben Sie recht. Ich habe zwar ein paar absolute Spitzenleute darauf angesetzt, mache mir aber trotzdem Sorgen."

„Wie ich höre, haben Sie Ira Roth engagiert. Ein kluger Schachzug. Er hat noch nie einen Fall verloren."

„Das behauptet er jedenfalls", antwortete Long trocken.

„Was hält er von den Ergebnissen der ballistischen Untersuchung?"

„Er hat einen Experten, der schwört, daß der Schuß vom Wald aus abgefeuert wurde."

„Und Ihre persönliche Meinung? Sie sind doch selbst Schütze. Könnte von Ihrem Turm aus geschossen worden sein?"

„*Ich* hätte sicherlich vom Turm aus auf achtzig Meter nicht ins Schwarze getroffen."

„Und Rita?"

„Sie schießt gut. Aber der Staatsanwalt spricht von einem wahren Meisterschuß."

„Was glauben Sie, wer Ron auf dem Gewissen hat?"

„Ein Wilddieb, nehme ich an. Hat auf Bewegung oder Geräusch reagiert, gemerkt, was er angerichtet hat, und sich aus dem Staub gemacht."

„Ganz meine Ansicht", pflichtete ich ihm bei.

„Freut mich." Long rieb sich wieder das Kinn. „Wenn Ron bloß ein ganz normaler Gast von uns gewesen wäre, hätte die Polizei das auch so gesehen. Aber leider Gottes hat sich Rita bei dieser Polizistin ja die Seele aus dem Leib geheult. Dank ihrer Redseligkeit ist Ron vom Hausgast des Millionärs zum Geliebten seiner Frau avanciert."

„Und war noch dazu selbst ein millionenschwerer Erbe."

„Stimmt", bestätigte Jack bitter. „Er wurde schon steinreich geboren. Von seinem alten Herrn bekam er das Geld und auch gleich die

Anweisungen, was er damit zu tun hatte. Er war der Inbegriff des verwöhnten Versagers. Ein Studium hätte er nicht gepackt, also kaufte Daddy ihm eine Elektronikfirma. Ron war immer ein Muttersöhnchen."

„Ich habe den Eindruck, daß Sie ihn nicht besonders schätzten."

Rita kam mit hochroten Wangen herein. Ich wußte nicht, ob sie vom Kochen so erhitzt war oder vor Zorn, falls sie Jacks abfällige Bemerkung über Ron gehört hatte. „Das Essen ist fertig", verkündete sie. „Bitte kommt zu Tisch."

„Ich bin hungrig", sagte Jack. „Und Durst hab ich auch. Ich mache noch eine Flasche Wein auf. Was darf ich Ihnen weiter anbieten, Ben?"

Ich sagte, ich würde mich ihnen beim Wein gern anschließen, und folgte Rita in das riesige Speisezimmer, wo ein für drei Personen gedeckter Kartentisch stand. Das Leinentischtuch hing halb über seine Spindelbeine.

„Zünde du die Kerzen an, Jack", sagte Rita und sauste in die Küche.

„Haben Sie Streichhölzer?" fragte mich ihr Mann.

„Nein."

Während er sich auf die Suche danach machte, kam Rita mit einer Servierplatte durch die Schwingtür. Sie stellte sie ab, trat verlegen etwas zurück und wischte sich den Schweiß von der Stirn. „Wie sieht das aus?"

„Wunderschön." Ob sie kochen konnte, mußte sich erst noch herausstellen, aber sie hatte die Hühnerbrüstchen, die Bratkartoffeln und die grünen Bohnen zumindest sehr künstlerisch in einer Parklandschaft von Petersilie angerichtet.

„Nichts kann ich in diesem Haus finden", beklagte sich Jack, obwohl er mit einer Streichholzschachtel zurückkehrte.

Rita und ich setzten uns, während er die Kerzen anzündete und Wein einschenkte. Dann machten wir uns über das nur halb durchgebratene Fleisch her.

„Dieses Rezept kommt mir bekannt vor", sagte ich. „Sie sind sehr begabt beim Würzen."

„Der Küchenausstatter hat uns mit einem großen Gewürzregal beglückt", erklärte Jack und fügte nach einem Bissen hinzu: „Das schmeckt wirklich gut, Liebling."

„Danke, Liebling. Kochen Sie auch, Ben?"

„Ja."

„Würde diese Gewürzmischung auch zu anderem Fleisch passen?"

„Ja, zu Hackfleisch", antwortete ich und heimste ein verstohlenes Lächeln ein.

„Angeblich sollen Sie ja ein wahres Genie in Schuldenumschichtung gewesen sein. Haben Sie je daran gedacht, wieder auf dem Gebiet zu arbeiten?" fragte Jack. Sein herablassender Tonfall inspirierte mich nicht dazu, auszuplaudern, daß ich mich gelegentlich nach meinem alten Betätigungsfeld sehnte.

„Nein", sagte ich. „Meine Geschäfte beanspruchen mich voll und ganz."

Sein Blick ruhte forschend auf mir. Er war wachsam – vielleicht überlegte er sogar, was ich überhaupt in seinem Haus verloren hatte. „Ich halte immer Ausschau nach tüchtigen neuen Mitarbeitern. Einen Mann mit Ihren Fähigkeiten könnte ich gebrauchen."

„Vergessen Sie nicht – als ich an der Wall Street arbeitete, waren Schulden das *Ziel*. Ich nehme nicht an, daß das jetzt Ihre Ausgangsposition ist."

„Wollen Sie mir damit zu verstehen geben, daß Sie zu alt sind, um sich anzupassen?"

„Ich bin angepaßt."

„Wie alt sind Sie – dreißig?" fragte er spöttisch.

„Fünfunddreißig."

„Das ist nicht zu alt für eine Umstellung –"

„Ben sagt doch, er hat sich bereits umgestellt", unterbrach Rita ihn. „Er ist von der Wall Street zur . . . Main Street übergewechselt. Stimmt's, Ben?"

„Richtig. Wenn Sie mir einen Job anbieten, Jack, fühle ich mich zwar geschmeichelt, aber ich bin an dieser Art Arbeit nicht mehr interessiert. Die Börse ist etwas für die jungen Haie – ein spannender Zeitvertreib, bei dem man auch noch eine Menge Geld scheffeln kann."

„So wie ich es sehe, haben Sie verdammt wenig Geld und dafür um so mehr Zeit zwischen Ihren Hausverkäufen."

„Jack", fiel Rita ein, „so spricht man nicht mit einem Gast."

„Laß gut sein, Liebling. Ben und ich verstehen einander, nicht wahr, Ben?"

Angriffslustig beugte er sich über den Tisch vor, bereit, jeden Schwachpunkt sofort zu nutzen.

„Wahrscheinlich verstehen Sie mich besser als ich Sie", antwortete ich. „Was wünschen *Sie* sich vom Leben?"

„Nichts, worauf ich Zeit mit Nachdenken verschwenden würde. Ich wünsche nicht, ich handle."

„Warum rackern Sie sich so ab? Sind Sie denn noch nicht reich genug? Warum legen Sie Ihr Geld nicht auf die Bank, ziehen ganz nach Newbury und züchten Blumen, die Rita malen kann? Was versuchen Sie zu beweisen?“ Natürlich war das auch keine Art, mit dem Gastgeber zu reden, aber er hatte diesen Ton angeschlagen, der ihn keineswegs zu stören schien.

„Der Kampf geht weiter, mein Bester. Mehr sage ich dazu nicht. Hören Sie, Ben, ich biete Ihnen an, Sie wieder ins Spiel zu bringen. Überlegen Sie sich meinen Vorschlag.“

Ob er den Verdacht hegte, daß ich für Rita arbeitete, und den Versuch unternahm, mich ihr auszuspannen? Rita war die Sache offenbar auch nicht geheuer. Sie wirkte nervös, und um sie zu beruhigen, sagte ich: „Das brauche ich nicht, denn meine Entscheidung ist schon getroffen. Ich bin ein biederer Provinzler und wieder dort, wo ich hingehöre.“

„Biederer Provinzler, daß ich nicht lache! Ich erkenne einen Spieler auf den ersten Blick. Burschen wie Sie verkaufen keine Häuser, die verkaufen Städte!“

„Das ist vorbei. Wenn ich ein Haus verkaufe, ist das wenigstens ein Anfang für etwas. Als ich Firmenübernahmen einfädelte, bedeutete das für viele, denen gekündigt wurde, das Ende.“

„Und wenn schon! Personalabbau ist notwendig. Die dicken Lohntüten sind schuld an der wirtschaftlichen Misere.“

„Das haben wir uns auch erzählt, wenn wir wieder einmal eine Fusion feierten – erhöhte Effizienz, mehr Produktivität und Rationalisierung.“

„Wissen Sie, was ich glaube?“ fragte er. „Sie haben Ihr Geld beim Börsenkrach verloren und machen jetzt aus der Not eine Tugend.“

„Ganz im Gegenteil, ich habe am Börsenkrach verdient. Ich bin nämlich rechtzeitig von meinen illegal erworbenen Aktien auf festverzinsliche Wertpapiere umgestiegen.“

Sein höhnisches Grinsen war wie weggewischt. „Wie das?“

„Reiner Instinkt. Es hat sich ausgezahlt.“

Jack schaute seine Frau an. „Verstehst du jetzt, warum ich den Knaben auf meiner Seite haben will? Lehnen Sie nicht endgültig ab, Ben. Lassen Sie sich ruhig Zeit mit Ihrem Entschluß. Mein Angebot bleibt bestehen.“

Nach dem Essen gingen wir zurück ins Wohnzimmer.

„Ich habe Ihr Foto in der Zeitung gesehen“, sagte ich. „Wie ist es denn so, den Präsidenten zu treffen, Jack?“

„Nicht so vornehm wie unter den Republikanern. Er schüttelt

Ihnen die Hand, begrüßt Sie mit Ihrem Namen, klopft Ihnen auf die Schulter. Der Bursche ist smart und kann zuhören. Was mich beschäftigt, ist die Frage, ob er sich von den Leuten befreien kann, die ihn unterstützen. Sein Team ist sehr jung. Sie hätten seinen engsten Kreis an dem Abend sehen sollen! Einer von ihnen war Gast in der Larry-King-Talk-Show. King hat ihn niedergemacht, aber alle haben dem Grünschnabel beteuert, wie toll er gewesen sei. Kompletter Schwachsinn."

„Was braucht man, um in den engsten Kreis zu kommen?"

„Etwas Pulverdampf."

„Jack ist ein Kriegsheld", erklärte Rita. „Das zieht bei den Insidern in Washington immer, egal, wer gerade im Amt ist."

Jack lachte. „Eine Jugendtorheit. Ich war noch feucht hinter den Ohren, als ich mich zu den Marines meldete. Dann kam Vietnam. Zwei Einsätze. 1964 war ich wieder zurück."

„Er hat einen Orden bekommen", sagte Rita voll echter Bewunderung. „Erzähl, wofür, Jack."

„Ich war als Bordmechaniker für Hubschrauber ausgebildet worden. Als eine von unseren Maschinen mit schwerem Motorschaden festsaß, bin ich mit ein paar Ersatzteilen dort abgesprungen, hab ihn wieder flottgemacht und rausgeflogen."

Mit „dort" meinte er offenbar den Vietkong-Dschungel. Ich war beeindruckt und machte keinen Hehl daraus.

„Man tut, was man tun muß", meinte er achselzuckend. „Cognac?"

„Nein, danke, ich muß noch fahren."

„Ach, tun Sie sich keinen Zwang an", meinte Rita. „Bleiben Sie doch über Nacht."

„Natürlich, schlafen Sie hier", lud auch ihr Mann mich ein. „Wir haben genug Gästezimmer. Die benutzt jetzt ohnehin keiner, was, Rita?"

„Bleiben Sie. Jack, gib Ben einen Cognac. Mir bitte auch einen."

„Sie haben mich überredet."

Jack öffnete ein chinesisches Lackschränkchen, entnahm ihm drei Schwenker und entkorkte eine Flasche mit sechzig Jahre altem Weinbrand.

ZU SEHR später Stunde dachte ich in der trauten Abgeschiedenheit des Gästezimmers, in dem Rita früher ihren Ron unterzubringen pflegte, nach.

Ich war mir noch nicht im klaren darüber, ob Jack Longs Eifersucht für einen Mord am Geliebten seiner Frau gereicht hatte und seine

Kaltschnäuzigkeit es zuließ, ihr das Verbrechen in die Schuhe zu schieben.

Für ihn schien sich in erster Linie alles um Soll und Haben zu drehen. Wahrscheinlich hatte es nichts zu bedeuten, aber wenn man etwas von Robert Maxwell und Donald Trump hatte lernen können, dann war es das, daß sie nie so reich waren, wie ihre Bankiers hofften.

Es klopfte an der Tür. „Herein!" rief ich und setzte mich im Bett auf.

Der nächtliche Besucher war Jack mit zwei Cognacschwenkern. „Werfen Sie mich raus, wenn es Ihnen zu spät ist, aber ich kann nicht schlafen. Und Sie verzeihen mir doch, falls ich zu ungehobelt zu Ihnen war. Ich hab gern ein bißchen Pfeffer in der Unterhaltung, und dann schilt mich Rita immer, was für ein grober Klotz ich sei."

Das war ein ganz anderer, zahmer Jack, und ich wußte kaum, was ich mit ihm anfangen sollte. „Keine Sorge", erwiderte ich. „Der Abend hat mir sehr gefallen."

Er reichte mir ein Glas und setzte sich in den Lehnstuhl. Sein seidener Morgenmantel mit Paisleymuster stand oben offen. Wo Cary Grant ein elegant geschlungenes Halstuch getragen hätte, zeigte Jack wolliges Brusthaar.

Wie sich herausstellte, wollte er mir sein Herz ausschütten.

„Wissen Sie, Ben, das ist schon eine verrückte Zeit. Ich war bis über beide Ohren damit beschäftigt, noch eine Firma in Singapur zu kaufen. Da ruft mich Rose an und sagt mir, auf meinem Grund liege ein Toter. Dann ruft er noch einmal an und erklärt, es sei Ron. Und das alles, nachdem Rita mich mit Ron betrogen hat. Das entspricht nicht gerade meinen Vorstellungen von einer guten Ehe. Jeder würde verstehen, wenn ich Rita vor Wut den Kragen umdrehe, aber statt dessen bin ich krank vor Sorge wegen ihrer Gerichtsverhandlung. Alex Rose ist ein Unsicherheitsfaktor, und ein paar Hinterwäldler gieren danach, meine Frau ans Kreuz zu nageln. Das ist der Grund für meine Schlaflosigkeit. Und sollte ich beim Abendessen entgleist sein, bitte ich um Entschuldigung. Aber ich stehe unter großem Druck."

„Warum ist Rose ein Unsicherheitsfaktor?"

Jack kratzte sich die Brust. „Im Prinzip ist Alex schon in Ordnung. Er tut sein Bestes, um meine Anwälte zu unterstützen, und er ist auf Draht. Er hat mich noch vor der Polizei erreicht."

„Ich verstehe nicht."

„Ich scheue keine Kosten, wenn es darum geht, mir Überraschungen zu ersparen. Als die Polizei mit mir Verbindung aufnahm, um mich über den Toten auf meinem Besitz in Kenntnis zu setzen, war ich bereits auf dem Weg hierher."

„Rose hat Sie informiert?"

„Klar, dafür bezahle ich ihn ja."

„Und woher hatte er die Information?"

Er starrte in sein Glas. „Eins hab ich gelernt: Frag einen Informanten nie nach seiner Quelle. Das ist wie mit einer Wurst. Besser, man weiß nicht, woraus sie gemacht ist."

Er erhob sich und raffte seinen Morgenmantel zusammen. „He, Ihnen fallen ja schon die Augen zu. Ich lasse Sie jetzt in Frieden."

„Danke für den Drink."

„Gern geschehen. Alles in diesem Haus steht Ihnen zur Verfügung. Außer meiner Frau." Er lächelte, als er die Tür öffnete, doch es war kein gelungener Scherz, und er tat mir leid.

Im Morgengrauen hörte ich einen Wagen über die kiesbestreute Einfahrt fahren und schlief danach wieder ein. Als ich aufwachte, war es heller Tag, und es duftete nach Kaffee. Rita klopfte leicht an die Tür und brachte mir eine Tasse. „Guten Morgen." Sie sah aus, als wäre sie schon an der frischen Luft gewesen.

„Guten Morgen."

„Jack mußte nach New York. Er hat sich gestern abend sehr gut unterhalten. Ich soll Sie grüßen."

„Mir hat der Abend auch gefallen." Ich setzte mich im Bett auf und schob die Decke zurecht, damit ich die Tasse abstellen konnte.

Sie hockte sich auf die breite Fensterbank. „Nun? Was denken Sie? Bin ich verrückt, oder ist er ein Mörder?"

„Ich weiß es nicht."

„Was hat er über Ron gesagt?"

„Er fand ihn wohl nicht sehr sympathisch. Hat ihn ein Muttersöhnchen genannt."

„Ein Muttersöhnchen?" Ihr verstohlenes Lächeln verriet, daß sie anderer Meinung war. „Mit diesem Wort bringt Jack seine tiefste Verachtung zum Ausdruck. Er ist ein wenig eigen, was familiäre Bande betrifft. Was noch?"

„Nachdem wir uns verabschiedet hatten, kam er mit einem Cognac zu mir und entschuldigte sich für seine rüde Art. Er stehe unter Druck durch den Kauf einer weiteren Firma in Singapur. Hat er Schulden?"

„Natürlich. Wie soll er Geschäfte machen und dabei keine Schulden haben?"

„Ich meine hohe Schulden."

„Das nehme ich nicht an."

„Kennen Sie eigentlich seine finanzielle Lage?"

Rita schaute zum Fenster hinaus und überlegte. „Bis vor einem Jahr hat er jede Transaktion vorher mit mir besprochen."

Ich bezweifelte, daß Jacks junge Frau eine so wichtige Rolle gespielt hatte, wie sie glaubte. LTS war nicht gerade ein kleiner Familienbetrieb.

„Möchten Sie Frühstück?" fragte sie.

„Sie entwickeln sich ja zur reinsten Küchenfee."

„Ich hab im Kochbuch das Kapitel über Toast studiert."

Sie schwang ihre hübschen Beine vom Fensterbrett und machte sich auf den Weg. „Wie haben Sie Jack eigentlich kennengelernt?" rief ich ihr nach.

„Ich war Fahrradbotin."

„Bitte?"

Sie kam zurück. „Ich hatte die Columbia University verlassen, um an eine Kunstschule zu gehen. Meine Eltern waren nicht bereit, mir diese Extravaganz zu finanzieren. Sie sahen mich nämlich schon als Anwältin. Mein Vater hatte eine Eisenwarenhandlung und wollte, daß ich etwas Besonderes werde, was für ihn gleichbedeutend mit Akademikerin war. Da ich Geld verdienen mußte, arbeitete ich als Fahrradbotin."

„Und Jack hat mit seiner Limousine Ihren Drahtesel platt gewalzt?"

„Nein. Eines Tages lieferte ich spätabends noch Blaupausen in sein Büro. Er war allein, und wir kamen ins Gespräch. Ich fand zwar, daß er zu dick und wenig attraktiv war, aber das störte mich nicht. Ich war viel zu froh, nach der schwülen Augusthitze endlich in einem klimatisierten Raum zu sein. Der ganze Tag war der reine Alptraum gewesen, und zum krönenden Abschluß war dann, als ich auf die Sixth Avenue runterkam, mein Fahrrad weg. Ich war so verzweifelt, daß ich einfach stehenblieb und heulte. Da kam Jack mit seinen Blaupausen vorbei. Er kaufte mir ein neues Rad, und dann lud er mich zum Essen ein. Drei Monate später waren wir verheiratet."

„Wie sind Sie von der Fahrradbotin zur Firmenberaterin aufgestiegen?"

„Jack merkte, daß ich Geschäftssinn habe. Er war schon seit fast zwanzig Jahren selbständiger Unternehmer. Er haßt Partner. Aber er merkte allmählich, daß er mit jemandem reden mußte, und so wurde es zur Gewohnheit, daß er mit mir über alles Geschäftliche diskutierte, bevor er es in Angriff nahm." Halb im Gehen fügte sie hinzu: „Wir hatten viel Spaß. Es war eine aufregende, arbeitsreiche Zeit. Und ich war sehr jung . . ., aber das bin ich ja eigentlich noch immer."

Ich blieb im Bett liegen und dachte eine Weile über Jack nach. „Zu dick und wenig attraktiv" war Ritas erster Eindruck mit zwanzig von ihm gewesen. Nicht unbedingt verlockend.

Rauchschwaden zogen durch das Treppenhaus herauf. Ich fuhr hastig in meine Hose. „Alles in Ordnung!" hörte ich Rita rufen. „Mir ist nur der Toast verbrannt." Die Küche war vernebelt und Rita etwas aufgelöst. „Dafür ist die zweite Partie perfekt gelungen."

„Haben Sie Jack geliebt?"

„Er war mein bester Freund, bis ich Ron kennenlernte."

„Würden Sie ihn als leidenschaftlich bezeichnen? Ich will Sie nicht beleidigen, aber er scheint nicht eben verrückt nach Ihnen zu sein. Jedenfalls nicht genug, um Ihretwegen einen Mord zu begehen."

„Vielleicht nicht meinetwegen, aber um zu gewinnen. Können Sie sich das vorstellen?"

„Nein. Ich sehe in ihm nur einen Mann, der vollständig in seiner Arbeit aufgeht und der viel zu klug ist, um zu riskieren, daß er womöglich die zweite Hälfte seines Lebens im Gefängnis verbringen muß. Meiner Ansicht nach hat er Sie abgeschrieben, als er begriff, was zwischen Ihnen und Ron lief."

„Sie irren sich. Jack weiß, daß ich ihn vorher nie betrogen habe. Er will mich zurückhaben. Und das hat er jetzt wahrscheinlich auch erreicht."

„Klingt, als hätten Sie sich für ihn entschieden."

„Nur, wenn er Ron nicht getötet hat."

So standen also die Aktien. Ich mußte mich sehr bemühen, mir den Schock und die Enttäuschung nicht anmerken zu lassen. Die gerichtliche Untersuchung beunruhigte Rita nicht in dem Maße, wie sie es hätte sollen. Sie blickte in die Zukunft, dachte bereits an die Zeit nach ihrem Freispruch und hoffte, ich würde beweisen, daß ihr fünfhundert Millionen schwerer Gatte und zweitbester Freund den richtigen Gefährten für den Rest ihres Lebens abgeben würde. Vielleicht hatte sie mich bewußt gewählt: Wer wäre wohl weniger geeignet, Jack des Mordes zu überführen, als ein Amateur wie ich?

ICH GRÜBELTE das ganze Wochenende darüber nach. Über Jacks finanzielle Situation hätte ich gern mehr gewußt, aber das Wochenende war nicht die geeignete Zeit, an Klatsch aus der Finanzwelt heranzukommen. Ich war schon zu lange aus dem Geschäft, um die Leute zu Hause belästigen zu können.

Daher stellte ich mir eine Frage: Wenn Jack Ron nicht umgebracht hatte, wer dann?

Was war mit Alex Rose, dem Mann zwischen den Fronten? Leibwächter und Privatspion in einer Person? War er nur der Handlanger eines reichen Mannes oder ein schlauer Drahtzieher, der Jack den Rücken deckte? Sprang er sofort beflissen, wenn der Boß andeutete, wie glücklich er über das Verschwinden von Ron Pearlman wäre?

Am Sonntag morgen kam ich zu folgendem Ergebnis: Ungeachtet des Mangels an Beweisen war es möglich, daß einer von den verdammten Chevalleys Ron versehentlich vom Wald aus erschossen hatte. Mein Cousin Pink mußte es inzwischen wissen. Aber er würde es mir nie sagen.

Sonntag abend kochte ich mir eine Portion Cappeletti mit Pilzfüllung und ertappte mich dabei, daß meine Gedanken wieder um Jack kreisten – vielleicht, weil Finanzen mein Spezialgebiet waren. Ich konnte die Möglichkeit nicht ausschließen, daß Jack Long hohe Schulden hatte.

Am Montag morgen um sieben Uhr legte ich mein altes Telefon- und Adressenverzeichnis bereit und trat in Aktion. Meine ehemaligen Kollegen verhielten sich äußerst reserviert, bis ich sie davon überzeugte, daß ich keinen Job suchte. Daß sie den Anruf überhaupt entgegennahmen, hatte weniger mit Freundschaft als mit Angst zu tun. Es war allgemein bekannt, daß ich es abgelehnt hatte, mit der Börsenaufsichtsbehörde zusammenzuarbeiten. Aber die Leute fragten sich, was ich wußte, und zogen in Betracht, daß ich meinen Entschluß, den Mund zu halten, geändert haben könnte. Also redeten sie mit mir und versprachen, Stillschweigen über meine Fragen zu bewahren. Leider hatten sie jedoch an Antworten nicht viel zu bieten.

LTS befand sich in Privatbesitz, daher war Jack Long rechtlich in der Lage, seine Geschäfte ziemlich unter Verschluß abzuwickeln. Keine Offenlegung der Besitz- und Rechtsverhältnisse, keine der Börsenaufsicht oder der Öffentlichkeit zugänglichen Jahresberichte. Ein ganzer Vormittag am Telefon – sechzig Anrufe – brachte mir als Ausbeute lediglich die Namen mehrerer Bankinstitute, die *vielleicht* Longs Interessen wahrnahmen. Schließlich stellte Bob Mayall, ein Investmentbanker mit viel Grips und freundschaftlicheren Gefühlen für mich als die meisten anderen, mir eine Frage.

„Warum rufst du nicht Leslie Harkin an?“

„Ich bin mir nicht sicher, daß sie mich nicht zur Hölle wünscht.“

„Zumindest schuldet sie dir ein Telefongespräch.“

In alten Zeiten hatte Leslie Harkin, meine damalige Freundin und zugleich Mitarbeiterin, an meiner Seite im „Stahlgürtel“ Amerikas – jetzt wohl eher ein „Rostgürtel“ – ihr Unwesen getrieben. Es gab wohl keine Maschinenfabrik im Staate Michigan, der sie nicht wenigstens einmal mit Umstrukturierung oder Übernahme gedroht hatte. Für so manchen Gewerkschaftler war sie der leibhaftige Teufel. Und da ich ihr Chef gewesen war, loderten an dem Abend, als ich in den Knast wanderte, bei den Gewerkschaften die Freudenfeuer. Ich scheute mich davor, mit Leslie wieder Kontakt aufzunehmen, aber wie es schien, war sie meine aussichtsreichste Quelle. „Arbeitet sie jetzt allein?"

„Hast du noch nichts von Harkin & Locke gehört?"

Ehe ich einen Kommentar zu dieser Schreckensallianz abgeben konnte, drang ein gellender Schrei aus der Scheune an mein Ohr.

8

VIER Sekunden nachdem ich mir die Jackentasche am Knauf der Küchentür aufgerissen hatte, stürzte ich in die Scheune. Zur Wohnung der Mealys führte eine altersschwache Holztreppe empor. Ich nahm drei Stufen auf einmal. Die Tür war offen und hing schief in einer gebrochenen Angel. Durch das kleine Wohnzimmer konnte ich in die Küche sehen. Mrs. Mealy kroch auf dem Boden, ein kräftiger Kerl machte Anstalten, sie zu treten, und Alison umklammerte sein Bein und schrie: „Nicht, Daddy!"

Tom Mealy war auf Bewährung entlassen.

Bei meinem Erscheinen drehte er sich um und ballte die Fäuste, als er mich erkannte. „Sie schlafen mit meiner Frau", schnauzte er mich an.

„Nein", stöhnte Mrs. Mealy, die versuchte, auf dem Linoleum aus seiner Reichweite zu robben.

Er wirbelte zu ihr herum und holte wieder zu einem Tritt aus. Er war groß und breitschultrig, aber betrunken, deshalb wagte ich gleich einen kräftigen Schlag in seine Magengrube. Tom versuchte mich zu umklammern, aber ich trommelte auf ihn ein, bis ihm die Luft ausging. Kaum hatte ich wieder Bewegungsfreiheit, landete ich ein paar weitere Schläge in seinen Magen. Seine Wut verwandelte sich in Schreck und dann in Staunen, als seine Beine unter ihm nachgaben.

Alison war mit einem Sprung bei mir, umklammerte zur Abwechslung mein Bein mit der Kraft der Verzweiflung und flehte: „Tu ihm nicht weh, Ben, bitte!"

Ich spürte förmlich einen gewaltigen Adrenalinstoß und rang nach Atem. Tom äugte mit trübem Blick vom Boden zu mir auf. Dann schlossen sich seine Lider, und sein Oberkörper sackte nach hinten.

Ich betrachtete den massigen, nunmehr zum Glück reglos daliegenden Mann und sann krampfhaft nach einer Möglichkeit, seine Familie zu beschützen. Eines war sicher: Nach New York würde ich an diesem Nachmittag nicht fahren.

„Alison", sagte ich, „bring deine Mutter in mein Haus. Können Sie gehen, Mrs. Mealy?"

„Ich bin okay. Ich bin okay."

Im Gegensatz zu ihrer Beteuerung war sie weiß wie die Wand. Ihre Unterlippe blutete. Ich bestand darauf, daß Steve Greenan sie untersuchte. „Nein", flüsterte sie und erklärte, der Doktor würde es Trooper Moody sagen, und Oliver würde ihren Ehemann verhaften.

Als ich mich um Unterstützung an Alison wandte, stellte ich fest, daß ihr diese verdrehte Logik einleuchtete. „Ben, verstehst du nicht? Dann muß er zurück ins Gefängnis."

Das hielt ich für eine glänzende Idee. „Vielleicht wäre er dort eine Zeitlang besser aufgehoben, wenigstens bis er sich beruhigt hat. Außerdem kann man ihm dort helfen."

„Die Entziehungskur hat das letzte Mal nichts genützt", erklärte mir die Elfjährige.

„Na gut", gab ich nach. „Geht rüber zu mir. Ich rede mit ihm."

„Du darfst ihm aber nicht weh tun. Versprichst du's mir?" flehte Alison.

„Keine Sorge. Ich sehe zu, daß er nüchtern wird, und schaffe ihn von hier weg."

Endlich gingen sie, warfen mir jedoch ängstliche Blicke zu.

Tom öffnete die Augen. „Sind sie weg?"

„Ja. Wann sind Sie rausgekommen?"

„Letzten Monat."

„Einen ganzen Monat haben Sie gebraucht, um daheim aufzukreuzen und Ihre Familie zu verprügeln?"

Er schwieg sich dazu aus.

„Wo leben Sie eigentlich?"

„Am Fluß."

Ich hatte gehört, daß etwa zwanzig Kilometer flußabwärts Obdachlose kampierten. Er war viel zu betrunken für vernünftige Argumente, aber vielleicht konnte ich ihn einschüchtern. „Tut mir leid, Tom, aber ich muß Trooper Moody verständigen."

Er setzte sich auf. „Nein! Dann lochen sie mich wieder ein!"

„Vielleicht läßt sich was mit einer Entziehungskur deichseln."

„Niemals! Ich mach keine Kur mehr!" brüllte er.

Da war guter Rat teuer. „Tom, wenn ich Ihnen hundert Mäuse gebe, steigen Sie dann in den Bus und überwintern in Florida?"

„Für lausige hundert?" fragte er mit einem listigen Grinsen. „Fünfhundert, und ich bin verschwunden."

„Ich habe keine fünfhundert."

„Dann bleibe ich da."

Jetzt platzte mir der Kragen. Ich riß ihn hoch und bugsierte ihn unsanft aus der Wohnung und die Treppe hinunter, bevor er überhaupt zur Besinnung kam.

„Was tun Sie denn?" winselte er.

„Ab geht die Post zu Trooper Moody."

„Nein!" Er stemmte die Fersen in den Boden. „Wenn Sie mich laufenlassen, sag ich Ihnen was über den Kerl, der Renny Chevalley erschossen hat."

„Was?"

„Und die hundert Mäuse müssen Sie mir auch geben."

„Was?" schrie ich noch einmal, platt vor Überraschung.

„Zeigen Sie mich nicht an."

„Nur, wenn Sie die Gegend verlassen."

„Ich geh nach Massachusetts. Dort hab ich einen Kumpel."

„Fein." Ich hätte einen weiter entfernten Bundesstaat bevorzugt, aber nun hatte er die Trümpfe in der Hand. „Also, welchen Kerl meinen Sie? Haben Sie ihn gesehen?"

„Ich nicht, aber 'n Kumpel von mir. Auf der Morrison Mountain Road."

„Wo ist dieser Kumpel?"

„Unten am Fluß."

„Bringen Sie mich zu ihm."

„Zuerst her mit dem Hunderter."

„Sobald ich ihm gegenüberstehe. Vorher nicht. Rein in den Wagen!"

Er stieg in den Oldsmobile. Ich öffnete das Scheunentor und fuhr hinaus. Nach einem kurzen Stopp bei der Bank, wo ich hundert Dollar abhob, beschrieb mir Tom Mealy den Weg zu seinem Uferquartier. Dann entschlummerte er selig. Nicht genug damit, daß er laut schnarchte, er stank auch noch wie die Pest.

Ein paar Minuten später entdeckte ich die halb zugewucherte Forststraße, nach der ich weisungsgemäß Ausschau halten sollte. Ich weckte meinen Beifahrer mit einem herzhaften Rippenstoß. Es dauerte ein Weilchen, bis Mealy sich erinnerte, warum er in meinem Auto saß.

„Nach der Eiche da rechts."

Wir hielten auf einer kleinen Lichtung.

„Und jetzt?"

„Müssen wir zu Fuß weiter."

Auf einem Pfad folgte ich Tom Mealy in die Wälder. Vor uns schimmerte der Himmel hell durch das Blätterdach und ließ den Flußlauf ahnen. Der Pfad führte steil hinunter zum Ufer.

Tom stieß einen leisen Pfiff aus. Als das Zeichen erwidert wurde, sagte er: „Kommen Sie" und ging, sich unter den herabhängenden Ästen duckend, am Ufer weiter. Nach etwa hundert Metern gelangten wir auf eine Wiese, wo eine blaue, zirka vier mal vier Meter große Plane wie ein Zeltdach aufgespannt war. Eine Frau und zwei Männer saßen darunter.

Ein dritter bemühte sich, eine Feuerstelle herzurichten. „Wer ist das?" fragte er.

Ich trug mein Tweedjackett. Obwohl es alt war, wirkte es hier deplaziert. Die Männer und die Frau unter der Plane trugen schmutzige Jeans und Sweatshirts mit Kapuze. Der Bursche, der sich um das Feuer kümmerte – er kam mir merkwürdig bekannt vor –, war mit wesentlich saubereren Jeans und einer hellgrünen Nylonwindjacke im Vergleich dazu direkt adrett gekleidet.

„Er möchte mit dir sprechen", erklärte ihm Tom.

Der Mann war ungefähr fünfundvierzig und hatte einen Schnauzbart. Die Müdigkeit und Überdrüssigkeit in seinem Blick erinnerten mich an Mrs. Mealy. Als er genug Feuerholz aufgeschichtet hatte, zündete er den Haufen mit dem letzten Streichholz aus seinem Heftchen an. Das trockene Reisig brannte sofort.

Er schaute mit einem schiefen Lächeln auf und versicherte: „Ich hab's nicht getan, Officer."

„Ich bin kein Polizist. Haben Sie ein bißchen Zeit für mich übrig?"

Darüber mußte er ernsthaft nachdenken.

Inzwischen spazierte ich zum Fluß. Er flüsterte kurz mit Tom und kam dann zu mir. „Tom sagt, Sie zahlen ihm hundert Dollar, wenn ich mit Ihnen rede."

„Die kriegt er dafür, daß er von hier verschwindet und seine Frau nicht mehr schlägt."

„Tom ist gefährlich", sagte der Mann leise.

„Übrigens, ich heiße Ben Abbott." Ich streckte ihm die Hand hin.

„Oh, ich kenne Sie, Mr. Abbott", antwortete er, als er sie ergriff.

„Entschuldigen Sie, ich kenne Sie auch, aber ich weiß nicht, woher."

„Ed Hawley, mein Name. Ich koche im ‚Church Hill Diner'. Sie frühstücken dort hin und wieder."

„Ah, ja, natürlich! Aber was machen Sie denn hier? Ich meine, warum hausen Sie im Freien, wenn Sie Arbeit haben?"

„Jeder Vermieter verlangt eine Ablösesumme und zwei Monatsmieten im voraus", antwortete er. „Das muß ich erst zusammenkratzen."

Ich muß recht dumm dreingeschaut haben. Ich bildete mir ein, den Lauf der Welt zu kennen, doch der Gedanke, daß es sich ein arbeitender Mensch nicht leisten konnte, einfach irgendwo eine kleine Wohnung zu mieten, war mir noch nie gekommen.

„Im Moment hab ich nicht genug bei mir", sagte ich, „aber wenn Sie mir verraten, was Sie über meinen Cousin wissen, ist mir das sicher einen Hunderter wert."

„Das klingt gut, nur hab ich leider nicht viel gesehen."

„Was genau haben Sie denn gesehen?"

Hawley erzählte, daß er stets versuchte, sein Einkommen als Schnellimbißkoch durch Tagelöhnerarbeit aufzubessern. Ein Farmer in Morris Mountain hatte ihm fünf Dollar pro Stunde für das Einschlagen von Zaunpfosten geboten. Hawley hatte angenommen, aber am Ende weigerte sich der Farmer, ihm den vollen Betrag zu zahlen, weil er nicht genug Pfosten versenkt hatte. Hawley hielt dagegen, daß der steinige Boden an seinem langsameren Tempo schuld sei. Der Streit artete in eine Prügelei aus, und als der Farmer drohte, die Polizei zu rufen, hatte Hawley ohne einen Cent die Flucht ergriffen.

„Na, und wie ich dann so auf der Morris Mountain Road dahinmarschiere –"

„Um welche Zeit?"

„Halb vier. Da kommt ein kleines weißes Flugzeug so tief daher, als würde es gleich in die Bäume krachen. Dann ist es weg. Kein Knall, kein Rauch, also denk ich, bravo, das ist noch mal gutgegangen. Zehn Minuten später zischt ein Wagen mit mindestens hundert Sachen an mir vorbei."

„Konnten Sie den Fahrer sehen?"

„Nur Sonnenbrille und Baseballmütze."

„Sein Gesicht nicht?"

„Nicht hinter dem getönten Glas."

„Sie meinen seine Sonnenbrille?"

„Und die Wagenfenster."

„Was für ein Wagen?"

„So ein schwerer, starker. Vielleicht ein Camaro."

„Und das Nummernschild?"

„Eine Connecticut-Zulassung. Drei Ziffern und dann H-A-L. HAL hab ich mir deshalb gemerkt, weil der Computer in dem Film ‚2001 – Odyssee im Weltraum' so geheißen hat."

Ich war überzeugt, daß der Computer von Marian Boyce die drei fehlenden Ziffern vor HAL ausspucken würde.

„Sie haben mir wirklich geholfen, Ed."

„Na ja, schließlich war er Ihr Cousin."

„Morgen vormittag bringe ich Ihnen den Hunderter. Sobald die Bank aufmacht."

Wir gingen zurück zur Lichtung, wo Tom Mealy schon ungeduldig darauf wartete, seine hundert Dollar in Empfang zu nehmen. Ich brachte ihn zuerst nach New Milford, um ihn in den Bus nach Pittsfield zu verfrachten, und schärfte ihm ein, ja nicht wieder betrunken aufzutauchen. Falls er Alison nüchtern besuchen wolle, solle er mich vorher anrufen, dann würde ich einen Termin vereinbaren. Er nahm das Geld und stieg murrend und rülpsend ein.

Auf der ersten kurzen Geraden überholte ich den Bus und gab Gas. Ich konnte es kaum erwarten, zu Marian Boyce zu kommen.

TROOPER BOYCE begrüßte mich in der Polizeiwache von Plainfield mit einem festen Händedruck. „Was führt Sie in die Höhle der Löwin?"

„Das unvollständige Kennzeichen eines Wagens, der an dem Nachmittag, als Renny Chevalley erschossen wurde, vom Flugfeld wegfuhr."

„Und von wem haben Sie das?"

„Von einem Obdachlosen, der zufällig auf der Straße unterwegs war."

Sie bat mich einzutreten. Marians Büro war hell und von unpersönlicher Sachlichkeit und hätte auch einen Buchhalter beherbergen können. Auf ihrem Schreibtisch befanden sich ein Telefon und ein Notizblock mit Kugelschreiber. Ein Computer wartete einsatzbereit.

„Hat der Knabe einen Namen?" fragte Marian.

„Warum überprüfen wir nicht zuerst die Zulassung?" fragte ich.

Marian warf mir einen kühlen Blick zu, den ich ebenso kühl erwiderte.

„H-A-L. Wahrscheinlich ein alter Camaro."

Achselzuckend tippte sie auf eine Taste und gab HAL ein. „Setzen Sie sich!" befahl sie. Ich gehorchte. Konzentriert ging sie die Daten durch, die auf dem Bildschirm erschienen. Dann hatte sie offenbar etwas gefunden. „Das wird Ihnen nicht gefallen. Wir haben einen 1973er Camaro, marineblau, 337 HAL."

„Wem gehört er?"

„Chevalley Enterprises. Es ist Rennys Wagen."

„Nein. Er fährt keinen Camaro. Nach der Geburt der Kinder hat er einen viertürigen Blazer geleast."

„Zwei Wochen bevor er ermordet wurde, hat er den Camaro angemeldet."

„Ach du meine Güte! Eines seiner restaurierten Stücke."

Sie machte sich Notizen. „So. Und jetzt der Name des Zeugen."

„Ed Hawley. Er ist Koch im ‚Church Hill Diner' in Newbury. Machen Sie ihm keine Schwierigkeiten."

„Im Gegensatz zu dem, was Sie möglicherweise annehmen, behandle ich Zeugen normalerweise nicht so, daß sie ihren Arbeitsplatz verlieren. Ich würde Mr. Hawley nur gern selbst auf den Zahn fühlen. Wer weiß, was er noch alles gesehen hat. Zumindest bestätigt seine Beobachtung die Vermutung, daß Ihr Cousin auf dem Flugfeld landen wollte."

„Und daß der Mörder seinen Wagen gestohlen hat."

„Kann sein. Danke für Ihre Mühe und den Zeugen."

„Zeigen Sie ruhig Ihre Dankbarkeit, indem Sie mir eine Frage beantworten."

„Und zwar?"

„Ist Renny bei der Landung oder beim Start in den Baum gekracht?"

„Beim Start."

„Wurde er durch die Cockpitscheibe erschossen?"

„Keine weiteren Fragen. Wir sind quitt."

Als ich ging, dachte ich darüber nach, daß das Vorhandensein von Rennys Wagen auf dem Flugfeld darauf schließen ließ, daß Renny geplant hatte, dort zu landen. Das paßte nicht schlecht zu Marians Drogenkurierstory. Aber Renny hatte beim Start Bruch gebaut. Hatte er versucht zu entkommen? Oder die Maschine nach Danbury zurückbringen wollen und seinem Passagier einen Wagen zur Verfügung gestellt? Warum war das Kokain an Bord geblieben? Es in Danbury vor Chernowskys Augen auszuladen wäre Irrsinn gewesen. Al Bells abgeschiedenes, hochgelegenes Flugfeld hätte sich viel besser dafür geeignet.

Da ich neugierig war, wie Renny den Camaro dort hinaufgekriegt hatte, fuhr ich auf dem Heimweg durch Frenchtown und erkundigte mich bei Chevalley Enterprises, ob Renny den Camaro vielleicht schon einen Tag vor seinem Tod mit einem seiner Abschleppwagen zum Flugfeld gebracht hatte. Hatte er nicht. Nun erhob sich die Frage: Wenn Renny den Camaro nicht zum Flugfeld abgeschleppt hatte, wie war er dann zurückgekommen, als er den Wagen dort abstellte?

Ich konnte mir schon vorstellen, mit wem er mitgefahren war, obwohl ich nicht damit rechnen durfte, daß sie das auch zugab. Meinen Abstecher nach New York mußte ich jedenfalls noch einmal verschieben. Noch ein Tag Aufschub für die Wiederbegegnung mit Leslie. Mit etwas Glück würden Jack, Rita und Alex Rose in schöner Einigkeit den Mord an Ron gestehen, und ich brauchte die Fahrt nie anzutreten.

DER KLUGE Mann besucht eine Frau der Familie Jervis nur, wenn ihr Vater, ihre Söhne und ihre Brüder durch Abwesenheit glänzen. Am Eröffnungstag der Jagdsaison ist das Risiko, den Herrschaften zu begegnen, am geringsten. So lange konnte ich jedoch nicht warten, daher versuchte ich es um zwölf Uhr mittags – eine Zeit, zu der die Jervis-Männer, wie ich hoffte, unten in der „Weißen Birke" beim Frühschoppen hocken würden.

Gwens Zweig des Clans lebte in einer kreisförmig wie eine Planwagenburg angeordneten Wohnwagenkolonie in den tiefen Wäldern weit hinter Frenchtown. Auf dem freien Platz in der Mitte der Burg bekriegten sich kreischende Kinder. Hinter den Wohnwagen waren Pritschenwagen und Pkws in Massen abgestellt. Mütter riefen ihre Sprößlinge zu sich, als ich neben Gwens rostzerfressenem 79er Ford Pritschenwagen parkte. Mein Chevalley-Blut nützte mir hier nichts. Für jemand mit dem Namen Jervis existierte kein Unterschied zwischen Frenchtown und Main Street.

Die Blechtür von Gwens Wohnwagen war am Schloß eingebeult und mit zwei Keilen unterlegt, um sie notdürftig geradezubiegen. Der breite Spalt, der trotzdem zwischen Tür und Rahmen klaffte, war mit einem rosa Handtuch ausgestopft. Ich klopfte ein paarmal. „Gwen, ich bin's, Ben Abbott."

„Ich weiß, warum du da bist", begrüßte sie mich. Ihr alter Bademantel hätte an einer Frau mit weniger Figur nur schäbig ausgesehen, aber selbst mit vierzig war Gwen noch ein Kurvenstar – voller Busen, schmale Taille, lange Beine. Sie wirkte abweisend, was angesichts ihrer Trauer verständlich war.

„Tut mir ehrlich leid, Gwen, ich vermisse ihn genau wie du."

In der Schule hatte sie bis zur zehnten Klasse mitgehalten. Während meiner Pubertät war ich einmal mit einer von Pinkerton Chevalley bezahlten Sechserpackung Budweiser in ihren Armen gelandet. Damals war sie nicht abweisend gewesen, sondern einfach eine üppige, sinnliche, freizügige junge Frau. In den seither vergangenen zwanzig Jahren hatte sie es nicht leicht gehabt.

„Ich muß unbedingt mit dir reden, Gwen."

„Über was?"

„Über Renny. Ich will herausfinden, wer ihn umgebracht hat."

Sie starrte mich nur schweigend an.

„Er hatte nichts mit Koks zu tun, nicht wahr?"

„Die Polypen sind davon überzeugt. Sie haben den Wohnwagen aufgebrochen und mir die Tür ruiniert. Oh, mit Durchsuchungsbefehl, klar! Sind aber schwer enttäuscht abgezogen."

„Renny hatte nichts mit Koks zu tun, nicht wahr?" fragte ich noch einmal.

Gwen beschränkte sich wieder auf verstocktes Schweigen. Schließlich sagte sie: „Fahr mit mir spazieren. Ich zieh mich an."

Kurz darauf erschien sie in hautengen Jeans und einem weiten Sweatshirt. Ihr dichtes rotes Haar war frisch gekämmt. Wir stiegen in den Oldsmobile.

„Wohin möchtest du?"

„Zum Einkaufszentrum."

Ich wußte, daß sie das neue Mini-Zentrum an der Route 7 meinte. Das Shoppingparadies in Danbury war ihr ebensowenig geheuer wie die Fifth Avenue.

„Wie hat das mit dir und Renny angefangen?" fragte ich.

„Meinem Auto ist auf der Route 349 der Saft ausgegangen. Renny kam zufällig mit seinem Abschleppwagen vorbei und hat mir die Batterie aufgeladen", sagte sie mit einem Lächeln. „Danach haben wir keine Gelegenheit ausgelassen, uns zu treffen."

„Und dein Mann?"

„Der ist laut letzter Meldung auf einer Bohrinsel im Persischen Golf. Worüber willst du mit mir reden?"

„Hatte Renny Zores mit deinen Brüdern?"

„Pete hat ihn sich einmal vorgeknöpft, aber ich hab's Daddy erzählt, und der hat gesagt, er solle ihn in Ruhe lassen. Hat gemeint, ich sei alt genug, daß ich ins Bett gehen kann, mit wem ich will."

„Ungewohnt milde Töne von deinem Vater."

„Daddy hat Arthritis. Langsam steckt er zurück."

„Übernimmt Pete?" Die Ergänzung „das Geschäft" schenkte ich mir, denn sie wußte, was ich meinte: den Zigarettenschmuggel, den

Verkauf von Aufputsch- und Schlafmitteln an die Trucker und den Handel mit gestohlenen Waren.

„Nein, Little Bill. Pete trinkt zuviel."

„Eine gute Wahl", sagte ich. Little Bill Jervis war es 1978 gelungen, seinen Kopf bei einer Anklage wegen dreifachen Mordes aus der Schlinge zu ziehen. Ein paar Hell's Angels aus Derby hatten versucht, ihn beim Drogenhandel übers Ohr zu hauen.

Wir kamen auf eine Asphaltstraße. Es widerstrebte mir zwar, aber ich fragte mich doch, ob der alte Jervis sich nicht aus geschäftlichen Gründen in die Sache zwischen Pete und Renny eingemischt hatte – zum Beispiel, um einen wertvollen Kurier zu schützen.

„Also, was willst du über Renny wissen?"

„Was er außer dir niemand erzählt hat", sagte ich. „Dir hätte er garantiert anvertraut, daß er Kokain fliegt."

„Er hat aber keinen Stoff transportiert."

„Bist du sicher?"

„Absolut."

„Und wenn ihn dein Vater dafür eingespannt hat? Wüßtest du dann auch Bescheid?"

„Warum nicht? Daddy und ich verstehen uns prima." Ich streifte sie mit einem Blick. Sie sah mich etwas verunsichert an. Mein Problem war: Vielleicht sagte sie die Wahrheit. Aber wenn Renny für ihren Vater gearbeitet hatte, mußte ich in Betracht ziehen, daß sie log. Sie war mir in keiner Weise verpflichtet.

Wir erreichten das Einkaufszentrum. Es gab ein Lebensmittelgeschäft und einen Drugstore, ein Spielwarengeschäft, einen Videoverleih, eine Spirituosenhandlung, einen Eissalon und viel unvermieteten Platz. Während ich mich auf die Suche nach Kaffee machte, lief Gwen voraus. Ich fand sie bei den Spielwaren. Wir schlenderten als einzige Kunden durch den Drugstore, den Lebensmittelmarkt und den Videoverleih. Auf mein Angebot, ihr etwas zu kaufen, meinte sie, sie habe alles, was sie brauche. Während ich ein gebrauchtes Video erstand, streunte sie herum.

Wir saßen bereits wieder im Auto und waren auf dem Heimweg, als sie plötzlich sagte: „Schau mal, Ben."

Sie hob ihr Sweatshirt, und heraus purzelten eine Videokassette, ein teures Shampoo, Parfum und ein Teddybär.

„Du hast geklaut!" Ich wendete auf der Stelle um.

„Wohin willst du?"

„Zurück und das Zeug bezahlen. Aus meiner Tasche."

„Nein. Wenn du nicht sofort wieder umdrehst, springe ich raus."

Sie öffnete die Tür. Ich fuhr nicht ganz siebzig. Ein kurzer Blick auf den vorbeisausenden Straßenrand und die blitzartige Erkenntnis, daß sie nicht spaßte, reichten, um mich umzustimmen. Ich hielt an. „Gut, dann laß dich nicht aufhalten."

„Wenn du bezahlst, sage ich kein Wort über Renny."

„Was hast du mir denn über ihn zu sagen?"

„Bring mich heim." Sie nahm die Shampooflasche, schraubte sie auf und schnüffelte daran. „Toll! Riech mal, Ben!"

Ich nahm Kurs auf Newbury. „Erzähl mir von Renny."

„Was?"

„Verdammt noch mal, Gwen!"

„Okay, okay. Du solltest mal dein Gesicht sehen – todernst!"

„Das mit Renny geht mir eben nahe. Und ich dachte, dir auch."

„Ben, er war dein Cousin und dein Freund, aber für mich war er viel mehr als das. Kapiert? Laß mich auf meine Art traurig sein."

„Entschuldige, Gwen. Ich bin nur wirklich erschüttert über seinen Tod."

Schweigen bis Newbury. Schweigen auch auf der ganzen Strecke bis zur Kreuzung, von der aus die Schotterstraße zur Jervis-Hochburg weiterführte.

„Stopp!"

Ich stellte den Motor ab. Das Echo eines Schusses rollte über die Hügel. Jemand jagte vor der Saison. Gwen schnitt eine Grimasse. „Bis April wieder nichts als Wild auf dem Tisch." Sie spähte in den dichten Wald.

„Gwen, gib mir eine Chance. Ich will doch nur Rennys Namen reinwaschen."

„Wozu? Wer schert sich drum? Er ist tot."

„Für mich ist es wichtig. Hast du vergessen, wie er sich abgerackert hat? Er wollte geachtet werden."

„Abgerackert hat er sich für Geld. Versteh doch – reich wollte er sein."

„Klar wollte er reich sein, aber geachtet auch. Und genau deshalb werde ich dafür sorgen, daß man gut über ihn spricht und daß sein Mörder nicht ungestraft davonkommt."

Sie berührte meine Hand. „Sag mir, wer's ist", bat sie ruhig. „Um den Rest kümmere ich mich dann."

„Nein, danke. Das überlasse ich der Polizei. Aber zuerst muß ich den Schweinehund haben, und dazu brauche ich deine Hilfe. Hast du Renny zurückgefahren, nachdem er den Camaro beim Flugzeug abgestellt hatte?"

„Wir haben uns Freitag abend dort oben getroffen."

„Und ihr habt seinen Wagen stehenlassen?"

„Ja."

„Hat Renny gesagt, warum er den Wagen stehenließ?"

„Nein."

„Hast du denn nicht gefragt?"

„Ich mische mich nicht in Männerangelegenheiten. Das hat man mir von klein auf beigebracht."

Wie um ihren Standpunkt zu unterstreichen, teilten sich die Zweige der Hemlocktannen am Straßenrand und heraus trat, mit einer Schrotflinte über der Schulter, ein Jervis-Junge – abgerissen und hager wie ein streunender Kojote. Ihm folgte der alte Herman Jervis höchstpersönlich.

„Oje", flüsterte Gwen, schob sich ins Freie und näherte sich vorsichtig ihrem Vater. Daß sie sein Liebling war, bewahrte sie nicht vor gelegentlichen väterlichen Ohrfeigen. Den Alten zu reizen war gefährlich.

Herman Jervis – gut in den Siebzigern – kam mit lässigem, breitbeinigem Gang daher. Seine weite grüne Hose schlotterte. Über eine seiner Wangen zog sich eine rote Narbe. Sein Blick war scharf, intelligent und voller Verachtung für alles, was er sah.

Eine leichte Kopfbewegung genügte, und der Junge reichte ihm die Flinte und verschwand im Wald. Dann sprach der Alte auf Gwen ein, die mit gesenktem Kopf lauschte. Ich konnte nicht hören, was er sagte. Als er fertig war, kam Gwen zu mir und beugte sich zum Seitenfenster meines Wagens herein.

„Er hat einen Hirsch geschossen. Du sollst ihn zu mir heimbringen."

„Wie nett." Die Vorstellung, wie Oliver Moody mich mit einem gewilderten Hirsch auf dem Autodach erwischte, war richtig belebend. Aber es sah so aus, als müßte ich in den sauren Apfel beißen. Schon taumelte der Junge unter der Last der Beute herbei und hievte den Kadaver so schwungvoll auf den Oldsmobile, daß dieser wie ein Wasserbett schaukelte. Nun trabte auch noch der alte Jervis an und zog ein Seil aus einer seiner Taschen. Mittlerweile tröpfelte Blut über die Windschutzscheibe.

„Da, nehmen Sie." Er hielt mir ein Seilende hin und bedeutete mir, es Gwen hinüberzugeben. Wir zogen das Seil etliche Male über den Hirsch und zurrten ihn fest. Endlich war der Alte zufrieden.

„So, und jetzt los. Wenn Sie meine Tochter abgesetzt haben, helfen Sie ihr, den Hirsch aufzuhängen. Der Bursche ist schwer."

„Mit Vergnügen. Ich bin übrigens Ben Abbott, Mr. Jervis."

„Ich weiß, wer Sie sind."

„Darf ich Sie was fragen?"

Gwen, die gerade eingestiegen war, stieß ein leises, warnendes Zischen aus, aber es war bereits zu spät. Ihr Vater kippte den Doppellauf seiner altmodischen Flinte, lud nach und ließ ihn einschnappen.

„Zum Beispiel?"

„Wüßten Sie es, wenn mein Cousin Kokain geschmuggelt hätte?"

„Ja."

„Hat er?"

„Nein."

„Danke. Ich fahre jetzt den Hirsch zu Ihnen."

„Kleiner, wenn Sie dem falschen Mann solche Fragen stellen, reißt er Ihnen den Schädel ab." Er machte kehrt und verschwand, den Jungen auf den Fersen, wieder im Wald.

Gwen atmete hörbar aus. „Bist du noch zu retten?"

„Wir haben uns verstanden."

Sie schnaubte verächtlich. „Du hast die Warnung überhaupt nicht mitgekriegt!"

„Was für eine Warnung?"

„Daß du Bill nicht fragen sollst."

„Deinen Bruder? Heißt das, Renny hat vielleicht für Bill gearbeitet, ohne daß dein Vater davon wußte?"

„Er hat gesagt, daß Renny keinen Koks geschmuggelt hat, und wenn, dann hätte er es gewußt. Du hast uns beide jetzt genug gelöchert. Hör dich woanders um."

„Gwen –"

„Dein Auto wird blutig. Fahr lieber los."

Ich kutschierte sie zu den Wohnwagen, parkte unter einem Baum mit einem Haken und einer Kette an einem niedrigen Ast, zog das Jackett aus und hängte den Kadaver auf.

Gwen erschien mit Papierhandtüchern und einem kalten Bier. „Wär besser, wenn du abhaust, bevor die Männer kommen."

Ich säuberte mich, zog das Jackett wieder an und trank das Bier. „Danke."

„Keine Fragen mehr?"

„Du hast es mir doch verboten."

„Das hat dich noch nie gehindert."

Die unterdrückte Wut, die ich schon den ganzen Nachmittag an ihr gespürt hatte, glomm in ihren Augen auf. „Frag!" forderte sie mich auf.

„Also gut. Renny hat den Wagen bereitgestellt, weil er wußte, daß er auf dem Bell-Feld landen würde. Kennst du den Namen seines Passagiers?“

„Nein.“

„Aber du glaubst, es war jemand aus deiner Familie?“

„Einer von meinen Leuten“, gab sie zu.

„Und jetzt bist du in der Zwickmühle. Du würdest mir den Namen nie verraten.“

„Ich weiß nicht, wer es war. Wenn ich es wüßte, würde ich ihn umbringen.“

Ich ließ den Motor an. „Du irrst dich, Gwen. Es war niemand von deinem Verein.“

„Machst du Witze? Sobald sie erfahren haben, was zwischen Renny und mir läuft, haben sie ihn umschwärmt wie Motten das Licht. Ein echter Pilot! Außer Pete waren alle hoch begeistert, aber daß der trinkt, hab ich dir ja gesagt. Ich schwör dir, wenn mein Mann von der Bohrinsel heimgekommen wäre, hätten sie ihn im Fluß ersäuft.“

„Nein“, sagte ich. „Renny hätte das nicht zugelassen.“

„Er hätte alles von ihnen haben können.“

„Möglich, aber er hätte keinen Gebrauch davon gemacht. Er haßte es, jemandem etwas schuldig zu sein. Als ich ihm einmal ein paar Dollar für die Werkstatt geliehen habe, hat ihn das unglaublich belastet. Zum Schluß hat er darauf bestanden, mir einen neuen Motor zu schenken. Auf gar keinen Fall hätte er sich auf was Ungesetzliches eingelassen, wodurch ihn deine Leute in der Hand gehabt hätten.“

Tränen liefen ihr über die Wangen. „Bist du sicher, daß es stimmt – daß es nicht meine Leute waren?“

„Hundertprozentig. Gerade weil es so war, wie du gerade erzählt hast. Wenn Renny Koks befördert hätte – was er garantiert nicht getan hat –, hätten sie nicht die Gans geschlachtet, die die goldenen Eier legt, nicht wahr? Es muß ein zahlender Passagier gewesen sein, jemand von hier, für den er seinen Wagen bereitgestellt und dem er vertraut hat.“

9

SIE HATTEN ein gutes Gedächtnis im Edelrestaurant „Le Cirque“ und einen freien Tisch. Mir fiel auf, daß mehr Damen als früher in dem Restaurant speisten, aber die überwiegende Zahl der Gäste waren immer noch Geschäftsleute, Banker und Börsenmakler.

Sonst schien sich New York nicht sehr verändert zu haben, zumindest das, was ich davon sah, als ich aus dem Grand-Central-Bahnhof spazierte. Der Verkehr war hektisch wie immer. Nicht einmal ein nackter Filmstar hätte ein freies Taxi zum Anhalten verführt.

Alex Rose erschien, in eine beinah greifbare Aura aus Mißtrauen gehüllt, pünktlich zu unserer Verabredung zum Mittagessen. In seinem Nadelstreifenanzug wirkte er wie ein illustrer Anwalt. Perfekt.

Ich selbst glänzte in einem schwach nach Mottenkugeln duftenden mitternachtsblauen italienischen Zweireiher und einem Dunhill-Hemd. An meinem Handgelenk prangte eine goldene Uhr von Piaget, die mir ein zufriedener Kunde während meiner Börsenzeit aufgedrängt hatte und die ich eigentlich nicht hätte annehmen sollen. Für den Preis meiner Krawatte hätte Alison eine Woche in einem guten Internat verbringen können.

„Ich fasse es nicht", sagte Rose, während er sich in dem luxuriösen Restaurant umsah. „Haben Sie in der Lotterie gewonnen?"

Ich verschwieg ihm wohlweislich, daß die Einladung auf Ritas Rechnung ging.

„Wie schon am Telefon erwähnt, gibt es nichts Neues in bezug auf Ihren Cousin."

„Ich nehme an, nach unserem Gespräch haben Sie vielleicht ein oder zwei Anrufe vorgenommen", sagte ich.

„Stimmt. Ich habe mich mit einem Bekannten im Flughafen La Guardia unterhalten."

„Und?"

„Renny Chevalley ist am fraglichen Nachmittag um vierzehn Uhr fünfzig von dort gestartet."

„Danke."

Ed Hawley hatte die Maschine um fünfzehn Uhr dreißig gesehen. Vierzig Minuten nonstop nach Newbury. Alleruntertänigsten Dank.

Wir verzehrten ein köstliches Menü – *écrevisses, ris de veau* und *crème brûlée*. Ich horchte Rose ein bißchen über die Detektivarbeit aus und lernte eine Menge. Er konnte sich zwar keinen Reim auf die Einladung machen, doch als er erst einmal losgelegt hatte, plauderte er bereitwillig aus der Schule. Beim Dessert rauchte mir bereits der Kopf vor lauter Informationen über die neuesten technischen Hilfsmittel im Schnüfflergewerbe, vor allem über die Telefonwanzen, die er im Schloß installiert hatte. Natürlich war er nicht von gestern und hatte registriert, daß die Leute uns beim Essen beobachteten. Nachdem ich die Rechnung abgezeichnet hatte, sagte er: „Sie haben mich als Tarnung benutzt, nicht wahr?"

Selbstverständlich verwahrte ich mich gegen diese Unterstellung. Wir verließen das Lokal.

„Wie ist es Ihnen gelungen, Jack Long noch vor der Polizei über den Mord an Ron zu informieren?"

„Ich schmiere den Sicherheitsdienst. Die wissen genau, daß ich eine andere Firma mit der Überwachung beauftrage, wenn sie mir nicht sofort alles mitteilen, was mit Jacks Haus zu tun hat."

„Aber woher konnten die es wissen? Alarm wurde keiner ausgelöst."

Sein verschmitztes Zwinkern wandelte sich zu einem unangenehmen, kalten Blick aus zusammengekniffenen Augen. „Sie hören den Polizeifunk mit einem Scanner ab. So was sollten Sie sich auch zulegen, Ben. Bis demnächst!"

MEINE nächste Station war das Büro von Harkin & Locke – Buddy Locke war mein zweiter früherer Mitarbeiter gewesen. Ich hatte telefonisch um eine Unterredung gebeten und die Auskunft erhalten, Mrs. Harkins Terminkalender sei für einen Monat ausgebucht. Das hatte mich nicht daran gehindert, ihrer Sekretärin zu sagen, ich käme trotzdem.

Harkin & Lockes Vorzimmer hatte eine betörend schöne blonde Empfangsdame, eine überwältigende Aussicht auf den Central Park und eine erlesene japanische Skulptur zu bieten, die, wie ich ihre Eigentümerin kannte, wahrscheinlich aus einem Kloster in Kyoto gestohlen worden war.

„Oh, Mr. Abbott, Mrs. Harkin ist gerade in einer Besprechung."

„Macht nichts. Ich habe ein gutes Buch dabei."

Als die Empfangsdame mich eine Stunde später bei der Lektüre störte, um mir mitzuteilen, die Besprechung dauere noch an, drückte ich ihr höflich meine Dankbarkeit aus. Es war fast fünf Uhr, als sie mich wieder unterbrach.

„Mr. Abbott? Mrs. Harkin wird um sechs im Downtown Athletic Club erwartet, aber sie kann jetzt ein kurzes Gespräch einschieben."

„Großartig." Ich folgte der Blondine in Leslies Büro. Leslie telefonierte und schaute dabei, mir den Rücken zuwendend, aus dem Fenster.

„Noch einen kleinen Moment Geduld", flüsterte das Vorzimmerwunder.

Leslie schwang ihren Drehstuhl herum und legte den Hörer auf. „Danke, Doreen."

Doreen entschwand, und ich konnte meine Aufmerksamkeit jetzt ganz ihrer Chefin zuwenden. In den fünf Jahren seit der Gerichtsverhandlung hatte ich Leslie nicht mehr gesehen. Ihr eine starke Ähnlichkeit mit Rita Long nachzusagen wäre der Behauptung gleichgekommen, alle schönen Frauen mit rabenschwarzem Haar sähen gleich aus. Beide Damen waren höchst beeindruckende Erscheinungen, doch sie hatten grundverschiedene Charaktere. Für eine Führung durch eine fremde Stadt hätte ich Rita Long gewählt, als Eskorte durch eine feindliche Leslie Harkin. Leslie war schlanker und ein paar Jahre älter als Rita, was man ihr anmerkte – zu viele Geschäftsreisen und zu viele Nächte mit zu wenig Schlaf. Das Bezauberndste und Auffallendste an ihr waren ihre violetten Augen.

Ich hatte mir eingebildet, wenigstens teilweise immun gegen Leslies Äußeres geworden zu sein, seit sie vor der Staatsanwaltschaft gegen mich ausgesagt hatte, um ihr eigenes Strafmaß zu verringern. Aber mein Puls hatte sich schon beschleunigt, als ich sie nur von hinten gesehen hatte, und stieg noch mehr an, als sie sich mir zuwandte. Sie war im Bett phantastisch gewesen, und ich hatte ihren messerscharfen Verstand immer bewundert. Ich liebte sie zwar nicht, aber sie brachte mich noch immer durcheinander, und ich wußte sofort, daß es mir nie gelingen würde, sie zu hassen.

„Was willst du, Ben?"

„Ich brauche eine Information. Alle haben mich an dich verwiesen."

„Ben, ich habe zu tun. Stell deine Frage."

Bevor ich dazu kam, summte das Telefon. Ohne Entschuldigung hob sie ab und redete fünf Minuten lang wie ein Trommelfeuer. Sie legte auf und schaute mich an – da summte der Apparat bereits wieder. Weitere fünf Minuten, diesmal sprach sie Japanisch. Als sie das Gespräch beendet hatte, sagte ich: „Ich bin beeindruckt. Wann hast du Japanisch gelernt?"

„Was willst du wissen?"

Kaum öffnete ich den Mund, warf sie einen Blick auf ihre Armbanduhr. „Ich muß los. Komm mit, wir unterhalten uns im Wagen." Im Hinauseilen rief sie Sekretärinnen und Assistenten noch einige Anweisungen zu. Ein Mitarbeiter rannte ihr mit Papieren, für die er ihre Unterschrift brauchte, hinterher. Das Schlußlicht war ich.

Wir stiegen in ihre Limousine, und der Chauffeur fuhr los. Selbstverständlich summte auch hier sofort das Telefon. Sie hob ab – wieder ohne Entschuldigung –, und los ging der japanische Singsang. In der Houston Street legte sie mit einem herzhaften *„Banzai!"* endlich auf.

„Frag!" forderte sie, während sie eine Notiz in ihren Terminkalender machte.

„Was weißt du über –", setzte ich an, doch ein neuerliches Summen schnitt mir das Wort ab. Das Gespräch war noch im Gange, als der Wagen im dichten Verkehr in der Canal Street steckenblieb. Ein Stadtstreicher klopfte mit einem zerdrückten Pappbecher gegen unser Seitenfenster. Ich ließ es herunter.

„Was machst du da?" fragte Leslie. Ich hatte ihr das Mobiltelefon aus der Hand genommen, gab es jetzt dem Burschen mit dem Becher und ließ die Scheibe wieder hoch.

„Was fällt dir ein! Das Ding hat zweitausend Dollar gekostet!"

„Du kannst meines dafür haben. Wirst du mir jetzt zuhören?"

„Du hast ihm mein Telefon gegeben!"

„Als nächstes kriegt er deinen Terminkalender. Also halt gefälligst den Mund und sag mir, was mit LTS läuft."

„Man hört, du willst LTS unter Druck setzen."

Ich muß gestehen, daß es mich mit enormer Genugtuung erfüllte, Leslie hinters Licht zu führen. Übers Wochenende hatte ich mir überlegt, daß sie mir nicht das geringste verraten würde, wenn ich als Amateurdetektiv ankam und sie schlicht fragte, ob es Jack Long wirklich so prächtig ging, wie er behauptete. Ein geplanter Deal hingegen würde meine Fragen möglicherweise aufwerten, besonders wenn es nach einem Deal aussah, bei dem sie mitmischen konnte.

Es war mit Sicherheit anzunehmen gewesen, daß mein vertelefonierter Vormittag in der vergangenen Woche die Gerüchteküche zum Brodeln gebracht hatte. Dazu lieferte noch das heutige auffällige Treffen zum Mittagessen mit einem geheimnisvollen Fremden genug Munition für die Börsenmeute.

„Nun", sagte ich, „du brauchst nicht alles zu glauben, was du so hörst."

Das Telefon war vergessen. „Was hörst *du* denn so?"

„Du zuerst."

„Na gut, also: Jack Long hat Verbindung zum Bankhaus Salomon Brothers aufgenommen. Möglicherweise will er eine hochverzinste Schuldverschreibung auflegen."

„Das ist nicht unbedingt was Neues."

„Ach ja? Und was ist damit, daß er sich an den ‚Fliegenden Holländer' gewandt hat?"

„Ich bitte dich!" Wieder zeigte ich mich unbeeindruckt. „Mit Holland Brothers ist er seit jeher liiert." Interessant. Das klang ganz danach, als versuchte Jack Long, um jeden Preis Geld aufzutreiben.

Ob er es in Form von Risikoanleihen oder als privates Darlehen von den als Wucherern bekannten Holland Brothers bekam, war egal – er würde die hohen Zinsen zahlen, die Geschäftsleute nur in Kauf nehmen, wenn ihnen niemand sonst zu normalen Bedingungen aus der Patsche hilft. Vielleicht, aber nur vielleicht, war LTS in der Klemme.

Das ging leichter, als ich dachte. Konnte ich Leslie dazu bringen, noch mehr zu verraten? Ich überlegte, ob ich sie bei ihrer Eitelkeit packen sollte, und entschied mich dann klugerweise, bei ihrem größten Schwachpunkt einzuhaken – ihrer Geldgier.

„Ich steige aus", sagte ich. „Hab noch eine Verabredung." Ihr Wagen kroch gerade an der Trinity Church am Anfang der Wall Street vorbei.

„Warte! Was hast du vor, Ben? Ich hatte keine Ahnung, daß du wieder aktiv bist. Ist dein Berufsverbot aufgehoben?"

„War nett, mit dir zu plaudern. Grüß Buddy von mir. Fahrer, halten Sie hier!"

„Nein! Bleib doch noch da. Bitte, Ben. Wir sollten uns noch unterhalten."

Ich schob die Manschette zurück und warf einen Blick auf meine Piaget. Leslie war sichtlich überrascht, daß ich die Uhr nicht versetzt hatte. „Meinetwegen. Soll der Knabe eben warten."

„Nun? Worum geht's?"

„Ich sondiere nur das Terrain. Keine große Sache."

„Brauchst du Geld? Nenn die Summe. Wir beschaffen sie."

Ich schwieg.

„Was hat dich aus der Reserve gelockt? Longs Hongkong-Geschäft?"

Sie lauerte gespannt auf meine Reaktion. Ich vermutete, daß sie Ron Pearlmans Fabrik meinte. Aber ich kannte mich auf dem Elektronikmarkt nicht so gut aus wie sie, wußte nicht, wo Long sonst noch seine Finger drin hatte, tappte hilflos im dunkeln.

„Der Hongkong-Deal dürfte teuer gewesen sein." Es war ein Schuß ins Blaue. „Wie weit er dabei wohl die Hosen heruntergelassen hat?"

„Eine gute Frage", meinte Leslie. „Wie sieht sein Finanzierungsplan aus?"

„Auch eine gute Frage", antwortete ich zu ausweichend. Sofort roch sie Lunte.

„Moment! Ist Ron Pearlman nicht in der Nähe deines Heimatortes umgebracht worden?"

„Genau.“

„Das also hat dich wieder aus der Versenkung geholt?“ Ein verächtlicher Ausdruck huschte über ihr Gesicht.

Ich gab mich überlegen. „Ganz richtig. Vor zwei Wochen kam mir plötzlich die Idee.“

„Kennst du seinen Finanzierungsplan?“

Ich schaute Leslie direkt in die violetten Augen. „Nein. Und du auch nicht.“

„Wollen wir wetten? Ich habe da eine Quelle.“

„Du kennst doch nur Gerüchte. LTS schirmt sich nach außen ab. Deine Quelle hat keine internen Informationen. Jack Long ist kein Schwätzer, und in solchen Dingen schon gar nicht.“

„Du kennst ihn?“

„Sicher. Neulich abend war ich bei ihm zum Essen. Ein harter Bursche. Wahrscheinlich würde er nicht einmal seiner eigenen Frau sagen, was für Verbindlichkeiten er hat oder wann sie fällig sind.“

„Einunddreißigster Dezember – in knapp drei Monaten. Achtzehn Monate nach Vertragsabschluß. Wechsel. Etwa zweihundertfünfundzwanzig Millionen.“

Sieh einer an, dachte ich, verbarg jedoch mein Entzücken und sagte gelassen: „Das scheint ihn nicht zu beunruhigen. Er redet sogar davon, nach Singapur zu expandieren.“

Leslie strahlte. „Hab ich's doch gewußt, daß du was im Schilde führst!“ rief sie triumphierend. „Du setzt ihn unter Druck. Laß uns mitmachen, Ben. Wir heizen seinen Bankern tüchtig ein.“

„Gib's auf, Leslie. Ich suche keine Partner.“

„Weil ich gegen dich ausgesagt habe?“

Ich musterte sie ohne die geringste Spur eines Lächelns.

„Du willst dich rächen. Hängst mir die Wurst vor die Nase und läßt mich danach schnappen. Aber ich sag dir was, Ben. Buddy und ich werden dich ausbooten.“

Ich mußte mir in Erinnerung rufen, daß wir nur über eine Ausgeburt meiner Phantasie sprachen. Ich hatte keinen Deal im Sinn, keinen Plan für die Übernahme von LTS. Es wäre komisch, wenn Harkin & Locke LTS bei dem Versuch vernichteten, mein Hirngespinst Wahrheit werden zu lassen. Weniger komisch, wenn mein Name dabei ins Spiel kam. Genaugenommen verstieß ich allein dadurch, daß ich in Leslies Limousine saß, gegen das Berufsverbot der Börsenaufsichtsbehörde. Und das Ganze wäre überhaupt nicht komisch, wenn Jack Long unschuldig war.

„Setz mich hier ab.“

Ihr Wagen raste davon – auf der Suche nach einem Münzfernsprecher, damit sie Buddy Locke anrufen und anfangen konnte, Long das Wasser abzugraben.

Während ich zur U-Bahn hinabstieg, kamen mir Bedenken. Ich fragte mich, ob ich nicht etwas Furchtbares ausgelöst hatte. Vom Grand-Central-Bahnhof aus rief ich in Longs Büro an. Jack begrüßte mich wie den netten Nachbarn vom Lande.

„Bemühen Sie sich bitte, meinen Namen herauszuhalten", sagte ich, „aber Sie müssen wissen, daß meine alten Kollegen Harkin & Locke Ihnen unter Umständen ans Leder wollen."

Es dauerte eine Sekunde zu lang, bis er lachte. „Da werden sie sich aber die Zähne ausbeißen."

VÖLLIG deprimiert kam ich zu Hause an. Eigentlich hätte ich stolz auf meinen in New York erzielten Erfolg sein müssen. Statt dessen fühlte ich mich alt und überfordert.

Sollte ich Rita Bericht erstatten? Wahrscheinlich hätte sie mir wenigstens die Hälfte von dem, was ich aus Leslie herausgequetscht hatte, ohnehin sagen können. Merkwürdig, daß sie nichts von Jacks Schwierigkeiten erwähnt hatte.

Ich begab mich in mein Büro und hörte den Anrufbeantworter ab. Rita hatte mir eine Nachricht hinterlassen. Auch ihre Stimme klang bedrückt. „Ben, bitte rufen Sie mich an. Egal, zu welcher Zeit. Ich bleibe lange auf."

„Hallo, ich bin gerade aus New York zurück."

„Haben Sie schon zu Abend gegessen?"

„Nein. Ich hatte ein ausgiebiges Mittagessen und werde gerade erst wieder hungrig."

„Könnten Sie eine Pizza mitbringen?"

„Gern. Sie klingen, als ginge es Ihnen nicht besonders gut."

„Ira Roth hat mich besucht. Man will tatsächlich Anklage gegen mich erheben. Er ist nicht unbedingt optimistisch."

„Ich bin in einer Stunde bei Ihnen."

DAS SCHLOSS war beleuchtet wie das Plaza Hotel – taghelle Fenster, tagheller Rasen, Gartenlampen wie Glühwürmchen entlang allen Wegen. „Ich bin hier oben!" rief Rita vom Turm. „Die Tür ist offen."

Folgsam trug ich die Pizza die Treppe hinauf in den kalten Turm. Sie erwartete mich in Wollhemd und Daunenjacke auf dem Ausguck. „Ich halte es heute drinnen nicht aus. Ist es Ihnen recht, wenn wir hier essen?"

„Wenn eine vereiste Pizza Sie nicht stört?"

Sie machte auf dem Tisch Platz für die Schachtel und gab mir ein Bier. „Wie war's in New York?"

„Wenn die Leute über Jacks Hongkong-Deal reden, meinen sie dann Rons Chipfabrik?"

„Wahrscheinlich. Es war sein größter und letzter Coup."

„Hat es Jack zweihundertfünfzig Millionen gekostet, Ron auszuzahlen?"

„Ja."

„Mit einem großen Wechsel?"

„Ja."

„So in der Art – zehn Prozent Anzahlung und der Rest fällig in achtzehn Monaten? Am einunddreißigsten Dezember?"

„Ich glaube, ja. Über die genauen Einzelheiten weiß ich nicht Bescheid. Aber der einunddreißigste Dezember könnte stimmen. Sie sind auf Draht, Ben."

Ich öffnete die Schachtel, schnitt mit meinem Taschenmesser die dampfende Pizza und hob ein Stück heraus. „Haben Sie eine Kopie des Vertrages?"

„Nicht hier." Rita biß in ihre Pizza.

„Ich würde ihn mir gern zu Gemüte führen. Wie will Jack Rons Familie bezahlen?"

„Er hoffte in bar – um reinen Tisch zu machen."

„Verliert er die zehn Prozent, wenn er das Geld nicht aufbringen kann?"

„Die ganzen fünfundzwanzig Millionen Dollar."

„Haben Sie den Vertrag gelesen?"

„Nur eine Zusammenfassung. Es war vereinbart, Ron zweihundertfünfzig Millionen Dollar für seine Fabrik in Hongkong zu bezahlen plus zweieinhalb Millionen Dollar Geschäftsführergehalt jährlich über den Zeitraum von fünf Jahren."

„Das kann doch nicht wahr sein!"

„Was ist so verwunderlich daran?"

„Jack hat doch betont, daß Ron ein verhätschelter Dilettant war. Warum hätte er ihn als Geschäftsführer einsetzen sollen?"

„Ron hat darauf bestanden. Sonst wäre es nicht zum Abschluß gekommen. Er wollte seine Verbindungen in Hongkong nicht aufgeben. In dieser Stadt brodelt es. Wer weiß, was passieren wird, wenn Hongkong 1997 wieder an China fällt? Ron hatte vor, den Betrieb zu führen und dabei neue Möglichkeiten aufzutun."

Mir kam zu Bewußtsein, was Rons Tod für Jack bedeutete: Er

bekam nicht nur seine Frau zurück, sondern war auch einen Stachel im Fleisch los.

„Ich möchte den Vertrag sehen."

„Ich lasse ihn mir faxen. Ich darf Connecticut nicht verlassen."

„Ich hoffe, Jack erfährt nichts davon."

Rita lächelte. „Ich habe Freunde."

AM NÄCHSTEN Tag gegen Mittag rief sie mich an. „Ich hab den Vertrag."

„Bin gleich da."

Ich setzte mich an Jacks Schreibtisch, las das zehn Seiten umfassende Dokument Wort für Wort und machte mir Notizen. Als ich mit der letzten Seite fertig war, ackerte ich das Ganze noch einmal durch. Dann ging ich kurz in den Garten, um frische Luft zu schnappen, und las den Vertrag anschließend ein drittes Mal. Ich fand Rita in der Küche, wo sie geistesabwesend in ein Kochbuch starrte.

„Haben Sie den Vertrag gelesen?"

„Noch während er aus der Maschine kam."

„Und schließen Sie daraus das gleiche wie ich?"

„Ja. Der Mistkerl hat ihn umgebracht."

Wenn man annahm, daß Jack Long bankrott war, ergab sich aus dem Vertrag für ihn ein zwingendes Motiv für den Mord.

Eine kleine Klausel auf der letzten Seite besagte nämlich, daß LTS im Falle, daß Ron Pearlman nicht in der Lage sein sollte, seinen Fünfjahresvertrag als Geschäftsführer zu erfüllen, den gesamten Vertrag stornieren konnte und die zehn Prozent Anzahlung zurückerhielt.

Durch Rons Tod war das Abkommen hinfällig. Seine Erben – sein Vater vermutlich – besaßen zwar noch seinen Anteil von LTS. Aber Jack war aus dem Schneider. Er mußte am 31. Dezember nicht zweihundertfünfundzwanzig Millionen hinblättern.

Jack wußte, daß die Banken, wenn er Ron nicht pünktlich bezahlt hätte, sämtliche Verbindlichkeiten seiner Firma näher unter die Lupe genommen und ihm nach einem Blick in den Abgrund seiner Verschuldung die Kredite gekündigt hätten. Er mußte damit rechnen, dasselbe Schicksal zu erleiden wie Donald Trump und Robert Maxwell.

Rita sah aus, als wäre ihr übel.

„Wußten Sie von der Klausel?"

„Sie war in der Zusammenfassung, die ich gelesen habe, nicht enthalten."

„Aber Jack hat doch sein Washington-Alibi."

„Für den Mord hat er Rose gekauft", sagte Rita. Ich mußte zugeben, daß sie damit wohl recht hatte. „Was machen wir jetzt?" fragte sie.

„Als erstes sprechen wir mit Ihrem Anwalt. Jetzt hat er etwas, worauf er Ihre Verteidigung aufbauen kann."

IRA ROTH war fünfundzwanzig Jahre älter als ich, reich, energiegeladen und ambitioniert. Er trug herrlich altmodische, dreiteilige Anzüge, prunkvolle Krawatten und einen sündteuren, weichen grauen Filzhut als Markenzeichen. Seine Kanzlei befand sich in Plainsfield neben dem Gerichtsgebäude, sein Wohnsitz war eine protzige Pferdefarm im Westernstil auf dem Morris Mountain, nicht weit vom Haus der Longs entfernt.

„Zuerst erklären Sie mir, was Mr. Abbott hier tut", sagte er, als wir ihn in seinem imposanten Domizil aufsuchten.

„Er begleitet mich", antwortete Rita.

„Er ist ein Zeuge der Anklage und hat die Leiche gesehen. Mr. Abbott, ich kann nicht mit Ihnen sprechen."

„Rose wollte mich zwingen, als Zeuge der Verteidigung aufzutreten", informierte ich ihn.

„Ich weiß. Das war die dümmste Idee, die Longs sogenannte Anwälte hatten."

„Er bleibt", beharrte Rita mit einem Blick auf mich.

„Wir haben eine Theorie, daß Mr. Long einen Privatdetektiv angeheuert hat, um Ron Pearlman zu töten", warf ich ein.

„In einem Anfall von Eifersucht?" fragte der Staranwalt zynisch.

„Nein, um einen Vertrag ungültig zu machen."

Er hob die Brauen. „Um welchen Vertrag handelt es sich?"

„Ron Pearlmans Tod erspart Long, einen Haufen Geld zu bezahlen. In dem Hongkonger Übernahmevertrag gibt es eine Ausnahmeklausel, und es hat den Anschein, als wäre Long in finanziellen Schwierigkeiten. Hätte er den Vertrag erfüllen müssen, hätten ihm die Banken den Geldhahn zugedreht, und er wäre seine Firma los gewesen."

„Sehr interessant." Roth wandte sich an Rita. „Aber eine riskante Taktik, Mrs. Long. Wenn die Geschworenen glauben, daß Sie sich durch einen hinterhältigen Schachzug herauswinden wollen, könnten sie zu der Überzeugung gelangen, Sie hätten diese weit hergeholte Geschichte in Ermangelung einer besseren Verteidigung erfunden. Mit anderen Worten – schuldig."

„Sind Sie nicht der Meinung, daß man bei diesem Punkt einhaken sollte?"

„Betrachten Sie die Lage einmal mit den Augen des Staatsanwalts. Er hat die Wahl, Sie an den Pranger zu stellen – Sie waren am Tatort, die Waffe trägt Ihre Fingerabdrücke – oder Ihren Mann, der – und das ist Ihr Pech – so gar nicht den Eindruck einer eifersüchtigen Bestie macht und noch dazu zum Zeitpunkt des Mordes Gast im Weißen Haus war."

„Und wenn er einen Killer angeheuert hat?"

„Mr. Abbott, darf ich fragen, warum Sie persönlich sich so für den Fall engagieren?"

„Ich glaube, Rita Long ist das Opfer eines heimtückischen Plans."

„Gibt es etwas zwischen Ihnen beiden, das ich wissen sollte, wenn ich Ihren Fall vertrete, Mrs. Long?"

„Nein, aber wir werden Sie auf dem laufenden halten", gab Rita wütend zurück. „Kommen Sie, Ben. Wir gehen."

Roth wandte sich an mich. „Kann ich Sie kurz unter vier Augen sprechen, Mr. Abbott?"

„Ich komme gleich nach", sagte ich zu Rita, die bereits die Tür aufstieß und über die Verandastufen hinunter zu ihrem Wagen eilte.

„Mr. Abbott, ich kann Ihnen nur dringend raten, vorsichtig zu sein. Der Fall ist überaus heikel. Diskretion ist alles. Wenn die Staatsanwaltschaft Wind davon bekommt, daß Sie herumrennen und Rita Longs Mann anschwärzen, wird sie in der Verhandlung ein Sittengemälde von mehrfachem Ehebruch entwerfen, und ich kann das nicht verhindern. Es wird ohnehin die reinste Zirkusvorstellung werden. Passen Sie auf, daß Sie nicht im Raubtierkäfig landen. Übrigens, haben Sie jemandem von Ihrer glanzvollen Rolle als Amateurfilmer erzählt, für die Rose Sie bezahlt hat?"

„Nur Rita. Aber Rose weiß es. Und wenn er Long aus eigenem Interesse schützt, dann wird er wahrscheinlich alles ausplaudern, um Rita hinter Gitter zu bringen."

„Man kann es auch anders sehen", meinte Roth grimmig. „Das würde Ihre Theorie, daß Long Ron Pearlman von Rose erschießen ließ, ganz schön untermauern."

„Sehr komisch. Stehen Ritas Chancen schlecht?"

„Ungefähr so schlecht wie Ihre damals, als Ihnen das Wasser bis zum Hals stand. Ich habe mich immer gewundert, warum Sie sich nicht an mich gewandt haben. Ich hätte einen Freispruch erwirkt."

„Vielleicht wollte ich das gar nicht."

„Aber Sie wurden grundlos beschuldigt. Sie haben das Gesetz nicht gebrochen."

„Ich weiß, Mr. Roth. Vielleicht nicht das Gesetz, aber doch das Rechtsprinzip. Ich habe auf unredliche Weise Profit gemacht. Meine Strafe war durchaus verdient."

„Ach was! So ein Unsinn! Wollen Sie den Moralapostel spielen?"

„Die Sache ist erledigt, Mr. Roth. Ich habe wieder eine weiße Weste."

RITA hockte mit verschränkten Armen im Wagen. „Ich hab Angst."

Ängstlich benahm sie sich allerdings ganz und gar nicht, sondern eher wie eine Irre. Sie raste mit dem Jaguar heimwärts, und ich mußte mir während der ganzen Fahrt eine ätzende Tirade über ihren Anwalt, dessen Einrichtungsgeschmack und die Wildwest-Ranch anhören.

Als sie endlich merkte, daß ich nicht darauf einging, fuhr sie mich an: „Können Sie gefälligst überprüfen, wo Rose an dem Nachmittag war, als Ron ermordet wurde, oder ist das zuviel verlangt?"

„Das habe ich als nächsten Schritt vor", versicherte ich ihr. Während ich in meinen vor ihrem Haus abgestellten Wagen stieg und heimfuhr, überlegte ich mir, wie ich das am besten anpacken sollte.

Trooper Moody erwartete mich in der Küche. Er war in Zivil, trug schwere Stiefel, Jeans und einen Pullover, der sich über seinem mächtigen Brustkorb spannte. In Polizeigrau gefiel er mir besser.

„Wer hat dich eingelassen?"

„Knastbruder, du hast Probleme." Er trat mir gegen das Schienbein, packte mich und schleuderte mich ins Eßzimmer.

10

ICH SCHLITTERTE über das gebohnerte Eichenparkett, krachte gegen einen Stuhl und fiel zu Boden. Oliver Moody stand klotzig auf der Schwelle. Er war gut fünfzehn Zentimeter größer und fast fünfzig Kilo schwerer als ich. Ich sah mich nach einer Waffe um.

Was ich brauchte, stand auf dem Kaminsims – ein massiver Messingkerzenleuchter. Ich überlegte, ob ich mich unter dem Eßtisch durchrollen konnte, um an den Leuchter zu gelangen, und blickte schnell woandershin, damit Oliver mir nicht auf die Schliche kam.

„Nicht mucksen. Brav liegenbleiben und zuhören."

„Ich höre aber besser im Stehen."

„Weißt du noch, was das letzte Mal passiert ist, als du ohne meine Erlaubnis aufgestanden bist?"

Ich erinnerte mich daran, als wäre es gestern gewesen. „Du hast mich vor den Augen meiner Freunde zum Weinen gebracht."

Wir taten nichts Besonderes an jenem Samstag abend, hingen ein bißchen herum und amüsierten uns – Renny, ich, Scooter und die Butler-Jungen –, und plötzlich tauchte der neue, bei uns stationierte State Trooper auf der Veranda der Festhalle auf. Er war fünfundzwanzig, kam frisch von der Militärpolizei und kannte alle Kniffe, wie man höllische Schmerzen zufügt, ohne Spuren zu hinterlassen.

„Und weißt du noch, was mit deinem Wagen passiert ist?" fragte ich.

Oliver Moody lief rot an. Ich war bereit, mich unter den Tisch zu rollen, aber dann verlor er wider Erwarten nicht die Beherrschung, sondern zog einen flachen, silbrig glänzenden kleinen Gegenstand aus der Tasche.

„Kennst du das, Knastbruder?"

„Sieht aus wie eine TV-Fernbedienung, Ollie", antwortete ich, darauf konzentriert, nicht zum Kerzenleuchter zu schauen, und mit der Überlegung beschäftigt, wie hart ich damit zuschlagen sollte.

„Fernbedienung stimmt, aber für eine Sony-Videokamera."

„Ah, ja?" Das hatte er also in Ritas Wald gefunden. Das Ding war aus der Halterung an der Kamera gefallen, und weder ich hatte bemerkt, daß es fehlte, noch anscheinend Rose, als er die Kamera per Post zurückbekam.

„Sie gehört zu einer Videokamera, die ein Privatdetektiv namens Alex Rose in New York bei ‚Grand Central Camera' gekauft hat."

„Ah ja?"

„Vor zwei Wochen saß Alex Rose in deinem Oldsmobile, als ich dir einen Strafzettel wegen überhöhter Geschwindigkeit ausschrieb."

„Ich hab ihm ein Haus gezeigt. Und soweit ich mich erinnere, habe ich euch nicht miteinander bekannt gemacht."

„Sein Mercedes parkte in deiner Einfahrt."

„Oh, jetzt geht mir ein Licht auf", sagte ich. „Rose ist die Fernbedienung irgendwie rausgerutscht, während du deines Amtes gewaltet hast. Du hast sie gefunden und über sein Kennzeichen seine Adresse festgestellt, damit du ihm sein Eigentum zurückgeben kannst. Und um ganz sicherzugehen, daß sie wirklich ihm gehört, bist du an deinem freien Tag den ganzen weiten Weg nach New York gefahren, um in dem Geschäft, wo sie gekauft wurde, die Seriennummer zu überprüfen. Respekt, Ollie."

„Du hast sie verloren, du Knastbruder."

„Ich?" Ich schaute ihn an, als wäre er übergeschnappt.

„Du hast sie in dem Wald hinter dem Haus der Longs verloren, an dem Abend vor dem Mord an Mrs. Longs Geliebtem."

„Ollie, wenn die Fernbedienung Alex Rose gehört, würde dann nicht jeder normale Mensch annehmen, daß auch Rose sie verloren haben muß?"

„Rose hat an diesem Abend bei Lori Match ferngesehen."

Lori Match war die Besitzerin der „Matchbox" in der Church Hill Road. Die Matchbox war eine der letzten altmodischen Fremdenpensionen in der Gegend.

„Rose ist in Newbury geblieben?" fragte ich. „Über Nacht?"

„Hat das Haus nicht verlassen. Ich hab den Mercedes dort stehen sehen und bei Lori nachgefragt."

„Ich dachte, er wollte zurück nach New York."

„Also gib's schon zu, Ben."

„Was soll ich zugeben, Ollie?"

Er zog einen mit schwarzem Leder überzogenen Totschläger aus dem Gürtel. „Gib zu, daß du am nächsten Tag wieder hin bist und diesen Typen erschossen hast."

„Bist du von Sinnen? Um Himmels willen, Ollie, wir leben in den Neunzigern. Kein Polizist drischt heute mehr einen Weißen in seinem eigenen Haus zusammen."

„Ich hab den Nachmittag frei."

Mir wurde mulmig. Ollie mochte etwas dumm sein, aber es gibt nichts Gefährlicheres, als wenn sich ein Dummkopf etwas vornimmt.

„Nehmen wir mal an, es hat sich so abgespielt", sagte er. „Zuerst bezahlt dich Rose, damit du die Frau von seinem Boß in flagranti filmst."

„Warum hätte ich das tun sollen?"

„Du bist pleite. Du filmst sie also, aber sie merken's und holen mich. Du versteckst dich natürlich im Wald. Rose stellt fest, daß du die Sache vermasselt hast und verlangt, daß du den Geliebten erschießt, sonst kriegst du kein Geld. Du denkst dir, ach was, hol's der Teufel, das Geld brauche ich und den Kerl kenne ich nicht. Also schleichst du dich ins Haus und stiehlst eins von den Gewehren."

„Daß die Bude einbruchssicher ist wie Fort Knox, hast du wohl vergessen."

Ollie grinste. „Vielleicht gibt dir auch jemand die Waffe. Jedenfalls, du legst den Knaben um. Es soll aussehen wie ein Jagdunfall." Er ließ den Totschläger von der rechten in die linke Hand gleiten, langte hinter sich in die Küche, brachte einen Skizzenblock zum Vorschein und schlug das Deckblatt zurück. Eine Landschaft in Bleistift. „Siehst du die Signatur?"

„Von hier unten aus kann ich auf die Entfernung gar nichts erkennen."

„Da steht: Rita Long. Siehst du's jetzt?"

„Wo hast du den Block her?"

„Aus einem Papierkorb der Longs."

„Hat dir zufällig jemand einen Tip gegeben?"

„Und jetzt kommt der Clou." Das nächste Blatt war die Skizze von Ron Pearlman – nackt mit einem Totenschädel.

„Was soll das sein?"

„Brust und Beine erinnern mich an den Toten."

„Die könnten jedem gehören."

„Schau's dir genau an. Diese Frau ist nicht ganz dicht."

Ich suchte nach einer einfachen Erklärung, die der Koloß mit dem schwarzen Knüppel in der Hand imstande sein würde zu begreifen. „Das Bild ist nicht fertig, Ollie. Sie hat sein Gesicht noch nicht gezeichnet. Das ist alles."

Er kaufte es mir keine Sekunde lang ab.

„Bockmist, sie ist verrückt, und das ist der Beweis. Ich glaube, die zwei haben ein paar ausgeflippte Spielchen getrieben. Das Ganze ist dann außer Kontrolle geraten. Sie wartet, bis er ihr am nächsten Tag den Rücken zudreht, und putzt ihn weg."

Er klang so verdammt überzeugt, daß er sogar mich verunsicherte. Hatte Rita Ron erschossen?

„Damit bin ich außer Verdacht, was?"

„Nicht, wenn sie dir das Gewehr gegeben hat."

„Nein", sagte ich. „Das paßt doch nicht zusammen, Ollie. Was willst du eigentlich?"

„Ich will dich als Zeugen."

„Als Zeugen, wofür?"

„Daß sie mit ihrem Freund geschlafen hat. Und daß sie verrückt genug ist, um ihn getötet zu haben. Warum schützt du sie?"

„Bist du auf eine Beförderung aus, Ollie? Spielst du deshalb Detektiv?"

„Du bildest dir wohl ein, ich muß ewig hier klebenbleiben!"

„Der Gedanke, daß du fortwillst, ist mir nie gekommen. Ich dachte, es gefällt dir bei uns."

Völlig überraschend blickte er plötzlich bekümmert, ja fast ängstlich drein.

„Jetzt verstehe ich!“ rief ich. „Die Einsparung!“ Er war nicht dumm, er war verzweifelt. Und in seiner Verzweiflung suchte er nach einem Ausweg.

Langsam stand ich auf. Er beobachtete mich wachsam, verhielt sich jedoch abwartend. „Hab ich recht?“ fragte ich.

„Diese verdammte Stadt! Zwanzig Jahre arbeite ich hier. Und jetzt wollen sie bei meinem Haus ein paar Dollar einsparen.“

Er tat mir fast leid. Der Staat Connecticut hatte zuwenig Geld und zwang die Stadtverwaltungen, Schulprogramme zu streichen, Schlaglöcher zu ignorieren und höhere Gebühren für die Müllabfuhr zu erheben. Eine weitere Einsparung war, den State Troopers keine Dienstwohnung mehr zu bezahlen. In benachbarten Städten hatte man dies bereits durchgeführt. Ollie würde sein aus der Stadtkasse finanziertes Haus verlieren und vielleicht in irgendein gottverlassenes Nest in unserem schönen Bundesstaat versetzt werden. Wieviel bessere Aussichten taten sich da für ihn auf, wenn er dem Staatsanwalt half, einen großen Mordfall zu knacken! Beförderung, Gehaltserhöhung, höhere Pensionsbezüge . . .

„Hast du Bender und Boyce die Fernbedienung und die Skizze gezeigt?“ fragte ich.

„Noch nicht. Ich sammle noch Beweise.“

„Ollie, du bringst dich in Teufels Küche, wenn du Beweismaterial zurückhältst. Die anderen leiten die Untersuchung. Du bist nur der Kuli.“

„Halt die Klappe!“

„Du hast dich da in einen völligen Unsinn verrannt. Rita Long hat Ron Pearlman nicht umgebracht, und ich war's auch nicht. Zuerst sagst du, ich hätte ihn getötet, und zwar angestiftet von Rose. Dann sagst du, sie hätte ihn getötet. Was nun? Beides kann nicht stimmen.“

Oliver Moody legte den Notizblock weg und nahm den Totschläger wieder in die rechte Hand. „Ich mach mir keine Sorgen. Du wirst das für mich schon in Ordnung bringen.“

„Wenn du mir etwas antust, wie willst du dann die Verletzungen erklären?“

„Dein Wagen knallt gegen einen Baum, aber du wirst's überleben.“

Ich hechtete mich auf den Boden, rollte mich unter dem Tisch durch, kam neben dem Kamin wieder hoch und packte den Leuchter. „Hoffentlich springt ein Schreibtischposten für dich dabei raus, denn du wirst dich schwertun beim Gehen, wenn ich mit dir fertig bin!“

Wieder wechselte der Totschläger in die andere Hand. Mit der rechten griff er hinunter und zog die Pistole aus seinem Knöchelhalfter. „Stell den Leuchter hin, und dreh dich um, Gesicht zur Wand."

„Nein."

„Ben, ich leg dich um."

„In meinem Haus? Und in Zivil?"

Ich begann zu begreifen, daß ich ihn in all den Jahren falsch eingeschätzt hatte. Er war noch viel gefährlicher, als ich gedacht hatte. Er war ein Geistesgestörter in Uniform, der sein Dienstabzeichen und seine Waffe genauso brauchte wie ich die Luft zum Atmen. Wie sehr konnte er mich noch nach zwanzig Jahren wegen des Streiches mit der Kette hassen? Genug, fürchtete ich. Trotzdem entlockte mir die Erinnerung an den Spaß unwillkürlich ein Lächeln.

Da er es für meine Reaktion auf seine Drohung hielt, machte es Ollie nervös. Wahrscheinlich kam es ihm so vor, als ob er nicht der einzige Verrückte in diesem Zimmer war. „Ollie", sagte ich, „du kannst mich erschießen und deine Karriere zerstören. Oder du kannst dir von mir helfen lassen."

„Warum solltest du mir helfen wollen?"

„Eine Hand wäscht die andere. Steck die Pistole ein. Schau!" Ich stellte den Leuchter auf den Kaminsims. „Du weißt, daß ich Pearlman nicht auf dem Gewissen habe, und ich weiß, daß Rita unschuldig ist. Gib mir ein paar Tage Vorsprung, ehe du die Zeichnung rausrückst. Ich liefere dir den Mörder, und du kannst ihn dann dem Staatsanwalt zum Fraß vorwerfen."

„Warum solltest du mir helfen wollen?" fragte er noch einmal.

„Weil wir quitt sind", log ich. In Wirklichkeit war noch eine Rechnung offen: Er hatte über den toten Renny dreckig gegrinst. „Steckst du jetzt bitte endlich das Schießeisen ein?"

Er tat wie geheißen, verstaute auch den Totschläger, kam zum Kamin herüber, nahm den Messingleuchter und verbog ihn, als sei er aus Kaugummi. Das kläglich zugerichtete gute Stück warf er auf den Tisch.

„Vierundzwanzig Stunden."

DIE „WEISSE BIRKE", Newburys Treff für Motorradfans, ist weniger gefährlich, als man auf den ersten Blick annehmen könnte. Für den Besitzer, Wide Greg Wright, gilt das gleiche. Jeden Tag ist er von zwölf Uhr mittags bis zur Sperrstunde um zwei Uhr morgens ein wahres Musterbeispiel von Wirt, schlendert lächelnd und plaudernd von Gast zu Gast und glättet die Wogen, wenn es nötig ist.

Als ich eintrat, brach gerade am Flipper-Automaten ein Streit aus. Greg fragte die tätowierten Kampfhähne, ob es ein Problem gäbe. Beide Männer überragten ihn um einiges, aber es stellte sich heraus, daß es kein Problem gab. Ich fand einen Platz am langen Tresen und bestellte ein Bier. Nach einer Weile kam Greg vorbei und erkundigte sich nach meinem Befinden. Ich sagte ihm darauf, ich wünschte, das Immobiliengeschäft liefe nur halb so gut wie seine Kneipe.

Dann fügte ich hinzu: „Ich suche einen Mann namens Alex Rose."

„Namen kann ich einfach nicht behalten", meinte Greg.

„Ich hab vorhin mit Lori Match gesprochen. Alex Rose ist an dem Abend vor dem Feuerwehrfest in der Matchbox abgestiegen. Lori sagt, er sei am nächsten Morgen rüber zu dir."

Wide Greg schien ehrlich verblüfft. „Von Lori kommt nicht viel Kundschaft."

„Das wundert mich nicht." Die Fremdenpension befindet sich zwar schräg gegenüber der Weißen Birke in der Church Hill Road, jedoch besteht ihr Publikum meist aus älteren, ruhigen Herrschaften.

„Am Tag vor dem Fest habe ich ihm ein Haus gezeigt. Ich dachte, es gefällt ihm, aber er hat sich nie wieder bei mir gemeldet, und ich hab seine Nummer verloren. So ein großer Kerl mit einem Bauch wie ein Faß. Macht den Eindruck, als wäre er schon weit herumgekommen."

„Da klingelt bei mir nichts."

„Zu dumm. Ich hab angenommen, daß es an dem Tag wegen dem Fest bei dir nicht so voll war und ein Fremder dir aufgefallen wäre."

„Weißt du, Ben, die Sache ist die: Viele meiner Gäste legen großen Wert auf ein ungestörtes Privatleben und erwarten von mir Diskretion. Das mußt du verstehen."

„Moment, Greg. Der Mann fährt nicht Motorrad. Er ist ein New Yorker Privatdetektiv. Ich bin nur neugierig, wie lange er geblieben ist."

„Ein Privatdetektiv? In meinem Lokal? Wie war der Name?"

„Alex Rose. Teure Kleidung. Boxervisage."

Wide Greg kicherte. „Der heißt nicht Alex Rose."

„Was meinst du?"

„Der heißt Al DeRose. Ein französischer Name, hat er gesagt. Er hat in New York ein Motorrad. Hat mir Fotos gezeigt. Eine Harley. Spezialanfertigung."

„Bist du sicher, daß es nicht nur Angabe war?"

„Nein. Er gehört dazu. Hat mit einem Haufen Jungs geredet und einen Mordsspaß gehabt. Hat deinen Cousin Pink unter den Tisch getrunken."

„Augenblick." Da stimmte etwas nicht. Auf dem Fest hatte ich Pink gegen zwei Uhr nachmittags gesehen – stocknüchtern. Und Lori Match hatte mir erzählt, Rose hätte auf ihrer Veranda die Morgenzeitungen gelesen, bis die Weiße Birke am Mittag aufmachte.

„War er zwischendurch mal weg?"

„Kein einziges Mal. Hat von Anfang bis Ende durchgehalten."

„Heißt das, er ist am Mittag gekommen und bis zwei Uhr morgens geblieben?"

„Bis Mitternacht. Entschuldige mich kurz."

Wide Greg mischte sich in eine hitzige Debatte unten an der Bar ein und begleitete jemand zur Tür. Ich konnte es nicht glauben, doch mir blieb nichts anderes übrig. Mein Hauptverdächtiger hatte ein perfektes Alibi. Er konnte Ron Pearlman unmöglich erschossen haben.

Allmählich zweifelte ich an meinem Verstand. Das alles ergab überhaupt keinen Sinn. Warum war Rose über Nacht in Newbury geblieben? Warum hatte er den Tag in der Biker-Bar verbracht? Warum hatte er bei unserem Telefongespräch an jenem Tag nicht erwähnt, daß er gleich um die Ecke in Newbury war?

Wide Greg kam zurück.

„Hat Rose irgend jemand angerufen?"

„O ja. Der Mann war ausgerüstet wie die NASA. Piepser, Mobiltelefon. Natürlich hat das Handy hier unten am Fuß des Hügels nicht funktioniert. Er brauchte dauernd Kleingeld, um seinen Anrufbeantworter abzuhören."

Von der Weißen Birke eilte ich die Church Hill Road hinauf, um Trooper Ollie mitzuteilen, daß Alex Rose unser Mann war. Ich mußte zugeben, daß ich fast geglaubt hätte, daß Rose tatsächlich eine spezialangefertigte Harley Davidson besaß. Es gibt eine Rotte stinkreicher New Yorker, die im Kielwasser des sagenumwobenen Malcolm Forbes schwimmt. Meine ursprüngliche Skepsis war allerdings wieder erwacht, als ich das von der Telefonierei erfuhr. Alex Rose hatte dem Mörder Schützenhilfe geleistet.

Sicher, eigenhändig hatte er Ron Pearlman nicht erschossen. Aber er hatte in der Nähe gewartet, um einen von ihm auf Jack Longs Befehl hin angeheuerten Profikiller zu unterstützen. Bereitschaftsdienst gewissermaßen für den Fall, daß etwas nicht nach Wunsch lief. Möglicherweise sogar Beihilfe zur Flucht.

Alles war logisch – solange ich Alex Rose für einen Dummkopf hielt. Wenn *ich* Jack Longs Auftrag, Ron Pearlman zu töten, übernommen hätte, wäre *ich* dann das Risiko eingegangen, jemand anderen mit der Ausführung zu betrauen und mich in Newbury herumzutreiben, bis die Sache erledigt war? Nein, bestimmt nicht. Und Alex Rose hätte das ebensowenig getan. Wir hätten beide genug gesunden Menschenverstand gehabt, um einen Mitwisser auszuschließen und die Tat selbst auszuführen.

Wenn Rose jedoch kein Alibi brauchte, wozu dann der Aufwand, sich eines zu verschaffen? Wozu das Herumhocken in der Weißen Birke von Mittag bis Mitternacht? Wozu der Einsatz mittels Piepser und Münzfernsprecher?

Oben auf dem Church Hill angelangt, blieb ich stehen, bevor ich die Main Street überquerte. Gegenüber sah ich das Yankee Drover, ein viel geeigneteres Lokal, um dort den Tag zu verbringen. Ruhig. Anständiges Essen. Beste Lage im erhöhten Teil der Main Street – hervorragend für die Verwendung eines Funktelefons.

Selbstverständlich ist der Betrieb eines solchen Gerätes teuer. Die Sprechzeit wird pro Minute verrechnet, egal, ob man selbst anruft oder angerufen wird. Rose war kein Pfennigfuchser. Aber vielleicht wollte er vermeiden, daß hereinkommende Gespräche auf seiner Mobiltelefonrechnung erschienen.

Rose war Jack Longs Laufbursche. Loyal und gehorsam, aber kein Idiot. Was, wenn sein Boß ihn zur eventuellen Hilfeleistung nach Newbury abkommandiert hatte? Wenn er im Prinzip unschuldig war? Angenommen, er hatte den Verdacht gehabt, auf Longs Tagesordnung könnte ein Mord stehen. Er fährt brav nach Newbury, steht als Helfer in der Not bereit. Aber er verschafft sich Rückendeckung in der Weißen Birke – ein Alibi und gleichzeitig eine Ausrede gegenüber seinem Chef. Tut mir leid, Boß. Das Handy hat kein Funksignal empfangen. Für den Fall, daß Sie versucht haben, mich zu erreichen, hab ich meinen Anrufbeantworter in New York abgehört.

Und was würde geschehen, wenn ich zu ihm sagte: Long hat seinen eigenen Killer geschickt, nicht wahr? Sie fürchteten, er würde Sie hineinziehen, wenn etwas schiefging. Der Privatdetektiv würde mir ins Gesicht lachen und antworten: Erfolgreiche Geschäftsleute heuern keine Killer an. Worauf ich entgegnen würde: Besonders solche, die Partner hassen.

ICH KLOPFTE an Scooters Hintertür. Seine Frau Eleanor öffnete mir und sagte, er rauche eine Zigarette hinter der Scheune. Sie erlaubte ihm nicht, im Haus zu rauchen. Ich fand ihn auch wirklich hinter der

Scheune. Er saß auf einem Holzstoß und blickte träumerisch in das blaue Dunstgekräusel. Es war schon fast dunkel.

„Kann ich in deinen Unterlagen etwas nachsehen?"

„In welchen?"

„In den Pressemitteilungen für die vorletzte Ausgabe."

„Welche genau?"

„Kann ich sie nicht einfach ohne große Erklärungen sehen?"

„Was springt für mich dabei raus?"

„Weiß nicht. Möchtest du die großen Tageszeitungen durch eine Erstmeldung ausstechen?"

„Eigentlich nicht", antwortete er. „Aber es wäre schön zu wissen, daß ich es könnte . . . Komm mit. Ich begleite dich ins Büro."

Scooters Vater hatte den *Clarion* auf Computersatz umgestellt, während die *Daily News* und die *New York Times* noch mit Setzmaschinen arbeiteten. Mittlerweile benutzte er Computer der dritten oder vierten Generation. Schwer zu glauben, da doch das malerische, mit roten Schindeln verkleidete *Clarion*-Gebäude mit den weißen Fensterbalken und den gerafften Vorhängen eher nach einem Antiquariat als nach einem Zeitungsverlag aussah.

„Nenn mir den Verfasser des Artikels, und ich such dir die Unterlagen für die Ausgabe raus", sagte Scooter und führte mich ins Redaktionszimmer.

„Du selbst."

Er grinste. „Du interessierst dich für Jack Long, wie?"

„Muß ich darauf antworten?"

„Bitte, da hast du, was du willst. Setz dich an meinen Schreibtisch. Kaffee steht unten."

Den Pressemitteilungen des Weißen Hauses ging die strenge Warnung voraus, die Meldung nicht vorzeitig zu veröffentlichen. Beiliegend fand ich Fotos von einer Mittagsrunde unter einem gestreiften Sonnendach und eine ganze Serie von Aufnahmen, die Jack Long beim Händedruck mit dem Präsidenten zeigten.

Angeschlossen an eine zweite Mitteilung war ein Foto von Long im Kreise von lässig gekleideten jungen Akademikern beiderlei Geschlechts, die als die engsten Berater des Präsidenten vorgestellt wurden. Die Herrschaften saßen in einem bücherstrotzenden Arbeitszimmer vor dem Fernsehapparat und schmausten – ich schwöre, das ist die Wahrheit – Fertigmenüs aus Frischhaltepackungen. Was sie sich ansahen, war nicht erwähnt. Trotzdem brach ich mir vor lauter Hast beinah den Finger, als ich die auf dem Deckblatt vermerkte Telefonnummer wählte.

„Abteilung für Öffentlichkeitsarbeit", meldete sich eine Männerstimme im Weißen Haus.

„Donald Dodson, bitte", verlangte ich die angegebene Kontaktperson.

„Hier Dodson."

„Mr. Dodson, ich bin Scooter MacKay vom *Clarion* in Newbury, Connecticut. Wir bringen noch eine Story über einen Gast des Präsidenten am Samstag vor zwei Wochen –"

„Haben Sie die Archivnummer der Meldung?" unterbrach mich Dodson. Ich gab sie durch. „Um wen geht es?"

„Um Jack Long. Abendessen mit den engsten Beratern."

„Richtig."

„Sie sehen fern."

„Ja."

„Was genau sehen sie sich an?"

„Großer Gott, keine Ahnung."

„Vielleicht interessiert es unsere Leser, warum Mr. Long bis nach Washington gereist ist, um fernzusehen."

„Was war sicher etwas Politisches. Die Leute hier sitzen nicht herum und schauen sich Schnulzen an. Bleiben Sie dran."

Ich hörte die Minuteneinheiten klicken. Auf Scooters Rechnung.

„Verzeihen Sie, daß es so lange gedauert hat. Das Abendessen zog sich ungefähr von neun Uhr bis Mitternacht hin. Sie sahen sich eine Talk-Show von Larry King an. Kings Gast war Zack Bowen, und sie warteten auf ihn, weil er nach der Talk-Show direkt aus dem Studio noch zu ihnen zum Kaffee kam."

„Vielen herzlichen Dank. Übrigens, was stand zwischen Mittag- und Abendessen auf dem Programm?"

„Was meinen Sie?"

„Nun, Mr. Long hat mittags mit dem Präsidenten und abends mit dessen Beratern gespeist. Was hat er in der Zwischenzeit gemacht?"

„Mir scheint, er ist zurück ins Hotel gefahren und hat sich umgezogen."

„Wie kommen Sie darauf?"

„Auf den Fotos hier vor mir trägt er beim Abendessen eine andere Krawatte."

Ich lachte. „Mit Ihrer Beobachtungsgabe wären Sie ein hervorragender Detektiv." Obwohl Sie meiner Großtante Connie nicht das Wasser reichen könnten, fügte ich in Gedanken hinzu.

Wachsam wie ein Adler war sie auf der Fahrt zu Rennys Witwe neben mir gethront und hatte die Vermutung geäußert, zwischen den beiden Morden könne ein Zusammenhang bestehen. Mich fröstelte.

„Sonst noch was?“ erkundigte sich der PR-Mann.

„Ja, noch eine Frage. Wann hat der Präsident den Mittagstisch verlassen?“

„Oh, diesmal machen Sie's mir leicht. Er ist um zwölf Uhr zwanzig gegangen.“

„Zwanzig nach zwölf. Blieben die Gäste noch länger?“

„Es stand ihnen frei zu gehen, sobald er sich verabschiedet hatte.“

„Danke“, sagte ich und legte auf.

Die Kälte kroch mir bis ins Herz. Es war nur noch eine Frage offen, aber die mußte ich jemand anderem stellen.

GWEN JERVIS nach Einbruch der Dunkelheit besuchen zu wollen glich einem Selbstmordkommando, und ich hätte lieber einen Panzer gefahren als den Oldsmobile und eine kugelsichere Weste statt der wattierten Jacke getragen. Als ich am Ende der langen dunklen Forststraße ankam, schaltete ich die Innenbeleuchtung ein, ließ meine Hände gut sichtbar auf dem Lenkrad liegen und parkte langsam neben Gwens Wohnwagen ein.

Ein Scheinwerfer auf einem Mast im Zentrum der Wagenburg ging an. Die Wälder hinter dem grellen Lichtkegel verschmolzen mit dem Schwarz der Nacht. In dem Bewußtsein, beobachtet zu werden, stieg ich vorsichtig aus und klopfte an Gwens Tür.

Sie öffnete und blieb schwankend stehen. Nüchtern war sie gewiß nicht.

„Kann ich dich um einen Gefallen bitten?“

„Probier's.“

„Sag mir, wer Rennys Fluggäste waren.“

„Die Ärztin mit der Katze war Stammkundin.“

„Richtig. Danbury – Block Island. Wer noch?“

„Ein Börsenmakler in Roxbury. Renny ist praktisch in seinem Hinterhof gelandet. Und ein Pferdezüchter drüben in Pawling.“

„Wer noch?“

„Der Neue vom Schloß. Wie heißt er gleich? Na, du weißt schon, der, wo du den Toten gefunden hast.“

Ich hätte lieber gleich auf Tante Connie hören sollen. Eine kaum zu bändigende Mordlust überfiel mich, aber ich wollte nicht, daß Gwen mir in die Quere kam. Deshalb schob ich mich im Schneckentempo zum Oldsmobile und sagte mit dem letzten Funken klarem Verstand: „Und wer noch?“

„Ach, ich weiß nicht. He, wohin willst du?“

„Ich muß los, Gwen, aber ich melde mich bald." Während der Heimfahrt rechnete ich mir wohl zum hundertstenmal aus, wie lange man von Washington, D. C., nach Newbury, Connecticut, und wieder zurück brauchte.

11

DER DREIZEHNUHRFLUG von Washington kommt kurz vor vierzehn Uhr im La-Guardia-Flughafen in New York an.

Fünfzig Minuten, um Renny zu finden und mit der Chartermaschine abzuheben. Fünfzehn Uhr dreißig Landung auf Al Bells Flugfeld. Renny erschießen. Kein Mensch auf der ganzen Welt weiß, daß man in Newbury ist.

Den Motor wieder auf Touren bringen und die Maschine langsam gegen einen Baum fahren. Einen Plastikbeutel mit Kokain aufschlitzen und das Zeug verteilen, um so einem Jungen von der falschen Seite der Stadt Drogenschmuggel unterzuschieben. Dann in Rennys Camaro nach Morris Mountain. Den Wagen hinter der Scheune abstellen und ins eigene Haus schleichen. Das Gewehr der Ehefrau nehmen, auf ihren Geliebten warten und ihn in den Rücken schießen. Das Gewehr wieder an seinen Platz stellen und um sechzehn Uhr dreißig in Rennys Wagen steigen, um rechtzeitig vor Ritas Heimkehr zu verschwinden. Zwei Stunden Fahrt zum La-Guardia-Flughafen. Mit dem Neunzehnuhrflug nach Washington zurück. Noch genug Zeit zum Duschen und Umziehen im Hotel. Zurück ins Weiße Haus zum Fernsehen samt Fertigverpflegung mit den Freunden des Präsidenten.

Ich fuhr weiter und wählte eine Nummer, die ich etwas optimistisch in meinem Autotelefon gespeichert hatte.

Rita meldete sich schlaftrunken. Ich sagte: „Gehen Sie in das Gästezimmer, wo Ron und Sie sich geliebt haben. Ich rufe gleich wieder an."

„Warum?"

Ich legte auf, gab ihr eine kurze Frist, damit sie meinem Wunsch nachkommen konnte, und wählte wieder.

„Jack hat Ron getötet."

„Können Sie das beweisen?"

„Mir fehlt nur noch ein Steinchen im Mosaik. Übermorgen kann ich zur Polizei gehen."

JACK LONG rief mich am nächsten Morgen um neun Uhr an.

„Ben? Jack Long hier. Hoffentlich bin ich nicht zu früh dran."

„Ich sitze schon am Schreibtisch und zahle Rechnungen." Eine schamlose Lüge. Seit sieben hatte ich das Telefon angestarrt und darum gebetet, daß Alex Rose sich noch seiner für die Rita-Ron-Spielchen installierten Wanzen bediente.

„Hören Sie, Ben. Rita und ich sind übereingekommen, daß wir in diesem Haus nicht bleiben wollen. Es ist zu erinnerungsträchtig."

„Klingt, als wollten Sie verkaufen."

„Genau das. Wir würden Sie ja gerne exklusiv damit beauftragen, aber wir fühlen uns Fred Gleason verpflichtet."

„Verstehe."

„Aber wir wollten Ihnen beiden vorschlagen, daß Sie sich die Vertretung des Angebots teilen."

„Das muß ich mit Fred besprechen."

„Tun Sie das. Natürlich brauchen wir eine neue Bleibe. Alex Rose hat mir von einem alten Landsitz erzählt, den Sie ihm gezeigt haben."

„Das Richardson-Anwesen."

„Klingt gut."

„Jack, es ist ein hübsches Haus, aber keine Luxusburg mit fünfzig Hektar Land drumherum."

„Rita und ich möchten uns ohnehin ein wenig verkleinern. Vielleicht brauchen wir ein bescheideneres Leben. Ein Daheim, wo wir allein mit allem zurechtkommen."

„Wollen Sie das Haus ansehen?"

„Wie wär's mit heute nachmittag gegen drei?"

„Um die Zeit ist das Licht am günstigsten."

ZEHN nach drei kam er in mein Büro. Zu meiner Überraschung brachte er Alex Rose mit. Rose steckte wieder in seinem Kordjackett. Long trug eine Windjacke und eine Baseballmütze, eine Aufmachung, in der er fast wie ein Einheimischer aussah. Beide Männer wirkten nervös.

„Verzeihen Sie die Verspätung, aber wir hatten beinah einen Unfall mit einem Pritschenwagen."

„Wo ist Rita?"

„Ich wollte mir das Haus zuerst allein ansehen."

Ich streifte Rose mit einem Blick. Long fühlte sich bemüßigt zu erklären: „Wir hatten etwas zu besprechen, deshalb sind wir gemeinsam hergefahren. Wollen Sie hier warten, Alex?"

„Wenn Sie nichts dagegen haben, Mr. Long, komme ich gern mit."

Scheinbar völlig gleichgültig erwiderte Long: „Wie Sie wollen."

Wir stiegen in meinen Wagen. Rose nahm im Fond und Long auf dem Beifahrersitz Platz. Als ich in die Main Street einbog, blickten sich beide suchend um.

„Alles in Ordnung?"

„Ja", sagte Long. „Ich könnte schwören, der Pritschenwagen ist uns gefolgt, doch inzwischen hat er's anscheinend aufgegeben."

Wahrscheinlich hatten sie einen angesäuselten Fahrer gereizt, dem der dicke Mercedes von Rose mißfiel.

Endlich kamen wir in die Richardson Street. Es hatte seit einer Woche nicht mehr geregnet, und wir wirbelten eine riesige Staubfahne auf. Die Ahornbäume leuchteten in mattem Gelbbraun.

„Das war früher alles Land der Richardsons, wurde aber verkauft. Zu dem Besitz gehören jetzt noch zweieinhalb Hektar. Weitere sechs könnte man dazuerwerben."

„Glauben Sie, daß ich den verkauften Teil bekommen kann?" fragte Jack. „Ich möchte nicht, daß mir jemand was vor die Nase hinbaut." Er schaute sich anerkennend um. „Die Aussicht ist nicht so schön wie bei uns, aber es ist ein nettes Plätzchen. Na, Alex, gefällt es Ihnen?"

Rose spähte durch das Rückfenster nach hinten. Ich hatte ebenfalls aufgepaßt, aber keinen Pritschenwagen bemerkt.

„Ah, ist das eine Pracht! Sehen Sie sich das Haus an!" rief Long.

Wir stiegen aus, und ich zückte meinen Schlüsselbund. „Vom Wohnzimmer aus hat man einen herrlichen Blick auf den Eislaufteich. An Wintertagen können Sie glatt noch den heißen Kakao riechen."

„Ben, wir müssen miteinander reden." Long beobachtete mich aufmerksam. Rose war zurück zur Straße geschlendert und hielt Ausschau nach dem angeblichen Verfolger.

„Sehen Sie sich das Haus zuerst von innen an, bevor Sie ein Angebot machen", sagte ich.

„Alex, warum warten Sie nicht im Wagen?" rief Long. „Ich gehe mit Ben hinters Haus."

„Muß das sein?"

„Ja, warten Sie hier. Kommen Sie, Ben, zeigen Sie mir den Eislaufteich."

Wir spazierten über den mit Unkraut überwachsenen Pflasterweg, der sich vor der Eingangstreppe gabelte und zu beiden Seiten des Hauses weiterführte. Ich schwenkte nach links und führte Long an der Glasveranda und dem verwilderten Rosengarten vorbei auf die mit Schieferplatten ausgelegte rückwärtige Terrasse.

„Das war der Tennisplatz", erklärte ich und deutete nach rechts.

„Ben, kommen wir endlich zur Sache."

„Na gut, Jack. Ich will ehrlich sein."

„Einverstanden. Schluß mit dem Quatsch."

„Ich vertrete den Besitz."

„Was? Was für einen Besitz?"

„Ellie Richardsons Besitz. Ihre Erben haben kein Interesse daran, die wollen nur Geld. Ich bin also in der Lage, Ihnen einen sehr vernünftigen Preis zu machen."

„Lassen Sie die Mätzchen, Kleiner. Wir müssen reden, und Sie wissen verdammt gut, worüber."

Ich wandte mich von ihm ab und ging näher zum Haus. Er folgte mir und packte mich am Arm. „Sie kennen das, Ben. Man steht auf einem Drahtseil und jongliert mit vielen Möglichkeiten. Dabei weiß man nie, wann es mal danebengeht, und man will auch gar nicht darüber nachdenken, weil einen das nur verunsichert, stimmt's? Sie wissen, was ich meine."

„Ja, ich weiß, was Sie meinen."

„Die vielen Bälle in der Luft – einer fällt herunter. Na und, was soll's? Man wirft einen anderen hoch. Eines Tages greift man wieder in den Korb, aber der ist leer. Ich kann noch immer nicht glauben, daß mich von meinen unzähligen Transaktionen ausgerechnet die mit Ron Pearlmans Fabrik zu Fall bringen würde. Verstehen Sie mich?"

„Mir ist eines klar, Jack. Sobald ein Geschäftsmann zu philosophieren anfängt, ist er am Ende. Wer den Ball verliert, ist aus dem Spiel."

„Man tut, was man tun muß", gab Long zurück. „Und jetzt zum Thema."

„Und das wäre? Daß Sie Ihren Partner von hinten erschossen haben?"

„Er hat mit meiner Frau geschlafen."

„Deshalb haben Sie ihn nicht getötet."

„Ach! Und warum dann?"

„Der Grund war der fällige Wechsel. Der Vertrag bedeutete, wie Sie eben sagten, den Absturz für Sie. Sie hatten das Geld nicht, das Sie ihm schuldeten."

„Was geht das Sie an? Ich mußte mich sanieren."

„Auf Kosten Ihrer Frau."

„Die boxe ich raus. Rita ist zäh. Sie steht einen Prozeß durch."

„Und um Ihre Spuren zu verwischen, haben Sie meinen Cousin umgebracht."

„Herrgott noch mal! Ich hatte keine Ahnung, daß er Ihr Cousin war! Ich kannte Sie gar nicht. Er war bloß ein Pilot – im Prinzip unwichtig. He, ich behaupte ja nicht, daß die Sache damit erledigt ist. Darum erkläre ich Ihnen ja alles. Ich will, daß für seine Familie gesorgt wird. Stipendien für die Kinder, ein Treuhandfonds – ganz wie Sie wollen. Sie können alles verwalten. Und Sie selbst gehen auch nicht leer aus. Nennen Sie mir Ihren Preis. Ich vermute, Sie sind der einzige, der das Spiel durchschaut hat, wie?"

„Auch Rita hat eine ziemlich klare Vorstellung davon."

„Mit ihr werde ich mich schon einigen."

Wir blickten einander in die Augen. „Letzte Chance, Ben. Was wollen Sie von mir?"

Ich wollte, daß er zugab, Ron Pearlman und Renny Chevalley ermordet zu haben, und das hatte ich erreicht.

„Renny Chevalley war ein guter Kerl."

Long griff in seine Windjacke und zog eine Pistole. Damit hatte ich gerechnet. Womit ich nicht gerechnet hatte, war Alex Rose, der wie eine Dampflok um die Hausecke brauste. „Mr. Long, Sie haben gesagt, Sie wollen ihm den Mund stopfen – aber doch mit Geld und nicht so!"

„Ich lasse mich nicht bestechen", sagte ich.

„Mr. Abbott, der Mann hat eine Waffe! Hören Sie sich seinen Vorschlag an", warnte mich Rose. „Mr. Long, das geht zu weit!"

„Warten Sie im Wagen!" befahl ihm Long.

„Mr. Long, Sie machen einen Fehler!"

„Ich unterhalte mich ja nur mit ihm. Warten Sie im Wagen!"

Rose zögerte.

„Wird's bald!" Longs Befehl klang scharf wie ein Peitschenhieb.

Rose zog sich zurück. „Gut, ich gehe. Bis gleich."

In diesem Moment trat Oliver Moody, der endlich genug gehört hatte, aus dem Wohnzimmer, seinen Revolver fest mit beiden Händen im Anschlag. In voller Uniform und mit dem breitkrempigen Hut sah er aus, als wäre er zwei Meter fünfzig groß.

ICH HATTE vergessen, Ollie zu warnen, daß Jack Long bei den Marines gewesen war, und Ollie, der eigentlich hätte gewitzter sein müssen, beging den Fehler zu glauben, reiche Männer wären verweichlicht und keine ernstzunehmenden Gegner. Trotz seiner plumpen Gestalt hechtete sich Long elegant zu Seite, rollte auf der Terrasse ab, kam blitzschnell und geschmeidig wieder hoch und feuerte mit bemerkenswerter Treffsicherheit zweimal. Die zweite Kugel pfiff über den State Trooper hinweg, aber nur, weil dieser schon vornüberstürzte. Aus einer Wunde an seinem Hals spritzte Blut.

„Sie haben einen Polizisten umgelegt!" schrie Rose.

Ich war wie betäubt. Oliver Moody auf dem Boden war ein unfaßbarer Anblick.

„Aber nein", sagte Long und behielt mich im Auge, während er gelassen niederkniete und Olivers Waffe nahm. „Hier gab es einen Schußwechsel zwischen dem State Trooper und seinem Erzfeind, dem Immobilienmakler." Sein Lächeln verriet, daß er überzeugt war, eine sehr gefährliche Situation voll zu beherrschen.

Ich schaute zu Rose. Von ihm war keine Hilfe zu erwarten. Er lächelte zwar nicht, wirkte aber erleichtert. Longs Version klang glaubhaft.

Long richtete Ollies Waffe auf mich. Ich spürte, wie mir die Beine zu zittern begannen, und konnte nichts dagegen tun. „Ich dachte, Sie hassen Partner, Jack."

„Wollen Sie eine Grabrede halten?"

„Wenn Sie mich umbringen, gehen Sie eine lebenslange Partnerschaft mit Ihrem zahmen Wachhund ein. Damit hat er Sie für immer in der Hand."

„Kein Problem", sagte Long. „Alex wird es bei dem Kreuzfeuer auch erwischen." Er hob Ollies Pistole, und sie dröhnte wie eine Kanone – zweimal.

Longs erster Schuß überraschte mich ebenso wie Rose, den die Kugel zurückwarf. Der zweite Schuß traf ihn in den Arm. Er taumelte und fiel zu Boden.

Ich warf mich auf Oliver Moody. Meine einzige Rettung war die Waffe in seinem Knöchelhalfter, vorausgesetzt, ich konnte sie ziehen und entsichern.

Ich hatte eine winzige Galgenfrist. Long nahm irrtümlicherweise an, ich wolle Ollies Körper als Deckung benützen, und in der Sekunde, die er brauchte, um einen Schritt näher zu treten und zu zielen, schob ich meine Hand in Olivers Hosenbein und um den Griff der Beretta, ehe Long es merkte. Sein erster Schuß ging daneben. Steinsplitter spritzten mir ins Gesicht, und dann drückte ich ab.

Wann immer ich im Gefängnis mit jemand über Schießereien gesprochen hatte, waren sich alle einig gewesen: ballern, ballern, ballern. Lieber breit streuen als bedächtig zielen. Meine Haftkollegen hätten mich gelobt. Long flogen die Kugeln nur so um die Ohren. Eine traf ihn schließlich in den Arm. Er stieß einen Schrei aus und rannte davon.

Bevor ich auf die Füße kam, war Long schon am Haus vorbei. Ich hetzte ihm nach und sah, daß er auf meinen Wagen zusteuerte. Plötzlich bremste er aus vollem Lauf, als ein rostiger 79er Ford Pritschenwagen zwischen den Hecken, die das Haus von der Straße abschirmten, angefegt kam und die zerfurchte Auffahrt heraufdröhnte.

Jack Long ergriff die Flucht. Der Pritschenwagen änderte die Richtung, schnitt ihm den Weg ab und versetzte ihm einen Stoß, der ihn fast zehn Meter weit über den verkommenen Parkplatz schleuderte. Das Geräusch war dumpf und trotzdem enorm laut.

Long kullerte nach dem Aufprall weiter. In einer Wolke von Staub und Splitt wendete der Ford um hundertachtzig Grad. Long versuchte sich aufzurichten und schrie gellend auf, als der schwere Wagen ihn wieder niederstieß und überrollte. Das Rot der Bremslichter flammte auf und dann das Weiß der Rückfahrscheinwerfer, als der Pritschenwagen zurückstieß und genau über Long hielt.

Gwen Jervis sprang heraus. Ohne darauf zu achten, daß ich an der Hausecke stand und alles sah, kniete sie nieder und starrte schweigend auf ihr Opfer unter dem Wagen.

Von der Rückseite des Hauses ertönte ein verzweifelter Schrei. „Ben!"

Ich rannte zu Ollie. Blutüberströmt und schwankend bemühte er sich aufzustehen. Ich stützte ihn und zwang ihn sanft, sitzen zu bleiben. In seinem dicken Hals klaffte eine schreckliche Wunde. Mit der freien Hand versuchte ich, die Ränder zusammenzudrücken.

Eine Bewegung neben mir ließ mich aufblicken. „Was –"

„Hab eure Staubfahne gesehen." Gwen, die am Vorabend wohl doch nicht ganz so blau gewesen war, wie ich dachte, schaute auf uns herab.

„Ich habe ein Autotelefon. Ruf den Notarzt!" sagte ich.

Statt dessen kniete sie sich hin. „Ich kümmere mich um ihn. Ruf du an." Mit sicherem Griff preßte sie die Wundränder zusammen. „Sie sollen zwei Wagen schicken. Vorne liegt ein Mann, überfahren von einem Pritschenwagen." Sie sah mich völlig ruhig an. „Er ist mir direkt vor die Räder gelaufen. Zweimal."

Ich sprintete zu meinem Wagen und wählte den Notruf.

Mitten auf der Einfahrt lag Jack Long unter Gwens Wagen wie eine umgestürzte Vogelscheuche. Die Notrufzentrale in Newbury meldete sich. Ich erklärte, daß es vielleicht besser wäre, auch die Krankenwagen von Morrisville und Frenchtown einzusetzen. Dann bückte ich mich und sah mir Long aus der Nähe an. Sekundenlang öffnete er die Augen – ein matter, ersterbender Blick.

Sein Brustkorb war zermalmt, seine Stimme ein ersticktes Gurgeln. „Warum hat sie mich überfahren?“ röchelte er.

Ich sagte ihm, sie hätte getan, was sie tun mußte, und ging zurück zu Oliver.

WÄHREND meiner Abwesenheit war ein Toter wieder zum Leben erwacht. Alex Rose saß wieder aufrecht. Der stets vorsichtige Detektiv trug unter seinem lässigen Kordjackett eine kugelsichere Weste. Er würde noch längere Zeit Schmerzen im Arm haben, aber wenigstens hatte Long ihn nicht ins Jenseits befördert. Tatsächlich hatte sich Rose so weit von dem Schreck erholt, daß er uns atemlos eine Geschichte herunterrasselte, die wir der Polizei erzählen sollten. Ich riet ihm, mehr an sich selbst zu denken und eine eigene Version der Geschehnisse vorzubereiten.

„Ich hab nicht gewußt, daß er Ron umgebracht hat.“

„Nicht einmal geahnt?“

„Nun ja, vielleicht hatte ich einen leisen Verdacht.“

Gwen schaute herüber. „Frag ihn wegen Renny.“

„Ich wußte nichts von Renny.“

„Haben Sie sich nicht gewundert, warum Long Ihnen befahl, vierzigtausend Dollar in Rennys Schrank zu verstecken?“

„Das hab ich nicht getan, das schwöre ich. Das muß Jack selbst gewesen sein.“

Ich tauschte einen zweifelnden Blick mit Gwen. Rose entging nicht, daß wir ihm nicht glaubten. „Ich hab das Geld nie angerührt!“ protestierte er entrüstet. Zu entrüstet, dachte ich und Gwen offenbar auch.

„Was verheimlichen Sie uns?“ fragte sie.

Rose überlegte einen Moment. Von weitem hörte man eine Sirene. „Jack hat mich gebeten, ihm ein paar Gramm Kokain zu besorgen. Mehr hab ich nicht getan.“

Wieder blickte ich zu Gwen, die als Antwort nur die Achseln zuckte.

Der Krankenwagen von Newbury kam als erster an. Der Notarzt hatte Bedenken, Ollie zu transportieren, und forderte einen Rettungshubschrauber an, der ihn vor Einbruch der Dunkelheit ausflog. Bis dahin wimmelte es auf dem Richardson-Anwesen von Polizeibeamten. Natürlich fehlten auch Bender und Boyce nicht.

Gwen beantwortete ihre Fragen mit einer Ruhe, aus der die Erfahrung sprach. Sie habe in dem verlassenen Obstgarten Äpfel pflücken wollen, und der Mann sei ihr in der Richardson Street direkt vor den

Wagen gerannt. „Es ging alles viel zu schnell. Als ich bremste, hatte ich den armen Kerl schon voll erwischt.“ Sie biß sich auf die Lippen und fügte leise hinzu: „Ein grausiges Erlebnis.“

Die Beamten wandten sich an mich. „Stimmt diese Aussage mit Ihren Beobachtungen überein?“

Ich bin kein Lügner. Als ich Gwen in die Augen schaute, lag in ihrem Blick keine stumme Bitte. Sie war furchtlos wie ein Falke, der im Vertrauen auf seinen Instinkt in den Lüften schwebt.

„Mr. Abbott?“

„Ich hatte alle Hände voll mit Trooper Moody zu tun. Ich glaubte schon, er würde mir wegsterben, aber da kam Gwen gelaufen und hat die Blutung gestillt.“

Ein Captain der State Police, der sich während seiner ganzen Laufbahn mit dem Jervis-Clan hatte herumschlagen müssen, fragte ironisch: „Mit Schußwunden kennen Sie sich offenbar gut aus, Gwen?“

„Von Jagdunfällen“, gab sie zu.

ALS ES dunkel wurde, verlegten wir unseren Standort ins Rathaus, wo die Polizei ein provisorisches Hauptquartier einrichtete. Der Staatsanwalt kam höchstpersönlich aus der Kreisstadt. Ollie hatte auf dem Flug ins Krankenhaus eine Aussage hervorgewürgt, mit der er Jack Longs Geständnis im wesentlichen bestätigte. Die Ärzte hatten einen Luftröhrenschnitt bei Ollie vornehmen müssen und den Patienten für vorläufig nicht vernehmungsfähig erklärt. Am nächsten Tag würde man weitersehen. Alex Rose hatte sich anfangs auf der anderen Seite des Hauses befunden und dann bewußtlos im Gras gelegen. So blieb ich für den Staatsanwalt als einziger Zeuge der Ereignisse übrig, die seine Klage gegen Rita Long in eine Schmierenkomödie zu verwandeln drohten.

Er war nicht glücklich darüber und auch gar nicht erfreut, als Ira Roth hereinsegelte und mir mit gedämpfter Stimme versicherte, er würde mich kostenlos vertreten.

Der Staatsanwalt hob an: „Lassen Sie mich also klarstellen: Dieser Mann behauptet –“

„Mein Klient erklärt“, unterbrach ihn Roth.

„Ihr Klient erklärt, Jack Long habe Ron Pearlman erschossen, um die Ungültigkeit eines Vertrages zu erwirken, der ihn finanziell ruiniert hätte. Er behauptet – äh –, erklärt weiterhin, daß Jack Long seinen Cousin Renny Chevalley erschossen habe, nachdem dieser ihn nach Newbury geflogen hatte. Jack Long wollte damit nach Darstellung Ihres Klienten den einzigen Zeugen ausschalten, der wußte, daß er sich an diesem Nachmittag nicht in Washington befand, und hat sein Verbrechen als Auseinandersetzung im Drogenhandel getarnt."

„Woher stammt das Kokain?" fragte Sergeant Bender.

„Wie soll mein Klient etwas über das Kokain wissen? Soweit ich mich erinnere, lernte er Mr. Long nur flüchtig bei einer Sitzung des Landverwaltungskomitees kennen. Ist das richtig, Mr. Abbott?"

„Das ist richtig. Wir haben einen Händedruck gewechselt."

„Sie fragen den falschen Mann", fuhr Ira Roth fort. „Genauso, wie Sie ein Geschworenengericht dazu treiben wollen, die falsche Frau anzuklagen."

Der Staatsanwalt fluchte.

„Danken Sie Ben Abbott lieber für seine Hilfe, Herr Kollege, anstatt sich vor Gericht zu blamieren." Mit der größten Selbstverständlichkeit wandte er sich an mich. „Mr. Abbott, darf ich Ihnen anbieten, Sie bis zu Ihrem Wagen mitzunehmen?"

„Der ist beschlagnahmt", sagte Marian Boyce schnippisch. „Ich werde Mr. Abbott fahren. – Wohin?" fragte sie, sobald wir in ihrem Vehikel saßen.

„Zum Schloß."

„Dacht ich's mir doch, Sie unverbesserlicher Romantiker."

„Weiß sie es schon?"

„Ich habe Anweisung gegeben, sie nicht zu verständigen, damit Sie es ihr selbst sagen können."

DIE EINGANGSTÜR war offen und das Haus dunkel bis auf ein vereinzeltes Licht oben im Turm. Ich stieg die Treppe hinauf. Rita saß in dem Ausguck an dem kleinen Tisch. Eine Flasche Champagner lag auf Eis, und zwei Gläser standen bereit. Quer über ihrem Schoß lag ein Jagdgewehr.

„Jack?" fragte sie, als ich die letzten Stufen erreichte.

„Nein, Ben."

Sie ließ die Schultern sinken. „Haben Sie ihn getötet?"

„Nein. Rennys Freundin hat ihn überfahren."

„Hat er leiden müssen?"

Ich dachte an seinen Schrei. „Kurz."

„Er hat es verdient."

„Das ja. Was soll das Gewehr?"

„Er wollte mit mir reden."

„Und für wen ist der Champagner?"

„Für einen Mann, den ich geliebt habe. Möchten Sie einen Schluck?"

„Danke, lieber nicht. Aber vielleicht darf ich demnächst selbst eine Flasche vorbeibringen."

„Nicht so bald."

Langsam machte ich mich an den Abstieg. Meine Tante Connie hatte recht. Ich flog auf Frauen. Aber diese würde einfach nicht mitmachen.

„Übrigens, das Telefon in Ihrem Gästezimmer wird abgehört."

„Ich hab die Wanze entfernt."

„Wann?"

„Als Sie mir von dem Video erzählten, begriff ich, daß Rose ein Abhörgerät installiert haben mußte."

„Aber ich habe Sie doch gestern abend über diesen Apparat angerufen und –"

„Mir war klar, daß Sie Alex Rose auf diese Weise eine Nachricht übermitteln wollten, daher habe ich ihn angerufen und informiert."

„Warum?"

„Ich wußte, daß Sie in Wirklichkeit Jack bluffen wollten, um ihn in die Falle zu locken. Das stimmt doch?"

„Und wußten Sie auch, daß das für mich gefährlich werden würde?"

„Offensichtlich hatten Sie einen Plan."

„Und wenn ich keinen gehabt hätte?"

Sie klopfte auf das Jagdgewehr. „Ich hatte einen."

ZUM ERNTEDANKFEST gaben Tante Connie und ich ein Essen für Arme und Alleinstehende. Wir luden Ed Hawley, den Koch vom Church Hill Diner, Alison, Mrs. Mealy und meine Mutter ein. Und Rita.

Da Tante Connie es sich nicht hatte nehmen lassen, den Truthahn zu braten, eilte ich über die Straße, um ihr hilfreich zur Seite zu stehen. Den Tisch hatten wir schon am Vorabend gedeckt. Auch die Blumen waren bereits arrangiert.

Alison und ihre Mutter hätten sich am liebsten in der Küche verkrochen. Die arme Janet Mealy war so überwältigt von Tante Connies vornehmem Haus, daß sie den Mund kaum aufbrachte. Alison hingegen sagte mir glücklich, sie sehe mit ihrer neuen Zahnspange beim Lächeln genauso aus wie der Kühlergrill meines Oldtimers. Tante Connie scheuchte Mutter und Tochter ins Wohnzimmer. Dort saß in schlichter Eleganz, sprich in einem bei einem Wohltätigkeitsbasar der Heilsarmee erstandenen Anzug, der gute Ed Hawley. Er redete Janet den ganzen Abend über mit gnädige Frau an.

Rita Long kam etwas zu spät. Ihre Wangen waren von der Kälte gerötet, und sie sah so schön und exotisch aus wie eine russische Prinzessin. Für Tante Connie brachte sie einen riesigen Korb mit kandierten Früchten mit. Mein Tantchen bedankte sich liebenswürdig, obwohl das extravagante Geschenk sie ein wenig schockierte.

Bei Tisch jedoch erwärmte sie sich für Rita, als diese mit bewundernswertem Geschick Mrs. Mealy, Alison und Ed ins Gespräch zog. Zweimal warf mir Tante Connie einen ganz ungewohnt beifälligen Blick zu, und einmal ertappte ich sie dabei, wie sie meiner Mutter heimlich zunickte. Natürlich bezauberte Rita auch sie.

Nach dem Essen verabschiedete sich Rita als letzte und fragte mich an der Tür: „Können Sie morgen mit mir auf Wohnungssuche gehen? Ich habe beschlossen zu bleiben, aber nicht in Jacks Haus."

„Haben Sie eine bestimmte Vorstellung von dem, was Sie suchen?"

„Ich möchte etwas Hübsches, Gemütliches."

Das konnte ich ihr noch nicht so recht glauben. Sie war eine reiche Witwe, die Alleinerbin von Long Technical Systems. Dank Rons klugem Vater und einigen von mir empfohlenen Leuten mit Führungsqualitäten hatte die Firma eine gute Chance, trotz Jacks Tod zu überleben. Ich versprach, ihr am nächsten Morgen ein paar Objekte zu zeigen.

ICH HATTE eine Liste von „gemütlichen" Häusern vorbereitet, und wir besichtigten am Freitag vormittag ein Häuschen nach dem anderen. Am Nachmittag wandten wir uns dann größer dimensionierten Behausungen zu. Ich wollte sie schon zu mir nach Hause auf einen Drink einladen, als sie sagte: „Zeigen Sie mir doch noch einmal den Richardson-Besitz."

„Da möchte ich nicht hin."

„Er war mein Mann. Niemand, den Sie geliebt haben, ist dort gestorben."

„Ich wäre dort fast gestorben."

„Fahren wir."

Ich fuhr ziemlich schnell, weil die Tage schon sehr kurz waren und es bereits um halb fünf dunkel wurde. Rita hatte den Kopf zurückgelehnt. Ihr Haar glänzte wie schwarzer Lack.

„Ihr Haus gefällt mir", sagte sie plötzlich.

„Das ist unverkäuflich. Außerdem kommt die Main Street für Sie nicht in Frage, weil Sie sich in Ihrer Freiheit beschränkt fühlen würden. Sie könnten nicht nackt bei hochgezogenen Jalousien herumlaufen."

„Wenigstens gibt es dort keine filmenden Waschbären."

„Manchmal kommen sie sogar ins Haus. Schlüpfen durch den Kamin herein."

Ein paar hundert Meter weiter vorn stand ein Heuwagen am Straßenrand. Eine böse Vorahnung überfiel mich, und ich bremste scharf ab.

„Was ist denn?" rief sie, als sie in den Sicherheitsgurt geschleudert wurde.

„Eine Radarfalle."

Mit siebzig Stundenkilometern zogen wir gemächlich an Ollie vorbei.

Ich hob einen Finger zum Gruß. Es war keine sehr feine Geste.

Foto: Lori March Taubman

Justin Scott

Äußert ein junger Mann den Wunsch, Schriftsteller zu werden, dann ist seine Familie meistens nicht begeistert. Nicht so bei Justin Scott. Seine Eltern waren selbst gestandene Autoren und der Meinung, daß Romane zu schreiben ein reputierlicher Gelderwerb sei. Justin Scott erinnert sich noch genau an den Tag, an dem er seinem Vater seinen Berufswunsch mitteilte. Dieser blickte nur kurz von seiner Schreibmaschine auf, sagte „Herzlichen Glückwunsch!" und tippte schon wieder weiter.

„Trotzdem gibt es einen Nachteil, wenn man in einer solchen Familie groß wird", meint Scott. „Mit der wirklichen Welt kommen Schriftstellerkinder wenig in Berührung, aber die Wirklichkeit soll doch Bestandteil der Romane sein." Auf vielfältige Weise hat sich Justin Scott bemüht, diesen Mangel an Erfahrung auszugleichen. Bevor er sich ganz dem Schreiben zuwandte, arbeitete er als Lastwagenfahrer, Zimmermann, Barkeeper und als Redakteur einer Fachzeitschrift für Ingenieure. Überdies frönte er, wann immer möglich, seiner Liebe zum Segelsport. Er reiste viel und war offen für alles Neue. Beim Schreiben legte er sich nie fest. Er schrieb Krimis und romantische Segelgeschichten, Psychothriller und breit angelegte Spannungsromane. „Ich habe versucht, mich nie zu wiederholen", sagt er über sich selbst – keine leichte Aufgabe, wenn man bedenkt, daß er bereits vierzehn Romane veröffentlicht hat.

Der Ort der Handlung von *Verhängnisvolle Freundschaft,* das fiktive Städtchen Newbury, ist ganz nach dem Herzen des Autors geschildert, der das ländliche Amerika liebt. Aber auch hier greift er auf eigene Erfahrungen zurück: Newbury ist eine Mischung seines Geburtsortes auf Long Island und der Kleinstadt in Connecticut, in der der Autor heute mit seiner Frau, einer Landschaftsarchitektin, lebt.

Das Schweigen des Nordens

EINE KURZFASSUNG DES BUCHES VON

Olive A. Fredrickson und Ben East

INS DEUTSCHE ÜBERTRAGEN VON DIETER KUHAUPT

S Gall

Was macht eine junge Frau, wenn sie Witwe wird, drei kleine Kinder hat und in einer Blockhütte mitten in den kanadischen Wäldern lebt? Sie versteckt die Trauer um ihren Mann ganz tief in ihrem Herzen, denn jetzt geht es für sie und die Kinder ums Überleben. Das Land muß gerodet, die Felder müssen bestellt werden; sie muß auf die Jagd gehen und Beeren sammeln, damit sie im Winter genug zu essen haben. Olive A. Fredrickson ist diese Pioniersfrau, die mit beispielhaftem Mut ihr schweres Schicksal meistert.

EINS

ZU BEGINN unseres Jahrhunderts mieteten meine Eltern am Sturgeon River, vierzig Kilometer westlich von Edmonton in der Provinz Alberta, ein Haus. Es war eine Blockhütte mit einem einzigen Raum im Erdgeschoß – in einer Ecke war die Küche – und behelfsmäßig abgeteilten Schlafzimmern oben unter dem Dach. In der ebenen Landschaft ringsum waren, so weit das Auge reichte, nur Getreidefelder zu sehen.

Die Hütte gehörte Joe McLean, der an dem alten Weg von Edmonton nach Athabasca ein paar Kilometer flußabwärts in einer geduckten Blockhütte einen Kaufladen mit Postamt und Gastwirtschaft betrieb. Unser Haus war klein und ärmlich, aber trotzdem war die Miete für unsere Verhältnisse zu hoch. Nie bin ich dahintergekommen, wo das Geld aus dem Verkauf unseres alten Hauses in Wisconsin geblieben ist, aber wahrscheinlich haben wir es auf dem langen Umzug nach Alberta verbraucht.

Ich weiß noch, wie meine Mutter eines Tages einem meiner Brüder auftrug: „Die Miete ist wieder fällig. Lauf zu McLean und sage ihm, Vater ist fort zum Fallenstellen, und wir haben im Augenblick kein Geld."

„Mrs. Goodwin", ließ unser Vermieter ausrichten, „keine Bange. Sie können alles zahlen, wenn Ihr Mann im Frühjahr heimkommt." Ja, so freundliche und großherzige Menschen gab es damals im Norden . . .

Eingerichtet war unser Haus sehr einfach, doch es enthielt einige gute Stücke aus besseren Tagen, die die weite Reise aus Wisconsin im Jahr 1909 überlebt hatten. Der holzbefeuerte Küchenherd hatte eine aufgesetzte Backröhre zum Wärmen von Speisen und einen Wasserbehälter. Von hinten konnte man ein Gestell nach vorn über die Herdplatten klappen – ideal, um einen Stapel Pfannkuchen warm zu halten. Über Mutters großem Schaukelstuhl lag eine selbstgestrickte Wolldecke, und in der Mitte des Raumes stand ein schwerer runder Eichentisch, an dem die ganze große Familie Platz nehmen konnte. Zwischen den Mahlzeiten war er mit einem weißen Öltuch gedeckt, und darauf standen eine Zuckerschale und ein Löffelhalter.

Das Prunkstück unseres Heims war ein altmodisches Harmonium mit schön geschnitzten Verzierungen. Mutter liebte Musik, besonders rührselige Schlager und Kirchenlieder. Ich höre noch meine Schwester Maud, wie sie volkstümliche Weisen spielt und singt. Als wir nach Mutters Tod vom Sturgeon River wegzogen, blieben das Harmonium, der Tisch und andere ihrer geliebten Habseligkeiten zurück.

Man sagt, die Besiedlung des amerikanischen Westens sei für die Frauen der Pioniere härter gewesen als für die Männer. Ganz gewiß aber war das Leben in Nordwestkanada zu der Zeit sehr hart für die Frauen.

Im Sommer 1910, ich war gerade neun, zogen mein Vater und drei meiner Brüder – Elmer, John und Willie – mit Willies Frau Maggie für den Winter gen Norden zum Kleinen Sklavensee. Sie wollten versuchen, dort oben ein Fleckchen Erde zu finden, wo sie sich niederlassen und vom Pelztierfang leben konnten. Ich, das jüngste Kind, ein Mädchen, wurde zurückgelassen, damit ich mich um Mutter kümmern konnte. Sie hatte zwölf Kinder großgezogen und dafür alle Kraft und Gesundheit geopfert. Außerdem litt sie an Epilepsie und brauchte daher jemanden, der ständig bei ihr war.

In unserer alten Heimat in den USA, in Wisconsin, hatte mein Vater, Archie Goodwin, in jungen Jahren einen legendären Ruf als Jäger und Fallensteller gehabt. Er war der geborene Pionier, dem das zivilisierte Leben nicht behagte und der sich immer wieder aufmachte, um in der Wildnis zu leben. Er war ehrlich und fleißig, aber leider hatte er auch eine Schwäche. Er war ein starker Trinker, und wenn er getrunken hatte, war er vollkommen unberechenbar. Wenn er in diesem Zustand nach Hause kam, verprügelte er Mutter und jedes Kind, das ihm in die Hände fiel. Nie werde ich die Qualen dieser vielen grausamen und ungerechten Bestrafungen vergessen.

Meine jüngeren Brüder Rollo und Leon lebten noch zu Hause, als die anderen zum Kleinen Sklavensee aufbrachen. Sie gingen zur Schule, während ich daheim bei Mutter blieb. Mutter muß geahnt haben, daß ihre Tage gezählt waren, und fing an, mich im Kochen, Nähen und Stricken zu unterweisen. Diese Tätigkeiten machten mir Spaß, aber ich träumte doch davon, auch eines Tages zur Schule zu gehen. Ich war noch nicht einmal zehn Jahre alt und wusch bereits die Wäsche für die ganze Familie mit einem altmodischen Waschbrett und bügelte sie mit schweren Handeisen, die auf der Herdplatte heiß gemacht wurden.

Lange ernste Gespräche führte Mutter mit uns drei Daheimgebliebenen, las uns aus der Bibel vor, warnte uns vor den Lastern des Trinkens und Glücksspiels und machte uns mit dem Gedanken vertraut, für uns selbst sorgen zu müssen, falls sie aus einer ihrer „Anwandlungen“, wie sie das nannte, einmal nicht mehr aufwachen sollte. Ich entsinne mich, daß ich nach solchen Gesprächen immer lange weinte. Damals wußten wir kaum etwas über Epilepsie, und ihre Anfälle waren schrecklich anzusehen. Außerdem wurde sie immer nervöser und steigerte sich in die Angst hinein, jemand wolle ihr oder uns Kindern etwas antun. Jeden Nachmittag saß sie am Fenster, spähte hinaus und wartete auf Leon und Rollo. Ich durfte nicht von ihrer Seite weichen. Tauchten die beiden Jungs dann endlich auf, stieß sie einen herzzerreißenden Seufzer aus und flüsterte: „Gott sei Dank!“

Einmal, im Herbst 1910, ging ich an einer schönen, nahe gelegenen Quelle einen Eimer Trinkwasser holen. An jenem Tag bummelte ich, weil ich bockspringenden Lämmern zuschaute. Mutter wurde unruhig und ging nachschauen, wo ich geblieben war. Ich sah, wie sie kam, doch plötzlich fiel sie zu Boden und blieb zuckend liegen. So schnell ich konnte, rannte ich ins Haus, holte einen Löffel und zwängte ihn zwischen ihre Zähne; es war zu spät: Sie hatte sich schon grausam tief in die Zunge gebissen. Als sie wieder zu Bewußtsein kam, half ich ihr auf die Beine, und langsam schleppten wir uns ins Haus und zu ihrem Bett.

Da ich allein für diesen Vorfall verantwortlich war, weinte ich stundenlang. Auf mein Drängen schrieb Mutter an meine Schwester Maud in den Vereinigten Staaten und bat sie und ihren Mann, der ohne feste Beschäftigung war, herzukommen und bei uns zu wohnen.

Am Tag ihrer Ankunft fiel mir ein Stein vom Herzen – nicht nur, weil es nun jemanden gab, der auf Mutter aufpaßte, sondern weil ich hoffte, jetzt auch zur Schule gehen zu dürfen.

Der Traum zerstob. Mauds Mann und mein Bruder Rollo beschlossen, bei Two Lakes, fünfzig Kilometer nördlich von uns, auf Bisamrattenfang zu gehen, und der dreizehnjährige Leon schmiß die Schule und ging arbeiten, weil wir dringend Geld brauchten. Der Schulweg war für mich zu weit, um ihn allein zurückzulegen, und der Traum endete in Tränen.

Eines Sonntags, als Leon und Rollo zu Hause waren, nahmen wir uns vor, Mutter einmal etwas richtig Gutes zu tun. Sie liebte die freie Natur und hatte immer ein paar Wildtiere und Vögel gehabt, die ihr folgten und aus der Hand fraßen. Inzwischen war sie jedoch so hinfällig, daß sie seit mehreren Wochen gar nicht mehr aus dem Haus gegangen war. Daher borgten wir uns ein Gespann sanftmütiger

Pferde und einen alten Leiterwagen, legten über den vorderen Wagenkasten ein Brett als Sitz und hievten Mutter samt Schaukelstuhl auf die Ladefläche. Im gemütlichen Zuckeltrab fuhren wir einmal zur Schule und zurück, und Mutter freute sich über den Ausflug wie ein kleines Kind, das alles zum erstenmal sieht. Doch kurz bevor wir zu Hause waren, passierte das Unglück. Unbemerkt war Mutters Schaukelstuhl seitwärts geglitten. Plötzlich rutschte eine Kufe in einen Spalt im Wagenboden, der Stuhl kippte und schleuderte Mutter seitwärts hinaus. Sie schrie auf, als sie stürzte. Wir bremsten natürlich sofort, konnten aber nicht verhindern, daß das eine Wagenrad sie streifte.

Sie schien nicht schwer verletzt zu sein, denn Leon und Rollo gelang es, sie auf die Füße zu stellen und langsam mit ihr zum Haus zu gehen. Obwohl sie behauptete, daß es ihr gutginge, nahm doch von nun an ihre Kraft bis zum Winter stetig ab. Ein paar Wochen später war sie tot.

Die Nachbarn kamen und bahrten sie im Zimmer im Erdgeschoß auf. Mit dem Pferdeschlitten wurde ein Sarg aus Edmonton herangeschafft, und Leon borgte ein Gespann und fuhr nach Two Lakes, um Rollo und Mauds Mann heimzuholen. Ein zweiter Pferdeschlitten brachte Mutter zu einem kleinen Friedhof an einem Ort namens Sunnyside. Ich durfte zur Beerdigung nicht mit – die Familie war vermutlich der Ansicht, daß ich noch zu jung war für ein so trauriges Ereignis.

Gut fünfzig Jahre später besuchte ich meinen Bruder John in der Nähe von Edmonton, und er führte mich an die Stelle, wo Mutter begraben worden war. Die Kirche gab es nicht mehr, der kleine Friedhof war längst untergepflügt. Dieser Teil Kanadas war neu vermessen worden, und durch die neuen geometrischen Quadratraster waren die alten Wege, Kirchen und sonstigen Siedlungsspuren verdrängt, überdeckt und allmählich unter Kornfeldern verschwunden. Ich bin immer noch traurig, wenn ich an den Weizen denke, der jetzt über dem namenlosen Grab wächst.

NÖRDLICH von Edmonton gab es 1910 noch keine Eisenbahn, und nördlich von Athabasca war die Straße im Sommer unpassierbar. Wir wußten nicht genau, wo Vater und die anderen sich aufhielten, und hatten keine Möglichkeit, sie rasch von Mutters Tod zu benachrichtigen. Fast fünf Monate dauerte es, bis sie über die „Royal Canadian Mounted Police" Bescheid bekamen. Und dann brauchten sie noch einen weiteren Monat, um sich auf dem alten Klondike-Goldtrail durch die versumpfte Tundra nach Hause durchzuschlagen.

Im Mai waren sie endlich da, und Vater schien wenig geneigt, eine Trauerzeit einzulegen. Seine ersten Worte waren: „Wir ziehen nach Norden ins Peace-River-Gebiet, sobald wir hier unsere Zelte abbrechen können." Als Maud und ihr Mann in die USA zurückkehrten, wollte ich mit ihnen gehen, doch Vater sagte nein, ich solle mit ihm und den Brüdern nach Norden kommen.

Im Juni brachen wir auf und nahmen alle Habe mit, die auf zwei Pferdewagen paßte, darunter zehn Hühner und ein paar alte Schulbücher – ich träumte noch immer davon, eines Tages in die Schule gehen zu können.

Einer fehlte in unserer Gesellschaft: mein Bruder Elmer. Er hatte einen Job als Fahrer der Postkutsche zwischen Edmonton und Athabasca angenommen. Als wir auf dem Weg zum Peace River am Vermillion River kampierten, sahen wir ihn an uns vorbeifahren. Stolz saß er hoch oben auf dem Kutschbock eines altmodischen Planwagens – ein Anblick wie in einem Westernfilm.

Ab Athabasca mußten seine Post und seine Passagiere per Dampfboot auf dem Athabasca River weiterreisen. Der anderthalb Kilometer breite Strom war mit tückischen Stromschnellen gespickt, und heute noch staune ich über den Mut und das Können der Männer, die dort mit den Flußschiffen unterwegs waren. Am besten erinnere ich mich an Joe Bird, den Kapitän des Heckraddampfers *Northern Echo*, einen großen, dunklen, adleräugigen Mann, der den gefährlichen Fluß kannte wie seine Westentasche.

Der unbefestigte Weg zwischen Athabasca und Edmonton war nach den Maßstäben von 1911 eine gute Straße, und trotz Fahrrillen und Schlammlöchern kamen wir flott voran. Das Städtchen Athabasca selbst, damals der wohl wichtigste Umschlagplatz der Gegend, entpuppte sich als planlos hingewürfelte Siedlung aus dreißig, vierzig Häusern, einigen Büros der Hudson's Bay Company und weiträumigen Schuppen, die als Lagerhallen dienten. Auf den Straßen stapfte man entweder durch knöcheltiefen Staub oder knietiefen Schlamm. In den Jahren des Goldrausches 1887–99 waren hier Horden goldhungriger Abenteurer auf dem Weg zum Klondike-Trail durchgezogen; später folgten Hunderte von Menschen, die wie wir auf der Suche nach einem Stück Land vom Staat, einer sogenannten *homestead*, unterwegs waren ins Peace-River-Gebiet.

Für mich, die ich nur die Einsamkeit des Blockhauses am Sturgeon kannte, war Athabasca eine richtige Stadt. Ich war begeistert von den vielen neuen Eindrücken und konnte kaum genug davon kriegen. Das größte Ereignis aber war die Ankunft der *Northern Echo*,

die majestätisch, mit heiser tönendem Nebelhorn, um die Flußbiegung glitt und langsam zum Anleger hinschwenkte. Mit Wehmut schaute ich auf Athabasca zurück, als wir fünf Tage später wieder aufbrachen.

Eines sonnigen Morgens Mitte Juli setzten wir mit der Fähre über den Athabascafluß und folgten dann dem Klondike-Goldtrail nach Norden. Die ersten paar Kilometer war die Straße gut. Wir fuhren an Farmen vorbei und endlosen Weizenfeldern, die im Wind wogten. Nachts schlugen wir unser Lager im Freien auf und blickten in den Sternenhimmel.

Die Schönheit dieser ersten Lagerplätze am Klondike-Trail war überwältigend. Es gab herrliche Bäume und paradiesische Lichtungen mit klaren Bächen, und es gab Orte, über die die wildesten Geschichten erzählt wurden. Einer unserer Lagerplätze war nach einem Todesfall benannt worden: „Jackknife“, was übersetzt Klappmesser bedeutet, war vor ein paar Jahren Schauplatz eines Zweikampfes geworden. Dabei hatte ein Mann einen anderen erstochen und später behauptet, er habe aus Notwehr gehandelt. Da das niemand mehr nachprüfen konnte, hatte er sich gleich an Ort und Stelle niedergelassen und betrieb jetzt eine Pferdewechselstation für Frachtwagen.

Hinter Jackknife ging es mitten hinein in die Tundra. Wir fällten Bäume, bauten behelfsmäßige Brücken über kleine Flüsse, legten

Knüppeldämme durch Schlammlöcher. Immer wieder sahen wir verendete Pferde und Ochsen im Morast. Kriebelmücken, Stech- und Dasselfliegen, Pferde- und Blindbremsen im Verein mit Huffäule und einer Krankheit, die die Pioniere Sumpffieber nannten, hatten den armen Kreaturen den Garaus gemacht. Die meisten waren wahrscheinlich im Schlamm steckengeblieben, hatten vor Schwäche nicht mehr herausgekonnt und waren den schrecklichen Insektenattacken zum Opfer gefallen.

Vater hatte für den Treck kleine, zähe Pferde gekauft, eine Rasse, die man etwas abschätzig „Besenschwanz" nannte. Angeblich ertrugen sie Krankheiten und stechende Plagegeister besser als größere Gäule, doch viele Male sah ich, wie sie von den Fliegen fast zum Wahnsinn getrieben wurden. Dann bäumten sie sich auf und versuchten auszubrechen. So gut wir konnten, linderten wir ihre Pein, wuschen ihnen abends den Schlamm ab und reinigten Kopf und Nacken, damit sie sich nicht an ihrem Kummet wund scheuerten.

In der ersten Woche nach unserem Aufenthalt in Athabasca legten wir höchstens fünfzig Kilometer zurück; wenn es in diesem Tempo weiterging, hatten wir keine Chance, den Peace River zu erreichen, bevor der Winter uns einholte. Den Erwachsenen stand die Sorge und Erschöpfung ins Gesicht geschrieben, aber wir Kinder sprühten vor Abenteuerlust. Wir durften barfuß laufen und nach Herzenslust durch Schlamm und Moor waten. Ich vergnügte mich damit, daß ich

Meisenhäher anlockte und aus meiner Hand fressen ließ. Auch Blauhäher und Kohlmeisen kamen, um zu naschen, waren aber nie so zutraulich wie die Meisenhäher.

An einem Ort namens Whiskey Plains nahmen wir unser Mittagsmahl auf einem Hügel ein. Von dort oben zählten wir nicht weniger als einundzwanzig frische Pferdekadaver – die Pioniere in dieser Gegend zahlten einen hohen Preis für ihren Wunsch nach Land, und nirgendwo wurde das deutlicher als gerade hier am Wegesrand des Klondike-Trail. Sie hatten immer wieder zynische Kommentare in Bäume geritzt oder auf Holzschildern hinterlassen und diese manchmal mit Teufelsfratzen verziert. Auf einem stand: ERST DIE NOT, DANN DER TOD. Ein anderes war zweiteilig. Auf einem Brett, das an einen Baum genagelt worden war, war zu lesen: DAWSON CITY, AUF BIEGEN UND BRECHEN! Nach anderthalb Kilometern folgte ein zweites Brett, auf dem lakonisch stand: GEBROCHEN!

Manche Reisenden hatten sich damit begnügt, Wegpunkten deutliche Namen zu geben: Höllenloch, Teufelsschlucht oder Mördermoor waren nur einige davon. Am Höllenloch stieß Vater, als er um unser Lagerfeuer als Brandgrenze einen flachen Graben aushob, unter einem Abfallhaufen auf die Knochen eines Menschen. Wir hörten, wie er etwas vor sich hin murmelte, während er die Gebeine sorgfältig wieder zudeckte und das Feuer an eine andere Stelle verlegte. Wahrscheinlich war der Mann im Winter gestorben, als der Boden steinhart gefroren war, und seine Gefährten hatten nicht mehr für ihn tun können, als eine flache Grube in den Schnee zu schaben, um ihn beizusetzen.

Immer stärker litten unsere Zugpferde unter den Fliegen. Mit selbstgebastelten Kopfnetzen versuchten wir ihre Ohren zu schützen, und wo die Insektenstiche offene Wunden hinterließen, rieben wir sie mit Wagenschmiere ein. Auch uns setzten die Plagegeister gehörig zu, doch altes Fett von geröstetem Pökelfleisch erwies sich als gutes Mittel gegen Insekten.

Zwei Tage nachdem Vater die Menschenknochen gefunden hatte, standen wir ratlos vor dem schrecklichsten Sumpf, den man sich vorstellen kann. So weit das Auge reichte, lag vor uns Morast. Viele Wagenspuren führten in den Sumpf hinein, wo Reisende versucht hatten, einen Weg zu finden, aber viele hatten es nicht geschafft. Ringsum sah man Überreste von Wagen aus dem Moor ragen, gesäumt von Pferde- und Ochsenskeletten.

Nichts hätte abschreckender sein können als dieser gespenstische Friedhof.

„Es hat keinen Sinn, im Sommer diesen gottverlassenen Weg befahren zu wollen“, gab Vater an diesem Abend zu. „Das geht erst im Herbst, wenn die Tundra gefroren und der schwere Schnee noch nicht gekommen ist. Im Frühling, nach Abtauen des Tiefschnees, kommt man hier mit einem Wagen einfach nicht weiter.“

Aber was half es? Wir hatten unseren Weg begonnen und mußten ihn nun weitergehen. Am nächsten Morgen begannen Vater und die Jungs Bäume zu fällen und einen Knüppeldamm durch den Morast zu legen. Der Aufwand lohnte sich, denn am Ende kamen wir wohlbehalten hinüber.

An einem der folgenden Abende überzog eine dünne Eisschicht die Pfützen. Immer düsterer wurden unsere Aussichten, vor dem Winter das Peace-River-Tal zu erreichen. Doch am nächsten Tag führte die Straße an espen- und kiefernbestandenen Höhenzügen entlang, und endlich machten wir flotte Fahrt. Gegen fünf Uhr nachmittags blickten wir vom Waldrand einer kleinen Paßhöhe in ein paradiesisches Tal. Wir fuhren den Abhang hinunter und kamen an einen herrlich klaren Bach. Ein Schild, das an einen Baum genagelt war, verkündete: TOMATO CREEK.

Wie der Ort zu seinem Namen kam, haben wir nie erfahren. Tomaten konnte man hier in der Subarktis ebensowenig ziehen wie auf dem Mond. Doch überall auf den Wiesen wuchs dickes saftiges Gras, das berühmte Kurzgras der Büffelprärie, und unseren Pferden mundete es vortrefflich.

Vater und die Jungen bauten uns ein Lager und erkundeten dann die Gegend. Sie stellten fest, daß oberhalb der saftigen Wiesen, auf den mit Espen bestandenen Hügeln, meterhoch wilde Wicken wuchsen, die ein hervorragendes Viehfutter sind. Der idyllische Ort gefiel Vater so sehr, daß er beschloß, sich hier niederzulassen und nicht mehr weiterzuziehen zum Peace River.

Menschennahrung gab es fast ebenso reichlich wie Tiernahrung. Überall sah man Elchspuren, und es gab massenhaft Kaninchen. Im lichten Nadelwald bedeckten richtige Teppiche aus Blaubeerbüschen den Boden, und in den Mooren wuchsen mehr Preiselbeeren, als wir pflücken konnten.

Ein paar hundert Meter von unserem Lager entfernt schoß mein Bruder John einen Elchbullen mit riesigen Schaufeln – unser erstes frisches Fleisch seit langem. Meine Schwägerin Maggie und ich schnitten das Fleisch in Streifen, hingen es auf ein Gestell und entzündeten darunter ein Schwelfeuer aus feuchtem Holz, um es zu trocknen und zu räuchern. Elch-Rauchfleisch ist hart und trocken wie dürres Treibholz, aber delikat und äußerst nahrhaft. Die Trapper im Norden pflegten die gehaltvolle Mahlzeit im Gehen zu kauen.

Als nächstes machten sich Vater und die Jungs daran, Heu für den Winter zu mähen. Die „Musik" des Heumachens – das rhythmische Rauschen der Sensen und der Singsang der Wetzsteine auf den Sensenblättern – tönte über das Lager und entfernte sich in den nächsten Tagen langsam außer Hörweite. Als Maggie und ich mit der Verarbeitung des Elches fertig waren, begannen wir, Beeren zu sammeln. Wir trockneten sie kübelweise auf Planen, die wir in der Sonne ausgebreitet hatten, füllten sie dann in Mehlsäcke und hingen sie an die Firststange in eines der Zelte.

Mitte September wurde das Gras langsam gelb, und wir alle beeilten uns, das Heu ins Trockene zu bringen. Vater baute uns Rechen, indem er in flache Holzstücke Löcher bohrte, Holzzähne hineinsetzte und eine glatte Stange als Griff daran befestigte. Wir harkten das sonnengetrocknete Heu zu Haufen zusammen, schoben zwei Stangen darunter und konnten dann zu zweit den Haufen hochheben und zur Miete tragen. Lange vor dem ersten Schneefall hatten wir neunzig Tonnen Heu eingebracht – alles von Hand gesammelt und genug, um unsere Zugtiere durch den Winter zu bringen.

NACH dem Heuen bauten Vater und die Jungen ein Blockhaus, und kurz vor Weihnachten zogen wir ein. Es war inzwischen sehr kalt geworden – eines Nachts zeigte das Thermometer einunddreißig Grad unter Null. In den Zelten hatten wir voll bekleidet geschlafen und uns so eng aneinandergedrängt, wie es ging, um uns warm zu halten. Da war die Hütte eine willkommene Verbesserung, auch wenn sie nur einen einzigen großen Raum hatte, mit zwei kleinen Fenstern und einer Tür in der Südwand. Der Fußboden bestand aus gestampfter Erde, einen Kamin gab es nicht. Wir bauten eine Feuerstelle nach indianischer Art, schnitten in das Stammholzdach direkt darüber ein Loch und zimmerten aus Holzblöcken eine behelfsmäßige, einen Meter hohe Esse, damit der Rauch besser abziehen konnte. Die meiste Zeit klappte das, doch wenn der Wind aus der verkehrten Richtung blies, kauerten wir bibbernd und hustend ums Feuer herum und rieben uns die Augen. Entlang den Wänden bauten wir doppelstöckige Schlafkojen. Zusammengenähte Kornsäcke mit Heufüllung dienten als Matratzen, darunter lag eine getrocknete Elchhaut als Isolierunterlage gegen die Kälte, die aus dem Boden stieg.

Im Frühwinter gingen Vater und Rollo auf Erkundungstour ins Land westlich von uns und stellten zu ihrer Verblüffung fest, daß der

Athabascafluß nur fünf Kilometer von uns entfernt war. Auf dem gefrorenen Fluß befand sich eine gutbefahrene Frachtstraße, und am Ufer lag ein großer Lagerplatz, auf dem zahlreiche Zelte und Gespanne standen. Vater beschloß, hier Scheunen und ein Schlafhaus für Übernachtungen zu bauen, denn er witterte hier eine gute Verdienstmöglichkeit.

Im Frühjahr, als die brandneuen Gebäude gerade fertig waren, waren sie sofort überfüllt. Sie lagen ungefähr auf halber Strecke zwischen zwei etwa fünfzig Kilometer auseinanderliegenden Lagerplätzen, und so nannten wir die Raststätte „Goodwin's Halfway House". Fünfundzwanzig Kilometer war eine gute Tagesstrecke für die schweren Frachtwagen der Hudson's Bay Company und der Northwest Trading Company und für die Postwagen; unser hübsch gelegenes

Fleckchen wurde zu einem der beliebtesten Schlafplätze am Athabasca, und an manchen Abenden drängten an die sechzig Gespanne in unsere Ställe.

Pro Gespann und Nacht berechnete Vater einen Dollar, für die Fahrer kostete es im Schlafhaus noch extra. Die Familie Goodwin hatte eine kleine Goldgrube aufgetan! Rollo und ich verdienten uns zusätzlich ein paar Dollar, indem wir Zugtiere bürsteten und striegelten und das Geschirr der Reisenden wuschen. Nie wurde es uns langweilig.

Für den Heu- und Provianttransport von Tomato Creek zum Fluß baute Vater zwei Schlitten. Er hatte weder Nägel noch Bolzen oder Schrauben, aber er war ein Pionier und verstand sich auf die Arbeit mit Axt, Säge und Bohrer. Er fällte Birken- und Fichtenstämme, entrindete sie, schnitt sie zu und legte sie auf ein Gestell in die Sonne, damit sie trockneten. Dann wurden die Teile zusammengefügt durch Kerben, Nuten und starke hölzerne Zapfen, die in gebohrte Löcher getrieben wurden. Die fertigen Schlitten waren stabil wie ein professionelles Zimmermannserzeugnis, obwohl sie kein Gramm Metall enthielten.

Aus Athabasca bestellte Vater eine Schrotsäge, und dann bauten er und die Jungs ein haltbares Dach für unser Haus. Als nächstes kam ein Bretterboden an die Reihe. Am Ende des Jahres 1912 war es schon recht gemütlich bei uns.

Ein nach Norden ziehender Pionier verkaufte uns im folgenden Frühjahr eine Kuh. Sie war trächtig, und er hatte Angst, daß er sie samt Kalb verlieren würde, wenn er sie weiter am Wagen angebunden hinter sich her zerrte. Zwei Tage nachdem wir sie erworben hatten, gebar sie uns ein gesundes Kälbchen – Grundstock einer Herde, die am Ende mehr als fünfzig Tiere zählte. Und immer, wenn jemand mit Hühnern durchkam, versuchten wir, ihm ein paar abzuschwatzen, wodurch auch unser Federvieh allmählich Zuwachs bekam.

Das nächste Schulhaus war siebzig Kilometer entfernt, und so gab ich alle Hoffnung auf, je die Schulbank zu drücken. Doch in jeder freien Minute – und davon gab es nicht viele, da wir alle Heu machten, auf Fallenjagd gingen und im Halfway House arbeiteten – blätterte ich in den alten Schulbüchern, die wir mitgebracht hatten.

Damals war die Fuchszucht in Kanada ein lukrativer Gewerbezweig, und mit Zuchttieren, insbesondere mit Schwarz- und Silberfüchsen, erzielte man phantastische Preise. Wenn Rollo und Elmer – inzwischen heimgekehrt von seinem Job auf dem Kutschbock – einen Schwarz- oder Silberfuchs nach Hause brachten, der durch das

Fangeisen nicht allzu stark verletzt war, versorgten wir ihn, um ihn später zu verkaufen. Im Frühjahr hatten wir zwei schöne Silberfüchse und einen Schwarzfuchs im Käfig, und im Mai warf das Weibchen Welpen. Meine Brüder fingen daraufhin an, wilde Welpen zu fangen, und wir zogen eine Reihe Wildfüchse groß und verkauften sie. Pro Tier erlösten wir nie weniger als zweihundert Dollar. Leider machte später ein Preissturz unserer Fuchszucht den Garaus.

Als um 1916 endlich die Eisenbahn aus Athabasca das Gebiet Peace River und Dawson Creek erreichte, versetzte das der Frachtschiffahrt und dem pferdegezogenen Frachtverkehr auf dem Athabasca den Todesstoß, und Goodwin's Halfway House mußte schließen. Nun waren wir fast völlig von der Außenwelt abgeschnitten; nur einmal im Jahr gingen Vater und die Jungs auf „große Reise" in die Stadt, um Nachschub einzukaufen. Trotzdem kamen wir mit unserer Einsiedelei am Tomato Creek als Selbstversorger gut zurecht und hatten so viel zu tun, daß wir Außenkontakte kaum vermißten.

Inzwischen hatten wir ein Dutzend Pferde, und zu den liebsten Erinnerungen an meine Jungmädchenzeit gehören meine Ausritte ohne Sattel zu der wunderschönen Landschaft am Beaver Creek. Mein Lieblingspferd für diese Ausflüge war die brave alte Stute Queenie, die nur mit Zaumzeug geritten werden konnte. Wenn wir unser Milchvieh zum Melken heimtreiben mußten, holte ich mit ihr die Kühe von den sumpfigen Weiden, weil der feuchte Boden mir barfuß zu kalt war.

Viel Spaß machte es mir auch, junge Pferde ans Geschirr zu gewöhnen, aber davon sagte ich meinen Brüdern kein Sterbenswörtchen, galt doch das Zureiten von jungen Pferden als zu gefährlich für eine Fünfzehnjährige. Doch die Pferde und ich standen auf sehr gutem Fuße, und abgeworfen wurde ich nur ein einziges Mal, als das Pferd, das ich zuritt, durch andere, hinter uns herangaloppierende Pferde erschreckt wurde. Ich ritt mal wieder ohne Sattel, nur mit einer Leine, die um den Hals des Pferdes geschlungen war, und konnte mein Reittier nicht mehr halten. Es strauchelte und warf mich nach vorn ab. Dann raste es zurück zum Stall, und ich mußte drei Kilometer zu Fuß heimmarschieren – oder besser: rennen, denn ruhiges Gehen war nie meine Sache. Noch heute erinnere ich mich, wie mir an jenem Tag der kalte Wind ins Gesicht wehte und wie mein langes braunrotes Haar hinter mir flatterte.

Meine Reitleidenschaft brachte mich schließlich in Schwierigkeiten. Wir hatten einen wunderschönen rabenschwarzen Hengst, genannt Colonel, ein hochbeiniges, elegantes Tier, temperamentvoll, aber lieb. Vater meinte, er sei zu heißblütig für mich, und verbot mir, ihn zu reiten. Doch der Hengst tat mir leid, weil er immer in seiner Box angebunden oder in ein kleines Gehege gepfercht war. Der Grund war, daß er auf der Weide unweigerlich mit den Wallachen Streit anfing, so freundlich er sonst auch war. Deshalb gewöhnte ich mir an, wenn niemand in der Nähe war, Colonel zu satteln und heimlich lange Ausritte zu machen. Wir paßten einfach gut zusammen.

Eines schönen Sommertages, als ich dachte, daß die Männer alle beim Heuen seien, hörte ich ein Sirenensignal des Flußdampfers. Es bedeutete: „Wir haben euch etwas mitgebracht", und da Colonel Auslauf brauchte, beschloß ich, schnell zur fünf Kilometer entfernten Anlegestelle zu reiten und nachzuschauen. Ich warf ihm rasch einen Sattel auf, schwang mich hinauf und gab ihm die Zügel frei. Es war ein herrlicher Ritt. Colonel flog förmlich über die Felder und die kleinen Höhenzüge.

Den Fluß erreichten wir, als der Heckraddampfer gerade wieder ablegte. Zu meinem Schrecken mußte ich feststellen, daß meine Brüder auf dem Steg standen, doch es war zu spät umzukehren; sie hatten mich schon gesehen. Sie hielten mir eine tüchtige Gardinenpredigt, und ich zitterte vor Angst, wußte ich doch, daß Mißachtung eines väterlichen Befehls grausame Prügel nach sich ziehen konnte. Einmal hatte ich mit angesehen, wie Vater gegen Rollo in sinnlosen Zorn geriet, ein Stück Feuerholz packte und den Jungen damit derart durchwalkte, daß ich um sein Leben bangte. Als Rollo endlich aus dem Hause taumelte, rannten wir zusammen in die Scheune und versteckten uns, bis unsere älteren Brüder heimkamen. Sie waren inzwischen groß genug, um Vater die Stirn zu bieten.

Ich rang den Jungs das Versprechen ab, Vater nichts davon zu erzählen, daß ich Colonel geritten hatte, und es war das letzte Mal, daß ich ihm den Sattel auflegte.

1917 GING Vater zurück nach Wisconsin, um seine alte Schulfreundin Maggie Miller zu heiraten. Zwei Monate blieb er fort, und die Jungs und ich taten unsere Arbeit, ließen aber auch das Vergnügen nicht zu kurz kommen. Wir hatten uns das Geigen- und Gitarrenspiel nach dem Gehör beigebracht und verbrachten lange Abende mit Musizieren und Singen.

Maggie erwies sich als gute Stiefmutter. Von dem Tag an, als sie mit Vater zu uns zog, kam besseres Essen auf den Tisch. Sie bestand auf Gartengemüse und überzeugte Vater von der Wichtigkeit guter Ernährung. Sie arbeitete hart und schlüpfte willig in die Rolle der Pioniersfrau.

Wir hatten inzwischen so viele Pferde und Rinder, daß Vater draußen auf den Weiden Ställe baute, damit wir das Heu nicht mehr nach Hause schleppen mußten. Die glücklichsten Tage jener Jahre verlebten wir im Herbst, wenn Leon, Rollo und ich das Vieh selbständig auf die großen Winterweiden trieben. Stark wie Jungbullen waren meine Brüder, und ich stand ihnen kaum nach.

John hatte ein Mädchen namens Ruby geheiratet und führte sie zunächst heim nach Tomato Creek. Danach zog auch Vaters Schwester Mary zu uns. Als John und Ruby nach ein paar Monaten in ein kleines Blockhaus nach Moose Portage, vierzig Kilometer nördlich, übersiedelten, gingen Tante Mary, Leon und ich mit ihnen. Durch Vorhänge teilten wir im Haus Zimmerchen ab und verwandelten es in ein behagliches Heim. Es war ein schönes Leben in Moose Portage. Ich ritt Jungpferde zu und arbeitete für umliegende Farmer auf den Heuwiesen.

Es war im ersten Winter in Moose Portage, daß mir ein Jagdunfall eine unvergeßliche Lektion erteilte. Eines Morgens ging Leon auf die Jagd und sagte: „Wenn du mich schießen hörst, dann spann an, nimm den Schlitten und folge meiner Fährte bis zum Fluß.“ Ein Schuß war das Signal, daß die Jagd erfolgreich gewesen war und wir das erbeutete Frischfleisch nach Hause bringen mußten.

Anderthalb Kilometer vom Haus traf Leon auf zwei Maultierhirsche, die in einen erbitterten Kampf verwickelt waren. Beide waren kräftige Tiere, wobei das eine schon recht alt war. Der jüngere, flinkere Rivale setzte dem Oldtimer schwer zu und rammte ihm immer wieder sein Geweih in den Leib. Mit einem Blattschuß fällte Leon den Jüngeren, und da der Ältere nicht rasch genug die Flucht ergriff, lud Leon sein Gewehr erneut und schoß auch ihn.

Zuerst trat er an den Älteren heran. Der Hirsch zeigte kein Lebenszeichen mehr, daher lehnte Leon das Gewehr an einen Baum, zog das Messer und beugte sich hinab, um dem Tier die Kehle durchzuschneiden. Da kam plötzlich Leben in den Hirsch. Er trat mit den Hinterläufen in Leons Bauch, seine Hufe verhakten sich in seiner Kleidung und warfen ihn mit einem Ruck auf die Knie. Mit dem Geweih fegte er ihm das Messer aus der Hand, und dann stand der Hirsch plötzlich auf den Beinen und stürmte mit gesenktem Kopf auf ihn los. Leon konnte zum Glück noch ein Stück Holz greifen, bevor er von dem Hirsch an den Baum gedrückt wurde.

Als der Hirsch einen Schritt zurücktrat und den Kopf zu einem neuen Angriff senkte, ließ Leon den Holzknüppel hinter seine Ohren niedersausen. Dann packte er das Geweih, schwang sich daran hoch, hielt sich mit der Linken fest und versetzte dem Hirsch einen mächtigen Hieb mit der Rechten. Das Tier wankte, doch dann schlug es blitzschnell mit den Hinterbeinen aus und riß in Leons Hals eine tiefe Wunde, die ihn das Leben gekostet hätte, wenn eine Schlagader getroffen worden wäre. Sie lösten sich voneinander und taumelten umeinander herum wie zwei angeschlagene Boxer. Endlich tat der Gewehrschuß seine Wirkung, der Hirsch stürzte zu Boden und verendete. Aber auch Leon war am Ende, fiel hin und verlor das Bewußtsein. So fanden ihn John und ich eine halbe Stunde später, als wir mit dem Pferdeschlitten eintrafen.

Als wir ihn auf den Schlitten hoben, klapperte er mit den Zähnen. Vermutlich hatte er einen Schock erlitten. Außerdem machte ihm die Wunde zu schaffen. Wir hüllten ihn in zwei Pferdedecken, legten rechts und links einen Hirsch zum Wärmen neben ihn und fuhren so schnell es ging nach Hause. Wie durch ein Wunder hatte Leon keine ernste Verletzung davongetragen, doch von diesem Tag an näherte ich mich geschossenem Wild nie anders als mit dem Gewehr im Anschlag und legte es erst weg, wenn ich mich hundertprozentig davon überzeugt hatte, daß es tot war.

Zwei

Eines Tages, es war im Sommer 1913, als wir Goodwin's Halfway House schon etwas über ein Jahr betrieben, hielt vor der Tür ein wahrhaft klägliches Gefährt: ein amateurhaft zusammengezimmerter Planwagen, der von zwei großen Clydesdales gezogen wurde, den denkbar ungeeignetsten Pferden für das schwierige Gelände hier oben im Norden. Auf dem Wagen saß eine Einwandererfamilie aus Illinois: Harry und Amanda Reamer, ihre drei Söhne und ein neugeborenes Töchterlein. Harry hatte eine Weile in den Schlachthöfen in Calgary gearbeitet und war jetzt auf dem Weg nach Norden, um sich mit seiner Familie am Athabasca niederzulassen.

Sie hatten sich über den gleichen Schlamm- und Morastweg hergequält wie wir zwei Jahre zuvor. Ihre Pferde waren zu Tode erschöpft; außerdem hatten die Insekten sie fast in den Wahnsinn getrieben.

„Bleiben Sie hier, und gönnen Sie sich etwas Ruhe", sagte Vater zu den Reamers. „Sie und die Gäule brauchen eine Pause, um wieder zu Kräften zu kommen."

Doch Harry Reamer schüttelte den Kopf. „Geht nicht", sagte er einfach. „Ich habe keinen roten Heller, um Sie zu bezahlen. Wenn wir sparsam sind, reichen unsere Vorräte noch bis Smith Landing, wir müssen also gleich weiter."

„In dem Zustand, in dem Ihre Pferde sind, schaffen Sie es nie", prophezeite Vater. „Steigen Sie ruhig hier ab, das Gespann soll sich mit Heu vollschlagen, und wir päppeln Sie und die Familie wieder auf. Soll Sie keinen Cent kosten."

Wenn es um die Gastfreundschaft des Nordens ging, zeigte sich Vater von seiner besten Seite.

Reamers zweitältester Sohn Walter war nur vier Monate älter als ich. Vier rundum schöne Tage verlebten wir beide in der kurzen Zeit, in der die Reamers im Halfway House weilten.

Walter wußte nichts über das Leben in der Wildnis, während ich kaum etwas anderes kannte. Er war auch nicht so selbständig wie ich. „Wenn ich groß bin, werd ich Trapper und Jäger", prahlte er. Aber ich merkte schnell, wieviel er noch zu lernen hatte, und schlüpfte flugs in die Rolle der Lehrerin.

Gemeinsam wanderten wir zum Bach und trugen Wasser zum Haus zurück. Wir trieben die Kühe heim, und ich erzählte ihm alles über Angelköder, über das Stellen von Fuchsfallen und über die Pflege gefangener Füchse. Ich wußte mehr als er, und dadurch gab er mir zum erstenmal in meinem Leben das Gefühl, wichtig zu sein. Meine Familie hatte mich eigentlich nie richtig wahrgenommen, weil ich das jüngste Kind und ein Mädchen war. Doch nun war Walter da und hing bei jedem Wort an meinen Lippen. Es war eine wahre Wonne für mich.

Am zweiten Morgen fing ich ein sanftmütiges altes Pferd ein und zeigte ihm, wie man aufsteigt und ohne Sattel nur mit einer Halfterleine reitet. Er machte begeistert mit, und als nächstes brachte ich ihm das Satteln und das Anziehen des Sattelgurtes bei. Mit Wohlgefallen ließ ich mich von ihm „schlaues Landkind" titulieren.

Als die Reamers Halfway House verließen, verlor ich den einzigen echten Spielgefährten, den ich je gehabt hatte, und war den Tränen nahe. Mit der jedem Mädchen angeborenen Mischung aus Schüchternheit und Berechnung flüsterte ich Walter zu: „Nun sehe ich dich nie wieder."

„Doch, doch", versprach er. „Wenn ich groß bin, komm ich zurück." Es war ein Kinderversprechen, aber ich vergaß es nie, und er meinte es ernst.

Die Reamers waren Pechvögel, eine fürs Leben in der Wildnis völlig ungeeignete Familie, und immer wieder gerieten sie in schwere Bedrängnis. Sie kamen bis Moose Portage und ließen sich dort nieder, bauten ein Haus, erwarben aber kein Land nach den Bedingungen des Heimstättengesetzes und zahlten keine Steuern. Wenn wir etwas von ihnen hörten, waren es immer nur Hiobsbotschaften.

Später erfuhr ich, daß die Siedler um Moose Portage den Reamers selbst die Schuld für ihr Pech gaben, hatten doch andere in dem schönen Tal ihr gutes Auskommen gefunden. Hauptsächlich interessierte mich natürlich der Junge, der mir so klar und tief in die Augen geschaut hatte, daß in mir, der Zwölfjährigen, weibliche Gefühle erwacht waren. Und trotz der selbstverursachten Pechsträhne der Reamers – von Walter hörten wir fast nur Gutes. Ein Mann aus Moose Portage erzählte uns: „Die Reamers werden es nie schaffen, aber ihr Junge, der Walter, hat im Augenblick drei Silberfüchse im Pferch, und er versorgt die Familie das ganze Jahr mit Elchfleisch. Die müßten verhungern, wenn sie ihn nicht hätten."

Ich war so stolz über dieses Lob, als gelte es mir selbst.

Walter ging mir nicht mehr aus dem Sinn, und manchmal wäre ich am liebsten aufs Pferd gesprungen und die vierzig Kilometer nach Moose Portage geritten, um bei ihm zu sein, und wär's nur für einen Tag. So jung ich war, ich hatte mich verliebt!

Von den Reamers bekamen wir jahrelang keinen mehr zu sehen, bis Harry Reamer eines Tages zu Fuß vorbeikam. Er führte ein Pferd mit sich, das er in Athabasca gekauft hatte, und erzählte uns, daß sie ihre Clydesdales schon im ersten Winter verloren hatten: Niemand hatte daran gedacht, Heu einzulagern, und sie mußten die Pferde unter dem Schnee nach Futter scharren lassen. Lange vor dem Frühling war das Gespann verhungert.

Ein Jahr später hörten wir, die Familie sei aus Moose Portage weggezogen, aber niemand wußte, wohin. Die Nachricht hinterließ in mir einen dumpfen Schmerz. Nun würde Walter sein Kinderversprechen nie einlösen.

Doch im Sommer 1918 erfuhren wir dann, daß in Smith Landing am Dominion Day, dem kanadischen Nationalfeiertag, ein rauschendes Fest gefeiert worden war. Walter Reamer hatte an einem Rodeo teilgenommen und unberittene Pferde geritten. „Der Kerl hat vor nichts Angst", sagte unser Informant. Er erzählte außerdem, daß die Reamers jetzt in Grosmont lebten, einer kleinen Siedlung nördlich von Smith Landing.

Kurz darauf faßten John, Ruby, Leon, Tante Mary und ich den Entschluß, nach Moose Portage zu ziehen. Eines Tages kommt Walter dorthin zurück, und ich kriege ihn zu sehen, dachte ich.

Ich war inzwischen ein hübscher, kesser Rotschopf von siebzehn

Jahren, der allmählich die Blicke der Männer auf sich zog. Gleichaltrige und Ältere machten mir den Hof, doch keiner davon interessierte mich, und ich zeigte allen bis auf einen die kalte Schulter. Er hieß Allen Elliot, war Vormann im Güterbahnhof von Smith Landing und erst vor ein paar Jahren aus England übergesiedelt. Er war arbeitsam und zuverlässig, und sein Benehmen mir gegenüber war untadelig. Doch eines Abends brachte er mich heim und verstellte mir in einiger Entfernung vom Haus den Weg.

„Keinen weiteren Schritt machst du, bis du mir versprichst, mich zu heiraten", erklärte er.

Ich hatte ihm schon ein Dutzend Körbe gegeben und war über seinen Frontalangriff amüsiert und erschrocken zugleich. Es war schon fast dunkel, und ich wollte nach Hause, weil ich wußte, daß Tante Mary sich Sorgen machen würde. Aus keinem besseren Grund als diesem sagte ich mit der Impulsivität der koketten Siebzehnjährigen: „Also gut, ich heirate dich. Nun laß mich gehen."

Er küßte mich, und ich eilte nach Hause, kaum ahnend, daß ich Allen soeben ein Verlobungsversprechen gegeben hatte. Einen Ring bekam ich kurz danach.

Mochte ich mein Wort auch leichtnehmen – in meiner Brüder Augen war es schon so bindend wie ein Trauring. Für sie war ich jetzt Allen Elliotts Braut.

Doch im Frühling 1919 fuhren John und Leon nach Athabasca, um Vorräte zu besorgen, und als sie zurückkamen, hatten sie Walter Reamer bei sich. Er trat über die Schwelle, und als er mir tief und fest in die Augen schaute, verwandelte sich unsere ärmliche Blockhütte in einen Märchenpalast. Die sechs Jahre, in denen wir getrennt gewesen waren, hatten aus dem hübschen Jungen einen gutaussehenden, anziehenden Mann gemacht. Er war einsachtzig groß, schlank, breitschultrig und sehr männlich. Sein Lockenhaar war dunkelbraun, und seine blaugrauen Augen schienen zu lächeln, während sein übriges Gesicht ernst blieb.

In diesem Augenblick wußte ich, daß ich ihn immer geliebt hatte, und zum erstenmal ging mir die volle Bedeutung des Versprechens an Allen Elliott auf. „Du hättest nicht kommen sollen, Walter", brach es aus mir heraus, während ich mit den Tränen kämpfte.

Er lächelte mich an, kurz und rätselhaft. „Ich mußte", sagte er nur.

Als John und Leon nach dem Essen in den Pferdestall gingen, um ihre Pferde zu füttern und zu striegeln, schlenderte ich in den Kuhstall zum Melken. Walter folgte mir. Er schloß die Tür und lehnte sich von innen dagegen. „Hab gehört, du willst heiraten."

„Hm . . ., stimmt", gab ich zu. „John und Leon wollen es so."

„Daß deine Brüder es wollen, reicht mir nicht", gab er zurück. „Liebst du den Mann?"

Ich schüttelte den Kopf und weihte ihn in die Geschichte ein, wie mein Versprechen zustande gekommen war.

Walter lachte nicht oft, aber jetzt lachte er. „Mehr wollte ich nicht wissen", erklärte er. „Ich glaub nicht, daß du Elliott heiraten wirst. Und weißt du, warum nicht? Weil du mich heiratest."

Er hatte etwas entwaffnend Verwegenes, und es zeigte sich jetzt in jedem kleinen Lachfältchen seines Gesichts. Ich zitterte und wünschte mir nichts sehnlicher, als in seinen Armen zu liegen, aber ich rief mir ins Gedächtnis, daß mein Wort bindend war. Als ich es Walter sagte, wischte er es lachend beiseite. „Gib deinem Engländer den Ring zurück", sagte er. „Liebst du mich?"

„Von ganzem Herzen", antwortete ich. „Aber ich muß doch mein Wort halten."

DREI Tage blieb Walter, und wir kämpften beide gegen das wilde Verlangen, unseren Gefühlen nachzugeben. Mehrmals, wenn er mir einen Eimer Milch abnahm, um ihn ins Haus zu tragen, berührte er meine Hand, und es durchzuckte mich wie ein elektrischer Schlag. Sonst mieden wir es peinlich, einander zu nahe zu kommen, und meine Brüder schienen von der Situation nichts zu ahnen.

Dann nahm Walter eine Stelle auf der Hagerude-Farm an, keine anderthalb Kilometer von uns.

„Ich möchte, daß du den Ring zurückgibst", sagte er, ehe er ging. „An der Hand meines Mädchens will ich ihn nicht mehr sehen."

In jener Nacht weinte ich, so sehr ängstigte mich die Entscheidung, die auf mich zukam. Neben mir im Bett schlief wie immer Tante Mary, und mein Schluchzen weckte sie auf. Sie fragte, was denn mein Herz bedrücke.

„Ich liebe Walter Reamer", beichtete ich. „Schon seit damals, seit den Kindertagen. Aber ich habe Angst, John und Leon einzuweihen."

Für den Rat, den sie mir gab, war ich ihr für immer dankbar: „Tu, was dein Herz dir sagt", sagte sie. „Du kannst nicht den einen lieben und den anderen heiraten."

Am nächsten Tag gab ich, so taktvoll ich konnte, Allen seinen Ring zurück. Ich hatte nur noch einen Wunsch: Walter Reamers Frau zu werden. Leon schäumte vor Wut.

„Niemals werden wir es zulassen, daß du Reamer heiratest", erklärte er. „Er ist ein Herumtreiber, ein unruhiger Geist. Ewig wird er von einem Ort zum anderen ziehen und sich nicht richtig um Frau und Kinder kümmern.“ Er verbot mir, Walter wiederzusehen, und meine Brüder ließen Walter ausrichten, er solle sich bei uns nicht mehr blicken lassen.

Aber sie hatten nicht daran gedacht, daß unsere und die Rinder der Hagerude-Farm zusammen weideten. Als ich eines Abends zur Weide ging, um die unsrigen heimzutreiben, saß Walter am Zaun auf einem Holzklotz und wartete auf mich. Er stand auf und streckte die Arme aus, und zum erstenmal umschlangen wir uns mit der süßen, leidenschaftlichen Heftigkeit aller Jungverliebten. Er fuhr mir durchs Haar, und unsere Lippen fanden sich in einem nicht enden wollenden Kuß.

Den ganzen Sommer über trafen wir uns heimlich. Nur einen einzigen Mitwisser hatten wir: Tante Mary. Sie war auf unserer Seite.

„Wir müssen wohl warten, bis du einundzwanzig bist“, sagte Walter eines Abends, „aber das ist es wert.“

„Und wenn nun eine andere kommt?“ fragte ich halb im Scherz. „Eine, auf die du nicht warten mußt?“

„Das ist mir leider nicht vergönnt“, erwiderte er grinsend. „Jedesmal, wenn ich ein hübsches Mädchen sehe, tritt dein kleines Gesicht vor mein geistiges Auge, und es ist aus.“

Eine Woche später wurde in Moose Portage das sogenannte Korbfest veranstaltet. Zu dieser Tanzveranstaltung mußte jedes Mädchen ein Mitternachtsmahl in einem geschmückten Korb mitbringen, der dann meistbietend versteigert wurde. Der Mann, der ihren Korb erstand, wurde ihr Tischpartner, und auf diese Weise erblühte so manche Romanze. Wem die einzelnen Körbe gehörten, darüber wurde striktes Stillschweigen bewahrt, doch ich gab das Aussehen meines Korbes durch Flüsterpropaganda an Mrs. Hagerude weiter, und die erzählte es Walter.

Er ging gleich mit einem hohen Gebot in die vollen und blieb hartnäckig. Allen Elliott, der ebenfalls auf das Fest gekommen war, merkte, wessen Korb da unter dem Hammer war, und ein Duell entspann sich zwischen den beiden. Am Ende gewann Walter. Er bot elf Dollar, eine gewaltige Summe in jenen Tagen, und der Auktionator schlug ihm den Korb zu.

Es war in jener Nacht das bei weitem höchste Gebot, und damit war ich Festkönigin. Darauf war ich sehr stolz, aber noch mehr freute ich mich darüber, in aller Öffentlichkeit zur Partnerin des Mannes erkoren worden zu sein, den ich liebte. Natürlich schalt ich Walter wegen seiner Geldverschwendung, doch er erwiderte: „Du bist es wert. Jetzt, da du den Ring des Engländers los bist, will ich allen zeigen, an wessen Seite du gehörst." Bis zum Morgengrauen – bis die Farmer nach Hause mußten, um zu melken – wurde getanzt, und ich tanzte fast alle Runden mit Walter. Einen solchen Glücksrausch hatte ich noch nie erlebt.

Merkwürdigerweise schimpften Leon und John auf dem Nachhauseweg kaum mit mir. Ich vermute, sie fügten sich langsam ins Unvermeidliche. Jedenfalls traf ich mich weiterhin, sooft ich konnte, mit Walter.

Im Frühsommer 1920 überraschte ich ihn dabei, wie er ein Floß zusammenhämmerte, auf dem er hundert Kilometer flußabwärts nach Athabasca zurücklegen wollte, um einen Arzt aufzusuchen. Er streckte mir seine Hand entgegen, die geschwollen und blaurot verfärbt war. Bedrohliche rote Streifen zogen sich bereits den Arm hinauf.

„Blutvergiftung", erklärte er. „Beim Setzen von Zaunpfählen hab ich mir eine Blase geholt, und dann das."

Ich erstarrte vor Schreck. „Mit einer Hand schaffst du das nie!" rief ich. „Ich will mit."

Er brachte ein Grinsen zustande. „Es ist nicht genug Platz auf dem Floß", erklärte er, und dann fügte er leise hinzu, als hätte er meine Gedanken gelesen: „Es ist besser, wir warten."

Ich wußte, daß er recht hatte. Wenn ich mit ihm fahren wollte, müßten wir vorher heiraten, denn heimlich weglaufen wollte ich auch nicht. Doch als ich sah, wie der Mann, den ich liebte, auf dem zerbrechlichen Floß hinaustrieb auf den wilden schäumenden Fluß, da weinte ich, wie ich selten zuvor geweint hatte.

Ich hatte Angst, daß ich ihn nie mehr lebend wiedersehen würde, doch nach ein paar Tagen kam ein Brief von ihm: mit seiner Hand gehe es schon besser, und er wolle so bald wie möglich zu mir zurück.

Im September ließen sich meine Brüder dann ein letztes Mittel einfallen, um meine Ehe zu verhindern. Sie schickten mich flußabwärts nach Pelican Portage, um meinem Bruder Rollo, der dort arbeitete, das Haus zu führen. Auf diese Art war ich nicht mehr in Walters Reichweite, und ich sollte ihn allmählich vergessen . . .

Als Fahrgast eines zufällig vorbeikommenden Motorbootfahrers wurde ich flußabwärts nach Athabasca verfrachtet. Dort sollte ich bei Freunden bleiben und auf eine Mitfahrgelegenheit für die Strecke bis Pelican Portage warten. Doch ich dachte gar nicht daran, zu Rollo zu fahren, sondern meldete mich telefonisch bei Walter, der sofort zu mir eilte. Am nächsten Tag telegrafierte ich meinem Bruder Leon, Walter und ich hätten beschlossen zu heiraten, und er möge uns – es sei nun ja doch unvermeidlich – seinen Segen geben. Nach einigem Hin und

Her kam Leon nach Athabasca, und am neunzehnten Oktober 1920 setzte ich endlich meinen Kopf durch.

Walter und ich feierten eine schöne Hochzeit im Haus eines Geistlichen mit anschließendem Festessen und Tanz. Ich glaube, ich war eine hübsche Braut, aber man darf vermuten, daß einige Freunde Walters die Tauglichkeit dieser Wildblume als Ehefrau doch etwas bezweifelten.

„Wo hast du die denn aufgetrieben?“ fragte einer nicht gerade taktvoll.

Walter zog mich an sich. „Sie ist für mich vom Himmel gefallen“, sagte er, und ich hatte das Gefühl, dem Himmel näher zu sein als je zuvor in meinem Leben.

IM FRÜHEN Tageslicht erwachte ich, und zuerst dachte ich, ich sei wieder in Moose Portage bei Tante Mary. Doch dann spürte ich, daß ich in Walters Armen lag, und ich konnte das starke und stete Schlagen seines Herzens spüren. Ich hatte alles bekommen, was ich mir je auf der Welt gewünscht hatte, und dankte Gott dafür in einem stillen Gebet.

An Walters Seite sollte ich Not, Fährnis und Unglück kennenlernen, doch ich kann ehrlich sagen, daß mir keine einzige Minute unserer Ehe leid tut. Ich war neunzehn Jahre alt, verliebt bis über beide Ohren, und das Leben lag als schimmernde Verheißung vor mir. Ich war mit meinem Allerliebsten vereint, und dafür war ich bereit, jeden Preis zu bezahlen. Das dachte ich an jenem Morgen nach meiner Hochzeitsnacht, und das denke ich noch heute, mehr als fünfzig Jahre später, als alte Frau, im Rückblick auf jene Jahre.

ALS WALTER und ich im Herbst 1920 unser gemeinsames Leben begannen, war unsere erste Behausung eine neun Quadratmeter große Trapperhütte fünfzig Kilometer nördlich von Athabasca. Sie lag in einer wilden, einsamen Gegend, in der es viele Füchse, Luchse, Bären, Rotwild und Elche gab. Walter stellte Fallen und schoß Wild, damit wir zu essen hatten. Wir lebten von Fleisch und dem Gerstenbrot, das ich auf einem Feldkocher backte.

Ich begleitete Walter überallhin. Unterwegs waren wir mit unseren Schlittenhunden – so bezeichneten wir sie jedenfalls – und einem selbstgezimmerten Lastschlitten. Die Landschaft war wunderschön, die Fallenjagd hielt uns auf Trab, und ich war so glücklich wie noch nie in meinem Leben. Die Einsamkeit und die Strapazen machten mir nichts aus – ich kannte ja nichts anderes. Doch nur bis Weihnachten blieben wir in unserem winzigen Blockhäuschen. Dann wurde Walter unruhig und beschloß, nach Bon Accord zu ziehen, wo wir auf einer Farm arbeiten konnten, die er kannte.

Meine Brüder hatten es richtig vorhergesehen: Walter litt an einem fatalen Wandertrieb. Immer gab es für ihn irgendeinen Ort, wo es reichere Jagdgründe, bessere Pelztiere oder einen höheren Verdienst gab. Ich liebte ihn sehr, aber durch seine Rastlosigkeit wurde unsere kurze Ehe zu einem Zigeunerleben, das er selbst letztlich mit dem Leben bezahlte.

In den sechzehn Monaten, bis unsere Tochter Olive im Februar 1922 in Edmonton geboren wurde, zogen wir viermal um. Zuerst in den Norden in unser Fallenrevier, dann auf die Farm in Bon Accord, dann zu einem Kohlebergwerk, in dem Walter kurz arbeitete, und schließlich auf eine weitere Farm. Auf den beiden Farmen verdiente Walter zwanzig Dollar im Monat, während ich gegen Kost und Logis im Haus half. Als er im Bergwerk arbeitete, wohnte ich bei einer Witwe aus der Nachbarschaft zur Untermiete, verdiente meinen Unterhalt selbst und sah ihn nur an den Wochenenden.

In der Zeit meiner Niederkunft ging es mir schlecht. Drei Tage vorher und vierzehn Tage hinterher mußte ich in der Klinik das Bett hüten, und danach blieben wir noch zwei Wochen in Edmonton, damit ich im Notfall zum Arzt konnte. Währenddessen erfuhr Walter, daß es in Fort McMurray am Athabasca Jobs gab, mit denen er vier Dollar am Tag verdienen konnte – ein kleines Vermögen für uns. Daher ging's, als unser Töchterchen einen Monat alt war, zurück in die Wildnis – in einem Zug der Great Waterways Railroad, die von Edmonton nach Waterways, einem Nest sechs Kilometer vor Fort McMurray, führte. Die letzten paar Kilometer galt es per Pferdeschlitten auf dem Flußeis zurückzulegen.

Im Schneckentempo kroch der Zug dahin, und wo die Gleise durch lange Moorstrecken führten, sahen wir, daß der sumpfige Grund überflutet war. An einer Stelle war ein entgleister Güterwagen hineingestürzt und fast bis zum Dach im Morast versunken. Mich schaudert heute noch, wenn ich daran denke.

In Fort McMurray bezogen wir zwei Zimmer über einem Tanzlokal, was ich als willkommene Abwechslung empfand. Hier gab es Nachbarinnen, Kinder, muntere Musik an den Tanzabenden; es war ein ständiges Kommen und Gehen, und ich genoß die Gesellschaft der anderen.

Walters erste Arbeit war, mit einem Gespann von fünf Hunden flußabwärts nach Fort McKay zu fahren. Vier der Schlittenhunde waren rassereine Timberwölfe, große graue Tiere, vor denen man stets auf der Hut sein mußte. Der fünfte war ein Hund mit rötlichem Fell namens Smiler. Er machte seinem Namen alle Ehre und begrüßte schwanzwedelnd jeden, der auf ihn zukam, und schien gern im Geschirr zu gehen. Nicht so die Wölfe, die sich immer gegen das Geschirr wehrten, doch sie waren kraftvoll und ausdauernd, wenn man sie erst einmal angeschirrt hatte.

Schlittenwölfe hatte man damals viel im Norden. Man grub die Welpen aus dem Wolfsbau aus, nahm sie mit und zog sie auf wie Hunde. Doch sie verloren ihre Wolfsnatur nie ganz. Da sie wie die Hunde nur einmal am Tag gefüttert wurden, waren sie dauernd hungrig und Experten im Stibitzen. Ihre Tagesration bestand hauptsächlich aus Schlittenhundtalg, der von der Hudson's Bay Company hergestellt wurde. Der Talg wurde mit Mehl und Wasser, Maismehlbrei oder Brotresten aufgekocht und dann verfüttert. Jedes Tier fraß davon mindestens zwei Kilo am Tag.

Von seiner Reise auf dem Flußeis kam Walter gerade noch rechtzeitig zurück, denn schon zeigten sich breite Wasserstreifen zwischen Ufer und Eis, und er mußte bereits mit einem Boot an Land kommen. Am Sonntag machten wir auf einem Uferweg am Athabasca River einen Spaziergang, wobei Walter das Baby trug. Plötzlich erklang flußaufwärts ein dumpfes Getöse, und wir sahen, wie sich in der Flußmitte, an den Stromschnellen, ein Berg aus berstenden Eisschollen auftürmte.

Wir wußten, welch ungeheure Kraft in den verkeilten Eisschollen steckte und daß wir unverzüglich nach Fort McMurray zurückmußten, ehe uns das Eis den Weg abschnitt, denn wenn das Eis brach, wurde auch das Ufer unpassierbar. Und tatsächlich hatten wir uns kaum auf den Rückweg gemacht, als das massive Eis mit einem ohrenbetäubenden Donnern aufbrach. Der Athabasca war hier an die achthundert Meter breit, doch in der Flußrinne war nicht genug Platz für den gigantischen, stöhnenden, flußabwärts drängenden Berg aus Eis, der sich mit unfaßbarer Kraft seinen Weg bahnte, Uferbäume samt Wurzeln ausriß und Tonnen von Erdreich bewegte. Zum Glück mußten wir nur einmal einen umständlichen Umweg machen, bis wir endlich wieder zu Hause waren.

ICH WAR glücklich in Fort McMurray, doch das Glück fand ein jähes Ende, als mein ruheloser Ehemann mir erklärte, er habe sich für den Bau einer Portage-Straße am Slave River zwischen Fort Fitzgerald und Fort Smith anheuern lassen. Portage-Straßen waren damals, bevor befestigte Straßen oder Eisenbahnen gebaut worden waren, sehr wichtig. Sie waren die Verbindungsstrecken zwischen Seen oder Flüssen, auf denen die Boote transportiert wurden. Auf diese Weise war im Norden ein ganzes Netzwerk von Transportwegen entstanden.

Für mich bedeutete Walters Entschluß, daß ich mit unserem Baby einen Treck von vierhundert Kilometern zurücklegen mußte, um in einer gottverlassenen Gegend zu leben, in der es keine Ärzte gab und keine anderen weißen Frauen. Aber Walter wollte unbedingt, daß ich mit ihm ging, und ich war der Meinung, daß eine Frau an die Seite ihres Mannes gehört.

Vor uns lag zunächst eine sechshundert Kilometer lange Wasserreise den Athabasca hinunter, der nach Norden floß, und dann über den Athabascasee hinüber. Wir fuhren auf einem Leichter im Tandem mit einem zweiten Leichter vor einem mächtigen Schubschiff, der *Miß Norman*. Am einen Ende war unser Kahn mit Lebensmitteln beladen, am anderen Ende mit Zugpferden und Viehfutter. Unser Bett bestand aus einem Heuhaufen in der Mitte, über den Planen gebreitet wurden.

Ende Mai war Frühling hier oben im Norden, und es war eine idyllische, aber auch beängstigende Fahrt. Treibholz- und Treibeismassen trieben den Fluß hinunter, und Zusammenstöße blieben nicht aus, doch der erfahrene Kapitän Joe Bird, den ich noch aus den Tagen kannte, als er die *Northern Echo* befehligt hatte, bewahrte uns vor größeren Schäden.

Vor uns war ein schwerer Dampfer der Hudson's Bay Company unterwegs, ebenfalls mit zwei hochbeladenen Leichtern, die jedoch längsseits festgezurrt waren, an jeder Seite einer. Bei einem Ausweichmanöver geriet der schwerfällige Verband zu nah ans Ufer, und der rechte Leichter lief auf Grund und zerbrach mit einem Knall; einen Moment später schwammen die vier Pferde, die er geladen hatte, im eiskalten Wasser. Ein Besatzungsmitglied schnitt die Leinen der Pferde durch und stürzte dabei ebenfalls in den Fluß. Er packte ein Pferd am Schwanz und ließ sich von ihm ans Ufer und aus dem Wasser ziehen. Bird stoppte sein Schubboot und bot alle Hilfe an, die wir leisten konnten; dann nahmen wir wieder Fahrt auf, während die Besatzung des Dampfers alles daransetzte, um den Leichter wieder fahrtüchtig zu machen.

Von dort, wo der Fluß in den Athabascasee mündet, mußten wir bis Fort Chipewyan und dem Ausgangspunkt des Slave River dreißig Kilometer offenes Wasser überqueren. Ein starker Ostwind hatte knirschende, mahlende Packeisfelder in den Westteil des Sees getrieben, so daß wir den Slave River nicht erreichen konnten. Wir kampierten an Land, um zu warten, bis der Wind sich drehte, und fuhren los, sobald sich das Eis hinreichend gelockert hatte. Doch dann trieb uns ein bitterkalter Westwind auf eine Sandbank, wo wir stundenlang festsaßen, während die Männer wie die Wilden arbeiteten, um uns wieder flottzumachen. Schließlich kamen wir frei, mußten aber kehrtmachen.

Zwei weitere Tage warteten wir, und als der Wind endlich wieder drehte, meinte Joe Bird, daß der Wasserstand nun hoch genug sei, um uns über die Sandbank hinwegzutragen und das Wettrennen mit den Eisschollen aufzunehmen. Der Dampfer der Hudson's Bay Company mit seinen beiden Leichtern war bereits draußen auf dem See. Offenbar war es gelungen, den kaputten Leichter wieder zu reparieren. Wir machten uns auf den Weg, und als mir klar wurde, daß ich mit dem kleinen Kind lieber auf dem Dampfboot hätte übersetzen sollen und nicht auf dem instabilen Leichter, war es zu spät.

Nicht nur war der Wellengang draußen auf dem See mörderisch, wir konnten auch beobachten, daß das Treibeis im Osten unerbittlich näher rückte und drohte uns den Weg abzuschneiden. Der Leichter war unter diesen schwierigen Bedingungen kein geeignetes Transportmittel mehr für Passagiere. Ich bekam Angst. Als wir etwa einen halben Kilometer zurückgelegt hatten, fing unser Schubverband so an zu schlingern, daß die Leichter aneinanderprallten. Man hörte Holz brechen, und dann sickerte Wasser ein. Während wir wie eine Nußschale in den Wellen auf und ab tanzten, wurden Mehlsäcke auf die Lecks gepreßt. Dann nahm Bird die Leichter in Schlepp, einen hinter dem anderen. Dadurch konnten sie nicht mehr kollidieren, bildeten nun jedoch eine Art Achterbahnzug: Erklomm der vordere Leichter einen Wellenberg, so saßen wir im hinteren Leichter in einem tiefen Tal und blickten auf einen grauen Berg aus Wasser; im nächsten Augenblick hob es uns auf den Kamm, und wir blickten hinab auf den anderen Leichter und den Schlepper, während hinter uns das Treibeis immer näher driftete.

Ich war mir ganz sicher, daß wir nicht heil über den See kommen würden, und mir war speiübel vor Angst. Außerdem war ich seekrank. Dann, sechs Kilometer vor dem Nordufer, durchkreuzten wir den Windschatten einer großen Insel, die den Vormarsch des Eises ein wenig aufhielt. Gerade noch rechtzeitig bogen wir in die Einfahrt zum Slave River ein. Die ersten Eisschollen hatten uns schon erreicht und stießen immer wieder krachend mit unserem Leichter zusammen.

Die Einfahrt zum Slave River bei Fort Chipewyan ist mit ihren Sandbänken und Felsbarrieren auch bei gutem Wetter sehr schwierig zu befahren. Wieviel Fingerspitzengefühl erforderte es erst in einer wilden, stürmischen Nacht wie dieser! Immerhin wurde es nachts um diese Jahreszeit nicht mehr richtig dunkel hier oben im Norden, so daß die Sicht einigermaßen gut war. Es gab nachts nur ein paar Stunden Zwielicht, dann war es wieder taghell.

Nach der höllischen Überfahrt hatte ich mich mit dem Baby unter die Decken gekuschelt, als mich plötzlich ein gellender Schrei aufschreckte. Ich lugte aufs Deck und sah gerade noch, wie sich ein Seil um die Beine eines Mannes schlang und ihn über Bord riß. Er war sofort verschwunden, und bei dem eiskalten Wasser hatten die anderen Männer keine Chance, ihn rechtzeitig zu retten.

Behutsam steuerte Joe Bird den Schlepper in den Fluß hinein, an Felsen, Eis- und Sandbänken vorbei. Als wir endlich zwischen hohen felsigen Ufern durch ruhiges Wasser fuhren, waren schon oben auf dem Steilufer die hübschen weißen Häuser von Fort Chipewyan zu sehen. Ich atmete erleichtert auf.

Wir gingen an Land und erlebten zum erstenmal die fremdartige, lichte Schönheit des arktischen Sommers. Die Felsen inmitten der

Heide- und Moorlandschaft der Tundra waren von grünem Moos und Flechten überzogen, während blaue Veilchen und winzige rosafarbene Blumen die Landschaft in natürliche Steingärten verwandelten. Zusammen mit den weißen Häusern am Fluß ergab das ein unvergeßliches Bild.

Doch wir hatten nicht lange Zeit, uns zu erholen, denn am nächsten Morgen hieß es für unseren Schlepper und den Dampfer der Hudson's Bay Company schon wieder: Leinen los! Weiter ging es den mächtigen Slave River hinab. Von Fort Chipewyan bis zur Mündung des Peace River ist der Slave River an die drei Kilometer breit. Er ist mit Inseln übersät und bietet ein zauberhaftes Panorama, doch Kapitäne und Lotsen fürchteten diesen Abschnitt wegen unberechenbarer wandernder Sandbänke. Auf eine solche Sandbank lief an diesem Morgen acht Kilometer stromabwärts ein großer Heckraddampfer; vorsichtig bugsierte Joe Bird unser Schiff um den Gestrandeten herum und setzte seine Fahrt unbehindert fort. Am Abend machte er in Fort Fitzgerald fest; hier hatte der Dampfer Endstation.

Walter und ich schlugen drei Kilometer nördlich des Forts ein Zelt auf. Dort bot ein Indianer, der in Geldnöte geraten war, Walter für fünfundzwanzig Dollar zwei halbverhungerte Schlittenhunde an. Da gute Hunde bis zu hundert Dollar das Stück kosteten, griff Walter sofort zu. Ich war entzückt, denn der Kauf schien zu bedeuten, daß er nach Beendigung seines Straßenbau-Jobs in der Nähe auf Fallenjagd gehen wollte. Mein Bedarf an Umzügen war vorerst gedeckt.

Ich konnte nicht ahnen, daß wir Ende August schon wieder auf Achse sein würden.

Drei

Als die Straße fertig war, lernte Walter zwei Männer kennen, die im Herbst zuvor bei Grand Detour in den Nordwestterritorien, hundertsechzig Kilometer flußaufwärts vom Großen Sklavensee, Fallen gestellt hatten. Vor Weihnachten, so erzählten sie, seien sie mit sechzehnhundert Bisamrattenfellen heimgekehrt, die fünfzig Dollar das Stück erbracht hätten. Das Land zwischen dem Slave River und Little Buffalo River sei eine riesige Seenplatte, wo es von Bisamratten nur so wimmele.

Im tiefsten Herzen war mein Mann ein Trapper, und solche Geschichten elektrisierten ihn so, wie einst die Abenteurer die Gerüchte von Goldfunden verrückt gemacht hatten. Und schon hielt ihn nichts mehr in Fort Fitzgerald. Nach Norden wollten wir, zu dritt, und in den reichen Pelzgründen Fallen stellen.

Also kauften wir ein Boot und vierunddreißig Fallen, für mich ein Paar ein Meter lange Schneeschuhe und genug Rohleder, um für Walter ein größeres Paar zu machen. Den Grundstock unseres Proviants bildeten zweihundert Kilo Mehl, fünfzig Pfund Zucker und zweihundert Kilo Kartoffeln. Dazu kamen Bohnen, Reis, gepökeltes Schweinefleisch, Hafermehl, Backpulver, Salz, Tee, Kohle, Öl und Maismehl für die Hunde, und am Ende ließen wir die „Mounties“, wie wir die erfahrenen berittenen Polizisten im Norden nennen, überprüfen, ob wir nichts vergessen hatten. Damals war diese Überprüfung Routine für jeden, der in den Nordwestterritorien überwintern wollte.

Unser Kahn war nur ein alter, schwerfälliger Zehnmeterkasten, in dem wir aber mit der Strömung des Slave River rascher nach Norden treiben konnten, als man zu Fuß am Ufer hätte gehen können. Wir ließen die Landschaft an uns vorübergleiten und spielten mit unserer Tochter. Wenn sie müde wurde, schlief sie zufrieden wie ein Kätzchen in dem Pappkarton, der ihr als Bett diente. Am Ufer erspähten wir vielversprechende Bisambaue, auf den Sandbänken sahen wir Hirsch- und Elchspuren und oben in den Weiden Schwärme von Schneehühnern. Auf den grünen Flecken am Ufer suchten Hunderte von Schneegänsen nach Futter. Ihre Schreie begleiteten uns am Tage und im Halbdunkel der kurzen arktischen Nacht.

Dort, wo der Salt River in den Slave River mündet, gingen wir an Land und besuchten ein Indianerlager. Zwischen ihren rauchgeschwärzten Zelten tummelten sich überall angeleinte Schlittenhunde, und auf Holzgerüsten trockneten Hunderte von aufgeschlitzten Fischen. Wir blieben ein paar Stunden, und zum Abschied schenkten uns die freundlichen Indianer genug Fisch für eine Abendmahlzeit für uns und die Hunde. Uns kam es vor, als ob wir in ein Land gekommen wären, in dem Milch und Honig fließen. Ein Glück, daß wir nicht ahnten, was uns bevorstand!

Wir hatten völlig unbekannten Boden betreten, und soweit wir wußten, gab es dort, wo wir hinwollten, weit und breit keine Weißen.

„Haltet am Westufer des Flusses Ausschau nach einem alten Sägemehlhaufen“, hatten die beiden Männer in Fort Fitzgerald uns gesagt. „Dort hat einmal eine Sägemühle gestanden, und es ist ein guter Platz, um sich niederzulassen.“

Es war schon spät, als wir am vierten Tag unserer Flußfahrt an diesem Sägemehlhügel vorbeitrieben. Es kam uns vor wie ein kleines

Wunder, daß ein Stückchen weiter flußabwärts an einem Steilufer eine freundliche Seele einen Landeplatz für Boote gebaut hatte – es war genau das, was wir brauchten. Wir vertäuten den Kahn, ließen die Hunde an Land, schlugen das Zelt auf und schleppten unsere Vorräte und die Ausrüstung das steile Ufer hinauf. Kurz vor Mitternacht hatten wir es geschafft und konnten uns endlich zur Ruhe legen.

Mitten in der Nacht wurde ich von einem nagenden Geräusch geweckt. Ein großes Stinktier saß bei uns im Zelt und knabberte dreist an dem Schinken, den wir zur Sicherheit mit ins Zelt genommen hatten. Das Zelt maß gerade drei mal vier Meter, und das Tier saß nicht einmal eine Armlänge von mir entfernt. Ich weckte Walter, und wir versuchten, mit Rufen und Armwedeln das Tier zu verscheuchen, vergebens; es rührte sich nicht.

„Ich muß es erschießen, sonst können wir das Fleisch abschreiben", sagte Walter schließlich.

Doch das war keine gute Idee. Im nachhinein muß ich sagen: Erlege niemals ein Stinktier in geschlossenen Räumen! Derjenige, der das Tränengas erfunden hat, muß sich das Stinktier zum Vorbild genommen haben. Nachdem Walter abgedrückt hatte, schnappte ich mir das Kind und tappte halb blind nach draußen. Hinter mir taumelte Walter aus dem Zelt, zog das tote Stinktier hinter sich her und warf es in den Fluß. Mit angehaltenem Atem zogen wir das Bettzeug ins Freie und verbrachten den Rest der Nacht unter einer hohen Fichte. Zum Glück waren wir müde genug, um mit dem Schlafplatz nicht wählerisch zu sein. Der gerettete Schinken allerdings war nicht nur ungenießbar, sondern fast unberührbar und stank beinahe so schlimm wie das Zelt.

Am nächsten Tag machten wir uns an den Bau einer Blockhütte. Walter fällte und kerbte die Bäume. Gemeinsam trugen wir sie dann zum Bauplatz und stapelten sie zu Wänden übereinander. Eine Indianerfrau in Fort Fitzgerald hatte mir eine Hängematte für das Baby geschenkt. Ich spannte sie zwischen zwei Bäumen auf, legte Olive hinein, hängte Moskitonetze darüber, um die riesigen Schwärme von Insekten und Kriebelmücken abzuhalten, und sie schlief oder spielte vergnügt mit ihren Händchen, während wir arbeiteten.

Nach zwei Wochen stand die Hütte, Fenster und Türen waren eingesetzt, eine Schlafkoje eingebaut. Mit einem Schlachtermesser schnitt ich Heu für eine Matratze und baute Schränke aus hölzernen Packkisten. Walter und ich bezogen das hübscheste Häuschen, das wir je unser eigen genannt hatten. Sein einziger Schönheitsfehler: Wir hatten versäumt, die Bäume zu entrinden, und als unser Ofen anfing,

Wärme zu spenden, schwärmten dicke schwarze Borkenkäfer unter der Rinde hervor. Das Scheußlichste daran war, daß sie bissen, und ich hatte vor ihnen mehr Angst als vor Bären. An Bären war ich von Kindesbeinen gewöhnt, an krabbelndes Ungeziefer nicht.

Zum Fallenstellen war es noch zu früh, doch Walter ging auf Erkundung und merkte dabei bald, daß wir unsere Hütte am falschen Ort gebaut hatten. Er sichtete kaum eine Spur von Füchsen, Luchsen oder Kojoten, und der nächste Bisamrattensee auf unserer Flußseite lag fünfzehn Kilometer entfernt. Mir war klar, daß Walter begann, sich Sorgen zu machen. Abendelang saß er stumm da und reagierte kaum, wenn ich ihn ansprach.

Um die Nebenflüsse des Slave River zu erkunden, bauten wir zunächst ein kleines Kanu, denn unseren Flußkahn hatten wir für den Hausbau ausgeschlachtet und Fenster und Türen daraus gemacht. Auf ein Gerippe aus einseitig glatt zugehauenem Weidenholz wurden gesägte Birkenplanken genagelt, das Ganze mit Leinwand überzogen und viermal imprägniert. Ein Kanu ist nicht das stabilste aller Gefährte, und es wäre zu gefährlich gewesen, vom Boot aus zu angeln. Doch auf einer Fahrt flußabwärts auf der Suche nach Bisamratten fanden wir einen schönen glasklaren Bach sechs Kilometer unterhalb unserer Hütte und landeten dort, um vom Ufer aus Grashechte zu fangen.

Ich beschloß, zwei Angeln aufzustellen. Die eine Angelrute hatte ich bereits in den Boden gerammt und machte gerade die zweite fertig, da hatte ich schon einen neunpfündigen Burschen an der ersten. Ich ließ die zweite fallen und hatte kaum angefangen, die Schnur einzuholen, da rutschte die zweite Rute aufs Wasser zu, weil ein Siebenpfünder angebissen hatte. Ich rief um Hilfe, doch ehe Walter meinen zweiten Fisch anlanden konnte, hatte er selbst einen Vierpfünder am Haken. Danach warfen wir nur noch je eine Angel aus und fingen so viele Fische, daß wir auf der Heimfahrt kaum noch Freibord hatten. Immer wieder hatte ich Angst, daß wir kentern würden, und beschloß, nicht wieder mit dem Kanu auszufahren; es war eben kein familientaugliches Fahrzeug.

Zum Abendessen an diesem Tage kochte ich „Hecht-Buja“, eines unserer Lieblingsgerichte. Das Wort Buja, das man im ganzen Nordland kennt, kommt wahrscheinlich von Bouillon oder Bouillabaisse, der berühmten französischen Fischsuppe. Nachdem man den Fisch abgeschuppt und ausgenommen hat, zieht man ihm die Haut in einem Stück ab wie einen Strumpf und legt sie beiseite. Man kocht den Fisch in Salzwasser, bis das Fleisch von den Gräten fällt, vermischt es dann mit frischem Kartoffelbrei und trockenen Brotkrumen. Das Ganze stopft man in die ungekochte Haut, verschnürt sie und erhitzt es gründlich im Wasser.

Am nächsten Morgen kam mir die Idee, daß Walter doch am gegenüberliegenden Ufer nach Bisamratten Ausschau halten könnte. Der Slave River war hier anderthalb Kilometer breit, und das Herz schlug mir bis zum Hals, als ich ihn in unserer Nußschale hinüberpaddeln sah. Spätnachmittags kam er begeistert zurück: Sumpfland, so weit das Auge reichte, überall kleine Seen und in jedem See Bisamburgen.

Da wußten wir, daß wir unser Domizil auf der verkehrten Flußseite aufgeschlagen hatten. Mir blutete das Herz, unser gemütliches kleines Zuhause verlassen zu müssen, aber wir hatten keine andere Wahl. Selbst wenn der Slave River kein Eis führte, war es für Walter zu gefährlich, Tag für Tag zu seinen Fallen hinüberzufahren. Und im Herbst und im Frühjahr – den besten Zeiten für die Fallenjagd –, bei einsetzender Vereisung und beim Aufbrechen des Eises konnte er überhaupt nicht hinüber.

Da wir den Flußkahn nicht mehr hatten und das Kanu nicht als Fährschiff für einen kompletten Umzug taugte, schlug ich Walter vor, ein Boot zu bauen. Er war zuerst dagegen, weil er den Aufwand scheute, aber nachdem er bei Sturm einmal auf der anderen Flußseite festgenagelt gewesen war und ohne Nahrung und Schlafplatz eine Nacht hatte ausharren müssen, stimmte er schließlich zu.

Es wurde ein plumpes Boot, ohne elegant geschwungenen Bug, da wir keine Möglichkeit hatten, die schweren Bretter des Flußkahns zu biegen. Aber das Gefährt erfüllte seinen Zweck und war viel besser als das Kanu. Wir zogen zur anderen Flußseite um und begannen den Bau einer zweiten Hütte, in der wir bis November – bis zur Seenvereisung – wohnen wollten; überwintern wollten wir dann wieder drüben in der ersten Hütte. Aus kleinen grünen Stämmen zogen wir das Zweithäuschen rasch hoch, und im Oktober waren wir soweit, daß wir die Fallen aufstellen konnten.

Es kam dann alles ganz anders, und wir überwinterten doch in der kleinen provisorischen Zweithütte. Aber zunächst ließ es sich gut an. Zum einen gab es hier viele Pelztiere – nicht nur Bisamratten, sondern auch Nerze –, außerdem wuchs uns das Brennholz fast bis zur Tür herein, und die Hütte lag windgeschützt in einem dichten Fichtenwäldchen.

Doch es wäre besser gewesen, wenn wir bei unserem ursprünglichen Plan geblieben wären. Da wir im November zur Ersthütte hatten zurückkehren wollen, hatten wir unser Angelzeug drüben gelassen, ein Fehler, der nicht unwesentlich dazu beitrug, daß wir im Laufe des Winters dem Hungertode sehr nahe kamen. Und wenn wir für die Wintermonate nach drüben gezogen wären, hätten wir Sichtverbindung zu den Hundeschlitten halten können, die einmal im Monat auf Postfahrt den Slave River hinaufzogen. Damit wäre uns die schlimmste Zeit erspart geblieben, die ich je im Leben durchgemacht habe. Törichterweise hatten wir noch nicht einmal einen Weg von unserer Hütte zum Fluß hinunter angelegt, deshalb konnte niemand ahnen, wo wir waren. Wir waren jung, und unser Leichtsinn hätte uns leicht zum Verhängnis werden können.

Die Pelzjagd ließ sich gut an, doch Wild für den Kochtopf war knapp. Nirgendwo zeigte sich eine Elch- oder Hirschspur. Hin und wieder zogen zwar Karibus durch, doch als Fleischlieferanten konnte man nicht auf sie zählen, denn meist sahen wir sie zu spät, um sie zu jagen. Noch ehe der Winter uns heimsuchte, hatten wir unser Revier aus Krüppelwäldchen und sumpfigen Seen Hungerwüste getauft. Vom 10. Oktober an erstreckte sich die Landschaft unter einer geschlossenen Schneedecke, und bald lag das ganze Land weiß und leblos da.

Zweimal täglich gingen wir unsere Fallenkette ab und brachten bis zu einem Dutzend Bisamratten heim. Bis zu den Seen wanderten wir gemeinsam, dann nahm ich das Kind und kontrollierte mit einem kleinen Schlitten und den Hunden die eine Hälfte unserer Fallen, Walter mit einem Rucksack zu Fuß die andere. Bis zum ersten November setzten wir die Fallenjagd fort, doch dann froren die Seen zu, und es wurde für die Ausflüge zu kalt; an manchen Tagen zeigte die Quecksilbersäule bis zu dreißig Grad unter Null an. Der Wind war schneidend wie ein Messer, und wir froren erbärmlich in unserer schlechtisolierten Behausung. Um uns warm zu halten, suchten wir täglich große Mengen Weiden- und Fichtenholz.

Da wir kein abgelagertes Holz für den Hüttenbau hatten verwenden können, troff jetzt in der Wärme Fichten- und Balsamtannenharz von den Dachbalken. Ich hatte hüftlanges, lockiges kastanienbraunes Haar, das Walter immer für meine krönende Zierde gehalten hatte. Nun begann es zu verfilzen und zu verharzen. Weder durch Kämmen noch durch Waschen bekam ich das klebrige Zeug heraus, und meine Locken verwandelten sich nach und nach zu verwirrten Rattenschwänzen. Einen Monat hielt ich das aus, doch eines Tages, als Walter fort war, schnitt ich es streichholzkurz ab.

Mein Anblick muß zum Fürchten gewesen sein, denn als mein Mann in die Hütte trat, sah ich, wie sein Gesicht aschgrau wurde. Auf seine zögernde Frage: „Wo ist dein Haar?" deutete ich in die Ecke, in der ich es zusammengekehrt hatte, um es später zu verbrennen. Zwei, drei Locken, die nicht verharzt waren, hob Walter auf und legte sie in eine Schachtel. „Als Andenken", sagte er. Wir ahnten nicht, wie wenig Besitzstücke, geschweige denn Andenken, uns bis zum Frühling noch bleiben würden.

Mein Haar wuchs nach, aber es wurde nie wieder so schön. Als bald darauf Bubiköpfe in Mode kamen, ließ ich es kurz.

Bis Februar kämpften wir uns durch den bitteren Winter, doch dann sahen wir ein, daß wir niemals bis Juni aushalten konnten, weil uns schon lange vorher der Proviant ausgehen würde. Im Juni hatten wir eigentlich das erste Dampfboot nehmen wollen, das den Slave River heraufkam.

Doch seit wir wußten, daß ich im Juli unser zweites Kind erwartete, wollten wir so schnell wie möglich nach Fort Smith. Im Februar konnte man ohnehin keine Pelztiere fangen, und waren die kleine Olive und ich erst einmal in Fort Smith in Sicherheit, konnte Walter im Frühjahr zur Fallenjagd in die Hütte zurückkehren.

Zu Lande nach Fort Smith, das bedeutete einen Marsch von hundert Kilometern – in unserem geschwächten Zustand eigentlich eine Unmöglichkeit. Unsere beiden Hunde waren alt, halb verhungert und nicht stark genug, um mich und das Kind auf dem Schlitten zu ziehen. Olive konnte auf dem Schlitten fahren, aber ich würde laufen müssen. Außerdem hatten wir keine geeignete Kleidung für den Marsch. Aus einer alten Decke schneiderte ich einen Parka und überzog ihn mit Leinwand. Walter hatte nur eine lederne Hose, einen Pullover und eine Wolljacke. Es war unser schrumpfender Proviant, der uns zu der riskanten Tour zwang, die wir mit Angst im Bauch antraten.

Wir füllten heißes Wasser in eine Flasche, erhitzten Steine und wickelten Olive mit den Steinen und der Flasche in unsere vier Bettdecken und stiefelten los, den gefrorenen Slave River hinauf. Mehr als zwanzig Grad Kälte herrschten, und man kam kaum voran. In der Strommitte hatten die Hundeschlitten des Postverkehrs auf dem Eis zwar einen recht guten Weg gebahnt, doch er war zum Teil vom Schnee verweht. Kam man von ihm ab, versank man bis zum Knie im Pulverschnee.

Unsere gutwilligen Hunde zogen uns eine Zeitlang, doch nach fünfundzwanzig Kilometern wurden sie zusehends schwächer. Immer häufiger blieben sie stehen und legten sich in den Schnee. Walter schob nach Kräften an den Schlittengriffen nach, doch wir wußten beide, daß wir nicht mehr weit kommen würden. Gegen halb vier wurde es langsam dämmrig. Da bogen die Hunde auf eine Seitenspur ab, die der Postschlitten zum Ufer gezogen hatte – und wir standen plötzlich vor einer kleinen Hütte mit einem rauchenden Schornstein. Noch nie war ich so dankbar gewesen, eine menschliche Behausung zu sehen.

Wir hofften, hier übernachten zu können, und klopften an. Doch drinnen gab es kaum Platz, sich zwischen Ofen, Betten und Tisch umzudrehen, und uns wurde schnell klar, daß die beiden jungen Trapper, die hier wohnten, uns nicht beherbergen konnten. Während sie uns mit heißem Tee und selbstgebackenem Brot bewirteten, erzählten sie uns, daß sechs Kilometer flußaufwärts, an dem Sägemehlhaufen, an dem wir im August vorbeigefahren waren, der Pelzjäger Bert Bennett eine komfortable Hütte hatte. Nach kurzer Rast machten wir uns wieder auf den Weg in die schneebedeckte Wildnis. Es war inzwischen ganz dunkel geworden, und ich wäre zu gern in der behaglichen kleinen Hütte geblieben.

Wir hatten an diesem Tag schon gut dreißig Kilometer zurückgelegt, und ich hatte das Gefühl, ich würde keine hundert Schritte mehr schaffen. Jeder der sechs Kilometer kam mir vor wie zehn. Alle paar Meter stoppten die Hunde und sackten zusammen, und Walter mußte nach vorn und spuren, um sie mitzureißen. Es war so dunkel, daß er nicht mehr erkennen konnte, wohin er seine Schneeschuhe setzte, und er muß wohl an die hundertmal gestürzt sein. Mein Körper schmerzte inzwischen überall, und ich malte mir immer wieder aus, wie schön es wäre, sich einfach in den Schnee sinken zu lassen, einzuschlafen und nie mehr aufzuwachen. Doch was sollte aus dem Kind werden . . . Hin und wieder hörte ich sie

wimmern, die Kleine, und ich fragte mich, ob sie fror, wagte aber nicht, die Bettrolle aufzuschnüren und nachzuschauen. Ich setzte einfach einen Fuß vor den anderen, stolperte weiter, erschöpft und halb erfroren. Ich hatte keine Vorstellung mehr davon, wie weit wir gekommen waren.

Ein Ruf Walters riß mich aus meiner Erstarrung. Ich blickte auf und sah ein gelbes Lichtviereck leuchten – ein Fenster.

Dann muß ich wohl bewußtlos geworden sein, denn ich bekam nicht mehr mit, wie der Trapper mich und das Baby in die warme Hütte trug. Er setzte uns Teller mit heißer Suppe vor, und das erste, woran ich mich wieder entsinne, ist graues Tageslicht, das durch das Hüttenfenster hereinschien, und Walters Stimme, wie er mich zum Frühstück rief.

Vor Schmerz und Muskelkater konnte ich nicht aufstehen, doch Walter zog mich aus dem Bett und half mir, meine Gliedmaßen zu bewegen. Es ist verblüffend, wie schnell der Mensch sich mit einundzwanzig erholt! Ich war im vierten Monat schwanger, hatte siebenunddreißig Kilometer Fußmarsch im Tiefschnee bei dreißig Grad minus hinter mir. Es war ein wahres Wunder, daß wir nicht erfroren waren, und jetzt war ich schon wieder auf den Beinen.

Uns war inzwischen klargeworden, daß wir den Marsch nach Fort

Smith nicht fortsetzen konnten. Zum Glück hatte Bennett reichlich Vorräte. Er verkaufte uns genug Mehl und Bohnen, um damit durch den Winter zu kommen, und borgte Walter sogar vierundzwanzig gute Bisamfallen. Drei Tage genossen wir seine Gastfreundschaft, dann war die Familie Reamer wiederhergestellt. Die Hunde hatten sich derart satt gefressen, daß sie besser in Form waren als bei Reiseantritt. Wir beschlossen, zur Hütte zurückzukehren und dort zu überwintern. Sobald die Seen eisfrei waren, ließ sich mit Fallenstellen gutes Geld verdienen, und das erste Schiff, das im Sommer den Slave River hinaufdampfte, sollte eine glückliche Familie an der Lände abholen. Dachten wir . . .

Bennett empfahl uns für die Heimkehr eine andere, acht Kilometer kürzere Route. An einem klaren Morgen bei Sonnenschein brachen wir auf. Wind hatte die oberste Schneeschicht zu einer Kruste zusammengedrückt, und man kam zügig voran. Kurz vorm Dunkelwerden erreichten wir unsere einsame kleine Hütte – und keine fünfzig Meter vor der Tür führte eine frische Elchspur vorbei.

Wären wir daheim gewesen, hätte der Elch Frischfleisch für den ganzen Winter bedeutet. Sechsundsechzig Kilometer Fußmarsch, die furchtbare Erschöpfung und nun der verpaßte Schuß auf den Elch als letzter, vernichtender Schlag. Fast fünfzig Jahre ist es her, daß unsere beiden hageren Hunde in der Winterdämmerung vor der Hüttentür zum Stehen kamen und wir die Spur erblickten, aber noch heute spüre ich die tiefe Enttäuschung dieses Augenblicks. Glücklicherweise konnten wir nicht ahnen, was uns noch alles bevorstand.

DIE ELCHSPUR, die wir gesehen hatten, führte vom Fluß weg in ein Dickicht aus Krüppelfichten. Walter schob Patronen in meine alte Winchester, das beste Gewehr, das wir hatten, und ging am nächsten Morgen gleich nach dem Frühstück der Spur nach. Den ganzen Tag verfolgte er den Elch, ohne ihn zu Gesicht zu bekommen, kampierte nachts bei Minusgraden im Freien und nahm im Morgengrauen die Spur wieder auf. Doch der Elch hatte seine „Wanderphase“, und am frühen Nachmittag des zweiten Tages lösten Walters selbstgebastelte Schneeschuhe sich allmählich auf, so daß er nicht mehr wagte, die Jagd fortzusetzen. Maßlos enttäuscht kehrte er in unsere Hütte zurück.

Bis Ende März sahen und hörten wir nun kein Lebewesen mehr außer uns drei Menschen, den Hunden und drei Füchsen, die Walter in Fallen fing. Selbst die Kaninchen, so schien es, waren geflohen oder ausgestorben. Noch nie hatten wir eine Winterwildnis kennengelernt, die so leblos war wie dieses Land am Ufer des Slave River. Die Fuchskadaver verfütterten wir an die Hunde, und die armen hungernden Kreaturen verschlangen das übelriechende Fleisch voller Gier. Die Bohnen und das Mehl aus den Vorräten des freundlichen Bert Bennett gingen zur Neige, und wohl oder übel mußten wir uns mit halben oder noch kleineren Rationen begnügen.

Um den ersten April herum beschlossen wir aus Verzweiflung, die Nerz- und Bisamjagd aufzunehmen, obwohl Seen und Sümpfe noch meterdicke Eispanzer trugen. Es ging uns weniger um die Pelze als um das Fleisch für uns und die Hunde, denn wir waren alle dem Ende nahe. Wir luden das Baby auf den Schlitten, zogen zum nächsten See – und stellten fest, daß das seichte, sumpfige Gewässer bis zum Grund gefroren war. Keine Bisamratte war am Leben geblieben. An zwei, drei weiter entfernt liegenden Seen dasselbe Bild. Gebrochen kehrten wir zu unserer Hütte zurück.

Auf dem Heimweg stießen wir auf kreuz und quer laufende Spuren von Timberwölfen, die unserer Spur nachgeschnüffelt hatten. Als unsere Hunde den Schwanz einkniffen und mit dem Bauch am Boden dahinschlichen, wußten wir, daß die Wölfe nur gerade eben außer Sichtweite waren und uns folgten. Sobald im Weidedickicht an einem Bachufer Zweige knackten, sträubten sich die Nackenhaare unserer Hunde. Wir selbst hatten vor den Wölfen keine Angst, aber es tat uns leid um die Hunde, und so schirrten wir sie vor der Hütte ab und nahmen sie mit hinein. Noch stundenlang tönte in der Nacht das Wolfsgeheul, doch am Morgen war das Rudel verschwunden.

Ein paar Tage darauf nahmen wir unser Zelt, Bettzeug, Fallen und den wenigen Proviant, der uns blieb, und zogen dreizehn Kilometer zu einem größeren See, auf den Walter bei der Verfolgung des Elchs gestoßen war. Dort fanden wir Wasser unter dem Eis, gruben Bisambaue auf und fingen ein paar Tiere. Das half zwar gegen den größten Hunger, reichte aber nicht für uns alle und die Hunde, und so mußte Walter schließlich die traurige Entscheidung fällen, sie zu töten. Ich wußte, daß es humaner war, als sie verhungern zu lassen, denn sie winselten und heulten inzwischen fast ununterbrochen, doch es brach mir fast das Herz. Als Walter sie erschoß, weinte ich bitterlich.

Knapp eine Woche später schlug endlich das Wetter um. Warm und hell kam die Sonne heraus, der Schnee begann zu schmelzen, und an den Seeufern erschien ein Kranz freien Wassers. Von Tagesanbruch bis zur Dunkelheit ging Walter nun die Fallen ab, und zum erstenmal in jenem Winter hatten wir genug zu essen. Ich kochte das Bisamrattenfleisch und gab Olive die Brühe in ihrem Fläschchen. Sie blühte richtig dabei auf.

Wenn im Norden der Frühling kommt, ist es wie ein Rausch. Plötzlich scheint jeden Tag die Sonne, und es ist endlich wärmer. Allerdings sind die kurzen Frühlingsnächte nach wie vor sehr kalt, so daß wir in unserem Zelt froren, trotz des wärmespendenden Öfchens, das wir dabeihatten. Tagsüber mußten wir in dem eisigen Wasser herumwaten, um die Bisamratten zu bergen, die wir geschossen hatten. Abends waren wir daher meist durchnäßt, aber in dem Zelt konnte unsere Kleidung über Nacht nicht mehr durchtrocknen. Da unsere Jagd jedoch sehr erfolgreich war und die Hungersnöte und Strapazen des Winters endlich vorbei waren, waren wir trotzdem bester Stimmung.

Bis zum 10. Mai, beschlossen Walter und ich, wollten wir an diesem See bleiben, dann zurück zur Hütte ziehen, im Ruderboot den Slave River hinauf zu Bert Bennetts Haus fahren und den ersten Dampfer der Saison nach Fort Smith nehmen. Doch wieder einmal durchkreuzte das Schicksal unsere Pläne. Am Morgen des 2. Mai – gerade hatte ich Brot zum Backen in unseren kleinen Kanonenofen geschoben – trat ich vor das Zelt, um nach Walter zu schauen, und sah ihn auf dem Seeuferweg nach Hause kommen. Ich nahm Olive an die Hand und ging ihm entgegen. Wir begrüßten uns, und zu dritt wandten wir uns zurück zum Zelt.

In dem Moment schossen plötzlich Flammen aus dem Zelt, und unsere Munition explodierte in knatterndem Stakkato. Walter ließ seinen Pelzsack fallen und rannte hin, und ich schnappte mir unsere Tochter und eilte ihm nach. Als ich das Zelt erreichte, zerrte er gerade versengte Nahrungsmittel und brennende Decken heraus. Ich tauchte sie in den See. Zehn Minuten später war alles vorbei.

Wir hatten kaum etwas gerettet: zwei, drei halbverkohlte Decken, ein paar Streichhölzer in unseren Taschen und einige weitere in einem wasserdichten Behälter. Walters Kleinkalibergewehr war unbeschädigt, und meine Winchester hatte außerhalb des Zelts gestanden. Vier Patronen hatte sie noch im Magazin, und die Patronen für die Stevens trug Walter bei sich. Aus den rauchenden Zeltresten bargen wir außerdem eine versengte Stevens. Sie war beschädigt, schien aber noch verwendbar zu sein. Die meisten unserer Felle hatten an einem Baum gehangen und waren in Sicherheit, doch eines meiner liebsten Besitzstücke war verloren – die Geige, die mein Bruder Leon mir zum siebzehnten Geburtstag geschenkt hatte. Von unserem Proviant bargen wir vier Tassen nasses, angekokeltes Mehl, ein Pfund Bohnen und ein wenig Brot. Für das Kind blieben uns ein paar unbeschädigte Dosen Kondensmilch.

Nun waren wir plötzlich wieder in eine äußerst bedrohliche Situation geraten, denn ich erwartete ja nun in gut zwei Monaten mein zweites Kind. Da es aber keinen Sinn hatte, vor der Zeltruine sitzen zu bleiben und zu trauern, hingen wir unsere Fallen an Bäume, wo wir sie im kommenden Herbst wiederfinden konnten, aßen unser Brot und eine lukullische Portion Bisambraten, rollten das Kind in die versengten Bettreste und legten uns ein paar Stunden zum Ausruhen unter einen Baum. Mit Streichhölzern zum Feuermachen mußten wir nun sparsam umgehen.

Als wir aufwachten, verließen wir das ausgebrannte Lager, und ich lud mir alles auf, was ich zu tragen vermochte: das Baby huckepack nach Indianerart, dazu eine angekohlte Bettdecke, in die ich Kochtopf, Messer, Gabeln, Löffel, Tasse und Babyflasche eingerollt hatte. In der Hand trug ich die Gewehre. Walters Last bestand aus zweihundertfünfzig Bisamfellen, unserem Ofen – er wog nur fünf Kilo – und drei Ofenrohr-Teilstücken. Alles in allem dürfte er gut einen Zentner zu schleppen gehabt haben.

Dreizehn Kilometer hatte der Weg von der Hütte zum See betragen. Mehr als doppelt so weit war nun der Rückweg, denn durch die Schneeschmelze waren auch kleine Bäche angeschwollen zu reißenden Strömen. Um gangbare Furten zu finden, mußten wir kilometerlange Umwege machen und auf der anderen Bachseite zurückpilgern zu unserem ursprünglichen Pfad, damit wir uns nicht verliefen. Des öfteren mußte Walter zwei-, dreimal durch das rauschende eiskalte Wasser waten, einmal mit seiner Last, dann mit dem Baby und meiner Last und noch ein drittes Mal, um mir hinüberzuhelfen.

Zwei Tage brauchten wir für den Marsch. Niedergeschlagen und hungrig kamen wir an der Hütte an, aber nun hatten wir wenigstens wieder ein Dach über dem Kopf und vier Wände, die die Nachtkälte abhielten.

Als der Morgen dämmerte, stand ich auf und suchte überall getrocknete Bohnen zusammen, ausgelesene, die ich im Lauf des Winters weggeworfen hatte. Aus jedem Mehlsack kratzte ich die letzten Reste zusammen. Dann kochte ich die Bohnen und verbuk die verstaubten Mehlreste zu Brot.

Ein Blick auf den Slave River bei Tageslicht bestätigte unsere schlimmsten Befürchtungen. Zwischen Eis und Ufer floß bereits das Wasser. Es blieb uns nichts anderes übrig, als auf den Eisgang zu warten. Walter fing an, unser Ruderboot abzudichten und die Risse mit Pech zuzuschmieren. Ich nutzte die Zeit zu kleinen Jagdausflügen. Dabei erlegte ich zwar nur drei Eichhörnchen in den nächsten fünf Tagen, aber es war besser als gar nichts.

Dann brach die bisher schlimmste Katastrophe über uns herein. Am 10. Mai gingen wir getrennt auf Jagd. Walter nahm das Kind huckepack und zog in eine Richtung los, ich in die andere. Er hatte seine Remington bei sich und ich die angesengte Stevens. Ein Schwarm Wildenten stob vor mir auf, war jedoch im Nu außer Schußweite. Dann, am Rand eines kleinen Moores, sah ich ein Kaninchen, das erste seit dem Herbst. Ich wollte es um jeden Preis erwischen! Ganz ruhig lehnte ich mich an einen kleinen Baum, zielte und betätigte den Abzug. Und dann war alles, was ich wahrnahm, ein Feuerschlag und ein blendender Lichtblitz.

Blind lehnte ich an dem Baum, ein schrecklicher Schmerz brannte in meinem Gesicht von der Nase bis zum rechten Ohr. Als meine Knie langsam aufhörten zu zittern, stampfte ich immer wieder auf den Boden, um mit den Schmerzen fertig zu werden. Mein rechtes Auge tränte wie verrückt, aber ich konnte es nicht trockenwischen, denn je mehr ich wischte, desto schlimmer wurde es.

Da ich zunächst nichts sehen konnte, fragte ich mich voller Panik, ob ich wohl allein nach Hause finden würde. Ich wußte, daß ich mich ungefähr nördlich von unserer Hütte befand, also machte ich mich nach Süden auf den Weg – oder zumindest in die Richtung, die ich für Süden hielt. Dabei prallte ich immer wieder gegen Bäume und stolperte über Unebenheiten. Nach einer Weile kam die Sehkraft auf dem linken Auge ein bißchen zurück, so daß ich den Weg besser fand. Außerdem konnte ich erkennen, daß meine rechte Hand blutverschmiert war und daß sie jedesmal, wenn ich damit über die Wange fuhr, blutiger wurde. Einmal hörte ich in der Nähe Enten schnattern und blieb automatisch stehen, um zu prüfen, ob ich sie schießen könnte – dann fiel mir ein, daß mein Gewehr ja explodiert war. Mit ausgestreckten Armen stolperte ich weiter, und es war reines Glück, daß ich schließlich die Hütte fand.

Walter rupfte gerade eine Ente, die er geschossen hatte. Als er mich erblickte, stieß er einen Schreckensschrei aus und eilte auf mich zu. Vorsichtig, von ihm gestützt, setzte ich mich nieder, und zum erstenmal wurde ich mir eines heftigen Schmerzes in der rechten Hand bewußt. Ich hielt sie hoch, und er schaute rasch nach.

„Sie steckt voller Patronensplitter", sagte er. „Dein Gewehr muß nach hinten losgegangen sein."

In den nächsten zwei Tagen zog er immer wieder Patronensplitter aus meiner Hand und meiner Nase. Zum Glück hatte mein rechtes Auge lediglich Pulververbrennungen abbekommen; Walter wusch es immer wieder mit klarem Wasser aus, und das Auge heilte schnell ab, erlangte allerdings niemals wieder seine volle Sehkraft.

Die elf Tage zwischen dem 10. Mai – dem Tag meines Unfalls – und dem Einsetzen des Eisgangs auf dem Slave River waren ein Alptraum aus Hunger und Sorge. Weil wir so wenig Streichhölzer hatten, mußten wir die ganze Nacht das Feuer füttern und durften es nie ausgehen lassen. Aus Drahtresten bastelte ich Schlingen und legte sie aus, um Enten, Kaninchen oder sonst etwas Eßbares zu fangen. Immerhin fing ich zwei Eichhörnchen. Wir schälten Bäume, kratzten sie ab und aßen die innere Rinde. Wir rissen am Ufer tote Riedgräser aus und aßen die darunterliegenden zarten gelben Triebe. Mein bester Fang war ein Rebhuhn, das ich eines Tages auf einem niedrigen Ast sitzen sah. Eilends befestigte ich eine Schlinge an einer langen Stange, fing den Vogel und riß ihn zu Boden. Endlich konnte die kleine Olive wieder einmal soviel Brühe trinken, bis sie satt war.

Hungerkrämpfe hielten uns die ganze Nacht wach, und wenn wir schliefen, träumten wir vom Essen. Daß ich im siebenten Monat schwanger war, machte es für mich nur noch schlimmer. Je schwächer wir wurden, desto inbrünstiger beteuerte Walter, daß er vom Norden ein für allemal genug habe. Ich glaubte ihm kein Wort.

Wir hatten nur noch zwei Patronen, beide für meine Winchester, und drei Tage lang bestand unsere einzige Nahrung aus Tee, aufgebrüht aus gekochten Fichtennadeln. Still und teilnahmslos saß unsere kleine Tochter mit hohlen, trüben Augen da. Welche Angst und Sorge Walter und ich um sie hatten, kann ich gar nicht in Worte fassen.

Endlich, am Morgen des 21. Mai, begann das Eis auf dem Slave River sich zu regen. Gegen Mitternacht rollte das Wasser frei dahin, und um drei Uhr morgens am 22. Mai – es blieb inzwischen die ganze Nacht hell – schoben wir unser plumpes Boot in die Strömung und machten uns auf den Weg zu Bennetts Haus.

Sich so kurz nach dem Eisgang auf den Fluß zu wagen war gefährlich, denn von den Uferböschungen rutschten hin und wieder noch tonnenschwere Eisplatten in den Fluß, doch wir hatten keine andere Wahl. Walter ruderte, während ich im Heck mit dem Paddel um Eisschollen herummanövrierte. In unserem Zustand war dies härteste Sklavenarbeit, da wir Sicherheitsabstand zum Ufer halten und in der Flußmitte gegen den Strom fahren mußten.

Am ersten Tag hätte es uns beinahe erwischt. Wir ruderten zu nah am Ufer, als wir sahen, wie ein riesiger Eisblock aus etwa fünfzehn Meter Höhe herunterrutschte und direkt neben uns ins Wasser klatschte. Es entstand eine riesige Welle, die uns hochschleuderte und fünfzig Meter weit mitten in die stärkste Strömung in der Flußmitte trug.

Sechs Tage brauchten wir, um die siebenunddreißig Flußkilometer bis zu Bennetts Hütte zurückzulegen. Um Mitternacht am 27. Mai erreichten wir sie, schmutzig, abgerissen, halb verhungert, von Wind und Sonne verbrannt. In diesen sechs Tagen hatten Walter und ich nichts zu uns genommen außer Fichtentee, Graswurzeln und Baumrinde. Nun aß jeder ein halbes Biskuit und ein paar Löffel geschmorte Aprikosen, doch unsere Mägen konnten nichts mehr aufnehmen, und wir mußten uns sofort übergeben. Erst nach vier Tagen war ich soweit hergestellt, daß ich wieder aufstehen konnte. Als wir uns etwas erholt hatten, verhalf Bennett uns zu neuer Kleidung, und dann konnten wir einen herrlichen Monat lang darauf warten, daß die *Miß Mackenzie* auf ihrer ersten Jahresfahrt den Slave River heraufgedampft kam.

In Fort Smith verkaufte Walter unsere Pelze. Er hatte 560 Bisamfelle, 27 Nerze, 3 Rotfüchse, 4 Stinktiere und ein paar Wiesel. Im Laden der Northern Trading Company, wo wir uns vor der Abreise ausgerüstet hatten, hatten wir anschreiben lassen. Nun zahlte Walter die Schuld ab, und 1060 Dollar blieben uns als Reinerlös übrig. Das war eigentlich nicht schlecht, aber wir waren uns einig, daß wir noch nie härter verdientes Geld gesehen hatten.

Über die Portage-Straße gelangten wir von Fort Smith nach Fort Fitzgerald, von dort mit dem Heckraddampfer *Slavie* südwärts nach Fort McMurray. Um Geld zu sparen, arbeiteten wir den Fahrpreis durch Kellnern und Geschirrwaschen ab.

In Fort McMurray entfernte ein Arzt die letzten beiden Patronensplitter aus meiner Nase, und dann bestiegen wir einen Zug nach Bellingham im Staat Washington in den USA, wo Walters Familie jetzt lebte. Dort kam am 18. Juli 1923, vier Tage nach unserer Ankunft, unsere zweite Tochter Vala zur Welt. Sie war ein mageres blaugraues Baby, das nur gut drei Pfund wog, und drei Wochen lang gab der Arzt weder Mutter noch Kind eine Überlebenschance. Doch wir kamen beide über den Berg, und Vala wuchs zu einem gesunden, hübschen Mädchen heran.

Walter ging im Herbst in sein Fallenrevier zurück, aber ohne mich. Ich liebte ihn immer noch sehr, doch nie wieder im Leben wollte ich in einer Trapperhütte überwintern, vor allem nicht mit zwei kleinen Mädchen. Ich blieb in Washington und nahm eine Stelle als Köchin in einem Holzfällerlager an, in dem einer meiner Schwäger arbeitete.

Dort blieb ich bis Anfang 1928. Viermal kam Walter in diesen Jahren aus der Wildnis zurück, doch nie hatte er sich ein heimeliges Plätzchen geschaffen, an dem Frau und Kinder mit ihm hätten leben können. Das letztemal sah ich ihn vor Weihnachten 1927, kurz bevor er wieder in den Norden zog. Im September 1927 war unser Sohn Louis geboren worden.

Ich hatte fünfhundert Dollar gespart, genug für die Kaution für staatlich gefördertes Siedlungsland, und ich fing an, mich nach einem guten Stück Land umzusehen. Meine Wunschparzelle fand ich sechzig Kilometer südlich von Fort St. James: fünfundsechzig Hektar gutes Land am Stuart River, im Herzen von British Columbia. Die Rodung würde Knochenarbeit sein, aber damit war ich vertraut, und keine fünf Kilometer entfernt lag eine Schule. Bei meinem ersten Besuch verliebte ich mich sofort in den Flecken Land. Nachbarn sprangen mir bei und halfen mir beim Bau eines kleinen Blockhauses, und im Juni 1928 zog ich mit den Kindern ein.

Dann, kaum einen Monat später, zerbrach meine Welt. Mein Nachbar Jack Hamilton kam mit einem Telegramm von der kanadischen Polizei in Edmonton: Walter war tot. Er war ertrunken, als sein Kanu in einem Sturm gekentert war.

Ich weiß noch, daß ich die Hand zu den Augen führte, um den Schleier wegzuwischen, der sie plötzlich trübte, und daß Hamilton mich zu einem Stuhl am Küchentisch führte und sagte: „Setzen Sie sich erst mal hin, Mrs. Reamer." Ich blickte mich nach meinen Kindern um. Olive, damals sechs, stand mit großen Augen da. Sie spürte, daß etwas Schlimmes geschehen war. Vala spielte mit dem weißen Kätzchen, das ein Nachbar ihr geschenkt hatte, und Louis lag auf dem Rücken und versuchte mit der Hand seine Zehen zu packen. Was sollte aus ihnen werden – und aus mir?

Dann lehnte Olive ihren Kopf an meinen Rock und begann leise zu weinen, und ich spürte einen Kloß im Hals, der mir langsam den Atem nahm. Weinen wollte ich erst im stillen Kämmerlein, nicht vor den Augen der Kinder.

„Wenn ich etwas für Sie tun kann . . .", sagte Jack Hamilton, die Hand auf der Türklinke.

„Nein, danke, ich werde es schon irgendwie schaffen", antwortete ich fest.

Ich werde es schon irgendwie schaffen . . . Bloß wie? Ich war sechsundzwanzig, eine Witwe mit drei kleinen Kindern, mit fünfundsechzig Hektar Wildnis, einem kleinen Blockhaus, einer alten Winchester – und sonst kaum etwas.

VIER

ZEHN Meter lang war das Kanu, das Indianer mir im Tausch gegen einen Teil meiner Kartoffelernte im Herbst überlassen hatten. Es war ein richtiger Einbaum, der mit der Axt aus einem dicken Pappelstamm herausgehauen worden war. Leider war der Baum windschief gewesen; deshalb war das Kanu nicht nur schwer und unhandlich, sondern auch derart launisch, daß man ständig Angst vorm Kentern haben mußte. Eine kleine Bewegung, ein kurzer Seitenblick, so schien es, konnten das Boot schon aus dem Gleichgewicht bringen.

An einem heißen, windlosen Julitag kurz vor meinem achtundzwanzigsten Geburtstag saß ich im Heck dieses Gefährts und paddelte. Kippsicher vorn im Bug thronte die siebenjährige Olive, zwischen uns Vala, inzwischen fast sechs Jahre alt, und der kleine Louis, noch keine zwei. Ich fuhr auf Elchjagd, und da ich niemanden hatte, der auf die Kinder aufpaßte, wurde es ein Jagdausflug mit der ganzen Familie.

Eigentlich war bis zum Herbst noch Schonzeit für Elche, doch die damaligen Jagdbestimmungen in British Columbia erlaubten es einem Goldsucher, jederzeit einen Elch zu schießen, wenn er ihn als Nahrung brauchte. Natürlich war ich kein Goldsucher, doch meinen Kindern und mir knurrte der Magen, und ich war sicher, daß mir der liebe Gott – und hoffentlich auch der Jagdhüter – die Wilderei vergeben würden.

Gut ein Jahr war seit Walters Tod vergangen. Am Horizont zog die Weltwirtschaftskrise herauf, die „dreckigen Dreißiger", wie die Kanadier diese Zeit nannten. Ich wußte, daß mir und den Kindern Sozialhilfe in Höhe von zwölf Dollar im Monat zustand, doch weder Vala noch ich waren in Kanada geboren, und ich hatte Angst, man könnte uns in die USA abschieben, wenn ich aufs Amt ging und meinen Anspruch anmeldete. Ich verzichtete also auf das Geld und schwor mir, mich und meine Kinder ohne Hilfe durchzubringen. Strapazen und Nöte war ich von klein auf gewohnt, daher war ich für die kommenden Notzeiten besser gewappnet als die meisten Frauen.

Mein Hauptproblem war, daß ich kaum Bargeld hatte. Das wenige Geld, das ich besaß, brauchten wir für Lebensmittel, die wir selbst nicht erwirtschaften konnten. Daher konnte ich die Leihgebühr für ein Pferdegespann nicht aufbringen, ohne Pferdegespann aber war es zu mühsam, den Boden zu roden und dann zu bestellen. Also grub ich für meine Nachbarn Kartoffeln aus, harkte Heu und verdingte mich als Mädchen für alles. Schließlich hatte ich genug Geld beisammen, und bis zum nächsten Frühjahr hatte ich mit Hilfe der Pferde ein paar Hektar gutes Land von Gestrüpp und Bäumen befreit. Olive war meine Haushälterin, Köchin und Babysitterin in einem. Während sie auf ihre Geschwister aufpaßte, legte ich einen Gemüsegarten und eine Heuwiese an und ging auf die Jagd, um Rebhühner und Karnickel zu schießen. Zum Glück halfen im ersten Winter unsere Nachbarn mit großzügigen Spenden von Elchfleisch. Trotzdem war es aufreibende Arbeit. In der Abenddämmerung fiel ich todmüde ins Bett, in der Morgendämmerung schleppte ich mich wieder hinaus, doch wenigstens hatten wir zu essen.

Dann versiegten im Juli 1929 unsere Vorräte, und aus schierem Hunger hatte ich mich zur erwähnten Elchwilderei entschlossen.

Da um diese Zeit nun die Insekten schon heftig schwärmten, würden Elche, wie ich wußte, zum Fluß kommen und baden, um sich von dem Ungeziefer zu befreien. Ich hatte noch nie einen Elch geschossen, doch Not macht nicht nur erfinderisch, sondern auch verwegen. Wir waren noch nicht weit den Stuart River hinaufgefahren, da sah ich auch schon Elchspuren am Ufer. Hinter einer Flußbiegung schließlich tauchte auf einer grasbewachsenen Landzunge eine große Elchkuh auf, tauchte den Kopf ein und fraß Wasserpflanzen. Ich wollte kein Muttertier töten und vielleicht ein Kalb verhungern lassen, doch die Versuchung war groß, bedeutete die Elchkuh doch Fleischkonserven für den ganzen Sommer. Vorsichtig paddelte ich näher und flüsterte den Kindern zu, daß sie ganz still sein sollten. Schließlich blickte die Kuh zu uns herüber, während ich noch mit meinem Gewissen rang. Wie es ausgegangen wäre, weiß niemand, denn als ich in Schußweite kam, gab Olive einen vergnügten Quiekser von sich – sie hatte im hohen Ufergras ein ungelenkes rotbraunes Elchkalb gesehen, und damit war der Fall entschieden.

Plötzlich redeten die Kinder alle durcheinander, die Kuh grunzte ihrem Kleinen zu und watete ins Wasser, weil sie durch den Fluß schwimmen wollte. Da, auf einmal, gefiel ihr das Kanu nicht mehr. Ihre Ohren klappten nach hinten, und ihr Grunzen nahm einen äußerst unfreundlichen Ton an. Da ich keine Chance hatte, mit dem plumpen Kanu einem Angriff auszuweichen, steckte ich das Paddel in den Schlamm und wartete. Zum Glück griff die Kuh uns doch nicht an, sondern strebte mit ihrem Kalb dem gegenüberliegenden Ufer zu, wo sie an Land wateten und auf einem Elchwechsel verschwanden.

Weiter flußaufwärts trafen wir auf zwei Elchbullen. Doch bevor ich nach dem Gewehr greifen konnte, waren sie im Weidendickicht

verschwunden. Inzwischen verließ mich langsam der Mut, außerdem war ich schon hundemüde vom Paddeln des schweren Einbaums. Als ich gerade umkehren wollte, entdeckte ich im Schatten eines Pappelhains einen kräftigen Jungbullen.

Sorglos weidete er und rupfte Wasserpflanzen aus dem Fluß, wobei er jedesmal mit dem Kopf vollständig untertauchte. So nahe es ging, paddelte ich heran und befahl dann den Mädchen, sich flach auf den Bootsboden zu legen, denn ich mußte über ihre Köpfe hinweg schießen. Ich peilte einen Punkt kurz hinter der Schulter des Bullen an und drückte ab. Mit einem gewaltigen Klatschen stürzte der Elch ins Wasser, raffte sich aber wieder auf und versuchte, sich die Böschung hinaufzuschleppen. Ich legte noch einmal an und erlegte das Tier mit einem Kopfschuß. Obwohl man im Norden von der Jagd leben muß, haßte ich das Töten. Auch diesmal standen mir und den Kindern, die zum erstenmal eine Elchjagd miterlebten, die Tränen in den Augen. Zum Glück kam ein Baumstachler vorbeigewatschelt, der die Kinder von dem Elch ablenkte.

Das Ausnehmen unserer Beute war eine der schwersten Arbeiten meines Lebens, aber schließlich war sie erledigt und das Elchfleisch im

Einbaum verstaut. Inzwischen war es dunkel geworden, deshalb gingen wir an Land, rollten uns in eine Plane und versuchten zu schlafen. Doch die Mücken stachen so schlimm, daß ich schließlich resignierte und den Rest der Nacht damit verbrachte, mit einem Weidenzweig die Mücken von den Kindern wegzufächeln. Gegen vier Uhr graute der Morgen, ich weckte die Kinder, und wir machten uns auf den Heimweg. Doch auch auf dem Fluß waren wir nicht vor den stechenden Insekten sicher, und meine Hände waren während der ganzen Fahrt schwarz vor Mücken. Es war entsetzlich.

Unser Nachbar Joel Hammond hatte uns ein bißchen Mehl geschenkt, das er aus selbstgezogenem Weizen in einer Handmühle geschrotet hatte; so gab es zum Frühstück knusprige Pfannkuchen, dazu Elchsteaks und Gemüse, in Elchfett gebraten. Nach diesem Festmahl machte ich mich ans Werk und kochte das Elchfleisch ein, um es haltbar zu machen.

Dies blieb der einzige gewilderte Elch meines Lebens. Im Herbst besorgte ich mir einen Jagdschein und ging ganz legal auf die Jagd, um unser Winterfleisch zu schießen. Inzwischen hatten sich viele Elche in unserer Gegend eingefunden. Nachts konnte ich hören, wie sie grunzend und schnaubend miteinander kämpften, und wenn ihre Schaufeln aneinanderkrachten, war es so laut, als ob jemand mit einer Axt auf einen hohlen Stamm schlug. In den frühen Morgenstunden standen manchmal bis zu fünf Elche gleichzeitig am schilfigen Flußufer. Ich konnte mir in Ruhe einen von ihnen herauspicken.

Der Stuart River war voller Enten und Gänse, auch Rebhühner gab es überall. Ich machte alles ein, was ich erlegte, und fortan hatten wir keine Fleischsorgen mehr. Allmählich kam das Leben ins Lot.

Es gab in dieser Zeit ein paar Männer, die mir schöne Augen machten, aber sie interessierten mich nicht. Ich war erst einmal darauf aus, mehr Land zu roden und ein, zwei Kühe und ein Pferdegespann zu kaufen. Ich war guten Mutes, das alles allein zu schaffen, aber im Winter 1930 sah ich mich wieder einmal vor schier unlösbare Probleme gestellt.

Im Februar stellte ich fest, daß in unserer Vorratskammer Lebensmittel fehlten, die man nur durch einen Einkauf in einem Lebensmittelladen bekommen konnte. Ich hatte zwar kein Geld, beschloß aber trotzdem den dreiundvierzig Kilometer weiten Fußmarsch nach Vanderhoof auf mich zu nehmen, in der Hoffnung, dort auf Kredit einkaufen zu können. Die Schuld wollte ich im kommenden Herbst mit Kartoffeln abtragen, denn wir ernteten mittlerweile mehr Kartoffeln, als wir selbst brauchten.

Die Kinder ließ ich zweieinhalb Kilometer flußabwärts bei Nachbarn und machte mich an einem frostigkalten Morgen auf den Weg. Nur wenige Pferdeschlittenspuren schlängelten sich auf der Straße entlang, und ich mußte mich mühselig durch tiefen Schnee kämpfen. Die letzten drei Kilometer bis Vanderhoof erwischte ich endlich eine Mitfahrgelegenheit. Doch dann kam das böse Erwachen: Es gelang mir nicht, dort auf Kredit einzukaufen. Es waren harte Zeiten, und Ladenbesitzer konnten es sich nicht leisten, allzu großherzig zu sein.

Ich versuchte, wenigstens die dringend benötigten Gummischuhe für meine Familie zu ergattern, wurde aber auch abgewiesen. Besser behandelte mich eine freundliche Dame, die ein Restaurant führte. Sie setzte mir ein herzhaftes Mittagessen vor, und als ich sie für fünfzig Pfund Kartoffeln vormerkte, lächelte sie nur und schob mir eine Tafel Schokolade in die Tasche. Trotzdem – sie kriegte ihre Kartoffeln nach gebührender Wartezeit.

Auch in dem zweiten Laden gelang es mir nicht, anschreiben zu lassen, aber der Besitzer schenkte mir zwei Dollar. Die gab ich großenteils für Hafermehl und Zucker aus, denn beides hatte ich den

Kindern versprochen. Für eine weitere Mahlzeit oder gar eine Übernachtung reichte das Geld nicht, und so pilgerte ich durch Vanderhoof, niedergeschlagener, als ich je im Leben gewesen war, und dachte daran, wie kalt und naß unsere Füße im Frühjahrsschlamm sein würden.

Aus Verzweiflung entschloß ich mich zu einem letzten Versuch. Einige meiner Nachbarn kauften in einem Laden in Finmoore ein, dreißig Kilometer östlich von Vanderhoof. Dort wohnte auch meine Freundin Mrs. Holter, und deshalb wollte ich nun auf dem Eisenbahngleis nach Finmoore laufen und mein Glück versuchen.

Es war schon fast dunkel, als ich mich aufmachte. Die eisverkrusteten Eisenbahnschwellen boten den Füßen kaum Halt, außerdem war ich für die kalte Winternacht nicht warm genug angezogen. Meine Kleidung bestand nur aus einem Drillichoverall, Männerstrümpfen, indianischen Mokassins und einem alten Wollpullover. Darüber trug ich eine Drillichjacke. Der Marsch war eine Folter für mich, denn nicht nur war ich zu Tode erschöpft, sondern in der Dunkelheit jagte mir jeder Schatten Angst ein.

Um Mitternacht erreichte ich den kleinen Bahnhof Hulatt, der sechs Kilometer vor Finmoore liegt, und bat den Stationsvorsteher, dort ausruhen zu dürfen. Neben einem gemütlichen Kanonenofen legte ich mich auf den Fußboden und wäre sofort eingeschlafen, wenn nicht die Furcht, daß die Kinder vor mir wieder zu Hause sein könnten und dann vielleicht ein Feuer anzündeten und Unheil anrichteten, mich wachgehalten hätte. Also stand ich nach einer kurzen Rast wieder auf und trottete weiter, immer an den Bahngleisen entlang.

Zwei Uhr nachts war es, als ich endlich das Holtersche Anwesen erreichte. Mrs. Holter machte mir schnell etwas zu essen und ein Glas heiße Milch, bevor ich zu Tode erschöpft ins Bett fiel. Um neun rüttelte sie mich wach, wie wir es verabredet hatten.

Mrs. Holter lieh mir zwei Dollar, und ich ging in den Laden von Finmoore und hatte Glück! Der Inhaber Percy Moore starrte mich ungläubig an, als ich meine Geschichte abspulte. „Sie sind vom Stuart River nach Vanderhoof und dann hierher gelaufen?“ rief er ungläubig. „Das sind vierundsiebzig Kilometer!“

Ich berichtigte ihn: „Drei Kilometer müssen Sie abrechnen, die bin ich bis Vanderhoof gefahren. Und noch zweiundzwanzig muß ich heute nach Hause laufen, ehe es dunkel wird.“

Das erste, was er mir auf Kredit gab, waren vier Paar Gummischuhe. Dann hakte er meine Lebensmittelliste ab. Vier Kilo Hafermehl, zwei Kilo Reis, zwei Kilo Bohnen, zwei Kilo Zucker und als Dreingabe noch einen Eimer Erdbeermarmelade, eine Delikatesse, von der ich nicht einmal zu träumen gewagt hätte. Schwer beladen verließ ich an jenem Morgen Finmoore, doch nie war ich so glücklich gewesen, eine Last tragen zu dürfen.

Morgens waren etwa zehn Zentimeter Neuschnee gefallen, und der Heimweg zog sich endlos in die Länge. Immer schwerer wurde meine Last, und nachmittags war ich so erschöpft und hatte so grausame Rückenschmerzen, daß ich nur noch in den Schnee sinken und einschlafen wollte. Doch der Gedanke an die Kinder gab mir die Kraft durchzuhalten.

Irgendwie erreichte ich, lange nach Anbruch der Dunkelheit, mein Zuhause. Die Kinder schliefen fest. Ich ließ meinen Rucksack fallen, zog meine nassen Mokassins und Socken aus und ließ mich angekleidet ins Bett fallen. Das letzte, woran ich mich erinnere, ist, daß ich unserem Hund Chum befahl, sich als Wärmflasche an meinen Füßen zusammenzurollen. Gegen Mittag am nächsten Tag weckten mich die Kinder, machten mir Frühstück und massierten mir die geschwollenen Beine und Füße, so daß der Schmerz etwas nachließ.

Nach der Kartoffelernte im nächsten Herbst zahlte ich Percy Moore die Schulden in voller Höhe zurück – bis auf einen Posten. Nie wiedergutmachen konnte ich seine Großherzigkeit, als ich mit leeren Händen und drei hungrigen Kindern daheim vor ihm stand. Ich bin später noch oft nach Finmoore gegangen und habe viel in seinem Laden eingekauft; und als die Zeiten besser wurden, kamen er und seine Frau häufig zu uns auf die Farm und kauften Frischgemüse und Eier. Im folgenden Jahr pilgerte ich noch einmal zu ihm und brachte ihm sechs ausgenommene Hühner, die er mir für fünfzig Cent das Stück abkaufte; das Geld gab ich gleich in seinem Laden wieder für Lebensmittel aus und trug sie heim. Drei Dollar waren damals noch viel Geld . . .

IM DRITTEN Sommer nach Walters Tod pflügte ich fünfzig Morgen Land für meinen Nachbarn Jack Hamilton. Olive und Vala, inzwischen acht und sieben, rodeten und verbrannten Unterholz für ihn. Außerdem pflückten wir alle Erdbeeren und Himbeeren für Joel Hammond. Mit weiterer Tagelöhnerei – Heumachen und Kartoffeln ernten – brachten wir schließlich so viel Geld zusammen, daß wir eine Kuh erstehen konnten. Danach gab es endlich reichlich Milch und Butter bei uns. Dazu kaufte ich noch dreißig Hühner, und vorbei war es mit dem Eiermangel.

Blaubeeren und Saskatoon-Beeren wuchsen überall, und unser

Garten sowie das Land, das ich urbar gemacht hatte, brachten uns eine üppige Ernte, so daß wir in dieser Zeit alle wohlgenährt und munter waren. Ich baute sogar einen Holzschuppen und hieb die Dachschindeln selbst zu aus Brettern, die ich mit einer Quersäge geschnitten hatte.

Noch vor Ablauf des Sommers hatte ich mein erstes Rendezvous mit einem Schwarzbären, das für mich böse hätte ausgehen können. Ich hatte die Kinder zu Hause gelassen und war drei Kilometer zu Jack Hamiltons Haus gewandert, um Post und Lebensmittel abzuholen, die er aus der Stadt für mich mitgebracht hatte. Da ich mit einer recht großen Traglast für den Rückweg rechnete, hatte ich meine alte Winchester nicht mitgenommen. Eigentlich hätte ich es besser wissen müssen, denn die Gegend am Stuart River war noch immer sehr dünn besiedelte Wildnis.

Auf dem Heimweg nahm ich eine Abkürzung querfeldein durch ein Wäldchen und sah plötzlich eine Bärin mit drei Jungen, wie sie am Rand einer kleinen Brandrodungsstelle Ameisen aus einem verrotteten Baumstamm gruben. Im allgemeinen hatte ich keine Angst vor Bären, hielt es aber nicht für klug, so mir nichts, dir nichts an dieser Familie vorbeizumarschieren. Bärinnen mit Jungen können sehr reizbar sein.

„Weg!" schrie ich, so laut ich konnte. „Macht, daß ihr wegkommt!" Die Alte und zwei der Jungen nahmen mich beim Wort und nahmen in die entgegengesetzte Richtung Reißaus, doch das dritte Junge, das so abrupt aus seiner Ameisenjagd gerissen wurde, war offenbar verwirrt und galoppierte geradewegs auf mich zu.

Die Mutter war nur ein paar Meter gelaufen, dann sah sie sich um. Als sie stehenblieb, kehrtmachte und hinter dem Jungen hersetzte, stieß sie ein Brüllen aus, das mich förmlich aus den Schuhen hob. Ich drehte um und rannte auf Jacks offene Felder zu, aber es kam mir vor, als hätte ich Blei an den Schuhsohlen, und die Bärin kam rasch näher. Zum Glück blieb ihr Sprößling schließlich stehen und sie dann auch. Als ich endlich auf dem Feld ankam, war sie nicht mehr in Sicht. Ich ging zurück zu Hamiltons Haus, borgte mir ein Pferd und ritt heim. Das war das letztemal, daß ich mich ohne Gewehr zu Fuß in die Wälder gewagt hatte.

WIE JEDES Jahr erwachte auch im folgenden März die Natur am Stuart River voller Ungestüm; sanfte Südwestwinde zogen über unser Land und mit ihnen am blauen Himmel weiße Wattewolken. Überall glucksten kleine Rinnsale. Es war wunderschön, doch in diesem Jahr brachte der Frühling uns auch Sorgen.

Das hing vor allem damit zusammen, daß der Frühling die Zeit des Kalbens war. In diesem Jahr geriet unsere Kuh Dixie in Not. Wir schätzten Dixie nicht nur als Milchlieferanten, sondern hatten sie auch als Haustier lieb. Als ihre Zeit gekommen war, stand ich zweimal in der Nacht auf, um nach ihr zu sehen. Im Morgengrauen schaute Vala nach ihr und kam zurückgesaust.

„Mama, ich glaube, Dixie ist krank!" rief sie.

So war es. Das Kalb kam mit den Hinterbeinen zuerst auf die Welt, was bedeutete, daß eine sehr schwere Geburt bevorstand. Ich wußte zwar, was in so einem Fall getan werden mußte, war aber nicht sicher, ob ich dafür genug Kraft hatte. Ich brachte Dixie dazu aufzustehen und führte sie in einen Korral. Dort legte sie sich hin, und ich packte die herausstehenden Hufe des Kalbs und zog jedesmal, wenn Dixie preßte. Doch das Kalb sperrte sich.

Inzwischen waren auch Olive und Louis bei Vala und mir. Zu viert hakten wir einen Flaschenzug an einem Zaunpfahl fest und legten die Kette um die Fesseln des störrischen Kalbes. Auf diese Art entwickelten wir vier- bis fünfmal mehr Kraft als mit bloßen Händen. Es war wie eine Zangengeburt beim Menschen, nur viel gröber. Nach zwanzig Minuten Schwerstarbeit, wobei uns die gute Dixie nach Kräften half, brachten Mutter und Geburtshelfer ein prächtiges kleines Kalb zur Welt.

Doch Dixie war am Ende ihrer Kräfte. Sie hatte die Augen geschlossen, hob den Kopf nicht mehr, und ich sah, wie sich die Adern an ihrem Euter blau verfärbten. Wir zogen sie in eine liegende Stellung, in der eine Kuh normalerweise wiederkäut, dann legte ich behutsam das nasse Neugeborene vor sie hin und streichelte es. Als Dixie ihr Kälbchen roch, machte sie die Augen wieder auf und versuchte aufzustehen. Wir schafften das Kalb beiseite, damit es nicht verletzt wurde, bis es Dixie gelang, auf die Beine zu kommen. Unsere tapfere Kuh schaffte es, und binnen einer halben Stunde waren Mutter und Kind wohlauf.

Wie im Flug vergingen die Jahre auf unserer Farm. Ich tauschte zwei Kühe und ein Kalb gegen zwei Pferde ein, die zwar wild und bockig waren wie Maulesel, aber ein gutes Arbeitsteam wurden, nachdem wir sie gezähmt hatten. Danach gingen die Landrodung und sonstige Arbeit leichter. In einem Herbst ernteten wir schließlich über fünf Tonnen Kartoffeln und verkauften sie den Zentner zu zwei Dollar. Zum erstenmal im Leben hatte ich mehr Geld, als wir unbedingt zum Leben brauchten.

Dann erzählte mir der Mann, der die Kartoffeln gekauft hatte und sie zu einem Goldgräberlager im zweihundertvierzig Kilometer nördlich gelegenen Germansen Landing fuhr, daß die Goldgräber eine Köchin suchten und die Arbeit gut bezahlt werde. Die Kinder und ich wollten die Farm eigentlich nicht verlassen, denn unser aller Herz hing an diesem Fleckchen Erde, aber ich war kein junges Mädchen mehr, und die Arbeit in Germansen Landing war sicher leichter als die Plackerei auf unserer Farm und besser bezahlt dazu. Wir entschlossen uns schnell, verkauften einen Teil des Viehs, ließen das übrige bei einem Nachbarn und machten uns innerhalb von vier Tagen umzugsbereit. Vala und Louis sollten mit mir kommen, während Olive noch ein Jahr in Vanderhoof bei Freunden wohnen und in die Schule gehen sollte.

Doch, wie mir eine Freundin vor vielen Jahren sagte: Wen das Pech einmal beim Wickel hat, den läßt es nicht mehr los. Kurz vorm Morgengrauen des Tages, an dem wir abreisen wollten, weckte mich Valas Husten. Ganz unerwartet, ohne das leiseste Vorzeichen, hatte sie Keuchhusten bekommen. Einen Tag später erkrankten auch Olive und Louis. Nun hieß es, sich in Geduld fassen und abwarten, bis sie wieder gesund und reisefähig waren.

Mitte Oktober endlich trampten wir nach Norden, aber der Lastwagen, mit dem wir fuhren, mußte wegen eines Bremsenschadens umkehren, und an einem gottverlassenen Ort namens Groundhog, sechsundfünfzig Kilometer vor dem Ziel, setzte uns der Fahrer ab. Es hieß, daß uns am folgenden Morgen ein anderer Lastwagen abholen sollte.

Eine mitleidige Seele hatte in Groundhog als Unterschlupf für gestrandete Reisende ein Zelt aufgeschlagen. In der Nähe lag reichlich trockenes Brennholz, und ich hatte glücklicherweise eine kleine Axt dabei. Doch inzwischen hatte der Keuchhusten auch mich erwischt, außerdem hatte ich eine Rippenfellentzündung, und das Holzhacken wurde zur Qual. Bei fünfzehn Zentimeter Neuschnee und kaltem Wetter hatte ich jedoch keine andere Wahl. Die Kinder schliefen tief und fest in dieser Nacht, während ich wach lag, weil ich Angst hatte, ein Grisly könnte unser kleines Lager finden.

Am nächsten Tag kam kein Lastwagen, auch am übernächsten nicht. Da uns langsam der Proviant ausging, rollten wir unser Bettzeug zusammen, ich lud mir alles auf den Rücken, und wir zogen zu Fuß los. Da die Kinder noch von der Krankheit geschwächt waren, kamen wir nur langsam voran. Als uns die Nacht einholte, hackte ich grüne Fichtenzweige ab und machte eine improvisierte Bettstatt daraus.

Glücklicherweise gab es auch hier jede Menge trockenes Holz, so daß wir wenigstens nicht froren. Ich saß neben dem Feuer und schob immer wieder Brennholz nach, bis der erste graue Schimmer Tageslicht sich zeigte. Dann weckte ich Vala und Louis, wir aßen den letzten Rest unseres Proviants, und weiter ging's.

Noch keine zehn Minuten waren wir unterwegs, da heulte auf dem Berghang zu unserer Rechten ein Timberwolf. Sofort antwortete ihm ein Artgenosse vom linken Berghang, und dann war plötzlich überall um uns herum Wolfsgeheul. Fünf Minuten später nahm ich schemenhaft zwei große Wölfe wahr, die durch die Büsche huschten und mit uns Schritt hielten. Es überlief mich eiskalt, und ich wünschte inbrünstig, wir wären an unserem Lagerfeuer geblieben, bis es richtig hell war; doch jetzt hatten wir keine andere Wahl, als weiterzuziehen und zu hoffen, daß die Wölfe uns nicht einkreisten.

Knapp drei Kilometer marschierten wir, und immer wieder strich verstohlen ein Wolf über unseren Pfad. Langsam, aber sicher packte mich die Panik, denn es wurde und wurde nicht hell, doch ich ließ mir den Kindern gegenüber nichts anmerken, sondern stapfte unverdrossen weiter. Dann, mit einemmal, waren die Wölfe plötzlich verschwunden. Ich sah mich um. Unmerklich war es Tag geworden, und es schien, als hätten die Wölfe sich einfach in Luft aufgelöst.

In all den Jahren, die ich in den Bergen von Alberta und British Columbia verbrachte, habe ich nie gehört, daß ein Wolf einen Menschen angegriffen hätte. Bären und Berglöwen können da schon angriffslustiger sein. Allerdings heften sich Wolfsrudel gern Menschen an die Fersen und verfolgen sie in nur zehn bis fünfzehn Meter Entfernung. Auch wenn ich mir eigentlich sicher war, daß die Tiere uns nichts getan hätten, hatten sie mich doch zu Tode geängstigt.

Langsam trotteten wir weiter und erreichten in der Abenddämmerung ein kleines Goldgräberlager. Der Boß lud uns zum Rasten und Essen ein. Hungrig, wie wir waren, nahmen wir gerne an und langten beim Abendessen kräftig zu.

Nach dem Essen verfrachtete uns der hilfsbereite Mann per Lastwagen die letzten dreizehn Kilometer am Germansen Creek entlang nach Germansen Landing. Endlich waren wir am ersehnten Ziel, aber mit einmonatiger Verspätung. Schon von Fort St. James aus hatte ich versucht, dem Vormann unseres Lagers über Funk Bescheid zu sagen, daß wir auf dem Weg seien, war aber nicht durchgekommen, und es überraschte nun kaum, daß er inzwischen eine andere Köchin eingestellt hatte. Da standen wir wieder einmal, verloren, gestrandet, zweihundertvierzig Kilometer von unserem Zuhause entfernt in der Mitte von Nirgendwo.

Der Vormann ließ uns erst mal eine halbe Stunde stehen, ohne uns auch nur einen Schlafplatz zuzuweisen. Dann fuhr ein Mann mit einem Pferdeschlitten vor. „Steigt ein“, sagte er. „Wir haben eine leere Hütte, wo wir euch erst mal unterbringen können.“

Dort half er uns mit unseren Sachen und machte uns ein kleines Feuer im Kanonenofen. Binnen Minuten wurde es warm und gemütlich in der Hütte, doch als ich unsere einzige Kerze ausgeblasen hatte, schwärmten sofort Heerscharen von Mäusen aus, über den Fußboden, die Holzwände, sogar über unser Bett. Nie zuvor hatte ich so viele Mäuse rumoren hören, aber ich war so müde, daß mir trotzdem nach wenigen Minuten die Augen zufielen.

Als wir Stunden nach Tagesanbruch erwachten, waren die Nager in ihren Verstecken verschwunden. Zum Frühstück gab es Restbestände, die wir in der Hütte vorfanden – Kaffee ohne Zucker, Makkaroni ohne Salz. Es schmeckte trotzdem köstlich.

Gegen Mittag kam der freundliche Fuhrmann mit einer Ladung Feuerholz. Es gebe niemanden im Camp, der die Wäsche für die Männer wasche, sagte er. Ob ich den Job übernehmen wolle? Und ob ich wollte!

„Na dann“, sagte der Mann. „Stellen Sie mir mal eine Wunschliste auf, was Sie für die Speisekammer brauchen. Wir schicken's her, und zahlen können Sie später.“

ICH HATTE geglaubt, die Arbeit in Germansen Landing werde leichter sein als auf der Farm. Irren ist menschlich! Den ganzen Winter hindurch wusch und bügelte ich, was achtzehn Goldgräber am Leibe trugen, und zwar von Hand, mit einem altmodischen Waschbrett. Abends stopfte und flickte ich für sie. Als ich das Camp im folgenden Herbst verließ, wog ich nur noch fünfzig Kilo, kaum mehr als damals in jenem schrecklichen Winter am Slave River. Abend für Abend fiel ich erschöpft ins Bett, zu ausgepumpt, um an die Zukunft zu denken oder mir Sorgen zu machen.

Immerhin verdiente ich mitten in der Wirtschaftskrise gutes Geld. Für ein Hemd nahm ich fünfundzwanzig Cent, zehn Cent für ein Paar Socken, fünfzehn Cent für leichte und fünfundzwanzig Cent für schwere Unterwäsche. Fürs Flicken bekam ich fünf bis zehn Cent. Im Schnitt kam ich auf sechzig Dollar im Monat und überwies, soviel ich konnte, an eine Bank in Vanderhoof.

Eines Nachmittags stiefelte ein bullig aussehender Goldgräber namens Baldy in unsere Hütte. Er habe seine Arbeit quittiert, erzählte er, und wolle seine saubere Wäsche abholen. An seinem Benehmen war etwas, das mich mißtrauisch machte. Als Frau unter Goldgräbern muß man auf der Hut sein, deshalb lag am Kopfende meines Bettes stets eine geladene Pistole. Unauffällig tastete ich jetzt nach der Waffe, während der Goldgräber nervös von einem Fuß auf den anderen trat. „Verdienen Sie viel Geld?“ platzte er schließlich heraus.

„Es geht“, erwiderte ich vorsichtig. „Ein bißchen kann ich zurücklegen. Gerade gestern habe ich meine ganze Barschaft an die Bank geschickt.“

Er musterte mich, drehte auf dem Absatz um und ging hinaus.

Zehn Minuten später schaute Lyn, der zweite Vormann, herein. „War Baldy da?“ fragte er.

„Ja, aber er ist schon wieder weg“, sagte ich.

„Gut.“ Lyn atmete auf. „Wenn er wiederkommt, lassen Sie ihn nicht herein. Er hat alle Lohnschecks aus dem Schlafhaus gestohlen.“

Tags darauf erzählte mir Lyn, man habe Baldy erwischt. Er sei auf dem Weg nach Prince George, dort werde er vor Gericht gestellt.

DER FRÜHLING in jenem Jahr war der schönste, den ich je erlebt hatte. Junges silbriges Laub entfaltete sich, blaßgrüner Flaum überflog die Hügel, und überall blühten Wildblumen.

In den letzten Augusttagen dann erhielt ich die Nachricht, das Camp werde im September schließen. Ich war dafür, auf die Farm zurückzukehren, aber sowohl Olive, die inzwischen zu uns gestoßen war, wie auch Vala erhoben Einspruch. Sie waren jetzt alt genug, um sich selbst ihren Lebensunterhalt zu verdienen, zwei hübsche, aufgeweckte Mädchen, die lachend die Aufmerksamkeiten und Schmeicheleien der Goldgräber genossen. Verständlich, daß sie nicht in die Einsamkeit zurückwollten, sondern die Gesellschaft von Männern suchten.

„Warum gehen wir nicht nach Prince George und bewerben uns um Arbeit in den Restaurants?“ drängten Olive und Vala.

Ich gab schließlich nach, und so zogen wir im Herbst südwärts ins dichter besiedelte Land. Nie, so schien es mir in den letzten Wochen im Goldgräberlager, hatten die Schneehauben auf den Bergen reiner ausgesehen, der Himmel tiefblauer geleuchtet, nie das Murmeln der Wildbäche fröhlicher geklungen. Schweren Herzens nahm ich Abschied vom wilden Nordland, das ich so liebte.

In Prince George mieteten wir uns ein Haus. Olive und Vala fanden Jobs als Kellnerinnen, und ich nahm Arbeit in einem Hotel an, während Louis allein in die Schule ging. Die beiden Mädchen genossen ihr neues Leben in vollen Zügen, Louis und ich aber haßten den Trubel der Stadt, auch wenn sie nur mehrere tausend Einwohner hatte. So richtig glücklich konnte ich eben nur draußen in der Wildnis sein.

Vala und Olive verdienten fünfundzwanzig Dollar im Monat – es war immer noch die Hungerzeit der 30er Jahre –, ich noch weniger. Nach Abzug der Miete und des Geldes für notwendige Kleiderkäufe standen wir nicht besser da als in den mageren Jahren auf der Farm.

Eines Tages kam der zwölfjährige Louis mit schlimmen Kopfschmerzen aus der Schule nach Hause. Der Arzt sah keinen großen Grund zur Besorgnis, und nach ein paar Tagen ging es Louis auch tatsächlich besser. Doch dann kamen die schrecklichen Kopfschmerzen wieder, und er mußte sich immer wieder erbrechen. Voller Sorge brachten wir Louis in die Klinik, doch die Ärzte konnten ihm nicht mehr helfen, und am 1. Februar 1940 starb er. Es stellte sich heraus, daß Louis Hirnhautentzündung gehabt hatte.

Ein Teil von mir starb mit ihm. Die tiefe Trauer um Walter hatte ich um meiner Kinder willen zu verdrängen versucht. Doch dieser neue Verlust stürzte mich in nicht enden wollende seelische Qualen.

Ich weiß kaum noch, was ich in den Monaten nach Louis' Tod tat. Doch ich erinnere mich, daß Olive eines Abends nach Hause kam und mir mit leuchtenden Augen einen Verlobungsring präsentierte. Sie hatte sich in einen Piloten namens Alex Dome verliebt. Er sollte nach Carcross versetzt werden, ins Yukon-Territorium, und sie wollte mit ihm gehen. Einige Monate später war Olive eine strahlende Braut.

FÜNF

ER HIESS John Fredrickson und war ein großer, gutmütiger, stiller Mann, der von seinen Freunden Big John genannt wurde. In mein Leben trat er eines Abends in der Eingangshalle des Hotels, in dem ich arbeitete. Seine imponierende Gestalt, seine ruhige, freundliche Ausstrahlung, sein gewinnendes Lächeln fielen mir gleich auf. Wir sprachen an jenem Abend nicht miteinander, aber am nächsten Tag, als ich draußen Fenster putzte, blieb er stehen und fragte mich, ob ich Hilfe brauchte. Sicher hatte er nicht die Absicht, mir den Putzeimer zu halten, aber es war eine liebenswürdige Art, meine Bekanntschaft zu machen.

Big John bewährte sich als einer unserer besten Freunde in der schweren Zeit, als Louis erkrankte und starb. Er besuchte uns zu Hause, leistete Louis in der Klinik Gesellschaft und tat, was er konnte, um uns in unserer Trauer beizustehen. In den furchtbaren Wochen nach dem Tod meines Sohnes war er nur ein guter Freund für mich, doch als es mir langsam besserging, begann er, mir in feinen, fast schüchternen Andeutungen zu zeigen, daß sich seine Gefühle für mich geändert hatten.

Was nun kam, war keine Braut-, eher eine Bräutigamswerbung, und eine stürmische noch dazu – es gab nämlich noch einen weiteren Rotschopf in seinem Leben. Eines Abends, ehe er zum erstenmal mit mir ausging, sah ich sie zusammen, und meine Wangen brannten vor Scham über die Eifersucht, die in mir aufflammte. Vala und ich bummelten an jenem Abend durch die Stadt, um noch einen Kaffee trinken zu gehen. Als ich durch ein Caféfenster blickte und ein paar Mädchen an einem Tisch sitzen sah, bemerkte ich plötzlich John Fredrickson, der am Tisch stand und mit ihnen sprach. Eine aus der Gruppe war rothaarig und sehr hübsch, obwohl es mir schwerfiel, das zuzugeben. Mit besitzergreifendem Lächeln rutschte sie auf ihrem Stuhl zur Seite und signalisierte John, daß er sich doch zu ihr setzen solle, aber er warf einen Blick zum Fenster und lächelte sie nur einfach weiter an. In diesem Augenblick haßte ich die Frau, die ich ja gar nicht kannte, von ganzem Herzen – ein Gefühl, das ich nie mehr vergaß. Ich glaube, im Herzen sind wir Frauen alle besitzergreifende Wildkatzen.

Kurz darauf quittierte ich meinen Job in dem Hotel und ließ mich von dem Pan-Am-Büro am Ort als Schalterangestellte anheuern. John war aus der Stadt fortgezogen, aber ich hatte keine Ahnung, wohin. Seit Pan Am begonnen hatte, Prince George anzufliegen, wimmelte die Stadt von Menschen. Vala ging jeden Abend tanzen oder ins Kino, und ich bekam mehr Einladungen, als mir lieb war. Die meisten lehnte ich ab, doch hin und wieder ging auch ich aus. Louis' Tod schmerzte noch immer, aber es war nicht mehr so ein brennender Schmerz wie am Anfang, und ich bekam bei aller Trauer allmählich wieder Freude am Leben.

Eines Samstagabends, als ich mit Vala in einem Tanzlokal war und gerade mit einem Bekannten tanzte, bemerkte ich plötzlich, wie jemand meinem Tanzpartner auf die Schulter tippte.

„Darf ich bitten?" fragte eine vertraute Stimme.

Ich sah auf, und da stand John Fredrickson und streckte die Arme aus. Ich war über einen Kopf kleiner als er und fühlte mich an seiner Seite so richtig klein, schwach und weiblich – ein Wohlgefühl, das ich schon sehr lange nicht mehr gehabt hatte. Sanft und respektvoll zog mich Big John an sich, und ich ließ es mir gern gefallen.

Wir tanzten bis zum Essen, nahmen dann unsere Teller und setzten uns in eine stille Ecke an einen leeren Tisch. John bot mir eine Zigarette an, aber ich rauchte nicht. Unser Gespräch drehte sich um das Leben auf unserer Farm am Stuart River und unsere Zeit im Goldgräberlager.

„Mögen Sie die Jagd?“ fragte John.

„Ja, nur das Töten nicht. Aber ich mußte töten, damit wir etwas zu essen hatten.“

„Wir sollten mal zusammen jagen gehen“, schlug er vor, und dann begann er von sich zu erzählen. Er war vier Jahre jünger als ich, in Schweden aufgewachsen und mit zweiundzwanzig Jahren nach Kanada ausgewandert. Er liebte die freie Natur. In Schweden hatte er mit seinem Vater und seinen Brüdern als Holzfäller gearbeitet, in Kanada zunächst ebenfalls als Holzfäller, aber auch in Sägemühlen. Später hatte er sich auf Maschinen spezialisiert und eine Ausbildung als Flugzeugmechaniker gemacht.

Er brachte mich nach Hause, und als wir durch den knirschenden Neuschnee gingen, war ich so glücklich wie schon lange nicht mehr. Vala war noch nicht daheim, als wir bei unserem Haus ankamen. Ich gab John meine Schlüssel, er schloß auf, sagte gute Nacht und war verschwunden. Nachdenklich ging ich in mein dunkles Zimmer. Er hatte nicht einmal gefragt, ob er mich wiedersehen dürfe. Und vor allem enttäuschte mich, daß er mir keinen Abschiedskuß gegeben hatte.

Am nächsten Tag hörte ich, daß John einen Job bei der Pan Am angenommen hatte, also war es klar, daß er in Prince George bleiben würde. Das freute mich zwar, aber ich hatte die Rothaarige nicht vergessen, und ein paar Abende später, als ich in das Café ging, in dem Vala arbeitete, wurde ich in sehr unangenehmer Weise an sie erinnert. Drei einheimische Männer saßen an der Bar, tranken und unterhielten sich laut und ungeniert.

„Ob die Frau da drüben, die auf Miß Vala wartet, wohl die ist, von der mir Big John erzählt hat?“ fragte einer. „An die sollte er sich ranmachen, der Narr. Die Rothaarige, die er jetzt hat, taugt nichts.“

Ein anderer stimmte zu. „Das ist ein ausgekochtes Luder, aber sie hat eben ’n hübsches Gesicht und ein nettes Figürchen. Sich von der loszueisen wird schwer sein.“

Mir war, als stieße mir jemand ein Messer ins Herz. Ich wartete nicht mehr auf Vala, die ich eigentlich abholen wollte, sondern ging verletzt und wütend heim.

Im stillen Kämmerlein stellte ich mich vor den Spiegel, und es gefiel mir eigentlich ganz gut, was ich da sah: braune Augen, Lockenhaar, das sein rötliches Feuer noch nicht verloren hatte, und eine Figur, deren ich mich nicht zu schämen brauchte. Na, dann wollen wir Big Johns Rotschopf mal tüchtig einheizen, beschloß ich mit neuem Selbstbewußtsein.

Vala ging am nächsten Abend zu einer Party, und ich saß allein beim Abendessen, als es an der Tür klopfte. Ich machte auf, und draußen stand Big John. Er kam herein, und wir saßen eine Stunde zusammen und unterhielten uns. Dann zog er mich vom Stuhl hoch, und dabei glitt seine Hand über meinen nackten Arm. Ich dachte unwillkürlich, wie schön es wäre, wenn dieser große, sanfte Mann sich für den Rest meines Lebens um mich kümmern würde . . . Er hielt mich fest, und ich spürte, wie sein Herz schlug, doch dann stupste er mich spielerisch auf die Nase und fragte: „Warum der Seufzer?“ Daß ich geseufzt hatte, hatte ich gar nicht gemerkt . . .

Zusammen, Hand in Hand, schlenderten wir durch das Städtchen und hinaus in die Natur auf einem Pfad, der uns an einem herrlichen Wildbach entlangführte. Wir sprachen kaum miteinander, aber es war ein glücklicher Abend.

Am nächsten Morgen kam eine frohe Nachricht. Olive, die jetzt mit ihrem Mann in Vancouver lebte, hatte einen Jungen zur Welt gebracht. Ich war Großmutter geworden! Doch ich fühlte mich, ich will es gestehen, noch gar nicht richtig großmütterlich.

John hatte eine merkwürdige Art, sich mit vagen Aussagen wie „Bis dann" oder „Wir gehen bald zusammen jagen" zu verabschieden. Nie machte er einen bestimmten Zeitpunkt mit mir aus und rechnete offenbar damit, daß ich immer zu Hause wartete, wenn er mich sehen wollte. Oft war das auch der Fall.

Eines warmen Sonntagmorgens im Mai lag ich noch faul im Bett, als John bei mir anklopfte. Ich warf mir einen Morgenmantel über und sauste zur Tür. Er nahm mich an den Händen und wirbelte mich herum.

„Aufgestanden, du Schlafmütze, aber rasch!" rief er. „Wir müssen diesen Tag ausnutzen."

Nachdem ich mich rasch angezogen hatte, wanderten wir hinauf auf einen Hügel, von dem man Aussicht über den Fluß und die Stadt hatte; wir verzehrten das Picknick, das John mitgebracht hatte, und redeten über unser Leben. Dann folgten wir einer Rotwildspur, die auf den Flugplatz zu führte. Als wir zu einem verlassenen Feld kamen, gebot John mir plötzlich, stehenzubleiben, und wies nach vorn. Eine Schwarzbärin, die ihre beiden Jungen bei sich hatte, tauchte gerade aus dem Unterholz auf.

In unserem Gebüsch hatten wir einen richtigen Logenplatz und beobachteten fast eine Stunde lang die Bärenfamilie - es war ein bühnenreifes Theaterstück. Die Tiere fingen an, einen Ameisenhaufen auseinanderzureißen, und eines der beiden Jungen war entweder ein geborener Clown oder ein unverbesserlicher Tolpatsch. Fortwährend prallte es gegen das andere Junge, und ein heftiger Geschwisterstreit entspann sich, den die Mutter schließlich mit einem kräftigen Stupser beendete, bei dem der kleine Bär richtiggehend durch die Luft segelte. Er landete unsanft, setzte sich auf, schüttelte den Kopf, rieb sich mit der einen Pfote übers Ohr, ganz wie ein geohrfeigtes Menschenkind, und blieb eine Weile still und nachdenklich sitzen. Das zweite Junge war unterdessen schon längst wieder dabei, Ameisen zu vertilgen.

Der Kleine entschloß sich dann zur Aussöhnung mit der Mutter. Er stieß einen seltsamen kleinen Laut aus, der klang, als winsele er mit einem Maul voll Seifenschaum, pirschte sich an die Bärin heran und beschnüffelte sie dann an Lippen und Kinn. Währenddessen wackelte er mit seinem kleinen Hinterteil; es sah urkomisch aus. Eine drängende Bitte kam darin zum Ausdruck, soviel war klar, und das zweite Junge schloß sich dem Geschwister an. Eine Weile stellte sich die Mama taub, doch dann beschnupperte sie ihre beiden Sprößlinge und tappte hinüber zu einer kleinen Föhre. Die Kleinen hielten mit ihr Schritt, indem sie sich mit ihren Vordertatzen in das Bauchfell der Mutter hakten und mit den Hinterbeinen mithopsten. Am Baum setzte sich die Mutter, lehnte sich bequem mit dem Rücken an den Stamm und bot den Jungen ihre Vorderfront, so daß sie aufrecht stehend saugen konnten.

Eine Bärin, die ihre Jungen säugt, hat etwas fast menschlich Anrührendes. Verzaubert schauten John und ich zu und warfen einander hin und wieder verstohlene Blicke zu. Ich ließ meine Hand in die seine gleiten, und er drückte sie verständnisvoll.

Als die beiden Kleinen ihr Mahl beendet hatten, rollte sich das eine zu einer Kugel zusammen und schlief ein. Das andere hielt die Tatzen weiter ins Fell der Mutter gekrallt und döste mit seitwärts gesenktem Kopf. Plötzlich fuhr die Bärin auf und schnupperte mit geweiteten Nasenlöchern herum. Anscheinend witterte sie etwas.

„Wird Zeit, daß wir verschwinden", flüsterte John.

Wir machten kehrt und wollten uns fortschleichen, da gab es einen jähen Tumult, und die Bärin schoß quer über das Feld. Die beiden Jungen stolperten, so schnell sie konnten, hinter ihr her. Auf der anderen Seite der Lichtung sahen wir eine Hirschkuh und ihr Kalb, die aufs Gebüsch zustürzten. Doch vor ihnen lag der Drahtzaun des Flugplatzes. Die Hirschkuh erblickte ihn und floh seitwärts, das Kalb aber bemerkte ihn nicht. Es rannte in den Zaun hinein, prallte zurück und wurde praktisch in den Rachen der Bärin geschleudert. Das Kalb gab noch ein langes, qualvolles Quieken von sich, dann war es still und die Bärin trottete mit der Beute im Maul zurück zu ihren Jungen. Wir stahlen uns davon.

In all meinen Jahren in den Wäldern war dies das einzige Mal, daß ich einen Bären ein Beutetier töten sah. Die Bärin hatte es schnell und sauber bewerkstelligt, trotzdem war ich schockiert über die brutale Szene, die sich vor meinen Augen abgespielt hatte. John und ich machten uns im Gänsemarsch davon, bis wir außer Reichweite der Bärin waren. Dann lehnte ich meinen Kopf an seine Brust und ließ den Tränen freien Lauf.

„Das war ja furchtbar", schluchzte ich.

„Schlimm, daß du das mit ansehen mußtest", sagte er leise. Dann drehte er mein Gesicht nach oben und küßte mich zum erstenmal. Es war ein langer Kuß, und ich erwiderte ihn mit allem Hunger und aller Einsamkeit meiner langen, harten Witwenjahre. Als er mich loslassen wollte, umschlang ich ihn und küßte ihn wieder und wieder. Ich werde schon dafür sorgen, daß du mich liebst, dachte ich.

Schweigend gingen wir nach Prince George zurück. Ich war zu bewegt, um etwas zu sagen; was in John vorging, wußte ich nicht. In dem Café, in dem Vala arbeitete, aßen wir zu Mittag, dann wanderten wir zu dritt nach Hause. Wir waren fast angelangt, da kam Johns Rothaarige die Straße heruntergeschlendert. Sie würdigte weder Vala noch mich eines Blickes, sondern nahm Johns Arm und flötete: „Bringst du mich heim, John, bitte?"

Und was tat er? Er lächelte sie an, verabschiedete sich mit einem beiläufigen „Bis dann" von uns und zog mit ihr ab.

Zu Hause ließ ich meinem Zorn freien Lauf und stieß die schlimmsten Verwünschungen gegen meine Nebenbuhlerin aus, die mir einfielen. Als ich kurz Luft holte, sagte Vala leise: „An Big John liegt dir sehr viel, nicht wahr, Mama?“

„Nein!“ zischte ich. „Ich hasse ihn.“

Vala schmunzelte. „Ja, das sehe ich, wie sehr du ihn haßt.“ Dann fügte sie hinzu: „Er ist den ganzen Tag nett zu dir gewesen. Und nun hat er geglaubt, er müßte auch zu der anderen ein bißchen nett sein.“

„Na, sie kann ihn von nun an ganz haben“, fuhr ich sie an. „Ich will die Liebe eines Mannes gar nicht.“

„So ist es also?“ fragte Vala.

„Ja, so ist es“, erklärte ich fest.

Sie legte mir die Hände auf die Schultern. „Nun ist Vater schon so lange tot“, sagte sie. „Du warst schrecklich allein und hast dich abschuften müssen. Wenn du mit Big John glücklich werden kannst – geh und hol ihn dir.“ Sie lächelte mich warm an. „Paß auf, es wird schon klappen.“

Sie behielt recht. Ein paar Tage später begleitete mich Big John von der Arbeit nach Hause, und als ich im Zimmer zum Fenster ging und mit dem Rücken zu ihm auf die dunkle Straße hinausschaute, folgte er mir und legte seine Hände links und rechts von mir auf die Fensterbank. Ich war in seinen Armen gefangen, und das gefiel mir ganz gut. Er küßte mich leidenschaftlich und lange – zu lange. Schnell versuchte ich unter seinen Armen wegzutauchen, doch er hielt mich noch eine Minute umklammert.

„Gehen wir morgen zusammen angeln?“ brachte er schließlich hervor.

„Gern“, antwortete ich zustimmend. „Morgen hat Vala frei. Dann können wir sie mitnehmen.“

John lachte. „Brauchen wir denn einen Anstandswauwau?“

„Ich glaube schon, John. Es ist mir lieber so.“

Zu dritt fuhren wir am nächsten Tag zu einem kleinen, entlegenen See, fanden ein altes, leckes Boot, schoben es ins Wasser und kletterten hinein. Der See wimmelte nur so von Forellen, und wir fingen sie so schnell, wie wir die Angelruten ins Wasser stecken konnten. John hatte einen Heidenspaß und schien ganz zu vergessen, daß Vala und ich bei ihm waren. Als ihm eine kapitale Forelle vom Haken glitschte, dachte ich einen Augenblick, er würde ihr nachspringen. Das Boot schaukelte so beängstigend, daß ich protestierte.

„John, fahr uns bitte zum Ufer zurück“, bat ich. „Du angelst wohl besser allein weiter.“

Geistesabwesend stimmte er zu, und wir beiden Frauen setzten uns ans Ufer und warteten. Ein halbstarker Jungbär kam vorbei und spielte den Alleinunterhalter für uns, indem er, keine hundert Meter entfernt, auf der Suche nach Ameisen einen Baumstamm auseinanderriß.

Als John an Land kam, stopften wir die wenigen Forellen, die wir behalten hatten, in einen nassen Sack – den größten Teil der Fische hatten wir gleich nach dem Anbeißen wieder freigelassen – und fuhren zu einem anderen See mit einem sauberen sandigen Badestrand. John ging in die eine Richtung, Vala und ich in die andere, und im dichten Unterholz zogen wir uns zum Baden um. Es war das erste Mal, daß John mich so leichtgeschürzt erblickte. Damals verdeckten Badeanzüge zwar noch mehr nackte Haut als heute, und dennoch machte ich eine gute Figur darin und Vala natürlich sowieso.

Am Strand trafen wir uns wieder. John war in Selbstgespräche über den phantastischen Forellenfang vertieft, bis er plötzlich innehielt, uns von oben bis unten musterte und ein langgezogenes „Aaaaaalle Achtung!" ausstieß. Dann wanderte sein Blick zu mir zurück, und für den Rest des Nachmittags hatte er kaum noch einen Blick für Vala, so jung und hübsch sie auch war.

Wir schwammen und planschten herum. Als wir an Land wateten, nahm John meine Hand und streifte mit den Lippen mein Ohr. „Ich muß dich für immer haben, mein Schatz", flüsterte er.

Ein Heiratsantrag war es nicht gerade, doch von diesem Augenblick an hatte ich keinen Zweifel mehr, daß ich die Seine war und er der Meine. Meine Liebe zu Walter war die eines Mädchens gewesen – süß, rauschhaft und wild. Meine Liebe zu John war die einer reifen Frau – tief, zärtlich und von einer Bedingungslosigkeit, die alle Hemmungen sprengte. Wer kann sagen, welche die schönere ist?

Die Blüte meines Lebens hatte ich als Witwe verbracht, und bei der Ablenkung durch harte Arbeit und Mühsal war mir meine Einsamkeit gar nicht recht zu Bewußtsein gekommen. Doch inzwischen hatte ich mehr als genug davon, allein, ohne die Liebe eines Gefährten zu leben. Fast hatte ich Angst, diesen großen stillen Mann zu küssen, solch ein Feuer entfachte er in mir. Und ich wußte, daß das Gefühl nicht einseitig war, denn bei unserer kurzen Berührung hatte ich gespürt, wie seine Schultern bebten.

Die andere Rothaarige gab Big John nicht kampflos frei, und ich erfuhr später, daß sie sich noch öffentlich damit gebrüstet hatte, sie werde Big John heiraten. Doch er und ich waren füreinander bestimmt, und wir wußten es beide.

Doch eines Morgens brachte er unangenehme Neuigkeiten. „Die Fluggesellschaft schickt mich als Mechaniker nach Takla Landing", sagte er. „Mindestens einen Monat werde ich weg sein. Russ Baker fliegt mich hoch."

Baker war unser Pilot, ein guter, verläßlicher Bursche. In dieser Hinsicht hatte ich keine Bedenken. Doch Takla Landing war ein einsamer Außenposten dreihundert Kilometer nordwestlich von Prince George. Genausogut hätte John zum Mond fliegen können.

„In zwei Stunden geht es los", sagte er, und ich mußte schlucken.

Ich half ihm packen. Dann standen wir wortlos da und schauten uns an. Ich kämpfte mit den Tränen, da streckte er die Hände aus und zog mich an sich, so heftig, daß es weh tat. „Warte auf mich, mein Liebling", sagte er. „Ich komme zurück, und dann werde ich ganz für dich dasein."

Das waren immer noch nicht die Worte, die ich hören wollte, das war immer noch kein Heiratsantrag! „Nimm mich mit, John!" wollte ich ihm zurufen, doch es widersprach meiner Erziehung, als Frau einen Heiratsantrag zu machen, deshalb schwieg ich.

Ich begleitete ihn zur Rollbahn und sah, wie die kleine Maschine abhob und auf Kurs ging. Ich blickte dem Flugzeug nach, bis es zu einem winzigen Punkt am Himmel über dem wilden Bergland des Nordwestens geschrumpft war. Dann ging ich wieder an die Arbeit, die nun das einzige war, was mir helfen würde, die einsamen Tage zu überstehen.

Zwei Wochen vergingen ohne Brief von ihm, denn Orte wie Takla Landing wurden von der Post nur sehr unregelmäßig bedient. Dann kam ein Schreiben von Olive, die inzwischen in Montreal wohnte. Sie erwartete ihr zweites Kind und wollte, daß Vala zu ihr zog, bis es auf der Welt war.

Vala reiste ab, und ich war einsamer denn je. Um die langen, leeren Abende zu füllen, machte ich Überstunden, kam übermüdet heim und konnte trotzdem nicht schlafen. Endlich ein zärtlicher Brief von John – aber er tröstete mich nicht, denn er schrieb, daß sein Aufenthalt sich um mindestens zwei Monate verlängern werde. Er schrieb außerdem, daß er unsere Trennung nur ertragen konnte, indem er sich rastlos in die Arbeit stürzte und abends so todmüde ins Bett fiel, daß er sofort einschlief. Ich beneidete ihn um seine ungestörte Nachtruhe.

Nach zwei Wochen dann ein weiterer Brief. Diesmal hüpfte mein Herz, als ich ihn las. „Russ Baker fliegt am 19. Oktober nach Takla Landing", stand da. „Du könntest mitkommen, wenn du willst. Es gibt hier einen Friedensrichter, und wir könnten heiraten."

Ich lachte Freudentränen über diesen Heiratsantrag im Konjunktiv, kündigte sofort meine Stellung und fing an zu packen und einzukaufen. Ich wollte eine richtige Traumhochzeit feiern, und wenn sie auch nur in einem abgelegenen Nest im Gebirge stattfinden würde. Mit ein bißchen Mühe fand ich ein knöchellanges Hochzeitskleid aus beige Seide mit silbernen Spitzen, silberne Schuhe und einen kurzen Schleier mit einem rosa-weißen Kranz aus Rosen. An diese Hochzeit soll Takla Landing noch lange denken, dachte ich glücklich.

Es wurde wirklich eine schöne Hochzeit – schöner, als ich es je für möglich gehalten hätte. In der Nähe stand nämlich gerade ein Goldgräberlager im Begriff, seine Zelte abzubrechen, und für die Männer war eine Hochzeit natürlich ein gesellschaftliches Ereignis ersten Ranges, das man sich nicht entgehen lassen durfte. Sie warteten nicht darauf, eingeladen zu werden, sondern erschienen einfach.

Am frühen Abend des Tages, an dem ich ankam, ließen John und ich uns trauen. Beim Hochzeitsessen mit anschließendem Tanz, den der Friedensrichter für uns gab, hielten wir mit unserem Glück nicht hinterm Berg. Noch nie hatte es in Takla Landing ein so schönes Fest gegeben.

Sechs

Ein Leben des Müßiggangs hatte ich an Johns Seite weder erhofft noch erwartet, aber mit einem sofortigen Sprung ins Arbeitsleben hatte ich auch wieder nicht gerechnet. Am Tag nach der Hochzeit mußten die Pan-Am-Männer in Takla Landing feststellen, daß ihre Köchin durchgebrannt war, und John fragte mich, ob ich etwas dagegen hätte, für sie zu kochen. Ich war so glücklich hier oben mit ihm – natürlich hatte ich nichts dagegen!

Heuchelei wäre es, zu behaupten, daß eine junge Witwe von ihren zweiten Flitterwochen nicht bezaubert ist. Das Leben hat sie das große Wunder des Liebens und Geliebtwerdens begreifen gelehrt; Verluste haben sie gelehrt, mit Händen zu greifen, was sie hat; sie ist weise genug geworden, jeden Tag bewußt auszukosten. Und nirgendwo auf Erden hätte ich einen lieberen, zartfühlenderen Mann als John finden können. Mit jeder Geste, jeder Zärtlichkeit zeigte er mir, daß er mich, seine Erwählte, auf Händen trug.

Zwei Wochen lang schwebte ich im siebenten Himmel, dann fand die Seligkeit ein jähes Ende. Ein kleines Flugzeug brachte uns einen Stapel Post, unter anderem ein langes Behördenschreiben von einem Gericht in Prince George. Ich öffnete es und traute meinen Augen kaum.

„Wir bedauern, Ihnen mitteilen zu müssen", schrieb der Amtsrichter, „daß Sie nicht John Fredricksons rechtmäßige Gemahlin sind; dem Richter, der Sie getraut hat, fehlten die einschlägigen Vollmachten."

Ich fühlte mich tief gedemütigt, als mir klar wurde, daß ich seit zwei Wochen mit einem Mann zusammenlebte, mit dem ich nicht verheiratet war. Mein erster Gedanke war: Ich fahre sofort nach Prince George zurück und warte dort, bis John kommt und wir unser Verhältnis legalisieren können.

Nach Feierabend erzählte ich John unter Tränen die Geschichte. Er lachte, nahm mich in den Arm und küßte mich. „So ein Unsinn", sagte er. „Zwei Wochen leben wir nun zusammen. Noch zwei Wochen, dann bin ich hier mit der Arbeit fertig, und wir können runterfliegen und mit Brief und Siegel noch einmal heiraten. Jetzt einen Rückzieher, nein, das gibt's nicht. Wir tun die nächsten zwei Wochen einfach so, als ob wir verheiratet wären."

Meine neuen Freunde in Takla Landing meinten das auch alle: Wir hätten im guten Glauben gehandelt, und was das Schicksal zusammengefügt habe, dürfe kein Paragraph auseinanderreißen. So blieb ich, doch die Flitterwochen waren mir verdorben. Ich, die lebhafte, leidenschaftliche Braut, wurde plötzlich scheu, und mehr als einmal, wenn niemand bei mir war, weinte ich.

Noch zwei Wochen lebten wir „in Sünde", wie John es lachend nannte, dann war seine Arbeit abgeschlossen, und wir flogen nach Prince George zurück. Olive und Vala kamen aus Montreal zur zweiten Hochzeit, und sie wurde noch schöner als die erste. Diesmal sagten wir unser Jawort vor einem Priester, und als ich am 22. November 1941 endlich ohne Wenn und Aber Johns Frau war, verflogen die dunklen Wolken, als hätte es sie nie gegeben.

Die grausamen, harten Jahre meines Lebens waren nun vorüber. John hatte versprochen, mich zu lieben und zu ehren, und er hielt sein Wort. Doch auch wenn die Notzeiten vorbei waren – an Abenteuern sollte in den kommenden Jahren kein Mangel sein.

UNSER erstes Ehejahr verbrachten wir zum größten Teil in Prince George. Im Sommer 1943 schickte Pan Am John dann zur Weiterbildung als Flugmotorentechniker nach Seattle. Als wir nach Prince George zurückkehrten, hatte John zunächst zwei Wochen Urlaub. Wir waren des Stadtlebens überdrüssig und hatten Sehnsucht nach den Wäldern. Schnell packten wir unsere Zeltausrüstung und fuhren zum Stuart River.

Per Boot machten wir uns stromaufwärts auf den Weg und ließen uns Zeit. Fische sprangen uns geradezu freiwillig an die Angel, überall sahen wir Wild. An einem Ort namens Big Island durften wir eines der großen Naturschauspiele dieses Kontinents beobachten: die Laichzeit des Chinook-Lachses, des größten Pazifiklachses, rückte heran, und der Stuart River wimmelte von Lachsschwärmen, die sich stromaufwärts schoben, um auf den Kiesbänken zu laichen und dann zu sterben. Die großen Fische, die manchmal deutlich über zehn Kilo wiegen, peitschten mit kraftvollen Schwanzschlägen das Wasser und schlängelten sich gegen die Strömung durch das grüne Wasserpflanzendickicht. Es ist kein reines Anglerlatein, wenn Flußanwohner aus Alaska erzählen, in guten Jahren reiche manchmal eine Brücke aus Lachsrücken von Ufer zu Ufer, so daß man trockenen Fußes hinüberkomme. In der Tat füllt ein Lachsschwarm einen ein Meter tiefen Tümpel so dicht aus, daß der Boden nicht zu sehen ist, und viele der Fische werden mit dem Rücken halb aus dem Wasser gedrückt; manche Lachsarten färben sich zur Laichzeit rot, so daß die Fische in dieser Zeit ein farbenprächtiges Bild abgeben.

Auf der Höhe von Dog Creek machten wir kehrt und ließen uns von der gleichmäßigen Strömung des Stuart River in Richtung Heimat zurücktreiben. An jenem Nachmittag wurden wir Zeuge der wohl außergewöhnlichsten Szene, die ich je in den Wäldern erlebt habe. Als wir um eine Flußbiegung herumglitten, sahen wir plötzlich zwei Weißkopf-Seeadler, die einen jungen Weißwedelhirsch heftig attackierten. Der kleine Hirsch, der nicht größer war als ein Reh, schlug Haken, um ihnen zu entkommen, nahm Deckung hinter Bäumen und Büschen, stellte sich auf und schlug mit den Vorderhufen nach ihnen, war aber schon zu benommen, um sich noch richtig wehren zu können.

In einem Kampf dieser Art ergreift man instinktiv Partei für den Unterlegenen. Mit heftigen Paddelschlägen trieb John das Boot voran, während ich einige Schüsse abfeuerte, um die Adler zu vertreiben, was diese aber überhaupt nicht zu beeindrucken schien. Als wir mit unserem Boot im Uferschlamm auf Grund liefen, nahm mir John das Gewehr ab, war mit einem langen Sprung am Ufer und rannte auf den Schauplatz des Geschehens zu. Ich folgte ihm. Als die Adler zwei Menschen auf sich zurennen sahen, ergriffen sie die Flucht.

Wir stürzten auf den zusammengebrochenen Hirsch zu. Als wir vor ihm standen, hob er den Kopf, dem Tode zu nahe, um Angst zu haben. Sein Hals war seitwärts verdreht, die Zunge hing vor Erschöpfung heraus, und er zitterte am ganzen Körper. Mit der Hand strich ich ihm über seinen zerhackten blutenden Kopf, fand aber keine Anzeichen für einen Schädelbruch. Das ganze Verhalten des Hirsches schien darauf hinzudeuten, daß er eine Gehirnerschütterung hatte.

Ich nahm mein Taschentuch, rannte hinunter zum Fluß, machte es naß und wusch ihm dann das Blut von Kopf und Hals. Danach ließ ich frisches Wasser in sein Maul tröpfeln.

„Wir sollten hier zelten und ihn wieder aufpäppeln", schlug ich vor.

John war einverstanden und ging, um das Boot festzumachen. Wir schlugen das Zelt auf, und als die Nacht hereinbrach, lag der Hirsch immer noch an derselben Stelle. Allerdings hatte er aufgehört zu zittern. Am nächsten Morgen sah ich aus dem Zelt und dachte zuerst, er sei tot, weil er in einer seltsamen Stellung dalag. Doch dann bemerkte ich, daß seine Flanken sich im Rhythmus seines Atems hoben und senkten. Als ich ihn streichelte, zuckte er zusammen, und seine Augen weiteten sich.

„Er kommt durch", prophezeite ich.

Den ganzen Vormittag tränkte ich den Hirsch in kleinen Abständen mit Wasser, dann hob John ihn schließlich auf und trug ihn zum Boot. Wir brachen das Zelt ab und machten uns auf zu unserem Hauptlagerplatz ein ganzes Stück weiter flußabwärts.

In der folgenden Nacht lag das Tier dann an unserer Seite im Zelt, und als ich bei Tagesanbruch erwachte, schaute es mit erhobenem Kopf aufmerksam in die Welt. Während John das Frühstücksfeuer anzündete, lockte und schob ich unseren Freund zum Wasser hin. Mit einigen Schwierigkeiten, weil die Wunden von den Schnabelhieben ihn wohl noch schmerzten, senkte er den Kopf, aber dann trank er lange und knabberte an dem Gras und den Wasserpflanzen, die er fand. Als wir angeln gingen, lag er ruhig am Ufer und beobachtete uns. „Er hat uns akzeptiert", sagte John.

Wir fingen ein paar Forellen, und später speisten wir fürstlich zu Abend. Der Hirsch lag als friedlich wiederkäuender Zuschauer nur wenige Meter neben uns. Ich wußte, daß die Gesetze British Columbias es uns nicht erlaubten, ihn als Haustier zu halten, und ich begann mich zu fragen, wie wir ihn wieder loswerden sollten. Spät am Nachmittag aber, als John eine tote Pappel fürs Lagerfeuer fällte, schreckte das Tier beim ersten lauten Schlag mit der Axt auf und floh ins Unterholz.

Drei Tage lang sahen wir keine Spur von ihm. Doch dann entdeckten wir ihn in Gesellschaft einer Hirschkuh und eines kleinen

Hirschkalbes. Wir kamen nahe genug heran, um seine Verletzungen zu erkennen, aber dann stieß die Kuh ein warnendes Schnauben aus, und die Familie stob davon, wobei unser Schützling ohne Mühe mithielt. Bei den ersten Sprüngen lag er sogar vorn.

KURZ vor dem Ende unserer Zelttour bauten wir am Flußufer, nur ein paar Meter neben einer Jagdhütte, die einem Freund gehörte, aus einer Zeltplane einen schuppenähnlichen Unterschlupf als Lager für die letzten Nächte. Eigentlich hatten wir in der Hütte übernachten wollen, doch dort hatten sich Ratten eingenistet. Kurz nach dem Dunkelwerden weckte uns ein lautes Rumoren in den Weiden neben unserem Zelt. Ein großes, schweres Tier brach durchs Unterholz und kam genau auf uns zu. Im Handumdrehen waren wir auf den Beinen und lugten mit dem Gewehr im Anschlag aus unserem Unterschlupf hervor. Das Geräusch verstummte.

Wir starrten ins Finstere. Kein Hauch war mehr zu hören, und doch wußten wir, daß da im Schatten etwas wartete, reglos wie wir und dem Geräusch nach groß genug, um tödlich zu sein.

Plötzlich erzitterten die Weidenbäume, so laut war das heisere Gebrüll, das ohrenbetäubend nahe vor uns ertönte.

„Ein Bär“, flüsterte John entsetzt. Meine Erfahrung sagte mir etwas anderes; ich glaubte, das gewaltige Organ eines Elchbullen zu hören. Ob Bär oder Elch – der gefährliche Besucher saß uns sehr nahe auf der Pelle. Wieder ertönte ein Brüllen, dann hörten wir Tritte, die sich zum Fluß hin entfernten, und alle paar Schritte ein Grunzen, das für meine Ohren äußerst mißgelaunt klang.

„Es ist ein Bär“, sagte John noch einmal und wollte sich mit dem Gewehr in der Hand an das Tier anschleichen, doch ich hielt ihn zurück.

„Ich glaube, daß es ein Elchbulle ist, und in seiner gereizten Stimmung ist er aus dem Gebüsch raus und hat dich aufs Geweih genommen, bevor du den Finger an den Abzug legen kannst.“

„Nein, es ist sicher ein Bär“, widersprach John flüsternd.

Er schlich zwei, drei Schritte vor, aber dann ertönte das heisere Brüllen wieder, und es war näher, als John erwartet hatte. Endlich beherzigte er meine Warnung und kam schnell zurück.

„Wir sollten besser in die Hütte umziehen“, drängte er. „Elch oder Bär, dieses Vieh hat nichts Gutes im Sinn, das hört man.“

Wir rannten zur Hüttentür, und im Zwielicht der Sommernacht sah ich ein Stinktier, das demselben Ziel zustrebte. Stinktieren gehe ich nach Möglichkeit aus dem Wege, doch hier war es, angesichts der brüllenden Bestie in den Weiden, das kleinere Übel. Ich rannte also weiter, und wir kamen gleichzeitig an der Hütte an. Das Stinktier schlüpfte unter die Veranda, während wir in die Hütte stürzten und die Tür verbarrikadierten.

Ich kenne kein Waldtier, das ein so vielfältiges und ausdrucksreiches Vokabular hat wie der Elch. Die Elchkuh ruft ihr Kalb mit leisen Grunzlauten. Wenn sie in der Paarungszeit einen Bullen anlocken will, klingt sie wie eine muhende Kuh, und der Bulle antwortet ihr mit einem kehligen Schnauben, das fast klingt wie bei einem erregten Hengst. Wenn aber ein Nebenbuhler ihn herausfordert oder er gereizt wird, dann warnt er die Welt mit einem hohlen, bellend-röhrenden Brüllen, das jedem, der es hört, die Haare zu Berge stehen läßt. Genau dieses Brüllen hatten wir soeben gehört, aber John wollte sich nicht überzeugen lassen.

Nachdem wir in der Hütte verschwunden waren, beruhigte sich der Elch. John und ich schliefen trotz allem recht gut, doch auf Dauer war es kein befriedigender Zustand, in der Nähe eines gereizten Elchbullen zu kampieren. Bei Tagesanbruch nahm John entschlossen das Gewehr und pirschte flußabwärts, um den Störenfried zu verjagen oder zu töten.

Nach einem halben Kilometer trat vor seinen Augen ein gewaltiger Elchbulle aus dem Gebüsch. Was immer in der Nacht den Zorn des Tieres erregt hatte, jetzt war es vergessen. Der Elch hielt am Ufer inne, warf einen Blick zurück auf John, watete ruhig ins Wasser und schwamm über den Fluß. Wir sahen ihn nicht wieder.

Es besteht kein Zweifel, daß wir in Gefahr geschwebt hatten. Es gibt kein Waldtier, das jähzorniger und unberechenbarer ist als der Elchbulle in der Brunft; seine Wut, genährt von der Anwesenheit oder vielleicht auch nur dem Gedanken an Rivalen, kann tagelang anhalten. Und einem verwundeten Elch soll man genauso aus dem Wege gehen wie einem verwundeten Bären.

FÜNF Jahre nach unserer Hochzeit kauften John und ich bei Prince George eine Sägemühle. Die Arbeit war eigentlich ein wenig zu eintönig für unseren Geschmack, aber die Schwarzbären der Umgebung beschlossen, uns vor zuviel Langeweile zu retten. Bären wühlten in unserer Müllhalde, Bären stromerten um unsere Gebäude herum, Bären saßen nachts vor der Tür. Angst hatten wir vor ihnen eigentlich nicht, aber sie waren lästig. Außerdem hatten wir einen jungen Foxterrier namens Jeep, der zwar nicht groß genug war, um es mit einem Bären aufnehmen zu können, dafür aber an Größenwahn litt. Er haßte die Bären und spielte sich immer wieder als Lagerwächter auf, hatte dabei aber mehr Mut als Verstand, wie es für seine Rasse typisch ist. Jedesmal, wenn ich ihn bellen hörte, mußte ich aus dem Haus stürzen, damit er sich nicht mal wieder um Kopf und Kragen bellte.

Einige Wochen lang ertrugen wir die Bärenplage mit Gleichmut, doch als ein großer Bursche kühn das Fliegengitter vom Fenster des Fleischhauses riß, hineinkletterte und unter unseren Schinken, Würsten und Gepökeltem gründlich aufräumte, wurde es Zeit einzuschreiten. John und ich wußten, daß der Bär nach diesem Erfolg mit Sicherheit wiederkommen würde. Es blieb uns also nichts anderes übrig, als ihn zu töten.

Wir sägten eine zehn Zentimeter große Schießscharte in die Küchentür und hielten hinter dem Fenster Wache. Gleich am ersten Abend, kurz nach Einbruch der Dunkelheit, erschien der Räuber und marschierte geradewegs zu unserem Fenster, als wüßte er, daß wir dahinter warteten, richtete sich auf, drückte seine schmutzigen Vordertatzen gegen die Scheibe und starrte herein. Ich habe vor Bären wenig Angst, und doch bei diesem hautnahen Visavis lief mir ein Schauer über den Rücken. John wartete, bis der Bär sich wieder auf alle viere niederließ und auf das Fleischhaus zutrottete. Dann feuerte er mit der Winchester durch die Scharte. Der Schuß verfehlte sein Ziel zwar nicht, aber er war nicht tödlich, denn der Bär heulte auf und galoppierte ins Dickicht. John rannte ihm sofort hinterher, während ich nicht die mindeste Lust hatte, mich draußen in der Dunkelheit an der Hatz nach einem verwundeten Bären zu beteiligen. Ich blieb also drinnen am Fenster und leuchtete mit einer Taschenlampe hinaus, damit John etwas sehen konnte. Als John hörte, wie der Bär jenseits der Lichtung durch das Unterholz brach und verschwand, gab er auf und kam zurück.

Am nächsten Morgen ließen wir Jeep die Fährte aufnehmen und fanden den Bären einen knappen Kilometer vom Haus entfernt. Er lag schwer verletzt auf einer Lichtung. John tötete ihn mit einem Kopfschuß.

Bären als Plagegeister, Wegelagerer und Strauchdiebe sind mir in meinem Leben immer wieder begegnet; besonders gut erinnere ich mich an ein sehr kräftiges Tier, das in der letzten Sägemühle, die wir betrieben, sozusagen unser Stammgast wurde. Aufdringliche Schwarzbären gab es auch in jener Gegend reichlich, doch dieser Bursche war eine Klasse für sich. Er beschränkte seine Besuche auf die späten Nachtstunden, wenn alles in tiefem Schlummer lag, und entwickelte das, was man kriminelle Energie nennt. Er brach ins Fleischhaus ein, fand einen Weg in den Hühnerstall und stahl sogar Kaninchen aus unserem Kaninchenverschlag. Als er unsere Geduld schließlich lange genug auf die Probe gestellt hatte, legten wir einen Köder aus Frischfleisch aus, an dem wir an einen Faden und an dessen Ende leere Dosen als Alarmglocke befestigten. Eine Taschenlampe lag griffbereit.

Kurz vor Tagesanbruch hörten wir die Dosen scheppern. John sprang auf und lud sein Gewehr. Als ich nach der Lampe greifen wollte, hielt er mich zurück.

„Laß, es ist hell genug zum Schießen", sagte er. „Die Taschenlampe könnte ihn abschrecken."

Damals lebten vier Angestellte mit uns in unserem Haus; ein etwas nervöses Mädchen, ein Norweger namens Oscar Norden und noch zwei Männer. Sowohl Oscar als auch das Mädchen hatten eine Heidenangst vor Bären. Noch ehe John überhaupt die Tür aufgemacht hatte, flatterte das Mädchen kopflos durch den Raum, stieß sich an den Möbeln und fluchte leise vor sich hin. Wahrscheinlich hat ihr Getue John irritiert, denn er traf den Bären viel zu weit hinten. Nur ein paar Schritte vom Fleischhaus entfernt stürzte das Tier mit einem tiefen Grollen zu Boden. Vorsichtig ging John zu ihm hinüber, und die Arbeiter folgten ihm auf Zehenspitzen. Ich sah fasziniert zu, kam aber nicht auf den Gedanken, ihnen mit der Taschenlampe zu leuchten.

Plötzlich waren knackende Äste zu hören, dann ertönte ein Brüllen, das einem das Blut in den Adern gefrieren ließ, und unsere vier Bärenjäger kamen zum Haus zurückgestürzt. Der Bär war ihnen hart auf den Fersen. In der Panik stieß jemand einen Mop um, dessen Stiel nun die Tür blockierte, so daß sie sich nicht mehr verriegeln ließ. Im Haus brach die Hölle los.

Während John nach Munition schrie, schnappte sich unsere Gehilfin die Patronenschachtel, kletterte aber dann auf das Waschbecken und vergaß, daß sie sie in der Hand hatte. Dort hockte sie, fluchte aus Leibeskräften, während Jeep wütend bellte und Oscar herumsprang und zeterte: „Wo ist die Axt, 'dammt? Ich muß haben die Axt!" In ruhigeren Augenblicken hörten wir draußen das Untier brummen und an den Wänden kratzen, als suche es einen Eingang. Zum Glück entdeckte es die unverriegelte Tür nicht.

Es dauerte eine Weile, aber schließlich gelang es uns, die Tür richtig zuzumachen und eine Schachtel Patronen für John zu finden. Er lud nach, und diesmal dachte ich daran, die Lampe anzuknipsen, als er aus dem Haus trat. John erlegte den Bären, gerade als er sich auf die Hinterbeine aufrichtete. Er stürzte nur einen Schritt von John entfernt zu Boden.

IM DEZEMBER 1943, lange bevor wir unsere Sägemühlen erwarben, hatte Johns Fluggesellschaft ihn nach Port Handy versetzt, an den Nordzipfel von Vancouver Island, wo wir bis nach dem zweiten Weltkrieg lebten. Wir bauten eine Blockhütte, fischten, sammelten Muscheln, jagten Krabben und zigeunerten auf der Vancouver-Insel und auf dem angrenzenden Festland herum. Es ist eine wunderschöne Gegend, aber ich konnte mich mit dem Ozean nicht so recht anfreunden. Vielleicht war er mir zu groß und zu leer, denn immer stärker hatte ich Sehnsucht nach schneebedeckten Gipfeln, Tälern, Bächen und Flüssen.

Als die Pan Am ihre Niederlassung in Port Handy schloß, beschlossen wir, zum Stuart River zurückzukehren und uns dort selbständig zu machen. Doch bevor wir uns wieder in die Arbeit stürzten, wollten wir noch einen Sommer in der Wildnis verbringen. Nach Norden wollten wir ziehen, zum Goldsuchen ins wildromantische Bergland am Omineca River. Wie ich mich sehnte nach dem Gegurgel eines klaren Bergbaches, dem Blinken der Sterne in der Abenddämmerung, dem lautlosen Geistertanz des Nordlichts am mitternächtlichen Himmel!

Als wir Olive und Vala, die damals beide in Edmonton lebten, von unseren Plänen erzählten, protestierten sie lautstark. Was, wenn einer von uns erkrankte oder einen Unfall erlitt? Doch beides schreckte weder John noch mich. Woran die Mädchen jedoch nicht gedacht hatten, waren Grislybären, und die wurden in jenem Sommer zu einer ernsten Bedrohung für uns.

Unsere Ausrüstung stellten wir mit viel Sorgfalt zusammen, wußten wir doch, daß wir die ganze Zeit fern jeder Siedlung und auch fern von allen Handelsposten verbringen würden. Dennoch reisten wir mit recht leichtem Gepäck, da wir auch mit dem Rucksack Wandertouren machen wollten. John wußte, daß es dort oben Blockhütten gab, die Goldsucher und Trapper gebaut hatten und in denen wir übernachten konnten. Zwei oder drei per Boot erreichbare verlassene Hütten wollten wir uns als Basislager einrichten und dann kurze Fußmärsche zu den Bächen machen, in denen wir nach Gold suchen wollten.

Im Mai, gleich nach dem Eisgang, fuhren wir vom Summit Lake, sechzig Kilometer nördlich von Prince George, los. Wir hatten zwei

Boote mit Außenbordmotoren, ein schmales, zwölf Meter langes Boot und ein kleineres sechs Meter langes Flußboot, das wir im großen Boot mitführten, um keinen Schleppzug bilden zu müssen. Zunächst ging es auf dem Crooked River nordwärts zum McLeod Lake. Der Crooked River ist ein wildes kleines Flüßchen, das im Mai sehr viel Wasser führt, so daß wir schnelle Fahrt machten. John mußte alle Manövrierkunst und der Außenbordmotor alle Kraft aufbieten, aber trotzdem rammten wir in Haarnadelkurven immer wieder das Ufer, worauf das schwere Boot herumschwang und in der Strömung zu kentern drohte. Zum Glück ist John ein guter Steuermann und konnte das Schlimmste verhindern.

Nachdem wir den Handelsposten der Hudson's Bay Company und das Indianerreservat an der Nordspitze des McLeod Lake passiert hatten, verließen wir das besiedelte Land. Falls wir in diesem Sommer noch einen Menschen zu Gesicht bekamen, dann höchstens einen umherziehenden Indianer oder einen anderen Goldsucher. Aber wir wollten ja ganz bewußt auf uns selbst gestellt sein und freuten uns auf die Herausforderungen. Vom Nordende des McLeod fuhren wir zum Parsnip River, dann den Parsnip River hinunter bis zum Finlay River und den Finlay River hinauf durch ein weites, herrliches Tal auf die Wolverine Mountains zu.

„Eines Tages wird das alles hier Farmland sein", sagte ich zu John.

„Dann bin ich froh, daß wir es noch so sehen können, wie es jetzt ist", meinte er. „Ich mag Elche lieber als Kühe."

Im Uferschlamm der Flüsse und Bäche sahen wir Bärenspuren, die zu groß waren, als daß sie von Schwarzbären hätten stammen können. Ich runzelte die Stirn. Vor Schwarzbären habe ich nie viel Angst gehabt, aber der Grisly fürchtet nichts, was in den Wäldern wandelt, ausgenommen den Menschen, wobei freilich auf seine Menschenscheu kein Verlaß ist. Wie alle Bären ist er völlig unberechenbar – im ersten Augenblick ein liebenswürdiger pelziger Clown, im nächsten eine rotäugige brüllende Bestie. Er ist erschreckend launisch und reizbar, und ich bin immer der Meinung gewesen, daß oft der Bär selbst nicht weiß, warum er in Wut gerät. Doch wenn er wütend ist, dann greift er alles an, was ihm in die Quere kommt.

Manche der Spuren, die wir sahen, zeigten Krallenabdrücke, die länger waren als Johns Finger. Ein Schauer lief mir den Rücken hinunter, doch John lachte mich aus.

„Höchstwahrscheinlich sehen wir den ganzen Sommer keinen einzigen Bären", prophezeite er. Doch auch Propheten können irren . . .

DREI Tagereisen vom Summit Lake entfernt fanden wir am Ufer des Omineca River eine kleine verfallene Hütte. Wir bauten sie wieder auf, tauften sie „Hütte Nr. 1“ und zogen ein. Die Landschaft ringsum war von wilder Schönheit. Der klare, eiskalte Omineca River, der kilometerweit schäumend um Felsen herumtost, dann wieder ruhig, glatt und tief dahinfließt, wimmelte von Forellen. Die Feinkost der besten Köche in den nobelsten Restaurants lasse ich stehen für eine Forelle aus einem kalten Bergbach, die so frisch ist, daß sie sich krümmt, wenn man sie ins brutzelnde Fett legt. Wenn man dazu noch frisches heißes Brot aus der Backröhre eines kleinen Kanonenofens ißt, einem der Duft von Holzrauch, Kiefernnadeln und warmer Walderde in die Nase steigt und in der Ferne schneebedeckte Gipfel zu sehen sind, dann ist das Glück komplett.

Eines Morgens, wir wohnten erst seit ein paar Tagen in der Hütte Nr. 1, ging John jagen. Ich räumte das Lager auf und schlenderte dann mit dem Wassereimer zur Quelle. Am Fuß eines mit Wicken bewachsenen Abhangs sprudelte das Wasser unter einem Felsdach hervor – es war so schön, daß man gern hinging, auch wenn man kein Wasser brauchte. Versonnen und glücklich verharrte ich einen Augenblick, da nahm ich plötzlich eine lautlose Bewegung über dem Felsen wahr. Ich erstarrte und suchte mit den Augen das Gebüsch ab.

Da schob ein Windhauch einige Blätter zur Seite, und die Sonne fiel auf das charakteristische rund-kantige Gesicht und das langhaarige Vorderbein eines großen Bären. Nur ein, zwei Sekunden tauchte er auf, und ich erkannte sofort, daß es ein sehr großer Grisly war, der mich anstarrte. Ich wußte sofort, daß ich das Tier jederzeit wiedererkennen würde, denn eins seiner Ohren und eine angrenzende Fellpartie waren schneeweiß. Es ist nicht ungewöhnlich, daß Bären am Hals einen weißen Fleck haben, und ich habe schon welche mit einer weißen Tatze gesehen, doch dieser war der erste mit einem weißen Fleck an der Kopfpartie. Davon abgesehen war er der mächtigste Bär, den ich je gesehen hatte.

Ich ließ den Eimer fallen, wirbelte herum und rannte zur Hütte, obwohl ich eigentlich wußte, daß man vor Wildtieren nicht weglaufen soll, weil sie das zur Verfolgung reizt. In der Hütte riß ich die Winchester von der Wand und trat wieder ins Freie. Da ertönte von der Quelle her ein dumpfer Schlag. Wie ich später feststellte, hatte der Bär den Eimer mit einem Tatzenhieb beiseite gefegt und zerdrückt; wahrscheinlich mochte er den Menschengeruch daran nicht. Vorsichtig spähte ich um die Hüttenecke und sah gerade noch, wie das breite Hinterteil des Grislys in einem Weidengestrüpp am Abhang verschwand.

Als John am Nachmittag zurückkam, gingen wir los, um uns gemeinsam die Bärenspuren anzusehen. Wenn ich meinen Schuh, Größe 37, quer hineinstellte, füllte er den Tatzenabdruck nicht ganz aus.

„Ein kapitaler Bursche", meinte John anerkennend.

Wir nannten ihn Weißohr, nicht ahnend, daß unsere Spuren sich in diesem Sommer immer wieder kreuzen würden. Es war schon fast unheimlich – wohin wir auch gingen, er war immer vor uns da oder traf kurz nach uns ein. Vermutlich waren wir in das Territorium eingedrungen, das er als sein Eigentum betrachtete. Jedenfalls haßte Weißohr Menschen und hatte offensichtlich nicht die mindeste Angst vor ihnen. Er sollte sich als sehr gefährlicher Nachbar erweisen.

Nach ein paar Wochen verließen wir Hütte Nr. 1, nahmen unser kleines Boot und fuhren den Omineca hinauf zu einem See, den wir End Lake nannten. John sagte, wir würden auch hier eine Hütte finden, und wir fanden sie tatsächlich; als wir jedoch näher kamen, machten wir große Augen. Die Wände des kleinen Bretterbaues waren krumm und schief.

„Ein Erdbeben?" fragte ich staunend.

John schüttelte den Kopf. „Ich vermute, ein Bär."

In der Tat fanden wir im Gras Tatzenspuren und an der Tür Kratz- und Bißmarken. Die Spuren sahen denen von Weißohr erschreckend ähnlich.

„John, mir ist dieser Bär nicht geheuer", gestand ich.

„Es passiert schon nichts", beruhigte er mich. „Aber daß du nie ohne Gewehr das Lager verläßt."

Ein paar Tage verbrachten wir mit der Reparatur des Bärenschadens, nannten dann das Domizil „Hütte Nr. 2" und zogen ein. End Lake war phantastisch bestückt mit Dolly-Varden-, Regenbogen- und Seeforellen, und ich bezweifelte, daß überhaupt schon einmal ein Mensch in diesem paradiesischen Wasser gefischt hatte. Man brauchte die Angel nur ins Wasser zu halten, schon hatte man die schönste Forelle am Haken.

Die Tage gingen dahin, und im Juli schnallten wir unsere Rucksäcke auf und machten uns auf, um ein paar Wochen Gold zu waschen. Das Goldwaschen ist die primitivste Form der Goldsuche, macht aber den meisten Spaß. In eine flache Pfanne schüttet man ein Gemisch aus Schlamm, Sand und Wasser und schwenkt es vorsichtig herum, so daß es über den Rand schwappt. Die größeren und die leichteren Bestandteile werden nach und nach vom Wasser mitgenommen, während sich das schwerere Gold – winzige Körnchen

Goldstaub und bei sehr viel Glück auch größere Körner, die Nuggets genannt werden – am Boden absetzt. Am Ende bleibt nur noch das Gold übrig. Auch in gutem, ergiebigem Boden muß man viele Pfannen auswaschen, um eine einzige Unze Gold zu gewinnen, doch es ist einfach spannend, weil immer die Chance besteht, doch einmal den berühmten Glückstreffer zu landen.

Über seinen materiellen Wert hinaus muß Gold eine magische Aura haben, und nirgendwo lockt sein Sirenengesang lauter als auf einer Sandbank im einsamen Fluß, wenn ein Goldsucher eine Pfanne Erde und Kies wäscht und am Boden endlich etwas glitzern sieht. Niemand weiß, ob nicht vielleicht genau an der Stelle, an der er gerade wäscht, die Schätze des Midas vergraben liegen . . . Das Goldfieber hat ihn gepackt. Es ist eine Tätigkeit, die einem zu Kopfe steigt, und John und ich hatten einen Heidenspaß.

Diese Gefühle werden von den Indianern, die in der Tundra des Nordens heimisch sind, nicht geteilt. Mehrfach trafen wir sie an den Bächen in der Umgebung. Einer kam eines Tages vorbei, als ich allein Gold wusch. Daß sich jemand hinhockt und Gold aus dem Boden klaubt, schien sie immer zu amüsieren; lange Zeit stand der Indianer da und schaute mir beim Auswaschen mehrerer Pfannen Kies zu. Bei der zweiten hatte ich Glück. Ein Nugget, ein Viertel so groß wie eine Erbse, lag am Grunde der Pfanne. Ich hielt es hoch und versuchte den Indianer zu bekehren.

„Man kriegt Gold", sagte ich und tippte auf das Nugget, „dann kann man es tauschen. Gegen Tabak, Mehl, Zucker. Gegen gute Stiefel."

Sein Gesicht verzog sich zu einem verächtlichen Grinsen. „Hart' Arbeit, Gold kriegen", erwiderte er hochmütig. Mein Bekehrungsversuch war gescheitert.

Reichtümer haben wir am Omineca nicht gescheffelt. Mehr als ein paar Körnchen Gold sind uns nicht in die Hände gefallen. „Weiter nördlich gibt es bessere Flüsse", versprach John. „Ehe der Sommer um ist, finden wir, was wir suchen."

Sieben

Im August, als die Nächte frostig wurden, kehrten wir nach vierzehn Tagen Goldwäscherei zum End Lake zurück. Johns Rucksack wog an die vierzig Kilo, meiner etwa zwanzig, und wir wußten, daß es ein beschwerlicher Marsch werden würde, durch steinige Schluchten und über steile Abhänge, doch wir waren abgehärtet, und nach dem Frühstück machten wir uns guten Mutes auf den Weg. Nicht einen Augenblick zweifelten wir daran, daß wir die zweiundzwanzig Kilometer bis zur Hütte Nr. 2 bis zur Abenddämmerung schaffen würden.

Doch drei Kilometer vor dem Ziel standen wir vor einer sehr steilen engen Schlucht, die unpassierbar aussah. Um das Hindernis zu umgehen, hätten wir jedoch einen langen Umweg machen müssen, deshalb versuchte John, auf einem Sims von geringer Breite hinunterzuklettern, der fast bis nach unten lief. Auf einem Vorsprung konnte man hinüber auf die andere Seite, und drüben führte der Sims in schrägem Winkel wieder nach oben. Der Sims war schmal und tückisch, doch John machte einen Probegang und kam zu dem Entschluß, daß wir es wagen könnten, wenn wir nur sorgfältig aufpaßten, wohin wir unsere Füße setzten.

Wir seilten uns an wie Bergsteiger, und John ging vor. Als er sicher hinübergelangt war, machte ich mich auf den Weg. Ich habe nie behauptet, schwindelfrei zu sein, deshalb gab der erfahrene John mir noch einen Ratschlag, bevor es losging.

„Nicht nach unten schauen, sondern immer gerade nach vorn", sagte er mahnend.

Mit klopfendem Herzen schaffte ich es ohne größere Probleme bis nach unten und machte mich drüben an den Aufstieg. Doch als nur noch wenige Schritte vor mir lagen, verhakte sich plötzlich eine Axt, die aus meinem Rucksack ragte, an einem Busch und brachte mich aus dem Gleichgewicht. Kopfüber stürzte ich in die Tiefe, auf eine Geröllhalde zu, die unter mir lag. Ohne John und die Seilsicherung wäre ich bei diesem Sturz schwer verletzt worden oder ums Leben gekommen. Aber während meiner Kletterpartie hatte John oben gestanden und das Seil nach und nach eingeholt, so daß es nie weit durchhing. Nun straffte er es mit einem Ruck. Ich überschlug mich in der Luft und landete auf den Füßen, stürzte dann aber schwer. Als ich wieder aufstehen wollte, trug mein linker Fuß mein Gewicht nicht mehr, und meine Seite schmerzte, als seien Rippen gebrochen. John wollte von oben wissen, wie schwer ich verletzt sei.

„Ich weiß nicht!" rief ich schluchzend.

„Knüpf das Seil los!" wies John mich an. „Binde alles daran, was du trägst, auch Axt und Gewehr, damit ich es raufziehen kann. Anschließend hieve ich dich rauf."

Ich schickte meine Traglast nach oben, dann kam das Seil wieder zu mir herabgeschlängelt. Meine Rippen schmerzten, aber da es keinen anderen Weg nach oben gab, verschnürte ich das Seil wieder unter meinen Armen, und John sicherte sein Seilende an einem Felsblock. Dann fing er an, mich hochzuziehen. Mein Mann wog in jenem Sommer rund hundert Kilo, ich gut fünfzig. Er hatte daher keine sonderliche Mühe mit mir und tat es mit viel Zartgefühl, trotzdem schrie ich vor Schmerzen.

Als ich oben angelangt war, bettete John mich vorsichtig auf ein weiches Moospolster. „Ist dir schlecht?" fragte er.

Ich schüttelte den Kopf. „Warum fragst du?"

„Das könnte auf einen Knochenbruch deuten. Ich glaube, du hast dir den Knöchel verstaucht und bist insgesamt ganz schön durchgeschüttelt worden, aber es hätte schlimmer kommen können."

Ich brachte ein schwaches Lächeln zustande. Als ich wieder stehen konnte, schnitzte er mir einen kurzen grünen Gehstock zurecht und schulterte mein Bündel zusätzlich zu seinem. Bei jedem Schritt litt ich Höllenqualen, und nach nicht einmal einem Kilometer blieb John stehen.

„Wir lassen die Rucksäcke hier, ich hole sie später", erklärte er. „Ich trage dich jetzt heim."

Gegen vier Uhr nachmittags näherten wir uns endlich unserer Hütte. Plötzlich blieb John stehen.

„Also, da soll mich doch . . .", platzte er heraus.

Ich sah auf. Die Tür hing schief in den Angeln, das Fenster war kaputt, und man sah schon von draußen, daß das Hütteninnere aussah wie ein Schlachtfeld.

„Weißohr!" rief ich aus.

„Weißohr oder einer seinesgleichen", stimmte John zu. Er setzte mich ab und sah vorsichtig in die Hütte, denn unsere Gewehre waren bei den Rucksäcken geblieben. Tisch und Schlafstatt waren zerstört, der Ofen zur Seite gestoßen, eine Proviantkiste aufgeschlagen und durchs Fenster gestoßen worden. Die Trockenfisch- und Trockenfleischvorräte, die wir an den Firstbalken gehängt hatten, waren heruntergerissen und teils gefressen, teils umhergestreut worden. Der Bär hatte gründliche Arbeit geleistet.

Doch bevor wir die Hütte wieder instand setzten, beschlossen wir, fürs leibliche Wohl zu sorgen. John machte ein Feuer und grillte für uns eine Forelle, die wir zum Abendessen verspeisten. Dann nagelte er die Tür wieder an, stopfte Sacktuch ins Fenster, richtete den Ofen her und machte sich auf, um unsere Rucksäcke zu holen. Allein und ohne Waffe wartete ich bangen Herzens auf ihn, doch es gab keine Zwischenfälle, und vor Einbruch der Dunkelheit war er wieder da.

Vierzehn Tage brauchte ich, um meine Verletzungen auszukurieren. In dieser Zeit ging John in der näheren Umgebung von End Lake auf Goldsuche. Ein paar Tage nach meinem Sturz brach er frühmorgens auf, als ich noch schlief, und ließ mich auf meinem Krankenlager zurück. Ich wachte kurze Zeit später auf und merkte sofort, daß er sein Gewehr vergessen hatte. Da ich wußte, daß Weißohr sich noch in der Gegend herumtrieb, machte ich mir natürlich Sorgen.

Drei Stunden später hörte ich ein knarrendes Geräusch, das klang, als ob sich zwei Bäume im Wind aneinander reiben würden. Ich spitzte die Ohren, und als es wiederkam, klang es fast wie ein menschlicher Schrei. Mit angehaltenem Atem wartete ich – und dann hörte ich ganz eindeutig einen Hilferuf.

So schnell ich konnte, sprang ich vom Bett, schnappte mein Gewehr und hoppelte auf einem Bein zur Tür. Als ich sie aufmachte, sah ich, wie John am Seeufer entlangrannte. Ein Grisly in vollem Galopp war ihm auf den Fersen. John sah mich, machte einen Schwenk zur Seite, um mir ein freies Schußfeld zu geben, und ich drückte ab, sobald ich den Bären im Visier hatte. Der Grisly grunzte und wirbelte herum, und John gelang es, den See zu erreichen. Kopfüber stürzte er sich hinein, während ich noch einmal schoß, aber nicht traf. Zum Glück machte der Grisly kehrt und floh. Wochen später bekamen wir heraus, daß ich Weißohr am Hinterlauf einen Streifschuß verpaßt hatte. John kam wieder an Land, holte sein Gewehr und machte sich sofort auf den Weg, um dem Bären zu folgen. Solange Weißohr die Gegend unsicher machte, konnten wir nicht mehr ruhig schlafen und mußten um unsere Habe fürchten. Als John nach zwei Stunden die Spur verlor, strebte der Bär vermutlich immer noch in schnurgerader Linie auf die Wolverine Mountains zu.

Sobald mein Knöchel wieder mitmachte, schulterten wir unsere Rucksäcke und wanderten zum Osilinka River, wo John sich für unsere Goldschürferei einiges versprach. Er behielt recht. Mehrere Tage hintereinander holten wir täglich etwa acht Unzen aus dem Sand – bei fünfunddreißig Dollar pro Unze war das ein gutes Ergebnis. Am Ufer des Flusses, nicht weit von der Stelle, wo er in den Omineca River mündet, hatten wir unser Zelt aufgeschlagen. Es war ein guter Lagerplatz, doch auch hier gab es Grislys, und mir fehlte das Gefühl der Sicherheit, das einem vier solide Hüttenwände nachts vermitteln.

Eines Tages kam ein alter Goldsucher des Weges. Er hieß Ernie Pitts, und wir luden ihn ein, bei uns zu übernachten. Beim Abendessen sprachen wir natürlich auch über die Bären.

„In diesem Frühjahr hätte mich ein großer Grisly fast erwischt", erzählte Ernie. „Ich habe ziemlich weit in den Bergen in einer Hütte überwintert, und gleich als die Bäche eisfrei waren, fing ich mit dem Goldwaschen an. Eines Morgens, nicht einmal einen Kilometer von der Hütte entfernt, entdecke ich vor mir im Dickicht einen Grisly, der schnurstracks auf mich zukommt. Ich nichts wie weg, und er hinter mir her wie ein Bulle ohne Nasenring."

Ernie erklomm einen Baum. Das brachte ihn zunächst aus der unmittelbaren Reichweite des Bären, und er wähnte sich außer Gefahr. Wie viele Menschen war er der – falschen – Überzeugung, ein Grisly könne nicht klettern. In der Tat klettern Grislys ungern, vielleicht weil ihre vorderen Krallen länger sind als die eines Schwarzbären und sich nicht so gut zum Klettern eignen. Der Bär, der Ernie Pitts gejagt hatte, kletterte ihm auch tatsächlich nicht hinterher, sondern tat etwas, das John und mir nie vorher zu Ohren gekommen war. Er stellte sich auf seine Hinterbeine, krallte sich mit seinen Vordertatzen im Baum fest und versuchte, den Mann herunterzuschütteln.

„Er riß den Baum so hin und her, daß sich die Wurzeln lockerten und er Schlagseite bekam", erzählte der alte Goldsucher. „Ich saß auf halber Höhe und klammerte mich mit Händen und Füßen an den Stamm; mehr konnte ich nicht tun."

Es war seine Rettung, als eine Elchkuh mit einem Kalb aus dem Gebüsch trat. Kuh und Kalb drehten sofort um, als sie den Bären sahen, und flohen, doch der Bär hatte sie schon gesehen und sprintete hinter ihnen her. Pitts wartete, bis er sicher sein konnte, daß der Bär nicht zurückkam, kletterte dann hinunter und rannte zu seiner Hütte.

„Das Bemerkenswerte an diesem Bären war sein weißes Ohr", sagte Ernie abschließend. „Ich hatte noch nie einen Grisly mit einem weißen Ohr gesehen."

John und ich tauschten Blicke. Wir trauten es Weißohr durchaus zu, daß er zu dem imstande war, was uns Pitts gerade erzählt hatte.

ENDE August unternahmen wir eine Bootsfahrt den Ingenika River hinauf und lernten noch ein Exemplar der aussterbenden Spezies Trapper und Goldsucher kennen. Wir sahen ihn, wie er mit einem leichten Rucksack auf dem Rücken und indianischen Mokassins an den Füßen mit schnellem Schritt am Ufer entlang flußaufwärts schritt. Er war unterwegs zu seiner Hütte am Fuß des Pelly Mountain.

„Man nennt mich Karibu-John", sagte er, als John ihn nach seinem Namen fragte, und abends am gemeinsamen Lagerfeuer erfuhren wir, daß er eigentlich John Bolderson hieß. Er war ein nervöser, leicht erregbarer Mann Mitte Fünfzig. Sein mit weißen Strähnen durchzogenes Haar war schon länger nicht mehr geschnitten worden, und er trug einen grauen Sechstagebart, doch seine Kleidung war ordentlich und sauber.

Karibu-Johns Gewehr war eine britische Antiquität, dessen Lauf an einer Stelle aufgetrieben war, wahrscheinlich durch einen Schuß bei schnee- oder schmutzverstopfter Mündung. Dadurch war die Laufseele so ausgeleiert, daß die Kugel darin regelrecht herumschlackerte. John und ich versuchten ihm klarzumachen, daß er mit diesem Schießeisen auf dreißig Meter kein Scheunentor treffen konnte, erst recht nicht im Ernstfall einen Grisly. Doch Karibu-John liebte sein Gewehr und führte es schon seit Jahren mit sich. Als mein Mann davon sprach, wie gefährlich es sei, einen Grisly auf kurze Distanz zu verwunden, sprang Karibu-John auf.

„Das sag ich euch: Wenn so eine Bestie nur auf vierhundert Meter an mich rankommt, dann blase ich ihr das Hirn raus!" schrie er.

Schon allzu bald sollte er Gelegenheit bekommen, diesen Vorsatz in die Tat umzusetzen. Kurz vor Einbruch der Dunkelheit gingen John und ich fischen. Auf dem Rückweg zum Lager sah ich, wie ein Bär im Dickicht verschwand, und mir schwante, daß Weißohr uns wieder mal aufgespürt hatte. Wir schliefen in dieser Nacht ohne Zelt im Freien und beschlossen daher, umschichtig zu wachen.

Ich übernahm die erste Nachthälfte, und in meiner Schicht geschah nichts. Als ich John wach rüttelte, glaubte er die Wache abblasen zu können.

„Wenn das Weißohr war, hätten wir schon längst mit ihm zu tun bekommen", meinte er.

Kurz vor dem Morgengrauen wachte John auf, rüttelte mich wach und flüsterte: „Da kommt am Ufer etwas Schweres näher."

In Sekundenschnelle waren wir auf den Beinen und hatten die Gewehre schußbereit. Karibu-John sprang auf und schloß sich uns an. Die Bewegung im Gebüsch verstummte, und eine halbe Stunde lang regte sich nichts. Karibu-John legte sich wieder hin und schien zu dösen. Plötzlich trat Weißohr ins Freie, aber genau gegenüber der Stelle, wo wir ihn zum letztenmal gehört hatten. Das riesige Tier hatte einen Halbkreis um uns geschlagen, ohne mit einem einzigen trockenen Blatt zu rascheln.

Er blieb stehen, schwang den Kopf hin und her und schnüffelte in die Richtung, in der wir unsere Forellen an den niedrigen Ast eines Baumes gehängt hatten. Daß er einen weißen Fleck am Ohr hatte, überraschte weder John noch mich.

Falls Karibu-John wirklich eingedöst war, dann hatte er einen leichten Schlaf. Im Handumdrehen war er auf den Beinen, und er und John schossen fast gleichzeitig. Ich sah, wie über dem Rücken des Bären ein Zweig abgeknickt wurde – weggeschnippt von der Kugel aus Karibu-Johns verbogenem Gewehr. Noch zweimal gab der Trapper in rascher Folge einen Schuß ab.

„Ich hab ihn erwischt!" rief er erfreut.

Der Grisly antwortete mit einem Wutgebrüll, das mir kalte Schauer über den Rücken jagte. Im Norden heißt es, daß man zehn Jahre länger lebt, wenn man nie das Wutgebrüll eines großen Bären gehört hat – jetzt wußte ich, warum. Im nächsten Augenblick stürzte Weißohr geradewegs auf Karibu-John zu. Der Trapper stand etwas abseits, und der Bär hatte ihn aufs Korn genommen.

John schoß zweimal, und brüllend blieb der Grisly stehen. Karibu-John hatte sein Gewehr leer geschossen, sprang immer noch auf und nieder und rief sein triumphierendes „Erwischt! Erwischt!"

Da schoß John noch einmal, und endlich brach der Bär zusammen. Karibu-John glaubte am Ende immer noch, daß er ihn zur Strecke gebracht habe, und wir machten keinen Versuch, ihm die Illusion zu rauben.

Als wir uns Weißohr ansahen, wußten wir, warum er so reizbar gewesen war. Er war alt, mager und in sehr schlechtem Zustand. Vor allem seine Zähne waren so abgewetzt und verrottet, daß er wohl die letzten Lebensjahre fast ständig Hunger gelitten hatte. Kein Wunder, daß mit ihm nicht gut Kirschen essen gewesen war, denn, wie John sagte, ein hungriger Bär ist stets ein Bär, vor dem man besonders auf der Hut sein muß.

Der Oktober kam, gelbes Espenlaub raschelte auf dem Boden, und es wurde Zeit, zurückzukehren in die Zivilisation. Wir fuhren den Peace River hinunter und ließen uns von der mächtigen Strömung bis Peace River Crossing treiben. Von dort fuhren wir mit der Eisenbahn nach Edmonton. So schön es gewesen war, ich wollte jetzt der Wildnis den Rücken kehren und träumte sehnsüchtig von Kartoffelbrei mit brauner Soße und von riesigen Stücken Apfeltorte mit Sahne.

In Edmonton verkauften wir unsere neunzig Unzen Gold für fünfunddreißig Dollar die Unze. Unser abenteuerliches, bisweilen gefährliches Sommerhobby brachte einen Erlös von knapp dreitausendzweihundert Dollar – mehr Geld, als ich in meinen sechsundvierzig Lebensjahren je auf einem Haufen gesehen hatte.

Es war das letzte Mal, daß John und ich so lange Zeit abgeschnitten von der Zivilisation in der Wildnis verbrachten. Unvergeßlich geblieben ist mir die Stille des Nordens. Die windlosen Winternächte, kalt und klar, wenn das weiße Strahlen des Mondes einem vor Schönheit den Atem verschlägt. Die Tage, wenn die Sonne blendend hell vom wolkenlosen Himmel scheint oder wenn Schnee lautlos wie eine hauchzarte Spinnwebe zur Erde sinkt. Ein Schweigen hängt dann über der Wildnis des Nordens, ein in seiner Tiefe fast körperhaftes Schweigen, ein Schweigen, das der Seele Flügel verleiht. Hoffentlich vergesse ich keine einzige der Stunden, in denen ich miterlebt habe, wie dieses Schweigen seinen Zauber über das Land breitete.

Vor kurzem erhielt ich einen liebenswürdigen Brief von einer Frau im Mittelwesten, die einen Zeitschriftenbeitrag über mein Leben gelesen hatte. „Sie sind eine beherzte Frau", schrieb sie. „Hoffentlich sind Sie Gott dankbar für die Courage, mit der Sie das alles gemeistert haben, und für das empfindsame, staunende Auge, das Sie immer für die Erde, für ihre Orte der Wildnis und Schönheit und Einsamkeit gehabt haben."

Ja, ich bin Gott über alle Maßen dankbar.

Olive A. Fredrickson

Foto: Aus dem Besitz der Autorin

Olive Fredrickson war eine typische Pioniersfrau, die die Einsamkeit der Wälder über alles liebte. Doch das einsame Leben in der Wildnis war auch entbehrungsreich und manchmal lebensgefährlich. Nach dem Sommer 1948, den Olive und ihr Mann hoch oben im Norden beim Goldwaschen verbrachten und in dem sie die gefährlichen Begegnungen mit dem Grislybären Weißohr hatten, wurden sie endlich seßhaft. Sie zogen in den kleinen Ort Okanagan Falls in der kanadischen Provinz British Columbia und ließen sich dort nieder. Die Siedlung liegt nahe an der Grenze zu den USA – für die beiden ein Gefühl, als ob sie im sonnigen Süden lebten.

Das wilde Land, in dem Olive ihre Kinder großzog, ist inzwischen zivilisiert. Eine gutausgebaute Straße führt von Prince George hinauf zum Summit Lake. Sehr verändert hat sich das Land am Peace River, das durch einen Staudamm überflutet wurde, doch weiter nördlich gehört das Land noch immer den Grislybären und den Dickhornschafen.

Für unsere heutigen Begriffe war Olive Fredricksons Leben unvorstellbar hart, doch sie selbst sah es nicht so. Obwohl der Hungerwinter mit Walter sie und Vala fast das Leben gekostet hätte, dachte sie immer voll Dankbarkeit an ihre Zeit in der Wildnis zurück. Die Wärme und Behaglichkeit einer Blockhütte, ein prasselndes Holzfeuer in einem kleinen Kanonenofen, das Donnern des Eisgangs, das Glitzern eines klaren Bergbaches, all das waren für sie zauberhafte Erinnerungen, die sie bis zum Ende ihres Lebens begleitet haben. In ihren letzten Lebensjahren litt Olive Fredrickson an Arthritis, und das Gehen fiel ihr schwer. Durch den grünen Star ließ auch ihre Sehkraft immer mehr nach. Sie starb hochbetagt in Okanagan Falls.

DER TULPENKÖNIG
Originalausgabe: *The Lady Tree*
erschienen bei HarperCollins Publishers 1993

DAS GEHEIMNIS VON U 180
Originalausgabe: *Thunder Point*
erschienen bei Michael Joseph, London 1993

VERHÄNGNISVOLLE FREUNDSCHAFT
Originalausgabe: *Hardscape*
erschienen bei Viking Penguin, a division of Penguin Books USA Inc., New York

DAS SCHWEIGEN DES NORDENS
Originalausgabe: *The Silence of the North*
This translation published by arrangement with Crown Publishers Inc., New York

Illustratoren:
Der Tulpenkönig: Adam Hook
Das Geheimnis von U 180: Michael Herring
Verhängnisvolle Freundschaft: Sal Catalano
Das Schweigen des Nordens: Stanley Galli

Die ungekürzten Ausgaben von *Der Tulpenkönig*
und *Das Geheimnis von U 180* sind im Buchhandel erhältlich.